Prix du Meilleur Polar des lecteurs de POINTS

Les éditions POINTS organisent chaque année
le Prix du Meilleur Polar des lecteurs de Points.

Pour connaître les lauréats passés
et les candidats à venir, rendez-vous sur

www.prixdumeilleurpolar.com

SÉLECTION 2013
PRIX
DU MEILLEUR
POLAR
des lecteurs de
POINTS

Natsuo Kirino, née en 1951, est l'auteur d'une trentaine de romans. Elle a reçu de nombreux prix littéraires japonais dont le prix des Auteurs japonais de romans policiers pour *Out* et le prix Naoki pour *Disparitions*. Son œuvre a été traduite dans 28 pays et plusieurs de ses livres ont également été adaptés au cinéma. Natsuo Kirino vit à Tôkyô.

DU MÊME AUTEUR

Out
Seuil, 2006
et « Points », nº P1726

Monstrueux
Seuil, 2008
et « Points », nº P2063

Le Vrai Monde
Seuil, 2010
et « Points », nº P2698

Intrusion
Seuil, 2011
et « Points », nº P2881

L'Île de Tôkyô
Seuil, 2013

Natsuo Kirino

DISPARITIONS

ROMAN

Traduit du japonais
par Silvain Chupin

Points

Le traducteur remercie Toshiko Morinoh-Lausman, Anne Bourguignon et Yosuke Itsutsuji pour leur précieux regard sur cette traduction.

Traduction revue et corrigée par le traducteur en 2013.

TEXTE INTÉGRAL

TITRE ORIGINAL
Yawarakana hoho

ISBN 978-2-7578-3713-9

Août 1994

ENLEVÉE PAR UN ESPRIT ? LE MYSTÈRE S'ÉPAISSIT LA DISPARITION DE LA PETITE YUKA

Le 11 août au matin, la police a reçu un appel d'urgence lui signalant la disparition de Yuka (5 ans), fille aînée de Michihiro Moriwaki (44 ans, compositeur-maquettiste). L'enfant avait quitté la maison de campagne de Yôhei Ishiyama, à Izumi-Sato (secteur du lac Shikotsu, ville de Chitosé), pour une promenade dont elle n'est pas revenue. À ce jour, une semaine plus tard, elle demeure introuvable et aucun indice n'a été découvert. Domiciliés à Tôkyô, les Moriwaki étaient venus passer quelques jours chez leurs amis à l'occasion des vacances d'été.

Le lieu de la disparition est un lotissement situé à cinq cents mètres d'altitude. Considérant que la déclivité des environs interdit à une enfant de cet âge de partir très loin, les enquêteurs ont eu recours à cinq chiens policiers pour entreprendre des recherches dans un périmètre de deux kilomètres autour de la maison des Ishiyama, et recueilli des témoignages dans le voisinage.

Le sort de la petite Yuka suscite la plus grande inquiétude, car, selon les enquêteurs, si elle s'est égarée dans la montagne, sachant qu'à cette altitude la température descend en dessous de 10 °C même en été, il n'y a guère d'espoir qu'une enfant de cinq ans, ne disposant pas de nourriture, puisse survivre. À en croire les rumeurs qui circulent sur les lieux, il pourrait s'agir du geste d'un déséquilibré ou d'un enlèvement dans le but de dissimuler un accident de la circulation.

Toutefois, s'appuyant notamment sur les faits suivants : 1° il n'y a quasiment pas de passage près de la maison des Ishiyama, qui est la plus retirée du lotissement, 2° à l'heure de la disparition, aucun véhicule n'a été signalé aux alentours de la résidence du gardien, située plus bas, à l'entrée du lotissement, 3° personne dans les maisons du voisinage n'a aperçu d'individu suspect, 4° il n'y a pas de trace d'accident de la circulation dans les environs, le commissariat d'Éniwa considère que « l'hypothèse d'un crime ou d'un accident peut difficilement être retenue ».

Première partie

Le dernier autocar

1

Le tibia d'Ishiyama portait la cicatrice d'une blessure qu'il s'était faite dans son enfance. C'était une trace brune, petite et profonde, sur l'os dur. Il était tombé dans un champ en se prenant les jambes dans des barbelés et, disait-il, les pointes étaient enfoncées si profondément qu'il avait eu du mal à les extraire. « Comme il a dû avoir mal », pensa Kasumi qui, prise de compassion pour le jeune Yôhei, caressait délicatement la cicatrice. Avait-il pleuré sans se préoccuper du regard de ses camarades ? Ou bien est-ce qu'il avait fait le brave devant eux ? Être amoureuse, c'était aussi enrichir par l'imagination chaque instant de la vie de l'homme aimé, toutes sortes de situations qu'il avait vécues. Elle songea que si elle avait connu Ishiyama à cet âge-là, elle l'aurait protégé comme son propre enfant.

Mais Ishiyama, lui, prétendait ne s'intéresser qu'à la Kasumi de maintenant, aimer seulement ce qu'elle était aujourd'hui. N'aurait-il pas souhaité la connaître avant leur rencontre ? N'était-il pas curieux d'apprendre comment elle était devenue celle qu'elle était à présent ? La chose étonnait Kasumi au plus haut point. Peut-être était-ce parce qu'il avait plus ou moins le pressentiment qu'elle-même reniait ce qu'elle avait été autrefois – ou plutôt son passé – qu'il ne souhaitait pas s'y intéresser. Mais était-ce cela, l'amour ? Quand elle ne trouvait pas de réponse, elle l'interrogeait sans détour :

– Pourquoi tu ne veux pas savoir qui j'étais avant ?

– Parce que je t'aime comme tu es maintenant, dit-il sans chercher d'autre réponse.

– Tu ne crois pas que je suis la même qu'autrefois ?

– Non. Parce que, quand tu étais plus jeune, je ne te trouvais aucun charme.

– Je te parle de bien avant. Avant qu'on se rencontre.

– Ça revient au même, non ?

– Dans ce cas, pourquoi est-ce que tu m'aimes aujourd'hui ?

– Parce que j'ai appris à bien te connaître.

Elle perdait patience si la réponse ne la satisfaisait pas :

– Mais alors, si tu m'avais mieux connue autrefois, tu serais tombé amoureux de moi comme aujourd'hui !

Elle savait, à l'instant où elle prononçait ces mots, que c'était faux. Tous les deux entretenaient des rapports professionnels depuis plus de dix ans. À l'époque où ils avaient fait connaissance, il aurait été tout à fait inconcevable qu'ils deviennent amants. D'ailleurs, quelques instants plus tôt, n'ignorait-elle pas qu'il avait cette blessure au tibia ? Peut-être le temps où ils allaient véritablement « se connaître » était-il encore à venir. Et, dans ce cas, cela signifiait qu'Ishiyama découvrirait à son tour la blessure qu'elle-même portait en elle.

Elle approcha furtivement ses lèvres de la cicatrice. Il retira sa jambe comme si elle le chatouillait et allongea les deux bras pour attirer Kasumi à lui. Elle sentit un léger échauffement dans son dos à cause du frottement des draps amidonnés. Ishiyama avait un corps moelleux – une fine couche de graisse recouvrait sa musculature – et il l'enveloppa entièrement, comme pour l'empêcher de bouger. Elle aimait le contact de sa peau. Cependant, l'heure de se séparer approchait.

– Il faut que j'y aille, dit-elle, manifestement triste, mais aussi en proie à une vague culpabilité.

Sa voix était claire habituellement, mais elle avait balbutié cette fois parce que son visage était pressé contre sa poitrine. Il tressaillit, et sa voix sourde, traversant son thorax, résonna directement à l'oreille de Kasumi.

– Hmm, je sais.

– Quand est-ce qu'on se revoit ?

Il ne répondit pas. Elle était inquiète quand elle avait l'impression que ce silence durait. Ne plus pouvoir se voir. C'était la seule chose qu'elle redoutait.

– J'ai décidé d'acheter une maison à la campagne.

Pourquoi lui annonçait-il cela maintenant ? Kasumi s'écarta de lui. Elle contempla la moitié du plafond blanc que le modeste éclairage colorait en orange pâle, puis détourna lentement le regard et l'arrêta sur la buée qui couvrait encore la vitre de la salle de bains. La goutte d'eau qu'on entendait tomber par intermittence, c'était probablement le robinet qui était mal fermé. Tout, dans cette petite chambre, était si minable que c'en devenait déprimant. Leur seul monde, c'était la surface de ce lit. Pas de ciel vers quoi lever les yeux, et elle ne savait même pas quelle vue se cachait derrière les rideaux opaques et jaunis. Elle s'avisa soudain qu'il la dévisageait.

– Qu'est-ce que tu regardais ?

– Le plafond.

– Pourquoi tu ne me regardes pas, moi ? lui reprocha-t-il.

– Dis-moi plutôt ce que c'est que cette histoire de maison à la campagne.

– Comme ça, on pourra se voir quand on voudra.

Rien ne se reflétait dans ses iris noirs. Elle pencha la tête pour essayer de comprendre.

– Et c'est où ?

– Près du lac Shikotsu, à Hokkaïdô. Il y a plein de rivières et je pourrai aller à la pêche.

– Mais c'est beaucoup trop loin. Comment veux-tu qu'on aille là-bas ?

Contrarié, il s'écarta légèrement d'elle et se contorsionna pour prendre une cigarette. Il rejeta la fumée dans l'obscurité comme si c'était de son irritation qu'il voulait se débarrasser.

– Oui mais, comme ça, ma femme et Moriwaki ne pourront pas venir nous déranger.

Leur relation était donc devenue aussi sérieuse que ça, pensa-t-elle en soupirant. Elle était heureuse. Heureuse parce qu'il voulait acheter une maison pour elle. Un jour, subitement, ils étaient devenus amants, et leur liaison, avec des hauts et des bas, durait depuis plus de deux ans. Mais, à présent, ils brûlaient de pouvoir rester à jamais dans les bras l'un de l'autre ; cela bouillait en eux, au point qu'ils envisageaient très sérieusement de vivre ensemble. Néanmoins, la décision d'Ishiyama signifiait qu'ils se coupaient toute possibilité de retraite, et Kasumi éprouva une légère angoisse à l'idée qu'ils ne pourraient plus faire marche arrière.

– Tu crois vraiment qu'on peut faire ça ?

– Pourquoi pas ?

– Mais c'est terriblement risqué !

Il serra fortement ses deux bras pour qu'elle se ressaisisse.

– Je veux être avec toi, tu comprends ?

– Moi aussi, murmura-t-elle.

– Tu pourras dire que tu vas à Hokkaïdô pour voir tes parents. Et moi, que je vais pêcher. Alors ?

– Oui, tu as raison...

Elle avait détourné la tête, si bien qu'il ne dut pas voir son embarras. Il savait qu'elle était née à Hokkaïdô – elle le lui avait dit. Mais, à l'âge de dix-huit ans, elle s'était enfuie de chez ses parents et n'avait plus remis les pieds dans son village, ni même donné signe de vie. Elle aurait voulu le lui dire aussi, lui expliquer pourquoi, mais elle était persuadée qu'Ishiyama, qui était originaire de Tôkyô et d'un milieu aisé, ne pouvait pas la comprendre.

Cette ignorance de son amant sur cet aspect de sa vie formait dans son cœur comme un repli profond et vain. Elle avait pris une décision qu'il n'avait jamais eu à prendre. De ce seul fait, elle se sentait plus forte que lui.

Soudain, l'image de la mer grise, s'étendant par-delà les herbes folles de la cour d'école, envahit le cerveau de Kasumi.

C'était une mer agitée, annonçant l'hiver. À gauche, le cap Ofuyu. À droite, la ligne du rivage qui s'éloignait tout droit jusqu'à Wakkanaï [1]. La grève était recouverte d'un sable jaune et caillouteux. Ces pierres qu'elle trouvait sur la plage, d'où venaient-elles ? Elles se pulvérisaient entre ses doigts comme des concrétions de sable. Dans son enfance, à l'époque où les chiens errants étaient ses seuls compagnons de jeux, elle les ramassait et s'amusait toute seule à les briser. Déjà, dans son cœur d'enfant, elle songeait qu'elle préférerait mourir plutôt que de finir sa vie ainsi, à faire face à la mer.

Le collège se trouvait à flanc de colline. Comme on n'y voyait personne hormis les élèves, des corbeaux se rassemblaient près des buts de football. Même quand on les pourchassait, ces oiseaux ne s'envolaient pas, ils s'enfuyaient avec agilité en faisant de grands bonds à travers la cour. Les chrysanthèmes dorés oscillant sous la brise marine. La couleur des nuages bas et sombres qui obstruaient entièrement le ciel. En passant derrière la vieille école à un étage, on arrivait, au sommet de la colline, à un cimetière d'animaux domestiques. De temps à autre, une voiture immatriculée à Sapporo montait la côte, on incinérait un chien ou un chat, qu'on enterrait dans le cimetière dominant la plaine, puis on repartait. Ce cimetière était sans doute assez récent, car

1. Ville de Hokkaïdô, une des plus septentrionales du Japon. Le cap Ofuyu se trouve sur la côte ouest de l'île, au nord de Sapporo. *(Toutes les notes sont du traducteur.)*

les tombes de marbre plates ne se comptaient encore qu'en petit nombre. À côté d'elles, fichés profondément dans le sol, de petits moulins à vent de Celluloïd rouge ou rose tournaient en fendant l'air bruyamment.

Ses camarades à bicyclette la dépassaient sans même la saluer. Dans le vent glacial qui montait de la mer et faisait claquer les pans de son imperméable bleu marine, Kasumi revenait toujours seule de l'école.

Elle se faisait remarquer. Son allure n'était pas celle des autres. Son imperméable, qui avait appartenu à une jeune cousine, était bien celui de l'uniforme que tous portaient, mais elle avait raccourci la longueur de la jupe qui l'accompagnait. Son écharpe écossaise était nouée d'une façon qu'elle avait apprise dans un magazine. Elle coupait elle-même ses cheveux au carré, et de vieux rubans lui servaient à confectionner les barrettes qu'elle fixait à ses tempes. Elle n'avait pas de cartable, mais une vieille sacoche, héritée de son grand-père, qui pendait de travers à l'épaule. Pourtant, malgré toute cette recherche, personne ne prêtait attention à son élégance. Même si elle avait voulu faire un détour, elle n'aurait croisé ni marchand de bonbons ni fast-food sur son chemin.

Kasumi descendait à pas lourds la colline en pente douce, dont la terre était battue à force de piétinements, et, une fois traversée la grande route nationale, la maison était tout de suite en vue : l'Auberge de Kiraï, une gargote isolée sur la côte déserte. L'unique restaurant du village était aussi sa maison. Elle devenait la « maison de la plage » pendant le bref été, le lieu de rassemblement des voitures en promenade à la saison des excursions. Et elle se transformait en bistrot pour les gens du pays pendant la période hivernale, époque des tempêtes de neige.

Kasumi ne détestait pas, au fond, que des inconnus fréquentent le restaurant, mais, comme elle ne supportait pas la vue du visage découragé de sa mère en train de faire cuire les nouilles ou de verser la sauce douce dans les bols de riz, ni la moue de son père ouvrant et fermant constamment le tiroir-caisse, elle se tenait autant que possible éloignée de la salle. Elle était pourtant obligée d'y passer au retour de l'école pour monter dans sa chambre à l'étage. Aussi, lorsqu'elle faisait coulisser la porte à claire-voie, essayait-elle d'imaginer le genre de clients qui se trouvaient là. Quand c'étaient des gens qu'elle ne connaissait pas, elle venait s'asseoir au milieu de l'escalier et épiait les conversations, prenait là son goûter et y faisait ses devoirs. Mais s'il s'agissait de gens du village qui, sous prétexte de raconter les derniers potins, buvaient en compagnie de son père, elle préférait se retirer dans sa chambre. Elle détestait entendre des médisances sur le frère ou la sœur aînés d'un de ses camarades. « La fille Untel était enceinte. Où est-ce qu'elle a bien pu se faire avorter ? », « Paraît que le fils Machin est en prison ». Il ne faisait aucun doute qu'un beau jour ce serait d'elle que l'on parlerait en ces termes. Parce que leur vie était monotone, les gens du village attendaient avec impatience que leurs enfants grandissent et fassent des histoires qui puissent leur fournir des sujets de conversation.

Ce jour-là, des promeneurs étaient arrivés de Sapporo. En voyant la voiture rouge de marque étrangère garée devant le restaurant, Kasumi eut le pressentiment que quelque chose allait se produire. En ouvrant la porte d'entrée, elle entendit la voix irritante de l'animateur d'une émission de divertissements, provenant du téléviseur de la salle à tatamis. Son père se tenait là, de fort belle humeur, assis sur une chaise ou se levant pour prendre un cendrier. Sur les tatamis, le dos appuyé contre la fenêtre, un homme jeune buvait de la bière. À ses côtés, une femme d'apparence douce, assise les jambes en travers, le servait avec dévouement, tenant une bouteille à deux mains et versant précautionneusement la bière dans son verre. Son maquillage était criard, ses sourcils larges, dessinés à gros traits selon la mode de l'époque, et son rouge à lèvres tapageur ; pourtant, hormis sa jeunesse, elle n'avait pas grand-chose pour elle. Sortant de sa minijupe rose, ses jambes, épaisses et blanches, faisaient peine à voir. Kasumi baissa les yeux instinctivement. La compagnie d'une femme comme elle suffisait à irradier de bonheur le visage de son père.

Sa mère avait l'air maussade, comme toujours, et s'affairait à émincer quelque chose. Elle ne se souciait sans doute guère que sa fille soit rentrée de l'école. Kasumi la méprisait secrètement d'avoir sacrifié sa vie. Son père attendait apparemment son arrivée, car il se retourna vers elle en poussant un « ah ! » joyeux.

– Voici ma fille.

– Mais dites-moi, elle ne ressemble pas du tout à son papa, c'est une vraie beauté !

Elle perçut du coin de l'œil que la curiosité de l'homme était piquée.

– Kasumi, tu ne dis pas bonjour ?

Comme elle s'inclinait docilement pour les saluer, l'homme lui adressa un signe de la main en éclatant de rire. Il portait un costume noir et une cravate rouge. Elle trouvait sa *punch perma* [1] et l'étoffe brillante de son costume d'un goût exécrable, mais ses yeux gais et vifs lui firent penser à quelque marin-pêcheur jeune et original. La femme observait Kasumi d'un visage impassible. L'adolescente s'éclipsa aussitôt dans l'escalier, qu'elle monta quatre à quatre. Elle ôta son uniforme, enfila un jean et un chandail, puis revint s'asseoir sur une marche où, le menton entre les mains, elle écouta attentivement leur conversation. L'homme avait raconté

1. *Punch perma(nent)* : coiffure courte à boucles permanentées, caractéristique des yakuzas et autres mauvais garçons.

à son père, à voix basse, les dessous d'une affaire d'appel d'offres pour la construction d'une école. « Dans l'enseignement, ça peut paraître surprenant mais ils adorent les femmes. Ils ne pensent même qu'à ça ! Remarquez, quand vous avez une garce comme celle-là qui vient vous manger dans la main, c'est pas bien compliqué de devenir vicelard ! » Selon toute vraisemblance, c'était la jeune femme qu'il désignait de la sorte. Son père s'était esclaffé, d'un rire vulgaire qu'elle ne lui connaissait pas. Ils étaient passés au saké ; de la salle lui parvenaient l'odeur étouffante de l'alcool chaud et celle, agréable, de la seiche séchée qui grille. Kasumi ouvrit sur ses genoux son livre de lecture anglaise et se mit à rechercher dans le dictionnaire les mots qu'elle ne comprenait pas.

– Petite, fit une voix toute proche.

Elle leva la tête et, de surprise, referma son dictionnaire. C'était l'homme qui se tenait là, sur une marche.

– Tu fais tes devoirs dans cet escalier ?

– Oui.

Les toilettes du restaurant, qui servaient aussi pour la maison, se trouvaient au rez-de-chaussée, juste en face de l'escalier. Il était sans doute venu satisfaire un besoin, avait levé les yeux et remarqué sa présence. Elle voulut se précipiter à l'étage, mais il la retint par le poignet. Sa main était chaude.

– Petite. Qu'est-ce que tu veux faire plus tard ?

– *Designer.*

– Dans la mode ?

– Non, graphiste.

– Ah bon ? Mais tu es fille unique, non ?

– Oui.

Un sourire vaguement complice s'esquissa sur le visage de l'homme. Dans la salle, on entendait son père dire des amabilités à la fille, mais celle-ci ne répondait pas. L'homme jeta un bref coup d'œil dans leur direction, puis chuchota à Kasumi :

– Si un jour tu as envie de partir d'ici, tu pourras m'appeler si tu veux. Je te donnerai de l'argent pour t'aider à t'échapper. Ne crains rien, je ne te veux pas de mal.

– Vraiment ?

Elle le regarda dans les yeux. Il semblait un peu ivre, mais il ne plaisantait absolument pas. Elle acquiesça gravement d'un signe de tête appuyé.

– Je comprends très bien ce que tu ressens, tu sais.

Il sortit de sa poche une carte de visite et la mit dans sa main. C'était une carte dorée, dans le genre papier japonais de fabrication artisanale. Elle la glissa dans son livre de lecture. L'homme eut un sourire de soulagement en voyant sa réaction, puis sauta prestement au pied de l'escalier et disparut dans les toilettes. Il en ressortit sans un regard vers elle et s'adressa à la fille qui l'accompagnait :

– On va y aller. J'ai trop bu, tu ne veux pas conduire ?

– Ah non ! fit celle-ci d'une voix bizarre qu'elle laissait entendre pour la première fois.

Ils éclatèrent de rire tous les deux, l'homme régla l'addition et ils partirent. Retournée dans sa chambre, Kasumi prit la carte de visite et la posa sur son bureau. Il s'appelait Furuuchi et possédait une entreprise de construction dans le nord de Sapporo. Elle dissimula la carte dans son portefeuille. En fin de compte, elle n'avait jamais appelé ni sollicité Furuuchi pour quoi que ce soit. Pourtant, dans sa tête, il était certain que cette rencontre avait été un tournant ; c'était à partir de là que sa détermination avait pris forme.

– Où es-tu ? Qu'est-ce que tu penses de mon idée ?

Ishiyama prit tendrement le visage de Kasumi entre ses mains.

– Je suis folle de joie.

Ainsi répondit-elle, malgré son trouble. Le hasard voulait que la maison qu'il souhaitait acheter soit située non loin du village qu'elle avait abandonné. Le bonheur qui l'avait envahie n'était que superficiel ; en vérité, la culpabilité l'accablait.

– Qu'en penses-tu ? répéta-t-il. Si tu es d'accord, je signerai la promesse de vente demain.

– Je suis vraiment très heureuse. Mais je ne sais pas si je pourrai y aller tout de suite. J'ai beaucoup à faire à la maison, les enfants sont petites. Je ne crois pas que je pourrai m'éloigner autant pour le moment.

Gardant pour lui sa déception, Ishiyama avança une idée :

– Bien. Écoute, voilà ce qu'on va faire. On pourrait essayer d'y aller tous ensemble pendant les vacances d'été. Tu emmèneras Yuka et Risa, et moi, de mon côté, je viendrai aussi en famille. Comme ça, il n'y aura pas de problème. C'est moi qui en parlerai à Moriwaki.

– Si c'est toi qui lui demandes, il ne pourra pas refuser.

Ishiyama demeura silencieux. Michihiro Moriwaki, le mari de Kasumi, avait une petite entreprise de composition. Ishiyama, quant à lui, était graphiste dans une grande agence de publicité. « Moriwaki travaille bien », avait-il coutume de dire, et c'était à lui qu'il confiait la fabrication de ses maquettes. À sa demande, l'atelier recevait aussi d'autres travaux de son agence. Client fidèle de Moriwaki Compo, où Kasumi travaillait à plein temps, il était en outre l'ami de Michihiro.

– J'en parlerai aussi à Noriko.

– Tu n'as pas peur qu'elle devine quelque chose ?

– Non, elle ne se doute pas que tu es ma maîtresse.

Kasumi se remémora le beau visage de Noriko, ce front superbe qui l'impressionnait. Bien qu'elle ne l'ait pas rencontrée souvent, elle sentait que, dans tous les sens du terme, cette femme était à l'opposé d'elle. Elle savait qu'elle avait quarante ans, le même âge qu'Ishiyama, et qu'elle était graphiste comme lui. Une femme de goût, issue du même milieu que son mari, avec des manières irréprochables et une pondération qui seyait parfaitement à son âge. En présence de la distinguée Noriko, Kasumi avait l'impression d'être une guenon. En outre, elle était agacée par le fait que la femme d'Ishiyama ne montrait quasiment pas d'intérêt envers elle et Moriwaki. Qui sait si elle ne les considérait pas comme de simples sous-traitants et ne se moquait pas d'eux ? Quel choc ce serait pour elle si elle apprenait la liaison qu'elle entretenait avec son mari ! Il n'en faudrait sans doute pas davantage pour la faire vaciller de son piédestal. Si Noriko ne la soupçonnait pas, c'était parce qu'elle n'imaginait même pas qu'elle puisse plaire à Ishiyama. Les idées les plus noires assombrissaient les pensées de Kasumi. À certains moments, la tentation de tout lui dévoiler la saisissait avec une telle véhémence qu'elle ne se souciait plus, alors, de se perdre elle-même. Elle ne passait pas à l'acte parce que cela aurait signifié ne plus revoir Ishiyama. Mais non, ce n'était pas à cause de cela. Ce qui l'en empêchait, c'était la conscience de sa supériorité, cette force qu'elle avait en elle et qu'elle ressentait même vis-à-vis de son amant.

Kasumi avait fait sa connaissance peu de temps après son arrivée chez Moriwaki Compo. Voulant devenir graphiste, elle avait étudié dans une école spécialisée, mais, à sa sortie, la chance ne lui avait pas souri. Après divers petits boulots ici et là, elle avait fini par entrer dans l'atelier de Michihiro. Il comptait alors quatre employés en tout, dont le travail consistait pour l'essentiel à fabriquer des films et à concevoir des maquettes. Elle s'était figuré que, une fois adaptée à ce nouvel emploi, elle trouverait du temps pour approfondir ses compétences dans le graphisme, mais, en fait, cela s'était révélé tout à fait impossible car, même en expédiant au plus vite les commandes, elle avait accumulé jour après jour les heures supplémentaires. Son salaire était bas, les heures supplémentaires pour ainsi dire pas payées. Ne pouvant compter sur le soutien de ses parents, Kasumi avait du mal à joindre les deux bouts, et son vif désir de se perfectionner avait bientôt été réduit à néant. Toutefois, elle avait pris son parti de cette situation, parce que son objectif était d'abord de vivre indépendante à Tôkyô. Elle avait commencé à travailler le week-end dans un snack à côté de chez elle. Cet argent lui permettait tout juste le luxe de s'offrir quelques vêtements et d'aller au cinéma.

Ishiyama avait fait de Michihiro son fournisseur quasi exclusif depuis déjà plusieurs années avant l'arrivée de Kasumi et il avait l'habitude de se rendre en personne à l'atelier pour donner ses indications. « Les grandes boîtes sont dures, mais ton travail, Moriwaki, est formidable », disait-il, debout près du plan de travail, tout en observant d'un œil concerné la dextérité avec laquelle Michihiro utilisait le tire-ligne. L'entrée d'Ishiyama, avec sa veste claire, faisait toujours souffler un courant d'air frais dans l'atelier gris et exigu. Cette fraîcheur révélait à Kasumi l'existence d'un monde qui lui était encore inaccessible – le charme et les possibles qui naissent de l'aisance et du luxe. Même si elle-même avait fini par s'enfuir de son village, elle était sincèrement étonnée que des gens puissent être issus d'un monde totalement différent du sien. De six ans son aîné, Ishiyama venait d'un monde achevé. Cependant, il n'éveillait pas l'intérêt de Kasumi.

– À l'époque où on s'est connus, tu avais toujours l'air dans la lune.

– Je n'avais pas d'argent et j'étais crevée.

– Pourtant, tu étais tellement insouciante...

– J'étais jeune et fauchée, mais libre aussi, et heureuse comme ça.

Ishiyama inclina la tête pensivement.

– Je me souviens que j'étais tombé sur toi à Shinjuku, un dimanche d'hiver. Tu venais de faire des achats. Je t'ai trouvée très jolie et je t'ai invitée quelque part, mais, je ne sais pas trop pourquoi, on ne s'est pas dit grand-chose.

« À ce moment-là », pensa-t-elle en revoyant la rue à la tombée de la nuit. Elle se remémora l'odeur de gaz d'échappement et le contact rêche du sac en papier dans sa main. Ishiyama était apparu brusquement devant ses yeux. C'était dans le passage en bas de la librairie Kinokuniya. Elle venait de s'acheter un vêtement, mais n'en avait pas pour autant le cœur à la fête. Elle était sortie ce jour-là pour faire des emplettes avec une amie, mais un incident était survenu qui lui avait donné le cafard.

Cette amie était arrivée accoutrée d'un manteau d'homme couleur bleu ciel si peu à sa taille qu'on aurait dit qu'elle le traînait derrière elle. En voyant Kasumi, elle s'était mise à rire avec embarras.

– Mon père a débarqué d'Okinawa sans prévenir. C'est la première fois qu'il vient à Tôkyô en hiver, et il portait cet affreux manteau. (Kasumi savait que le père de son amie était chauffeur de taxi à Naha.) Je lui ai dit qu'ici aucun homme n'oserait porter un manteau de cette couleur, mais il m'a répondu que c'était parce qu'il comptait me le laisser en repartant qu'il l'avait choisi comme ça. Alors voilà, c'est très moche mais je ne pouvais pas refuser ! Papa a de ces idées parfois !

Même si elle en parlait en ces termes, elle n'en paraissait pas moins satisfaite. Kasumi regarda de nouveau le manteau. Sa couleur, un bleu de ciel d'automne très pur, était superbe, mais la taille était décidément trop grande pour elle. Elle resta ainsi à le contempler pendant un moment, comme aveuglée par ses pensées. Pour la première fois depuis son arrivée à Tôkyô, elle éprouvait des remords d'avoir rejeté ses parents et de s'être enfuie de chez eux. Elle qui croyait avoir rompu tout lien était encore, au fond de son cœur, en proie à des sentiments comme ceux-là. Furieuse contre elle-même, elle était, en même temps, brisée de chagrin. Aussi, quand, dans un moment pareil, elle était tombée sur Ishiyama et l'avait entendu dire : « Vous avez fait les magasins ? Ça devait être amusant », elle lui en avait voulu à la fois de sa bonne humeur et de son manque de finesse. Elle comprenait aussi que, pour lui, ce n'étaient que paroles en l'air. Mais elle s'était plu à penser que c'était à cause de son milieu social qu'il n'avait aucune considération pour sa situation et la complexité de ses sentiments. Il lui avait expliqué nonchalamment qu'il sortait du cinéma et l'avait invitée à manger un riz au curry dans un Nakamuraya. Ce qu'ils s'étaient raconté, Kasumi n'en avait pas le moindre souvenir. Elle était mal à l'aise et ne songeait qu'à rentrer chez elle le plus tôt possible. Par la suite, elle avait accepté plusieurs fois les invitations d'Ishiyama, mais n'y avait jamais pris aucun plaisir, à cause peut-être du manteau bleu ciel qui interférait entre eux.

– Tu as épousé Moriwaki parce que tu l'aimais ? lui demanda-t-il subitement, tandis que sa main droite ne se lassait pas de la caresser.

C'était la question cruciale, mais il prenait un malin plaisir à la tourmenter de cette façon quand approchait l'heure de se séparer.

– Je l'ai épousé parce qu'il m'a aidée, répondit-elle avec franchise, tout en se rendant compte de ce que cette réponse comportait d'offensant envers son mari.

Dans les moments où elle tirait le diable par la queue au point de ne pouvoir payer son billet de train, Kasumi sortait du fond de son portefeuille la carte de visite de Furuuchi et la contemplait longuement. Les angles en étaient écornés. Elle pensait l'appeler, décrochait le combiné, mais y renonçait au dernier moment.

Cela s'était produit maintes fois. Près de dix années s'étaient écoulées depuis qu'il lui avait donné sa carte. Alors à quoi bon lui demander son aide maintenant ? Surtout que ses affaires étaient suspectes. Elle ne pouvait pas agir aujourd'hui comme une collégienne ignorante de tout, alors que cet homme était peut-être, sous une belle apparence, un marchand de chair humaine. À l'époque, Kasumi avait déjà plus de vingt-cinq ans.

C'était Michihiro, son employeur, qui lui avait tendu la main. Il avait dix ans de plus qu'elle. Sa silhouette penchée sur des maquettes avait laissé imaginer à Kasumi qu'elle pourrait se faire une existence satisfaisante dans ce petit atelier, la même que celle des trois ouvriers vieillissants qui y travaillaient. Michihiro avançait en silence sur le chemin d'une vie toute tracée. Il était fier de son savoir-faire professionnel. Si Kasumi avait du respect pour lui, elle ne le regardait pas comme un homme. Pourtant, de son côté, il était loin d'être insensible.

Un jour qu'elle venait de sauter le déjeuner, il l'avait appelée dans un coin de l'atelier et lui avait demandé à voix basse :

– Kasumi, tu n'as pas mangé ? Tu as des soucis d'argent ?

– Non, pas particulièrement.

– Tu n'as pas besoin d'en faire trop, tu sais. Je peux te faire une avance sur ton salaire, avait-il poursuivi d'une petite voix confuse. Mais, en contrepartie, tu pourrais peut-être arrêter de travailler dans ce snack...

– Je vous crée des problèmes ?

– Pas du tout, mais je me disais que ce devait être dur pour toi, physiquement...

Il était allé jusqu'à proposer de lui payer la moitié de son loyer. Elle travaillait pour lui depuis cinq ans et l'assistait maintenant au point d'avoir la responsabilité de la comptabilité de Moriwaki Compo, si bien que, se dit-elle, il ne pouvait plus se passer d'elle et ne souhaitait certainement pas qu'elle démissionne.

– Je vous remercie. Mais vous ne pouvez pas faire ça pour moi seule...

– Mais si, bien sûr.

– Pourquoi ? lui demanda-t-elle de but en blanc, peu convaincue par sa réponse.

– Parce que je t'aime...

La franchise de sa réponse sembla surprendre Michihiro lui-même ; il baissa la tête et ne dit plus un mot. Kasumi réprima les battements de son cœur et regarda les trois plans de travail et les deux machines à composer, ancien et nouveau modèles, qui occupaient le vieil atelier. C'était l'après-midi et les rayons du soleil pénétraient obliquement dans la pièce où, hormis la bande FM qu'on laissait allumée toute la journée et les trois ouvriers appliqués à leur tâche, aucun bruit n'était perceptible. Le calme régnait à l'intérieur, comme d'ordinaire. « C'est Furuuchi qui est apparu sous les traits de Michihiro, pensa-t-elle à cet instant. Ou alors, c'est le manteau bleu ciel. » Six mois plus tard, il lui demandait sa main. Elle réfléchit, puis accepta. Elle s'était dit : « Je ne me suis jamais imaginé une vie comme celle-là, pourquoi ne pas essayer ? »

Quant à Ishiyama et Noriko, ils s'étaient connus pendant leurs études et étaient mariés depuis longtemps. Une fois mariée, Kasumi constata avec stupéfaction qu'Ishiyama et son mari étaient aussi amis dans le privé. Désormais, ses rapports avec lui ne furent plus exclusivement professionnels, et elle commença à le fréquenter en tant qu'épouse de Michihiro. Il prit l'habitude de leur rendre souvent visite dans leur nouveau logement de Nakano. En revanche, comme Noriko ne les avait jamais invités, la vie du couple Ishiyama leur restait un mystère. Le fait toutefois que deux enfants étaient nés successivement leur semblait le meilleur témoignage possible que tout allait pour le mieux dans leur ménage.

– Je n'aurais jamais imaginé que ça évoluerait de cette façon entre nous, murmura Kasumi.

L'étreinte des bras d'Ishiyama était pour elle une douce prison dans laquelle, malgré l'heure qui tournait, elle aurait voulu rester enfermée à jamais.

– Ah, vraiment ? (Pour lui aussi, ses bras formaient comme une cage autour d'elle, et il resserra leur emprise pour l'immobiliser tout à fait.) Je crois plutôt que tu savais très bien.

– Quoi ?

– Excuse-moi de te dire ça, mais tu n'es jamais satisfaite.

– De quoi tu parles ?

– De tout, dit-il, sans rien ajouter d'autre.

De tout. Faisait-il allusion à Michihiro ? À son travail ? Aux choix qu'elle avait faits jusqu'à présent ? Qu'est-ce qu'elle aurait dû faire, selon lui ? Pourquoi lui parlait-il ainsi alors qu'il ne voulait pas connaître son passé ? Le regard de Kasumi se fixa sur l'obscurité dans un coin de la chambre.

Cela s'était passé un jour de printemps, deux ans auparavant. Elle était allée livrer des maquettes jusqu'à Hachiôji et était de retour à Kanda, où se trouvait l'atelier, à la tombée de la nuit. Six mois seulement s'étaient écoulés depuis la naissance de Risa. Elle était dans un tel état d'épuisement qu'elle s'était assoupie debout dans le train, le bras pendu à la poignée de cuir. Elle aurait souhaité rentrer directement à la maison, mais elle devait préparer le dîner à Michihiro et aux ouvriers, qui allaient travailler toute la nuit, et elle-même avait sa comptabilité à terminer.

Non que les commandes aient été nombreuses, mais la situation devenait telle depuis quelque temps que l'entreprise n'aurait pas survécu si les travaux urgents n'avaient pas été exécutés en temps voulu. À mesure que l'usage de l'ordinateur se généralisait, la demande de fabrication de maquettes par des compositeurs traditionnels chutait à grande vitesse. Il lui était pénible de retourner à l'atelier, parce que les ouvriers s'étaient mis à fuir son regard quand ils la voyaient.

Kasumi avait licencié le plus ancien d'entre eux. Et elle avait l'intention de les renvoyer tous tôt ou tard. Pour l'aspect technique, Michihiro ferait l'affaire et, avec l'argent économisé sur les frais de personnel, elle désirait investir dans un ordinateur et embaucher un jeune formé à l'informatique. Sans doute avaient-ils eu vent de son projet, car l'atmosphère était devenue irrespirable dans l'atelier. Parfois, Michihiro lui-même ne pouvait dissimuler un regard accusateur sur sa femme. Elle devinait que son pragmatisme et sa combativité l'impatientaient. Se sentant trahie par celui qu'elle espérait être son meilleur allié, elle se retrouvait seule. Très certainement la détermination qu'elle mettait à la réalisation de son projet lui était-elle difficile à admettre. Mais si personne ne le faisait, ils risquaient un jour ou l'autre de finir sur le pavé, avec leurs enfants. Elle se refusait absolument à sombrer sans rien faire. Or, précisément au moment où elle avait trouvé en elle assez de ressources pour les sortir de cette impasse, Michihiro se dérobait, préférant garder le silence, comme s'il entendait se résigner à leur destin.

De son wagon de la ligne Chûô, elle aperçut les cerisiers en fleur sur la berge extérieure des douves du Palais impérial. Leur éclat ressortait sur le ciel d'un gris bleuâtre, et tant de beauté lui donna la chair de poule. Les cerisiers s'éloignèrent très vite et disparurent de son champ de vision. Le train arriva à Kanda. Au moment où elle sortit de la gare, un vent du soir glacial et chargé de poussière s'engouffra dans ses vêtements. Elle frissonna et rajusta son cardigan léger en se demandant ce qu'elle faisait dans cette rue froide et sale.

Autrefois, dans son village, si elle avait ressenti le besoin de s'habiller différemment des autres, allant jusqu'à se confectionner elle-même ce dont elle manquait, c'était parce qu'il lui fallait affirmer coûte que coûte qui elle était. Mais, aujourd'hui, elle n'avait plus ni la force de caractère ni l'énergie suffisante pour le faire. Elle portait des chandails et des pantalons achetés en solde et dépareillés, nouait ses cheveux d'un simple élastique noir. Elle était devenue une femme épuisée par la vie et l'éducation de ses enfants, qui ne se maquillait plus, n'avait plus le temps de s'occuper d'elle, ni même celui de contempler à loisir les cerisiers en fleur. Kasumi fut soudain saisie par le sentiment de son propre malheur. Était-ce ce dont elle avait rêvé ? Était-ce pour une vie comme celle-là qu'elle s'était enfuie de son village ? Et si elle était tombée si bas, n'était-ce pas parce qu'elle s'était résignée, un beau jour, à la bienveillance que Michihiro lui témoignait ?

Pour Kasumi, Furuuchi était l'homme qui avait donné forme à une détermination présente en elle mais encore confuse, née de l'affirmation vigoureuse de sa propre personnalité. Furuuchi l'avait percée instantanément. Mais Michihiro n'était pas Furuuchi. Michihiro n'avait d'intérêt que pour la fabrication de bonnes maquettes. Il s'enterrait dans son monde, monde qui avait nom Moriwaki Compo, et il n'essayait pas de la comprendre. Il lui apparut clairement qu'elle avait commis une erreur le jour où elle avait accepté de l'épouser. Elle resta frappée de stupeur. Autour d'elle, la rue avait changé de physionomie, manifestait ouvertement son hostilité, et Kasumi, impuissante, submergée par un sentiment de délivrance, la voyait d'un œil bouleversé et entièrement neuf. Elle eut l'impression de n'avoir plus de refuge où aller. Totalement désemparée, elle contempla la nuit qui tombait sur la ville.

Il y avait beaucoup de petits bistrots dans la rue où était situé Moriwaki Compo, mais ils n'étaient pas encore ouverts et on n'y voyait personne. Avançant d'un pas mal assuré, Kasumi buta contre une enseigne encore enroulée de son cordon électrique. Elle frotta le bleu qu'elle s'était fait au tibia et, en relevant la tête, aperçut un seau rempli de serviettes humides sales, abandonné négligemment devant l'entrée. Elle se figura le contact glacial de ces serviettes et eut la chair de poule. Un violent dégoût s'empara d'elle. Il lui fallait traverser cet enchevêtrement de rues désertes pour retourner à l'atelier, et elle se remit en marche en se mordant les lèvres.

Quand elle arriva dans le hall du vieil immeuble de Moriwaki Compo, la porte de l'ascenseur était sur le point de se refermer. Après avoir hésité à s'y précipiter, Kasumi s'immobilisa. Elle répugnait à retourner à l'atelier. À cet instant, la porte à moitié fermée de l'ascenseur se rouvrit juste devant elle. Ishiyama, en veste bleu marine et polo rouge, l'attendait à l'intérieur, le doigt sur le bouton d'ouverture. Sans le vouloir, elle était demeurée figée, comme sous le charme de cette silhouette. « Montez donc ! » semblait-il lui dire dans un demi-sourire. Alors elle s'engouffra dans la cabine et vint littéralement s'encastrer dans ses bras. Elle n'avait plus qu'une chose en tête : partir ailleurs, pour un monde différent et inconnu.

Surpris, il la serra contre lui et lui murmura à l'oreille :

– Que se passe-t-il ?

Elle leva la tête et le regarda dans les yeux, puis elle approcha son visage du sien et l'embrassa sur la bouche. Ç'avait été un mouvement lent, qui ne lui avait pas laissé le choix, se souvenait-elle. Ensuite, détachant ses lèvres, elle lui dit :

– Les cerisiers... vous ne voulez pas aller les voir ?...

Il la fixa un instant dans le fond des yeux pour essayer de comprendre ce qu'elle voulait exactement. Kasumi soutint son regard. L'étonnement disparut dans les yeux d'Ishiyama pour bientôt laisser la place à une lueur bleue étrange.

– D'accord, mais c'est un peu soudain, non ?

– Ça vient juste de me passer par la tête...

Il sourit doucement. L'ascenseur les avait transportés jusqu'au septième étage sans faire d'arrêt. La porte s'ouvrit. L'entrée de l'atelier se trouvait juste en face. Sur un papier collé à la vitre, on pouvait lire, écrit en caractères imprimés : « Moriwaki Compo ». Police Nauru, corps 120. On distinguait à travers la vitre la lumière blafarde des néons. En tendant l'oreille, on aurait sans doute pu entendre le bruit des machines à composer. D'un geste brusque, elle tendit la main et appuya sur le bouton de fermeture.

– Où sont-ils les plus beaux ? lui murmura Ishiyama.

Ce furent les seuls mots qu'il prononça dans l'ascenseur qui redescendait. Sans rien dire, Kasumi le prit par la main et l'entraîna hors de l'immeuble. La rue des bistrots n'était pas encore éclairée. Ses yeux allaient de gauche et de droite dans l'obscurité. Ce qu'elle voulait faire ? Où elle voulait aller ? Pourquoi elle lui tenait la main ? Elle ne trouvait aucune réponse à ces questions.

Il changea de main son sac rempli de prémaquettes et la regarda d'un air soucieux.

– Où est-ce que tu veux aller ?

– Dans un *love hotel*, répondit-elle.

Il héla un taxi qui passait. Il indiqua leur destination au chauffeur et serra fort dans les siennes les mains gelées de Kasumi, comme s'il craignait qu'elle ne change d'avis. Il avait les mains chaudes, et elle vint se blottir sous sa veste pour se réchauffer tout entière. Le taxi les déposa devant un établissement de Yushima. La chambre dans laquelle ils se retrouvèrent était petite et n'avait que des lits jumeaux. Elle ne cessait de se demander ce qu'elle faisait avec Ishiyama dans un endroit pareil. Elle ne pouvait pas croire ce qui était en train de lui arriver. Le monde différent auquel elle avait aspiré tout à l'heure, ce n'était certainement pas cette chambre minuscule. Cependant elle n'hésita pas. Peut-être pensa-t-elle qu'elle pouvait le blesser sans conséquence, lui qui semblait déjà installé confortablement dans un monde achevé. Sentiment étrange, d'attirance et de répulsion à la fois. Kasumi se dégoûtait aussi elle-même, à cet instant, d'avoir séduit Ishiyama. Debout dans l'espace étroit entre les lits jumeaux et la fenêtre, elle ôta sans rien dire son cardigan et le laissa tomber négligemment à même la moquette couverte de taches.

– Il s'est passé quelque chose ?

– Ne t'inquiète pas de ça et prends-moi.

– Comment ?

– Comme tu veux...

« Rien de chaud à se mettre sous la dent. Je meurs de faim », se dit Kasumi. Tout à l'heure, lorsqu'elle s'était couchée, les draps froids lui avaient donné des frissons et elle avait fait la grimace en s'y emmitouflant. Ishiyama les avait arrachés avec violence et, à sa surprise, lui avait maintenu fermement les bras. Elle avait eu l'impression d'une trahison ; elle s'était vaguement imaginé qu'il la traiterait avec douceur. Il avait manifesté la même violence – le mot n'est pas trop fort – pendant l'acte sexuel, l'obligeant plusieurs fois à protester et à le mordre pour lui rendre la pareille. Pour l'un comme pour l'autre, l'acte avait été brutal, et dépourvu de toute volupté. Quand ils eurent terminé, il lui dit en caressant ses cheveux :

– Je serai tendre à l'avenir, alors essaie de l'être toi aussi.

Il y aurait donc une suite. Malgré le traitement qu'ils venaient de s'infliger l'un à l'autre, Ishiyama voulait poursuivre une liaison avec elle ? Étonnée, Kasumi leva la tête.

– Pourquoi ?

– Ç'aurait pu être n'importe qui à ma place, non ?

Ne sachant que répondre, elle s'absorba dans ses pensées. Aurait-elle pu faire la même chose avec un autre homme que lui ?

– Si tu réfléchis, c'est bien que j'ai raison.

– Non, je ne crois pas.

Elle se souvenait qu'elle était tombée sous son charme quand elle l'avait vu dans l'ascenseur.

– Si c'est vrai, j'en suis ravi. Avec moi, tu es en de bonnes mains.

– Qu'est-ce que tu veux dire par là ?

– Eh bien... on verra la prochaine fois.

Si Furuuchi était l'homme qui lui avait permis de cristalliser une détermination encore naissante, Michihiro, quant à lui, avait donné à sa vie le goût d'une réalité amère. Avec Ishiyama, en revanche, il lui semblait qu'un monde tout à fait inconnu s'ouvrait à elle. Mais elle s'était trompée en croyant qu'il vivait dans un monde achevé. C'était plutôt elle et Michihiro qui étaient dans cette situation.

Ce soir-là, elle arriva à l'atelier avec deux heures de retard, au moment où Michihiro et deux employés étaient en train d'avaler les repas préparés qu'ils étaient allés acheter à l'extérieur. À la lumière des néons, le riz blanc rougi par la prune salée lui parut complètement froid. Michihiro posa ses baguettes et lui lança un regard mauvais.

– Excusez-moi, je suis en retard.

– Il y a eu un appel de la crèche.

– Quoi ?

– Évidemment, tu es en retard et tu n'as pas pris la peine de prévenir !

– Tu m'as demandé de repasser ici, alors je ne vois pas comment j'aurais pu ne pas être en retard à la crèche ! lui répliqua-t-elle tout en se versant des feuilles de thé dans une tasse.

– Là n'est pas la question ! Qu'est-ce que tu fichais ? On est débordés, et c'est moi qui ai dû sortir pour nous acheter de quoi bouffer !

Témoins involontaires de cette dispute dont ils n'auraient su dire si c'était une scène de ménage ou une querelle de travail, les deux ouvriers ne soufflaient mot, la tête penchée sur leur dîner. L'un d'eux, celui qui aurait dû lui être le plus hostile, lança à Kasumi un regard compatissant. Blessée, elle glissa sur le bureau les prémaquettes que lui avait remises Ishiyama.

– Qu'est-ce que c'est ?

– C'est Ishiyama qui m'a donné ça. Je suis tombée sur lui en bas.

– Il a dit que c'était pressé ?

– Je ne sais pas. Tu n'as qu'à le lui demander.

– C'est pas vrai ! Si au moins tu t'occupais correctement des enfants. T'es complètement à côté de tes pompes en ce moment !

Indéniablement, elle s'était relâchée. Mais se reprendre, et s'occuper de deux enfants en bas âge tout en assumant la même charge de travail qu'auparavant, elle s'en sentait tout simplement incapable. Intérieurement, un cri lui échappa. Ici, tout était prosaïque et dénué de compassion. Jusqu'à cet instant, elle s'était trouvée impardonnable d'être allée dans un *love hotel* avec Ishiyama alors que son mari restait là à dîner de riz froid. Mais, tout à coup, Michihiro lui apparut semblable à la mer grise de son enfance. S'évader. Elle ne put empêcher cette pensée de grandir en elle. « À l'avenir » : ces mots qu'avait prononcés Ishiyama étaient devenus pour Kasumi sa seule planche de salut.

– C'est vraiment bien, tu sais. Je vais l'acheter.

Ishiyama, étendu sur Kasumi, l'enveloppant, la regarda dans les yeux. Il tentait désespérément de percer ses pensées. L'expression de son visage lui fit songer à leur rencontre dans l'ascenseur.

– Oui...

– Je crois que ce que je suis en train de faire est complètement fou, mais j'ai tellement envie de me retrouver seul avec toi quelque part où personne ne viendra nous déranger...

– Je comprends.

– Tu viendras avec moi ?

– Oui.

Ils s'embrassèrent et, pendant ce baiser, elle ouvrit les yeux et regarda le plafond. Leur décision lui faisait penser à autre chose.

C'était l'époque où elle s'était finalement décidée à quitter la maison.

Elle venait de terminer ses études secondaires au lycée local, et ses parents, redoutant qu'elle ne fasse une fugue, ne la quittaient plus des yeux. Ils étaient d'accord pour qu'elle entre dans une école d'enseignement professionnel à Sapporo, mais l'idée qu'elle s'éloigne davantage, et parte à Tôkyô par exemple, leur était insupportable. Kasumi, elle, voulait aller à la capitale. À Sapporo, elle se trouverait à trois heures en car de chez ses parents. Ils ne manqueraient pas de lui faire constamment des visites, car c'était tout près, et ils auraient la possibilité de la ramener à la maison s'il se passait quelque chose. En catimini, avec l'argent reçu de ses parents, elle avait envoyé une lettre de candidature à une école de graphisme de Tôkyô.

Il fallait passer par Sapporo pour aller à Tôkyô. Chaque jour, six autocars faisaient le voyage de Sapporo, deux le matin et deux en fin de journée, un le midi, à

13 heures, et un autre le soir, à 20 heures. Dans l'indicateur des horaires, celui de 20 heures était désigné, dans la marge et en petits caractères, comme étant le « dernier autocar ». Kasumi pensa qu'il était sa seule chance. Le soir, ses parents devaient remettre en ordre le restaurant et ils étaient occupés lorsque des clients s'attardaient à boire. En outre, elle devinait qu'ils ne prendraient pas au sérieux l'éventualité qu'elle ait choisi un autocar qui arrivait à Sapporo au milieu de la nuit. Auquel cas, elle les aurait bel et bien embobinés.

« Dernier autocar ». Plus elle lisait ces mots, plus se consolidait sa résolution de partir de chez elle, et de ne jamais y revenir. Pourtant, ces deux mots n'étaient pas dénués de tristesse et la perspective de ne plus revoir son village natal la déprimait. Elle voulait partir mais elle avait peur. Serait-elle capable d'un acte aussi téméraire ? La carte de visite que lui avait donnée Furuuchi était devenue son porte-bonheur. La serrant dans sa main, Kasumi s'imaginait chaque jour montant dans le « dernier autocar ».

Après la cérémonie de remise des diplômes, ses parents avaient pris l'habitude de venir jeter un œil dans sa chambre tôt le matin. S'ils la perdaient de vue ne fût-ce qu'un moment, ils s'arrangeaient pour aller surveiller l'arrêt d'autocar à tour de rôle. Kasumi demanda l'aide d'une amie pour transporter petit à petit les affaires qu'elle comptait emporter et les cacher dans un fourré d'herbe sèche derrière l'arrêt d'autocar. Ainsi, le soir du grand départ, elle fit comme si de rien n'était, prit son bain et regarda la télévision avec ses parents.

À 19 h 30 passées, elle monta le volume de la télévision et alla se changer discrètement, puis elle passa par la petite fenêtre à double vitrage du premier étage et grimpa sur le toit de zinc. Ses pas faisant résonner la tôle, elle tendait chaque fois l'oreille avec inquiétude, le cœur battant à tout rompre. Elle distinguait le bruit de la vaisselle que ses parents, sans doute rassurés aujourd'hui encore, étaient en train de faire dans le restaurant. Il y avait aussi, de temps en temps, la sonnerie de la caisse – son père qui comptait la recette du jour. Kasumi poussa un soupir de soulagement et leva les yeux vers le ciel. Elle vit le croissant de la lune. C'était la fin mars mais la nuit était glaciale, et ses cheveux encore humides étaient froids sur ses joues. Ayant enfilé l'un sur l'autre quantité de sous-vêtements et de pull-overs, elle se sentait engoncée dans son duffel-coat et sauta du toit sans avoir aucune maîtrise de ses gestes. Cela fit un bruit bien plus grand qu'elle ne l'avait imaginé. Elle eut peur qu'ils ne se soient aperçus de quelque chose, mais rien ne se produisit. Elle se mit alors à courir à toutes jambes en direction de l'arrêt d'autocar, à environ dix minutes de là.

Sur la route nationale, à peine quelques voitures se croisaient-elles de temps à autre. Toute proche, la mer laissait entendre de sourds mugissements. Kasumi était terrorisée aussi par le vent qui soufflait sur la plaine avec des grondements similaires. Elle sentait sur sa joue droite la présence de toute cette eau qui provenait de la mer d'encre et, sur sa joue gauche, la désolation sombre et immense de la plaine. Elle devait échapper à cette double menace qui la cernait, et elle courait à en perdre haleine. Que ferait-elle, abandonnée dans les ténèbres de la nuit, si l'autocar ne l'avait pas attendue ? Cette éventualité la rendait folle d'angoisse.

Elle arriva enfin à l'arrêt d'autocar et chercha fébrilement ses affaires avec une lampe de poche. Elle les trouva à l'endroit convenu, enveloppées dans un sac poubelle, et jeta le sac sur son dos. Au loin, sur la route, elle vit bientôt approcher les phares de l'autocar. Alors, hors d'elle-même, elle agita sa lampe de poche pour lui faire signe de s'arrêter.

Quand le conducteur ouvrit la portière de l'autocar, provoquant le chuintement du système à air comprimé, Kasumi crut que ses jambes l'abandonnaient.

– Oui, c'est le dernier car pour Sapporo.

L'homme fit une drôle de tête, mais elle l'ignora et alla s'installer dans un siège tout au fond. Il n'y avait pas d'autre passager. L'autocar redémarra. Elle se tourna craintivement vers le village et regarda ses lumières disparaître au loin. Elle était heureuse d'être enfin partie, mais follement inquiète aussi quant à son avenir. Avait-elle de l'espoir ? N'en avait-elle aucun ? Jamais jusque-là elle n'avait ressenti en même temps deux sentiments antagonistes et aussi violents.

Accepter le projet d'Ishiyama, n'était-ce pas comme monter dans un « dernier autocar » ? Cette question la taraudait. Ce qui avait motivé sa fugue, c'étaient assurément l'espoir et le désir de s'accomplir. Mais ses rendez-vous avec Ishiyama, c'était le bonheur qu'elle éprouvait sur le moment plutôt que l'espoir qui les motivait, et rien d'autre. Le « dernier autocar » avait signifié ne plus revenir. À présent, même si sa vie était dans une impasse, Kasumi ne pouvait se résoudre à abandonner ses deux filles.

– Ah ! c'est fichu ! s'écria-t-elle en regardant l'heure à sa montre.

Elle se leva et se rhabilla à la va-vite. Ishiyama ramassa sur le sol plongé dans l'obscurité les sous-vêtements qu'il y avait laissés tomber, puis chercha la chemise qu'il avait déboutonnée tout à l'heure. Découragé, encore étendu sur le lit, il lui dit affectueusement :

– Prends bien soin de toi. On se revoit à Hokkaïdô.

– D'accord.

Elle sourit et lui fit un signe de la main, puis sortit de la chambre d'hôtel en se lissant les cheveux. Peut-être avait-elle encore sur elle une trace évidente de leur rendez-vous. Elle n'avait plus le temps de le vérifier. Cela ne l'empêchait pas de vouloir rester jusqu'à la dernière seconde dans les bras d'Ishiyama.

Elle récupéra sa bicyclette parquée devant la gare de Nakano et retourna à l'appartement familial. Elle s'était absentée deux heures de la maison, en prétextant qu'elle avait été choisie comme responsable des fêtes de l'association des parents d'enfants de la maternelle et qu'elle devait assister à une première réunion. Depuis quelque temps, Ishiyama s'arrangeait en fonction des disponibilités de Kasumi pour la retrouver près de chez elle.

Michihiro devait être en train de donner son bain à Risa, car elle entendit des giclements d'eau et la voix joyeuse de la fillette dans la salle de bains. Elle frappa à la porte pour faire savoir à son mari qu'elle était de retour :

– Me revoilà !

Devant le miroir couvert de buée du vestiaire, elle recoiffa ses cheveux en bataille et inspecta son visage en feu. Il lui semblait que les jours où elle voyait Ishiyama ses yeux brillaient plus que d'ordinaire.

– T'étais où, maman ?

Debout à côté d'elle, Yuka la regardait du haut de ses cinq ans. Son esprit était déjà pénétrant pour son âge. Redoutant un peu le regard perçant de sa fille, Kasumi lui dit le mensonge qu'elle avait préparé :

– Dans un salon de thé. Avec les mamans de Michiko et de Yukito.

– Vous avez bu de l'alcool ?

– Pourquoi ?

– T'es toute rouge.

Elle lui avait lancé cette dernière phrase avec mépris avant de s'enfuir dans la pièce de la télévision. Kasumi s'appuya des deux mains sur le rebord du lavabo en la regardant courir dans son pyjama rose. Elle avait honte de devoir mentir à une enfant. Voilà ce qui arrivait quand on vivait avec le poids de sentiments inavouables. La porte de la salle de bains s'ouvrit, laissant paraître Risa, la figure empourprée, dans les bras de son père.

– Tu rentres bien tard.

Il la regardait tout en enveloppant la fillette dans une serviette de toilette.

– Désolée. On bavardait et on n'a pas vu le temps passer.

À quarante-quatre ans, Michihiro commençait à se dégarnir ; on voyait son cuir chevelu quand il sortait du bain. « Si seulement cet homme pouvait être Ishiyama », se prit à songer Kasumi, le cœur gros. À peine avait-elle quitté son amant que la pensée de sa faute l'accablait. Pourtant, elle trouvait dans les instants qu'elle passait avec lui un bonheur qui réduisait à néant cette culpabilité. Pour rien au monde elle n'aurait voulu y renoncer. Elle ne pouvait plus vivre sans ; à présent, leurs rendez-vous représentaient pour elle la seule évasion possible.

2

Prenant son temps, Ishiyama fumait une cigarette sur le lit en désordre. Avec ses deux filles dont elle devait s'occuper, Kasumi n'avait pas une minute à elle, si bien que leurs rendez-vous s'achevaient toujours en adieux trop brefs. Elle se rhabillait à la hâte et quittait l'hôtel avant lui, le laissant prendre une douche, remettre un peu d'ordre et payer la chambre. Deux années que cela durait, mais il ne parvenait toujours pas à s'habituer à ces moments où il se retrouvait seul dans la chambre.

Il voulait passer davantage de temps avec elle. L'observer aussi longtemps qu'il lui plairait pour éprouver un à un chacun des mouvements de son âme, son trouble, ses hésitations, ses colères. Il revoyait avec tendresse ses yeux en amande, ses lèvres longues et épaisses. Ses doigts en caressaient encore l'ourlet tout à l'heure, mais cela lui semblait déjà appartenir à un passé lointain. Si on y prêtait attention, le visage de Kasumi avait des traits audacieux par leur dimension, mais qui se combinaient harmonieusement, d'une manière délicate et féminine. Ishiyama eut envie de la dessiner comme il le faisait à l'époque de ses études aux Beaux-Arts et il essaya de visualiser ses yeux, son nez et ses lèvres pour les tracer dans l'air d'un pinceau imaginaire. Mais ce qui lui vint à l'esprit, ce fut le mouvement de son bras quand, à plat ventre, elle avait cherché à tâtons ses vêtements sur le sol et l'expression qui était apparue sur son visage à l'instant où ils s'étaient retrouvés. Il ne pouvait déjà plus distinguer les détails de ses traits. Pour lui, Kasumi était cette présence rare qui donnait un relief nouveau à sa vie d'homme. Elle représentait aussi l'espoir d'un avenir plein de promesses. Il écrasa sa cigarette avec impatience, irrité contre lui-même de son incapacité à garder pour lui seul la femme qu'il aimait.

Ishiyama était vraiment perplexe. Pour avoir Kasumi à ses côtés, pouvait-il raisonnablement acheter cette maison à Hokkaïdô ? L'argent n'était pas le problème. Mais Hokkaïdô, ce n'était pas Karuizawa [1], et la différence était de taille. Quoique simple salarié, il aurait très bien pu s'offrir une propriété à Karuizawa. Il avait hérité une maison de deux cents mètres carrés à Komaba, dans l'arrondissement de Méguro. Il conservait une certaine modération dans son train de vie. Il pratiquait le golf, mais n'envisageait pas pour autant d'adhérer à un club [2], et, à la différence de ses amis graphistes, il n'était pas non plus du genre à s'enticher de belles voitures étrangères ou à partir en famille à l'étranger dès qu'il avait un moment de libre. Hormis l'éducation de ses deux enfants, il aurait peu de dépenses dans l'avenir, et cela ne l'inquiétait guère. La passion d'Ishiyama, c'était la pêche. Les jours de congé, il se levait de bon matin, partait seul pour Okutama ou Tanzawa et remontait le cours de la rivière à la recherche d'un emplacement. Il y passait la matinée, à jeter et à lever ses lignes, puis, quand il était satisfait, il rentrait chez lui. Ce passe-temps ne lui coûtait presque rien.

1. Ville de la préfecture de Nagano, lieu de villégiature huppé, à quelques heures en train de Tôkyô.

2. Au Japon, une carte de membre d'un club de golf est un luxe, soumis d'ailleurs à déclaration fiscale.

Lorsqu'il lui avait parlé de cette maison à la campagne, la réaction de Kasumi avait tenu en une phrase : « C'est terriblement risqué ! » Il croyait comprendre ce qu'elle ressentait. Il l'avait sans doute alarmée en lui annonçant abruptement qu'il voulait acheter une maison où ils pourraient se retrouver seuls. Pourtant, il aurait aimé que sa joie soit plus profonde. Était-ce l'égoïsme qui lui faisait voir les choses ainsi ?

S'il hésitait, c'était parce qu'il craignait, en faisant cette acquisition maintenant, que, malgré lui, Kasumi ne devienne à ses yeux une simple maîtresse et que leur liaison ne se fige dans une banale relation d'adultère. Il avait jeté une pierre dans un avenir qui leur échappait. C'était certainement ce qu'elle pensait. Ce qu'il avait vu en rêve, elle avait supposé que cela viendrait plus tard. Un jour ou l'autre, il quittait son travail, divorçait et laissait à Noriko leur maison de Méguro. Puis elle divorçait à son tour et ils allaient vivre tous les deux à Hokkaïdô. C'étaient de douces chimères qu'il caressait en secret, mais Kasumi était rentrée chez elle avec son angoisse avant qu'il ait trouvé le courage de les lui confier. Assurément, ce rêve était naïf. Pourtant ce n'était pas irréalisable, si lui sacrifiait sa femme et ses enfants et si Kasumi faisait de même avec Moriwaki et ses filles. Il ne savait que trop bien combien d'égoïsme cela impliquait. Mais pouvait-on vraiment taxer d'égoïsme un acte qui demandait autant de courage ? Il voulait être lui-même, quitte à rejeter les autres. Il n'avait jamais réfléchi à cela jusqu'à maintenant. Si on ne lui laissait pas la possibilité d'être lui-même, sa vie deviendrait pareille à la mort.

Ishiyama prit une bière dans le réfrigérateur. La bouteille n'était pas très froide. Hésitant à l'ouvrir, il la fit d'abord rouler dans ses mains et essaya d'imaginer ce que serait sa vie sans Kasumi. « Impossible », fit-il en secouant la tête. Il était un autre homme depuis qu'il l'avait rencontrée. Elle lui avait appris que, dans les sentiments, il y a des vallées profondes et de hauts sommets, que le fait de comprendre l'autre est source de joie, que l'équilibre et la plénitude ne se maintiennent pas sans tension. Jusque-là, il avait fait peu de cas de ces choses. Le succès professionnel, voilà ce qui avait compté pour lui ; tout le reste était secondaire. Sans se la formuler clairement, c'était avec cette pensée qu'il avait vécu ces dernières années. Kasumi, quoique plus chaotique, avait des sentiments d'une sincérité tout animale et qui s'exprimaient librement. Et c'était bien ainsi. Mais il y avait autre chose.

Kasumi portait en elle un monde qui lui était totalement inconnu. Beaucoup de choses lui échappaient encore. Avant, s'il avait eu sous les yeux un monde inconnu, Ishiyama ne s'y serait certainement pas arrêté. Mais, aujourd'hui, il souhaitait le parcourir, il avait même l'espoir qu'ils l'exploreraient ensemble, et jusqu'à ses recoins les plus cachés si elle le souhaitait.

Il prit sa montre sur le lit et l'attacha à son poignet. 23 heures. Il aurait aimé quitter très vite cette chambre vide et rentrer chez lui. Mais il valait mieux attendre que Noriko soit endormie. Il décapsula sa bière. La mousse jaillit, s'écoula sur sa peau et jusqu'à sa montre. Il attrapa une serviette de toilette à portée de main et s'essuya le bras. Il but sa bière directement au goulot, sans prendre la peine de la verser dans un verre. Il s'aperçut alors que la serviette avec laquelle il s'était essuyé était celle qu'avait utilisée Kasumi. Il se souvint de la première fois qu'il l'avait vue à Moriwaki Compo. Cela faisait douze ans.

« Moriwaki Compo travaille bien », disait-il et, entiché, il ne confiait plus ses prémaquettes aux coursiers extérieurs ou au commissionnaire de l'atelier. Il aimait s'y rendre en personne, expliquer ce qu'il désirait à Michihiro Moriwaki et rester à ses côtés pendant la fabrication pour lui donner des indications précises.

Son travail allait d'autant mieux qu'il l'appréciait. À l'époque, il était rongé par l'ambition, voulait devenir le meilleur graphiste du bureau de création de son agence et commençait à sentir du répondant. Il était persuadé que l'heure était proche où il aurait le monde de la publicité dans sa poche.

Un jour de forte chaleur résiduelle, au début du mois de septembre, il s'était présenté à l'improviste à l'atelier. De passage dans le quartier, il était venu voir si la maquette d'une publicité de presse qu'il avait commandée n'était pas prête. En entrant, il avait aperçu une jeune femme qu'il ne connaissait pas assise devant un plan de travail. Habillée d'un petit haut à bretelles vert olive et d'une sorte de treillis kaki, elle agitait un éventail, visiblement accablée par la chaleur. Il devait faire trente-cinq degrés, mais le climatiseur était en panne. Cela ne les empêchait pas de travailler tous avec ardeur. C'était une telle étuve dans l'atelier qu'il ôta sa veste et essuya sa sueur avec un mouchoir.

En le voyant, la jeune femme s'était levée de son siège comme à contrecœur et, un bref instant, son haut à bretelles était remonté légèrement sur son ventre, découvrant un nombril profond. Malgré sa tenue militaire, elle avait le teint pâle et la ligne qui allait de ses épaules à ses bras était ample et féminine. Son pantalon large lui seyait parfaitement et mettait en valeur ses fesses superbes. Pourtant, elle ne paraissait pas consciente de l'attrait sexuel qui émanait d'elle, et la gaucherie même de ses gestes ne faisait qu'ajouter à son charme. « Voilà une curieuse fille », pensa-t-il.

– Monsieur ? lui demanda-t-elle maladroitement, d'une voix sonore.

– Je m'appelle Ishiyama.

Moriwaki se détourna de son plan de travail. Ses yeux furent d'abord captés par la jeune femme, puis il le vit et lui fit un signe de la main.

– Ah, bonjour ! Ta commande est prête.

La jeune femme adressa un petit sourire à Ishiyama qui n'était pas loin de signifier son contentement d'en avoir fini avec lui. Il y avait quelque chose d'insouciant, presque d'insolent envers un client dans ce sourire. Dans cette entreprise où ne travaillaient que des artisans scrupuleux, elle détonnait incontestablement. Les ouvriers eux-mêmes, qui s'étaient mis en maillot de corps à cause de la chaleur, ne cessaient de jeter des regards furtifs à ses moindres gestes. Parmi ces hommes d'âge moyen ou avancé, Moriwaki, le plus jeune, s'occupait des affaires commerciales et il était aussi le patron. Lorsqu'il l'invita dans le coin de l'atelier où il recevait les clients, Ishiyama pointa du doigt la jeune femme :

– C'est une nouvelle recrue ?

– Oui, oui. Enfin, elle est en apprentissage. Hé, Kasumi ! Viens, s'il te plaît. Je vais te présenter notre meilleur client.

La dénommée Kasumi posa son éventail et arriva vers eux comme en dansant.

– Je te présente M. Ishiyama, de l'agence Kyôkôsha. Et voici Kasumi Hamaguchi, qui vient de commencer ici.

Ne devant pas avoir encore reçu de cartes de visite à son nom, elle se tenait devant eux sans savoir que faire de ses mains. Elle était grande et brimbalait çà et là ses longs membres encombrants. Elle ne paraissait pas enfantine, mais plutôt dans la lune. Quand Ishiyama la salua, elle s'inclina à son tour d'une façon toujours aussi guindée, puis repartit aussitôt à sa place. Devant son manque de tact, Moriwaki eut un sourire forcé et proposa à Ishiyama du thé d'orge qu'il était allé chercher dans le réfrigérateur.

– Elle veut devenir graphiste.

– Ah oui ?

Ishiyama se sentit désolé pour elle. La concurrence était rude. Pour faire la différence, le talent ne suffisait pas, il fallait aussi compter sur la chance. Certaines entreprises de composition avaient leur propre service de graphisme, mais ce n'était pas le cas de Moriwaki Compo, qui se consacrait exclusivement à la composition et à la fabrication de maquettes. Elle risquait d'être débordée par les commandes qui arrivaient sans cesse et de ne pas trouver le temps de se perfectionner, ce qui lui laisserait peu d'espoir. Comme s'il avait percé ses pensées, Moriwaki reprit :

– Si elle demande quelque chose, est-ce que ça t'ennuierait de l'aider ?

– Si je peux faire l'affaire...

Il dirigea son regard vers elle. Elle était en train de s'entraîner au tire-ligne avec une grande application. Ses cheveux bruns, coupés à la garçonne, collaient à son front en sueur. Il imagina furtivement que son nombril était peut-être lui aussi humide de transpiration.

– Elle se débrouille avec les maquettes ?

– Pas du tout. Oh, elle essaie de s'améliorer, mais elle n'est pas très adroite et je ne suis pas certain qu'elle soit faite pour ça. Elle a des idées audacieuses, remarque, et très originales. Je crois qu'elle est sérieuse malgré les apparences, mais, tu vois, il n'y a pas d'autre fille de son âge ici... Je me demande si je ne vais pas la mettre à la comptabilité, en fin de compte.

– Mais tu disais qu'elle voulait devenir graphiste...

– Tu sais, j'ai l'impression qu'elle change d'avis comme de chemise...

Cette façon de parler d'elle exaspéra Ishiyama. Pourtant, quand ils regardaient Kasumi, les yeux de Moriwaki se plissaient et disaient d'eux-mêmes combien il la trouvait à son goût. La voyant prise dans des vents contraires, Ishiyama éprouvait de la sympathie pour elle, et il pensait, un peu déçu, qu'il serait regrettable qu'elle finisse ainsi.

Ce soir-là, à l'initiative de Moriwaki, les deux hommes étaient allés prendre un verre dans le quartier de Shinjuku. Une fois ivre, il n'avait plus cessé de parler d'elle.

– Cette fille, c'est un peu comme un animal sauvage. Il faudrait que quelqu'un mette la main dessus et l'apprivoise. Mais, moi, je suis trop vieux pour elle et on ne va pas ensemble.

« Il a beau dire, il aimerait bien la dompter », pensa Ishiyama avec amusement. Moriwaki avait alors trente-deux ans. Il avait quitté une importante entreprise de composition trois ans plus tôt pour créer sa propre affaire. C'était l'époque où il commençait à être récompensé de ses efforts.

– Pourquoi est-ce que vous n'iriez pas ensemble ? Elle a quel âge, cette fille ?

– Vingt-deux ans, je crois.

D'un doigt, Michihiro réajustait à chaque instant sur son nez ses lunettes à montures de métal. D'une constitution maigre et souple, il avait l'apparence d'un technicien. Il poursuivit :

– Avant d'entrer à l'atelier, je crois qu'elle a fait un tas de petits boulots dans le graphisme.

– Elle a l'air de n'en faire qu'à sa tête.

– Mais elle travaille dans un snack le week-end. Je crois qu'elle est très sérieuse, contrairement à l'impression qu'elle donne.

Vexé certainement par le commentaire de son ami, il s'était empressé de prendre sa défense. En repensant à son nombril, Ishiyama n'avait pas écarté l'idée de s'amuser un peu avec elle, mais comme Moriwaki s'était visiblement amouraché d'elle, il y renonça. À l'égard de Kasumi, les hommes n'avaient jamais que ce genre d'attitude. Ils étaient tous persuadés qu'elle trouverait ailleurs un travail plus avantageux et leur filerait entre les doigts.

Quelques mois plus tard, alors qu'il revenait de déjeuner avec des collègues, Ishiyama aperçut Kasumi qui l'attendait à l'accueil de l'agence. Elle avait dans les bras un grand sac de maquettes et regardait avec curiosité, telle une écolière en voyage scolaire, le hall aux murs de marbre. D'ailleurs, sa tenue – tee-shirt blanc, cardigan noir et pantalon de coton – était aussi celle d'une élève.

– Moriwaki-san, lui lança-t-il.

En s'entendant interpellée par le nom de son entreprise, elle se retourna avec un air déçu. Sans doute aurait-elle aimé poursuivre tranquillement sa visite. Il l'emmena s'asseoir dans un canapé à côté de l'accueil pour prendre réception des maquettes. Tandis qu'il les sortait du sac et les examinait, elle observait avec avidité les gens, photographes, mannequins ou autres, qui passaient dans le vaste hall. Il se souvint qu'elle souhaitait devenir graphiste et s'imagina tout d'abord qu'elle était pleine d'admiration. En réalité, c'était tout simplement un spectacle pour elle de regarder ces allées et venues et ses yeux brillaient de curiosité comme si elle se trouvait dans un zoo.

– Ça vous plaît ?

– Oui, c'est amusant, répondit-elle sans sourire, en se tournant vers lui.

Ses cheveux, longs à présent, lui arrivaient aux épaules. C'était une belle chevelure, brillante, raide et vigoureuse. Le temps d'un éclair, Ishiyama se rappela sa frange humide sur son front en sueur et son nombril profond qu'il avait entraperçu ce même jour, et il ne put s'empêcher de jeter un regard vers son ventre. En remontant, ses yeux s'arrêtèrent sur sa poitrine opulente, serrée dans un tee-shirt qu'il devinait entre les mailles du cardigan. « Est-elle encore inconsciente de son charme ? » se demanda-t-il, avec une pensée pour les hommes de Moriwaki Compo.

– Comment va votre travail ? Vous vous êtes habituée ?

– Oui, je m'y suis habituée.

– Et Moriwaki, c'est un bon professeur ?

Il s'était laissé aller à poser cette question superflue pour la seule raison qu'il connaissait l'attachement de Moriwaki pour elle. Elle baissa la tête et réfléchit un moment avant de répondre :

– Oui. Mais je crois que même si je continue pendant des années, je n'arriverai jamais à m'y faire.

La franchise de sa réponse le déconcerta.

– Vous voulez devenir graphiste, n'est-ce pas ?

« Alors vous n'avez pas besoin de faire ça », eut-il envie d'ajouter, mais Kasumi fit flotter sur lui un regard embarrassé. Elle semblait chercher les mots exacts.

– C'était vrai mais...

– Mais, aujourd'hui, vous ne pratiquez plus ? Si vous avez envie de vous y remettre, il y a peut-être moyen de vous trouver un petit boulot ici. Seulement, il faudrait que Moriwaki n'en sache rien.

Elle refusa tout net :

– Alors c'est pas la peine.

– Vous lui devez quelque chose ?

– Non, mais ce genre de situation, ça n'apporte que des ennuis.

– Vous êtes venue à Tôkyô pour devenir graphiste, non ?

– Oui. Mais mon objectif, c'est de pouvoir être indépendante ici.

Il était surpris. Elle ne parlait ni d'échec ni de résignation. Il comprenait simplement qu'elle devait avoir un but différent. Lui-même ne trouvant guère de charme à Tôkyô, il hocha la tête d'un air incrédule à l'idée qu'elle puisse avoir pour ambition d'y vivre seule. Mais il eut l'intuition que Moriwaki avait vu juste quand il avait parlé d'elle comme d'un « animal sauvage ». Elle n'aspirait qu'à survivre ici. Puis il se fit la réflexion qu'il serait plaisant de voir, en spectateur, si son ami parviendrait finalement à l'apprivoiser.

Deux ou trois ans avant qu'elle épouse Moriwaki, il l'avait rencontrée par hasard à Shinjuku, un dimanche soir. Déjà, à ce moment-là, faisant mentir les pronostics des autres employés, Kasumi avait su se rendre indispensable à Moriwaki Compo. En charge de la gestion des maquettes, elle régnait sur la comptabilité ainsi que sur tous les domaines qui n'étaient pas le fort de Michihiro. Chaque fois qu'Ishiyama se rendait à l'atelier, il la trouvait à son bureau, débordée de travail, en train de rédiger quelque chose ou de répondre au téléphone. « Finalement, elle est parvenue à survivre », avait-il pensé, perdant du même coup tout intérêt pour elle.

Quand il l'aperçut au milieu de la foule, elle était comme un corps sans âme, avec une expression sur le visage qu'il ne lui avait jamais vue. Il hésita même à lui adresser la parole.

– Kasumi.

Dans un réflexe, elle cacha son visage derrière le sac qu'elle avait à la main. Pensant qu'elle était contrariée que quelqu'un ait surpris son moment d'absence, il fit semblant de ne rien voir. Mais il avait été séduit par cette tristesse qu'il avait surprise à son insu.

– Du shopping ?

– Oui. Je me suis acheté un pull.

Ishiyama essaya de deviner la couleur du pull-over qui se trouvait dans son sac. Il aimait la façon à la fois simple et raffinée dont elle s'habillait. Ainsi, ce jour-là, bien qu'elle ne portât qu'un gros manteau noir d'homme et un foulard rouge, la manière dont elle avait noué celui-ci était d'un chic irréprochable. Il se dégageait d'elle quelque chose de différent.

– Quelle couleur ?

– Un beau bleu ciel. Mais c'est stupide parce que je n'ai pas d'argent.

– Bleu ciel ? Ça doit vous aller très bien.

– Vous croyez ?

Sa voix était plus mélancolique que d'habitude, et Ishiyama eut soudain envie de lui dire qu'il lui offrirait tous les pulls qu'elle voudrait, mais il se ravisa de justesse. Il n'avait pas de mal à comprendre qu'elle l'aurait méprisé s'il avait fait cela. Il n'avait pas envie de la quitter et l'invita à dîner :

– Si ça vous dit, on pourrait aller manger quelque part ?

Ishiyama venait de prendre la décision d'épouser Noriko, une ancienne camarade d'université. Mais voilà que, subitement, il s'intéressait de nouveau à cette Kasumi. Elle n'était pas la femme qu'il avait imaginée. Ou plutôt, l'imagination n'avait rien à voir là-dedans ; elle était différente de toutes les femmes qu'il avait connues. Son intuition le lui disait.

Kasumi le suivit docilement, mais la conversation ne prit pas. Il avait dû lui arriver quelque chose. Curieux de la connaître plus intimement, il avait été tenté de l'interroger, mais elle était restée fermée comme une huître. Même s'il l'avait revue par la suite, il n'avait pu ouvrir aucune brèche dans le mur inébranlable qu'elle lui opposait. De toute sa vie, il ne saurait sans doute jamais le secret du charme de Kasumi. Résigné, il s'était marié avec Noriko six mois plus tard, comme prévu, et avait commencé une vie conjugale qui lui promettait confort et stabilité.

Il ne rencontrait plus Kasumi qu'à Moriwaki Compo. Quand il avait appris qu'elle allait épouser Moriwaki, il s'était demandé avec inquiétude si ce dernier serait capable de la comprendre. Secrètement, il éprouvait aussi une certaine joie d'être le seul à avoir vu ce désarroi sur son visage. Pourtant, au fil du temps, il avait fini par oublier cela également.

Deux ans plus tôt, au mois d'avril, Kasumi s'était brusquement jetée dans ses bras dans l'ascenseur. Il n'oublierait sans doute jamais le choc reçu à ce moment-là. Ses yeux avaient la même couleur que huit ans plus tôt, à Shinjuku. Des yeux perdus et angoissés. Son cœur qu'elle avait refusé de lui ouvrir, Kasumi, cette fois-là, avait voulu lui en donner la clé. Il avait été déconcerté. Cependant, il était lui-même étonné que le regret de n'avoir su percer son secret jaillisse maintenant à flots en lui comme une voie d'eau ouverte.

Peut-être lui avait-il menti tout à l'heure en lui affirmant qu'il ne s'intéressait pas à ce qu'elle était avant et qu'il ne lui trouvait aucun charme quand elle était plus jeune. Il l'avait probablement aimée dès leur première rencontre. Il n'aurait su le dire avec certitude, mais ses sentiments s'étaient sans doute renforcés à partir de ce jour où, à Shinjuku, elle l'avait blessé en refusant de s'ouvrir à lui. Aussi parce que, à cause de cela, il avait l'impression que leur vie avait pris des détours inutiles. Oui, il avait menti, il n'avait pas la franchise de Kasumi.

Sa bière bue, Ishiyama alla dans la salle de bains pour prendre une douche. Il tenait à la main la serviette de toilette que Kasumi avait utilisée. Ayant ouvert le robinet d'eau chaude, il réfléchissait à son emploi du temps du lendemain tout en réprimant un bâillement, quand il eut un accès de mélancolie. Il ne trouvait plus d'intérêt à son travail. Le milieu de la publicité subissant le contrecoup de la crise économique, on se refusait désormais à prendre le moindre risque. En plus, chez les graphistes, l'heure de la relève entre ancienne et nouvelle génération était proche. On ne rechercherait bientôt plus que des « directeurs artistiques » capables de mener à terme des projets publicitaires dans leur ensemble, alors que lui voulait en rester au graphisme artisanal. Cette évolution lui était douloureuse. L'idée de tout plaquer commençait à germer en lui. Mais s'il dévoilait ce désir à Kasumi, elle douterait peut-être de son amour, croirait qu'elle était un prétexte à l'achat de la maison de campagne et que le véritable motif était qu'il voulait quitter son travail. Ishiyama perdit d'un coup toute son assurance. Peut-être n'avait-il pas entièrement confiance en elle. Mais alors, de son côté, Kasumi se fiait-elle à lui ? N'avait-elle pas dit que c'était « terriblement risqué » ? Cela ne prouvait-il pas qu'elle n'était pas sincère ? Le doute s'emparait de lui. C'était le piège de l'amour. Le doute naissait du désir et de l'impossibilité de tenir l'autre entièrement dans sa main. « Une sorte de jalousie », conclut-il. C'était pour cette raison que le doute s'évaporait à l'instant où il la voyait, que ce qu'il y avait de plus profond dans le doute se changeait en transport de joie. Ishiyama imagina qu'un pont était jeté entre Kasumi et lui. Plus robuste qu'ils ne le croyaient, il devait ployer sans rompre sous les coups. « Les coups ne sont pas si terribles, alors de quoi ai-je donc peur ? » pensa-t-il.

Ishiyama fit arrêter le taxi devant chez lui. Il sentit dans l'obscurité l'odeur douce des gardénias que Noriko avait plantés au pied du mur d'enceinte. C'était un ancien quartier résidentiel dont les vastes jardins avaient été rasés et divisés en un grand nombre de parcelles sur lesquelles s'élevaient de petites maisons vendues clés en main. Les Ishiyama, cependant, avaient réussi vaille que vaille à conserver leur maison d'une génération à l'autre.

Il ouvrit la porte d'entrée fermée à clé. À part la lumière dans le vestibule, les autres pièces étaient plongées dans le noir. En tuant le temps pour ne pas rentrer trop tôt, il s'était probablement épargné de devoir parler avec Noriko. Dans l'escalier, les marches de bois émirent de petits craquements sous ses pas. Arrivé à l'étage, il alla au fond du couloir et entendit le lit grincer du côté de la fenêtre quand il ouvrit doucement la porte de la chambre.

– N'allume pas, ça fait mal aux yeux, lui dit sa femme en se retournant dans le lit.

Ishiyama commença à se déshabiller dans la pénombre. Il entendit qu'elle reniflait son odeur.

– Tu ne sens pas le même savon que d'habitude.

La finesse de son odorat le fit sursauter, et il lui tourna le dos avec mauvaise humeur.

– C'est sans doute parce que je me suis lavé les mains dans le bar tout à l'heure.

Noriko n'avait aucun sujet d'insatisfaction. Camarades d'université, ils s'étaient trouvé des goûts communs, avaient partagé des expériences et s'étaient beaucoup amusés ensemble. Elle avait du goût et se montrait une parfaite femme d'intérieur. Quand leur dernier enfant était entré à la maternelle, elle avait recommencé à travailler dans une petite agence de graphisme. Toujours habillée avec élégance, attentive à rester jeune, Noriko aurait très bien pu figurer dans un magazine féminin. N'importe quel homme se serait senti flatté d'avoir pour épouse une femme comme elle. Elle était une bonne mère, qui préparait des petits plats le week-end et faisait elle-même des gâteaux pour ses enfants. En semaine, elle partait de bonne humeur à son travail et s'arrêtait, au retour, dans les grands magasins faire les courses du dîner, en profitant pour s'acheter des vêtements ou des livres. Bref, elle menait la vie d'une épouse sans soucis. Elle n'avait pas, à la différence de Kasumi, d'incertitude sur ce que l'existence pourrait lui réserver. Elle ne dissimulait pas non plus à son mari un monde qu'il ignorait. Le monde de Noriko était subordonné en tout point à la présence d'Ishiyama. Ou bien c'était un monde tel qu'on le voit dans les magazines, tel qu'on le voit au cinéma, un monde facile à comprendre. Tant qu'Ishiyama vivrait avec Noriko, sa vie ne pourrait suivre une autre voie que celle qui était déjà tracée. Une vie sans surprise.

Quelle séduction avaient ces jours qui s'écoulaient sans folies ? Plutôt que la Citroën[1] qu'avait choisie Noriko, ce coin de couloir du métro où Kasumi se tenait toujours. Plutôt que l'élégant bureau blanc de Noriko, l'ombre des stores de Moriwaki Compo sur lesquels donnait le soleil couchant. Pourquoi ces choses lui semblaient-elles plus riches de promesses ? Même s'il reprenait son sang-froid et se disait que cela n'était pas comparable, ces petits rapprochements se faisaient spontanément dans sa tête et le tourmentaient.

La voix assourdie de Noriko perça à travers la couette.

– Un certain Izumi a téléphoné ce soir.

Le vieil homme qui portait ce nom était le promoteur immobilier du lac Shikotsu. Se souvenant qu'il avait promis de l'appeler dès qu'il se serait fixé, Ishiyama eut l'impression qu'on le pressait de prendre une décision.

– Tu as l'intention d'acheter une maison de campagne ? Il a dit qu'il attendrait ton coup de fil demain.

Le ton était critique. Elle devait être furieuse qu'il n'ait pas daigné la consulter. Tout en ôtant son polo, Ishiyama se justifia :

– Je comptais te demander ton avis, mais une occasion s'est présentée au lac Shikotsu. C'est un ancien terrain des chemins de fer. Un peu retiré dans la montagne par rapport au lac, mais il y a plein de rivières et je pourrai aller à la pêche.

– Ce n'est pas un peu loin ?

Elle semblait n'y porter aucun intérêt.

– C'est à trente minutes de Chitosé. Ce n'est pas loin du tout.

– Mais tu ne crois pas que ça coûtera cher pour y aller ?

– On n'ira que de temps en temps. C'est pour faire un placement.

1. Rare et original, au Japon.

– Si c'est pour investir, d'accord. Tu veux que je demande à papa ?

Le mot « placement » parut suffire provisoirement à recueillir ses suffrages. Le père de Noriko travaillait dans une banque.

– Non, pas la peine.

Il enfila un caleçon et un tee-shirt propres et se coucha. Noriko bougea à côté de lui.

– Tu ne prends pas de bain avant de te coucher ? Tu as bu ?

Qu'est-ce que ça pouvait bien lui faire ! Ishiyama contint à la fois sa mauvaise conscience et une forte envie de la rabrouer. Auparavant, chaque fois que sa femme le soupçonnait, il faisait tout ce qu'il pouvait pour la détromper, mais, depuis quelque temps, cela l'ennuyait. Tant pis si elle devinait tout. Il ne parvenait plus à se défaire de cette pensée, tellement il était amoureux de Kasumi. Il ne pouvait plus vivre sans elle. Il décida qu'il allait acquérir la maison.

– En plus, si je l'achète, on pourra y aller tous ensemble cet été.

– Tu as raison, dit-elle d'une voix ensommeillée.

– J'inviterai aussi Moriwaki et sa famille.

– Pourquoi ?

– Moriwaki m'a demandé de lui apprendre à pêcher.

Noriko s'était endormie. Sa respiration profonde fut sa seule réponse à son mensonge. Soulagé, il serra les paupières et essaya de se remémorer l'apparence de Masanori Izumi, l'homme qui lui avait téléphoné.

C'était le mois précédent, quand Ishiyama, se trouvant à Sapporo en voyage d'affaires, avait consulté les annonces immobilières et était allé visiter une maison. Masanori Izumi l'avait emmené, au volant de son 4 × 4, à la zone résidentielle Izumi-Sato du lac Shikotsu. Il avait soixante-dix ans et était le propriétaire des lieux. Il lui avait dit qu'il y habitait avec sa femme. Malgré ses cheveux blancs, sa grande taille et sa poignée de main rude faisaient émaner une grande virilité de sa personne, si bien que, en le voyant, on pensait davantage à un homme qui a vécu qu'à un vieillard. Lorsque Ishiyama avait dû repartir pour prendre son avion, Izumi avait eu la gentillesse de le raccompagner jusqu'à l'aéroport de Chitosé.

– Vous pêchez, n'est-ce pas ? Au leurre ?

– Oui. Le leurre, c'est ce que je préfère.

– Moi, parfois je sors avec ma voiture, et si je vois une rivière et que l'endroit me paraît bon, je plante ma tente et j'y passe la nuit. C'est pour ça que je garde toujours une tente dans le coffre.

– Quelle chance vous avez ! Je rêve de faire ça.

– C'est le rêve. (Izumi éclata de rire et le regarda.) Comme vous dites. Est-ce que vous chassez ? Parce que, la prochaine fois, je vous invite.

Ishiyama ayant fait non de la tête, Izumi poursuivit :

– Moi, je chasse le daim. Il y a un endroit où on peut les tirer avant l'ouverture. Ça s'appelle Shiranuka-chô. Les daims sont des animaux nuisibles, vous savez. Alors on a le droit d'en tuer autant qu'on veut. Les chasseurs en entassent je ne sais pas combien dans leurs 4 × 4. Ça pisse tellement le sang que la route est toute rouge après.

Cette voiture avait-elle servi à ça ? se demanda Ishiyama en se retournant pour regarder les sièges arrière.

– Ça vous intéresse ?

– Oui, c'est étonnant.

– C'est cruel aussi, mais bon !

Ishiyama jeta un œil sur le bas-côté de cette route bitumée traversant la campagne. On avait reboisé, semblait-il, et il trouvait étranges ces bouleaux tout droits qui, sur deux cents mètres, s'alignaient artificiellement comme une véritable colonnade. Ce paysage factice lui parut être en contradiction avec les propos du vieil homme.

– Vous relâchez les poissons que vous pêchez ? lui demanda ce dernier d'une grosse voix rauque.

– Oui, je les relâche.

– Ils sont blessés et ils crèvent de toute façon, vous savez. Ça aussi, c'est cruel. À Hokkaïdô, on ne pratique pas ce genre d'enfantillages. Sûrement parce qu'on descend d'une race de chasseurs. Leur sang coule dans nos veines.

Ishiyama garda le silence, mais Izumi s'exclama : « Tiens ! » et lui montra du doigt la rivière sous le pont qu'ils étaient en train de franchir. C'était une grosse rivière, au cours lent, et qui semblait en effet regorger de truites.

– Venez ici à 5 heures et vous verrez. Jeunes, vieux, hommes, femmes, il y a plein de monde qui vient y pêcher. Ça leur permet d'améliorer l'ordinaire.

S'il pouvait faire sienne cette vie, il changerait probablement, lui aussi. Il était séduit par cette expression de « race de chasseurs » qu'avait employée Izumi. Kasumi était un animal sauvage. Au fond de lui, quelque part, il était prisonnier de cette phrase de Moriwaki. Kasumi avait en elle quelque chose qui lui échappait. Quelque chose qu'il ne pouvait comprendre parce qu'il n'appartenait pas à la race des chasseurs. Il allait posséder une maison sur la terre qui l'avait vue naître. C'était aussi pour cette raison qu'il avait tant tenu à ce que ce soit à Hokkaïdô. « Je suis stupide », se dit-il et, dans l'obscurité, il rit de lui-même.

Deuxième partie

Présence d'eau

3

Ne commettait-elle pas une erreur en venant ici ? Pourquoi lui semblait-il qu'on la traînait à Hokkaïdô alors que c'était de son plein gré qu'elle y revenait ? Ce n'était pas Ishiyama qui l'avait entraînée. Il avait certes un certain magnétisme, mais il n'était pas homme à faire plier les autres à sa volonté. Quand elle disait non, il ne lui forçait jamais la main. Alors, était-ce leur impatience de se retrouver qui les avait poussés à agir ainsi ? Ça ne lui ressemblait guère. Cette décision était sienne ; pourtant, Kasumi se sentait nerveuse comme si elle était assise sur une chaise inconfortable. Dans ces moments-là, à coup sûr un malheur allait se produire. Ce pressentiment lui venait d'une intuition qui ne la trompait jamais. Sur ses gardes, elle parcourut les alentours du regard.

La végétation paraissait plus rude que sur Honshû, les grands arbres luxuriants poussaient d'une manière anarchique, comme s'ils dataient de temps primitifs. Chênes *mizunara*, tilleuls, pins *todomatsu*. Sans doute parce qu'ils traversaient un parc naturel national, on avait fixé des planches indiquant scrupuleusement les noms des arbres sur les troncs le long de la route. Venant tout juste d'apprendre son alphabet, Yuka avait entrepris de les lire un à un à voix haute, puis, bientôt lassée de cet exercice, s'était endormie. Le cœur de la forêt était sombre et, là où la lumière du soleil ne pénétrait pas, le sol et les arbres se fondaient avec les mousses dans une couleur de terre humide et noirâtre.

Au volant de son Pajero, Ishiyama tendit un doigt devant lui sans rien dire. Le lac Shikotsu avait surgi tout à coup à l'horizon. Kasumi et Michihiro distinguèrent sa surface à peu près au même instant. L'eau était d'un gris trouble sur lequel le bleu du ciel n'offrait nul reflet. Aucune vague, comme s'il ne s'agissait pas d'eau mais d'un élément différent qui s'était accumulé là en grande quantité et formait une masse stagnante. Cette masse dépassant toute imagination en imposait à Kasumi, qui se sentit oppressée. Cela lui rappelait tout à coup la menace de la mer d'encre qu'elle avait ressentie sur sa joue au moment où elle s'était enfuie de chez ses parents. Ses yeux papillotèrent, se fixant, pour ne plus voir la surface du lac, sur la grève où des pierres lisses et rondes avaient roulé.

Suivant des voitures en excursion, le Pajero longea à vitesse réduite le bord du lac sur environ la moitié de son périmètre, puis s'engagea de nouveau sur une route de montagne avant de prendre, enfin, sur la droite, une voie étroite au bitume fissuré. Un écriteau en forme de croissant, blanc et rouillé, apparut au-dessus de la route, sur lequel était inscrit en gros caractères : « Zone résidentielle Izumi-Sato » et, dessous, en plus petit : « Propriété privée. Entrée interdite. » Le lotissement occupait à lui seul toute une petite montagne.

– Il faut monter par ici pour aller à la maison, expliqua Ishiyama à Michihiro. Si on continue tout droit, on arrive à une station thermale, Osaki-Onsen. Il paraît que cette route n'existait pas autrefois et qu'il fallait traverser le lac en bateau depuis l'autre côté.

– On a le droit de faire un lotissement à l'intérieur d'un parc national ? demanda Michihiro sans grand enthousiasme.

– C'est bizarre, hein ? On m'a dit que ça avait appartenu aux chemins de fer. Le terrain est passé en vente publique, et c'est le seul endroit autour du lac Shikotsu où la construction d'un lotissement a été autorisée.

Moriwaki approuva d'un « ah, oui... » empreint d'ironie et proche de l'indifférence la plus totale. Étendues l'une sur l'autre, Yuka et Risa dormaient à poings fermés. Depuis que le grand lac de montagne était apparu, l'atmosphère s'était détendue à l'intérieur du véhicule, comme s'ils avaient l'impression d'avoir enfin atteint leur but. Kasumi croisa le regard d'Ishiyama dans le rétroviseur. « Tu m'as manqué, lui disaient dans un éclair ses yeux impatients. Je voudrais te serrer dans mes bras tout de suite. »

– Ça t'a manqué, non ? lui dit Michihiro en se retournant à ce moment précis.

Elle regarda son mari.

– Quoi ?

Toute à son désir pour Ishiyama, elle avait cru pendant un instant à une insinuation.

– Comment « quoi » ? Mais Hokkaïdô, bien sûr !

– Ah oui, fit-elle évasivement, en réprimant les battements de son cœur, puis elle contempla de nouveau le paysage par la vitre.

Cette fois, c'est Ishiyama qui lui adressa la parole :

– C'est vrai que vous êtes originaire de Hokkaïdô, Kasumi. D'où exactement ?

– D'un village dans l'arrondissement de Rumoï. C'est un petit village sur la côte.

– J'aimerais bien y faire un tour. Ça doit être joli, non ? ajouta-t-il, les yeux toujours fixés sur la route.

– Je préfère Tôkyô, répondit-elle en souriant.

Elle avait renoncé, au fond d'elle-même, à ce que quiconque la comprenne.

– Qu'est-ce que vous aimez tant à Tôkyô ? demanda-t-il en ralentissant. Il y a toujours la foule, l'air est pollué...

– Oui, ce matin, par exemple, ce que ça puait les gaz d'échappement ! intervint tout à trac Michihiro.

Ce matin-là, incontestablement, sous le ciel couvert, dans l'atmosphère lourde, les gaz d'échappement s'étaient fait sentir plus que d'ordinaire. Au point que, même vitres remontées et avec la climatisation, ils avaient eu l'impression que leur puanteur réussissait à s'infiltrer à l'intérieur de la voiture. Sa vitre grande ouverte, Kasumi aspira l'air froid et humide de la montagne. Elle se remémorait sa conversation avec Michihiro au moment du départ.

– C'est tout ce qu'on prend comme bagages ?

Michihiro pointait du doigt la valise qu'elle avait remplie la veille au soir. Kasumi fit oui de la tête. Au fond, mélangés aux affaires de leurs deux filles, elle avait dissimulé des sous-vêtements neufs achetés en cachette. Elle avait mauvaise conscience de faire porter cette valise par son mari. C'était toujours elle qui trahissait les siens. Sans s'apercevoir de rien, Michihiro alla déposer la valise dans l'entrée, ainsi qu'un sac de papier portant le nom d'un grand magasin. Le sac contenait deux bouteilles de vin qu'il comptait offrir à Noriko.

– Comme je n'y connais pas grand-chose, j'en ai pris du cher. Car, enfin, c'est plutôt nous qui devrions les recevoir !

Embarrassé depuis qu'Ishiyama lui avait parlé d'aller à Hokkaïdô, Michihiro voulait faire preuve d'attentions envers Noriko.

– Ne t'en fais pas tant. Ishiyama est gêné, lui aussi. Il a dit qu'il était désolé de savoir que nous devions payer le voyage jusque là-bas.

– Mais pourquoi il nous a invités alors ? fit-il en penchant la tête avec perplexité. Vraiment, je me demande. Ça devrait être le contraire, normalement.

– Tu crois ?

Michihiro était un peu geignard depuis quelque temps. Kasumi poursuivit sans le regarder :

– C'est parce que vous vous entendez bien, non ?

– Oui, peut-être. Il est bizarrement gentil avec moi ces derniers temps.

– Tu t'en fais toujours pour des riens. Tout le monde est gentil, c'est normal.

Elle s'étonnait elle-même, dans un moment pareil, du flegme avec lequel elle s'appliquait à ne rien lui céder. Elle était exaspérée par la balourdise de son mari, incapable de percevoir la transformation qui s'était opérée en elle alors qu'il en était le principal responsable.

– C'est sans doute à cause de la crise...

La crise avait bon dos ; le problème, c'était surtout sa mentalité d'artisan buté qui s'obstinait à aller à contre-courant de son époque. Mais Kasumi n'évoquait pas ce sujet avec lui.

– À propos, dit-il en se tournant vers elle, ça fait un sacré bail que tu n'es pas allée à Hokkaïdô.

– Depuis que j'ai quitté le lycée.

– Tu devrais aller les voir de temps de temps.

– C'est vrai, convint-elle en souriant pour éluder le sujet.

À Michihiro, elle avait dit qu'elle s'était enfuie à Tôkyô, comme pour une fugue, parce qu'elle ne s'entendait pas avec ses parents et qu'elle ne leur avait pas donné de nouvelles depuis lors. Elle ignorait s'il avait été convaincu par son explication, mais même s'il semblait avoir compris qu'il y avait autre chose, il ne lui avait demandé aucun éclaircissement. Au moment de se marier, elle avait demandé un extrait d'acte de naissance directement à la mairie. En vérifiant son état civil, ses parents auraient pu la localiser, mais jusqu'à présent rien ne s'était produit. Au quotidien, Kasumi avait pris cela du bon côté et vivait sans y penser. Elle n'ignorait pas que c'était son égoïsme, et non le leur, qui était la cause de tout. S'il y avait une personne qu'elle aurait aimé revoir, ce n'était pas son père ou sa mère, mais l'homme dénommé Furuuchi. Cependant, elle avait jeté sa carte de visite depuis longtemps et n'en éprouvait plus guère de regrets, sans doute parce que beaucoup d'eau avait coulé sous les ponts. Son cœur n'était plein et ne débordait plus que d'une chose à présent : son attachement pour Ishiyama.

– Maman, tu as été à Hokkaïdô avant ?

C'était Yuka, à côté d'elle, qui lui posait cette question en lui tapotant le bras. Ce geste, qu'elle ne semblait faire que pour l'attendrir, était si charmant que Kasumi prit ses joues douces entre ses mains. De bonheur, la fillette se mit à rire comme si sa mère la chatouillait. À cinq ans, Yuka était la préférée de Kasumi.

– Non, jamais.

– Menteuse ! Tu y es allée !

– Je te dis que non !

Avec ses cheveux au carré retenus par des barrettes sur les tempes, Yuka était le portrait de sa mère au même âge. Kasumi la regarda longuement. Les enfants redonnent vie à des époques oubliées. N'étant sans doute pas convaincue par la réponse que sa mère lui avait donnée, la fillette se précipita jusqu'à l'endroit où son père était en train de mettre ses chaussures.

– Papa, est-ce que maman a déjà été à Hokkaïdô ?

– Oh, j'en sais rien, mentit celui-ci.

– Mais, comme papi et mamie, on n'a que ceux de papa, non ?

– Tu sais, maman elle est toute seule.

Sur ce point au moins il lui disait la vérité. Le village de son enfance, où elle ne retournerait jamais, avait perdu toute réalité dans l'esprit de Kasumi. À présent, le fait même d'y avoir vécu lui apparaissait comme un rêve.

Pour couper court à la conversation, elle pressa ses deux filles de se dépêcher.

Dans l'avion, Yuka était d'humeur maussade. Quoique gênée dans ses mouvements, avec le poids mort de Risa endormie qui encombrait ses bras comme une poupée de caoutchouc, Kasumi voulut lui montrer le ciel. Par le hublot rectangulaire et aux angles arrondis, on apercevait une mer de nuages toute blanche sur fond d'azur.

– Tiens, regarde les nuages ! Regarde comme c'est beau ! Je croyais que tu étais contente de monter dans un avion ?

Malgré tous les efforts de sa mère, Yuka n'avait jeté qu'un bref coup d'œil par le hublot, puis avait enfoui dans son siège son corps petit pour son âge et baissé la tête pour ne plus la relever. Quant à Michihiro, malgré sa promesse de filmer leurs vacances dès l'avion, il s'était endormi comme une brute aussitôt monté dans l'appareil, à cause des nuits blanches successives qu'il avait dû passer à l'atelier afin de pouvoir prendre des vacances prolongées. C'était peut-être pour cette raison qu'elle manquait d'entrain, pensa Kasumi.

– Papa est très fatigué. Il nous filmera plus tard.

– Ça m'est égal, objecta Yuka avec un ton d'adulte.

– Qu'est-ce que tu as, alors ? lui demanda-t-elle, soucieuse de lui faire plaisir.

Déjà son cœur était avec Ishiyama, qui les attendait à destination. L'air conditionné, trop froid pour elle, lui donna la chair de poule.

– C'est pas ça, fit la fillette en secouant la tête. Je sais pas pourquoi mais j'ai pas envie d'aller là-bas.

– On va bien s'amuser, tu vas voir. Il paraît qu'il y a un grand lac pas loin, le lac Shikotsu, où on peut faire du bateau. Et puis, il y a vos amis Ruriko et Ryûhei qui vous attendent. Ruriko a sept ans et Ryûhei, quatre. C'est pile poil, tu vois.

Sans répondre, Yuka pinça les lèvres comme pour dire qu'elle n'était pas dupe. Elle si espiègle ce matin, que s'était-il donc passé ? Qu'est-ce qui pouvait rendre aussi triste une fillette de son âge ? Était-ce parce que Kasumi avait menti à propos de son village natal ? Ou bien parce que Yuka soupçonnait quelque chose de ses projets secrets avec Ishiyama ? Non, ça, c'était impossible. Kasumi ne cessait de frictionner sa chair transie pour apaiser la passion qui la dévorait intérieurement et les doutes que celle-ci faisait naître. Regardant une nouvelle fois par le hublot, elle distingua par une trouée de nuages la surface rocailleuse, étonnamment proche, de montagnes toutes noires. Un frisson lui parcourut le dos. La découverte de ces montagnes sombres cachées sous les nuages éblouissants l'avait effrayée. Brusquement, le mugissement de la mer, la nuit où elle s'était enfuie de chez ses parents, et le bruit du vent dans la plaine lui revinrent en mémoire. En croyant que c'était la dernière résistance d'un monde rejeté, peut-être se trompait-elle et qu'il s'agissait, en réalité, du présage d'événements à venir. Cette angoisse inexplicable l'effleura un instant. Mais Ishiyama l'attendait, et ses rencontres avec lui n'étaient-elles pas les seules évasions qu'elle pouvait se permettre pour le moment ?

Ishiyama, de dos, se tenait devant ses yeux. Kasumi imagina le corps dissimulé sous le tee-shirt gris qu'il portait. Puis elle-même plaquée au sol par ce corps. La réalité indubitable de ce corps étranger qui pénétrait le sien. Le fait qu'ils ne pouvaient se comprendre que dans cet emboîtement de leurs deux corps. C'était l'unique point d'appui qui leur permettrait de surmonter les difficultés qui allaient peut-être survenir, pensa-t-elle. Elle était profondément déprimée à l'idée de devoir se retrouver face à Noriko.

Le Pajero franchit le portique et s'engagea sur un chemin de montagne si étroit que deux véhicules n'auraient probablement pas pu s'y croiser. Ils virent bientôt un bâtiment de plain-pied, sur lequel un petit écriteau annonçait : « Zone résidentielle Izumi-Sato – Résidence du gardien ». Le bâtiment était entouré de chrysanthèmes dorés, de hautes achillées nordiques et de fleurs appelées eupatoires du Japon, qui ressemblent à des patrinias. Se souvenant de la colline sur laquelle était construit son collège, Kasumi fut éblouie par cette végétation de Hokkaïdô qui lui rappelait son enfance. Ayant remarqué que des draps et des serviettes séchaient dans l'arrière-cour, Michihiro demanda à Ishiyama :

– Il y a toujours quelqu'un dans cette maison ?

– Le gardien, un certain Mizushima, y habite. C'est un ancien militaire. Il connaît tout dans le coin. Il m'a même conseillé de bons emplacements pour la pêche.

Une fois dépassée la résidence du gardien, la côte devenait plus raide. Une forêt dense s'élevait de chaque côté de la route. À mesure qu'ils montaient, le parfum de la forêt et l'humidité de la montagne devenaient plus forts. L'odeur était si prégnante qu'ils crurent suffoquer dans la voiture.

– Il y a combien de maisons ?

– Sept. En ce moment, seules la mienne et une autre sont occupées. Tiens, celle-ci, c'est la maison du propriétaire du lotissement, M. Izumi. D'où le nom d'Izumi-Sato.

Une centaine de mètres après le bureau du gardien s'élevait une grande maison à toiture rouge. Une petite pelouse qui suivait la pente de la route était bordée d'une profusion de tournesols, de cosmos et d'autres fleurs. L'entrée et les fenêtres, de style chalet de montagne, étaient à structure double et solides, mais la maison était si élégante qu'on aurait presque cru qu'elle sortait tout droit d'une carte postale suisse. Un garage occupait un côté de la maison, où un vieux et robuste 4 × 4 était garé.

– Comment peut-on vivre ici pendant l'hiver ? On doit mourir sans bagnole, murmura Michihiro sur un ton indifférent.

– Le sol gèle, et il fait très froid. On ne peut rien faire l'hiver, à ce qu'il paraît.

– Dis donc, c'est un sacré luxe de posséder une maison ici, ajouta Michihiro avec stupéfaction.

Ce à quoi Ishiyama répondit sérieusement :

– Non, je crois qu'on peut très bien y vivre si on le veut. D'ailleurs, les Izumi habitent ici toute l'année.

– Ton boulot, comment tu ferais ?

– Pour le boulot, je peux toujours travailler en indépendant et me débrouiller.

– Vous avez bien de la chance, les graphistes, vous êtes libres, lança alors Michihiro, avec un rire plein d'envie.

Ishiyama réagit par un sourire ambigu et jeta un regard à Kasumi dans le rétroviseur. Sans doute était-ce elle qui était à l'origine du projet qu'il venait de formuler. Quoique heureuse, elle connaissait les rigueurs du plein hiver à Hokkaïdô ; aussi n'y voyait-elle encore qu'un conte de fées.

Dans son cœur, elle commençait à ressentir l'angoisse obscure que cette terre éveillait en elle. C'était sans doute à cause du grand lac. À cause de cette eau dont elle sentait la présence, la même que lorsqu'elle vivait dans son village, pensa-t-elle. Pour Kasumi, loin d'être un signe d'abondance, l'eau était le symbole d'une désolation à laquelle on ne peut rien opposer. Mais son angoisse ne se transmettait pas à Ishiyama. Une faille minuscule entre elle et lui, dans cette communion de corps et d'âmes qu'ils étaient censés former. En même temps qu'elle brûlait d'impatience de se retrouver avec son amant, elle regrettait grandement d'avoir quitté Tôkyô et d'être revenue à Hokkaïdô.

Ils dépassèrent la maison des Toyokawa, qui tenaient à Susukino [1] un établissement appartenant à une chaîne de bars, et arrivèrent au bout de la route. C'était le sommet de la montagne. Ils avaient parcouru un peu plus de deux cents mètres de côte depuis la résidence du gardien. Une Jeep bleu foncé était garée à un emplacement aménagé pour accueillir plusieurs véhicules. La voiture des Toyokawa, probablement.

– C'est un parking ? demanda Michihiro.

– C'est aussi l'endroit où on fait demi-tour. Le chemin est trop étroit pour que les voitures se croisent.

À droite, ils virent un plan incliné avec un escalier en béton assez raide, en haut duquel se dressait la maison d'Ishiyama. C'était une construction à un étage, construite entièrement en rondins sur le modèle des maisons d'Europe du Nord. Devant, comme pour la maison des Izumi, s'étalait un jardinet planté de pelouse. Sur une balançoire blanche, une petite fille les regardait en se balançant. Ce devait être Ruriko, la fille aînée d'Ishiyama. Kasumi lui ayant fait un signe de la main, l'enfant sauta à terre, toute joyeuse, et accourut vers l'escalier.

Noriko apparut alors, accompagnée de ses deux enfants.

– Ah, vous voilà ! Je vous en prie, faites comme chez vous.

Elle était élégamment vêtue d'une jupe longue en indienne et d'un tee-shirt assorti. Kasumi ne l'avait pas vue depuis plusieurs années. Elle avala sa salive. Noriko ne devait rien deviner de ce qu'il se passait entre eux. Ou plutôt, outre qu'elle ne voulait pas connaître le goût de la défaite, elle se sentait coupable vis-à-vis de Noriko. Toutes ces pensées formèrent soudain comme un nœud dans sa poitrine et mirent Kasumi à bout de ressources. La gêne était ce qu'elle détestait le

1. Quartier animé de Sapporo.

plus. Elle voulait s'en libérer aussi vite que possible et, pour cela, elle était capable de faire n'importe quoi. Ishiyama se tenait, souriant, à côté de sa femme. Pour faire bonne figure, celle-ci modela son sourire sur le sien et se montra avenante et pleine d'attentions envers Kasumi et sa famille. Elle s'était sentie devancée par son mari.

– Soyez les bienvenus. Ça fait si longtemps.

– Merci beaucoup pour votre invitation, lui dit cérémonieusement Michihiro en s'inclinant. Nous sommes tellement redevables à votre mari que je suis vraiment confus de vous déranger.

– Oh, je vous en prie. C'est lui qui vous doit tant. L'endroit est isolé mais, je vous en prie, faites comme chez vous. Les enfants aussi sont très contents de vous connaître.

Les phrases de Noriko coulaient dans leurs oreilles comme une suave mélodie. Les deux enfants Ishiyama regardaient en silence ces visiteurs qu'ils rencontraient pour la première fois. Ruriko était une robuste fillette de sept ans avec de grands yeux. Elle ressemblait beaucoup à son père. À l'inverse, Ryûhei, âgé de quatre ans, était petit et pâle. L'air sage, il avait le front de sa mère.

– Quel endroit magnifique ! fit Kasumi, qui montait les marches de pierre en tenant par la main ses filles un peu crispées.

– Vous trouvez ? C'est si peu pratique, et quel problème rien que pour aller faire les courses ! Je m'étais résignée parce que Ishiyama a la passion de la pêche, mais finalement je ne crois pas que je reviendrai. Par contre, si l'endroit vous plaît, revenez quand vous voudrez.

Noriko avait dit cela à moitié sur le ton de la plaisanterie tout en jetant un regard sévère à son mari. Michihiro sourit poliment :

– Vous êtes trop aimable.

– J'ai voulu aller me promener dans la montagne, mais j'ai dû y renoncer parce qu'il n'y a pas de chemin dans la forêt. En plus, on ne peut aller nulle part si on n'a pas de voiture. Je suis perdue moi, à ne rien pouvoir faire ! Je préfère vraiment Sapporo.

Kasumi se remémora ce qu'Ishiyama lui avait dit : « Comme ça, ma femme et Moriwaki ne pourront pas venir. » Elle était presque effrayée de constater à quel point tout se passait comme ils l'avaient prévu dès le départ.

– Mais c'est très bien pour vos enfants, non ? fit Michihiro comme pour intercéder entre elle et Ishiyama.

– Oui, mais il y a des zones résidentielles qui ont un minimum de confort, vous ne croyez pas ? Des cours de tennis, une piscine, une supérette, par exemple.

Ishiyama riait jaune.

– On n'est pas bien comme ça, même sans rien ? Moi, en tout cas, je me sens très bien ici.

– Toi, tu es content parce que tu peux aller à la pêche.

– Tu devrais pêcher, toi aussi. Tu verras, c'est très amusant !

– Ben voyons, et qu'est-ce que je pêcherais ? Notre dîner ? Si c'est pour manger du poisson tous les soirs, je vais vite m'en lasser !

– La pêche n'est pas si bonne que ça. Tu as trop confiance en toi !

Joyeux échange d'un couple uni. Kasumi se sentait mal à l'aise. Michihiro, gêné lui aussi, regardait du côté du lac. Pourtant, de hauts arbres lui bouchaient la vue et le lac Shikotsu était invisible d'où il se trouvait. À peine arrivées, Yuka et Risa s'étaient précipitées sur la balançoire dans le jardin. Voyant cela d'un mauvais œil, Ruriko et Ryûhei levaient la tête vers leur mère pour qu'elle y mette le holà. Kasumi les ayant rappelées afin de les surveiller, ils furent soulagés.

– Ah, j'oubliais ! Vous avez déjeuné, monsieur Moriwaki ?
– Oui, je vous remercie, mentit Michihiro pour ne pas la déranger.
Même s'ils étaient descendus jusqu'au lac, ils n'auraient trouvé que des buvettes, et c'était embarrassant de se préparer à déjeuner dans la cuisine de gens qu'on ne connaissait pas très bien. Quant aux enfants, ils ne mangeaient pas beaucoup et préféraient sûrement s'amuser. Aussi, en entendant la réponse de son mari, Kasumi poussa un soupir de soulagement.
– Ce n'est pas grand-chose, mais j'ai préparé des sandwichs. Je vous en prie, c'est pour vous, leur proposa Noriko, qui pensait à tout.
– Non merci, vraiment.
Ishiyama, feignant d'ignorer le refus poli de Michihiro, lança une idée pour le dîner :
– Ce soir, on pourrait aller manger des brochettes d'agneau au bord du lac. Ça nous détendra.
– Oui, pourquoi pas ? finit par concéder Michihiro, en jetant un coup d'œil vers Kasumi. Tu es d'accord ?
– Oui.
– Très bien. On boit une bière ?
Les deux hommes prirent les bagages et entrèrent dans la maison. Comme elle n'osait pas aller défaire sa valise, Kasumi, ne sachant que faire, demeura près de Noriko. Elle aurait souhaité rejoindre les enfants, qui jouaient déjà dans le jardin, mais elle se disait, troublée, que ce serait peut-être impoli vis-à-vis de Noriko. Sa maladresse lui donna envie de se moquer d'elle-même. L'attitude pleine de savoir-vivre de Noriko lui en imposait. Éblouie par la lumière perçante du soleil d'après-midi, cette dernière plissa les yeux et se tourna vers elle en souriant.
– Cela faisait vraiment longtemps que nous ne nous étions vues. Vous allez bien ?

– Oui, merci. Il faudrait que vous veniez nous voir de temps en temps.

– Je suis confuse. Comme mon mari va toujours vous déranger...

Noriko s'inclina poliment pour s'excuser. Kasumi garda un silence gêné. Un bref instant, comme si elle avait oublié le sourire qu'elle venait de lui adresser, Noriko dirigea un regard absent vers la forêt. Kasumi eut l'intuition qu'elle songeait à Ishiyama. Il lui était pénible de se trouver là alors que c'était elle la responsable des tourments de Noriko. Même si par ailleurs elle l'enviait sur tous les plans, notamment d'avoir eu des enfants et de vivre avec Ishiyama, étrangement, maintenant qu'elle se trouvait en face d'elle, elle ne pouvait s'empêcher d'éprouver en secret une sorte de solidarité envers elle parce que toutes deux étaient amoureuses du même homme.

– Kasumi, vous êtes déjà venue à Hokkaïdô ? lui demanda-t-elle brusquement.

– Oui.

Elle ne parvenait pas encore à avouer qu'elle y était née et y avait grandi.

– Je ne sais pas pourquoi, je ne me sens pas bien ici.

– Qu'est-ce qui vous déplaît ?

– Je ne sais pas comment dire, mais ces herbes, avec leurs grandes feuilles, je trouve ça répugnant, pas vous ? J'ai l'impression d'avoir été transportée dans la préhistoire et que, tout à coup, la tête d'un dinosaure va surgir de la forêt. (Elle sourit d'un air gêné en s'avisant de l'énormité de ce qu'elle venait de dire.) Et puis il y a le lac Shikotsu. Je me suis renseignée auprès de M. Mizushima, il paraît que c'est un lac volcanique. Il m'a dit qu'il y a des branches d'arbres au fond et que, lorsque l'eau est transparente, on voit comme des os blancs. Ce seraient des squelettes d'animaux qui se sont pris dans les branches et qui n'ont pas pu remonter à la surface. C'est un peu sinistre, vous ne trouvez pas ?

Noriko était dans le même état d'esprit qu'elle. Alors qu'Ishiyama et Michihiro ne s'apercevaient de rien, toutes deux étaient sensibles aux mêmes choses. C'était étrange.

– Mais excusez-moi, je raconte des balivernes. Kasumi, vous êtes très occupée, n'est-ce pas ? Je crois que vous avez un métier difficile.

Il y avait dans sa façon de parler cette aisance d'une aînée s'adressant à quelqu'un de plus jeune qu'elle.

– Oui, parce que l'entreprise est petite.

– Personne n'est épargné par la crise, continua-t-elle évasivement.

Elle ne souhaitait apparemment pas trop approfondir le sujet. Ou, plus probablement, elle n'éprouvait guère d'intérêt pour le travail de composition.

– Kasumi, si vous voulez préparer quelque chose à manger, n'hésitez pas à utiliser ce que vous trouverez ici. J'ai du riz et des œufs à ne savoir qu'en faire. Et si cela vous dit, ne vous gênez pas pour manger ce que j'ai préparé.

– Merci.

Kasumi baissa la tête comme une étudiante sans le sou. Bien que mère de deux enfants, elle était désarmée comme une gamine immature devant Noriko. La femme d'Ishiyama lui manifestait tant d'égards alors qu'elle était venue ici pour trahir sa confiance. Ishiyama ne comprenait-il donc pas son embarras ? Cela aussi, c'était une autre « faille » entre eux.

L'après-midi, les enfants avaient perdu toute réserve les uns envers les autres et s'amusaient comme des petits fous dans le jardin. La maison se trouvant au fond du lotissement, ils n'avaient pas à craindre qu'une voiture arrive. Autour d'eux, c'était la forêt, épaisse, sans chemin où s'égarer. En gardant simplement un œil sur le perron de pierre, leurs parents pouvaient les laisser sans surveillance, même à leurs âges, en toute sécurité.

Au rez-de-chaussée, hormis le vaste salon ouvert jusqu'à la toiture, la maison comprenait une salle de bains, une cuisine et, contiguë à l'entrée, une pièce de quatre tatamis et demi qui servait de débarras. Le premier étage était occupé par trois grandes chambres. L'une d'elles était réservée aux Moriwaki. Après un moment de repos, les adultes se retrouvèrent dans le salon. Le mobilier était réduit au minimum, avec toutefois un vaste canapé en toile et une cheminée. Un grand vase rempli de plantes des montagnes et de fleurs blanches était posé sur cette dernière, également décorée de jolies branches et feuilles d'arbres. Noriko leur proposa des sandwichs au pain de mie et leur partagea une salade aux noix. Kasumi n'avait qu'à se laisser servir.

– Il n'y a pas d'ours par ici ? demanda Michihiro d'une voix inquiète en regardant les enfants dans le jardin.

C'était son premier séjour à Hokkaïdô. Ishiyama ouvrit une cannette de bière et la lui tendit.

– Mizushima m'a dit qu'il y en avait. Mais il paraît qu'ils ne descendent jamais jusqu'ici. Je ne crois pas qu'il y ait de danger.

Tous les habitants de Hokkaïdô redoutaient de tomber sur un ours quand ils s'aventuraient dans la montagne. Kasumi était en train d'y réfléchir, le regard dans le vague, lorsqu'elle s'aperçut qu'Ishiyama l'observait de l'autre côté de la table. Elle leva les yeux vers lui et, l'espace d'un instant, leurs regards se mêlèrent. Il ne lui en fallut pas davantage pour sentir son cœur s'emballer. Les regards qu'il lui adressait étaient plus doux que ceux qu'il avait pour les autres ; parfois aussi, c'était un regard d'homme. Sans doute elle-même lui adressait-elle des regards semblables. Craignant soudain que l'intensité des sentiments qui les unissaient ne devienne perceptible aux autres, elle lança furtivement un regard à Michihiro et Noriko. Ils continuaient de parler des ours.

– Il paraît qu'ils savent nager.

– Vous imaginez qu'on se trouve en bateau sur le lac Shikotsu et qu'un ours arrive vers nous à la nage !

– Non, pas possible ! s'exclama Noriko en partant d'un rire joyeux.

Noriko se révélant sympathique, Michihiro devait s'être détendu. Elle semblait lui plaire en tout cas, car il ne s'adressait plus qu'à elle. Tout en bavardant avec lui, elle rassemblait à deux mains les miettes de pain éparpillées sur la nappe et les déposait patiemment dans le cendrier. Chaque fois que les hommes éteignaient une cigarette, les miettes se consumaient et, pendant un instant, répandaient dans la pièce une bonne odeur de pain grillé. Pour Noriko, « la chaleur d'une famille unie » n'était pas une vaine expression. En outre, le fait d'être impliquée dans les relations amicales de son mari ne semblait pas l'ennuyer. Par son âge, son milieu, son train de vie, elle était clairement différente de Kasumi, mais elle avait l'intelligence de n'en laisser rien paraître. Elle avait aussi reçu avec beaucoup de plaisir le vin que Michihiro lui avait apporté.

– Je n'ai jamais acheté du vin aussi cher ! Merci, je suis très heureuse.

Kasumi se souvint de l'allure désinvolte des amis de Noriko qu'elle avait entrevus lors de son mariage. Des goûts et des vêtements qui nécessitaient du temps et de l'argent. Elle avait vu en eux cette vie qu'elle s'était imaginée dans sa jeunesse. Rêves puérils dans le genre : « Si je me mariais avec un homme riche... » Par exemple, elle plantait dans son jardin les fleurs qu'elle aimait et le décorait de pierres ramassées sur la côte. Mais pas de ces pierres de sable friables qui roulaient sur la plage de son enfance ; non, des pierres dures, faites de corail blanc, comme on en trouve dans les mers du Sud. Elle disposait joliment dans la maison des fleurs cueillies dans son jardin. Et puis elle choisissait des meubles à son goût, de coûteux fauteuils de cuir, une table en bois d'un beau brillant. Un tapis d'Orient. Une voiture dont la forme et la couleur lui plaisaient. Tout cela n'était que rêves. De même que sa vie dans son village natal lui semblait maintenant dépourvue de toute réalité, tous ces rêves, sans exception, appartenaient à un monde purement illusoire. Pour Kasumi, la vie réelle ne pouvait se situer que dans cet entre-deux. Dans le monde réel, pourtant, il existait un homme dont la vie s'accordait avec ses rêves. D'un côté, ses parents sur cette plage et, de l'autre, les gens comme Noriko. Ses pensées l'étonnaient sincèrement. Était-elle donc naïve ? Elle considéra la peau soigneusement entretenue de la femme d'Ishiyama et le bracelet d'argent, discret, qu'elle portait au poignet.

Comment elle et son mari auraient-ils pu être d'une compagnie intéressante pour cette femme ? Il suffisait de voir comment ils étaient habillés. Michihiro portait un polo tout simple et un pantalon bon marché ; elle, une chemise d'homme qui datait d'avant son mariage et un pantalon de coton, autrement dit rien que des vêtements qu'ils pouvaient s'être procurés dans un supermarché. Une vie dont la seule préoccupation était le règlement des traites, une vie sans opéra, sans expositions de peintures et sans romans. Leurs enfants aussi étaient habillés d'une manière radicalement différente. Comparée à Yuka et Risa, qui portaient des tee-shirts que des voisins leur avaient donnés, Ruriko, dans sa robe de plage en indienne assortie à la jupe de sa mère, était tout à fait élégante. « Pourtant, songea Kasumi en admirant le beau profil de Noriko, si tu étais née dans mon village, tu serais comme moi. » Elle n'éprouvait aucune jalousie envers elle, n'enviait pas son statut social. Mais, tout de même, un doute assombrissait un coin de son cœur tels des nuages un ciel d'été. Comment Ishiyama pouvait-il être amoureux d'une femme comme elle alors qu'il avait une épouse superbe ? À l'origine de ce doute, il n'y avait ni sentiment ni complexe d'infériorité. Simplement, une chose qu'elle appelait, faute de mieux, la bizarrerie humaine s'était emparée d'elle et ne la lâchait plus. S'étant aperçue que les yeux de Kasumi étaient posés distraitement sur elle, Noriko lui adressa un regard bienveillant.

– Qu'est-ce qui vous arrive, Kasumi ? Vous êtes fatiguée ?

– Non, ça va, répondit-elle en secouant la tête.

– Vous êtes dans les nuages. (Noriko se leva et remplit un verre d'eau glacée.) Un peu d'eau fraîche ?

On entendit de l'agitation à l'entrée du jardin. Ils regardèrent dehors et virent les enfants qui approchaient avec un vieil homme.

– Nous avons une visite !

Les cheveux blancs, une veste de pêche décolorée sur le dos, l'homme, posant les mains sur ses genoux pour courber son corps dans un salut solennel, dit sans desserrer la mâchoire :

– Je suis Izumi.

Il montrait peu d'entrain, comme si quelque chose le préoccupait et accaparait son esprit. Quelque peu intimidés, tous restaient cois. Le buste bien droit, l'homme avait un cou massif, était buriné par le soleil et marqué de rides profondes. Il leur faisait l'impression d'un arbre inébranlable. Ishiyama se leva avec confusion.

– Voyons, il ne fallait pas vous déranger. J'avais l'intention de vous rendre visite.

Izumi l'interrompit en levant une grosse main aux articulations saillantes :

– C'est pas ça. Je suis venu par ici avec Mizushima parce qu'il y a un chien mort dans le jardin des Toyokawa. Et puis, en passant, si je peux dire, puisqu'on avait grimpé jusque-là, je me suis dit que j'allais venir vous saluer.

– Il y a des chiens errants par ici ? s'enquit Michihiro avec une expression d'étonnement.

– Non, il n'y en a pas, démentit sèchement Izumi en secouant la tête.

Puis il regarda Kasumi dans les yeux et cette fois salua en baissant poliment la tête :

– Madame Ishiyama, tous mes remerciements pour l'acquisition de ce bout de montagne.

Kasumi ne put réagir tout de suite. Comment pouvait-il se méprendre alors que Noriko se tenait, discrète et plus épouse que jamais, assise à côté de son mari et qu'elle-même était auprès de Michihiro ? Elle s'était figée parce qu'elle se demandait s'il ne le faisait pas exprès. Ishiyama tressaillit également et resta le souffle coupé pendant un instant. Noriko éclata d'un rire amusé.

– Monsieur, c'est moi la femme d'Ishiyama.

– Ah bon ?

Sans s'excuser, il dévisagea les deux femmes l'une après l'autre et hocha légèrement la tête d'un air incrédule. On voyait à son visage qu'il était très étonné de son erreur. Ishiyama s'empressa de faire les présentations :

– Noriko, ma femme. Et voici M. et Mme Moriwaki.

– Enchanté, fit le vieil homme en s'inclinant légèrement vers Michihiro.

Ce dernier semblait complètement dépassé par les événements. L'atmosphère avait changé insensiblement. Noriko intervint :

– Monsieur Izumi, ce chien, d'où vient-il finalement ?

– Je pense que c'est un chien de chasse qui aura été abandonné à la fin de la saison. Ou alors un chien égaré sur la route. En tout cas, s'il a grimpé jusqu'ici, c'est qu'il n'était pas très malin. Autour du lac il y a des restes de nourriture, et il aurait même pu trouver des touristes pour l'adopter.

– Vous savez de quoi il est mort ?

– De faim.
– Pauvre bête.
– Oui, c'est triste.

Les visages de Noriko et Michihiro grimaçaient, mais Kasumi, elle, ne ressentait rien. Mourir est le destin de ces bêtes. Le souvenir lui revint des jeux qu'elle faisait avec les chiens errants sur la plage quand elle était enfant. Ils survivaient en dérobant les rogatons qu'elle leur apportait de chez elle. Ils le savaient et Kasumi était la seule personne contre qui ils n'aboyaient pas. Ishiyama proposa à Izumi d'entrer :

– Monsieur Izumi, venez donc vous joindre à nous.
– Non, je vous remercie, refusa-t-il, en soulignant son refus d'un signe de la main explicite. Puis il se tourna et lança : Hé, Mizushima ! tu ne viens pas dire bonjour ?

Un homme entre deux âges, qui devait se trouver là depuis un bon moment, arriva du jardin. Il aimait probablement les enfants car il tenait Ryûhei par la main.

– Bonjour. Mizushima.
– Monsieur Ishiyama, je pense que vous le connaissez déjà, c'est le gardien. Si vous avez un problème, c'est à lui qu'il faudra vous adresser.

Mizushima portait une combinaison de travail et des bottes de caoutchouc. Il était de forte carrure et chauve, mais son visage était digne d'un acteur, avec des traits d'une grande régularité, et il s'exprimait d'une voix forte et sonore. Toutefois, il y avait une douceur dans ses yeux qui créait un déséquilibre. Noriko fit une grimace de dégoût. Certainement parce qu'elle trouvait répugnant que les mains qui avaient servi à se débarrasser du cadavre du chien touchent ensuite un enfant.

– Bien, on vous laisse.

À peine Izumi et Mizushima furent-ils partis comme ils étaient venus, Noriko poussa un grand soupir :

– Excusez-moi. Je me sens fatiguée. Je crois que je vais faire une petite sieste.

– Je surveille les enfants.
– Et moi je vais faire la vaisselle, dit Kasumi.
Tout en s'excusant, Noriko monta d'un pas pesant à l'étage. Kasumi toucha le bras de Michihiro.
– Toi aussi, tu dois être fatigué. Avec toutes ces nuits blanches. Tu devrais te reposer un peu.
– Je peux ? fit-il en se levant de sa chaise, et il s'étira.
Brûlant d'impatience, Kasumi et Ishiyama attendaient qu'il ait disparu de leur champ visuel. « Nous sommes des monstres », pensait-elle. Ils trompaient leurs conjoints respectifs, les humiliaient, les blessaient. Mais ils ne pouvaient pas lutter contre cela. Pendant un moment, ils restèrent assis comme paralysés l'un en face de l'autre.
Tout à coup, le visage de Ruriko surgit du jardin.
– Où est maman ?
Ishiyama avala sa salive et alluma une cigarette comme si de rien n'était.
– Maman fait la sieste.
– Encore ? lança la fillette sans montrer beaucoup d'intérêt, avant de retourner jouer avec ses camarades.
Dans le jardin, les quatre enfants avaient repris leur jeu, qui consistait à verser de l'eau dans un trou qu'ils avaient creusé. Ishiyama regarda Kasumi.
– On va dans le débarras ?
– Attends encore un peu.
– Je ne peux plus attendre.
– Alors va devant, je te rejoins.
Ils étaient convenus dès avant de venir à Hokkaïdô qu'ils se retrouveraient dans le débarras. Sans faire semblant de rien, Ishiyama se dirigea vers cette petite pièce de quatre tatamis et demi à côté de l'entrée. Kasumi se dépêcha de faire la vaisselle dans la cuisine. Elle tendit l'oreille vers l'étage puis, s'étant assurée qu'il n'y avait aucun bruit, alla rejoindre son amant. Elle avançait à petits pas et sa hardiesse la faisait flageoler sur ses

jambes. Elle frappa un petit coup à la porte, il ouvrit et l'attira aussitôt dans ses bras. C'était une pièce à l'occidentale, avec une lucarne, où le soleil ne pénétrait pas, et dans laquelle étaient entassés pêle-mêle futons et coussins sentant le moisi. Au fond, il y avait un lit étroit composé d'un unique matelas.

– Tu m'as manqué.

Elle ne pouvait empêcher ses yeux de se tourner vers le couloir. Il était impatient. La serrant contre lui, il mit la main à la fermeture Éclair de son pantalon.

– Non, arrête. J'ai peur, dit-elle tout en prenant sa main et en la conduisant sous sa chemise jusqu'à sa poitrine.

Elle était excitée. Était-ce parce qu'elle était sous le même toit que son mari et ses filles ? Ou bien parce qu'elle avait l'impression qu'Izumi, en la prenant pour la femme d'Ishiyama, lui avait imprimé comme une marque sur le front ? Peu importait. Son état de trouble l'étonnait elle-même. Elle haleta. Elle retint un cri et se cramponna à Ishiyama. Son excitation s'était communiquée à lui, et il lui mordit la lèvre plus fortement qu'il ne l'avait jamais fait.

– Pardon, s'excusa-t-il d'une voix rauque. Ça saigne ?

« Je m'en fiche. Fais-moi mal », pensait-elle, effrayée davantage encore par ses propres pensées. Elle détacha ses lèvres et lui demanda :

– Allez, je t'en supplie, sortons d'ici.

Il relâcha son étreinte, déçu de sa volte-face.

– Bon, d'accord. J'y vais le premier.

Il s'essuya la bouche du revers de la main, ouvrit la porte et sortit dans le couloir. « C'est bon », murmura-t-il peu après, et Kasumi sortit à son tour. Selon ce dont ils étaient convenus à Tôkyô, l'un des deux devait sortir de la maison aussitôt et faire semblant de revenir de promenade. Elle jeta un regard vers l'étage. Ni Michihiro ni Noriko n'étaient en vue. Ishiyama avait chaussé à la hâte ses sandales et se trouvait déjà à l'extérieur. Kasumi alla dans la cuisine. Elle vit dans le reflet d'un verre posé sur le buffet que l'endroit de sa lèvre qu'Ishiyama avait mordu était un peu enflé. Elle remplit le verre au robinet et le porta à sa bouche. La sensation de chaleur allait s'apaiser. Elle pria pour que son cœur, lui aussi, retrouve son calme. Dans le jardin, les enfants jouaient toujours en poussant des cris joyeux. C'était l'été, et le soir qui tombait était d'une telle douceur qu'elle se demanda si elle ne venait pas de rêver éveillée.

4

Le lendemain matin, il était près de 9 heures lorsqu'elle se réveilla. Elle se sentait d'une pesanteur agréable malgré le manque de sommeil. L'étreinte d'Ishiyama ne laissait pas de souvenir seulement dans son cœur : chaque parcelle de son corps, de ses doigts de pied jusqu'à ses cheveux, était également marquée de son empreinte. Cela l'emplissait d'un sentiment de plénitude qui faisait bouillir paisiblement son sang dans ses veines. À côté d'elle, ayant trop bu la veille, Michihiro dormait profondément et ronflait. Même si elle se sentait coupable envers lui, quelque chose en elle ne pouvait s'empêcher de faire des rapprochements. Avec Ishiyama, elle désirait qu'une partie de leurs corps soit toujours fondue l'une à l'autre. Parce que chacun de ses gestes lui convenait parfaitement, ou plutôt son corps tout entier s'ajustait si bien au sien qu'il lui semblait avoir été conçu spécialement pour elle. Ne fût-ce qu'une nuit, elle voulait dormir jusqu'au matin dans ses bras. Lors de leurs brefs rendez-vous au *love hotel*, même s'ils ne faisaient pas l'amour, elle espérait toujours qu'ils pourraient rester plus de deux heures ensemble, mais le désir, lui semblait-il, avait un appétit d'ogre qui réclamait toujours davantage. À peine lui donnait-on ça qu'il voulait ça, un peu plus, encore un peu plus. Kasumi poussa un petit soupir et s'étira sous la couette de plume. En levant les yeux, elle aperçut par les interstices des rideaux le ciel d'un bleu laiteux caractéristique des régions septentrionales. Elle trouvait même risible à présent l'angoisse intense que son retour sur cette terre avait fait naître en elle. D'une humeur triomphante, elle leva de nouveau les yeux vers le ciel. C'est alors qu'elle s'avisa qu'un calme inhabituel régnait dans la maison. Les futons des enfants étaient vides ; ils devaient s'être levés sans demander la permission. Elle s'habilla en hâte et descendit au rez-de-chaussée.

Les rayons du soleil matinal traversaient le salon où flottait encore l'odeur de l'alcool et, dans les rubans de lumière, elle vit s'élever de fines particules de poussière. Phénomène de Tyndall. Ça aussi, c'était Ishiyama qui le lui avait appris. Des bouteilles de vin, des canettes de bière et des sachets d'amuse-gueule béants gisaient pêle-mêle sur la table. Bien que fraîche et dispose en se levant, elle se sentit soudain découragée. C'étaient bien eux, pourtant, et personne d'autre, qui avaient remis le rangement au lendemain. La veille, Michihiro était tombé ivre mort et Noriko s'était retirée de bonne heure dans sa chambre. Ils en avaient profité pour s'embrasser et faire l'amour fiévreusement sur le canapé. « C'est à cause de ça », pensa-t-elle en parcourant la pièce du regard. Néanmoins, dans son empressement même à s'assurer qu'ils n'avaient laissé aucune trace derrière eux, elle ne se départait pas d'un certain calme.

Elle pensa à chercher les enfants. Elle ne les voyait ni ne les entendait nulle part. Même s'ils ne risquaient pas d'avoir un accident, cette montagne profonde et silencieuse attisait son inquiétude par sa seule présence. Ce n'était pas tout. Afin d'assouvir leurs désirs, Ishiyama et elle n'hésitaient pas à tromper leurs familles respectives ; pour Kasumi, c'était une dette dont elle devrait s'acquitter. Comme ces maisons délabrées qu'elle avait vues sur le chemin qui les avait conduits ici, les enfants n'avaient-ils pas été engloutis par cette forêt si pleine de vitalité ?

Les chaussures des enfants n'étaient plus dans l'entrée. Ils étaient certainement sortis tous les quatre sans prévenir personne. Elle descendit sur le ciment [1] et nouait les lacets de ses tennis lorsqu'elle entendit les pas de Michihiro dans l'escalier, qui allait sans doute aux toilettes. Il sentait encore un peu l'alcool.

– Tu t'es couchée tard hier soir ?

– On a dû rester à boire jusque vers 3 heures, je pense.

– Tu n'as pas nettoyé ? On est chez des gens tout de même...

Il contemplait le salon d'un œil réprobateur.

– Quand je suis allée dormir, Ishiyama m'a dit de tout laisser en plan. Et toi, dis donc, tu n'étais pas complètement saoul hier soir ? protesta-t-elle, manière de dissimuler à bon compte les remords qui la tourmentaient. « Je suis maline quand je veux », pensa-t-elle. Cependant Michihiro ne se chercha pas d'excuses :

– Pardon. J'étais sûrement crevé à cause du boulot.

En prononçant le mot « boulot », il fit une grimace comme si ce souvenir lui était pénible et frotta des deux mains son visage chiffonné.

– Yuka et les autres ?

Il regarda dans le jardin, les yeux plissés à cause de la lumière.

– Je crois qu'ils sont sortis sans demander la permission. Je vais aller voir dehors.

– Je viens avec toi.

Ils sortirent ensemble devant la maison. La température était fraîche et, vêtus chacun d'un simple tee-shirt à manches courtes, ils sentirent le froid sur leur peau. En

1. C'est-à-dire à l'endroit, juste derrière la porte d'entrée, plus bas que le sol du logement, où l'on se déchausse.

face, le pied de la montagne était dissimulé par une brume blanche s'élevant lentement de la surface du lac. Par contraste, le bleu du ciel devenait de plus en plus franc. C'était une superbe matinée d'été. Kasumi descendit les marches de pierre et alla sur la route.

– Où est-ce qu'ils ont bien pu aller ?

Ils commencèrent à descendre la route couverte d'asphalte. Kasumi découvrit d'où provenait son vague à l'âme : son sentiment de culpabilité envers Michihiro s'était évaporé. Incontestablement, Ishiyama et elle étaient sur le point de détruire leurs mariages afin de donner une dimension nouvelle à leur relation. Les choses se précipitaient à une vitesse terrifiante. Elle savait que l'un d'eux allait rompre un jour ou l'autre. Or, si un côté s'effondrait, l'autre côté ne tarderait à faire de même. « Nous sommes au bord du gouffre », songea-t-elle en regardant le fossé le long de la route. Des feuilles mortes mêlées de cadavres d'insectes s'y amoncelaient. Si elle glissait du bord, elle devrait vivre ensevelie par tout ça. Néanmoins, une partie d'elle-même lui disait qu'elle s'en accommoderait.

Au bout d'une cinquantaine de mètres, ils distinguèrent la maison des Toyokawa plus bas sur la droite. Elle se rappela qu'Izumi leur avait raconté qu'il était allé, la veille, enlever le cadavre d'un chien dans leur jardin. À cet instant, elle entendit en contrebas les voix joyeuses des enfants. Elle se mit à courir et les aperçut devant la maison. Un jeune homme était assis au milieu de la route, entouré des enfants qui bavardaient à tort et à travers ou ramassaient des feuilles d'arbres.

– Maman !

Kasumi avait à peine eu le temps d'identifier les silhouettes de Yuka et Risa que les deux fillettes accouraient déjà dans sa direction. La côte étant raide, elles n'arrivèrent pas tout de suite auprès d'elle.

– C'est le fils Toyokawa, tu crois ?

Le jeune homme se releva lentement et, tout en frottant le fond de son bermuda, attendit qu'ils le rejoignent. Pleine d'entrain, Yuka donnait de petits coups sur le ventre de sa mère tout en marchant. Elle était hors d'haleine et reprenait son souffle en levant et baissant les épaules. Elle avait encore mis son tee-shirt vert. Elle l'aimait tant qu'il fallait qu'il soit lavé et séché le soir pour le lendemain, car elle faisait la tête si elle ne pouvait pas le porter tous les jours.

– Vous savez bien que c'est interdit de partir sans rien dire.

– Pardon, maman.

– Vous étiez où ?

– À la maison en bas, mais ils dormaient et c'était fermé.

– Quelle maison ?

– La maison des Izumi, répondit Ruriko.

Les enfants se mirent à parler tous en même temps. Ils expliquaient qu'ils étaient allés tous les quatre jusque chez les Izumi et puis qu'ils en étaient revenus. Kasumi et Michihiro se regardèrent ; elle était stupéfaite. Le jeune homme s'inclina avec raideur pour les saluer :

– Bonjour.

– Vous êtes monsieur Toyokawa ?

– Oui, répondit-il en se tournant sur le côté, comme intimidé.

Grand et maigre, avec de petits yeux étroits, il avait les cheveux teints en roux et noués en queue de cheval. Il rappelait à Kasumi un garçon qui avait passé un été sur la plage de son enfance. Ce garçon devait avoir à peu près vingt-cinq ans à l'époque et il avait dit à Kasumi, alors lycéenne, qu'il vivait sous sa tente depuis plus de deux ans.

– Pendant ces deux ans, j'ai voyagé en Inde, au Pakistan. J'avais pas envie de rentrer mais mon visa a expiré, alors il fallait bien. Sur mon billet, y avait écrit qu'on pouvait choisir entre Narita et Sapporo. Je savais pas trop quoi faire, mais comme j'avais toujours pas envie de rentrer, finalement j'ai choisi Sapporo. Mais ça ne m'a pas plu, cette ville, alors j'ai marché le long de la côte et j'ai fini par arriver ici. Je crois bien que c'est cet endroit que je préfère.

– Qu'est-ce qui te plaît ici ?

– Eh ben..., fit-il en penchant la tête.

Il ne semblait pas le savoir lui-même et il regarda le sable noirâtre.

– L'Inde et le Pakistan, c'est comment ?

Le garçon leva la tête vers le ciel couvert et réfléchit un moment.

– C'est comme si le temps ne s'écoulait pas. On se dit que c'est le genre de vie qu'avait Tarô Urashima [1].

Ce disant, il eut un sourire un peu rêveur. Intriguée par le fait qu'un garçon qui avait voyagé à l'étranger puisse apprécier cette plage, Kasumi était allée le voir tous les jours. Il avait planté sa tente orange à l'abri d'un rocher et passait le plus clair de son temps à dormir. Il possédait un magnétophone au son exécrable sur lequel il écoutait toujours la même cassette. Et chaque fois que la bande arrivait à la chanson *The Harder They Come* de Jimmy Cliff, ses yeux prenaient une expression ravie et il souriait de bonheur. Le père de Kasumi ne s'était pas gêné pour lui manifester son hostilité quand il était venu à la maison remplir son bidon d'eau. « Celui qui ne travaille pas n'a pas besoin de manger », lui avait-il déclaré. Le garçon

1. Personnage d'un conte ancien devenu proverbial. En récompense du secours qu'il a porté à une tortue maltraitée par des enfants, Tarô Urashima, un jeune pêcheur, est invité à séjourner dans le palais du Dragon, au fond de la mer. Il y demeure un temps, vivant dans le luxe et l'opulence, mais finit par s'ennuyer et décide de revenir « sur terre ». À son retour, trois cents ans ont passé ; lui n'a pas changé mais tous ses proches, sa famille, les lieux familiers ont disparu. Urashima ouvre alors un coquillage qu'on lui a remis avant son départ du palais et se transforme en vieillard de trois cents ans.

n'avait rien répondu, se contentant d'un fin sourire non dénué d'ironie. Une nuit de tempête, il avait finalement plié sa tente et était reparti sans laisser d'adresse.

De visage, le fils Toyokawa ressemblait beaucoup à ce garçon. Kasumi le dévisagea en se demandant s'il n'était pas sa réincarnation. Ryûhei s'approcha d'elle et lui dit :

– Tu sais, ils ont eu un chien mort chez lui.

Ayant pris Risa sur ses épaules, Michihiro venait tout juste de se remettre en marche.

– Oui, oui, dit-il en se retournant.

– Où est-ce qu'il est mort ? demanda Kasumi au jeune homme.

Ce dernier se tourna vers la maison.

– Dans le jardin. Maman a trouvé que ça sentait mauvais dehors, alors papa est allé voir et il a trouvé un chien. Ça a fait toute une histoire.

– Ça veut dire qu'il était mort depuis longtemps, commenta Michihiro en grimaçant.

Le fils Toyokawa, lui, demeurait impassible. Sur ce point aussi, dans cette façon de ne pas se laisser influencer par les émotions des autres et de rester de marbre, il était vraiment le portrait du garçon de son souvenir.

– Oui, il semble bien. Personne ne fait attention au jardin, alors on ne s'est rendu compte de rien.

– Comment s'y est pris M. Mizushima pour l'enlever ?

– Eh bien, il a apporté un sac plastique et, avec M. Izumi, ils l'ont mis dedans. Ils n'arrêtaient pas de dire : « Ce que ça pue, ce que ça pue ! »

Ryûhei éclata de rire. « Ce que ça pue, ce que ça pue ! » Yuka rit à son tour, et les deux enfants reprirent en chœur : « Ce que ça pue, ce que ça pue ! » Le jeune homme les regarda se moquer de lui et s'esclaffa avec lui aussi un visage de petit enfant.

– Arrêtez, tous les deux ! les interrompit Ruriko, qui était la plus âgée, sur un ton qui aurait pu être celui de sa mère.

– Ça doit encore empester dans le jardin, non ? Ce genre d'odeur, il paraît que ça ne s'en va pas comme ça.

– Oui, mais personne n'y va. Et puis maman dit que la neige va tomber de toute façon...

Sur le chemin du retour, Michihiro avait l'air contrarié :

– C'est dingue, cette histoire, non ? Moi, je trouve ça dégoûtant.

Cet argument de la neige qui ferait tout disparaître ne semblait guère le convaincre. Lui, pour tout désinfecter, il aurait probablement retourné toute la terre du jardin, s'amusa Kasumi. Ici, quand la neige tombait, le sol gelait et disparaissait pendant six mois. Puis, le printemps revenu, tout était oublié.

Ishiyama, qui avait fini par se lever après 10 heures, parut trouver plaisante l'aventure matinale des enfants. Cigarette au bec, tout en grattant le sommet du crâne de Ryûhei, il se divertit beaucoup du récit que son garçonnet lui faisait avec fierté. Il n'était pas rasé et sa voix était encore rauque de sommeil. On devinait ses omoplates et le sillon de sa colonne vertébrale à travers son tee-shirt. Kasumi s'efforça de contenir du mieux qu'elle put l'envie de se jeter dans ses bras. Elle aurait voulu sentir son odeur, passer le doigt le long de ses vertèbres.

Elle voyait en lui un homme lisse comme du marbre poli. Soigné de sa personne, Ishiyama avait aussi une belle écriture ronde et régulière, et il détestait la grossièreté et le travail bâclé. À cet instant pourtant, il lui apparaissait râpeux et dans toute sa rudesse. Elle n'en était qu'encore plus fortement attirée par lui. Sous l'emprise du désir, elle songea qu'elle n'avait pas assez d'orifices pour le recevoir en elle. Elle sentait que, comme une mer qui se retire, le sentiment de plénitude qu'elle avait éprouvé à son réveil dans son cœur et dans son corps refluait peu à peu. Elle le voulait maintenant. Un désir violent s'éveillait de nouveau en elle et la tourmentait. Le purgatoire. Pour reprendre le contrôle d'elle-même, elle expira profondément et baissa les yeux. Du coin de l'œil, elle perçut le regard froid de Noriko sur elle et ses traits se crispèrent. À cet instant, elle entendit la voix d'Ishiyama :

– D'accord. Alors demain matin on va aller réveiller les Izumi par surprise !

Un sourire teinté de fierté apparut sur le visage de Ryûhei. Comparés à la veille, les cheveux de Noriko avaient perdu leur lustre. Elle les retint des deux mains comme pour contenir une indignation sourde :

– Vous allez les déranger si vous faites ça !

– Je ne parlais pas sérieusement, enfin. C'était pour rire, répliqua-t-il avec une pointe d'agacement.

Le visage de Noriko s'assombrit. Depuis qu'ils étaient descendus, l'orage menaçait entre eux ; on avait pu le sentir rien qu'au bruit de leurs pas dans l'escalier. Avait-elle deviné ce qui s'était passé pendant la nuit ? Kasumi devenait folle d'inquiétude. Elle prit Ryûhei et Risa par la main en leur disant : « Les enfants, allez jouer dans le jardin, d'accord ? » Applaudissant à cette idée, ils coururent hors de la maison, à l'exception de Yuka qui, intriguée par la mauvaise humeur inhabituelle d'Ishiyama, n'avait pas bougé et le regardait d'un air méfiant. S'étant lui aussi aperçu de ce qui se passait entre Ishiyama et sa femme, Michihiro, qui détestait les querelles, déclara qu'il retournait se coucher et remonta précipitamment à l'étage.

– Tu sais comme les enfants sont influençables, alors ne leur donne pas d'idées saugrenues.

Tout en contemplant le jardin, Kasumi faisait semblant de boire son café et était tout oreilles. Sans doute, comme Michihiro, elle aurait mieux fait de se retirer, mais son désir de ne rien ignorer de son amant était plus fort.

– Allons, des enfants ne font pas ce genre de choses ! Ne dis donc pas n'importe quoi !

– Mais je ne dis pas n'importe quoi ! C'est toi qui prends la mouche !

– Arrêtons de nous donner en spectacle, fit Ishiyama, conscient que Kasumi les écoutait.

Kasumi se tourna vers Noriko. Elle sentit de l'hostilité dans son regard. Elle la fixa à son tour paisiblement. Elle ne se sentait plus inférieure à elle ; elle avait maintenant la certitude qu'Ishiyama l'aimait de tout son cœur. Aussi, elle ne craignait pas – et elle souhaitait même – qu'ils rompent sur-le-champ, s'il le fallait. Noriko dit à voix basse :

– Surtout devant Kasumi, n'est-ce pas ?

– Qu'est-ce que tu veux insinuer par là ?

– Je ne veux rien insinuer ! lui répliqua-t-elle d'un air scandalisé, puis, s'adressant à elle : Excusez-nous, Kasumi. C'est une scène ridicule.

– Non...

Yuka restait interdite devant cette altercation d'adultes. Sa mère la prit par la main et l'emmena de force dans la véranda. Ses sourcils se froncèrent tandis qu'elle l'entraînait avec elle. Elle semblait penser que c'était parce qu'elle et ses parents avaient fait quelque chose de mal que Noriko et Ishiyama se disputaient.

– Yuka, je veux absolument que tu le dises à maman quand vous allez vous promener tous ensemble.

La fillette hocha docilement la tête à cette réprimande, puis, retrouvant son entrain, alla se joindre aux jeux des autres enfants. Kasumi revint dans le salon, mais Ishiyama ne s'y trouvait plus ; dans la cuisine, son dos raide tourné vers elle, Noriko se mettait à leur préparer des nouilles japonaises pour le déjeuner. Ne sachant que faire, elle décida de retourner dans sa chambre, pour lire à côté de Michihiro par exemple, et commença de monter l'escalier. Sans voiture, impossible d'aller en ville et, autour de la maison, il n'y avait guère d'endroit où aller se promener. Dehors, avec cette seule route en pente pour perspective, c'était comme s'ils étaient assiégés par la forêt dense et sombre.

– Kasumi, l'appela alors Noriko, qui s'était retournée vers elle.

Elle s'immobilisa au milieu de l'escalier.

– Oui ?

– Il faut que vous arrêtiez ça.

Son sang se glaça. Elle croisa son regard. Si encore elle n'y avait vu que de la colère ou de la haine... mais c'était du mépris qu'il exprimait. Kasumi, avec un temps de retard, lui demanda :

– De quoi parlez-vous ?

– Vous le savez parfaitement. Ne m'obligez pas à en dire davantage, répondit-elle sèchement.

Elle lui tourna le dos. La poignée de nouilles était déjà plongée dans l'eau bouillante. Elles seraient prêtes dans quelques instants. Kasumi se remit à gravir les marches en imaginant Noriko qui jetait sans ménagement l'eau bouillante dans l'évier. À chaque pas, les dents serrées, sa décision s'affermissait, au point qu'elle sut finalement qu'elle n'en démordrait pas. Elle n'avait pas réfléchi à ce qu'elle devait faire. Noriko allait certainement conserver la même attitude qu'elle avait eue jusque-là envers Michihiro, les enfants et elle. Si tel était le cas, Ishiyama et elle avaient-ils une autre possibilité que de faire de même ? Elle était consciente qu'il s'agissait d'une trahison envers les siens, mais de toute façon c'était pour retrouver Ishiyama qu'elle était venue ici.

Michihiro dormait la bouche ouverte, ignorant tout de ce qui se passait. De la fenêtre de leur chambre située juste au-dessus de l'entrée, elle pouvait voir le jardin. Elle écarta les rideaux de dentelle, appuya ses coudes sur le rebord et regarda machinalement dehors. Les quatre enfants jouaient au loup sur la pelouse. Elle tomba en admiration devant leur insouciance. La dispute des Ishiyama, ils allaient probablement l'oublier bien vite.

Parfois, pourtant, elle constatait avec étonnement combien certains détails les plus inattendus pouvaient rester vivants dans une mémoire d'enfant. Se souvenant du visage effrayé de Yuka, elle se demanda de quelle façon cet événement la marquerait. Quand elle en arriverait à la conclusion que c'était sa mère qui en avait été l'unique responsable, n'allait-elle pas la détester ? Cela n'avait aucune importance. Elle eut l'impression de lutter contre le vent sur une lande déserte et elle enfouit son visage dans ses mains.

Ishiyama se trouvait dans un coin du jardin. Il faisait semblant de regarder les enfants tout en fumant une cigarette, mais il l'avait vue et lui désigna sa montre. Puis il leva la main droite et dressa deux doigts. 2 heures du matin. Kasumi fit oui de la tête.

Elle avançait sur la pointe des pieds dans le noir quand l'odeur d'Ishiyama lui sauta au nez. Du savon et l'odeur de rivière qui imprégnait son corps. Elle se jeta dans ses bras, exactement comme elle l'avait fait dans l'ascenseur.

– Content de te voir.

– Moi aussi. Noriko a tout compris, tu sais.

– Je sais. C'est ma faute.

– Mais, je...

– Ne dis rien.

Main dans la main, ils se chuchotaient à l'oreille en se hâtant jusqu'au débarras. La pièce, plongée dans l'obscurité, sentait le renfermé. Mais qu'est-ce que ça pouvait bien leur faire ? Dans les bras l'un de l'autre, fébriles, ils s'étendirent sur le matelas froid sans même se déshabiller. Dans le noir, elle tâta le corps qui pesait sur elle, puis palpa son visage. Elle toucha même la cicatrice qu'il avait au tibia avec ses doigts de pied, s'assurant ainsi sur tout son corps qu'il s'agissait bien d'Ishiyama.

– Je voudrais qu'on reste toujours comme ça.

– C'est ce qu'on va faire.

– Mais jusqu'à quand ?

Ayant dit cela, Kasumi se demanda ce qu'elle recherchait exactement. Déjà la catastrophe était proche. Quand elle se serait produite, seraient-ils capables de se construire un monde nouveau, fait pour eux seuls ? Pourtant, le temps d'un bref instant, dans cette pièce noire et humide, ce monde existait effectivement. Car, quand Ishiyama la pénétrait et qu'elle gémissait, ne pensait-elle pas que si la vie avec lui devait être toujours ainsi elle n'aurait pas d'état d'âme à abandonner ses enfants ?

Le 11 août au matin, Kasumi fut réveillée une première fois par des bruits près d'elle. Réveillées très tôt, Yuka et Risa s'étaient levées et habillées. Elles avaient mis toutes les deux les mêmes vêtements – un tee-shirt vert et un bermuda blanc.

– Vous êtes déjà réveillées ?

– Bonjour, maman.

Penchée au-dessus d'elle, Yuka la dévisageait. Sa figure portait encore des marques de sommeil et sa frange bien égalisée était pleine d'épis. Kasumi la recoiffa d'une main et lui demanda :

– Il est quelle heure ?

– Je sais pas.

À cinq ans, Yuka n'avait encore qu'une vague notion du temps. Ce fut Michihiro qui, s'étant réveillé à son tour, regarda sa montre et lui répondit :

– Il est pas 7 heures.

– Laissez-moi dormir encore un peu. S'il vous plaît.

Elle sentit Michihiro bouger à côté d'elle.

– D'accord. Ce matin, c'est moi qui me lève.

– Merci. Yuka, il fait froid, alors couvre-toi. Toi aussi, Risa.

Elle s'assura que ses deux filles avaient bien enfilé leur chandail de coton noir par-dessus leur tee-shirt. Quand elle eut fermé les yeux, Yuka se pencha sur elle :

– Maman, t'es fatiguée ?

– Je vais me lever tout de suite. Excuse-moi.

Elle prit le visage de Yuka entre ses mains et lui caressa la tête. Puis elle fit de même avec Risa, qui s'était aussi approchée. Les yeux refermés, elle les entendit sortir de la chambre. Il y avait seulement trois heures qu'elle était venue se coucher dans son futon. Enveloppée dans la chaleur de la couette de plume, elle songea que le corps d'Ishiyama était plus chaud encore. Comme c'était bon de songer au contact de sa peau... Quand elle se réveillerait, la réalité l'attendrait. La réalité de l'affrontement avec Noriko. Elle souhaitait s'abandonner encore un peu à ses rêves.

Elle ignorait combien de temps elle avait dormi. Jusqu'à ce que Michihiro vienne la secouer, elle n'avait pas cessé de rêver. Dans son rêve, elle se trouvait avec Ishiyama et Yuka dans un bateau sur le lac Shikotsu. La montagne qui les cernait était toute proche, menaçante, et l'eau, si abondante, avait une profondeur inimaginable. Ils n'étaient qu'un frêle esquif flottant à sa surface. N'ayant pas de rames, Ishiyama contemplait la montagne. De petites vagues ridaient le lac et faisaient osciller le bateau. Malgré son inquiétude, Ishiyama et Yuka riaient de bon cœur et la fixaient dans les yeux. Un rêve étrange, dans lequel tous les trois semblaient former une famille.

– Ho ! Yuka a disparu, dit Michihiro en la secouant.

Elle se redressa en sursaut. À sa montre, il était 7 h 45. Affolée, ne comprenant pas ce qui était arrivé, elle s'habilla avec précipitation.

– Que se passe-t-il ?

– Tout à l'heure, je suis sorti avec les enfants pour faire une promenade, mais Risa a eu envie de faire pipi et, le temps de retourner à la maison avec elle, Yuka est probablement ressortie toute seule. Je suis parti tout de suite à sa recherche, mais je n'ai pas réussi à la retrouver.

– C'est pas possible ! s'écria-t-elle, effarée et la voix tremblante.

Elle ne pouvait pas être bien loin, ce n'était pas la peine de s'affoler. Mais elle avait beau essayer de garder son sang-froid, elle n'oubliait pas que l'idée d'abandonner ses enfants l'avait effleurée pendant la nuit ; elle revoyait les images du rêve dont elle venait de sortir et, accaparée par toutes ses pensées de mauvais augure, elle ne tenait pas en place.

– Tu as regardé dans la maison ?

– Oui. Le seul endroit que je n'ai pas vérifié..., répondit Michihiro en s'interrompant, c'est dans les chambres des Ishiyama.

– Non, elle n'y est sûrement pas.

Kasumi réfléchit un instant à les réveiller pour fouiller leurs chambres, mais elle hésitait ; leur crainte était peut-être sans fondement et elle était gênée de les déranger si tôt le matin. Sans doute traversé par les mêmes scrupules, Michihiro trancha :

– Non, elle est dehors, c'est sûr.

En bas, les trois enfants restés seuls buvaient du lait en silence. Constatant de ses propres yeux que Yuka était manquante, Kasumi fut aussitôt saisie d'une angoisse noire.

– Vous ne bougez pas, d'accord. Maman et papa vont aller chercher Yuka.

Les enfants, visiblement affectés, acquiescèrent tous en même temps. Malgré leur jeune âge, ils comprenaient qu'il était arrivé quelque chose à Yuka.

Tout en se dissimulant leur affolement, Kasumi et Michihiro parcoururent en tous sens les chemins de montagne autour de la maison sans négliger le moindre recoin, allant même jusqu'à jeter un œil sous les maisons laissées à l'abandon ; mais Yuka demeurait introuvable. En admettant qu'elle ait eu l'intention de se rendre quelque part, la maison étant située à une extrémité de la route, elle n'avait pas eu d'autre possibilité que de la descendre. Même pour un adulte, il aurait été difficile de pénétrer dans la montagne en se frayant un chemin dans une végétation aussi dense. Mais il n'y avait aucune trace de Yuka sur la route.

– Raconte-moi plus précisément comment ça s'est passé, demanda Kasumi à son mari sur un ton de reproche, tandis qu'ils descendaient à grandes enjambées.

Les lacets de ses tennis étaient dénoués et la faisaient parfois trébucher. Michihiro, sans doute sous le coup de l'émotion, peinait à s'exprimer clairement :

– Eh bien, on s'est promenés tous les cinq jusqu'à la maison des Toyokawa. Et alors Risa a dit qu'elle voulait faire pipi. On est tous retournés là-haut, mais Yuka avait l'air de vouloir continuer la promenade et elle n'était pas très contente. Je leur ai dit de nous attendre, et je me suis dépêché d'emmener Risa aux toilettes. Quand je suis revenu, elle n'était plus là. J'ai demandé à Ruriko et à Ryûhei où elle était, ils m'ont répondu qu'elle avait descendu l'escalier et était partie sur la route. Alors j'ai laissé les trois enfants à la maison et je me suis mis à la rechercher, mais j'ai eu beau descendre la route, elle n'était nulle part. Je suis même allé jusque chez les Izumi, mais ils ne l'avaient pas vue. Comme je me faisais aussi du souci pour les autres enfants, j'ai décidé de revenir à la maison et c'est à ce moment-là que je t'ai réveillée.

– Combien de temps Risa est restée aux toilettes ?

– Pas plus de trois ou quatre minutes.

– Dans ce cas, Yuka n'a certainement pas eu le temps d'aller jusque chez les Izumi. Il faut au moins sept ou huit minutes à un enfant pour aller là-bas.

Kasumi prit alors conscience de la dureté de son ton et des larmes affluèrent à ses yeux.

– Excuse-moi.

– Ça va. Après, je suis aussi allé chez les Toyokawa, mais ils dormaient encore. Mme Toyokawa est sortie, pas très contente d'être dérangée, et elle m'a dit : « Je n'en sais rien. Elle n'est pas venue ici. Je n'ai jamais vu cette petite. »

– C'est quel genre de femme ?

– On dirait un homme.

– Tu as vu leur fils ?

– Oui, mais il m'a dit qu'il dormait et qu'il ne savait rien.

– Dis... Qu'est-ce qu'on va faire ?

À ce moment-là elle entendit de petits bruits de pas s'approchant derrière eux. « Yuka ? » pensa-t-elle en se retournant, déjà pleine d'espoir, mais ce n'était que Ruriko. Sans doute les avait-elle rejoints parce que l'attente dans la maison était trop angoissante. Hors d'haleine, elle reprenait son souffle en haussant et baissant les épaules.

– Tatie...

– Ma petite Ruriko, on va rentrer à la maison, lui dit Kasumi en la prenant dans ses bras, mais la fillette, voyant qu'elle pleurait, eut à son tour les larmes aux yeux.

– Tatie, où elle est Yuka ?

– On n'en sait rien. Dis-moi, Ruriko, personne n'est venu, hein ? Tu n'as pas vu de voiture, dis ?

– Je ne sais pas, répondit l'enfant en sanglotant et en secouant la tête.

Il y aurait eu du bruit si elle avait été enlevée par une voiture. Et elle n'avait pas eu le temps de descendre la route jusqu'en bas. Elle ne pouvait donc être que sur la route, et pourtant ils ne la trouvaient nulle part. Où avait-elle pu aller ? « Peut-être qu'elle s'est envolée », pensa même Kasumi, en levant les yeux. Le ciel était d'un bleu de début d'automne, avec, au loin, des nuages blancs flottant au pied des montagnes. Rien. Nulle part. Elle crut devenir folle.

Ensuite, pendant un moment, ils se séparèrent pour poursuivre leurs recherches aux alentours de la route, mais cela ne donna aucun résultat. Il était plus de 9 heures quand, découragée, Kasumi renonça. Michihiro ayant décidé de persévérer à explorer la montagne, elle revint seule à la maison. Noriko était levée. Elle accueillit Kasumi avec un visage blême et soucieux. Les enfants mangeaient sagement les céréales et les saucisses qu'elle leur avait préparées pour le petit déjeuner.

– Vous avez retrouvé Yuka ?

– Non.

Kasumi pensa que son visage devait être horriblement crispé. Noriko observa un temps de silence comme si elle pesait une décision.

– Kasumi, je voulais vous dire...

– Oui, je vous écoute.

– Même si je vous détestais de toute mon âme, je ne ferais pas une chose pareille.

– Je sais.

– Les enfants n'ont rien à voir là-dedans.

– Oui.

– J'espère qu'on va la retrouver très vite, ajouta-t-elle, puis elle détourna les yeux.

Noriko avait son amour-propre. Kasumi le comprenait. Noriko regarda l'heure à sa montre avec agacement.

– Qu'est-ce qu'il peut bien faire à une heure pareille ? Je viens juste d'aller le réveiller.

– Ne vous inquiétez pas, l'interrompit Kasumi. C'est moi qui vais aller voir Ishiyama et lui demander d'appeler la police.

Elle ignora la grimace de Noriko, monta à toute vitesse à l'étage et frappa violemment à la porte de sa chambre. Ishiyama occupait seul une des trois chambres de la maison.

– Excusez-moi, monsieur Ishiyama. Réveillez-vous, s'il vous plaît.

– Oui, répondit une voix sourde, et la porte s'ouvrit presque aussitôt.

Il avait les cheveux en bataille et son tee-shirt était remonté sur son ventre. Il sourit en la voyant, puis devina qu'il s'était passé quelque chose et son visage changea de couleur.

– Que se passe-t-il ?

– Yuka a disparu. Est-ce que vous pourriez aller voir la police pour moi ?

– Ah bon ? Elle est sûrement quelque part, répondit-il d'une manière insouciante, mais, voyant que les yeux de Kasumi étaient embrumés, il s'alarma soudain.

Elle lui raconta brièvement ce qui s'était passé. L'angoisse la rongeait. Elle s'imaginait que, pendant qu'elle était là à ne rien faire, sa fille était en train de s'éloigner et allait disparaître pour de bon. Ou que, peut-être, elle était tombée dans un trou, incapable de s'en extraire seule et que l'oxygène allait bientôt lui manquer. Elle paniquait et ne tenait plus en place.

– Ce n'est pas possible qu'elle ait disparu, lui soutint Ishiyama quand elle eut fini de parler.

– Ça fait déjà un moment qu'on la cherche ! Pourquoi est-ce que vous ne voulez pas comprendre !

La voix de Kasumi se déchira. Le corps d'Ishiyama se raidit, comme s'il avait reçu un choc. Elle regretta aussitôt ses propos, mais son cœur, qui battait à tout rompre, ne s'apaisait pas.

– Excuse-moi. Moi aussi, je vais me mettre tout de suite à sa recherche.

Il la prit par les épaules pour la réconforter et l'embrassa furtivement sur les lèvres. Kasumi luttait contre l'envie de se laisser tomber dans ses bras. Il l'abandonna figée sur place et descendit l'escalier quatre à quatre. Quand elle reprit ses esprits et alla le rejoindre, il avait déjà commencé à passer plusieurs coups de fil. À Izumi, aux Toyokawa leurs voisins, à Mizushima le gardien. Izumi lui conseilla d'appeler le poste de police près du lac Shikotsu.

Michihiro rentra dans la maison, l'air abattu par l'inutilité de ses efforts.

– Elle n'est nulle part. Mais qu'est-ce qu'elle a bien pu faire !

Prenant le relais, Ishiyama partit à sa recherche. Le teint blême, les adultes tournaient en rond dans la pièce comme des animaux en cage, si bien que les enfants s'étaient faits tout petits dans un coin et retenaient leur respiration. Risa, la plus sensible, laissait échapper de petits sanglots. Finalement, vers 10 heures, Kasumi s'écria soudain :

– Dans la maison des Toyokawa ! Je suis sûre qu'on l'a cachée là-bas !

– Allons, fit Michihiro en essayant de la prendre dans ses bras, mais elle se dégagea de lui avec une force qu'elle-même ne devait pas soupçonner.

Quelque chose lui disait qu'une personne qui lui voulait du mal avait enlevé sa fille et elle ne parvenait pas à s'arracher cette idée de la tête. Cette disparition était si soudaine, si étrange, qu'elle ne savait comment y faire face.

– Je suis sûre que c'est ça : quelqu'un l'a enlevée et la cache quelque part !

Elle s'emporta aussi contre Noriko qui restait bras ballants dans la cuisine :

– Qu'est-ce que vous regardez ! Vous vous en moquez bien, hein, parce que ce n'est pas votre enfant !

Noriko prit Risa dans ses bras en secouant la tête tristement et monta à l'étage. Ruriko et Ryûhei lui emboîtèrent le pas. Kasumi eut un autre choc en voyant ces enfants qui allaient consoler leur mère. En perdant chacune un de ses membres, leurs familles seraient au bord du précipice. Pourtant, avec ses enfants, Noriko ne risquait rien. Kasumi savait qu'elle divaguait, mais c'était comme si quelque chose de sauvage hurlait en elle à la recherche d'une proie sur laquelle se jeter.

– Arrête, je t'en prie ! Calme-toi un peu !

Michihiro la saisit par les épaules et la secoua. Sans force, sa tête branla d'avant en arrière sur ses épaules. Passive d'abord, Kasumi retourna bientôt sa rage contre lui :

– Tout ça, c'est de ta faute, tu l'as pas surveillée comme il fallait !

Izumi et Mizushima, accompagnés de trois agents de police, étaient arrivés et attendaient, mal à l'aise, à l'entrée du salon. Ils n'avaient certainement rien perdu de la scène. Portant les mêmes vêtements que deux jours plus tôt, ils avaient aussi la même expression sur le visage. Cela déplut à Kasumi, car elle avait l'impression qu'ils ne faisaient pas de différence entre sa fille et le cadavre du chien.

– Qu'est-ce que c'est ? Qu'est-ce que vous voulez ? leur dit-elle d'une voix cassante.

– Madame, je vous en prie, calmez-vous ! lui répondit Izumi avec un visage impassible.

Et il lui tapota l'épaule. Un bref instant, une odeur de rivière, semblable à celle qu'exhalait Ishiyama, lui effleura le nez. Elle sentit brusquement toutes les forces de son corps l'abandonner. Elle comprit alors que la présence d'Ishiyama à ses côtés lui manquait.

– Je vous présente l'agent Wakita, du poste de police.

Peut-être parce qu'il vivait dans une région froide, on distinguait sur les pommettes de cet homme jeune le fin dessin de petits vaisseaux capillaires. C'était cela, sans doute, qui lui donnait l'apparence d'un policier à la fois simple et digne de confiance. Il s'inclina légèrement pour les saluer et, sans plus de formalités, interrogea Michihiro :

– Pouvez-vous nous exposer les circonstances de la disparition ?

Se tenant dans un coin de la pièce, Mizushima ôta le bonnet qu'il avait sur la tête et regarda Kasumi avec compassion :

– Vous devez être très inquiète, madame, dit-il avant de baisser les yeux.

Izumi alluma une cigarette et, montrant à Wakita une carte qu'il avait apportée, déclara :

– Tu connais bien le coin, je pense ? Je ne vois vraiment pas comment quelqu'un peut disparaître par ici. C'est une drôle d'histoire, non ?

– Oui, c'est vrai.

– Faut que vous fassiez venir des chiens, monsieur Wakita.

– On doit nous en envoyer de Sapporo.

Des chiens ? Voulaient-ils dire des chiens policiers ? se demanda Kasumi. Michihiro se joignit à eux et expliqua ce qui s'était passé tout en leur montrant sur la carte. À un moment, Kasumi poussa un profond soupir et Wakita dut l'entendre car il se tourna vers elle. Elle vit sans vraiment y prêter attention les gouttes de sueur qui perlaient sur son front depuis qu'il avait enlevé sa casquette.

– Rassurez-vous, madame, les renforts ne vont pas tarder.

À l'invitation de Wakita et Izumi, Michihiro reprit une seconde fois son récit depuis le début.

Ishiyama arriva enfin, les yeux rougis.

– Elle est introuvable.

Kasumi se leva et scruta son visage. Il accourut près d'elle et la prit par les épaules.

– Je suis certain qu'elle va bien, ne vous faites pas tant de souci.

– Oui...

Une lueur brilla dans le regard des hommes qui les entouraient. Comme un souffle de vent passant sous une porte, la confiance qui les liait l'un à l'autre avait dû se transmettre à eux. Par défi, Kasumi leur adressa un regard hostile. Qu'est-ce que vous avez compris ? Qu'est-ce que vous savez de nous ? Elle croisa les yeux de Michihiro. Pour la première fois, son visage exprimait un soupçon, et il tentait de percer le fond des yeux de sa femme. Insoucieux des gens autour d'eux, Ishiyama lui caressa le dos.

– Ça va aller. Vous allez attendre ici et on va la retrouver, c'est sûr.

– Oui...

C'était parce qu'il avait commis la même faute qu'elle qu'Ishiyama se montrait tendre. Parce que c'étaient eux, ensemble, les responsables. Tous les deux, pendant un instant, avaient été prêts à abandonner leurs enfants. Ils le savaient et c'était pour ça qu'ils se consolaient l'un l'autre, épouvantés par leur faute.

M. et Mme Toyokawa, les inspecteurs du commissariat d'Éniwa et les pompiers locaux, appelés en raison de leur connaissance de la montagne, arrivèrent bientôt les uns après les autres, mais, comme Kasumi demeurait prostrée, Michihiro et Ishiyama prirent les choses en main.

Une semaine s'écoula, mais on ne retrouva pas Yuka. Aucune trace, aucune information. Elle s'était littéralement volatilisée, comme si elle avait été enlevée par un esprit. La première, Noriko était repartie avec ses enfants à Tôkyô, puis, à leur tour, Michihiro, qui ne pouvait abandonner l'atelier, et Ishiyama décidèrent de partir en emmenant Risa.

Le matin de leur départ, Kasumi, assise sur l'escalier de béton devant la maison, sentit qu'Ishiyama s'approchait dans son dos. Il avait renoncé à la pêche, aussi son corps ne dégageait-il plus l'odeur de la rivière.

– Kasumi.

Le regardant en face, elle lui dit :

– Qu'est-ce que je vais faire ? Dis, où elle peut bien être allée ? Qu'est-ce que je vais faire ?

– On va la rechercher. Je suis sûr qu'elle est vivante, lui dit-il en prenant ses mains froides.

– Oui.

Elle posa un regard sans force sur la forêt. Arbres et plantes lui semblèrent avoir perdu toute vigueur. La montagne se préparait peu à peu à entrer dans l'hiver. La nuit, la température baissait davantage. Yuka était peut-être morte et son corps gisait gelé quelque part, se tourmentait Kasumi. Voyant cette douleur qui la consumait, Ishiyama était lui-même abattu.

– Je veux que tu écoutes ce que je vais te dire sans te fâcher, d'accord ?

– Me fâcher ?

Il ne lui restait plus assez d'énergie pour se mettre en colère. Elle le regarda comme si c'était la première fois qu'elle le rencontrait.

– C'est moi qui suis responsable de la disparition de Yuka. C'est moi qui ai acheté cette maison et qui t'ai obligée à y venir. Ça m'est insupportable.

– Insupportable ? répéta-t-elle en regardant son visage émacié.

– Oui. Je ne supporte pas de te voir souffrir comme ça. Et puis, je ne supporte pas non plus l'idée qu'on interroge Noriko.

– De quoi tu parles ?

– Certaines personnes nous soupçonnent, toi et moi. C'est ce que la police a fait comprendre à Noriko. Elle a dit qu'elle n'était au courant de rien, je crois, mais s'il y avait la moindre suspicion envers toi et moi, sa position deviendrait intenable. On pourrait croire qu'elle a fait quelque chose à Yuka par jalousie. Plutôt, tout le monde la soupçonnerait pour rien. C'est pourquoi je te demande de ne rien dire sur nous à personne. De son côté, Noriko m'a promis qu'elle garderait le silence.

Kasumi leva la tête.

– Tu veux qu'on fasse comme s'il n'y avait rien eu entre nous ?

– Ce n'est pas ce que je dis. Il y a eu quelque chose entre nous. Je souhaite juste que tu n'en parles à personne. Si tu en parles, Noriko sera soupçonnée. Peut-être même que Moriwaki serait soupçonné. On ne va plus s'en sortir et tout le monde en souffrira. Et ça non plus, je ne pourrai pas le supporter.

Tout en sentant qu'il parlait déjà d'eux au passé, Kasumi contemplait dans le ciel de plein midi la lune qui flottait au sommet du pic Éniwa.

– C'est fini, nous deux, c'est ça ?

– Non, ce n'est pas fini. Tu sais que je t'aime, lui répondit-il en jetant un coup d'œil inquiet vers la route.

Michihiro était parti avec Risa chez les Izumi pour les saluer.

– Alors, qu'est-ce qu'on va faire ? On arrête de se voir ?

– Mais on ne peut plus se voir ! s'écria Ishiyama d'une voix qu'il semblait être allé chercher au fond de lui-même. Comment est-ce que j'oserais encore te voir ? Alors que ta fille a disparu par ma faute. Comment est-ce que je pourrais te voir ! Je ne pourrais pas le supporter. C'est pour cette raison que je te demande un peu de patience.

– De la patience ? Mais jusqu'à quand ?

– Jusqu'à ce qu'on ait retrouvé Yuka et que, de mon côté, j'aie réglé les choses.

– Qu'est-ce que tu vas régler ?

– La situation avec Noriko. Et pour ça j'ai besoin d'un peu de temps. Je suis désolé.

Il alluma une cigarette et contempla le petit jardin sur sa droite. Une pelle en plastique jaune, appartenant sans doute à Ryûhei, était abandonnée sous la balançoire. Sa couleur vive se refléta sur ses pupilles.

– Alors, tu m'attendras ? lui demanda-t-il.

Les yeux rivés sur ses tennis, elle ne répondit pas. Il répéta, d'une voix suppliante :

– Kasumi, est-ce que tu m'attendras ?

– Attendre quoi ?

Elle plongea son regard dans les yeux effarés d'Ishiyama.

– Quoi ? Mais moi enfin !

– Qu'est-ce que je vais devenir, moi, en t'attendant ? C'est maintenant que j'ai besoin de ton aide. Sinon, ça n'a aucun sens, dit-elle dans un murmure, en secouant la tête. S'il s'agit de penser à l'avenir et d'attendre pour ça, je n'en suis pas capable. Je ne l'ai jamais fait et je n'ai pas envie de le faire. Pour moi, seul le présent compte.

– C'est vrai, fit-il en soupirant. Tu as toujours été comme ça.

– Si je ne peux pas compter sur toi aujourd'hui, eh bien je vais chercher Yuka toute seule.

– Je ne peux pas rester avec toi. Pardonne-moi. J'ai encore une famille.

Elle crut entendre qu'il sanglotait mais elle ne le regarda pas. Puis des pas et des voix se firent entendre. Sans doute Michihiro et Risa qui revenaient. Ishiyama se releva et, sans rien dire, retourna à l'intérieur de la maison.

Tous les trois ayant pris un avion dans l'après-midi, Kasumi se retrouva seule dans la maison vide. Elle avait l'intention d'y rester un mois. Elle s'était dit que Yuka serait bien malheureuse si elle revenait à la maison et ne l'y trouvait pas. Dans la soirée, elle alla fouiller les chambres l'une après l'autre. Elle avait cru entendre Yuka murmurer dans le noir : « Maman ! Maman ! » La petite coquine, elle ne jouait pas à cache-cache tout de même ? Kasumi avait éclaté de rire sans le vouloir et l'avait appelée dans toute la maison : « Dépêche-toi de sortir de ta cachette ! » Finalement, elle s'était dirigée vers le débarras. Elle n'y avait pas remis les pieds depuis la fameuse nuit. Une oreille collée à la porte, elle avait entendu à l'intérieur des halètements, les siens et ceux d'Ishiyama. C'était exactement à l'instant où elle avait imaginé un monde nouveau pour eux deux. Mais qu'y pouvait-elle ? Ç'avait été sa raison de vivre. Elle avait éloigné son oreille de la porte et, pour la première fois, laissé échapper un petit gémissement. Ishiyama lui manquait. Yuka lui manquait.

L'interphone retentit. Était-ce Yuka qui avait attendu qu'elle soit seule pour revenir ? Elle essuya ses larmes, laissa passer un petit moment et, un maigre espoir dans le cœur, ouvrit la porte toute grande. C'étaient les Toyokawa, au complet, avec en arrière-plan le ciel bleu foncé du crépuscule. La femme, cheveux courts en brosse, une veste austère d'homme sur le dos, parla la première. Elle ne portait aucun maquillage et avait des manières sèches, mais elle s'exprima d'une voix douce et pleine de compassion.

– Tout le monde est reparti, n'est-ce pas ? Vous devez être bien triste toute seule.

– Je vous remercie, répondit Kasumi sans cacher son désespoir.

– Si vous voulez, venez donc dîner avec nous, lui proposa le mari, dont les yeux ressemblaient beaucoup à ceux de son fils.

C'était un homme obèse, au teint olivâtre, avec un cou de sanglier et appréciant visiblement la bouteille. Leur fils se tenait respectueusement en retrait, la tête baissée.

– Merci beaucoup, mais je ne me sens pas tellement d'humeur...

– Je comprends, bien sûr. Dans ce cas, peut-on au moins vous apporter quelque chose un peu plus tard ?

Kasumi ayant aussi refusé l'offre, Mme Toyokawa poursuivit, d'une voix confuse :

– Je voulais vous dire... Nous partons demain. Nous avons l'intention de vendre notre maison pendant la saison. À cause de la disparition de Yuka, ça risque d'être plus difficile mais nous envisagions de le faire un jour ou l'autre, alors j'espère que vous ne le prendrez pas mal.

– Pourquoi je le prendrais mal ?

– Eh bien, je pensais que s'il n'y a presque plus personne qu'elle connaît quand elle reviendra, elle sera sans doute triste, la pauvrette.

Le visage du fils se déforma sous l'effet de la tristesse. Des larmes affluèrent soudain dans les yeux de Kasumi. Elle pleurait parce qu'ils vendaient sans se soucier du jardin où le chien était mort, et parce qu'il disparaîtrait quand les premières neiges tomberaient. Un hameau sans plus personne pour y vivre. Elle qui avait fui son village, elle perdait sa propre fille dans un endroit tout aussi désert. Pleine de pitié pour sa fille, Kasumi n'avait pu contenir ses larmes plus longtemps. C'était la première fois qu'elle s'abandonnait ainsi à la douleur devant quelqu'un. Les trois Toyokawa se regardèrent, demeurèrent timidement encore un moment devant la porte, puis s'en retournèrent.

Ce soir-là, après l'appel de Michihiro, elle en reçut un d'Ishiyama. Il devait être dans une cabine, elle entendait derrière lui des voix d'hommes et de femmes et le bruit de voitures qui passaient. « La rumeur de Tôkyô », songea-t-elle avec nostalgie.

– Tu n'es pas triste toute seule ?

– Ça va, mentit-elle.

– Moi, je suis déprimé. Je me sens responsable pour Yuka, et pour toi aussi. Comme je ne sais pas ce que je pourrais faire, j'ai décidé d'arrêter la pêche et la cigarette. Il faut que j'en bave un peu, j'ai pensé. C'est ridicule.

– Ne dis pas ça. Et Noriko ?

– Elle ne va pas fort. Elle ne m'adresse quasiment plus la parole. Je crois que, à sa manière, elle me fait payer ce que je t'ai fait subir.

– Tu crois ?

– Mais oui. À moi, personne ne me pardonne, ajouta-t-il d'une voix triste.

– Moi je n'ai jamais pensé une chose pareille !

Kasumi ne connaissait pas cette idée de pardon à l'autre ou pour soi. Comme interlocuteur, elle n'avait jamais eu qu'elle-même.

– Vraiment ? Merci. En tout cas, j'attends qu'on retrouve Yuka et j'attends aussi que tu ailles mieux.

– Merci, dit Kasumi, et elle raccrocha.

Si Ishiyama ne l'aidait pas à retrouver Yuka, ces mots n'avaient pas de sens, avait-elle pensé une nouvelle fois.

Chaque jour, Kasumi partait à la recherche de Yuka dans la montagne alentour, puis elle se rendait au commissariat d'Éniwa pour voir si la police n'avait pas de nouvelles à lui donner. C'était Mizushima qui la conduisait à Éniwa dans son Jimney. Au bout d'une semaine, un matin qu'il faisait particulièrement froid, elle attendit sur la route devant la maison qu'il vienne la prendre, mais le Jimney arriva en retard par rapport à l'heure habituelle. La femme d'Izumi, Tsutaé, portant un corsage rouge, était assise dans la voiture à côté de Mizushima. Elle la salua poliment de derrière la vitre. Les deux femmes s'étaient déjà rencontrées à plusieurs reprises et, chaque fois, Kasumi l'avait trouvée étrange. Malgré ses soixante ans passés, c'était une séductrice, qui ne semblait guère s'intéresser à ce qui pouvait se passer en dehors de son monde. Ses seuls passe-temps étaient le jardinage et la cuisine, et pendant la saison d'hiver elle restait cloîtrée chez elle, passant son temps à tricoter ou à d'autres travaux d'aiguille. Lorsqu'elle avait appris la disparition de Yuka dans la résidence, elle avait murmuré avec une indifférence parfaite : « Je me demande bien où on a pu l'enterrer » ou quelque chose du même genre, ce qui avait mis Michihiro hors de lui. En la voyant dans la voiture avec Mizushima, Kasumi fut prise d'un doute. Ce dernier descendit et vint la saluer très poliment :

– Je suis désolé, madame. En fait, maintenant je dois conduire Mme Izumi à Sapporo. Mais le patron va venir vous chercher. Est-ce que vous voulez bien y aller avec lui ?

Kasumi ayant accepté, il remonta dans la voiture et fit demi-tour précipitamment. Tsutaé la salua de la tête en souriant. Il aurait été si simple de téléphoner. Elle lui aurait demandé de la conduire jusqu'au lac, et là elle se serait débrouillée. Cette attitude incompréhensible agaçait Kasumi. Elle arriva à la conclusion que c'était peut-être parce que Tsutaé voulait la voir qu'elle avait fait monter Mizushima jusqu'ici. Dans ce cas, se dit-elle en penchant la tête avec perplexité, cette femme était vraiment bizarre. Elle retourna dans la maison et se changea pour mieux se protéger du froid. Elle entendit alors une voiture. Cette fois, c'était Izumi. Il portait une veste matelassée noire qui lui donnait un air plus jeune que d'habitude.

– Montez, madame, je vous en prie, lui lança-t-il en ouvrant la portière de son 4 × 4.

– Je suis désolée de vous déranger.

Quand elle eut pris place à côté de lui, Izumi ne redémarra pas tout de suite et se tourna vers elle :

– Vous avez votre permis, madame ?

– Non, je n'ai pas le permis.

– Mais, avec un Kabu [1], si vous vous entraîniez un peu, vous pourriez vous débrouiller, je pense. Les flics ne diraient rien, vous savez.

– Que voulez-vous dire ?

– Si je vous trouvais un Kabu d'occasion, vous pourriez vous déplacer comme vous voulez pendant votre séjour ici.

– Je vous remercie. Mais pourquoi ?...

1. Sorte de deux-roues, entre le scooter et le Solex.

– Non, c'est parce que ma femme est jalouse ; elle dit que je suis tombé sous votre charme. Alors je ne vais plus pouvoir vous conduire ou aller vous chercher.

Elle le regarda avec stupéfaction. Sa fille était portée disparue, mais Tsutaé la jalousait ? Qu'est-ce que c'était que cette histoire ?

– Mais c'est M. Mizushima qui m'emmène d'habitude...

Arrivée à ce point de sa phrase, Kasumi comprit brusquement que ce n'était pas de lui mais de Mizushima que Tsutaé était jalouse. Izumi fit démarrer la voiture d'un air mécontent. Au moment où ils passaient devant la maison vide des Toyokawa, il entama la conversation :

– Vous savez, madame, la disparition de votre fille a été un grand choc pour moi. Je suis vraiment désolé que cela se soit passé dans ma résidence. Quoi qu'on dise, j'endosse une part de la responsabilité.

Kasumi ne voyait pas comment il pouvait endosser sa part de responsabilité. À la rigueur, elle admettait volontiers que, pour lui, le cas de Yuka soit un des inconvénients liés à la résidence, comme l'avait été le chien mort dans le jardin des Toyokawa. Mais elle ne comprenait pas non plus pourquoi il se sentait responsable. Ils descendirent la montagne, s'engagèrent sur la préfectorale et approchaient du lac quand Izumi, avec un soupir, lui demanda :

– M. Ishiyama va vendre la maison ?

– Ah, vous croyez ? Je vous avoue que je n'en sais rien.

– Vous ne le connaissez pas bien ? ajouta-t-il en la regardant.

Kasumi durcit les traits de son visage, pour lui signifier qu'il n'y avait pas de raison qu'elle le sache. Cet homme devait avoir un flair particulier. Elle tourna la tête vers sa vitre et l'ignora jusqu'au commissariat d'Éniwa. Cette année-là, elle n'eut pas d'autre occasion de parler avec lui.

Dès qu'elle disposa du Kabu, Kasumi se sentit libérée. Elle parcourut infatigablement les routes de montagne, frappant aux portes des maisons et interrogeant les gens – au point de s'étonner elle-même de tant de volonté. Parfois, elle descendait de son engin et, toujours à la recherche de Yuka, s'engageait vivement dans la montagne aux arbres déjà rouges, qui peu à peu allait prendre sa physionomie d'hiver, et s'enfonçait dans les chemins glissants en faisant crisser le givre sous ses pas. La rudesse des forêts et le froid glacial du grand air de Hokkaïdô la remplissaient de haine ; elle était convaincue que cette terre était en train de prendre sa revanche sur elle.

Un jour qu'elle s'était présentée, comme à son habitude, au commissariat d'Eniwa, Asanuma, l'inspecteur chargé de l'enquête, lui demanda de le suivre dans une petite pièce à l'écart.

– Madame, vous avez quelques instants ?

– Il y a quelque chose ?

Voyant la lueur d'espoir qu'il suscitait, Asanuma parut embarrassé et se gratta la tête. Cependant, ses yeux trahissaient aussi une certaine curiosité.

– Voilà, d'après une information que nous avons reçue, il y aurait eu dans la préfecture de Hokkaïdô une enfant qui ressemble beaucoup à Yuka.

– Où ça ? demanda-t-elle du tac au tac.

– À Kiraï, dans l'arrondissement de Rumoï.

Kasumi se pétrifia.

– En fait, poursuivit l'inspecteur, cela remonterait à trente ans.

Cette enfant, c'était elle. Un jour, ayant remarqué que Yuka était son portrait au même âge, elle s'était fait la réflexion que les enfants font revivre le passé. Ce passé enfui se dressait de nouveau devant elle. Elle demeura interdite.

– Ce n'était pas vous ?

– Si.

– Vous êtes donc née là-bas ? Il y a écrit Nagano sur votre état civil, alors j'étais persuadé que vous veniez de cette région.

– C'est au moment de mon mariage que j'ai pris l'état civil de mon mari, mais je suis née à Rumoï.

– Je vois. La personne qui m'a téléphoné pour me donner cette information disait que cette enfant qui est le sosie de la disparue avait elle aussi disparu de son village.

– C'est-à-dire que ça ne se passait pas bien..., bégaya Kasumi.

Un doute la dévorait : ce n'étaient tout de même pas ses parents qui avaient téléphoné ?

– Je n'y suis pas retournée depuis la fin du lycée, se reprit-elle.

– Vous êtes en train de me dire que vous êtes une fugueuse ? !

– Non, ce n'est pas ça... Dites-moi, qui vous a appelé ?

Asanuma prononça un nom quelconque. Kasumi ne le connaissait pas. Bien que soulagée que ce ne soient pas ses parents, elle se mordit les lèvres, mortifiée que sa fugue ait été découverte de cette façon.

– Euh, s'il vous plaît, ne parlez pas de moi à cette personne.

– Je veux bien, mais comprenez que ce manquement à vos devoirs filiaux est une chose qu'on peut difficilement ignorer. Parce qu'il y a une fatalité.

Pour la première fois, Kasumi fit le rapprochement entre sa propre disparition pour ses parents et celle, brutale, de Yuka pour elle. Il y a une fatalité. Il lui était pénible qu'un inconnu puisse penser cela.

Quelques jours plus tard, peu de temps avant la date prévue de son retour à Tôkyô, alors qu'elle longeait le lac Shikotsu sur son Kabu, Kasumi sentit soudain la présence de l'eau sur sa peau et tourna la tête vers le lac. Il était toujours le même, pourtant, calme et sans la moindre vague. Peut-être Yuka y résidait-elle maintenant, au milieu de cette forêt d'ossements qui en recouvrait le fond, comme les poissons qu'Ishiyama pêchait. Des idées saugrenues assaillaient soudain son esprit. Elle n'ignorait pas que la police faisait des recherches dans le lac, mais elle était persuadée que quelqu'un retenait Yuka prisonnière.

Elle arrêta le Kabu sur le bord de la route et contempla l'eau tout en réprimant les battements de son cœur. Elle regardait les rides qui ondulaient à la surface de cette immense masse stagnante quand elle eut l'impression d'être cernée par cette présence qui s'en dégageait et fut saisie de peur. Une rage profonde, impossible à exprimer avec des mots, monta dans sa poitrine comme une brusque nausée. Elle se mit à courir vers la grève et piétina la terre humide dans un trépignement furieux. Pourquoi fallait-il que Yuka supporte une telle épreuve ? Était-ce parce que, comme le lui avait dit Asanuma, elle-même avait abandonné ses parents ? Parce qu'elle était la maîtresse d'Ishiyama ? Si c'était à cause de ses fautes qu'on lui avait pris sa fille, elle se battrait jusqu'au bout.

Elle ramassa un galet sur le rivage et le jeta dans le lac. Il ne vola pas très loin et fut englouti sans un bruit. Sentant que cette pierre était le symbole de son impuissance, elle en jeta une deuxième, puis une autre, encore et encore.

« Je suis toute seule ici. Yuka aussi est toute seule quelque part. »

Sa rage s'était transformée en une tristesse immense, démesurée. Elle s'effondra sur la grève couverte de galets, hurlant de douleur. Sa dérive commençait.

Troisième partie

La dérive

5

La ligne Tôzaï devenant aérienne à l'approche de la station Nakano, Kasumi releva la tête avec soulagement à l'instant où la rame de métro se dégagea de l'obscurité et du brouhaha. Le ciel qui apparut, néanmoins, était si sombre qu'on aurait pu croire la nuit tombée. De grosses gouttes de pluie cognaient aux vitres et formaient de larges filets s'écoulant vers l'arrière. C'était une averse violente, dont chaque grain, en s'écrasant, produisait une petite explosion. Traversant les trombes d'eau, la rame arriva dans un glissement au quai de Nakano. Tout en s'apprêtant à descendre, Kasumi pensa qu'elle devait se procurer un parapluie quelque part, même si, avec cette pluie battante, ça ne lui éviterait certainement pas d'être trempée jusqu'aux os. Elle dévala l'escalier de la station et regarda l'heure à sa montre. Il était déjà plus de 17 heures. De toute façon, elle n'avait pas le temps de se mettre à l'abri. Une fois terminé ce qu'elle avait à faire, elle devait repartir jusqu'à Musashi-Sakaï pour prendre Risa à la garderie de l'école. Dans les moments comme celui-là, elle sentait combien le temps la pressait sans cesse, ne lui accordait ni répit ni recul, et elle se mettait à désespérer de sa vie.

Elle acheta un parapluie de vinyle bleu au kiosque à journaux. Dès qu'elle le prit, des particules blanches et scintillantes se collèrent à ses doigts. Elle les frotta pour s'en débarrasser, mais les paillettes crissèrent comme de la farine de riz blanc. Puis elle resta immobile un moment, stupéfaite, son parapluie de pacotille à la main. Elle était impressionnée par la violence de la pluie, qui rejaillissait et éclaboussait même l'intérieur de la station. Poussant des cris, des gens s'y précipitaient pour s'abriter, et leurs cheveux, leurs vêtements ruisselaient comme après une douche. Kasumi se demandait si elle ne ferait pas mieux d'attendre un peu avant de sortir quand un homme entre deux âges l'aperçut et l'interpella. Son visage se détendit une seconde, puis presque aussitôt se crispa de nouveau comme celui d'un équilibriste marchant sur une corde raide. Depuis que sa fille était portée disparue, elle avait un masque étrange sur le visage, un masque d'où toute expression de gaieté était bannie.

Elle tendit la tête pour vérifier l'état du ciel. La pluie semblait ne jamais devoir s'arrêter. Comme les choses seraient simples si elle pouvait prendre un taxi... De même que le temps ne lui accordait aucun répit, les comptes du ménage ne lui laissaient aucune marge. Le simple fait qu'on était le 11 suffit à lui faire voir les choses différemment. Le 11 de chaque mois, en effet, elle pouvait se permettre de prendre un taxi, car elle devait se déplacer rapidement. Le 11, il n'était pas question de regarder à la dépense, sous peine peut-être d'avoir à s'en mordre les doigts. Et c'était parce qu'on était le 11 qu'elle allait chercher Risa à la garderie, alors qu'elle pouvait s'épargner ce déplacement en temps ordinaire. Un sentiment empreint d'urgence, qui trouvait son origine dans le fait qu'elle avait eu, un jour, des pensées irréparables. Elle ouvrit son parapluie neuf et, sa détermination s'affermissant peu à peu, parcourut la distance qui la séparait de la station de taxis.

En quelques minutes le taxi arriva devant la Nakano CorporHouse, l'immeuble de leur ancien domicile. Elle demanda au chauffeur de l'attendre et pénétra dans le hall. Elle connaissait parfaitement cet immeuble résidentiel où elle avait vécu huit années, depuis son mariage jusqu'à deux ans plus tôt. Il y avait quatre-vingt-quatre appartements en tout. Elle se souvenait encore sans difficulté du code secret de sa boîte aux lettres et avait même gardé en mémoire celui qui ouvrait l'accès au local à ordures. Leur appartement – un trois-pièces – n'était pas bien grand, mais proche de la station Nakano et commode à l'époque pour eux qui travaillaient ensemble.

Elle posa les yeux sur la boîte aux lettres portant le numéro de leur ancien appartement. Son envie de vérifier si elle ne contenait pas quelque chose d'important s'intensifia. À la fenêtre de la loge, les rideaux jaunis par le soleil étaient tirés, signe que le gardien, qu'elle connaissait, devait être déjà parti. S'étant assurée rapidement qu'il n'y avait personne aux alentours, elle composa le code secret de la boîte aux lettres et ouvrit sans bruit le battant d'acier inoxydable. La boîte était pleine de prospectus et de courriers publicitaires personnalisés. Déçue, Kasumi la referma.

Sur le mur à côté de la loge était fixé un tableau de liège servant de panneau d'affichage pour les résidants. Elle jeta un œil sur une affichette punaisée à un angle. C'était une note brève, la simple photocopie d'un texte rédigé à l'aide d'une machine à composer. Personne n'y avait rien griffonné, aucun graffiti, comme s'il s'agissait d'un avis d'obsèques et qu'il y aurait eu quelque péché à le toucher. Elle était désappointée de la voir ainsi immaculée, muette dans son coin exactement comme le mois dernier. La remplacer par une nouvelle et demander au gardien s'il n'était rien arrivé d'inhabituel entre-temps, voilà les tâches qu'elle s'était fixées tous les mois à la même date. Jusque-là, la prenant en pitié, le gardien l'avait écoutée volontiers, mais depuis peu lui aussi évitait de la croiser. L'homme s'habitue à tout. Entre tristesse et résignation, Kasumi songea à l'indifférence des gens.

« Yuka

Papa et maman ont déménagé à l'adresse écrite sur ce papier.

Nous attendons ton retour, Yuka, alors donne-nous de tes nouvelles.

Musashino-shi, Sakaï-machi, 6-3-6
Téléphone : 0422 36 00XX

Michihiro Moriwaki
Kasumi
Risa. »

La porte du hall de l'immeuble s'ouvrit en laissant pénétrer un bruit de pluie battante et une odeur d'humidité. C'était une femme en imperméable rouge accompagnée d'un petit garçon. Elle salua Kasumi de la tête, replia son parapluie et lui adressa la parole :

– Quelle averse !

– Oui, vraiment.

Déjà, l'eau qui ruisselait du parapluie avait formé une flaque sur le carrelage. Elle tombait aussi goutte à goutte de l'imperméable. Comme Kasumi fixait son affichette neuve avec des punaises, la femme, dans son dos, lui demanda à mi-voix :

– Excusez-moi. C'est vous qui avez écrit ce message ?

– Oui. Je suis Kasumi Moriwaki, répondit-elle en se retournant.

La femme la regarda droit dans les yeux sans dissimuler sa curiosité :

– Euh, puis-je vous demander ce qui s'est passé ? J'ai emménagé ici l'année dernière, et c'est une question que je me pose chaque fois que je vois ce papier.

– Ma fille a disparu à Hokkaïdô.

Étonnée, la femme porta la main à sa poitrine.

– À Hokkaïdô ?

– Oui. Des amis à nous possédaient une maison près du lac Shikotsu. Et un matin elle a disparu..., lui exposa calmement Kasumi comme elle l'avait déjà fait maintes fois.

– Quel malheur ! Votre fille avait quel âge ?

– Cinq ans.

– La police est intervenue ?

– Oui, ils ont fait une enquête. Ils ont même fait venir des chiens policiers, mais ça n'a servi à rien.

– Vous pensez que c'est un accident ?

– On n'a pas réussi à savoir si c'est un accident ou autre chose.

– Aah..., fit la femme, ne sachant plus que dire. Et quand est-ce arrivé ?

– Ça fait déjà quatre ans. Nous habitions ici à l'époque, mais comme nous avons déménagé il y a deux ans je me demande toujours si... Vous comprenez, si elle revenait et qu'elle ne trouve personne, la pauvre petite...

– Oh oui, je comprends.

La jeune femme saisit son garçonnet par la main, comme si elle avait craint qu'il ne disparaisse à l'instant, et des larmes lui montèrent même aux yeux.

– Le gardien est très gentil, il m'a permis de mettre ce mot ici. Alors j'ai décidé de venir tous les mois, le 11...

– Le 11 ? fit la femme, intriguée.

– Oui, parce que c'est le 11 août qu'elle a disparu. Aujourd'hui nous sommes le 11 juillet, n'est-ce pas ? Dans un mois, il y aura quatre ans exactement. Elle a neuf ans déjà.

Sans rien dire, la femme acquiesça péniblement. Au fond d'elle-même, s'imagina Kasumi, elle devait se dire : « Si elle est vivante... » Elle savait que ces mots étaient tabous dans la bouche des gens. Personne ne croyait plus que Yuka puisse encore être en vie. Elle seule s'obstinait à le croire. Cette conviction avait pris une telle force à présent qu'elle relevait quasiment de la foi – une foi qui commandait ses actes et lui donnait le courage de tenir. À l'époque où, juste après la disparition de Yuka, elle s'était abandonnée à la douleur, elle n'avait eu que cet espoir auquel se raccrocher ; mais cette lueur, si elle l'empêchait de sombrer dans les ténèbres du désespoir, n'en était pas moins fragile et risquait d'être soufflée à tout moment.

– J'ignore où elle est maintenant, mais elle doit savoir lire puisqu'elle est en troisième année.

La femme hocha la tête d'une manière ambiguë, comme perplexe :

– J'espère que vous la retrouverez.

– Oui. Si vous apprenez quelque chose, appelez ce numéro, d'accord ?

– Oui, bien sûr.

Kasumi vit au visage de la femme dont les traits se détendaient qu'un poids lui était enlevé. Elle ne s'y arrêta pas et sortit de l'immeuble. La pluie s'était un peu apaisée, mais, avec sa violence, elle perdait du même coup le caractère d'averse passagère auquel on avait pu croire, et on pouvait s'attendre maintenant à ce qu'il pleuve toute la nuit.

Elle remonta dans le taxi qu'elle avait fait patienter et demanda au chauffeur de prendre à gauche au feu suivant. Quand il démarra, elle appuya son front contre la vitre et contempla longuement la rue sombre et trempée de pluie, se rappelant que, sur cette route, elle avait transporté Yuka sur son porte-bagages, qu'elle avait couru sur ce trottoir pour aller la chercher à l'école. Et puis il y avait un autre souvenir associé à ce lieu. C'était aussi dans cette rue qu'elle faisait rouler sa bicyclette pour aller retrouver Ishiyama à leurs trop brefs rendez-vous.

Le taxi la conduisit dans un quartier animé où elle le fit arrêter devant un immeuble commercial de brique :

– Attendez ici, s'il vous plaît, dit-elle au chauffeur.

Elle se précipita vers l'immeuble sans prendre la peine d'ouvrir son parapluie. Le hall était minuscule et près de l'ascenseur on avait disposé des enseignes bigarrées – un bar, un salon de coiffure et d'autres commerces. Mais, sur le côté, une affichette, la même que celle de la Nakano CorporHouse, était fixée discrètement au mur. Celle-là non plus, personne n'avait osé la salir. Pourtant cette présence isolée était déplacée dans ce lieu où elle donnait une impression de solitude.

Au dernier étage de l'immeuble se trouvait une crèche privée. Yuka l'avait fréquentée trois années. Kasumi pensait que si par miracle, en fouillant sa mémoire d'enfant, sa fille se souvenait de ce lieu et qu'elle y revenait, il ne fallait pas qu'elle perde courage. Quand elle revint à la voiture, le chauffeur, l'ayant sans doute guettée, la regarda d'un air interrogateur :

– Vous aviez oublié quelque chose ?

– Hmm, répondit-elle évasivement, tout en se disant en elle-même : « C'est exactement ça. »

Depuis quatre ans, sans relâche, elle était à la recherche d'une chose qu'elle avait oubliée. Cela parce que, rien qu'un instant, elle avait envisagé d'oublier ses enfants, elle avait songé à les abandonner. Elle sentit une boule se nouer dans sa poitrine et respira profondément. La moindre occasion suffisait à déclencher le ressassement des éternelles mêmes pensées.

– Ou alors, c'est peut-être votre chat qui a disparu ? ajouta le chauffeur sur un ton badin.

Les yeux de Kasumi étaient rivés sur le pare-brise que les essuie-glaces balayaient sans répit. Dans sa confusion, elle n'aurait su dire qui avait oublié quoi, ni ce qu'elle-même cherchait au juste. Elle recherchait toujours Yuka, sa fille, cela elle ne l'avait pas oublié. Mais quatre années avaient passé et, aujourd'hui, il lui semblait qu'elle n'avait pas perdu seulement sa fille, mais autre chose aussi. Elle ignorait quoi. Peut-être parce qu'il avait deviné que sa question était déplacée, le chauffeur ajouta d'une voix rapide : « Je vais passer par la route d'Itsukaichi », puis décida d'être muet comme une carpe. Kasumi ferma les yeux dans la voiture devenue silencieuse.

– À quelle station voulez-vous que je vous dépose ?

Elle avait dû s'assoupir à cause de la fatigue. Le taxi était arrivé à Musashi-Sakaï sans qu'elle ait vu le temps passer. Elle regarda sa montre à la lumière des réverbères et vit qu'il était plus de 18 heures. Elle indiqua au chauffeur la direction de la garderie et décida d'en profiter pour lui demander de l'attendre là aussi. Elle croyait s'être facilité les choses en prenant un taxi, mais finalement, à cause des embouteillages, elle était en retard pour récupérer sa fille et fut prise de remords. Elle s'en voulait aussi de négliger Risa à force de ne penser qu'à Yuka depuis sa disparition.

Entrant à grands pas dans le bâtiment, elle l'aperçut, son cartable sur le dos, qui arpentait le hall avec impatience. Les autres enfants partis, elle était la dernière. Kasumi posa la main sur ses cheveux courts. En première année d'école primaire, Risa était une fillette élancée, vive comme un petit garçon. Cependant elle n'avait pas l'intelligence de Yuka. Kasumi ne pouvait s'empêcher, dans le secret de son cœur, de faire des comparaisons. Dans ces instants-là, elle songeait combien leur existence serait harmonieuse si Yuka était là.

Le corps de Risa exhalait une odeur enfantine, semblable à celle du ragoût qu'on sert à la cantine. Une odeur qu'elle n'avait pas sentie depuis longtemps. Prise de nostalgie, Kasumi s'immobilisa. Les enfants pouvaient bien partir le matin avec l'odeur de la maison, ils revenaient toujours le soir imprégnés de celle de l'école. Yuka, dans sa crèche privée, n'avait pas échappé à la règle. Dans son cas, cependant, c'était souvent avec l'odeur des biscuits du goûter qu'elle revenait. Un souvenir douloureux de plus.

– Il pleut, maman ! Tu n'as pas de parapluie ? dit Risa en faisant la moue.

– Je suis venue en taxi, on n'en a pas besoin. Attends-moi dans la voiture, d'accord ?

– Pourquoi ? fit la fillette, inquiète, en regardant sa mère. Pourquoi j'attends dans la voiture ?

– Parce que maman doit parler à la maîtresse.

– Parler de quoi ?

– On est le 11 aujourd'hui. C'est pour ça.

– Ah, c'est pour parler de Yuka-chan...

Aujourd'hui était un jour particulier pour toute la famille. Risa, maintenant plus âgée que Yuka à l'époque de sa disparition, s'était mise à appeler « Yuka-chan [1] » sa sœur aînée. Parfois, cela étonnait tellement Kasumi qu'elle en perdait ses mots. Une expression de résignation sur le visage, la fillette sortit sans plus attendre. Depuis qu'elle avait atteint l'âge de raison, elle savait que sa sœur disparue avait priorité sur tout dans leur vie.

Dans la garderie, tout, même les boîtes à chaussures ou le caillebotis, était adapté à la taille des enfants, si bien que Kasumi eut l'impression d'être une géante en se déchaussant [2]. Elle glissa ses pieds dans une paire de mules destinée aux visiteurs et se dirigea vers la salle des enseignants, au fond du couloir. Seules deux éducatrices étaient encore présentes. Elle salua celle qu'elle connaissait, une femme au foyer qui travaillait à mi-temps à la garderie. Âgée d'une trentaine d'années, elle était en tenue de sport.

1. Le suffixe *-chan* s'emploie notamment envers les enfants, les plus petits que soi.

2. Au Japon, à la maison et dans nombre d'établissements publics, notamment dans les écoles, il est d'usage de se déchausser à l'entrée.

– Madame, nous sommes le 11 aujourd'hui. Vous n'avez rien remarqué de particulier ?

– Le 11 ?

L'éducatrice se tourna avec un air gêné vers le tableau noir où était inscrit l'emploi du temps, puis regarda sa collègue.

– C'est quoi déjà ?

Les deux femmes échangèrent un regard d'intelligence qui n'échappa pas à Kasumi.

– Euh, c'est le jour où ma fille aînée, Yuka, a disparu.

Comme Yuka fréquentait la crèche à l'époque de sa disparition, personne ne pouvait la connaître ici. Cela n'empêchait pas Kasumi d'y venir chaque mois par acquit de conscience.

– Ah, oui ! Non, je n'ai rien remarqué ce mois-ci. Je suis désolée de ne pas avoir réagi tout de suite.

– Je vous en prie. C'est pour être sûre. Bien, je vous remercie.

– De rien. Au revoir.

Pourquoi, à peine avait-elle fini de les interroger à ce sujet, leur voix devenait-elle légère, leur visage se décontractait-il, tous autant qu'ils étaient, comme s'ils étaient libérés de quelque chose de pénible ? Était-ce le soulagement de retrouver leur quotidien radieux et paisible, après avoir entraperçu un instant les ténèbres ? Et, dans ce cas, leur vie, à eux qui avaient perdu leur fille, n'était-elle donc que ténèbres pour ces gens ?

– Maman, c'est la première fois que tu viens me chercher en taxi. C'est parce qu'on est le 11 ?

– Non, c'est parce qu'il s'est mis à pleuvoir.

Malgré sa réponse, Kasumi savait qu'elle n'aurait pas pris de taxi un autre jour, mais cela lui était simplement sorti de l'esprit à cet instant. Elle était absorbée dans ses pensées, se demandant quand leur vie à eux redeviendrait celle de tout le monde, radieuse et paisible.

Ce soir-là, Michihiro rentra à la maison plus tard que d'habitude. Tout en lavant le riz, Kasumi, inquiète, supposa qu'une commande urgente était peut-être arrivée après son départ. Elle avait coutume de quitter Moriwaki Compo avant son mari pour aller préparer le repas. Elle et Risa dînèrent légèrement. Sur la table, comme elle n'oubliait jamais de le faire à chaque repas, elle avait disposé le bol et les baguettes de Yuka, signe qu'on attendait son retour à tout moment. Quand elles eurent fini, Kasumi téléphona à Hokkaïdô. Elle composa d'abord le numéro de Mizushima.

– Allô, c'est Mme Moriwaki...

– Ah, bonjour, bonjour, fit la grosse voix de Mizushima avant qu'elle ait eu le temps de terminer sa phrase. Comment allez-vous, vous et votre famille ?

Il avait prononcé les consonnes très distinctement et elle en déduisit qu'il était confortablement installé.

– Tout le monde va bien. Je...

Il l'interrompit au moment où elle allait lui poser la question :

– Nous sommes le 11, n'est-ce pas ? Comme je fais une marque à ce jour-là sur mon calendrier, j'attends toujours avec plaisir que vous m'appeliez. Je dis plaisir, mais je ne voudrais pas vous choquer...

– Quel temps avez-vous à Hokkaïdô ?

– Aujourd'hui nous avons eu un temps superbe. Vingt-six degrés et dix-huit pour cent d'humidité. Pas un nuage, vraiment un temps d'été. Une belle journée.

Elle imagina Yuka marchant sous ce ciel sans nuages. Dans son imagination, elle lui apparaissait toujours avec un air satisfait, heureuse.

– Il ne s'est rien passé ?

– Non, rien de particulier, fit-il en prenant une voix triste et désolée. Mais je voulais vous parler de la photo sur le panneau de la maison. Elle a cinq ans dessus, je crois. Elle est vraiment très mignonne sur cette photo, mais elle doit avoir grandi aujourd'hui et je me demandais...

– Oui, vous avez raison. Elle a changé, probablement.

Kasumi en prit note. Devant la maison d'Ishiyama avait été placé un panneau sur lequel était écrit : « Si vous apercevez cette petite fille, appelez-nous. » C'était Izumi qui avait eu cette initiative.

– Et puis il y a les Toyokawa qui sont venus. Une vraie surprise.

– Les Toyokawa ?

L'image des Toyokawa debout dans l'entrée, avec le ciel indigo en arrière-plan, apparut nettement à l'esprit de Kasumi. Leur fils aîné avait probablement quitté l'université à présent. Avait-il toujours ce petit sourire en coin ?

– Oui. Ils ont dit que le commerce marchait toujours aussi bien, et même qu'ils roulaient sur l'or ! Leur fils travaille dans une caisse de crédit, et il paraît qu'il s'est fait couper les cheveux. Ils se font du souci, vous savez. Ils se demandent ce qui a pu lui arriver. Tout le monde a été marqué par sa disparition...

– Oui, bien sûr...

– Mais, excusez-moi, madame Moriwaki, je sais que c'est pour vous le plus dur...

– Ça ne fait rien. Dites-moi, comment va Mme Izumi ?

– Oh, elle va bien. Hier encore, elle m'a demandé de la conduire au cinéma à Sapporo. En décembre, ce sera le troisième anniversaire de sa mort. Le temps passe à une vitesse...

Deux ans plus tôt, Masanori Izumi, ne pouvant supporter les épreuves consécutives à sa banqueroute, s'était donné la mort sur un terrain de chasse à Kushiro. Lorsque Kasumi avait appris la nouvelle, elle s'était souvenue qu'Izumi lui avait parlé d'« endosser ses responsabilités » lors de leur dernière rencontre. On disait que c'était à cause de sa faillite qu'il s'était suicidé, mais elle s'était demandé si Yuka n'en était pas la cause véritable.

– C'est une bien triste histoire.

– Le patron avait un sens des responsabilités très poussé, dit Mizushima d'une voix émue.

L'administration d'Izumi-Sato avait été confiée à une autre société, mais il avait conservé sa place de gardien. Pourtant, faute d'acquéreur, le lotissement s'était transformé en ville fantôme ; seule la maison des Izumi était encore occupée. Tsutaé était la dernière résidante, si bien qu'on pouvait dire que Mizushima était désormais à son service. Peut-être même s'était-il mis en ménage avec cette veuve ensorcelante.

– Euh, madame..., reprit-il en hésitant, après, vous allez aussi téléphoner à Mme Izumi ?

– Oui, en effet.

– Ne prenez pas mal ce que je vais vous dire, continua-t-il en choisissant ses mots. Voilà, Mme Izumi ne se sent pas très bien en ce moment et, en fait, elle souhaiterait que vous ne l'appeliez pas.

– Comment ça ?

– J'ai pris seul la responsabilité de continuer à rechercher Yuka, alors si vous pouviez ne pas la déranger...

– Vous voulez dire que mon coup de fil la dérangerait ?

– Non, ce n'est pas du tout ça. Mais vous l'appelez tous les mois et, chaque fois, je crois qu'elle se sent coupable et que c'est pénible pour elle.

– Mais je ne fais que prendre des renseignements...

– Je sais bien, madame. Croyez que je compatis à votre douleur. Mais vous devez comprendre que des gens puissent être affectés par vos appels tous les mois.

Que Yuka soit portée disparue, c'était donc le cadet des soucis de Tsutaé. Elle s'en doutait un peu, mais elle se sentit défaillir et eut l'impression de glisser jusqu'au fond d'une vallée obscure, sans rien à quoi se raccrocher. Pour tout le monde Yuka allait tomber dans l'oubli. Quand elle se rendait compte que ses soucis laissaient les gens indifférents, le sentiment de sa solitude s'exacerbait à un point qui dépassait toute expression.

Mizushima reprit d'une voix douloureuse, comme s'il était prosterné à l'autre bout du fil :

– Je suis désolé. Sincèrement, je suis désolé de vous blesser.

– Non, ça ne fait rien.

– Excusez-moi, madame. Je vous promets que je vais retrouver Yuka, alors rassurez-vous. À propos, vous comptez venir le mois prochain ?

– Oui, je pense.

Tous les ans, au mois d'août, Kasumi retournait sur le lieu de la disparition.

– Très bien. Je me fais une joie de vous revoir.

Une joie. Comme si c'était en excursion qu'elle partait. Personne à qui s'ouvrir, et même si elle se confiait, personne pour la comprendre. Cette incompréhension entre elle et les autres était comme une brûlure intérieure qui l'accablait. En outre, elle avait l'impression que tous souhaitaient reléguer dans le passé la disparition de sa fille.

Michihiro se tenait devant elle ; elle ne l'avait pas entendu arriver. Il paraissait encore plus découragé que lorsqu'elle avait quitté l'atelier tout à l'heure. À bientôt cinquante ans, son visage portait des marques d'épuisement que rien n'aurait pu effacer. Son corps maigre était de plus en plus décharné. Yuka n'était pas la seule cause de ses tourments ; depuis quelque temps, l'atelier périclitait. La demande s'épuisait irrémédiablement et plus personne, comme jadis Ishiyama, ne le complimentait de la qualité de son travail. Comment survivre quand ses confrères mettaient la clé sous la porte l'un après l'autre ? En voulant licencier le personnel et introduire l'informatique, Kasumi avait tenté de redresser la barre, mais Yuka avait disparu et cette petite révolution dans l'atelier avait vite tourné court. Le dernier ouvrier avait démissionné cette année, laissant Michihiro accomplir seul un travail qui se réduisait comme peau de chagrin.

– Bonsoir, lui dit-elle en raccrochant. Moi aussi, je suis rentrée il n'y a pas très longtemps.

– Ah oui ? Une commande urgente est arrivée et je vais y retourner cette nuit.

La seule solution qu'il leur restait pour survivre, c'était d'accepter les travaux de dernière minute que de grandes sociétés leur sous-traitaient. La plupart de ces commandes leur étaient confiées parce que les jeunes compositeurs refusaient de travailler la nuit.

– Mon pauvre. J'aurais bien voulu t'aider, mais ce soir je dois aller chez le professeur Ogata.

– Encore ?

Il fit une grimace à laquelle elle ne prêta pas attention.

– Dis-moi plutôt, est-ce que tu as téléphoné à Ishiyama ? On est le 11 aujourd'hui.

Ils étaient convenus que, chaque mois, Michihiro devait téléphoner à Ishiyama et au commissariat d'Éniwa pour leur demander s'ils avaient du nouveau.

– Je l'ai fait ce matin, répondit-il, tête basse comme si quelque chose lui pesait tout à coup. Je l'ai fait mais personne n'a répondu.

– Bon, tu veux que je le fasse ?

– Non, c'est bon. En fait, je ne te l'ai pas dit mais ça fait déjà plusieurs mois que je n'arrive plus à le joindre. Je pense qu'il a déménagé.

Elle scruta le visage de son mari.

– Tu as essayé chez lui ?

– J'ai essayé mais ça ne répond plus depuis quelque temps. Moi aussi, ça m'ennuie, c'est pour ça que je t'ai menti.

Elle n'aurait pas l'esprit tranquille tant qu'elle n'aurait pas appelé pour en avoir le cœur net. Brûlant d'impatience, elle se mit à se ronger les ongles. Elle était consciente qu'elle accordait chaque mois une importance excessive à la date du 11. Mais si elle ne le faisait pas, si elle n'essayait pas de reconstituer le puzzle pièce après pièce, elle ne pouvait s'empêcher de penser qu'elle n'arriverait plus à aller de l'avant.

– Peut-être qu'il a déménagé..., reprit Michihiro.

– Tu ne sais pas où on peut le joindre ?

– Non...

– Et alors, à qui pourra-t-on demander pour Yuka dorénavant ?

– Ça suffit avec Yuka, tu ne crois pas ? lâcha-t-il dans un souffle. Il faut les laisser tranquilles avec ça.

– Pourquoi ?

– Cette impression d'être harcelés sans arrêt comme ça, tu crois que ça leur fait plaisir ?

– Quand même, c'est pas grand-chose de décrocher son téléphone !

Kasumi avait élevé la voix impulsivement. Risa, qui était en train de regarder la télévision dans un coin, sortit de la pièce comme si elle n'en pouvait plus. L'abcès, soudain, s'était crevé. Ce jour-là, il était particulièrement facile à percer. Michihiro changea de sujet :

– Par contre, j'ai eu Asanuma. Mais il m'a dit qu'il n'avait rien de neuf.

Asanuma était l'inspecteur chargé de l'enquête au commissariat d'Éniwa.

– Forcément, il passe son temps à jouer au golf.

Michihiro sourit, mais Kasumi était en colère pour de bon. Asanuma montrait peu de zèle à rechercher Yuka.

Un bruit d'eau dans la salle de bains. Michihiro était probablement en train de se rafraîchir avant de retourner à l'atelier. Elle prit le combiné téléphonique et appuya sur les touches du cadran de dimension réduite. C'était le numéro de la société d'Ishiyama. Après le drame, il avait quitté son agence de publicité et s'était lancé à Yokohama dans une entreprise d'achats en gros d'articles de plein air. Elle avait entendu dire que ses affaires marchaient bien. Néanmoins, elle eut beau composer et recomposer son numéro, elle tombait toujours sur le même message : « Ce numéro n'est pas en service actuellement. » Elle essaya alors d'appeler chez lui, mais personne ne décrocha. Son cœur battait dans sa poitrine. Elle feuilleta son carnet d'adresses et décida de téléphoner au bureau de Noriko.

– K Design Office, allô ?

Il était plus de 20 heures, mais, par un heureux hasard, c'était Noriko elle-même qui avait décroché.

– Noriko, c'est Kasumi.

Elle ne lui avait plus parlé depuis l'époque de la disparition. Elle sentit qu'elle retenait sa respiration.

– Kasumi ? Il y a si longtemps. Vous avez des nouvelles de Yuka ?

– On ne l'a pas retrouvée.

– C'est vrai ? Quel malheur, fit-elle d'une voix attristée.

Elle entendait derrière elle les voix de ses collègues en pleine conversation.

– Pouvez-vous me dire ce que devient Ishiyama ? On est le 11 aujourd'hui, et j'ai voulu lui téléphoner mais personne n'a répondu.

– Vous ne savez donc pas ? (Elle semblait fatiguée et sa voix était faible.) Nous avons divorcé il y a un an.

– J'ignorais, fit Kasumi avec stupeur.

– Vous n'êtes plus avec lui, alors ?

Elle parlait à voix basse, mais allait droit au but. Kasumi reçut le coup sans rien dire. Son divorce semblait lui avoir endurci le cœur, pensa-t-elle.

– Non. Je suis vraiment désolée de ce qui s'est passé à l'époque.

– Ça va. C'est plutôt pour vous, avec ce qui est arrivé à Yuka.

Autrement dit, nous sommes quittes. Ce raisonnement laissa Kasumi sans voix. Elle était estomaquée par cette malveillance à retardement.

– Qu'est-ce que devient Ishiyama ?

– Eh bien, comme il ne m'appelle pas, je vous avoue que je n'en sais rien. Mais je crois qu'il est criblé de dettes.

– Des dettes ?

– Oui. Finalement, il paraît que ses affaires n'ont pas marché si bien que ça. Moi, la maison de Méguro m'était déjà revenue avant que ça arrive. Il a déménagé récemment. À mi-chemin entre ici et l'école des enfants.

Noriko ne lui donna pas son adresse. Kasumi la remercia et raccrocha. « Attends-moi jusqu'à ce que les choses soient réglées », l'avait suppliée Ishiyama dans l'escalier devant la maison. Elles étaient réglées, les choses. Il avait perdu son travail et sa famille, et pourtant il s'était envolé. Où se trouvait-il maintenant, et que faisait-il ? C'étaient les mêmes questions qu'elle se posait à l'égard de Yuka. Que leur arrivait-il donc, à tous les deux ? Elle se remémora son état de solitude quatre ans plus tôt.

– À qui tu téléphonais ? lui demanda Michihiro en tee-shirt et caleçon, les cheveux encore humides.

– À Mme Izumi, mentit-elle quand elle eut retrouvé ses esprits.

– Et alors ?

– Elle m'a demandé de ne plus la rappeler, répondit-elle, sans mentir cette fois.

– Ne te tracasse pas pour ça. Tout le monde s'y est fait.

– Qu'est-ce que tu veux dire ?

Elle leva la tête et le regarda dans les yeux. Il alluma une cigarette, expira une bouffée et lui répondit sur un ton ironique :

– À la situation. Pour les autres, ce n'est pas aussi grave que pour nous. C'est ça que je voulais dire. C'est comme ça, on n'y peut rien. Dis, ces coups de fil à gauche et à droite tous les mois, tu ne voudrais pas arrêter ?

– Pourquoi ?

– Ça va faire quatre ans cette année. Les gens en ont marre et s'ils avaient quelque chose à nous apprendre, crois-moi, ils appelleraient. Alors arrête, s'il te plaît. En plus, je pense que tu serais plus heureuse si tu acceptais la réalité.

Elle ne comprenait absolument pas ce qu'il voulait dire.

– Mais je crois que j'accepte la réalité. La réalité de la disparition de Yuka. Est-ce que je ne vis pas avec cette réalité ? Quand c'est arrivé, j'aurais voulu mourir tellement c'était dur. Alors, le simple fait que je suis en vie, est-ce que ce n'est pas une preuve suffisante que je l'accepte ?

– Oui, mais nous, on ne peut pas mourir, parce qu'on a Risa. Et aussi parce qu'on ne sait pas où est Yuka. Tu es d'accord ? On ne peut pas mourir tant qu'on ne sait pas si elle est morte ou vivante. C'est bien ça, non ?

– Oui !

– C'est pas ça la vraie vie. Tu veux te convaincre coûte que coûte que Yuka est vivante. Aussi longtemps que ça durera, tu ne pourras pas te résoudre à ton destin. Autrement dit, tu n'acceptes pas vraiment la réalité telle qu'elle est. Tu vis dans un rêve. Et ça n'aura jamais de fin. Il faut que tu abandonnes tout espoir.

– Mais perdre l'espoir, ça veut dire reconnaître qu'elle est morte.

– Je sais très bien que c'est dur à admettre. Mais tu as l'intention de consacrer le reste de ta vie à la chercher comme ça ? (Il se frotta les yeux.) Moi, je commence à être fatigué, Kasumi. Je sais que c'est terrible pour Yuka, mais parfois je me dis qu'on n'y peut plus rien...

– Tu as renoncé, c'est ça ?

Elle fronça les sourcils, elle se sentait trahie par son mari. Une profonde tristesse monta en elle. Michihiro regardait avec déchirement la transformation s'opérer sur son visage.

– Oui, je ne suis pas loin de jeter l'éponge. On l'a tellement cherchée sans aboutir à rien que, maintenant, je me dis parfois qu'elle a peut-être vraiment été enlevée par un esprit. Et puis, tu as pensé à ce qu'on allait devenir, Risa et moi, si tu restes toujours dans cet état ? Pendant tout ce temps où tu vis dans ton rêve, où tu t'accroches à l'espoir, tu te rends compte de ce qu'endurent les gens qui t'entourent ?

– Qu'est-ce que tu veux dire ?

– Écoute, il faudra bien que tu nous pardonnes, à Risa et à moi. Et aux Ishiyama aussi.

– Vous pardonner ?

Elle blêmit. Michihiro continua :

– Mais oui, tu ne pardonnes à personne. Rien. C'est pour ça que c'est si dur.

– Je ne comprends pas ce que tu dis. Explique-moi si tu veux que je comprenne.

– Tu ne me pardonnes pas que Yuka ait disparu alors que j'étais censé la surveiller. Tu ne pardonnes pas à Risa qu'elle ait eu envie de faire pipi. Je me trompe ?

Il avait les yeux baissés et parlait avec précipitation.

– Oui, répondit-elle catégoriquement.

Il était vraiment trop loin de la vérité. Qui avait commis l'impardonnable, sinon elle et Ishiyama ? Pourtant, on pouvait quand même leur trouver des excuses, car même si leur trahison était impardonnable aux yeux de leur entourage, c'était pour cela qu'ils avaient vécu. Pour Kasumi, personne, elle comprise, n'était impardonnable.

– Alors je n'ai pas raison ? Bah, ça suffit... On en reparlera une autre fois.

Il quitta la pièce en soupirant, laissant Kasumi plantée là. La lumière du salon était allumée, mais elle eut vaguement l'impression de se retrouver seule à la dérive au milieu d'une mer d'encre. Ishiyama lui-même, malgré les sentiments qu'ils étaient censés avoir partagés autrefois, l'abandonnait et nageait vers la terre ferme.

Quand Michihiro fut reparti à l'atelier, Kasumi coucha Risa et sortit de la maison. Il pleuvait toujours. Elle ouvrit son parapluie et marcha dans les rues sombres de leur quartier résidentiel. Elle laissa derrière elle une zone de petits logements serrés les uns contre les autres, puis dépassa des bâtiments anciens de type HLM administrés par la ville. Elle eut bientôt en vue une vieille maison de plain-pied. Sur la porte, une plaque indiquait : « Ogata ». Kasumi se rendait fréquemment chez ce dénommé Ogata, un homme dans les premières années de la vieillesse, au point d'avoir volontairement déménagé de Nakano pour s'installer à Musashi-Sakaï parce que c'était proche de chez lui. L'arrière d'un grand autobus, garé tant bien que mal dans la cour de la maison, débordait sur la rue. Il était d'un modèle ancien et n'avait plus de roues. La maison était plongée dans le noir, mais une lumière blafarde, produite par un générateur, illuminait l'intérieur de l'autobus comme un stand de kermesse nocturne.

Elle posa son parapluie trempé sur le marchepied et frappa à la portière.

– Bonsoir.

Un panneau en plastique était collé sur la portière, sur lequel on avait écrit au feutre : « Association Paradis ».

– Qui est-ce ? demanda une voix d'homme.

– C'est moi, professeur, Kasumi Moriwaki.

– Ah, c'est toi, Kasumi. Entre, entre.

Un homme plus petit qu'elle ouvrit la portière en accordéon. Les vitres étant fermées hermétiquement, il faisait chaud et humide à l'intérieur de l'autobus. Un ventilateur brassait l'air tiède en pivotant la tête de gauche à droite avec un mouvement régulier.

– Il fait chaud, n'est-ce pas ? J'ai tout fermé à cause des moustiques.

– Pardon de vous déranger si tard, professeur.

En montant, elle s'avisa qu'une manche de son tee-shirt était toute mouillée. Deux femmes d'âge mûr étaient là et lisaient silencieusement la Bible dans un coin. Elle les salua et s'assit, bien droite, en face d'Ogata. Celui-ci, vêtu d'une chemise blanche à col ouvert et d'un pantalon gris, avait pris place modestement sur un petit coussin. Il portait les mêmes vêtements tout au long de l'année et, l'hiver, se contentait d'enfiler par-dessus un pull-over couvert de peluches et une veste aux coudes usés. Il devait avoir un peu plus de soixante ans, mais son regard était vif et son visage paraissait jeune pour son âge.

Ogata se souvenait que ce jour était très important pour Kasumi.

– Nous sommes le 11 aujourd'hui. Tu as eu des nouvelles ? lui demanda-t-il.

– Oui, beaucoup, fit-elle en acquiesçant.

– De mauvaises nouvelles, c'est ça ?

– Oui. J'ai appris qu'Ishiyama est divorcé. En plus, sa femme m'a dit qu'il avait des dettes et qu'il avait disparu.

– Ishiyama ? fit-il avec une moue dubitative. Qu'est-ce qui a bien pu lui arriver ?

Dans l'autobus, Kasumi parlait de toutes les choses qu'elle ne pouvait pas évoquer avec Michihiro. Elle ne partageait pas la foi chrétienne d'Ogata, mais elle venait chercher conseil auprès de lui.

– Depuis la disparition, ça ne devait plus se passer très bien avec Noriko, je suppose.

– Mais c'est précisément ce que tu voulais, non ?

– Non, fit-elle en secouant la tête. Moi, la seule chose que je voulais, c'était qu'il m'aide à rechercher Yuka.

– Tu es comme une enfant.

– Pourquoi ? fit-elle en lui jetant un regard farouche.

– Allons, allons, dit-il en souriant et en prenant sa main droite pour l'apaiser. Et alors, qu'est-ce que tu en as pensé ?

Les mains d'Ogata n'étaient pas moites malgré la chaleur. Ses paumes douces qui enveloppaient sa main la tranquillisèrent.

– Ça ne m'a pas vraiment surprise mais je me suis sentie très malheureuse. Avant, il pouvait se passer n'importe quoi, je gardais toujours la tête froide, mais depuis que Yuka a disparu, j'ai perdu toute mon énergie, je ne suis plus moi-même. Je ne peux plus supporter cette situation.

– C'est tout à fait naturel que tu sois comme ça, dit-il en lui caressant le dos de la main. C'est normal. L'homme, tu sais, c'est fragile. Tu étais trop forte avant. Moi, je te préfère comme tu es maintenant, avec un caractère moins tranché.

– Mais moi, je ne m'aime pas.

– Tant qu'on ne s'aime pas soi-même, on ne peut pas connaître le vrai bonheur, affirma Ogata.

– Je n'y peux rien. Je me déteste, répéta Kasumi comme une enfant gâtée. Je me déteste vraiment. Je trébuche devant le moindre obstacle. Je ne comprends pas ce qui m'arrive.

– C'est parce que tu as subi une épreuve douloureuse, dit-il en la regardant dans les yeux avec gravité. Tu n'y peux rien. Il te faut du temps pour redevenir ce que tu étais avant.

– Professeur, qu'est-ce que je dois faire pour retrouver la sérénité ? Le 11, je suis toujours si bizarre pendant toute la journée.

– Comment ça, bizarre ?

– Aujourd'hui, par exemple, j'ai eu envie de tout recommencer à zéro, mais ensuite je me suis dit que je n'avais pas droit à l'échec.

Il sourit. Quand il ouvrait la bouche, on voyait qu'il lui manquait plusieurs dents de devant.

– Mais tu ne peux pas tout recommencer à zéro. Qu'est-ce que tu fais quand ça t'arrive ?

– Rien qui en vaille la peine. La journée passe et c'est tout.

À mesure qu'elle essayait gauchement de s'expliquer, elle prenait conscience de son malheur. Que pouvait-elle faire ? Elle ne voyait aucune issue.

– Écoute, si nous priions pour que tu obtiennes ce que tu veux ? Qu'est-ce que tu désires ?

– Qu'on retrouve Yuka.

– Et ensuite ?

– Savoir ce qu'il faut que je fasse pour être mieux. Je ne me sens bien que quand je vous parle, professeur.

Ogata caressait doucement sa bible noire aux angles arrondis à force d'être manipulée. Kasumi le regardait faire du coin de l'œil tout en écoutant la pluie tomber.

6

L'imagination de Kasumi prenait parfois un tour étrange. Elle imaginait que Yuka s'était métamorphosée et qu'elle allait sûrement lui apparaître un jour dans sa nouvelle enveloppe. Elle était persuadée qu'elle la reconnaîtrait quelle que soit son apparence. Elle pourrait s'être changée en chiot se traînant au bord d'un chemin, en chat errant sur un mur, voire en herbe folle fleurissant dans un terrain vague – elle saurait la reconnaître. Même si elle se mêlait au souffle d'air frais qui pénètre le matin dans la maison lorsqu'on ouvre la fenêtre, elle croyait qu'elle saurait deviner sa présence. Pourtant, malgré tous ses espoirs, Yuka ne s'était encore manifestée nulle part.

Chaque année, quand le 11 août approchait, Michihiro et elle avaient coutume de se rendre avec Risa au lac Shikotsu. Ils séjournaient dans une auberge non loin du lotissement Izumi-Sato et gravissaient à pied la route de montagne où Yuka avait disparu, la cherchant dans les alentours. Chaque fois, elle se demandait ce qu'ils recherchaient au juste. Pensaient-ils tomber sur leur fille, devenue grande, se promenant dans la montagne ? Découvrir des indices restés cachés jusque-là ? Des traces de son enlèvement ? Ou bien même son fantôme ? Pour Kasumi, c'était tout cela à la fois. C'était aussi pour elle l'occasion de ressasser une à une les fautes commises. Le nombre incalculable de ses rendez-vous avec

Ishiyama, la promesse ignorée de tous qu'ils s'étaient faite l'un à l'autre, ce qu'ils avaient fait dans le débarras, le fait qu'elle n'avait pu y mettre un terme alors qu'elle connaissait les souffrances de Noriko, son mépris pour le manque de finesse de Michihiro.

L'idée que Yuka s'était peut-être métamorphosée en une chose dépourvue de parole lui était venue lors de leur dernier séjour, l'été précédent. C'était au moment où, venant de l'ancienne maison d'Ishiyama, elle avait dépassé celle laissée à l'abandon des Toyokawa et contemplait la forêt. Les jolis trèfles blancs, les jeunes magnolias, les lièvres. À la fin, elle était même allée jusqu'à imaginer que sa fille était peut-être une de ces mottes de terre sèche qu'elle écrasait sous ses pas et, le cœur battant, elle avait eu un flottement dans les yeux. De la route, Michihiro l'observait avec abattement errer en appelant Yuka. Elle dans la forêt, lui sur la route, ils marchaient en suivant un chemin à peu près parallèle.

– Qu'est-ce que tu regardes ?

Leurs yeux se croisèrent à travers les onagres qui envahissaient le bord de la route.

– Non, rien. Je me demandais si tu allais bien...

Elle lui lança un regard mauvais.

– Je ne suis pas folle. Regarde-toi plutôt, c'est sa tombe que tu es en train de rechercher.

– Sa tombe ?

Le visage de Michihiro prit soudain une expression absente et ses yeux se perdirent dans le flou autour de lui.

– Tiens, tu es comme Asanuma. Tu crois que Yuka a été tuée et qu'on l'a enterrée quelque part dans cette montagne. Vous avez le même regard tous les deux. Sans vous l'avouer, c'est sa tombe que vous recherchez.

– Tu te trompes, balbutia-t-il.

– Non, c'est la vérité. C'est pour cette raison que je dois croire qu'elle est en vie, même si je suis la seule à le croire.

Il ouvrit la bouche, mais les mots semblaient coincés dans sa gorge, aucun son n'en sortit. Elle lui tourna le dos et s'enfonça davantage dans la forêt. Au fond de son cœur, elle bouillait de rage. Il ne lui pardonnait pas le fait que leur couple meure parce qu'elle voulait croire que leur fille était vivante. Leur mariage, comme Yuka, resterait indéfiniment comme en suspension dans l'espace tant qu'ils ne seraient pas fixés sur son sort. Si leur destin devait être une chose aussi cruelle, elle refusait absolument qu'ils s'y soumettent. Non, il ne fallait pas qu'ils s'y résignent, pensa-t-elle. La petite horloge qu'ils avaient égarée, n'était-ce pas parce qu'ils continuaient de la chercher qu'elle marquait encore leur temps commun ? Mais Michihiro l'avait lâchée.

Kasumi imaginait toujours qu'elle avait égaré une petite horloge répondant au nom de Yuka. Un enfant, c'est ce qui marque le temps. Cela commence à la grossesse, le temps se décompte de semaine en semaine, et, lorsque l'enfant naît au terme de neuf mois, ses parents se mettent à vivre au rythme de ses années. C'est un temps qui regorge d'un riche avenir. Un temps qui se désagrège dans leur mémoire commune. Un enfant est la mesure de toute chose. Une horloge lui appartenant avait disparu de l'horizon de sa vie. Elle ignorait même où elle se trouvait. Une crainte l'habitait, la crainte que sa propre horloge, à cause du manque de celle appelée Yuka – qui autrefois avait été contenue en elle –, n'aille peu à peu se détraquer. Cette peur, personne ne pouvait la comprendre. Ou plutôt si, quelqu'un le pouvait. Elle croyait qu'Ogata la comprenait jusqu'au plus profond d'elle-même.

La mi-juillet était passée. La date de leur quatrième voyage au lac Shikotsu approchait. Kasumi était exaspérée par l'irrésolution de Michihiro.

– Qu'est-ce qu'on fait pour l'avion ? Je peux réserver les billets ?

– Oui, justement, je voulais te dire, est-ce que cette année tu ne pourrais pas y aller seule ?

– Pourquoi ?

– Ça coûte cher, et puis j'ai l'impression que ça ne sert plus à rien d'aller là-bas.

Soucieuse de Risa qui lisait une bande dessinée dans le canapé, Kasumi baissa la voix :

– Ça ne sert plus à rien ? Tu parles vraiment comme si Yuka était morte.

– Ce n'est pas ce que je veux dire. Mais écoute, moi, je n'ai plus envie d'y aller. Chaque fois, on ne trouve rien et ça ne fait que nous rendre malheureux. Je ne supporte plus l'idée qu'elle a disparu dans cet endroit. Ce n'est pas la même chose pour toi ?

– Bien sûr que pour moi aussi c'est insupportable ! Mais je me sens obligée d'aller là-bas. Pour elle, tu comprends ? Qu'est-ce qu'elle deviendrait si on n'y allait pas ?

– Je comprends. Tu te souviens, l'année dernière, quand tu m'as dit que c'était sa tombe que je cherchais. C'est à ce moment-là que j'ai décidé que je n'y retournerais plus. Parce que, si j'y retourne, c'est encore sa tombe que je vais me mettre à chercher. Ce n'est pas parce que je veux croire que Yuka est morte. Non, je prie de tout mon cœur qu'elle soit vivante. Mais je me rends compte que je fais ça sans le vouloir. C'est peut-être la preuve qu'au fond de moi je veux en finir avec elle. On a Risa à élever et il faut qu'on vive. C'est pour ça qu'il vaudrait mieux, je pense, qu'on reste à la maison et qu'on attende son retour.

– Moi, je me dis qu'elle est peut-être toute seule là-bas, et je ne peux pas rester ici sans rien faire.

– Oui, je sais bien, fit-il en hochant la tête. C'est dur d'imaginer ça. Pourtant, si elle était vivante, tu ne crois pas qu'on aurait eu des nouvelles ? Or, jusqu'ici, rien ! La police n'a jamais arrêté de la chercher. Et ils n'ont rien trouvé !

– Tu veux qu'on prenne notre parti de la mort de Yuka et qu'on recommence à zéro, c'est ça ?

– Recommencer ? fit-il, apparemment très étonné. Que veux-tu qu'on recommence ? Je veux juste en terminer. Et ça, on ne peut le faire que consciemment. C'est ce que je t'ai dit l'autre fois. On ne peut pas faire l'économie du désespoir.

– Pourquoi ?

– Parce que si tu n'en as pas conscience, ça n'aura jamais de fin. C'est ça le problème.

– Mais le professeur Ogata dit que je n'ai pas besoin de penser à ça...

Elle avait à peine commencé sa phrase qu'une grimace déforma le visage de Michihiro et que sa colère explosa :

– Encore ce voyant ! Jusqu'à présent je ne t'ai rien dit parce que j'avais pitié de toi, mais sincèrement je n'aurais jamais imaginé que tu puisses avaler les sornettes de ce type.

– Le professeur n'est pas un voyant, protesta-t-elle sans perdre son calme. C'est juste un homme de foi. Ce n'est pas parce que je vais le voir que je suis moi aussi devenue croyante. Simplement, j'ai plaisir à le voir parce qu'il me comprend.

– Ça, c'est très bien. Je sais qu'il t'apporte un soutien. Mais ça nous coûte de l'argent. Pour le détective et tes voyants, combien tu crois qu'on a dépensé jusqu'à aujourd'hui ? Je vais te le dire : plus de deux millions de yens !

– Le professeur ne prend pas d'argent.

– C'est vrai. Mais tu lui fais des cadeaux, non ? et des dons parfois. Est-ce que tu as déjà réfléchi aux conséquences que la recherche de Yuka va avoir sur notre avenir ?

Les conséquences sur leur avenir. Ces mots la meurtrissaient profondément. Rechercher Yuka, c'était croire qu'elle vivait. Qu'avaient-ils à attendre de l'avenir, pour quoi fallait-il qu'ils se résignent ? Elle était incapable d'envisager l'avenir et de s'y préparer. Elle ne l'avait jamais fait jusque-là. Ogata représentait tout ce dont elle avait besoin pour le moment. Voyant qu'elle s'enfermait dans le silence, Michihiro s'excusa aussitôt :

– Les mots ont dépassé ma pensée, pardon. Mais il y a au moins une chose que je veux que tu comprennes : as-tu déjà réfléchi à la vie de Risa actuellement ?

– Oui, bien sûr. Je la plains de supporter tout ce qu'on lui impose.

– Mais alors, reprends-toi un peu ! Tous les ans, pendant l'été, on va à Hokkaïdô pour rechercher sa sœur. Tu crois que c'est une bonne manière, pour une enfant petite comme elle, de passer ses vacances ? Tu ne penses pas qu'on ferait mieux de l'emmener au bord de la mer ? Tout le monde souffre de ce qui arrive à Yuka, c'est sûr, mais quand même il y a quelque chose qui ne va pas. Tu crois qu'on va pouvoir continuer à faire ça longtemps ? J'ai des problèmes au boulot. Si ça continue, c'est moi qui vais craquer.

Ayant dit ce qui lui pesait sur le cœur, il sortit du salon pour aller voir ce que faisait Risa. Kasumi resta seule, absente, l'esprit dans un état de grande confusion. L'air stagnait dans la pièce et était tiède.

Fuir. À une époque, elle avait eu l'impression que Michihiro était comme la mer grise de son enfance. La présence d'Ishiyama irradiait sa vie et leurs rendez-vous représentaient un moyen de s'évader. Yuka, en disparaissant, l'avait enfermée dans une cage dont elle ne pouvait sortir.

Au milieu de la nuit, Kasumi prit le chemin de l'autobus d'Ogata. On ne voyait pas de lumière à l'intérieur, mais elle savait qu'il y dormait parfois et elle frappa de toutes ses forces à la portière.

– Professeur, c'est Kasumi Moriwaki.

– Oui, oui. Un moment, entendit-elle dire une voix déconcertée, tandis qu'on appuyait sur le bouton du générateur.

L'autobus s'illumina peu après, la portière s'ouvrit et Ogata, les yeux encore éblouis, reconnut dans le noir le visage de Kasumi. Il portait un pyjama de petit garçon, en coton gaufré bleu, qui ne lui allait pas.

– Qu'est-ce que tu as, dis-moi ?

Il chaussa précipitamment ses lunettes et la regarda avec inquiétude.

– Moriwaki dit qu'il n'ira pas au lac Shikotsu cette année. Parce que ça ne sert à rien. Vous vous rendez compte, dire que ça ne sert à rien...

Tout en exposant ses griefs, elle pensa que ce n'était pas ce qu'elle voulait dire. Les mots s'entrechoquaient, s'amplifiaient en sortant de sa bouche, si bien qu'elle ne les maîtrisait plus.

– Allez, entre. Tu me raconteras à l'intérieur.

Ses paroles l'ayant apaisée, il lui prit la main et la fit entrer dans l'autobus. Les vitres étaient ouvertes et des spirales d'encens contre les moustiques se consumaient. À part le bruit de voitures roulant au loin et les cris d'insectes, tout était silencieux aux alentours. Une natte de jonc était posée à même la moquette rouge, sur laquelle Ogata devait être en train de dormir avec une fine couverture. Kasumi se laissa choir à côté de la natte.

– Excusez-moi. Je n'avais pas l'intention de vous déranger si tard.

Il avait pris un éventail et s'éventait doucement.

– Non, je t'en prie. Quand même, il t'en arrive des choses. Tu me disais l'autre fois qu'Ishiyama était parti. Ça va mieux ? Il ne te manque plus ?

Elle ne répondit pas à cette question.

– Professeur, est-ce que je peux m'allonger ? Je suis épuisée.

Il ouvrit de grands yeux étonnés, mais lui répondit « Bien sûr » en hochant la tête. Elle s'étendit aussitôt sur la natte où il avait dormi. Il la rafraîchit avec son éventail. Le petit souffle d'air faisait battre sur ses joues des mèches de ses cheveux. Elle se sentait si bien qu'elle crut être revenue dans son enfance. Elle se souvenait que, pendant le court été de Hokkaïdô, lorsque sa grand-mère paternelle venait de Shihoro passer quelques jours chez eux, elle l'éventait de cette manière jusqu'à ce qu'elle trouve le sommeil. La chaleur n'était pourtant pas si éprouvante, mais Kasumi insistait pour que sa grand-mère n'arrête pas avant qu'elle soit endormie. Elle entendit la voix traînante d'Ogata au-dessus d'elle :

– Qu'est-ce qu'il a dit, ton mari, Kasumi ?

– Il a dit qu'on gaspillait notre argent et que, si on n'en finissait pas bientôt avec Yuka, notre famille ne tiendrait pas le coup. Je lui ai dit que je pensais qu'il se trompait et je lui ai demandé ce qu'il voulait faire.

– Pourquoi ? Moriwaki est très réaliste.

– Peut-être, mais...

– Tu sais, les gens ne pensent pas tous pareil.

– Alors, vous croyez que je me trompe ?

– Non, pas du tout. Personnellement, je préfère ta façon de penser.

– Ma façon de penser ?

– Disons, ton incohérence...

– Donc, vous croyez que je suis perturbée, c'est ça ?

Étendue sur le dos, elle regardait l'ampoule électrique allumée au plafond. Cela lui rappela le plafond du *love hotel* où elle retrouvait Ishiyama. La moitié du plafond que le modeste éclairage colorait en orange. La porte de la salle de bains dont la vitre était couverte de buée. Ces souvenirs lui étaient si chers, si douloureux aussi, que des larmes lui montèrent aux yeux.

– Qu'est-ce que tu as ? lui demanda-t-il. Encore un souvenir ?

Sans répondre, elle appuya ses deux mains sur ses paupières.

– Professeur, je peux éteindre la lumière ? Votre femme ne va pas vous dire quelque chose ?

– Ma femme ne dit jamais rien.

L'épouse d'Ogata vivait dans la maison, où elle se consacrait aux adeptes. Là, c'étaient les allées et venues incessantes de jeunes fugueuses, de femmes ayant fui le foyer conjugal, d'hommes en pleine déconfiture ou de vieillards suicidaires. L'autobus, lui, servait de chapelle. Ogata se leva et se hissa sur la pointe des pieds pour tourner le bouton de l'interrupteur. Le véhicule sombra dans l'obscurité. Sur le plafond, elle ne distingua bientôt plus que les faibles reflets des réverbères ou de la lune. Par opposition, comme la partie de l'autobus inférieure aux vitres était plongée dans le noir, elle avait l'impression, allongée sur le sol, d'être ensevelie dans un lit de ténèbres. Elle ferma les yeux. Elle sentait toujours le souffle d'air agréable que lui prodiguait avec régularité l'éventail. Elle était redevenue l'enfant encore ignorante de tout, qui vivait dans cette maison sur la côte.

C'était Yamashita, un ancien employé de Moriwaki Compo, qui lui avait fait connaître Ogata. Yamashita était un homme d'une soixantaine d'années qui avait eu la réputation d'être le plus habile des ouvriers de l'atelier. On disait de lui que, à l'époque où il composait à l'instinct, sans loupe, sa capacité à justifier une ligne au millimètre près tenait du prodige. Mais, avec l'âge, ses yeux s'étaient usés, et il avait fini cantonné dans un coin de l'atelier, tout juste capable d'exécuter laborieusement des milliers de caractères de lettrages. Kasumi étant agacée par la façon dont Michihiro le ménageait, c'était lui qu'elle avait licencié en tout premier. Malgré cela, lorsqu'il avait appris la disparition de Yuka, le vieil homme était venu tout spécialement à l'atelier pour leur témoigner sa sympathie.

– C'est terrible ce qui vous arrive, Kasumi. Je ne sais pas ce que ça vaut mais je vous ai apporté ça et je voudrais que vous y jetiez un œil.

À dessein ou non, la visite de Yamashita tombait précisément à un moment où Michihiro était absent. Il sortit une feuille de papier de la poche intérieure de sa veste et la mit dans les mains de Kasumi.

– C'est quoi ?

– Il paraît qu'il y a un drôle de type à Musashi-Sakaï. C'est quelqu'un de bien, à ce qu'on m'a dit, et il est très apprécié. J'ai pensé que vous pourriez peut-être aller lui demander conseil pour Yuka.

Elle examina le bout de papier. C'était un prospectus imprimé sur du papier ordinaire, d'une façon grossière et démodée. On y lisait : « "Association Paradis". Dès aujourd'hui, rejoignez-moi au paradis. Munésuké Ogata. »

– Qu'est-ce que c'est, monsieur Yamashita ? Ce n'est pas un peu louche ? fit-elle en lui tendant le prospectus.

Les yeux de Yamashita, derrière ses lunettes à verres épais qui les faisaient paraître deux fois plus gros qu'ils ne l'étaient en réalité, étaient fixés sur elle.

– Non, vous voyez, quelqu'un qui y est allé m'a dit que ce sont des séminaires sur la Bible très sérieux. Les gens viennent et lisent la Bible tous ensemble. Il paraît qu'il y a beaucoup de gens avec des soucis et qu'ils sont très attachés à ce M. Ogata.

– C'est une secte ?

Il pencha la tête d'un air indécis.

– Ça, je ne sais pas trop... Je ne crois pas, en tout cas, que ce soit un voyant.

– Je ne suis pas intéressée par la Bible.

À certaines périodes de détresse, Kasumi était allée consulter des voyants dont on lui avait dit du bien avec l'espoir de se raccrocher à quelque chose. Mais la plupart n'avaient fait que la décourager. C'était pour cette raison que le prospectus de Yamashita ne l'intéressait pas.

– Pourtant, d'après ce que m'a dit la personne qui y est allée, ce M. Ogata est très gentil ; il a une grande influence sur ceux qui vont le voir et les choses s'arrangent. Je crois juste que c'est un vieux bonhomme un peu bizarre. Pourquoi vous n'iriez pas le voir une fois ? Mais bon, ne parlez pas de ça au patron. Je crois qu'il n'aime pas ces trucs-là.

Yamashita était reparti sans demander son reste. C'était vrai que Michihiro se défiait de tout ce qui n'était pas scientifique. S'il ne s'inscrivait pas en faux contre les prédictions que, de temps en temps, Kasumi avait la faiblesse de croire, il n'y portait toutefois aucun intérêt. Pouvait-elle avoir confiance en Ogata ? Elle était dans un déchirement perpétuel entre le désir de ne pas perdre pied et le refus d'être une nouvelle fois déçue. Quelques jours plus tard, elle prit le téléphone et se décida à l'appeler. C'est Ogata en personne qui répondit, et elle sentit, à son grand embarras, qu'il était en train de déjeuner.

– Excusez-moi. J'ai la bouche pleine. Un moment, je vous prie.

Elle l'entendit dans le récepteur mastiquer et avaler à toute vitesse. Elle fut désappointée par tant d'insouciance. Au bout de quelques secondes, Ogata s'éclaircit la voix :

– Je vous prie de m'excuser. À qui ai-je l'honneur ?

– Je m'appelle Kasumi Moriwaki et j'ai lu votre prospectus. Est-ce que je pourrais vous rendre visite ?

– Mais oui, vous serez la bienvenue. Je ne refuse ni ne crains qui que ce soit.

Ni refus, ni crainte, pensa-t-elle. C'était précisément ce qui la bâillonnait en ce moment.

– Mais je ne connais pas la Bible...

– Ça n'a pas d'importance. Je parle de la Bible avec les personnes que ça intéresse, mais si ce n'est pas le cas, nous pouvons parler d'autre chose.

Kasumi descendit à la gare de Musashi-Sakaï, où se trouvait la « chapelle » d'Ogata. C'était l'été et, en sortant de la gare, elle fut frappée par les rayons du soleil qui, en cette fin d'après-midi, commençaient d'illuminer les arcades de la galerie marchande. En chemin, elle aperçut des pêches à l'étal d'un marchand des quatre saisons. C'étaient de beaux fruits moelleux, à la peau d'un rose tirant sur le jaune. Des fruits tendres, duveteux et qu'un rien aurait meurtris. On trouvait rarement de tels fruits dans son village. Elle songeait toujours aux joues de Yuka quand elle en voyait. Comme elle les contemplait, le vendeur n'eut qu'à lui adresser la parole pour qu'elle en achète un plein sachet. Néanmoins, elle eut un choc lorsqu'elle vit l'autobus de l'Association Paradis devant la maison. Elle voulut tourner les talons, mais une voix l'appela de l'autobus :

– Vous êtes la personne qui a téléphoné aujourd'hui ?

C'était une voix douce, un peu traînante, dont les inflexions avaient quelque chose d'apaisant. Elle s'immobilisa.

– Oui.

– Je vous attendais. Entrez, je vous prie.

Elle monta sur le marchepied et jeta un œil à l'intérieur. On avait enlevé tous les sièges et le sol était recouvert de moquette rouge. Un vieil homme, petit et maigre, l'invitait à entrer d'un geste plein d'énergie. Le sérieux qu'elle vit dans son regard lui ôta toute hésitation. Elle se déchaussa, entra et s'assit sur un coussin couvert d'une housse qu'il lui désignait.

– Qu'est-ce qui vous arrive ?

Elle lui raconta en détail les circonstances de la disparition de Yuka. Pendant son récit, Ogata avait penché la tête et fermé les yeux. Assise dans cet autobus immobile, elle s'était sentie dans une disposition étrange et, comme si elle se prenait au jeu, était même allée jusqu'à lui parler d'Ishiyama. Malgré sa promesse de garder un secret absolu sur ce sujet, le fait d'en parler à un parfait inconnu comme Ogata l'avait libérée.

– Tout ça est bien triste. Je ferai ce que je peux pour vous aider.

Il ouvrit lentement les yeux. Beaucoup de voyants qu'elle avait consultés et la plupart des policiers auxquels elle avait affaire affectaient de lui témoigner de la compassion, mais, par moments, leurs visages ne pouvaient dissimuler qu'ils la soupçonnaient. Ils lui disaient : « En vérité, n'est-ce pas parce que tu t'es mal conduite que c'est arrivé ? » Ou bien : « Est-ce que ce n'est pas toi ou ton mari qui l'avez tuée ? » Mais ce qu'elle vit cette fois, c'étaient des yeux embués de larmes. Cet homme essayait sincèrement de partager le destin qui s'était abattu sur elle. De toute la force de son âme, il avait de la compassion pour elle. Le malheur vous donne cette faculté de percer tout de suite l'imposture de celui qui se tient devant vous. Elle parla beaucoup plus longuement qu'elle ne l'avait prévu. Quand elle s'arrêta, il s'éclaircit légèrement la voix et lui dit :

– Je suis désolé de m'immiscer dans ce qui ne me regarde pas, mais vous est-il arrivé, dans votre cœur, de soupçonner quelqu'un ou de chercher le coupable ?

– Oui, bien sûr. Je me suis demandé si ce n'était pas Izumi, sa femme, Mizushima ou quelqu'un chez les Toyokawa. J'ai aussi soupçonné Noriko. Mais ils ont tous un alibi et, d'un point de vue matériel, il leur aurait été impossible de dissimuler le corps de Yuka. Aujourd'hui, je suis persuadée qu'elle a été enlevée par une personne qui venait de l'extérieur.

– Et Ishiyama, vous l'avez soupçonné ?

– Non, fit-elle aussitôt en secouant la tête. Je suis absolument certaine qu'il ne peut pas avoir fait ça. Parce que je suis convaincue qu'il ne vivait que pour moi.

– Alors, votre mari ?

Un instant elle se trouva à court. Conscient de l'avoir mise dans l'embarras, Ogata l'observait d'un air désolé.

– Pour être tout à fait sincère, oui. Je me suis dit que peut-être il avait su à propos d'Ishiyama et moi et qu'il avait perdu la tête. Mais, après, j'ai pensé que le monstre c'était moi, pas lui, et qu'il ne pouvait pas avoir fait une chose pareille à sa propre fille.

« Le monstre, c'est moi. » En prononçant ces mots, elle se rappela que cette pensée n'avait cessé de la poursuivre lorsqu'elle était restée seule dans la maison de Hokkaïdô. Ogata poursuivit dans cette même idée :

– Vous croyez que votre mari vous a aussi soupçonnée, vous ?

– Oui, je crois.

Pour rechercher un coupable, on se concentre sur le mobile du crime et, si improbables soient-ils, on conçoit des soupçons injustifiés. Ils naissent en vous comme ces bulles d'air qui remontent du fond d'un marécage. Honteuse d'elle-même, elle devint toute rouge.

– On ne voit pas le cœur des gens. Et ce qu'on ne voit pas, ce sont généralement les choses les plus importantes. Réfléchir à ça, c'est le propre de la foi. Moi, c'est mon travail, mais vous, je ne crois pas que vous ayez à en avoir honte. Vous devriez plutôt réfléchir à toutes ces choses.

Kasumi avait les yeux fixés sur un trou à une chaussette du vieil homme.

– Euh, professeur... Est-ce que vous pensez que ma fille est vivante ?

– Que veux-tu que je te dise ? fit-il, répondant à sa question par une autre question. Je ne suis pas voyant, alors je n'en sais rien. Mais, si tu le souhaites, je peux te dire ce que tu as envie d'entendre. Les mots ne sont que des instruments et, si ça peut te réconforter, on peut très bien les utiliser comme tu le voudras. On peut tout dire.

Elle garda le silence. Lorsque Ishiyama lui avait demandé de l'attendre, n'avait-elle pas songé que les mots perdaient tout sens s'il ne l'aidait pas sur-le-champ à rechercher Yuka ? Pourtant, à présent, c'était de consolation qu'elle avait besoin, et elle souhaitait entendre des mots qui l'apaiseraient.

– Elle est vivante, sûrement, lui dit gaiement Ogata. Tu es contente comme ça ?

– Merci.

– Reviens me voir, d'accord ? C'est très intéressant de parler avec toi.

Elle s'aperçut qu'elle avait oublié de lui donner les pêches et lui tendit le sachet.

– Tenez, je les ai achetées tout à l'heure près d'ici.

– Oh, des pêches ! s'exclama-t-il après avoir jeté un œil dans le sachet, puis, le lui rendant, il ajouta : Elles te ressemblent. Garde-les pour toi.

– Elles me ressemblent ? s'étonna Kasumi, se souvenant qu'elle avait songé à des joues d'enfant au moment où elle les avait achetées.

– Oui. Parce que tu es douce et belle comme un fruit. Tu reviendras, d'accord ?

Elle était heureuse. Elle avait l'impression d'éprouver un sentiment oublié depuis longtemps, un sentiment que le poids de ses responsabilités de mère avait fait disparaître.

Ce soir-là, Michihiro considéra le prospectus avec suspicion.

– Vraiment, je n'aime pas ces machins-là. Des séminaires sur la Bible, c'est ce qu'ils disent, mais selon quelle doctrine exactement ? Les belles paroles, ils connaissent, mais ce n'est pas sorcier de voir qu'ils ne pensent qu'à endoctriner toujours plus de gens. Et puis d'abord, Association Paradis, quel nom franchement !

– C'est peut-être un drôle de nom, mais le professeur Ogata est quelqu'un de très bien.

– Qu'est-ce que tu en sais ? Au début, ils sont forts pour te faire le grand jeu de la compassion. Mais ils sont tous pareils, leur but c'est d'embrigader les gens.

Dès que la disparition de Yuka avait été rendue publique, des groupes religieux de toutes sortes n'avaient pas cessé de les solliciter. Cependant Ogata avait-il tenté de la faire entrer à l'Association Paradis ? En avait-il seulement laissé percevoir l'intention ? Non, à aucun moment. Elle se remémora ce qui s'était passé dans l'autobus et secoua la tête. Il s'était contenté de lui conseiller de réfléchir à ce qu'il y avait dans le cœur des gens. Il n'avait même pas cherché à la réconforter, contrairement aux voyants qu'elle était allée voir et qui, pour la plupart, lui avaient affirmé que Yuka était vivante.

– Il fait payer, je suppose.

– Non. Je lui avais apporté des pêches, mais il m'a dit de les garder pour moi parce qu'elles me ressemblaient.

– Quoi ? Ce ne serait pas un vieux vicelard, par hasard ? lança Michihiro avec mépris.

Qu'est-ce qui ne lui plaisait pas chez cet homme ? Cela lui avait fait plaisir et elle s'était sentie beaucoup mieux. Que lui fallait-il d'autre ? Kasumi renonça à comprendre son mari.

Le souffle de l'éventail cessa. Elle ouvrit les yeux et vit Ogata à côté d'elle, la tête appuyée sur un coude. Prenant le relais, un vieux ventilateur se mettait en marche et tournait en faisant pivoter sa tête. Chaque fois qu'il était dirigé vers elle, l'air, chargé d'une odeur moisie de jardin humide, faisait frémir ses cheveux.

– Kasumi. Tu sais, parmi les adeptes qui viennent ici, il y a une dame de près de soixante-dix ans. Elle est plus âgée que moi, bien sûr. Eh bien, cette dame, tu sais pourquoi elle aime Jésus-Christ ? Parce que c'est un homme blanc ! Et parce qu'il est beau, qu'elle dit. C'est ça qui l'a poussée à devenir une adepte. Mais moi, tu vois, ça ne me dérange pas. Ça ne me dérange pas que les gens admirent, que les gens désirent d'autres gens. Un autre adepte, un homme cette fois, il dit qu'il est amoureux du Christ. Et c'est pour ça qu'il étudie la Bible comme un fou. C'est pas mal, cette histoire, non ?

– Mais, professeur... Vous disiez que le propre de la foi c'est de réfléchir aux choses qu'on ne voit pas, n'est-ce pas ? Entrer en religion parce qu'on est attiré par son apparence, vous ne trouvez pas ça bizarre ?

– Non, ce n'est pas bizarre. Ce qui est visible finit par disparaître tôt ou tard. Les belles choses, plus elles sont belles, plus c'est triste de les voir disparaître, et c'est inutile aussi. C'est pour ça que l'homme doit réfléchir à ce qui est invisible. L'âme, par exemple, ou la vérité.

Les doigts d'Ogata touchèrent furtivement la poitrine de Kasumi. Elle ferma les yeux. Elle ne ressentait aucune volupté, mais plutôt un sentiment de paix intérieure.

– Ce sont des seins de pêche. De la chair inutile.

Elle pouffa de rire.

– Qu'est-ce que vous racontez, professeur ?

– Dis, tu te souviens encore d'Ishiyama ?

– ... Oui, je m'en souviens.

– Tu aimerais qu'il te prenne, n'est-ce pas ?

– Oui.

– Alors, pourquoi tu ne vas pas le voir ? À quoi ça sert de s'entêter ? Si tu ne le fais pas, tes souffrances n'auront jamais de fin.

Elle ne s'entêtait pas. Elle pensait qu'Ishiyama avait eu peur. Elle, elle aurait voulu être avec lui. Mais, déjà à ce moment-là, elle avait perdu l'énergie qui lui aurait été nécessaire pour entraîner avec elle un homme effrayé.

Les mains sèches et noueuses d'Ogata s'étaient glissées sous son tee-shirt et la caressaient doucement. On entendait, presque imperceptible, une mélodie provenant de la maison. C'était la chanson d'un *boys band* dont Risa raffolait. Kasumi ayant dressé l'oreille, il lui murmura :

– Ça, c'est une petite fugueuse qui est arrivée avant-hier.

Ogata était appelé « papa » et sa femme « maman » par les personnes qu'ils recueillaient. Kasumi avait appris récemment que leur nourriture était payée sur les fonds propres d'Ogata, ainsi que par les dons des adeptes. Elle eut un petit sourire.

– Professeur, à elle aussi vous faites la même chose qu'à moi ?

– Oh non ! Ça, je ne le fais qu'à toi.

Elle se tourna vers lui.

– Professeur. Je ne peux rien au fait qu'il n'aille pas au lac Shikotsu ?

– Non, tu n'y peux rien, répondit-il abruptement. Tout simplement parce que ton mari et toi, vous êtes deux personnes différentes.

– Oui, mais notre but est le même...

– Écoute, ça non plus, on n'en sait rien. Vous êtes étranges pour un couple. (Ses mains s'immobilisèrent.) Mais je ne peux pas m'empêcher de penser qu'il va y avoir bientôt du changement. Enfin, c'est mon instinct qui me dit ça.

– Qu'est-ce qui va se passer ? demanda-t-elle en se redressant.

Il retira ses mains de sous le tee-shirt et s'appuya en arrière sur ses bras.

– Ça, je ne sais pas.

– Quel genre de changement ?

Réprimant les battements de son cœur qui s'emballait, elle fixa les yeux imperturbables d'Ogata à travers les verres épais de ses lunettes.

– Je ne sais pas non plus. Ce que je sais, c'est que, ces quatre dernières années, tu n'as fait que penser à la petite Yuka. C'est pour ça que je me dis que ce ne serait pas mal que cette situation change. Mais il se peut que ça vienne de l'extérieur.

– De l'extérieur ?

– Oui, quand ça change, ça change par l'extérieur. Mais tu t'y adaptes et alors c'est en toi que ça change. Mais ce que c'est, moi je n'en sais rien.

– Alors, c'est peut-être qu'on va retrouver Yuka...

– Je ne peux pas dire si ce sera bien ou mal. Les situations, tu sais, il arrive que ça se finisse en drame. C'est ça : « Aujourd'hui, tu seras avec moi dans le paradis », murmura-t-il.

C'était difficile à comprendre. Elle savait que les propos d'Ogata étaient des paraphrases des enseignements de la Bible, mais elle n'avait aucune idée de ce qu'il voulait dire. Néanmoins, elle n'envisageait pas de se mettre à l'étude comme une adepte zélée.

– Professeur, vous avez dit un jour que les mots ne sont que des instruments, alors pourquoi vous me parlez de cette façon ?

– Les mots sont des instruments, oui. Et moi j'en fais le commerce, de ces instruments. Mais parfois, très rarement, il y a des mots qui pénètrent jusqu'au sang et aux os. Et ça c'est bien.

– Comment est-ce qu'on les reconnaît ?

– Il suffit qu'ils te captivent.

Elle aimait ce vieil homme qui ne payait pas de mine. Grâce à sa présence, elle parvenait à surmonter ses épreuves.

Quelques jours plus tard, rentrée chez elle à l'heure habituelle, Kasumi ressortit avec Risa pour faire des courses juste avant la fermeture du supermarché. Sur le chemin du retour, elle s'arrêta dans une librairie pour sa fille et, en arrivant chez elle, Michihiro était sorti devant la porte, visiblement impatient de les voir arriver.

– Bonsoir. Vous revenez tard.

Les sacs du supermarché étant lourds, elle entra pour les poser, puis ressortit.

– Désolée. C'est toi qui es rentré très tôt.

– Oui, c'est parce que j'ai fini plus vite.

– Ah oui. Je vais aller préparer le dîner.

– Ça va, on a le temps. J'ai quelque chose à te dire.

Risa se précipita dans le salon de peur de manquer le début d'un dessin animé. Ils la suivirent du regard, mais restèrent devant la porte pour parler.

– Je t'écoute.

– On a eu un appel de la chaîne de télévision. Ils font encore une émission spéciale sur les enfants disparus et ils voudraient qu'on y participe.

Le « changement » dont avait parlé Ogata. Il était enfin là, ce changement qui devait leur venir de l'extérieur.

– Bien sûr qu'on va y aller ! s'écria-t-elle.

Surpris de sa réaction, Michihiro prit un air soupçonneux.

– Tu es sûre ?

– Mais oui ! Le professeur Ogata me disait justement qu'il pourrait y avoir un changement bientôt. C'est sûrement ça. Alors il faut qu'on participe.

– Le professeur Ogata ?...

Il y avait de la défiance dans sa voix, mais elle fit semblant de rien.

– Oui.

– Moi, ça m'est égal, mais ça va encore nous mettre sous les projecteurs.

Il eut une expression équivoque. Deux ans après la disparition de Yuka, ils avaient participé à une émission du même genre. À l'époque, ils avaient accepté avec l'espoir de recueillir de nouveaux éléments d'information, mais le résultat s'était révélé cruel. Une pluie de lettres et de coups de fil anonymes s'était abattue sur eux, et ils en conservaient un souvenir amer. En majorité, c'étaient des messages de compassion et de soutien. Ensuite, des sollicitations de groupes religieux. Enfin, un certain nombre de fausses nouvelles et de calomnies qui avaient particulièrement affecté Kasumi.

Une lettre, notamment, à laquelle était joint un montage photographique réalisé à partir du portrait de Yuka diffusé sur l'avis de recherche, leur disait : « C'est moi qui m'occupe de Yuka. C'est une enfant très gentille, ne vous inquiétez pas. » Une autre, dans laquelle quelqu'un leur affirmait : « Je l'ai vue à Hokkaïdô qui marchait en tenue de pèlerin », les avait particulièrement ébranlés. Chaque fois qu'ils recevaient un courrier de ce genre, ils en informaient Asanuma afin qu'il en vérifie la véracité, mais la plupart s'étaient révélés de pures inventions qu'on leur avait envoyées plus ou moins par jeu. Certaines de ces lettres contenaient même des médisances ignobles.

« Je sais que c'est vous qui avez tué votre fille. Je suppose qu'elle se trouve maintenant au fond du lac Shikotsu. Vous avez caché son cadavre dans un débarras et, au cœur de la nuit, à l'abri des regards, vous l'avez jetée au milieu du lac. Vous avez dû utiliser un bloc de béton comme lest. »

« C'est votre mari l'assassin. Il a violé votre fille et l'a tuée parce qu'elle hurlait. »

« Certaines personnes vous ont vue sortir d'un hôtel avec M. Ishiyama. En vérité, l'enfant était sa fille, et je sais que c'est votre mari qui l'a tuée. Vous êtes une prostituée, et votre mari un infanticide. »

« La femme du propriétaire de la maison est louche. Elle a tué l'enfant par jalousie, c'est certain. »

« Vous savez très bien que c'est parce que vous ne l'avez pas surveillée que votre fille a disparu. Vous n'avez aucune excuse d'utiliser comme vous le faites les ondes publiques pour vous lamenter. Les gens de votre espèce, on devrait les expédier en Sibérie. »

Fallait-il renouveler cette expérience dont le simple souvenir le laissait les jambes tremblantes de dépit et de colère ? C'était pour cela que Michihiro montrait si peu d'empressement.

– Cette fois non plus, on ne sait pas si on apprendra quelque chose. Moi, ça ira, mais toi, tu es sûre...

– Oui. Je veux qu'on y aille. Peut-être qu'il y aura quelque chose. J'ai l'impression que cette fois sera la bonne.

Il garda le silence un moment. Très animée, Kasumi poursuivit :

– Si on n'apprend rien de nouveau, j'irai seule au lac Shikotsu cette année.

– Tu es sûre, même si je n'y vais pas...

– Oui. On ne pense pas pareil tous les deux, trancha-t-elle.

Une ombre de tristesse obscurcit les yeux de Michihiro. Elle regretta de l'avoir blessé, mais elle ne pouvait plus faire marche arrière. Lorsqu'elle fut devant le miroir de la salle de bains, elle s'avisa qu'elle avait déjà ressenti la même exaltation. C'était le soir où elle avait pris la décision d'aller retrouver Ishiyama à Hokkaïdô, à l'instant où elle avait identifié et décidé de laisser croître en elle le désir de s'éloigner de Michihiro. Dans le miroir, pour la première fois depuis longtemps, elle voyait le reflet de son visage en feu.

7

Il n'était plus là. L'autobus garé tant bien que mal dans la cour s'était volatilisé comme par enchantement. Stupéfaite, Kasumi s'immobilisa devant la maison. Elle était venue, pleine d'entrain, avec l'intention d'annoncer à Ogata la nouvelle de l'émission de télévision, mais que s'était-il passé ? Elle regarda les ornières que l'autobus avait creusées dans la terre sèche.

Pensant interroger sa femme, elle avança dans la cour et se tourna vers l'entrée, quand une main lui tapa sur l'épaule par-derrière.

– Madame Moriwaki.

C'était une adepte qu'elle avait souvent rencontrée ici. Une femme d'âge mûr qui, pour autant qu'elle s'en souvienne, enseignait le japonais dans un collège privé. Malgré un visage assez apathique, elle s'habillait toujours de manière voyante, en rose ou vert criard, et attirait l'attention. Ce jour-là, portant un tailleur jaune et un sac à main bleu, elle ne dérogeait pas à la règle.

– Quelle surprise, hein !

– En effet...

– Moi aussi, quand je suis arrivée pour voir ce qu'il en était et que j'ai constaté que le bus n'était plus là, ça m'a fait un de ces chocs. Je n'aurais jamais imaginé que la chapelle puisse disparaître un jour.

Puis, comme désemparée, elle se mit à marmonner :

– Ah là là, qu'est-ce qu'on va devenir ? Qu'est-ce qu'on va devenir ?

– Qu'est-ce que vous entendez par « voir ce qu'il en était » ?

– Vous n'êtes donc pas au courant, fit-elle, puis, après avoir jeté un œil vers la maison comme si elle redoutait quelque chose, elle ajouta à mi-voix : Le professeur, il a bien des épreuves à surmonter en ce moment...

– De quoi parlez-vous ?

– Eh bien, vous vous rappelez la petite fugueuse qui est arrivée ici il y a une semaine, dit-elle en lui montrant du doigt une fenêtre au premier étage de la maison.

Kasumi se souvint de la chanson du *boys band* qu'elle avait entendue par cette fenêtre, lorsqu'elle avait rendu visite à Ogata au milieu de la nuit.

– Oui, mais je ne l'ai pas vue.

– Cette fille, il paraît qu'elle n'avait que treize ans. On a fini par apprendre qu'elle venait du centre de détention pour mineurs d'Ikébukuro. Il paraît qu'elle se prostituait. Vous imaginez, une enfant qui a le même âge que mes élèves ! C'est vrai qu'elle mettait une sacrée couche de maquillage. Mais moi, je croyais qu'elle avait au moins une vingtaine d'années. Et le professeur, il a caché cette fille alors qu'il savait très bien qu'elle avait fugué. En plus, il paraît que cette petite menteuse est allée raconter aux policiers qu'il l'obligeait à faire des choses sexuelles avec lui. C'est pour ça qu'il a été arrêté avant-hier.

– Est-ce qu'ils vont le relâcher bientôt ?

– Je ne sais pas... Non, si vite, ce n'est pas possible.

– Et le bus ?

– Ça, je me demande bien ce qu'ils en ont fait... Peut-être que Mme Ogata en a eu assez et qu'elle s'en est débarrassée. Le professeur Ogata, il paraît qu'il faisait des choses avec certaines de ses adeptes... Vous étiez sa préférée, madame Moriwaki, alors il se pourrait que vous ayez la visite d'un inspecteur un de ces jours...

« Bien que vous ne fassiez pas partie des adeptes », semblait-elle sous-entendre perfidement.

– Et vous ? lui rétorqua Kasumi.

– Moi ? fit-elle en serrant les doigts sur son sac bleu, comme si elle était offensée. Pourquoi moi ?

Kasumi fit semblant de ne pas voir les traces qui restaient imprimées sur le vernis du sac.

– Non, rien. Au revoir, dit-elle et elle laissa la femme plantée sur place.

L'obscurité sous les vitres de l'autobus. Elle se souvint comme elle était apaisée dans ces moments-là. Elle se sentait si bien qu'elle n'avait plus envie de revoir le jour. La disparition de l'autobus, c'était la fin de ces instants privilégiés et des conversations avec Ogata. Démoralisée, elle tourna les talons pour rentrer chez elle en levant la tête vers le ciel nocturne. Il était couvert et ne laissait paraître aucune étoile.

Au moment où elle entrait dans le salon, Michihiro, sans rien dire, lui désigna la télévision du doigt. Elle s'immobilisa derrière lui et regarda les images du journal télévisé. On voyait l'autobus d'Ogata. La boîte en bois disposée sous le marchepied trop haut pour les adeptes les plus âgés. La moquette sur le sol, le ventilateur posé à la place du siège du conducteur. À peine cinq jours avant, elle y avait parlé avec Ogata pour la dernière fois ; pourtant, à l'écran, elle avait l'impression que ces images remontaient à une éternité.

– Je te l'avais bien dit, c'est un imposteur, ce type.

– Cette histoire, je crois que c'est un malentendu.

– Qu'est-ce que tu racontes ! la railla-t-il, visiblement peu disposé à l'écouter. Il t'a roulée dans la farine au point de nous faire déménager, oui !

– Et alors ? Si c'est parce que j'ai trouvé quelqu'un capable de m'aider...

– Tu veux dire que tu es contente de t'être fait aider par un escroc, c'est ça ? lui lança-t-il en voyant son air incrédule. Ce type-là, il a fait de son bus une Arche de Jésus [1] ou je ne sais quoi et il vous a tous roulés du début jusqu'à la fin. Cette chapelle dans le bus, ses sermons, sa façon de parler, tout était du chiqué !

« Peu importe », pensa-t-elle. Elle ne comprenait pas pourquoi Michihiro s'emportait.

« Mais parfois, très rarement, il y a des mots qui pénètrent jusqu'au sang et aux os. Et ça c'est bien », lui avait dit Ogata. Même si ses mots ne l'avaient pas pénétrée jusqu'au sang et aux os, ils l'avaient aidée et elle ne voulait pas en savoir davantage.

Un jour, environ trois mois après la disparition de Yuka, Ishiyama s'était présenté à Moriwaki Compo. C'était vers la fin novembre, et une pluie glaciale tombait sans discontinuer depuis l'aube. On avait frappé timidement à la porte mais, comme Ishiyama n'avait plus passé une seule commande depuis le drame, Kasumi avait été surprise de le voir entrer dans l'atelier et s'était dressée à demi sur son siège. Il sourit en la regardant :

– Ça va ?

– Oui, pas trop mal...

– La petite Yuka, hein...

Michihiro, qui était aux toilettes, en sortit alors au milieu d'un bruit de chasse d'eau. Quand il le vit, une expression où se mêlaient surprise et irritation se dessina sur son visage. Il avait envie de lui reprocher de n'être pas venu plus tôt leur rendre visite, pensa Kasumi.

– Ah, tiens ! Ça fait si longtemps...

– Alors, depuis, vous avez eu des nouvelles de Yuka ?

– Aucune. Tu vois, on bosse. Il faut bien. Mais le moral est au plus bas. Kasumi n'arrête pas de pleurer.

1. Nom d'une secte.

– Je suis désolé... de ne pas être venu plus tôt. Mais je me sentais tellement responsable que je n'arrivais pas à me décider...

– Pourquoi ? Pourquoi, Ishiyama ?

Michihiro avait beau dire, il ne pouvait s'empêcher de penser que rien ne serait arrivé si Ishiyama ne les avait pas invités à Hokkaïdô. Ce dernier posa son imperméable trempé de pluie sur le canapé et, brusquement, se mit à genoux.

– Pardonnez-moi. Je me sens vraiment responsable. C'est ma faute si votre chère petite fille a disparu.

– Qu'est-ce que tu racontes ! Je t'en prie, lève-toi, s'écria Michihiro avec affolement en tentant de le relever ; mais l'autre restait obstinément prosterné, la tête baissée.

Derrière lui, Kasumi l'observait en silence. Ses bras avaient enlacé ce dos. Ses pensées revenaient toujours à cela. Des larmes lui montèrent aux yeux et elle détourna la tête vers la fenêtre. Ishiyama finit par se relever et s'inclina devant Michihiro.

– Tous les jours je prie pour qu'on la retrouve. Je vous remercie, au revoir.

Se tournant vers Kasumi, il la regarda et lui tendit une lettre épaisse.

– Qu'est-ce que c'est ?

– Je voudrais que vous utilisiez cet argent pour retrouver Yuka.

– Attendez, monsieur Ishiyama ! lui cria-t-elle, tandis qu'il sortait sans tenir compte de son appel.

Dans un réflexe, elle se tourna vers son mari, mais ce dernier lui fit signe d'accepter l'argent de la tête. Alors, l'enveloppe à la main, elle se lança à sa poursuite. La porte de l'ascenseur se referma devant son nez. Il n'avait pas voulu l'attendre. Obnubilée par cette idée, elle dévala l'escalier à toute vitesse. Elle le rattrapa dans le hall de l'immeuble, au moment où il ouvrait son parapluie et s'apprêtait à sortir dans la rue.

– Ishiyama, attends.

Il se retourna, le visage triste.

– Je ne peux pas attendre.

– Pourquoi ?

– C'est toi qui as dit la première que tu ne pouvais pas attendre.

La main contenant l'enveloppe tendue vers lui, elle se figea sur place.

– Ce n'est pas la même chose, non ?

– Si. Tant qu'il y aura Yuka entre nous, on ne pourra pas se voir. C'est sûrement dur pour vous, mais moi aussi j'en souffre.

– Je sais.

– Fais bien attention à toi, dit-il, et il lui serra la main.

– Ishiyama, c'est quoi ça ? lui demanda-t-elle, en lui montrant de nouveau l'enveloppe. Une compensation pour Yuka, ou bien un cadeau de rupture ?

– Ce que tu voudras. C'est juste de l'argent. Je serai content que tu t'en serves.

Il effleura sa joue. Bien que chauds, ses doigts lui firent courir un frisson dans le dos. Le frisson se transforma en un faible tremblement qui s'empara du haut de son corps. Il s'était mis à courir sous la pluie et il ne s'était pas retourné. À l'intérieur de l'enveloppe se trouvait une seconde enveloppe, ornée et sur laquelle on avait écrit : « En témoignage de sympathie » ; elle contenait trois liasses d'un million de yens. Lorsque, de retour dans l'atelier, elle lui montra les billets, Michihiro, occupé à faire des tracés au tire-ligne, dit sans la regarder : « On les garde ! Ils sont pleins de fric de toute façon. »

C'était le mois d'août. La canicule durait depuis plusieurs jours.

Kasumi et Michihiro étaient descendus de voiture sous le porche de la chaîne de télévision et marchaient en direction du hall lorsqu'ils furent frappés en plein visage par les rayons du soleil. Leur peau se détendit, comme ressuscitée par ce bref bain de lumière blanche après leur séjour dans l'air sec et glacial de la voiture climatisée qui les avait conduits jusque-là. La porte automatique s'ouvrit devant eux juste au moment où Kasumi sentit qu'elle allait se mettre à transpirer. L'air froid enveloppa de nouveau son corps. Cet air artificiel était son armure. Que ce soit la sueur ou les larmes, elle refusait absolument de laisser paraître le liquide qui pouvait suinter de son corps. Une nouvelle fois, elle allait devoir se retrouver face à face avec le monde.

Elle ne savait pas ce que lui réservait ce passage à la télévision, mais elle n'en avait plus peur. Si le « changement » dont lui avait parlé Ogata devait se produire, cette émission en serait l'origine. Cette conviction la rendait inhabituellement entreprenante. Dans la loge où on les emmena, les murs étaient entièrement tapissés de miroirs, et Kasumi y regarda son visage. Ses yeux brillaient plus intensément. Michihiro, portant l'unique costume d'été qu'il possédait, l'observait à travers le miroir.

– Ah là là ! Je ne supporte pas ces émissions larmoyantes. J'espère au moins que ça va nous permettre d'avoir des informations.

– On en aura, c'est certain.

– Qu'est-ce que tu en sais ?

– Le professeur Ogata me l'a dit.

En entendant ce nom dans sa bouche, Michihiro lui rétorqua avec une pointe de déception :

– Tu crois encore à ces histoires ?

On frappa à la porte.

– Oui, fit-il en ouvrant.

C'était Hosaka, la productrice de l'émission.

– Monsieur Moriwaki, je suis heureuse de vous revoir. Merci beaucoup d'avoir accepté de participer à cette nouvelle émission.

– Ah, c'est moi qui vous remercie, répondit-il en s'inclinant.

Hosaka avait aussi produit l'émission à laquelle ils avaient participé deux ans plus tôt. Vêtue d'un jean et d'un tee-shirt, elle n'était pas maquillée, si bien qu'on voyait une multitude de taches de rousseur sur ses joues bronzées. Elle paraissait avoir à peu près le même âge que Kasumi.

– Je vous suis très reconnaissante d'être venue, madame, lui dit-elle avec tact. Je suis désolée de n'avoir pu vous être utile la dernière fois.

– Non, je vous en prie. C'est moi qui vous remercie de vous intéresser à nous. Le plus dur pour nous, c'est que sa disparition soit oubliée avec le temps.

On vit sur son visage que Hosaka était surprise par sa volubilité. Dans son souvenir, Kasumi n'avait cessé de pleurer et avait à peine réussi à balbutier quelques mots lors de l'émission précédente.

– C'est très gentil à vous de dire ça, car c'est précisément la raison d'être de notre émission. J'espère que nous obtiendrons des informations. Je crois que vous avez fait le bon choix en acceptant de participer, dit-elle avec satisfaction, presque avec orgueil.

Puis elle leur tendit le script qu'elle avait apporté.

– Voici le plan de déroulement de l'émission. C'est à peu près la même chose que la dernière fois, mais j'aimerais que vous y jetiez un œil avant qu'elle commence.

Kasumi le parcourut rapidement. C'était comme elle l'avait imaginé : cinq familles dont un enfant avait disparu réunies sur le plateau, exposé rapide de ce qui s'était passé pour chacune d'elles, dialogue avec les parents, puis présentation d'informations nouvelles.

– Et puis, cette fois, nous avons pris la liberté de faire une nouvelle enquête, ajouta Hosaka en baissant la voix. Vous êtes au courant pour M. Ishiyama ?

– Quoi ? Qu'y a-t-il ?

Michihiro regarda Kasumi. Elle secoua la tête en signe d'ignorance.

– Vous n'avez pas été en relation récemment ?

– Non. En fait, on lui téléphonait tous les mois, mais il a dû déménager parce qu'on n'arrive plus à le joindre depuis un moment... On se faisait du souci.

Ils avaient pourtant dit qu'ils le laisseraient en paix, pensa Kasumi en jetant un regard furtif vers son mari.

– Vous savez qu'il a divorcé ?

Une exclamation de surprise échappa à Michihiro. Kasumi, qui depuis longtemps l'avait appris de la bouche de Noriko, baissa les yeux sans rien dire.

– Depuis quand ?

– Il y a un an, nous a dit sa femme. Comme nous non plus on n'arrivait pas à les joindre, on s'est tournés vers la famille de sa femme pour avoir des nouvelles. Et alors, on nous a répondu qu'ils étaient divorcés et que c'était elle qui avait obtenu la garde de leurs deux enfants.

– Et Ishiyama, que devient-il ?

– Ils ne savent pas où il est. Du côté de sa famille à lui, il ne lui reste plus que sa sœur aînée. Elle nous a dit qu'elle n'était au courant de rien.

– Et sa société à Yokohama ?

– Elle a fait faillite. De ce côté-là, il paraît que ça n'allait pas très bien non plus, et on a appris qu'il avait laissé des impayés. Une personne de la même branche nous a dit qu'il avait sans doute commis une erreur en voulant agrandir son entreprise, dit Hosaka, puis elle ajouta d'un air soucieux : Et ce n'est pas tout, il semblerait que des créanciers soient à ses trousses.

– Est-ce que ce serait à cause de Yuka ? demanda gravement Michihiro, comme sous le choc de cette nouvelle.

– Vous savez, dans l'entourage des familles où un enfant a disparu, il se passe beaucoup de choses. Dans certaines, on voit des faillites que rien n'annonçait, et il y a de nombreux divorces. Il semble que ce soit une situation difficile à surmonter...

Elle semblait se remémorer toutes sortes d'événements et parlait d'une voix entrecoupée. Paraissant ne pas l'écouter, Michihiro lui coupa la parole au milieu de sa phrase :

– Vous ne savez pas comment on peut le joindre ?

– Eh bien, je crois que même sa femme ne le sait pas..., répondit-elle.

Elle inclina la tête avec perplexité et regarda Kasumi. Ce regard convainquit cette dernière que Hosaka connaissait la rumeur les concernant, Ishiyama et elle. Elle ressentit de nouveau combien « les gens » pouvaient avoir des épines dans le cœur.

Troublé, Michihiro avait croisé les bras et gardait le silence. Sans doute, connaissant la fortune et les nombreuses relations d'Ishiyama, s'était-il imaginé qu'il avait réussi dans ses nouvelles affaires.

– Vraiment, je n'aurais jamais cru qu'il échouerait. Et en plus, il a divorcé ! Un type si brillant...

– Oui, c'est triste, fit Kasumi, qui parvenait enfin à prononcer un mot.

– Qu'est-ce qu'il peut bien devenir maintenant ? ajouta-t-il comme pour lui-même.

Kasumi regarda par la fenêtre. Au-delà du polder, la mer scintillait, baignée par le soleil d'après-midi. Par intermittence, les vitres des voitures roulant sur la voie rapide réfléchissaient une lumière encore plus forte, qui disparaissait sitôt qu'apparue.

Michihiro et Kasumi patientaient debout dans un coin poussiéreux du décor de lattes de bois, sur le plateau de télévision inondé d'une lumière blanche crue. On leur avait demandé de se tenir prêts car l'émission allait commencer, et tous deux, en attendant, regardaient vaguement de jeunes hommes qui couraient affairés sur le plateau. Bien qu'il n'y eût autour d'eux que des parents ayant vécu le même drame, personne ne s'adressait la parole ; c'était, sur tous les visages, le même regard brûlant dans l'obscurité d'une tristesse pesante. Ils allaient peut-être apprendre quelque chose grâce à cette émission. C'était la seule pensée qui les occupait tous dans l'attente de leur tour.

Kasumi échangea un salut de la tête avec deux parents qu'elle connaissait de vue et s'avisa alors qu'elle cherchait sur leur visage si la perte qui y était gravée était de la même nature que la sienne. Aujourd'hui, pourtant, elle n'était pas comme les autres. Michihiro l'observa à la dérobée.

– Ça va ?

– Oui.

– Ne t'en fais pas pour Ishiyama.

– D'accord...

– Quelle surprise, quand même. Je trouvais bizarre aussi qu'on n'arrive pas à le joindre...

Une voix annonça le début de l'émission. Michihiro et Kasumi s'assirent à leur place. L'émission qui commençait était à peu de chose près la copie de celle à laquelle ils avaient participé deux ans auparavant ; seul le présentateur avait changé.

L'appel téléphonique arriva au moment où elle était sur le point de se terminer.

– Un instant, s'il vous plaît ! s'écria le présentateur. On me dit que nous venons de recevoir une information concernant la petite Yuka Moriwaki.

Un murmure parcourut le plateau. Michihiro se raidit d'un coup. Impulsivement, Kasumi s'agrippa à la manche de son costume. La voix excitée du présentateur résonnait fortement à leurs oreilles :

– D'où appelez-vous ? D'Otaru, c'est bien ça ?

On entendit sur le plateau une voix de vieille femme :

– Il se peut que je me trompe, alors je ne vous donnerai pas mon nom. J'habite près d'Otaru.

– Otaru, la ville de Hokkaïdô, n'est-ce pas ? Je vois. Nous vous écoutons, madame.

– Il n'y a pas très longtemps, un homme a emménagé dans le voisinage avec une petite fille. Et ce qui est un peu ennuyeux, en quelque sorte, c'est que cet homme, on dirait un clochard. Tout le monde est inquiet, vous savez. Et puis, il semble que la petite, elle s'appelle Yuka.

– Si c'est tout ce que vous avez, je crains que ce ne soit pas suffisant, madame.

– Oui, mais la petite, elle ne lui ressemble pas du tout à cet homme. Il est jeune, et tout le monde trouve que c'est très bizarre. En regardant la télé ce soir, je me suis dit qu'elle ressemblait beaucoup à la maman là, qui est sur votre plateau. Ce n'est pas possible, j'ai pensé, mais comme ça me préoccupait, j'ai décidé de vous téléphoner. Voilà, c'est tout ce que je peux vous dire...

Une caméra vint se placer juste en face de Kasumi. Son cœur se mit à battre à tout rompre. Risa ressemblait beaucoup à Michihiro. Mais celle qui lui ressemblait à elle, il n'y en avait qu'une au monde, c'était Yuka. La petite fille qu'avait vue cette vieille femme à Otaru, c'était Yuka sans aucun doute.

Il était arrivé, le « changement » dont Ogata avait parlé. Kasumi eut l'impression qu'un filet de lumière venait de pénétrer dans la pièce obscure dont elle était prisonnière. Elle constata dans le moniteur que, pendant un instant, l'espoir avait illuminé son visage.

Quatrième partie

L'inondation

8

Il ne rêvait plus. Il sombrait toujours telle une masse dans le sommeil et se réveillait en ayant tout oublié, comme s'il revenait à la vie après être mort momentanément. Cela se répétait chaque jour. C'était l'effet des somnifères, il le savait, mais cette perte brutale de ses rêves lui donnait l'impression d'être vidé de sa consistance. En outre, même quand il ne dormait pas, il lui arrivait par moments de ne plus distinguer le rêve de la réalité.

Ses pensées ressemblaient à un courant d'eau. L'eau s'écoulait, s'engouffrait çà et là, disparaissait, réapparaissait, se rassemblait, gagnait en force, ou stagnait, devenait masse inerte. Terreur, joie, étrangeté propres aux rêves. C'étaient les canaux étroits de sa mémoire. La réalité n'était certaine et inébranlable que parce que les rêves existaient. À présent, il était une eau s'écoulant bon gré mal gré entre les parois bétonnées d'un canal rectiligne, une eau qui n'avait pas la volonté de couler. Une suite de jours insipides qui se passaient à expédier des choses définies à l'avance. Couplage superbe du train-train de la réalité avec l'absence de rêve. Son réveil, ce matin-là, il n'aurait même pas su dire avec certitude que ce n'était pas un rêve.

Étendu sur son lit, Junichi Utsumi contemplait depuis un moment le plafond de son appartement. Filtrant entre les rideaux, des rayons de soleil donnaient sur les panneaux de contre-plaqué entièrement jaunis par des années de cigarette. La surface éclairée dessinait un parallélogramme irrégulier. Il faisait beau dehors. Plus de 25 °C. Telle était, sans doute, la réalité de cette journée. Il entendait le bruissement du vent dans les feuilles des arbres. Il se remémora la sensation de fraîcheur sur sa peau quand le vent pénétrait sous sa chemise de coton. Par une belle journée d'été comme celle-ci, comme on doit être bien lorsque souffle un vent sec. Il regretta un peu de ne connaître que les étés nordiques. Le vent qui souffle dans les îles du Sud, à Hawaï ou à Tahiti, était-il plus chaud et humide ? Avait-il une odeur ? Soufflait-il fort ?

Né dans la banlieue de Sapporo, ayant suivi son père policier d'un lieu d'affectation à un autre, Utsumi n'avait jamais vécu hors de Hokkaïdô. La seule fois qu'il avait quitté l'île, c'était pour aller à Tôkyô en voyage de noces. Et encore, leur séjour n'avait duré que quatre jours et trois nuits. Vu qu'il était agent de police comme son père, il n'était pas autorisé à faire de longs voyages. Au début, sa femme semblait avoir eu du mal à s'en contenter, mais, pour lui, un voyage, à Tôkyô ou ailleurs, c'était bien suffisant. Jamais il n'avait éprouvé le désir de voyager à l'étranger. Ce matin pourtant, pour la première fois de sa vie, il avait envie d'aller visiter les îles du Sud. Il se serait bien vu assis toute une journée au bord de l'eau, caressé par le souffle d'un vent inconnu, à regarder les vagues glisser sur la plage.

Son imagination fonctionnait, c'était la preuve qu'il était en forme. Au réveil, machinalement, il avait pris l'habitude de vérifier la température du jour, la météo et, ensuite, comment avait évolué son état de santé. Cela l'avait rendu extrêmement sensible à l'approche des dépressions atmosphériques et aux écarts de température. L'homme vit au milieu de la nature. Pareille évidence, il avait fallu qu'il tombe malade pour en faire le constat. Lorsqu'il neigeait et que la route était gelée, il s'habillait chaudement ; si le temps était plus clément, il se découvrait un peu. De cette façon, son corps plein de santé avait enduré le froid comme la chaleur ; mais ce corps, Utsumi était en passe de le perdre. À la moindre augmentation de l'humidité ambiante, il se sentait fatigué et pouvait avoir des nausées. Il avait été étonné de connaître les changements de la nature qui l'entourait en fonction du degré de ses souffrances physiques. « C'est donc ça, avait-il pensé. La sensation qu'on est en vie, c'est par le corps qu'on l'éprouve. »

Il appuya précautionneusement la main droite au milieu de son épigastre. Avant, son estomac se trouvait par là. Il n'y était plus. Quand il appuyait légèrement avec un doigt, une douleur sourde gagnait lentement tout son ventre, et il fallait un moment pour qu'elle disparaisse. Ce temps s'allongeait chaque fois un peu plus. La douleur se nicherait bientôt dans son corps entier, et on ne pourrait plus l'en extirper. Il s'était fait à cette idée, mais se demandait si, à la fin, il pourrait le supporter. Si, chez l'homme, la maladie accentue la solitude, c'est parce qu'il ne peut partager avec personne la douleur physique et la souffrance. Quoi de plus intime qu'un corps ? Les mots sont sans force pour l'exprimer. En outre, Utsumi n'avait personne autour de lui qui soit disposé à faire l'effort d'écouter ce qu'il avait à dire. De toute façon, il avait toujours été persuadé qu'il était illusoire de croire que quelqu'un puisse le comprendre parfaitement.

Il souleva son tee-shirt et palpa la cicatrice qui s'étendait du haut de l'épigastre jusqu'à l'abdomen. Quand il était nu, cette cicatrice désagréable à l'œil lui semblait un long ver étendu sur son ventre. Comme cela faisait plus d'un an qu'il avait été opéré de son cancer à l'estomac, la rougeur s'atténuait peu à peu. Mais, à cause de sa maigreur, elle restait encore très visible sur sa peau fine. « J'élève un ver. Et j'ai une bombe dans le ventre. » Il caressa son ver de la tête jusqu'à la queue. « Tout doux, hein », lui murmura-t-il en laissant doucement glisser son tee-shirt.

Un lecteur de CD était posé à côté du lit. Il tendit le bras, l'alluma et mit un disque. Un morceau de Stevie Ray Vaughan se mit à retentir à fort volume. Il écoutait ce disque tous les jours, en boucle. Il avait beau l'écouter sans cesse, il ne s'en lassait pas. Il ferma les yeux. Pendant que son buste vibrait au son de la basse, il s'oubliait lui-même, s'élevait jusqu'à l'extase. Lorsque *Texas Flood*, son morceau préféré, commença, il chanta les paroles qu'il connaissait par cœur. Puis, étendu sur le dos, il mima avec délectation les accords de la guitare, pinçant les cordes de l'instrument virtuel qu'il serrait dans ses bras décharnés. Non seulement il ne jouait pas de la guitare, mais il n'en avait même jamais touché une. Pourtant, à cet instant, il lui semblait qu'il savait en jouer.

Il se demanda comment, lui qui ne s'intéressait pas au blues, il avait commencé à apprécier Stevie Ray Vaughan. Il se rappela que ce chanteur était mort dans un accident d'avion. Il l'avait appris par hasard en écoutant la radio dans sa voiture alors qu'il revenait de l'hôpital. Il lui paraissait étrange de prendre du plaisir, voire d'atteindre à une brève extase, en écoutant des mélodies jouées par un homme disparu. C'était le cadeau d'un mort à un homme qui allait bientôt mourir. *Little Wing* commença. Utsumi aimait cette chanson. Il l'aimait parce que son auteur, Jimi Hendrix, était aussi un mort.

Aujourd'hui encore il n'avait rien à faire. Le temps, dont il pouvait croire qu'il en disposait à volonté, s'écoulait pourtant inéluctablement, et son terme ne manquerait pas d'arriver. La vie d'Utsumi avait une échéance. La musique lui faisait oublier le temps qui passe, mais elle le marquait également. Quand il aurait écouté des centaines de fois ce disque de blues, n'allait-il pas disparaître à son tour ?

Le corps tout entier imprégné par le rythme de la musique, il eut soudain du mal à respirer et ressentit la fatigue. Il s'enfouit dans les draps et respira profondément en fermant les yeux. Derrière ses paupières, il gardait l'impression persistante de la lumière d'été qui filtrait entre les rideaux. Rayons du soleil. Il se dit qu'il n'irait sans doute pas dans les îles du Sud. Cela ne lui ressemblait pas. Ce qui lui ressemblait, c'était d'attendre la fin dans ce petit deux-pièces en écoutant ces blues qui appelaient les morts.

Le CD s'acheva. Ayant terminé ce qui était devenu depuis quelque temps son rituel du réveil, Utsumi se redressa lentement sur le lit. Puis il s'avisa qu'il avait oublié de prendre sa température. Il se rallongea précipitamment, mais la bile était remontée, un goût amer lui remplit la bouche et le fit suffoquer. Il sentit une démangeaison au fond de son nez. Il essuya ses larmes et sa bouche avec un mouchoir en papier. Comme le cardia ne fonctionne plus lorsqu'on résèque l'estomac, il arrive que la bile ou même le suc pancréatique reflue jusque dans la bouche. Ce détail lui était complètement sorti de la tête.

Il plaça le thermomètre contre son aisselle. Il allait mourir de toute façon, alors à quoi bon prendre sa température ? Il était déconcerté, pris entre l'envie d'en sourire et l'espoir au fond de lui qu'il n'aurait pas de fièvre et pourrait rester toujours dans l'état où il était maintenant. S'il intégrait parfaitement dans son programme quotidien cette opération de prise de la température, il serait en mesure de continuer à s'observer lui-même chaque jour. L'essentiel, c'était d'être autonome pour tout. La sonnerie électronique résonna, il regarda l'écran numérique du thermomètre. 36,8 °C. Il inscrivit scrupuleusement ce nombre dans son relevé des températures. Avec cela, le rituel du matin prenait fin. Un mois plus tôt, Utsumi avait mis un terme à une carrière de quinze ans dans la police pour se consacrer exclusivement à ses soins.

Quel que fût par ailleurs le désordre qui régnait dans la chambre, il avait été formé à l'école de police à plier son lit dans les règles de l'art et il n'était pas satisfait tant que ce n'était pas fait. Ensuite, il tira les rideaux pour s'habiller. À l'instant précis où la lumière du jour pénétrait dans la chambre obscure, il entendit des gouttes de pluie. Il avait cru que la journée serait ensoleillée, mais voilà qu'il s'était mis à pleuvoir tout à coup. C'était sans doute parce qu'il s'était livré entièrement à la musique qu'il n'avait pas prêté attention au bruit des gouttes. Il contempla un moment la pluie qui tombait à travers la lumière du jour.

Utsumi fixait le petit miroir au-dessus du lavabo. Il y voyait son reflet, son corps s'émaciant peu à peu, son visage de plus en plus étroit et ses joues creusées. Pour 1,77 m, il était passé de 72 à 56 kg, et il lui semblait maintenant que son visage était celui d'un autre homme. Son regard non plus n'était plus le sien. Il se fixait d'un œil mauvais, l'air mécontent. Que lui manquait-il ? Que désirait-il ? Il n'avait pas encore trouvé de réponse à ces questions. « On dirait un chien errant qui n'a plus que la peau sur les os », pensa-t-il.

Il se rasa de près, enduisit ses cheveux de Gomina et les peigna en « queue de canard ». C'était la coiffure des rockers des années cinquante, mais il se plaisait comme ça. Comme il n'en avait jamais changé, on l'avait pris pour un original même dans le commissariat. C'était parce qu'il n'était pas comme les autres qu'il devait être le meilleur. On pouvait appeler ça de l'amour-propre, cela n'avait plus d'importance aujourd'hui. Il n'avait pas la moindre idée de la façon dont il allait pouvoir passer le temps compté qui lui restait. Et pourtant, bien qu'il ne sût qu'en faire, il était épouvanté de le voir s'écouler ; il était incapable d'accepter cet « instant présent » qui le menait à la mort.

Utsumi avait été opéré d'un cancer à l'estomac un an et demi auparavant. Il n'arrivait plus à se débarrasser aussi facilement de ses douleurs à l'estomac. Les médicaments les avaient apaisées quelque temps, mais leur effet avait diminué graduellement et son dos s'était mis à le faire souffrir. Il avait perdu l'appétit et maigri à vue d'œil. C'était alors qu'il avait compris. On était maigre dans sa famille, et beaucoup avaient souffert de maladies de l'estomac. Son grand-père et son père étaient morts d'un cancer de l'estomac. Néanmoins, comme il n'avait alors que trente-trois ans, il avait écarté cette éventualité et n'était pas allé se faire examiner à l'hôpital. Ce n'était pas la seule raison. Simple agent, il avait passé les examens de brigadier, puis il était devenu inspecteur au commissariat de Tomakomaï[1], et cela faisait deux ans qu'il avait été affecté à la première division d'enquêtes de la préfecture de police de Hokkaïdô. Après douze années de service, il avait atteint son but. Utsumi avait rêvé de ce poste depuis l'époque où il était entré à l'école de police. Sa première affectation avait été un poste de police isolé et ennuyeux, où il ne se passait absolument rien, hormis de temps à autre l'apparition d'un ours brun. Ensuite, quand il avait été nommé inspecteur à Tomakomaï, il avait tout fait pour se distinguer. Il intervenait de manière très active dans les réunions et, un jour, il avait même laissé volontairement un vélo abandonné là où il était pour réprimander un collégien qui avait voulu l'emprunter. Il se donnait du mal pour être bien noté, sans se soucier de la haine que lui vouaient ses collègues, et,

1. À cinquante kilomètres au sud de Sapporo.

pour cela, ne négligeait pas de se concilier les bonnes grâces de supérieurs qu'il n'appréciait pas, voire de leur verser des pots-de-vin. Le résultat de ses efforts, c'était ce poste d'inspecteur à la préfecture de police. À cette époque, il travaillait jour et nuit, ne pensant qu'à obtenir des résultats, au point d'en oublier de dormir et de s'alimenter. Il était toujours en train de courir à droite et à gauche et regrettait même de devoir prendre sur son temps pour passer la visite médicale périodique. Il se refusait à envisager que la maladie puisse compromettre sa carrière maintenant.

Kumiko, sa femme, après s'être un temps arrêtée de travailler, avait repris son premier métier d'infirmière. Les jours de congé, quand elle était de retour de la polyclinique où elle travaillait à Takikawa, un regard lui suffisait pour comprendre qu'Utsumi était malade et elle le suppliait avec un air grave d'aller passer des examens. Il n'en avait pourtant rien fait jusqu'au jour où, au cours d'une planque, il avait été pris de vomissements et d'une douleur à l'estomac si violente qu'il avait manqué s'évanouir. C'était arrivé alors que, dans une enquête sur un meurtre commis lors du braquage d'un supermarché, il filait un employé occasionnel de cet établissement qu'il suspectait d'être le complice des malfaiteurs. Son état commençant à avoir une influence sur ses enquêtes, il n'avait pas pu le négliger plus longtemps.

Un jour de tempête de neige, il se rendit dans la clinique de Makomanaï [1] où son père s'était fait soigner autrefois et où il était mort. C'était son orgueil qui l'avait poussé à choisir une clinique privée plutôt que l'hôpital de la police, parce qu'il ne voulait pas que ses collègues soient mis au courant de sa maladie. Il n'avait confiance en personne au sein de la police. Pour lui, ses camarades

1. Nom d'un quartier de Sapporo. Takikawa, plus haut, est une ville située à environ quatre-vingts kilomètres au nord de Sapporo.

étaient des rivaux, ses supérieurs n'existaient que pour être utilisés et, dans les criminels, il ne voyait que des « clients » dont il pouvait tirer profit. L'idée qu'il luttait contre le crime ou œuvrait pour la justice lui était totalement étrangère. Tel était le sens véritable du travail d'Utsumi.

À l'époque où il se rendait au chevet de son père, la clinique était flambant neuve, mais aujourd'hui ses murs extérieurs, vert pâle à l'origine, avaient noirci et donnaient une impression de malpropreté. En entrant dans le bâtiment, il fut frappé par la vue d'épaisses bandes aux couleurs primaires parcourant le sol et les murs des couloirs, qui servaient à indiquer leur chemin aux patients. Cela lui rappela le mannequin poussiéreux qui était dans la salle de sciences de son école primaire. Ce mannequin était couvert de vaisseaux sanguins rouges et bleus courant sur tout le corps et jusqu'au bout des doigts. Pour la première fois, il fut saisi par le pressentiment qu'il était gravement malade. À l'accueil, une jeune femme l'informa que le chirurgien qui s'était occupé de son père avait pris sa retraite.

– C'est le Dr Katagiri qui dirige maintenant le service de gastro-entérologie.

Il dit que cela n'avait pas d'importance et demanda à le rencontrer. La femme lui tendit un formulaire de première consultation en lui demandant de décrire précisément les symptômes qui le préoccupaient. Utsumi écrivit au crayon à papier : « Maux d'estomac, nausées, perte de l'appétit, amaigrissement brutal », puis ratura finalement ces deux derniers mots.

Le Dr Katagiri était un homme rondelet qui devait avoir à peu près le même âge que lui. Ses bras paraissaient boudinés dans sa blouse blanche. Utsumi, qui éprouvait du dégoût pour l'embonpoint, détourna les yeux. Tandis qu'il lui décrivait ses symptômes, Katagiri ne cessait d'agiter nerveusement ses jambes serrées dans un pantalon de coton. Ce chirurgien ne lui plaisait pas, mais, étrangement, il ne s'impatienta pas, s'étant fait la réflexion qu'après tout c'était lui qui l'avait choisi. Regardant la radiographie de son estomac, Katagiri lui dit :

– Je dirais que c'est un ulcère, mais on ne sait jamais, il peut y avoir une tumeur cachée ; alors on va vous faire une endoscopie. Nous aviserons après.

Utsumi leva les yeux vers la radiographie et pensa : « Bah quoi ! Tu ne vois pas que c'est la même chose que mon père ! » Une surface blanchâtre d'une densité différente s'étendait de l'entrée jusqu'au milieu de l'estomac. Son père avait quitté ce monde à cause d'un cancer apparu au niveau du cardia. Utsumi était encore à l'école de police quand on l'avait appelé dans cette même clinique, et il se souvenait de sa mère qui, sous le choc, était restée tête baissée pendant tout le temps qu'on leur avait donné des explications en leur montrant la radiographie de son père. Il alla droit au but :

– Docteur, c'est pas un cancer, ça ?

– Non... Avec seulement ça, rien ne l'indique. Comme je viens de vous le dire, on n'en saura pas plus tant qu'on n'aura pas fait une endoscopie, répondit Katagiri avec hésitation, en poussant son siège vers l'arrière.

Une semaine plus tard, l'endoscopie terminée, le chirurgien lui déclara en bredouillant un peu :

– En surface, on ne perçoit pas de changement très important, mais ça me préoccupe parce que c'est un peu dur. Il est possible qu'il y ait une tumeur à l'intérieur. C'est pourquoi, afin d'en être tout à fait sûr, je pense qu'il vaut mieux vous opérer d'urgence. Si vous pouviez prendre vos dispositions... Quelle est votre profession déjà ?

– Je suis inspecteur de police.

Il lui lança un regard étonné.

– Mais il existe un hôpital de la police, non ?

– Oui, mais j'aime pas cet endroit.

Ce disant, Utsumi se demanda si son père s'était trouvé dans la même disposition d'esprit que lui à ce moment-là. Katagiri hocha la tête d'une manière ambiguë et se tourna vers le calendrier accroché au mur.

– Docteur, lui dit Utsumi, les yeux fixés sur le bourrelet qui commençait à se former sur la nuque du chirurgien. Est-ce qu'il y a des cancers qui n'apparaissent pas en surface ?

– Oui. Certains restent dissimulés à l'intérieur. Non seulement ils sont difficiles à repérer, mais, en plus, c'est dangereux, car là où ils sont logés ils peuvent facilement s'infiltrer dans d'autres organes.

– C'est ce qui m'arrive ?

– Non ! s'exclama Katagiri avec surprise en se retournant vers lui. Les gens dans votre situation sont inquiets et disent toujours ça, mais, dans votre cas, je crois vraiment qu'il s'agit d'un ulcère à l'estomac. Néanmoins, comme il peut arriver, très rarement, qu'un ulcère soit accompagné d'un cancer, on ne peut pas en avoir le cœur net sans examens systématiques.

– Ça m'est égal, vous savez. Vous m'aiderez en me disant les choses carrément.

– Pourquoi ? fit Katagiri d'un air soupçonneux.

– Pourquoi ? Eh bien, c'est mon corps, non ?

– Certes..., hésita le chirurgien, qui, se tournant, croisa le regard d'une infirmière d'un certain âge. Je vous demanderais de venir avec votre épouse une prochaine fois.

– Ma femme n'a rien à voir là-dedans. C'est moi que ça concerne.

La bêtise de Katagiri l'exaspérait. « Je ne suis pas un gamin, bon sang ! Arrête de te foutre de ma gueule ! » pensait-il, sur le point d'exploser, mais il parvint à se maîtriser. L'infirmière gardait les yeux baissés et Katagiri passait fébrilement sa main droite sur ses mâchoires comme s'il était absorbé dans ses pensées.

– Mon grand-père et mon père ont eu un cancer de l'estomac, alors je sais à quoi m'en tenir.

– Ah oui ? Ce n'est pas dans les principes de cette clinique, mais puisque c'est votre souhait...

Katagiri poussa un soupir. Il parut choisir ses mots pendant quelques instants, puis, finalement, lui déclara :

– Selon toute apparence, si je me réfère à l'endoscopie, vous avez une tumeur près de l'entrée de l'estomac. Mais elle semble encore à un stade précoce, elle ne s'est pas encore étendue, et je suis convaincu que je peux l'enlever en vous opérant. Le traitement d'un cancer précoce réussit à quatre-vingt-dix-sept pour cent, alors rassurez-vous.

– Dans ce cas, pourquoi est-ce que vous ne me le disiez pas ?

– Dans cette clinique, nous avons pour principe de ne rien annoncer au patient en personne.

– Et vous, qu'en pensez-vous ?

– Moi ? fit-il en le considérant avec étonnement. Moi, j'entends déterminer les principes de traitement après en avoir parlé très clairement avec le patient. Sincèrement, c'est ce que je souhaite. Mais chaque patient est différent...

– Moi, je veux savoir. Alors ne me cachez rien, s'il vous plaît.

– Très bien.

En dépit de cette réponse, sa bouche s'était tordue et son visage disait qu'il s'était exprimé à contrecœur.

– Docteur. À propos de ce que vous disiez tout à l'heure... vous allez pouvoir tout enlever ?

– Oui, ne vous inquiétez pas. Dans votre cas, la tumeur est logée dans la couche inférieure de la muqueuse et je pense que nous avons eu de la chance de la découvrir assez tôt.

Utsumi était satisfait d'avoir réussi à le faire parler. C'était sa conscience professionnelle qui l'avait fait agir de la sorte. « Quand on a un doute, il faut en avoir le cœur net. » Maintenant qu'il était soulagé, il n'avait plus rien à faire ici.

Dehors, il commençait déjà à faire sombre, mais la neige tombait encore en rafales. Sur le chemin qui le conduisait à l'arrêt d'autobus, le vent soulevait du sol des flocons de neige et se prenait dans les pans de son manteau noir. Une bourrasque froide comme une lame de couteau pénétra sous ses vêtements jusqu'à sa poitrine et vint lui transir l'épigastre. Un élancement violent monta alors dans sa poitrine, le fit suffoquer et s'arrêter. À cet instant, pourtant, il se sentait libéré au plus profond de son cœur. Curieusement, le fait d'apprendre qu'il avait un cancer l'avait enfin délivré de ses doutes à ce sujet, à telle enseigne que ce qui mobilisait son esprit à présent c'était de savoir ce qu'allait devenir son enquête sur le meurtre du supermarché pendant qu'il serait à l'hôpital pour se faire opérer.

Ce meurtre avait été commis un mois auparavant. Un soir, après la fermeture, deux hommes avaient forcé les bureaux de ce supermarché de taille moyenne situé en banlieue pour voler la recette du jour. Ils étaient tombés sur une employée revenue sur son lieu de travail pour récupérer quelque chose qu'elle avait oublié et l'avaient tuée à coups de couteau avant de prendre la fuite. Outre le fait que la tentative avait échoué, comme plusieurs affaires du même genre étaient survenues coup sur coup, une opinion dominante s'était dégagée dans le service chargé de l'enquête selon laquelle il s'agissait probablement d'un crime de maraudeurs. Utsumi était le seul à soutenir la thèse d'une complicité interne. Officiellement, il la justifiait en avançant l'argument fort peu convaincant que le lieu du crime se situait en dehors des zones où les vols à main armée étaient les plus fréquents. Mais, en fait, depuis qu'il s'était rendu sur place, il subodorait quelque chose. Aux alentours, beaucoup d'appartements étaient habités par de jeunes hommes, étudiants, travailleurs précaires ou employés. Des types qui rôdent en ville, on ne sait pas de quoi c'est capable dans un endroit où personne ne leur prête attention. Telle était sa conviction, et il s'y tenait.

Afin de découvrir des éléments susceptibles d'étayer sa thèse, il avait pris en filature un étudiant qu'il avait repéré. Il serait la risée de ses collègues s'il se trompait, mais, à l'inverse, s'il levait le bon lièvre, c'est en héros qu'on le regarderait subitement. Alors, dans un monde comme celui-là, où l'échec se payait au prix fort, on voulait qu'il prenne des congés ! Quand on lui avait dit qu'il faudrait qu'il se repose à cause de l'opération, il s'était figuré la mine réjouie de certains de ses collègues et il avait même cru les entendre l'injurier : « Ce salaud d'Utsumi, il peut bien crever ! » À leur place, il aurait sans doute dit la même chose. En plus, la maladie pouvait compromettre sa carrière. Il fallait donc qu'il obtienne davantage de résultats. C'était ce genre de choses qui occupait exclusivement son esprit, pas sa maladie.

Quelques jours plus tard, les résultats des examens arrivèrent.

– Malheureusement, les examens ont bien révélé la présence de cellules cancéreuses. Mais je crois que c'est un cancer à stade précoce et que nous pourrons le traiter dans les meilleures conditions. Alors, courage ! nous allons vous guérir, lui affirma de nouveau Katagiri.

Utsumi donna son accord pour une exérèse de l'estomac ou, tout au moins, une ablation préventive, et ils fixèrent le jour de son entrée en clinique ainsi que la date de l'opération. Deux semaines plus tard, on lui enlevait la rate et une partie de l'estomac. Katagiri se contenta de lui dire :

– C'est un succès, rassurez-vous et mettez-vous tout de suite au travail de réadaptation.

Au début, ce n'avait été que problèmes. Par exemple, il ne pouvait plus prendre de repas en une seule fois et, après, il subissait le *dumping*, phénomène dû à la chute brutale du taux de glycémie. Néanmoins, il n'avait pas perdu la vie. Il récupéra peu à peu ses forces et l'appétit lui revint. Reprenant du poids, il retrouva bientôt figure humaine, si bien que, un mois seulement après son hospitalisation, il retournait à son travail. Malgré quelques inconvénients auxquels il devait se soumettre, comme la préparation et la prise des repas, il était tout à son bonheur d'être en vie et de pouvoir exercer de nouveau le métier qu'il aimait.

Le jour de son retour au bureau, une nouvelle saisissante l'attendait. L'étudiant qu'il filait avait brutalement cessé de fréquenter son école professionnelle et disparu sans laisser de traces. Il avait fallu qu'il choisisse le mois où il était hospitalisé pour lui filer entre les doigts. Utsumi n'ayant plus aucune piste pour reprendre son enquête, le risque que cette affaire demeure inélucidée augmentait. Il trépigna de dépit. Sans cette opération, il aurait mis la main sur ce type et, alors, comme il aurait pu se la jouer dans la préfecture ! Évidemment, il n'informa pas sa hiérarchie que le jeune homme qu'il suivait avait pris la fuite. S'il n'en tirait pas de profit personnel, cette affaire pouvait bien rester sans solution. Tel était l'inspecteur nommé Junichi Utsumi.

Un an environ après son opération, sa santé se détériora de nouveau. Il était toujours en petite forme comme s'il avait la grippe. Et puis, cette douleur sourde, qui était censée avoir disparu, était réapparue. Inquiet, il alla interroger Katagiri :

– Docteur, mon cancer, vous l'avez enlevé entièrement ?

– Entièrement, oui. Mais, à cause des remontées de bile, il se peut que vous ayez une œsophagite. Ça se produit dans les cas comme le vôtre, à cause du cardia qui ne fonctionne plus. Je vais vous prescrire quelque chose.

Au début, les médicaments avaient été efficaces, mais, au bout de quelque temps, leur effet diminua et la douleur se réveilla. Il fut bientôt pris de nausées. Son appétit chuta de nouveau et, quand il eut perdu dix kilos, il mit le chirurgien au pied du mur :

– Vous voyez bien que je ne suis pas guéri. Docteur, ne me racontez pas de bobards. Je vous l'ai déjà dit : c'est mon corps.

– J'ai retiré la totalité de l'organe malade. Je ne crois pas que vous ayez encore le cancer.

– S'il est plus prudent d'opérer, je suis d'accord.

– Ce n'est pas nécessaire. Mais si vous souffrez trop, on peut vous hospitaliser et vous instiller.

Il avait baissé les yeux comme s'il ne voulait pas voir sa colère et lui avait répété les mots qu'il lui avait déjà dits. « Il n'y a rien à en tirer », pensa Utsumi, et le soir même il commença à le prendre en filature.

À 18 heures, son service terminé, Katagiri sortit de l'hôpital, monta dans sa Volvo et rentra chez lui. Il habitait dans l'arrondissement Minami un appartement qu'il partageait avec sa femme, maître de conférences à l'université, la mère de celle-ci et une fillette en bas âge. Une fois par semaine, il était de garde de nuit à la clinique. Voilà ce qu'Utsumi avait appris dans un premier temps. Cependant, le samedi soir, Katagiri ne rentra pas directement chez lui. Il gara sa Volvo dans le parking d'un hôtel du centre et alla rejoindre une jeune femme qui l'attendait au bar. Utsumi reconnut la réceptionniste qui lui avait donné le nom de Katagiri lors de sa première visite à la clinique. Ayant constaté que tous les deux étaient entrés dans une chambre de l'hôtel, il retourna à la clinique la semaine suivante.

Dans le couloir où il l'attendait, il aperçut Katagiri qui marchait dans sa direction d'un pas rapide, en agitant les pans de sa blouse blanche empesée. La bande rouge qu'il suivait au sol le conduisait au service de gastro-entérologie. Utsumi se tenant dans un coin du couloir, le chirurgien sursauta quand il le reconnut.

– Tiens, monsieur Utsumi !

– Bonjour, docteur.

– Qu'est-ce qui vous amène aujourd'hui ? Vous n'allez pas bien ? Vous avez mal ?

Utsumi s'était mis à marcher à côté de lui, mais, incapable d'avancer au même rythme qu'une personne en bonne santé, il s'essouffla très vite. Spontanément, il se retint à son épaule.

– Est-ce que ça va ?

Le chirurgien s'était arrêté, mais il y avait de la peur dans ses yeux.

– Docteur, je fais une rechute, n'est-ce pas ?

– Allons, qu'est-ce que vous racontez ! Vous voulez dire un ulcère ? Je vous ai dit que je vous avais tout enlevé, ce n'est pas possible.

– Dans ce cas, pourquoi je ne passe pas d'examens ?

– Si c'est votre souhait, on peut vous en faire.

– Vous croyez vraiment que je vais me satisfaire de cette réponse ? s'emporta Utsumi. C'est ma vie qui est en jeu, alors faites attention à ce que vous dites, docteur.

Saisi, Katagiri regarda le visage de son patient. Le pourtour des yeux était hâve et creusé. Utsumi lui fit un sourire.

– Docteur, dites-moi combien de temps il me reste...

– Je ne peux pas répondre à cette question. Parce que vous vous trompez.

Utsumi posa sur lui un regard de reptile, dénué de toute expression.

– Vous sortez avec la fille de l'accueil, n'est-ce pas ? La petite boulotte avec les cheveux courts. C'est ça votre type de femme ?

À l'inverse d'Utsumi, qui restait de marbre, Katagiri perdit son sang-froid.

– Quoi ? Que voulez-vous dire ? Qu'est-ce qui vous permet... Vous vous méprenez complètement ! Et puis je ne vois pas pourquoi vous me parlez sur ce ton.

D'un air indifférent, Utsumi sortit de sa poche une boîte d'allumettes provenant de l'hôtel où Katagiri avait ses rendez-vous avec la fille. Ce dernier y jeta un bref coup d'œil et resta sans voix. Il retira ses deux mains des poches de sa blouse et les laissa pendre le long de son corps en regardant Utsumi, qui poursuivit :

– Si vous ne voulez pas que votre femme soit mise au courant, je vous conseille de ne plus rien me cacher, docteur. Je n'ai pas de temps à perdre, ne m'obligez pas à faire des choses inutiles.

Le visage crispé, le chirurgien essaya d'esquisser un sourire.

– Des menaces, c'est ça...

– Qu'est-ce que je peux faire d'autre ? Vous ne me direz rien sinon. C'est ça, plutôt, qui n'est pas correct de votre part...

Katagiri grimaça, expression qui disait ouvertement son dégoût des flics.

– Mais...

– Mais quoi ? C'est ma vie qui est en jeu. Qu'est-ce que ça peut vous faire de me dire la vérité ?

De guerre lasse, Katagiri acquiesça d'un grand mouvement de la tête.

– J'ai compris. Discutons-en, fit-il en lui désignant un canapé à l'angle du couloir.

Les deux hommes s'assirent l'un à côté de l'autre. C'était un canapé en vinyle marron, à la surface froide et sèche à cause de l'air qui circulait dans le couloir. Il avait craqué comme s'il se fendillait quand ils y avaient pris place.

– Je ne sais pas si c'est le bon endroit... Je suis désolé, je n'ai même pas votre dossier médical.

Ses yeux papillotaient, il semblait pris de panique. Comme ce n'était pas l'heure des consultations, il n'y avait quasiment aucun patient venant de l'extérieur ; seuls des membres du personnel de la clinique et des infirmières allaient et venaient devant eux d'un air affairé. Voyant l'attitude de Katagiri, Utsumi savait à quoi s'en tenir.

– Ça ira. Dites-moi tout.

– Vous êtes sûr ? Bien, dans ce cas, je vais tout vous dire. Je m'en suis aperçu pendant l'opération... Votre tumeur, malheureusement, appartient à une catégorie maligne appelée *skills* et elle est assez avancée. Ce type de tumeur ne se développe que dans environ cinq pour cent des cas, et c'est vraiment très fâcheux. Je vous ai parlé de stade précoce, mais c'était un mensonge pour que vous ne soyez pas ébranlé. Excusez-moi... Dans ces situations-là, même un médecin ne sait pas trop comment réagir...

Utsumi l'interrompit sans ménagement :

– Expliquez-moi plus précisément.

– Eh bien, la particularité des *skills* c'est de ne pas apparaître beaucoup en surface, mais de s'infiltrer comme s'ils jetaient des racines. Votre tumeur, monsieur Utsumi, atteignait même la membrane séreuse. Et puis, il y avait des métastases et l'infiltration était assez étendue...

– Des métastases, où ?

– Dans les ganglions lymphatiques et le foie. J'ai fait tout ce que j'ai pu, mais, même en opérant, il était impossible de tout enlever. Je suis sincèrement désolé ; dans l'état actuel de la médecine, il n'y a rien à faire. Je savais qu'il faudrait que je vous en parle un jour. Cela me tourmentait, moi aussi.

Utsumi ne put contenir un sourire amer. Si son intuition avait été bonne, le résultat de son enquête était dur à avaler. Ou plutôt, il avait hésité trop longtemps et le suspect s'était déjà fait la belle.

– Est-ce que je m'en serais tiré si j'étais venu plus tôt ?

Katagiri secoua la tête d'un air sombre.

– Même si vous étiez venu plus tôt, ce cancer n'aurait pas été facile à déceler. Si au moins il était au bout de l'intestin, vous auriez eu des symptômes subjectifs. Mais au niveau du cardia... Je pourrais vous dire que vous n'avez pas eu de chance, mais d'abord je pense que ce serait terriblement incorrect envers vous et puis, moi aussi, j'ai honte...

– Ah bon ? fit Utsumi.

Il hocha lentement la tête et regarda deux infirmières, les bras chargés de dossiers médicaux, qui se dirigeaient vers eux en bavardant gaiement. Jeunes toutes les deux, elles avaient la peau lisse et ferme. Leur corps légèrement enveloppé débordait de vie. Cette vie, il ne la retrouverait jamais. Lui, c'étaient l'épuisement et la mort qui l'attendaient. Pour la première fois, il reçut un choc si puissant que toutes ses forces l'abandonnèrent. Il suivit les deux femmes du regard et, quand elles furent enfin passées, se tourna vers le visage blême de Katagiri.

– Docteur, combien de temps est-ce qu'il me reste à vivre ?

– Un an environ..., répondit-il sans détour en le regardant.

– Il n'y a absolument rien à faire, c'est ça ?

– Tout dépend de ce qu'on entend par là. S'il s'agit de prolonger la vie, différentes choses sont envisageables.

Utsumi réfléchit un moment et reprit :

– Docteur, puisque c'est comme ça, j'arrête le traitement anticancéreux. Ça ne sert à rien de prolonger la vie si c'est pour crever à petit feu dans un lit...

– Je suis désolé.

– Je vous en prie. Ce n'est pas votre faute, après tout.

Katagiri baissa la tête.

– Je suis sincèrement désolé de ne pouvoir rien faire.

– Bien, vous ne me reverrez plus.

– Ah non, ne faites pas ça. Laissez-moi vous suivre. D'ici quelque temps, pas tout de suite, vos problèmes digestifs vont devenir beaucoup plus sérieux et vous ne serez peut-être même plus en mesure d'avaler quoi que ce soit. Il se peut aussi que vous ayez une jaunisse. Je pourrai vous être utile à ce moment-là.

Utsumi se leva lentement du canapé sans prononcer un mot. Katagiri le regarda faire en avalant sa salive. Tout en sentant ce regard fixé dans son dos, Utsumi commença à s'éloigner dans le couloir. Quand le diagnostic de cancer était tombé, il avait dû envisager le pire. Pourtant, au fond de lui, il était convaincu qu'il guérirait. C'était parce qu'il ne pensait qu'à son travail. Il se retourna et vit que Katagiri n'avait pas bougé. Il revint jusqu'à lui.

– Docteur, j'ai oublié de vous demander quelque chose.

– Je vous écoute.

Katagiri n'était déjà plus sur la défensive ; il regarda Utsumi droit dans les yeux.

– L'opération, elle ne servait à rien, hein ?

– Elle était utile, au contraire. On n'aurait rien su si on n'avait pas ouvert.

– Oui, mais si vous m'aviez opéré six mois plus tard, ça n'aurait rien changé, non ?

– Je ne dirais pas ça, mais...

Katagiri inclina la tête pensivement, comme s'il ne parvenait pas à saisir où il voulait en venir.

– Merde ! s'écria Utsumi d'une voix plaintive.

Katagiri resta interloqué, incapable de comprendre.

– Pardon, docteur. C'est personnel.

Il repartit. Si l'opération était inutile, pourquoi l'avoir faite ? À cause de ça, le suspect du vol à main armée dans le supermarché lui avait filé entre les doigts. « Merde ! » répéta-t-il, s'en prenant à lui-même.

Lorsqu'il arriva dans le hall principal de la clinique, la porte automatique s'ouvrit devant lui avec fracas, une bourrasque de vent glaciale s'engouffra et le heurta de plein fouet. Pendant un instant, il ne parvint plus à respirer et vacilla en arrière. Il était si faible que ça ? Lui si robuste, il n'était déjà plus le même. Si ses forces déclinaient, il serait contraint de démissionner un jour. Une chose qu'il détestait, c'était bien la honte de ne plus pouvoir se débrouiller par soi-même. Cela, et le fait d'avoir laissé échapper ce suspect nommé « cancer ». Une erreur dans l'enquête préliminaire. Une erreur de prévision. La plus grave qu'on puisse commettre dans une vie. Pourtant, étrangement, il ne pleurait pas. Il ne s'était jamais lamenté sur sa malchance. Ce qu'il éprouvait, simplement, c'était quelque chose proche de la résignation et qui lui faisait dire : c'est donc ça, la mort ?

Entre-temps, la nuit était tombée et le ciel scintillait d'étoiles. La clinique était entourée de neige tassée par les pas. Il leva la tête vers le toit de la clinique. Le bâtiment, qui paraissait un peu sale dans la journée, avait maintenant, grâce à ses lumières et à la réverbération de la neige, une beauté majestueuse. Il jeta un bref regard à la fenêtre de la chambre où son père était mort. Pour mourir, au moins choisirait-il un autre endroit. Il n'avait pas l'intention de remettre les pieds dans cette clinique. C'était déjà un motif de satisfaction. Son père était resté vingt jours, intubé de partout, sans pouvoir dire un seul mot avant de mourir. Sa fin, il ne voulait pas la vivre de cette façon.

Seul endroit parfaitement déneigé, le rond-point permettant aux véhicules de faire demi-tour laissait entrevoir son revêtement d'asphalte. À cause du froid, une fine pellicule de glace en recouvrait la surface. Utsumi avança à petits pas, prenant garde de ne pas glisser et tomber. Dès qu'il imposait un effort à son corps, le souffle lui manquait. Tôt ou tard, il ne serait plus capable de marcher sur une route comme celle-ci. Il décida de continuer à travailler tant que son corps voudrait obéir à son esprit. Il démissionnerait le jour où cela deviendrait difficile. Il fixa cette date à l'été. Ce n'était encore qu'une intuition, mais son intuition ne le trompait jamais.

Il retourna à sa voiture sur le parking. Il faisait tellement froid à l'intérieur qu'il fut pris de frissons. D'ordinaire, il aurait mis le chauffage sans attendre, mais cette fois la première chose qu'il fit, tout en claquant des dents, ce fut d'allumer l'autoradio. Sans doute, alors qu'on venait de lui annoncer qu'il allait disparaître, avait-il besoin d'un peu de chaleur humaine. La vague du blues, à plein volume, se déversa alors sur lui et l'immergea tout entier. Frissonnant dans l'obscurité de sa voiture, il écouta le morceau jusqu'à la fin. C'était Stevie Ray Vaughan.

Utsumi fit cuire sa bouillie de riz et se prépara un bouillon avec du tofu et des épinards. Il n'avait pas faim, mais il avait l'impression que tout était encore possible tant qu'il était capable de se nourrir. Et pour que cette impression perdure, il devait manger. Il consacrait beaucoup de temps à son alimentation. Cela relevait quasiment d'une ascèse. Lorsqu'il eut terminé son repas, lequel lui avait pris trois fois plus de temps qu'avant sa maladie, il fit la vaisselle. Il alla dans la salle de bains et fourra son tee-shirt et ses chaussettes dans le lave-linge. Puis il s'assit à son bureau. Il s'était réservé un travail à faire dans un moment où il se sentirait bien.

Il prit plusieurs cartes postales dans un tiroir et commença à écrire des lettres de remerciements à l'intention de ses supérieurs. Il aligna des caractères d'une écriture régulière, calligraphiée, à laquelle il s'était entraîné pour dresser des procès-verbaux.

« Commissariat de Tomakomaï
Monsieur le Commissaire Inoué

Monsieur le Commissaire,

J'espère que vous vous portez bien en ce bel été. Je vous remercie de la sollicitude que vous m'avez témoignée pendant la période où j'étais en poste au commissariat de Tomakomaï.

Peut-être l'avez-vous déjà appris, j'ai dû donner ma démission le 30 juin dernier pour cause de traitement médical. Je n'oublie pas que c'est grâce à vos bons offices que j'avais pu être affecté, selon mes vœux, à la première division d'enquêtes de la préfecture de police de Hokkaïdô. Ne pouvant satisfaire tous les espoirs que vous aviez mis en moi, je vous prie d'accepter toutes mes excuses... »

Arrivé à ce stade de sa lettre, il reposa son stylo. Il se disait : « Qu'est-ce que ça peut bien faire, puisque je ne retournerai pas dans la police ? » Dans le passé, il avait écrit des lettres de remerciements et envoyé des cadeaux parce qu'il était ambitieux et voulait monter en grade. Cela n'avait plus aucun sens maintenant. Il déchira la carte et la jeta au panier.

Le temps n'était plus à la pluie et les gouttes d'eau collées aux feuilles des platanes scintillaient sous les rayons du soleil d'été. Les routes détrempées seraient bientôt sèches. Le vent s'étant apaisé, l'humidité semblait avoir augmenté depuis le matin, et il faisait plus chaud. Son corps supportait mal la chaleur humide. Se rappelant qu'il était d'excellente humeur à son réveil, Utsumi fut un peu déçu. Tandis qu'il étendait son linge sur la corde accrochée sous l'avant-toit, le téléphone sonna.

– Comment tu vas aujourd'hui ?

C'était Kumiko, sa femme. Infirmière à la polyclinique de Takikawa, elle logeait dans la pension des employés et ne revenait à Sapporo que deux ou trois fois par mois, quand elle n'était pas de service.

– Je me sens très bien.

– Ah oui. Tu as de l'appétit ?

– Je me suis fait de la bouillie de riz tout à l'heure. Je me nourris, tu vois.

– Tu prends bien tes cinq repas ?

– Non, trois c'est déjà pas mal.

– Mais il le faut pourtant. Tu vas être sous-alimenté sinon. Tu as de la fièvre ?

Il se crut retourné à l'hôpital et répondit froidement :

– Trente-six cinq ce matin. Hier soir, j'ai oublié de la prendre.

– Bien. Je ne travaille pas aujourd'hui, alors je me demandais si je pouvais venir. Je peux ?

– Bien sûr.

– J'arriverai dans la soirée.

– D'accord.

La ligne fut coupée, lui laissant dans l'oreille le bruit de friture de la cabine d'où elle avait appelé. Il inspecta la chambre du regard. Le lit bien refait. Le petit bureau avec sa chaise. L'armoire à vêtements et la commode. La table basse. Tout était parfaitement en ordre. Pas une seule tasse sale, aucune saleté par terre. Kumiko pouvait venir, elle n'aurait rien à faire. Les visites de sa femme n'éveillaient aucun plaisir en lui.

Utsumi avait vingt-cinq ans lorsqu'il avait fait la connaissance de Kumiko. C'était à l'époque où il travaillait à Tomakomaï. Le commissariat se trouvait dans une rue proche de la rue principale du quartier. En face, il y avait la polyclinique où elle travaillait. Contrairement à ce qu'on peut croire, les policiers ont souvent à faire dans les hôpitaux, que ce soit pour aller recueillir le témoignage d'une victime d'un accident de la circulation ou pour conduire un blessé soupçonné d'avoir pris part à une rixe. Kumiko étant infirmière en chirurgie, il avait eu plusieurs fois l'occasion d'échanger quelques mots avec elle. Physiquement, elle n'avait rien de particulièrement remarquable, mais elle avait une façon d'expédier rondement son travail qui inspirait la sympathie. Un jour, alors qu'il s'était présenté à l'accueil de la clinique pour régler une affaire d'accident de la circulation, Kumiko, passant par là, lui avait adressé la parole :

– Monsieur Utsumi, vous ne voulez pas qu'on aille au cinéma ?

Surpris, il l'avait regardée lui sourire, avec son calot d'infirmière bien posé sur sa tête. Tout en se demandant « Pourquoi moi ? », il avait accepté sans chercher d'explication. Trouver un jour où aucun des deux n'était de service prit un peu de temps, mais ils parvinrent à fixer une date pour leur premier rendez-vous. Kumiko avait tout arrangé à l'avance ; elle avait acheté les tickets de cinéma et même choisi le restaurant et le bar dans lesquels ils iraient ensuite. Policier, Utsumi avait une carrière ; ou plutôt, l'essentiel pour lui était d'accomplir son travail avec méthode, afin d'être bien noté. Dans sa manière de travailler, Kumiko lui ressemblait : c'était une excellente infirmière, douée d'une rigueur de soldat bien entraîné. Une femme qui applique la même rigueur dans sa vie quotidienne, pensa-t-il. Pas de sentimentalité inutile. C'était ce qui lui avait plu.

Kumiko étant Kumiko, elle lui avait expliqué pourquoi elle l'avait abordé :

– C'est parce que, contrairement à ce qu'on peut penser à première vue, tu as l'air très sérieux.

Intérieurement, cette remarque l'avait fait sourire. Il avait eu envie de lui demander ce que c'était, exactement, « être sérieux ». Utsumi n'avait pas choisi d'entrer dans la police parce qu'il croyait à la justice. Pour le dire crûment, s'il y avait en lui un sentiment se rattachant plus ou moins à cette idée, c'était uniquement le mépris que lui inspiraient les criminels. À ses yeux, ils n'étaient qu'une vermine sans intérêt, qui n'avait de valeur qu'en tant que « clients » lui servant à obtenir de bonnes notes. Que l'insécurité augmente, le nombre d'arrestations en augmentait d'autant. On pouvait inventer des délinquants juvéniles tant qu'on voulait, c'était toujours autant qu'il fallait ramener dans le droit chemin. Tout cela était très bon pour lui. Néanmoins, Kumiko voyait en lui un policier sérieux...

L'ambition qui rongeait le cœur d'Utsumi était comme une eau montante près de déborder. Il aurait écrasé ses collègues pour devenir le meilleur et être reconnu par ses supérieurs. Il ne vivait que pour cela. Lui aurait-on demandé pourquoi il voulait entrer dans la première division d'enquêtes de la préfecture de police de Hokkaïdô, sa réponse aurait été simple : parce que c'était l'élite de la police dans la région, et parce que ça faisait bien. Il n'avait jamais eu envie de réfléchir à ce qui le poussait à vouloir faire un travail d'élite ; submergé par l'eau montante de son ambition, il ne se voyait pas. Kumiko ne lui causerait pas d'embarras ; c'était pour cette raison qu'il avait songé qu'elle pourrait être un bon partenaire. Il pouvait avoir une femme à ses côtés, cela n'avait pas d'importance. Les femmes n'étaient pas indispensables dans sa vie. Sur ce point, Kumiko n'aurait pas de coquetteries ; elle était accommodante et ne l'importunerait pas.

– Est-ce que tu veux m'épouser ?

Il lui avait demandé sa main environ un an après qu'ils avaient commencé à se fréquenter. Pour un policier, c'est un devoir d'avoir une femme et des enfants qui ne lui causent pas de soucis. Autrement dit, le besoin de se marier, c'était du côté d'Utsumi qu'il s'était d'abord fait sentir.

– Oui, bien sûr ! lui avait-elle répondu avec joie.

Sans tarder, dès qu'ils eurent rendu visite aux parents de Kumiko, qui avaient une ferme laitière à Hidaka, cette dernière, encore une fois, avait pris toutes les dispositions nécessaires : la cérémonie de mariage, la liste des invités, les cadeaux aux invités, leur nouveau logement. Utsumi se dit à part lui qu'il avait fait le bon choix. Mais il ne se rendait pas compte qu'il la regardait avec trop d'indulgence. Après le mariage, elle lui affirma qu'elle ne comptait pas renoncer à son métier. Cela signifiait qu'elle ne pourrait pas le suivre quand il serait muté. Craignant de devoir vivre d'une manière qu'il n'avait pas prévue, il tenta de la dissuader, allant même jusqu'à brandir la menace d'une rupture. Elle lui céda à contrecœur.

Néanmoins, Kumiko ne resta une simple ménagère que pendant quatre ans. Au moment où Utsumi, retourné à Tomakomaï, avait été nommé inspecteur, ils avaient traversé une crise grave. Tout à la joie de sa récente promotion, il ne s'occupait que de son travail et négligeait totalement sa femme. À sa propre initiative, Kumiko se trouva un emploi dans une clinique de Takikawa et, n'ayant pas le choix, quitta la maison. Il avait tenté de l'arrêter, mais elle lui avait rétorqué :

– Il m'est même arrivé de croire que j'étais faite pour être infirmière, mais toi, tu te fiches bien de ce que je peux penser. Tu ne t'intéresses qu'à toi.

Au bout du compte, aucun des deux ne voulant transiger, ils avaient décidé de vivre séparément. Sans enfant, avec son couple qui allait à vau-l'eau, Utsumi ne pouvait devenir qu'un inspecteur atypique. Peut-être est-ce même cette situation qui le conforta dans son obstination à accorder la priorité aux résultats plutôt qu'aux hommes.

Maintenant qu'il était malade, Kumiko était devenue plus gentille avec son mari. Chaque fois qu'elle était en congé, elle venait s'occuper de lui à Sapporo. Afin d'être en mesure de mieux le soigner, elle lui avait demandé d'emménager à Takikawa. Mais Utsumi pensait que cette proposition relevait davantage de la conscience professionnelle que d'autre chose. Soins de fin de vie à un cancéreux au stade terminal. Elle voulait faire son travail d'une manière irréprochable. Elle ne lui avait pas encore pardonné, pensait-il, le fait qu'il l'avait épousée par pure commodité.

Il avait dû s'assoupir sur son lit. Lorsque la sonnerie de l'entrée le réveilla en sursaut, il faisait déjà noir dehors. Ayant complètement oublié leur conversation téléphonique, il fut surpris de voir sa femme, non maquillée, dans le couloir plongé dans la pénombre.

– Ben quoi, t'avais oublié ?

– Ah, c'est vrai que t'as dit que tu venais...

Sans un mot, elle l'observa des pieds à la tête avec l'œil de la professionnelle qu'elle était – un regard qui examinait son état d'affaiblissement. Mal à l'aise, il lui lança avec mauvaise humeur :

– Ne me regarde pas comme ça.

– Quoi, comme ça ? Qu'est-ce que j'ai fait ?

Après avoir hésité à lui dire que les malades sont toujours d'une grande instabilité émotionnelle, elle fit semblant de rien et retira ses tennis démodées.

– T'as plutôt l'air en forme, non ?

Menteuse. « Il a encore dépéri », voilà ce qu'elle devait penser en vérité. Sans répondre, il retourna dans la chambre pour retaper son lit. Comprenant ce qu'il faisait, elle se précipita derrière lui.

– Allons, laisse-moi faire. Tu es malade, va t'asseoir.

– Ça va. C'est ma chambre, après tout.

Quatre années avaient passé depuis qu'ils avaient pris la décision de vivre séparément. Utsumi avait toujours vécu seul dans l'appartement de Sapporo. Voilà pourquoi il parlait de « sa chambre », mais Kumiko ne s'en préoccupa pas, ni de ce qu'il pensait, et se mit à arranger le lit. Renonçant à s'en mêler, il s'assit sur les tatamis et la regarda soulever le matelas pour glisser habilement le drap dessous. Elle se montrait de moins en moins coquette. À l'époque où ils s'étaient connus, elle allait très souvent chez le coiffeur se faire couper les cheveux, qu'elle portait raides jusqu'aux épaules, et elle se maquillait légèrement, du rouge à lèvres au moins. Maintenant, elle les faisait couper court, tout simplement, et elle n'avait plus aucun fard sur le visage. Elle s'habillait en tee-shirt et en jean, portait un sac à dos. Silhouette d'une femme qui n'était plus sensible au regard des autres depuis longtemps et traçait son propre chemin.

– Dis-moi, on doit pouvoir compter sur toi comme infirmière, lui dit-il soudain.

Elle se retourna et lui répondit sur un ton non dépourvu d'humour :

– Mais oui. J'espère bien passer major.

Naguère, un homme qui voulait devenir inspecteur de la première division d'enquêtes et, à présent, une infirmière pleine d'ambition. Aucun des deux ne pensait à l'autre. Pourtant, chacun dans son domaine, ils étaient probablement excellents. Ils croyaient qu'ils n'étaient pas faits l'un pour l'autre, mais, en vérité, pensa Utsumi avec un sourire amer, tous deux étaient très semblables.

Kumiko sortit les provisions qu'elle venait d'acheter et prépara le dîner. Poisson, légumes cuits à la sauce de soja et bouillie de riz. Que des choses faciles à digérer comme on en sert dans les hôpitaux. Ils dînèrent sans échanger une parole. Se sentant sans doute mal à l'aise, elle alluma la télévision, mais Utsumi, n'ayant pas la tête à cela, ne regardait pas l'écran.

– Tu n'es pas obligée de manger à mon rythme.

– Je sais.

Pourtant, elle picorait lentement des petits bouts de poisson qui n'avaient rien d'appétissant. Tout en mastiquant aussi consciencieusement qu'il pouvait, Utsumi lui demanda :

– À l'hôpital, il doit y en avoir beaucoup des patients comme moi.

– Oui.

– Et qu'est-ce qu'ils font ?

– Hein ?

– En attendant de mourir, qu'est-ce qu'ils font ? Quand on prend des médicaments contre le cancer et qu'on passe des radios, on finit bien par comprendre qu'on est condamné.

– C'est vrai, fit-elle en posant ses baguettes. Ça dépend des gens. Mais même s'ils sont en forme pendant la journée, quand le soir arrive, ça ne va plus. Ils ont l'air de broyer du noir. Il y en a un qui nous sonne toutes les demi-heures en disant qu'il n'arrive plus à respirer. Il n'a que quarante-deux ans, mais il a été opéré d'un cancer des poumons. De toute façon, personne ne peut rien pour lui. Si on accourt pour lui frotter les jambes, au moment où on arrive dans sa chambre il se met à crier en soufflant comme un cheval : « Qu'est-ce que vous venez faire ici ! », « Ça sert à rien que vous veniez ! » On ne sait pas quoi faire, mais si on repart, voilà qu'il se met encore à nous gueuler dessus. Et ça dure toute la nuit. Crois-moi qu'on n'en peut plus au bout d'un moment.

– Et ensuite ?

– Il y en a un aussi qui est inspecteur de police.

– Ah bon ?

– Oui. Il doit bien avoir soixante-dix ans, mais chaque nuit il parle tout haut dans son sommeil. La personne qui partage sa chambre s'est plainte ; on lui a demandé pourquoi et elle a dit qu'il rêve qu'il tue des gens. C'est un peu bizarre, non ?

– Et ensuite ?

– Des histoires tristes dans ce genre-là, j'en ai plein, fit Kumiko d'un air embarrassé. Je préfère les histoires un peu plus amusantes...

– Comme tu veux. Je t'écoute.

– Pourquoi tu veux savoir tout ça ?

– Parce que tu connais un enfer que, moi, je ne connais pas.

– Un enfer ? C'est pas un enfer. Ce sont des êtres humains tout simplement.

– Bien, alors parle-moi de ces êtres humains.

– Attends, fit-elle, le regard fixé sur l'écran de télévision, et elle tendit le doigt : Je me souviens de cette histoire.

Un peu vexé, car il croyait que c'était un prétexte pour mettre un terme à leur conversation, Utsumi tourna les yeux vers la télévision. Au moyen d'images d'archives, on était en train d'expliquer l'affaire de la disparition d'une enfant à Izumi-Sato. Ah oui, cette histoire. Quelque chose se mit en marche dans sa mémoire. Il se remémora les détails de cette disparition non élucidée qui était survenue dans la circonscription du commissariat d'Éniwa pendant l'été, quatre ans plus tôt. Une fillette venue de Tôkyô avec ses parents avait disparu dans une zone résidentielle. Bien qu'elle eût disparu au bout d'une route de montagne, on n'avait pas entendu de voiture ni aperçu aucune personne suspecte. Une battue dans la montagne n'avait rien révélé. Une affaire étrange, pour laquelle on avait même soupçonné le père de la gamine à un moment. À l'époque, Utsumi était inspecteur au commissariat de Tomakomaï et, comme l'effectif d'Éniwa était réduit, il avait été appelé d'urgence en renfort. Il se souvenait des lieux, et des gens aussi. Il s'était même dit que, lui, il aurait enquêté différemment, mais, d'une part, ce n'était pas son enquête et, d'autre part, il tâchait de ne pas utiliser inutilement son cerveau et ses forces.

– C’est affreux pour les parents.

Kumiko avait posé ses baguettes et, assise dans le canapé, ne quittait pas l’écran des yeux. Utsumi aussi jeta un bref coup d’œil. Le père avait la tête baissée avec une expression de lassitude ; la mère, trente-cinq ans environ, poussait de profonds soupirs. Il releva vaguement qu’elle avait les épaules tombantes. Il se souvenait du père mais, elle, il ne l’avait jamais vue.

À ce moment précis, on annonça un appel téléphonique sur le plateau. Ils entendirent la voix excitée du présentateur parlant à la personne au téléphone. Cette dernière affirmait avoir vu une enfant qui ressemblait beaucoup à la disparue.

– Tu y crois à ce coup de fil ? Moi, j’ai bien peur qu’elle soit morte. Tu ne crois pas ?

Il reposa sur la table son bol de bouillie de riz.

– Si, peut-être.

– Ça redonne espoir en tout cas.

« En regardant la télé ce soir, je me suis dit qu’elle ressemblait beaucoup à la maman là, qui est sur votre plateau. »

Au milieu des commentaires de sa femme, Utsumi ne percevait que par bribes le témoignage par téléphone, mais, en entendant cette phrase, il n’avait pu s’empêcher de tourner la tête vers le téléviseur. On avait fait un gros plan sur le visage de la mère. L’espoir le submergea en un instant. Pourtant, ce qui prédominait sur ce visage, c’était une solitude béante, le trou immense d’une solitude impossible à combler. Il songea qu’il avait déjà vu cette expression quelque part... Le matin même, sur son propre visage, lorsqu’il s’était regardé dans le miroir. Une femme qui ne voulait pas se réconcilier avec la réalité de la perte de son enfant. Le malheur de cette femme entrait en résonance avec ce que recelait le fond de son cœur.

– Cette enfant, je vais la chercher, murmura-t-il.

Sa femme leva la tête vers lui, et il la regarda comme si c'était la première fois qu'il la voyait.

9

Pour la première fois depuis longtemps, Utsumi fit un rêve. Il annonçait à son chef et à ses collègues qu'il était de retour à sa place d'inspecteur. Ces derniers prenaient un air surpris de le revoir, ou venaient lui taper sur l'épaule et lui dire un mot d'encouragement. Chaque fois, le visage hilare, Utsumi leur exprimait ses remerciements. Dans ce rêve, il n'avait pas les traits émaciés ni les joues creusées, il n'avait pas que la peau sur les os ; il était en pleine forme comme avant. Il se réveilla au moment où, assis à son bureau, il s'apercevait que sa tasse à thé n'était plus là et se souvenait qu'il l'avait jetée lorsqu'il avait démissionné. La joie qu'il éprouvait dans ce rêve, ce n'était pas d'avoir retrouvé son bureau, ni que, d'une manière inattendue, ses collègues lui témoignent de la sympathie. Il se réjouissait d'être guéri, d'avoir recouvré un corps qu'il croyait perdu à jamais. Il était pénible, bien sûr, de faire un rêve comme celui-là quand on était condamné. Néanmoins, Utsumi était heureux d'avoir rêvé en dépit des somnifères qu'il avalait pour s'assommer.

Comme la veille, il faisait un temps d'été splendide. Il n'était pas bien. Depuis qu'il était réveillé, son estomac le faisait un peu souffrir et il ne se sentait pas en forme. Il avait suffi qu'il projette de faire quelque chose pour que son cerveau se mette de la partie ; il faisait soudain un rêve, mais à peine l'avait-il fait que son corps épuisé le ramenait sur terre. On aurait vraiment dit que ses cellules cancéreuses, devinant qu'il serait bientôt fichu, s'en réjouissaient et s'en donnaient à cœur joie. Pourtant, indubitablement, cette agitation était aussi la preuve que son courant d'eau creusait la paroi de béton et avait trouvé un nouveau canal où s'écouler. Il n'y avait encore que des fissures, mais l'eau y pénétrerait bientôt et s'y engouffrerait. Se tenant le ventre, Utsumi se leva lentement et laissa échapper un sourire amer.

Il se lava la figure, mit sa bouillie de riz sur le feu et trempa les lèvres dans une boisson énergétique tiède. Ensuite, il téléphona à la chaîne de télévision de Tôkyô. On l'envoya d'un poste à un autre et, finalement, il eut une femme dénommée Hosaka, la productrice de l'émission. Elle avait une voix de speakerine, douce et haut perchée.

– Je m'appelle Utsumi, je vous appelle de Sapporo. J'ai vu l'émission hier à la télévision et c'est à propos de l'affaire d'Izumi-Sato que...

– Vous avez des informations ? l'interrompit-elle avant qu'il ait terminé.

– Non, ce n'est pas ça. J'étais inspecteur de police et je viens de démissionner. Cette affaire m'intéresse, alors j'aimerais vérifier quelques petites choses.

– Qu'est-ce que vous entendez par là ?

– Je m'y intéresse à titre personnel. En fait, à l'époque j'étais en poste à Tomakomaï, le commissariat voisin de celui d'Éniwa, et je me pose quelques questions, vous comprenez...

– Puis-je vous demander quel est votre but ? s'enquit-elle avec méfiance.

– J'aimerais me rendre utile aux Moriwaki.

Ce disant, il se demanda s'il était sincère. À vrai dire, c'était par simple curiosité qu'il s'intéressait à cette affaire.

– C’est... dans une bonne intention, n’est-ce pas ? Je veux dire... à titre gratuit ?

Hosaka avait détaché ses mots de manière qu’il n’y ait pas d’ambiguïté, peut-être pour s’assurer de sa sincérité.

– Oui.

– Ah oui ? Merci beaucoup. Je crois que M. et Mme Moriwaki feront très bon accueil à une personne bénévole.

Le mot « bénévole » heurta un peu l’oreille d’Utsumi. Mais proposer d’enquêter gratis, qu’était-ce, sinon du bénévolat ?

– Dans ce cas, je vais vous donner le numéro de téléphone des Moriwaki. Si vous voulez bien obtenir leur permission avant de vous mettre au travail...

– Pas de problème. Dans un premier temps, je pense aller vérifier l’information d’Otaru.

– D’accord. Je dois aller chercher le dossier, c’est moi qui vais vous rappeler. Pouvez-vous me donner votre numéro de téléphone ?

Il le lui donna et raccrocha. Sa bouillie de riz était en train de déborder. Il se précipita et retira le couvercle de la casserole. Le téléphone sonna au moment où il coupait en petits morceaux les ingrédients de sa soupe de miso.

– Allô, je suis Kasumi Moriwaki.

Pensant que c’était Hosaka qui le rappelait, il fut surpris d’entendre la voix de la mère de la disparue. Il se remémora le visage qu’il avait vu à la télévision. Elle avait donc cette voix ? Il y était sensible et en apprécia pleinement la tonalité un peu sourde et son débit précipité.

– Je viens de recevoir un appel de Mme Hosaka de Daï-Tôkyô Télévision, elle m’a dit que vous vouliez rechercher Yuka.

– Oui, c’est vrai.

– C’est très gentil à vous de nous aider. Ça nous sera vraiment utile. Nous avons une autre petite fille, et nous travaillons, mon mari et moi. À Tôkyô, nous ne pouvons pas faire tout ce que nous voudrions. Vraiment, je vous remercie de votre aide.

Un simple coup de fil et déjà elle lui faisait confiance ? Utsumi n'en revenait pas. Elle était donc si désemparée ? Il pressentit qu'aujourd'hui encore, au fond d'elle-même, elle était pleine d'émotions près de la déchirer à tout moment. Une solitude béante. Son visage, à cet instant même, devait être défiguré par l'espoir.

– J'ignore si je pourrai vous être d'une grande utilité. À l'époque je travaillais dans la circonscription voisine et je sais grosso modo ce qui s'est passé.

– Euh, vous êtes policier ?

Il y avait de la défiance, soudain, dans sa façon de parler.

– Oui. Je suis un ancien inspecteur de police. C'est pour ça que j'ai participé comme renfort à cette affaire.

– Ah bon..., fit-elle d'une voix sombre tout à coup. Ça veut dire que vous connaissez bien les circonstances de la disparition.

– En effet.

– Et vous connaissez aussi l'inspecteur Asanuma, du commissariat d'Éniwa ?

– C'est lui qui est chargé de l'enquête ?

– Oui.

– Je ne l'ai jamais rencontré. Je connais Wakita du poste de police.

Elle garda le silence quelques instants. Puis, comme si elle avait pris une décision, elle dit :

– C'est très aimable, mais, dans ces conditions, je n'aurai pas besoin de vos services. Je vous remercie de votre gentillesse.

Étonné, Utsumi voulut comprendre :

– Qu'est-ce que ça veut dire ? Ça ne vous plaît pas que je sois au courant de cette affaire ?

– Non, ce n'est pas ça. Excusez-moi de ma franchise, mais j'ai perdu tout espoir avec la police. En tout cas, je ne suis pas loin de cet état d'esprit.

Ah, c'était donc ça. Cette fermeté inattendue, en révélant à Utsumi que Kasumi Moriwaki n'était pas la personne douce qu'il s'était imaginée, fit croître son agacement. À l'époque de la disparition, la rumeur avait couru sur place que le propriétaire de la maison et la mère de l'enfant étaient amants. Il se moquait de cette rumeur, mais il supposa qu'elle en avait probablement eu assez d'être soupçonnée à ce sujet. Son instinct de policier enfoui en lui se réveillait. Il n'avait que du mépris pour les criminels, ils n'étaient que de la vermine sans intérêt à ses yeux. Kasumi appartenait-elle à cette catégorie ? Ou bien y avait-il un secret qu'il ignorait ? Il brûlait d'en savoir davantage.

– Je suis vraiment désolée. Demain je vais à Sapporo et j'ai l'intention de poursuivre les recherches par moi-même. Je vous remercie, monsieur.

– Vous avez dit demain ? Je pense justement aller à Otaru pour vérifier, alors peut-être que vous pourriez venir plus tard ?

Utsumi estimait que l'information d'Otaru n'avait aucune valeur. Elle ne serait pas difficile à vérifier. Il se demanda pourquoi il s'obstinait ainsi. Il n'éprouvait envers Kasumi aucune espèce de sentiment qui puisse le pousser à avoir des égards pour elle.

– Non, j'irai moi-même. Il y aura quatre ans le 11 que Yuka a disparu. Je vais à Hokkaïdô tous les ans à cette période.

On était le 8 août.

– Et alors ?

Elle poussa un soupir de lassitude. Par sa réaction, il avait montré qu'il n'était pas différent des autres flics qu'elle connaissait.

– Je vois que vous ne comprenez pas. C'est une sorte d'anniversaire. Du moins, c'est ainsi que nous le ressentons. Quoi qu'il en soit, excusez-moi, je suis obligée de refuser vos services.

Elle avait un côté autoritaire qui ne supporte pas la contradiction. Utsumi ne pouvait que s'y plier.

– Très bien, acquiesça-t-il, sans oublier toutefois, l'air de rien, d'ajouter : C'est l'avion de quelle heure ?

– De 13 heures, mais..., fit-elle d'un air intrigué.

Il raccrocha le combiné et se rendit compte qu'il était exalté. Sa douleur à l'épigastre avait disparu.

Sa bouillie de riz était à moitié brûlée. Il fit la moue et jeta le contenu de la casserole. Il gratta la partie carbonisée avec une cuillère en bois et, tout en lavant la casserole à l'eau courante, se remémora la voix de Kasumi. Par moments, on pouvait entendre une certaine gravité dans ses paroles, mais, à d'autres moments, elle était indécise. N'y avait-il pas quelque chose qui la poussait à réagir ainsi ? Que recherchait-elle au juste ? D'où venait son angoisse ? Et puis, qu'est-ce qu'elle avait fait ? Il voulait tout savoir d'elle. Il pressentait que son implication dans cette affaire aurait des conséquences néfastes sur son état de santé. Mais il s'étonnait lui-même de la joie qu'il éprouvait à l'idée d'avoir quelque chose à poursuivre. Au moment où il se préparait une nouvelle casserole de bouillie de riz, ce fut cette fois Hosaka qui l'appela :

– Mme Moriwaki vous a téléphoné, n'est-ce pas ?

– Oui. Elle a dit qu'elle venait demain.

– Oui, comme rien n'a été découvert jusqu'à aujourd'hui, elle croit que cette fois pourrait être la bonne. Je lui ai donné votre numéro de téléphone parce qu'elle m'a dit qu'elle ne pouvait pas attendre que vous l'appeliez.

– Vous avez bien fait, répondit-il sans faire allusion au fait qu'elle avait décliné son offre.

– Venant de moi, cela vous paraîtra sans doute bizarre, mais je m'en remets à vous. Et puis, je voudrais vous faxer des documents qui pourraient vous être utiles.

– Je mets sur fax tout de suite.

Peu après, la machine rejeta près de dix feuilles télécopiées.

Il parcourut rapidement la documentation de Hosaka tout en mastiquant le temps qu'il fallait son petit déjeuner. Un résumé des circonstances de la disparition de l'enfant dans le lotissement Izumi-Sato, des coupures de journaux et des photographies de Yuka. Toutes choses qu'Utsumi connaissait déjà. Ensuite, il y avait des notes sur l'information arrivée au cours de l'émission de la veille, notamment le nom de la personne qui avait téléphoné et son numéro de téléphone. Toutefois, ces documents n'apportaient rien de neuf par rapport à ce qu'il avait vu à l'écran. « C'est des conneries », lui fit dire de nouveau son intuition.

« Depuis le printemps de l'année dernière, un jeune homme s'est installé dans une cabane de pêcheur sur la plage d'Asari. On pense qu'il travaille sur le chantier du tunnel à proximité, mais ce n'est pas certain. Une petite fille d'une dizaine d'années l'accompagne, ce qui m'a alertée car, vu son âge, elle n'est probablement pas sa fille et, en plus, elle ne lui ressemble pas vraiment. Il semble que cette enfant réponde au nom de Yuka. Or, comme elle ressemble beaucoup à la mère que j'ai vue à la télévision [c'est-à-dire Kasumi Moriwaki], je me suis dit que c'était ça et j'ai téléphoné.

Mme Otsuka (66 ans)
Otaru-shi, Asari-chô. »

Dès qu'il eut terminé son repas, Utsumi avala son médicament pour la digestion. Puis il s'étendit de tout son long sur les tatamis pour éviter que son taux de glycémie ne chute brutalement. Il prit la liasse de fax posée à côté de lui et les relut depuis le début en les tenant en l'air. Il décida d'aller rendre visite dans l'après-midi à cet Asanuma du commissariat d'Éniwa. Il ne lui avait jamais parlé, mais il le connaissait de nom. Asanuma aurait certainement refusé de lui parler s'il avait encore été en service, mais puisque Utsumi avait démissionné... Il arriverait bien à lui tirer les vers du nez. Ensuite, il réfléchit à la manière dont il mènerait son enquête. Le mot « enquête » lui était encore si familier qu'il lui était venu naturellement à l'esprit. En s'en apercevant, il secoua la tête avec étonnement. Ce n'était absolument pas une enquête. Une « enquête », pour lui, n'avait d'autre but que de se faire bien voir. Et donc, c'était le fruit de ruses peu reluisantes, d'une recherche approfondie dans le passé de celui sur lequel il se focalisait, de pièges tendus, de tractations, de tromperies parfois, mais aussi d'investigations honnêtes et de longues heures passées à arpenter le terrain. En outre, comme il fallait prendre les devants de ses collègues, c'était le travail d'un homme seul, comportant de nombreux secrets. Ce qu'il se proposait de faire n'était qu'un simulacre d'« enquête ». « Non, ça n'a rien à voir avec ça », pensa-t-il. D'abord, trouver un suspect lui importait peu. Et, pour être franc, il se moquait aussi que l'enfant soit morte ou vive. Découvrir le secret de Kasumi Moriwaki et, comme il l'avait pensé la veille, trouver ce qu'elle avait de commun avec lui, voilà, en vérité, ce à quoi il voulait s'occuper en attendant la mort, voilà comment il voulait se distraire.

En voiture, il fallait environ une heure pour aller jusqu'au commissariat d'Éniwa. C'était assez peu pour qu'il ne soit pas épuisé en arrivant. Il enfila un tee-shirt propre, prit sa veste noire et sortit de sa chambre. L'ombre des pyracanthas plantés devant son appartement était plus longue qu'avant. On était au cœur de l'été, mais les premiers signes de l'automne s'insinuaient déjà dans les rayons du soleil. Il le perçut comme le présage de sa mort prochaine ; il leva les yeux vers le ciel bleu et chassa désespérément cette pensée de sa tête. Jusqu'à quand pourrait-il faire cet effort ? Quand s'apercevrait-il que c'était peine perdue ? Le cœur d'Utsumi commençait à se teinter d'une couleur sombre.

Il se dirigea vers le parking derrière son immeuble et s'arrêta devant sa Carina d'un gris argenté fané. Une fine pellicule de poussière de sable s'était déposée sur la carrosserie. Depuis qu'il avait perdu ses forces, et que le volant lui paraissait incroyablement dur à manier, il utilisait rarement sa voiture. Des enfants avaient dû la prendre pour cible ; sur le capot et la portière côté conducteur, on avait écrit en grands caractères malhabiles : « Idiot » et « Crève ! ». « Je suis un idiot, c'est sûr, et je vais crever bientôt », se dit-il en s'amusant de sa propre bizarrerie. Avant sa démission, ou plutôt avant sa maladie, il n'aurait jamais eu le comportement qu'il avait aujourd'hui. Il ouvrit la portière sans prendre la peine d'effacer les graffitis. À l'intérieur flottait une odeur de nicotine et de poussière chauffée par le soleil. Il balaya la couche de poussière qui recouvrait également son siège, enfonça la cassette de Stevie Ray Vaughan dans l'autoradio et démarra.

Il avait rendez-vous avec Asanuma dans un *family restaurant* à côté du commissariat d'Éniwa. Il attendait à une table près d'une fenêtre en sirotant un jus d'orange, quand un homme vieillissant, d'allure posée, entra et leva la main pour le saluer.

– Bonjour, vous êtes monsieur Utsumi ? Pardon de vous avoir fait attendre.

Asanuma était un homme élégant. Le hâle de son visage, probablement acquis sur les greens, mettait en valeur sa chevelure blanche. Avec ses lunettes à monture dorée, sa veste bleu marine et son polo de golf beige, il faisait penser à un chef d'entreprise ou au patron d'une agence immobilière. Avant de s'asseoir, il prit un porte-cartes de marque et en sortit une carte de visite.

– Asanuma.

– Moi, c'est Utsumi. Désolé, je n'ai pas de carte.

– Ne vous inquiétez pas pour ça, fit-il avec tact en agitant la main.

Puis, une fois assis, il observa en détail le tee-shirt et le costume noir de son interlocuteur.

– C'est donc vous Utsumi. J'ai beaucoup entendu parler de vous.

– Ah oui, et à quel sujet ?

– C'est vous le fameux inspecteur très doué et qui s'habille comme un voyou.

C'était dit sur le ton de la plaisanterie, mais ses yeux brillaient d'une expression mauvaise derrière ses lunettes dorées. « T'as beau frimer, connard, je vois bien à qui j'ai affaire », pensa Utsumi. Sans en rien montrer, il le trouvait risible. Asanuma poursuivit ses sarcasmes :

– Les yakuzas de Tomakomaï sont soulagés, à ce qu'il paraît. Depuis que vous n'y êtes plus, on dit qu'il y a moins d'éléments à charge inventés de toutes pièces.

Utsumi le laissait parler sans se départir d'un sourire équivoque. D'un air innocent, Asanuma plongea une paille dans son café glacé et lui jeta un regard par-dessous :

– Pourquoi vous avez démissionné ? Vous étiez à la première division de Hokkaïdô, je crois.

– Je suis sous traitement médical à domicile.

– Ah, qu'est-ce qui ne va pas ? fit-il en regardant furtivement ses épaules, là où sa veste était trop large.

– J'ai un cancer de l'estomac.

Ce disant, Utsumi observa Asanuma. Dès qu'on les prenait en défaut, beaucoup de frimeurs dans son genre devenaient arrogants. Ils étaient naturellement sur la défensive. Mais lui avait détourné les yeux et cherché nerveusement ses cigarettes dans la poche de sa veste posée sur le siège voisin, comme s'il regrettait ce qu'il venait de dire. C'était un faible. Utsumi se ressaisit et attaqua bille en tête :

– Est-ce que je peux vous poser quelques questions à propos de la disparition d'Izumi-Sato ?

– Si vous voulez. Mais... (Il alluma une cigarette avec un briquet à cent yens.) Monsieur Utsumi, pourquoi vous vous intéressez à cette histoire aujourd'hui ?

– J'étais venu donner un coup de main pour cette affaire, vous savez. Juste une journée. En renfort sur les lieux.

– Ah oui, sembla-t-il se souvenir. Il y avait eu mobilisation générale, c'est vrai.

– Il y a même eu un hélico. Mais on ne l'a pas retrouvée.

– C'est bien compliqué, ce genre d'affaire, fit Asanuma en souriant pour cacher son indolence. Mais pourquoi est-ce que vous voulez savoir ?

– Bah, j'ai rien à faire, alors je me suis dit que j'allais essayer de retrouver l'enfant.

– Vous plaisantez ?

Asanuma baissa la tête en se retenant de rire. L'enfant était morte depuis belle lurette. Et, sur son visage, on pouvait lire également : « Toi aussi, tu le sais. » Un inspecteur de police part toujours du pire pour échafauder ses hypothèses. Utsumi fit semblant de ne rien remarquer.

– Non, je suis sérieux.

– Monsieur Utsumi, c'est votre nouveau job, si je comprends bien ? Vous en faites votre boulot et vous voulez qu'on vous refile des tuyaux à l'œil ?

– C'est pas un boulot. Ça m'intéresse, rien d'autre. J'ai pas besoin de vos tuyaux. De toute façon, qu'est-ce vous avez trouvé de plus ? Hein, monsieur Asanuma...

Utsumi lui montra ses documents. Ce geste lui faisant sentir explicitement son incompétence, Asanuma prit un air dépité.

– Bon, que voulez-vous me demander ?

– Si j'osais..., commença Utsumi, qui se mit à fixer le plafond d'un air pensif. Si j'osais, je vous demanderais... ce que vous en pensez...

Il tressaillit, surpris lui-même par les mots qu'il venait de prononcer. Asanuma, avec un air étonné, lui demanda à son tour :

– Ce que j'en pense ? De quoi ?

– Ce que vous pensez de cette affaire.

– Qu'est-ce que ça peut bien vous faire ? fit-il, en laissant échapper un petit sourire.

– Eh bien, c'est que moi-même je ne sais pas trop... C'est pas dans mes habitudes, mais je me suis dit que j'allais faire ce que je n'ai jamais fait, pour voir... je veux dire, essayer de demander ce que je n'ai jamais demandé jusqu'à présent.

– Qu'est-ce que vous me racontez ? Je ne comprends pas un mot de ce que vous me dites.

– Pardon..., fit Utsumi en baissant la tête. Moi, je ne suis plus inspecteur, alors je me suis dit que je pourrais peut-être partir d'une idée différente...

– Ah, je vois ! En détective privé, quoi ? railla Asanuma. Ça assure, bravo !

– Non, c'est pas un travail, je vous dis, répondit Utsumi en faisant un signe de dénégation de la main. Je fais ça à titre personnel, c'est tout. En tant qu'homme. C'est à ce titre que je veux vous interroger.

– Holà, ça ne devient pas un peu compliqué, votre histoire ?!

Paraissant lassé de cette conversation, Asanuma vida son café glacé avec sa paille. Les glaçons tintèrent au fond du verre.

– Ce que je veux dire, c'est que vous, vous êtes en service. Vous avez un tas d'enquêtes à mener de front. Si j'étais à votre place, je ne dirais rien au premier type qui se pointe comme ça. Je le sais, et donc ce n'est pas pour vous extirper des infos que je n'aurais pas que je suis venu vous voir. Je voudrais simplement que vous me disiez votre opinion.

– J'ai bien compris. Mais, pourquoi ?

– Moi, à l'époque où j'étais inspecteur, je n'ai jamais eu d'opinion. Je veux dire, j'avais pas le temps d'en avoir.

Pour Utsumi, tout partait d'un malaise. Il sentait que quelque chose n'allait pas, qu'il y avait quelque chose de bizarre et, à partir de cette étincelle, il remontait jusqu'au cœur de l'affaire. Une fois celle-ci résolue, comme il ne pensait qu'en termes de succès ou d'échec, peu lui importait d'avoir une opinion. La plupart du temps il ne se souvenait que d'un fait, le crime, que d'un objet, le criminel, et que de la prime qu'il en avait tirée. Cela l'étonnait lui-même, aujourd'hui, d'avoir agi ainsi pendant toutes ces années.

– Moi non plus, je n'ai jamais pensé à ça, fit Asanuma.

Il prit une cigarette au coin de la bouche d'un air presque boudeur. Entre les deux hommes, l'atmosphère semblait s'être condensée, et ils s'enfermèrent chacun dans le silence comme si elle les écrasait. Néanmoins, peut-être parce qu'il était frappé par la franchise d'Utsumi, Asanuma releva brusquement la tête.

– Puisque vous me demandez mon opinion, il y a une seule chose que je peux dire.

– C'est quoi ?

– Cette enfant était-elle vraiment là ? Je veux dire, il m'est arrivé de douter sérieusement que la fillette appelée Yuka ait réellement existé. La manière dont elle a disparu est bizarre, vous ne trouvez pas ? (Il regarda le ciel avec un air grave.) On l'a tellement cherchée qu'il n'est pas normal qu'on ne l'ait pas retrouvée. Si c'était un accident, on aurait dû trouver des traces. Mais rien. Une gamine de cinq ans ne peut pas avoir décidé de disparaître, c'est donc forcément quelqu'un d'autre.

Mais là encore, pas une trace. Alors, je me suis dit que plutôt que d'avoir été enlevée par un esprit, est-ce que c'est pas que cette gosse n'a jamais existé ? Mais, évidemment, on a des photos d'elle, il n'y a aucun doute possible à ce sujet...

– Il n'y a que les Ishiyama qui l'ont vue ?

– Non, Mizushima, les Izumi et le fils Toyokawa l'ont vue aussi. On n'a pas de doute sur la présence d'une gamine répondant au nom de Yuka. Une enfant très éveillée et très mignonne.

– Donc elle était bien là..., murmura Utsumi entre ses dents.

Asanuma ricana.

– Allons, allons, monsieur Utsumi ! Vous avez démissionné, soit, mais vous n'allez pas vous mettre à sucrer les fraises, quand même !

– Non, je me disais que c'est un point de vue nouveau...

Asanuma croisa les bras et le regarda dans les yeux.

– Nouveau ? C'est vrai que vous n'avez pas l'air du genre à avoir ce type de point de vue. Vous, c'est plutôt vous démener pour trouver un suspect, je me trompe ? Vous n'êtes pas comme votre père.

Surpris, Utsumi leva les yeux vers lui.

– Vous connaissiez mon père ?

– Oui. J'ai commencé au commissariat de Maruyama à Sapporo. Votre père était inspecteur là-bas. C'était quelqu'un de bien. Lui aussi, il est mort jeune.

Ce « lui aussi » prononcé par Asanuma ébranla Utsumi. Il s'empourpra, son cœur se mit à battre plus vite et il sentit de la sueur épaisse lui couler dans le dos. Même s'il était conscient que la mort l'attendait au tournant un jour ou l'autre, le fait de l'entendre dans la bouche de quelqu'un d'autre lui avait donné un coup sur la tête. « Je ne m'y suis pas assez préparé », pensa-t-il douloureusement, bien qu'il conservât son sang-froid. Stoïque face à son désarroi, Asanuma alluma tranquillement une deuxième cigarette.

– Puisqu'on en parle, c'est la panique depuis ce matin à cause de l'émission d'hier soir.

– L'appel d'Otaru, c'est ça ? Vous en savez davantage ?

– C'est des conneries ! J'ai dû faire des pieds et des mains pour que le type du poste voisin y aille, et c'est un garçon, pas une fille, il paraît ! La mère va être effondrée si elle vient pour ça.

– Justement Mme Moriwaki vient demain, vous savez.

Il acquiesça en se renfrognant.

– Je sais, je sais. Tous les ans elle vient à cette époque. Je crois qu'on ne trouvera plus rien, mais tant qu'elle n'aura pas l'esprit tranquille... C'est la mère, après tout. Elle est obsédée par l'idée de trouver un indice. À ce point-là, on a vraiment l'impression que c'est sa raison de vivre. Elle me téléphone le 11 de chaque mois. Ce jour-là, c'est comme si je me sentais coupable, et c'est pas drôle, vous pouvez me croire.

– Vous croyez que c'est sa « raison de vivre » ? répéta Utsumi en écho.

Asanuma retira un fil sur son polo.

– Le mari, lui, semble s'être résigné avec le temps.

Kasumi aussi devait penser qu'elle serait mieux si elle se résignait, songea soudain Utsumi. Il s'avisa qu'il n'avait jamais vu de cette façon les personnes concernées par cette affaire et, en outre, qu'aucune enquête dont il s'était occupé n'avait autant sollicité son imagination. Asanuma, lui, était encore en service ; Utsumi fut saisi d'une jalousie envers lui qui confinait à la tristesse. Comment aurait évolué cette affaire si c'était lui qui en avait eu la responsabilité dès le départ ? Elle aurait probablement pris une tournure un peu différente. Ou peut-être la difficulté l'aurait-elle fait renoncer rapidement, et se tourner vers une affaire où la probabilité d'opérer une arrestation était plus élevée. À présent, il ne parvenait même plus à comprendre l'homme qu'il avait été. S'ennuyant visiblement, Asanuma, indifférent à l'air absorbé de son interlocuteur, regarda l'heure à son poignet. Utsumi n'avait pas envie de bavarder davantage avec lui.

– Vous avez rien de neuf?

– J'ai rien de neuf, répondit Asanuma en agitant la main. (Il avait imité l'accent de Hokkaïdô d'Utsumi.) Quand le vieux, Izumi, s'est suicidé à la carabine à Kushiro, j'ai cru un moment qu'il y avait un lien, mais il n'y en avait aucun.

– Et qu'est-ce que vous pensez de ce suicide?

– Ce que je pense, encore? fit Asanuma, stupéfait, en lui lançant un coup d'œil. Ma foi, rien de spécial. Je me suis juste dit que Mizushima devait s'y croire de plus en plus.

– Mizushima? Je le connais...

Utsumi connaissait ces deux hommes. Izumi était un homme d'affaires célèbre dans la région. Quant à Mizushima, on l'avait eu à l'œil après la disparition de Yuka. Mais il se tut pour écouter ce qu'Asanuma allait dire d'eux.

– Mizushima est un ancien soldat des forces aériennes de défense. Un type qui avait l'habitude qu'on lui donne des ordres, mais incapable de s'adapter à la société civile. Quand on reste longtemps soldat, on finit par trouver agréable la routine militaire. Il paraît qu'à plus de quarante ans il n'avait pas dépassé le grade de sergent, il devait donc lui-même en avoir conscience. Même aujourd'hui, je crois que la femme d'Izumi est aux petits soins pour lui. On raconte aussi qu'il doit une fière chandelle à Izumi, car il était membre de l'Association d'assistance aux forces de défense et c'est lui qui l'a récupéré.

– Vous avez dit tout à l'heure que Mizushima doit s'y croire. Qu'est-ce que vous entendez par là ?

D'un geste vulgaire, Asanuma serra le poing et pointa le majeur.

– Mizushima, c'est ça avec la femme d'Izumi. Le matin où la petite a disparu, c'est parce qu'il était dans le même lit que madame que son alibi ne s'est pas écroulé.

– Izumi le savait et a témoigné dans ce sens ?

– Oui. Il a dit qu'il dormait chez lui depuis la veille. Ils ont même pris le petit déjeuner ensemble. C'est à cause de ça que Mizushima lui était dévoué comme un petit chien.

Un inspecteur aussi est comme un chien, pensa Utsumi. Lui, quel maître il avait servi ? Pas le système policier, en tout cas. Pourtant, c'était parce que la police est un corps vide qu'il avait ressenti si fortement le désir d'en recevoir les félicitations, de s'en faire estimer. En fait, elle avait tout été pour lui. Pourquoi avait-il agi ainsi ? Il pencha la tête pensivement.

– Mizushima, pourquoi est-ce qu'il a quitté les forces de défense ? S'il s'y était trouvé si bien, il y serait resté toute sa vie.

– On n'en sait rien. La rumeur parlait de pédophilie. J'ai essayé d'en savoir plus, ce qui s'était passé exactement, mais c'est la loi du silence, pas moyen d'apprendre quoi que ce soit. Vous savez, si vous enquêtez, vous verrez qu'ils sont tous très particuliers, chacun dans leur genre. Ce qui est clair, c'est que je n'y ai pas compris grand-chose. Les seuls qui sont simples à comprendre, c'est les Toyokawa. Eux, les prix baissent, tout de suite ils bazardent leur maison et, du même coup, s'attirent le ressentiment des Izumi.

– Et leur fils ?

– Pas de casier. Un fils de famille qui aime le golf et la plongée. Certainement pas le cran de faire du mal à une gamine et la tuer. On dit que quand on pratique le golf à partir de cet âge-là, on peut devenir un excellent joueur, fit-il avec dépit, lui-même devant être un amateur de ce sport. Le père Toyokawa est un patron de bar des plus ordinaires. Sa femme a un côté virago, mais, bah ! toutes les femmes sont comme ça. D'ailleurs, si vous voulez mon avis, les Toyokawa sont blancs comme neige.

– Ah oui ? Et Ishiyama, alors ?

– Il y a eu une rumeur, venue on ne sait d'où, selon laquelle lui et Mme Moriwaki couchaient ensemble. Quelqu'un a lancé l'idée que l'enfant était peut-être sa fille, et alors évidemment on s'est emballé : c'était sûrement le père qui l'avait tuée par dépit ! Mais c'était trop beau pour être vrai, forcément, et on est certain qu'elle était la fille de Moriwaki. Ishiyama est un homme issu d'un bon milieu, réservé, un Tôkyôïte bon teint. Vraiment pas du genre à faire quelque chose d'aussi énorme. J'avais pensé que c'était peut-être cette Noriko, sa femme, qui aurait senti que son mari était amoureux de Kasumi, mais la situation ne le permettait pas. Comment aurait-elle caché toute seule le cadavre dans la maison ? Matériellement, c'est impossible. C'est pourquoi ça ne peut être que quelqu'un de l'extérieur. Il se sera introduit dans le lotissement et aura subtilisé l'enfant sans qu'ils s'en aperçoivent. Un *tengu* [1] peut-être bien !

Asanuma regarda par la vitre. Au loin, par-delà un champ de *susuki*, un avion qui allait atterrir à l'aéroport de Chitosé volait à très basse altitude en montrant son ventre. Le vacarme qu'il faisait ne parvenait pas jusqu'à eux, à la différence peut-être de la vibration de l'air, car on distinguait un léger flou dans les bouleaux autour du restaurant.

1. Être fabuleux du folklore japonais, doté d'un long nez et d'ailes, qui est supposé vivre dans les montagnes. Il a la réputation, notamment, d'enlever les enfants.

– Ah, la fête des morts passée, c'est déjà l'automne. Je déteste l'hiver.

– Moi aussi.

– L'hiver, on ne peut pas jouer au golf. Moi, quand j'aurai pris ma retraite, mon rêve c'est d'en faire toute la journée. Mais voilà, j'ai encore ma maison à finir de payer. Alors je vais sûrement devenir gardien de supermarché ou quelque chose comme ça. Le problème, c'est que, si je fais ça, je n'aurai pas de congés à date fixe. Enfin, c'est déjà pas mal de trouver un boulot de gardien...

Il continuait son soliloque. Pour sa part, Utsumi ignorait s'il passerait l'hiver. Ses préoccupations échappaient sans doute à Asanuma. Il l'interrogea de manière à interrompre le cours de ses pensées :

– Qu'est-ce que vous pensez de Kasumi Moriwaki ?

« Oui, c'est ça, songea-t-il au même moment, c'est son opinion sur Kasumi que je voulais connaître. » Ne répondant pas tout de suite, Asanuma prit son carnet de police dans la poche intérieure de sa veste et lut une note qu'il y avait écrite.

– Je vous donne mon opinion ?

– Oui, ce que vous voulez.

– Mon opinion, c'est que je ne sais pas trop. Au début, je pensais que c'était simplement une femme qui était venue de Tôkyô pour passer quelques jours dans une maison à la campagne. C'est vrai qu'elle est belle et qu'elle a du goût. Les jeunes au commissariat n'arrêtaient pas de parler d'elle. « Elle est pas mal, cette nana. » Des choses dans ce genre-là. Et puis, quand il y a eu des articles dans la presse, on a reçu le coup de fil d'un homme qui habite un village à Hokkaïdô. Il disait qu'il connaissait une gamine qui était le portrait craché de celle qui avait disparu. J'ai vérifié et, à ma grande surprise, la gamine dont il parlait, ça remontait à il y a trente ans. Et il s'agissait de Mme Moriwaki. C'était une fille du village. Comme j'étais étonné, je lui ai posé la question, et elle m'a confirmé que c'était elle mais m'a prié de ne pas le divulguer, parce qu'elle avait fugué et n'avait pas donné signe de vie depuis cette époque. Je n'ai pas diffusé cette information dans le village, mais vous imaginez la surprise ! On faisait le maximum parce qu'on croyait qu'elle n'était pas du coin et qu'on l'avait prise en pitié. Mais elle était originaire de Hokkaïdô, cette femme. Et elle le cachait même à son entourage.

Utsumi se pencha en avant.

– Il est où, ce village ?

– C'est le village de Kiraï, dans l'arrondissement de Rumoï.

– Kiraï, vous dites ? Jamais entendu parler.

– C'est un petit village sur la côte. Au-dessus d'Obira. Cinq cents habitants. Je n'en croyais pas mes oreilles.

Asanuma referma son carnet.

– Son nom de jeune fille ?

– C'est... Hamaguchi, oui, c'est ça.

– Et donc, vous aussi, elle vous a trompé, Kasumi ?

– Oui, oui. Faut dire que ce n'était plus la belle épouse venue de Tôkyô, mais une petite fugueuse !

– Il y avait eu une demande de recherches à l'époque ?

– Non, répondit Asanuma en secouant la tête. Mais il paraît qu'elle s'est enfuie à dix-huit ans et qu'elle n'a jamais plus donné de ses nouvelles. Elle a abandonné ses parents, vous vous rendez compte ? Quand on l'a su, ç'a été la douche froide pour tout le monde. Et quand, par-dessus le marché, on a entendu dire qu'elle était la maîtresse d'Ishiyama, ce n'était plus la même personne, vous imaginez...

À mesure qu'il apprenait ces détails, Utsumi comprenait. Un policier est un enfant. Selon ses convictions, il s'enflamme pour une enquête, devient moins vigilant et s'engage dans une mauvaise direction. On pouvait penser que c'était leur déception à l'égard de Kasumi qui leur avait fait faire fausse route.

– Ah oui ? fit-il. Alors elle est de Hokkaïdô ?

– Ça vous en bouche un coin, hein ?

– Non, c'est amusant.

– Amusant, vous trouvez ? se récria Asanuma, comme offensé. Bah, vu de l'extérieur, ça peut paraître amusant, en effet.

– Excusez-moi.

– Mais vous savez, Kasumi ne parle pas du tout de ça, dit-il en l'appelant simplement par son prénom. C'est une femme vraiment très forte.

– Je vois. Je vous remercie.

– Ça vous suffit comme ça ? Je crois que je me suis laissé emporter et que j'ai un peu trop bavardé...

Il se leva et prit sa veste à la main.

– Désolé de ne pas pouvoir vous rémunérer pour ces informations, dit Utsumi. C'est moi qui paie l'addition.

– Portez-vous bien. Et bon courage ! fit Asanuma en lui tapant sur l'épaule.

C'était tout juste s'il ne lui disait pas adieu. Quand il fut sorti, Utsumi se sentit fatigué et s'enfonça profondément dans la banquette de vinyle. Il n'était pas bien. Il n'avait pas faim, mais c'était bientôt l'heure où il devait s'alimenter. Il appela la serveuse et lui demanda la carte. Il commanda un bol de nouilles avec des tempuras, puis alla chercher un atlas dans sa voiture. Il voulait localiser le village où Kasumi était née.

Kiraï était un petit village côtier situé exactement à mi-chemin entre Rumoï et Haboro. Utsumi, qui pourtant ne connaissait que Hokkaïdô, n'était jamais allé dans cet endroit. Il se souvint brusquement de son désir, la veille au matin, de partir dans les îles du Sud pour sentir le contact du vent chaud sur sa peau. Kasumi Moriwaki, ou plutôt Kasumi Hamaguchi, à quoi pensait-elle quand elle vivait dans son village ? Sûrement, davantage que lui hier, avait-elle rêvé de la caresse du vent dans un lieu lointain et inconnu... Elle avait cru s'en être enfin échappée, mais voilà qu'elle perdait sa fille ici, comme si son passé l'avait rattrapée. Utsumi réfléchissait au singulier destin de cette femme.

On lui apporta son bol de nouilles aux tempuras. Il retira soigneusement la pâte frite qui enrobait les maigres crevettes avant de les manger, et avala lentement l'une après l'autre les nouilles. À la table voisine, des jeunes femmes le regardaient avec étonnement en se retenant de rire. Pour lui, c'était une occupation des plus graves, dont sa vie pouvait dépendre. Il ne prêtait pas attention au regard des autres. Il mastiquait avec acharnement, puis déglutissait. Il mit une bonne demi-heure à terminer son plat. Il prit son médicament pour la digestion et regarda dehors en reprenant son souffle. Cette fois, un avion au décollage levait le nez vers le ciel et s'élevait en direction de Honshû. Le champ de *susuki* était entièrement exposé aux rayons du soleil couchant.

Il fut de retour à Sapporo à 18 heures passées. Il s'était retrouvé pris dans un embouteillage et avait mis presque deux fois plus de temps qu'à l'aller. Il se gara au parking, acheta du tofu et de la sauce de soja à la supérette et rentra chez lui en traînant les jambes. Il était impatient de se reposer. Mais il s'était à peine allongé par terre, sans même allumer la lumière, que le téléphone se mit à sonner.

– Allô, monsieur Utsumi ?

C'était une voix d'homme qu'il ne connaissait pas.

– Oui, c'est moi...

– Je suis Michihiro Moriwaki, de Tôkyô. Je tenais à vous remercier pour l'aide que vous nous avez proposée. J'en suis très touché.

Michihiro Moriwaki. À l'assurance avec laquelle il exprimait ses remerciements, on devinait qu'il était rompu à cet exercice. D'une main, Utsumi attrapa une petite bouteille d'eau minérale posée sur la table, en retira le bouchon et avala une gorgée d'eau au goulot. Elle était tiède.

– Non, vous savez..., commença-t-il, mais son interlocuteur ne lui laissa pas le temps de s'expliquer :

– C'est ma femme qui m'en a parlé. Je vous prie de l'excuser d'avoir refusé votre offre généreuse. Je l'ai réprimandée. Pour ma part, je tiens absolument à ce que vous nous aidiez.

– Mais peut-être que ça ne servira à rien.

– Si, je vous appelle parce que j'en suis très heureux. Euh, demain, ma femme doit se rendre à Hokkaïdô. Elle devient irritable quand il s'agit de sa fille, alors il se peut qu'elle soit désagréable avec vous. J'aimerais que vous ne le preniez pas mal...

– Autrement dit, vous êtes d'accord pour que je m'en occupe ?

– Oui, bien sûr. Seuls, on ne peut pas faire grand-chose. En plus, j'ai vraiment été très ému d'apprendre que vous le feriez bénévolement. Car, pour être franc, nous n'avons plus beaucoup d'argent.

Lui au moins avait les pieds sur terre. Utsumi sourit.

– D'autre part, pour ce qui est de cette information d'Otaru, je crois, personnellement, qu'on ne peut rien en attendre. Honnêtement, quel est votre avis ?

– L'inspecteur Asanuma ne vous a pas appelé ?

– Je crois que ma femme l'a eu, en effet, mais elle ne m'a rien dit, répondit Michihiro sur un ton soupçonneux.

– Ah bon ? En fait, il paraît que c'est sans doute une méprise.

– Ah, c'est bien ce que je pensais. J'étais justement inquiet à ce sujet. On a déjà eu plusieurs fois ce genre de fausse rumeur. Mais cette fois, comme elle a dit qu'elles se ressemblaient, ma femme a repris espoir.

– Je pense qu'elle va perdre son temps si elle se rend sur place.

– Vous croyez ? fit Michihiro d'un air pensif. Ma femme tient pourtant absolument à aller à Otaru. Est-ce que vous accepteriez de l'accompagner ?

– J'irai. Étant donné les circonstances, j'irai.

– Dans ce cas, permettez-moi de vous payer au moins les frais de déplacement. Je suis désolé de ne pas pouvoir faire davantage.

– Entendu. À propos, où logera-t-elle, votre femme ? fit Utsumi, innocemment.

Sans la moindre hésitation, il lui donna le nom d'un hôtel d'affaires proche de la gare de Sapporo. « Comme ça, autant de temps gagné à la rechercher », pensa Utsumi.

– Bien, merci, lui dit Michihiro.

Il allait raccrocher. Utsumi eut tout juste le temps de l'appeler :

– Monsieur Moriwaki, attendez une seconde.

– Oui, qu'est-ce qu'il y a ?

– J'ai entendu dire que votre femme est originaire de Hokkaïdô, hasarda-t-il.

Un ange passa, puis la voix à l'autre bout du fil bredouilla :

– C'est vrai. Pourquoi ?

– C'est M. Asanuma qui me l'a dit. Elle a fugué et n'a jamais donné de ses nouvelles à sa famille, c'est bien ça ?

– Oui.

– Vous ne vous êtes jamais demandé s'il pouvait y avoir un lien entre la disparition et sa famille ?

– Comment ça ?

Il avait l'air surpris.

– Ce n'est qu'une supposition. Imaginons que ses parents aient eu envie de voir au moins une fois leur petite-fille et qu'ils l'aient emmenée avec eux...

– C'est impossible, affirma Michihiro, catégorique.

– Pour quelle raison ?

– Parce que j'ai l'impression qu'ils ne savent pas qu'elle est mariée, ni même qu'elle est à Tôkyô.

– Et cette situation vous satisfait, monsieur Moriwaki ?

– Qu'est-ce que je peux y faire ? dit-il d'une voix plus forte. Kasumi dit qu'elle les déteste, alors que voulez-vous que je fasse de plus ? Par contre, elle a changé d'état civil, et donc, en vérifiant les registres, ils peuvent l'avoir retrouvée. À mon avis, s'ils ne l'ont pas fait, ça veut dire qu'ils ne ressentent plus rien pour elle.

– Pourquoi est-ce qu'elle a rompu tout lien de cette façon ?

– Oh... moi-même, je ne le sais pas. Elle n'en parle pas, vous savez. Mais vous pensez qu'il y a un rapport avec la disparition de notre fille ?

– Je n'en sais rien.

Dans sa chambre plongée dans l'obscurité, Utsumi ressentit l'étrangeté qu'il y avait à parler de sa femme avec un mari qu'il n'avait jamais rencontré.

– Moi, je pense qu'il n'y a pas de rapport. Ce que je crois, c'est que quelqu'un de malintentionné a enlevé ma fille dans un but que j'ignore. Je trouve inacceptable qu'on puisse supposer que ce soit un parent proche. Enfin, je ne dis pas cela par rapport à vous, monsieur Utsumi...

Si ça se trouvait, les deux époux avaient déjà eu cette conversation. Utsumi brûlait de lui demander son « opinion » à lui aussi. Mais l'affaire concernait Michihiro de trop près, et il n'osait pas le faire. Le téléphone fut raccroché tandis qu'il hésitait. « Qu'est-ce que je suis en train de faire ? » se dit-il. Sa douleur sourde au creux de l'estomac s'était réveillée ; agacé, il sentit sur sa peau sa température qui descendait peu à peu.

Cinquième partie

La bouée

10

« Vite, vite ! » lança une voix haletante. Dans les couloirs de l'aéroport, une famille approchait dans son dos en se frayant un passage parmi la foule. Le père portait une valise et un grand sac en papier. La mère tenait par la main un enfant en bas âge. Un sac sur le dos, un jeune garçon en âge d'aller à l'école primaire essayait de suivre du mieux qu'il pouvait. Kasumi les laissa passer en s'écartant sur la gauche et les suivit des yeux tandis qu'ils s'éloignaient en se demandant pourquoi ils étaient aussi pressés. Touristes pour la plupart, les voyageurs arrivés à l'aéroport de Chitosé par le même vol qu'elle encombraient le couloir dans un joyeux tumulte. La famille élevait la voix chaque fois que le chemin se fermait devant elle et progressait péniblement, avec des signes d'inquiétude sur les visages.

Kasumi regarda autour d'elle. Les murs tendus de planches blanches, les grandes baies vitrées par lesquelles on apercevait la piste, le sol astiqué et brillant. Dans les gares de Tôkyô qu'elle empruntait, on privilégiait la fonctionnalité et les gens se croisaient en soulevant des nuages de poussière invisible. Il y avait toujours des chewing-gums collés sur les quais, et des boissons renversées laissaient des taches noirâtres et poisseuses. Pourtant, même si c'était sale et bruyant, elle préférait encore ça. Ce bâtiment était aseptisé et trop lumineux.

Elle avait presque l'impression de perdre pied, que le sentiment de la réalité lui échappait. Sans cette famille pressant le pas, elle n'aurait peut-être même pas eu conscience qu'elle était en train de marcher.

Elle changea de main son sac de nylon. Elle l'avait choisi un peu grand pour un voyage de quatre jours, mais elle avait une raison. Elle y avait mis des chaussures et des vêtements neufs pour sa fille, qu'elle était allée acheter dans un grand magasin le lendemain de l'émission de télévision.

Yuka aimait le vert. Le matin de sa disparition, elle portait justement un tee-shirt de cette couleur avec un bermuda blanc et un chandail noir. Aussi, elle avait choisi un tee-shirt vert olive ainsi qu'un jean. Les chaussures étaient des tennis noires. Pour aller avec, elle avait aussi acheté un mouchoir Kitty et un serre-tête à motif écossais. À l'intérieur de Kasumi se poursuivait une lutte sans répit entre un espoir improbable et, dans les moments d'abattement, la recherche d'un moyen de se préserver et de se reconstruire. Par ailleurs, elle laissait doucement mûrir en elle une autre détermination.

La veille au soir, elle avait offert exactement les mêmes vêtements à Risa. La fillette s'était mise à courir à travers la pièce avec ses tennis neuves et le serre-tête sur ses cheveux courts en disant : « Je suis habillée comme Yuka-chan ! » Puis elle avait regardé sa mère d'un air soucieux :

– Maman. Si c'est pas Yuka cette petite fille, qu'est-ce qu'on va faire de ses vêtements ?

– Oui, qu'est-ce qu'on en fera, hein ? fit Kasumi en penchant la tête avec elle.

– Moi, j'ai déjà les mêmes, alors j'en aurai pas besoin.

– Bah oui.

– Ça serait dommage de les jeter !

Kasumi prit le serre-tête et le regarda. Il tenait entièrement dans sa paume. L'arc qu'il formait était beaucoup trop petit pour un crâne d'adulte. C'était donc si petit que ça, la tête d'un enfant ? Elle leva machinalement les yeux vers sa fille. Risa avait six ans et sa tête était donc plus petite. Elle ne parvenait pas à se figurer la taille d'une enfant de neuf ans. Elle priait que sa fille soit vivante, mais, en fait, elle était incapable d'imaginer à quel point elle avait grandi, parce qu'elle n'avait pas élevé d'enfant jusqu'à cet âge. Elle avait élevé dans son cœur un fantôme sans corps réel.

– On les jettera peut-être quand même, dit-elle.

Elle s'étonna elle-même d'avoir prononcé cette phrase. Mais Risa, visiblement désintéressée de la question, regardait la télévision et ne s'était aperçue de rien. Rassurée qu'elle ne l'ait pas entendue, elle remit le serre-tête dans son sachet en papier. D'après Asanuma, il y avait peu de chances que l'enfant d'Otaru soit Yuka. « Ce sont les habituelles informations bidons. Je vous conseille de ne pas trop vous faire d'illusions », lui avait-il dit. Son cœur avait failli chavirer de l'entendre parler ainsi.

Soudain, la pensée lui vint que si elle acquérait la certitude que cet enfant n'était pas Yuka, elle allait peut-être disparaître comme elle. Elle n'y avait pas songé auparavant. C'était peut-être cela, le « changement » que lui avait annoncé Ogata.

Kasumi avait cru fermement que, pour que Yuka leur revienne saine et sauve, il fallait qu'ils restent à Tôkyô, comme une bouée qui apparaît et disparaît au gré des vagues. Mais à quoi bon, aujourd'hui, rester et attendre à Tôkyô ? Pourquoi n'irait-elle pas vivre à Hokkaïdô, là où sa fille avait disparu, et la chercher partout jusqu'à ce qu'elle la retrouve ? Cette pensée s'était insinuée dans un recoin de son cœur et elle ne parvenait plus à s'en défaire. Elle se rendait compte peu à peu que c'était vivre dans l'attente de sa fille qui était la cause de ses souffrances.

Elle avait encore Risa. Elle posa son regard sur elle. Télécommande en main, elle était en train de zapper d'une chaîne à l'autre. Elle en trouva une qui diffusait une publicité qu'elle aimait et elle se mit à en chanter la ritournelle avec insouciance. Une enfant qui avait eu une grande sœur et qui se retrouvait seule maintenant. Une pauvre cadette obligée de tout supporter à cause de sa sœur aînée disparue. Mais c'était ce qui l'avait rendue forte.

Disparaître à son tour, cela signifierait cette fois qu'elle abandonnerait Risa. En serait-elle capable ? Serait-elle capable d'abandonner son deuxième enfant parce que le premier avait disparu ? Elle songea qu'elle ne le ferait pas pour Yuka, mais pour elle, et elle frémit d'horreur.

Elle se rappela les paroles d'Asanuma : « Il y a une fatalité. » Ses parents qui servaient des escalopes panées et des nouilles de sarrasin dans une gargote de la côte avaient-ils recherché leur fille unique avec la même ténacité qu'elle mettait aujourd'hui à retrouver la sienne ? Elle avait rejeté ses parents ; cette trahison était à l'origine de la disparition de sa fille et, comble de son égoïsme, elle s'apprêtait maintenant à abandonner son mari et son autre fille. Voilà quel était son vrai visage. Pour essayer d'être elle-même, elle continuait de faire souffrir les gens qui l'entouraient.

Arrivée à ce point de ses réflexions, Kasumi eut l'impression de comprendre pour la première fois le cheminement qui avait conduit Ishiyama à acheter une maison à la campagne. Peut-être, en abandonnant tout, s'efforçait-il de devenir égoïste lui-même. Lui pour qui tout marchait à merveille, sans doute avait-il besoin de prendre une décision radicale. Pourtant, à ce moment-là, elle considérait leurs rendez-vous comme la seule évasion possible, et elle n'avait pu adhérer de tout son cœur à son projet. Ou plutôt elle n'y avait pas cru. Une évasion, c'était une fuite. Or aujourd'hui, songea-t-elle, c'était absolument tout qu'elle voulait fuir. Elle ne serait plus elle-même si elle ne le faisait pas. Sans qu'elle s'en rende compte, cette idée commençait à faire son chemin en elle.

Au milieu de la nuit, elle s'approcha du lit de Risa. La fillette était étendue sur un côté et dormait profondément, la bouche entrouverte. Elle avait plié soigneusement et posé à son chevet ses vêtements assortis à ceux de Yuka. Le serre-tête avait glissé sur l'oreiller. Kasumi pensa avec tendresse qu'elle l'avait gardé pour dormir. Elle sourit et le déposa sur les vêtements. Elle entendait, mêlée au bruit sourd du climatiseur, sa respiration régulière et pleine de santé. Avec soulagement, elle se dit au fond d'elle-même qu'elle chérissait cette enfant de tout son cœur.

Mais cela ne lui suffisait pas. Risa ne la privait de rien. Cependant cette sérénité quant à l'avenir de sa fille faisait enfler quelque chose à l'intérieur d'elle et créait un déséquilibre. La nature véritable de cette chose, c'était l'angoisse infinie de ne pas savoir où était, ce que devenait son autre fille, et d'ignorer aussi ce qu'il allait advenir d'elle-même. Tant qu'elle conserverait la stabilité, cette angoisse ne cesserait sans doute jamais de la tourmenter. Alors que se passerait-il si elle choisissait de se jeter au cœur de son angoisse ? Elle joignit soudain les deux mains devant sa poitrine. Un geste qu'Ogata faisait machinalement. Elle se demanda ce que cet homme lui aurait dit s'il l'avait vue maintenant, mais elle ne trouva pas la réponse.

Tout en ruminant la résolution qu'elle avait prise la nuit précédente, Kasumi errait dans l'aéroport à la recherche d'une sortie. Où qu'elle aille, c'étaient partout les mêmes boutiques de souvenirs. Des touristes chargés de bagages étaient en quête de fruits de mer ou de produits laitiers [1]. L'année dernière, elle avait sans difficulté trouvé la sortie, mais cette fois elle était perdue. Depuis cette nouvelle information concernant Yuka, elle était excitée de revenir à Hokkaïdô. À moins que ce ne soit le fait de se retrouver seule pour la première fois depuis longtemps. Les deux dernières années, elle était arrivée ici en famille. Elle était obsédée, alors, par l'idée de trébucher dans l'abîme d'un découragement déjà maintes fois entraperçu. Cette fois, pourtant, même si la probabilité était infime, elle avait un espoir auquel s'accrocher. Si elle devait être déçue, elle prendrait la fuite avant. Mais alors elle ignorait où sa fuite la conduirait.

Elle trouva enfin un escalier avec l'indication « Sortie » et le descendit. Par les grandes baies vitrées, le ciel était d'un bleu blanchâtre, de cette couleur amortie du ciel d'été dans les régions nordiques. Ce ciel d'autrefois, elle s'y réhabituait peu à peu, toute nostalgie disparue, chaque année à son retour. Comme si elle voulait remonter du fond obscur d'un lac pour émerger à la surface, elle ferma les yeux, laissa ses épaules tomber et étira le haut de son corps de toutes ses forces.

Elle monta dans un train JR pour Sapporo. Arrivée à la gare, elle acheta dans une boutique une carte d'Otaru et une boîte-repas pour le dîner, puis alla à son hôtel, tout près de la gare. Sa chambre était modeste, avec un lit à une place pour tout meuble, et si étroite qu'on n'aurait guère pu la rendre plus compacte. C'était le début de l'après-midi, et elle ressentait ce sentiment de solitude et d'abandon qu'on éprouve quand on arrive seul dans une ville inconnue. Elle était calme, pourtant. Elle se remémorait le jour où, débarquant à Tôkyô, elle avait parcouru du regard avec fierté la petite chambre de trois

1. Hokkaïdô est la plus importante région laitière du Japon.

tatamis qu'elle s'était dégotée dans une pension. De toutes les adresses que lui avait fournies son école, c'était la moins chère. Il n'y avait pas de baignoire, et les toilettes et la cuisine étaient communes. Elle devait s'en contenter, car elle venait de fuguer et n'avait pas d'argent. Sous prétexte de payer les frais d'inscription d'une école de Sapporo, elle avait fait un virement à une autre de Tôkyô, et tout l'argent qu'elle possédait provenait de la différence qui lui était restée, ainsi que de son argent de poche laborieusement économisé. Avoir un réfrigérateur ou une télévision tenait alors presque du rêve. Mais, à l'époque, peu lui importait d'être aussi démunie : Kasumi était riche de ses espérances et ne les aurait échangées contre rien au monde. Le fait d'avoir enfin acquis son indépendance lui suffisait amplement. Son état d'esprit présent était proche de celui qu'elle avait eu à ce moment-là.

Vers le soir, elle téléphona à Asanuma.

– Bonsoir, madame. Vous êtes déjà arrivée ? répondit-il d'une voix confuse.

– Oui, je suis à Sapporo. J'ai l'intention d'aller à Otaru demain.

– Je crois vous l'avoir déjà dit. C'est une information bidon et vous allez perdre votre temps. J'ai moi-même appelé le poste de police sur place.

– Ce serait un garçon, c'est ça ?

– Mais oui ! Et un garçon de bonne famille, en plus. La personne qui a donné cette information n'est pas du coin ; il paraît que les gens sont furieux contre elle.

– Peut-être, mais elle a dit qu'elle me ressemblait beaucoup, alors même si c'est une erreur, je veux aller me rendre compte par moi-même.

– Ah, je vois. C'est donc pour ça, marmonna Asanuma comme pour lui-même.

Il avait mis de la compassion dans sa voix, mais on pouvait aussi y entendre de la lassitude.

– Quoi qu'il en soit, je veux m'en assurer de mes propres yeux, reprit-elle avec fermeté, ce à quoi il acquiesça un peu froidement :

– Eh bien, si cela peut vous convaincre, vous avez raison de le faire.

– Je vous remercie, je suis désolée de vous déranger.

Il n'y eut pas de réponse et la ligne coupa sèchement. Kasumi s'allongea sur son lit et regarda la nuit tomber par la petite fenêtre. Demain, elle irait sur place et en aurait le cœur net. Quel bonheur si cet enfant était Yuka ! Cependant, même dans ce cas, trop de choses avaient été perdues pendant ces années et elle ne savait pas comment elle pourrait s'y prendre pour faire disparaître ce sentiment de perte.

Son regard se dirigea vers l'annuaire du téléphone sous la table de chevet. Brusquement, elle s'était souvenue de Furuuchi, l'homme qui lui avait donné l'idée de s'enfuir de chez ses parents. Elle se redressa, prit le gros volume de l'annuaire et le feuilleta. Furuuchi Construction SA. Le nom n'avait pas changé. L'adresse et le numéro de téléphone étaient bien ceux appris par cœur sur cette carte de visite qu'elle avait serrée dans ses doigts à s'en faire mal. Allait-elle l'appeler ? Cette audace prouvait peut-être qu'elle se sentait libérée maintenant qu'elle était seule dans cette chambre. Elle appuya sur les touches en hésitant, mais le téléphone eut à peine le temps de sonner qu'on décrochait déjà.

– Furuuchi Construction, fit une voix caressante de jeune femme.

– Je m'appelle Moriwaki. Pourrais-je parler au directeur ?

– De quel Moriwaki s'agit-il, je vous prie ?

La jeune femme récitait maladroitement les répliques qu'on lui avait enseignées. Kasumi hésita un instant.

– Moriwaki de Tôkyô.

– Le directeur est absent pour le moment. Il doit revenir sans tarder et vous rappellera. Quel est votre numéro de téléphone ?

Elle parlait très vite. Dire « Tôkyô » avait donc suffi à la convaincre ?

– Je vois. C'est moi qui rappellerai.

Elle raccrocha, soulagée que Furuuchi soit absent. Qu'est-ce qui lui avait pris ? S'il avait répondu, elle n'aurait rien eu à lui dire. Il avait certainement oublié depuis longtemps la collégienne rencontrée par hasard dans un restaurant au bord de la mer. Cette histoire remontait à plus de vingt ans.

Elle sortit du sac de nylon et regarda les vêtements achetés pour Yuka. Taille 130. Cent trente centimètres pour un vêtement d'enfant, c'était vraiment une taille trop vague. Cette enfant, elle l'avait perdue à l'âge de cinq ans. Tout avait commencé lorsque Furuuchi s'était intéressé à elle et lui avait donné sa carte de visite. Elle s'étendit de nouveau sur le lit, les yeux au plafond, et laissa ses pensées vagabonder sur son drôle de destin.

Le téléphone sonna. Elle sursauta, le cœur battant. Était-ce Furuuchi qui l'appelait ? Non, impossible. Elle n'avait pas donné le numéro de l'hôtel, et puis elle s'était présentée sous son nom de femme mariée. Cependant, il y avait un lien particulier entre elle et Furuuchi. Aussi, étrangement, elle ne pouvait s'empêcher de penser que c'était peut-être lui qui téléphonait. Il lui sembla que son destin allait basculer. Elle décrocha le combiné et entendit une voix d'homme qu'elle connaissait :

– Allô, madame Moriwaki ?

– Oui, c'est moi.

– Je suis Utsumi, de Sapporo.

– Ah ? fit-elle d'une voix gênée.

Elle-même ne comprit pas très bien ce qui causait son embarras. Elle éclata de rire, laissant sans voix son interlocuteur.

– Excusez-moi. C'est une méprise.
– Ah oui ?
– Comment savez-vous que je suis ici ? lui demanda-t-elle, vaguement inquiète.
– Comme c'est votre mari qui m'a demandé...
– Demandé quoi ?
– Il m'a téléphoné pour me demander de rechercher Yuka avec vous.

Pour le coup, elle était véritablement embarrassée et elle se mordit les lèvres. Cet homme, même s'il n'était plus en service, sentait le flic à plein nez. Sa voix était basse, étouffée, la voix de quelqu'un qui a l'habitude de proférer des menaces. Elle avait souvent entendu ce genre de voix chez des policiers. Elle ne pouvait pas expliquer sa colère et ses malheurs à cet homme. Comme elle gardait le silence, Utsumi poursuivit :

– Quoi qu'il en soit, demain, je passerai vous prendre en voiture. Vous allez bien à Otaru ?
– Oui.
– À 9 heures, ça ira ?
– Oui.

Résignée et répondant à ses questions à contrecœur, Kasumi eut du mal à le remercier :

– Merci, je suis désolée de vous déranger.

Elle raccrocha. Elle se souvint qu'elle avait dit à peu près la même chose à Asanuma juste avant, et sourit amèrement. Soudain, elle revécut les auditions humiliantes qu'elle avait subies au commissariat et les sourires ironiques que les jeunes policiers avaient échangés en douce.

« On raconte que vous êtes ensemble, Ishiyama et vous. Dites, c'est pas vrai, quand même ? »

« Il y a une fatalité. »

« Vous savez ce qu'on dit : la disparition d'un enfant, c'est généralement le crime d'un proche. »

Néanmoins, peu lui importaient les blessures qu'elle avait reçues pour rechercher Yuka. Tant mieux si cet Utsumi l'aidait du mieux qu'il pouvait. Mais elle était furieuse que Michihiro ne lui ait pas parlé de son initiative. Elle regarda l'heure à sa montre et téléphona à l'atelier.

– Moriwaki Compo, allô.

Elle fut surprise d'entendre la voix tonique de Michihiro.

– C'est moi. Je viens d'arriver.

– Kasumi ? C'est comment, là-bas ?

– Quoi ?

– Le temps, je ne sais pas...

– Oh, ça, il fait beau. Euh, je voulais te dire, j'ai téléphoné à Asanuma, et il m'a dit que c'était une erreur. Mais j'irai quand même voir demain pour être sûre.

Elle ne l'informait pas en termes précis. Elle ne pouvait pas lui annoncer le résultat tant qu'elle n'aurait pas constaté par elle-même ce qu'il en était.

– Bien, bonne idée. Tu ne serais pas tranquille si tu ne le faisais pas.

Derrière lui, elle entendait le ronflement répétitif de la photocopieuse.

– Dis-moi, tu as téléphoné à ce type appelé Utsumi ?

– Oui. Ce serait absurde de ne pas utiliser quelqu'un qui veut nous aider bénévolement.

– Tu dis « utiliser », mais c'est moi qui vais y aller avec lui.

– Et alors ? s'impatienta Michihiro. Tu ne crois pas que c'est mieux que d'y aller toute seule ?

– Je peux lui faire confiance ?

– Qu'est-ce que tu racontes ! Ça sera plus facile !

– Oui, tu as raison...

– Il ne te plaît pas ? Pourquoi tu as refusé son aide ?

– Il disait qu'il était un ancien inspecteur ! Tu sais aussi bien que moi qu'on ne peut pas compter sur la police. Ils n'étaient vraiment pas gentils et ils sont pleins de préjugés.

– Ça dépend des gens, voyons. Qu'est-ce que tu as, tu parles comme une enfant...

Il avait sans doute raison, mais elle sentait un certain manque d'intérêt chez lui. La manière avec laquelle il leur donnait carte blanche, à Utsumi et elle, l'agaçait.

– En tout cas, ne prends plus de décision dans mon dos, s'il te plaît.

– Je te signale que, de ton côté, tu m'as caché le coup de fil d'Asanuma.

– C'est parce que je voulais aller m'en assurer avant lui.

– Il y a des choses que tu ne veux pas qu'on sache ?

Ce brusque changement de ton lui glaça le sang.

– Qu'est-ce que tu veux dire ?

– Je me demande si tu n'as pas l'intention de rejoindre quelqu'un là-bas.

Cette attaque, loin de la mettre en colère, la fit défaillir :

– Quelqu'un, et qui ça ? Pourquoi tu dis une chose pareille ?

– Tu crois peut-être que je ne suis pas au courant pour Ishiyama et toi ?

Elle ne put retenir un cri de stupeur. Le bruit de la photocopieuse avait cessé sans qu'elle s'en rende compte. Elle imagina Michihiro debout dans l'atelier, le combiné à l'oreille, au milieu de l'ombre et de la lumière que créaient sur le sol les rayons du soleil couchant.

– Au début, je n'ai pas voulu y croire quand on m'a interrogé à ce sujet au commissariat. J'ai eu la bonté de vous couvrir en disant que ce n'était pas possible. Résultat, j'ai été bien bête parce qu'ils ont failli m'accuser d'être l'assassin de ma fille. J'ai refusé d'y croire jusqu'au jour où ce salaud a divorcé. Mais depuis un moment je commence à me demander si c'est pas vrai.

Michihiro se tut brusquement.

– Et alors, qu'est-ce que tu veux faire maintenant ? lui demanda-t-elle calmement.

– Quoi, c'est vrai alors ? s'écria-t-il, paniqué.

– Oui. Je suis désolée, fit-elle simplement d'une voix sourde.

Elle n'envisageait plus de sauver la situation. Elle l'entendit serrer les dents à l'autre bout du fil.

– Sois correcte avec moi, d'accord. Depuis combien de temps ça dure ?

– Plusieurs années.

Il soupira profondément comme s'il avait perdu la parole.

– Pardonne-moi...

– Mais alors, pourquoi est-ce que Yuka a disparu ?

– Eh bien, murmura Kasumi, je ne sais pas. Ça, je ne sais pas.

– Tu ne sais pas ? C'est bien vrai ? Hein, rends-la-moi. Rends-moi ma fille ! C'est votre faute à tous les deux. Rends-la-moi...

« Rends-moi ma fille. C'est ta faute. » Il n'arrêtait pas de répéter ces phrases. Elle ferma les yeux et écouta sa litanie à travers le combiné en pensant que c'était le bruit du vent traversant la plaine. Peu à peu, sa voix devenait larmoyante et s'entrecoupait de sanglots.

– Je n'ai plus besoin de toi.

– D'accord, répondit-elle sans se démonter. Je ne reviendrai pas.

– C'est ça, ne reviens plus. Je ne suis pas en état de te revoir.

– Et Yuka ?

– Yuka est ma fille. Elle me manque à crever.

– On va continuer à la chercher.

– Moi, j'en ai ras le bol. J'ai renoncé à tout. Yuka et toi, vous êtes mortes pour moi. Cherche-la jusqu'à la fin du monde si tu veux. Moi, je vais vivre avec Risa. C'est moi qu'elle aime.

– D'accord. Prends bien soin d'elle.

Il pleurait. Elle raccrocha doucement le combiné. Étrangement, les larmes ne sortaient pas. Elle s'allongea de nouveau sur le lit, croisa les bras fermement et, le corps ainsi raidi, se mit à réfléchir. Michihiro était enfin en possession de ce désespoir qu'il désirait tant. Il vivrait désormais résigné quant au sort de sa fille disparue et dans la haine de Kasumi.

Elle n'attendit pas d'être fixée sur Otaru. La vraie dérive commença à cet instant précis. En plus, c'était une dérive vers le large, là où la mer est houleuse. Cette nuit-là, afin de ne pas rêver dans son sommeil, elle ouvrit une mini-bouteille de whisky, trouvée dans le réfrigérateur de sa chambre. Elle ne voulait pas rêver parce que, dans les rêves, il est impossible de fuir.

Le lendemain matin, le ciel qu'elle apercevait par la fenêtre était couvert de nuages gris et triste. Elle but un verre d'eau minérale en se disant qu'il était le reflet de son humeur. Dans le réfrigérateur, elle prit la boîte-repas à laquelle elle n'avait pas touché la veille et en défit l'emballage. Des grains de sel se détachaient, blancs, sur la chair du saumon desséchée et racornie. Le riz avait durci et la laitue, flétrie, avait pris une couleur marron. Pourtant, c'était encore mangeable. « Reste en vie ici », lui disait quelque chose à l'intérieur d'elle. Elle commença de manger le plat réfrigéré. C'est alors qu'on frappa à la porte.

Elle ouvrit et vit dans le couloir un homme aux cheveux gominés et à l'œil mauvais. Avec son costume noir et son tee-shirt blanc, il n'avait pas l'air d'un honnête travailleur, mais il laissait en même temps l'impression étriquée d'un homme qui s'est fixé un cadre rigide. Son regard sombre se détachait d'un visage dont les paupières ne semblaient jamais cligner. Son cou était décharné et son costume semblait flotter tellement il était maigre.

– Vous êtes madame Moriwaki ?

– Oui, c'est moi...

Sans doute crut-il que Kasumi était distraite, car il insista :

– Vous êtes bien madame Moriwaki ?

– Oui...

– Je suis Utsumi.

– Monsieur Utsumi ?

– C'est cela. Je suis l'ancien inspecteur de police qui vous a téléphoné hier. (Elle se rappela brusquement leur rendez-vous.) Je vous ai attendue à 9 heures, mais comme vous ne veniez pas...

– Excusez-moi. J'avais oublié.

Jetant un œil désinvolte à l'intérieur de la chambre, il esquissa un sourire.

– Vous êtes en train de manger ?

– Oui.

– Dans ce cas, je vous attends en bas.

Il plongea ses deux mains dans les poches de sa veste, ce qui fit saillir les gros os pointus de ses épaules à travers l'étoffe. Le regard de Kasumi s'y arrêta et peut-être s'en aperçut-il, car il referma la porte comme pour lui barrer la vue.

Ce n'était pas cet homme surgi brusquement devant ses yeux qu'elle avait oublié, mais sa visite à Otaru, songea-t-elle, et elle se demanda comment elle avait pu oublier une chose aussi importante. Il ne dépendait que du résultat d'Otaru que la résolution qu'elle avait envisagée la veille soit déjà effective. Elle ne retournerait plus à Musashi-Sakaï. Elle s'habilla en hâte et prit ses bagages. Puis elle descendit à la petite réception de l'hôtel. Utsumi se tenait devant un distributeur automatique de cigarettes et lui tournait le dos. Elle régla discrètement sa note avant qu'il s'aperçoive de sa présence. Désormais, elle devrait faire attention à ne pas dilapider l'argent qu'elle avait sur elle.

– Excusez-moi de vous avoir fait attendre, lui dit-elle dans son dos.

Il jeta un coup d'œil rapide à la réception, puis porta son regard sur son sac de nylon.

– Vous ne restez pas dans cet hôtel ?

– Si, mais je prends des vêtements pour Yuka.

– Ah, d'accord. Bien, on y va ?

La froideur qu'elle sentait dans sa voix la fit douter. Dans quel but cet homme voulait-il se rendre utile ?

– Excusez-moi. Je suis confuse.

– Ne vous en faites pas. Je n'ai que ça à faire, vraiment.

– Pour quelle raison avez-vous démissionné ?

– Je suis malade.

Elle examina l'air de rien le corps étrangement amaigri de son compagnon. Elle avait un pressentiment sinistre, dû non pas à l'impression de faiblesse que ce corps dégageait mais plutôt au contraste qu'il créait avec son regard vif.

– Je suis désolée de vous déranger dans ces circonstances.

Elle-même se trouvait trop insistante, mais elle ne parvenait pas à changer de sujet de conversation. Elle ne comprenait pas les motivations d'Utsumi.

– C'est moi qui me suis proposé. Ne prenez pas mal ce que je vais vous dire, mais c'est quasiment pour passer le temps. Je n'ai pas d'enfant, alors même si je crois comprendre ce que vous ressentez, j'en suis probablement incapable, en fait.

– C'est pour passer le temps ? répéta-t-elle.

Ce qui lui tenait tant à cœur n'était rien d'autre qu'un divertissement pour un étranger. À l'exception des yeux, les traits d'Utsumi se décontractèrent dans une esquisse de sourire :

– Excusez-moi. C'est parce que je n'ai plus rien à faire que j'ai employé cette expression. Je me suis dit que je vous donnerais mon temps si ça pouvait vous rendre service.

Le « temps » d'Utsumi, Kasumi n'avait aucun moyen de savoir ce que ça pouvait être. Elle se demandait ce qui l'avait conduit à s'intéresser à la disparition de Yuka.

– Quoi qu'il en soit, allons-y.

Il franchit le premier la porte automatique marquée de traces de doigts bien visibles. L'hôtel était proche d'un petit quartier de grossistes où l'on croisait des hommes affairés portant blouson ou costume sobre. La porte se referma derrière lui et se rouvrit aussitôt pour laisser passer Kasumi. Il faisait plus frais que la veille. Probablement un peu moins de 20 °C. Elle passa sa parka de nylon noir par-dessus sa veste en jean. Dans la montagne, on devait déjà sentir l'automne arriver, pensa-t-elle en fixant d'un regard sévère le ciel au loin. D'ici, il fallait un peu plus d'une heure pour arriver à l'endroit où Yuka avait disparu. Elle se remémora les routes qu'elle avait parcourues seule sur le Kabu quatre ans auparavant. Personne, à ce moment-là, ne comprenait sa détresse et son sentiment d'abandon. Personne ne pouvait comprendre ce qu'elle vivait. C'était cela qui l'avait probablement rendue si forte.

Utsumi lui montra du doigt sa voiture grise garée le long du trottoir de l'autre côté de la route. Elle acquiesça, et il traversa au milieu du vent froid qui agitait les pans de sa veste. Sa silhouette, quoique marchant d'un pas rapide, lui fit penser à la solitude et à la décrépitude d'un vieil animal. Le suivant de près, elle lui adressa la parole d'un air gêné :

– Euh, qu'est-ce que vous a dit mon mari ? Je pense qu'il ne pourra pas vous payer pour les recherches.

– Je fais ça bénévolement.

– Alors, permettez-moi au moins de vous rembourser l'essence.

Il se retourna vers elle et lui fit un rapide signe de tête, sans paraître particulièrement reconnaissant de cette nouvelle :

– Ah, merci.

Vues sous cet angle, ses joues étaient terriblement creuses. Il lui ouvrit la portière du siège passager. Elle sursauta en voyant les graffitis « Idiot » et « Crève ! » sur la carrosserie.

– Vous ne les effacez pas ?

– Non, ça n'a aucune importance.

– Mais ce n'est pas très joli, non ?

– C'est pas grave. Et puis, en fait, je suis en train de faire une chose idiote.

« Pareil pour moi », pensa-t-elle. Voyant qu'elle baissait la tête, il lui présenta des excuses alambiquées :

– Excusez-moi, madame Moriwaki. Ne faites pas attention... Jusque-là je n'avais jamais fait de choses idiotes, et je me préfère maintenant.

L'intérieur de la voiture était recouvert d'une fine pellicule de poussière, comme s'il n'était pas monté dedans pendant longtemps. Elle prit place dans le siège un peu sale du passager. Tout en faisant démarrer lentement la voiture, Utsumi enfonça la cassette dans l'autoradio d'un geste machinal. Une chanson en anglais qu'elle ne connaissait pas retentit.

– C'est pas trop fort ?

– Non, ça va.

– Pardon. Depuis quelque temps je ne peux rien écouter d'autre.

– Comment s'appelle cette chanson ?

Il ne répondit pas. « Il ne fait pas semblant de m'ignorer, pensa-t-elle. C'est qu'il ne souhaite pas le dire à quelqu'un d'autre. » Silencieux, il était comme plongé en lui-même en compagnie de la musique, et sa présence était soudain devenue lointaine. Soulagée de n'avoir plus à se soucier de lui, Kasumi se détendit, s'accouda au rebord de la fenêtre où de minuscules grains de poussière s'étaient amoncelés et regarda dehors. Il y avait des embouteillages en ville.

– Quand voulez-vous aller à l'endroit où votre fille a disparu ? lui demanda-t-il.

Elle contemplait la file de voitures sur la voie de gauche. Un jeune homme – un représentant apparemment – était plongé dans la lecture d'une bande dessinée posée sur son volant.

– Demain, je pense.

– Ça serait bien si on pouvait être hébergés dans la maison de Mme Izumi.

– Ce n'est pas vraiment son genre...

– Ah, je vois, acquiesça-t-il d'un air entendu.

Au fond d'elle-même, elle se demandait avec appréhension jusqu'à quel point il était informé de son histoire, et, à sa réaction, elle crut comprendre qu'il en connaissait presque tous les détails. Elle se sentit d'une humeur étrange, à la fois rassurée et mal à l'aise.

– Vous connaissiez M. Izumi ?

– Oui. Il était très connu dans le coin. Et puis, au moment de la disparition, j'ai participé aux recherches dans la montagne.

– Vous connaissez aussi M. Mizushima ?

– Oui, oui...

Utsumi évita de s'étendre sur Mizushima. Quand ils furent sortis des embouteillages, sa conduite se révéla aussi prudente qu'ennuyeuse ; il restait silencieux et ne dépassait jamais la limitation de vitesse. Tandis que la cassette tournait, elle lui demanda :

– Monsieur Utsumi. Est-ce que M. Asanuma vous l'a dit ? Il paraît qu'on va perdre notre temps à Otaru.

– Non, je ne suis au courant de rien, fit-il innocemment après avoir jeté un bref coup d'œil sur un camion qui les doublait. (La remorque du camion transportait quatre ou cinq vaches.) C'est une info bidon, alors ?

– Je ne sais pas. C'est pour ça que je veux aller vérifier.

– Pour ça, vous auriez pu laisser un inspecteur y aller, non ?

– Je veux vérifier moi-même.

– Vous voulez dire que vous n'êtes pas contente de la manière dont Asanuma a mené son enquête jusque-là ? fit-il en lui lançant un regard perçant.

– Asanuma ou quelqu'un d'autre, c'est la même chose. On ne l'a pas retrouvée.

Le silence retomba à l'intérieur de la voiture. Utsumi fit sortir la cassette de l'autoradio. Kasumi fixait la ligne blanche au milieu de la route sans dire un mot. Sur la nationale devant chez ses parents, elle était peinte en jaune parce qu'il était interdit de doubler. Pour cette raison, elle avait longtemps cru que les lignes centrales étaient toujours de cette couleur.

– Si c'est moi qui m'en étais chargé, je pense que ç'aurait été différent, dit-il.

Il y avait de la tristesse mais pas de vanité ou de regrets dans ces mots ; elle regarda son visage émacié.

– Comment ça ?

– Non..., commença-t-il en souriant d'un air gêné.

« Il a voulu me parler de lui, mais il y a renoncé », pensa-t-elle.

– Vous voulez dire que si vous aviez eu la responsabilité de l'enquête, vous auriez trouvé la solution plus vite ?

– En quelque sorte.

– Ne dites pas des choses en l'air, s'il vous plaît. C'est très sérieux pour moi, lui rétorqua-t-elle. Vous parlez comme un voyant. Je n'aime pas les gens qui critiquent après coup.

Utsumi eut un sourire embarrassé :

– Admettons que chacun s'écarte ne serait-ce qu'un tout petit peu de la vérité. Eh bien, les choses prennent peu à peu une mauvaise direction, et ça donne un résultat bizarre. Peut-être que vous cachez quelque chose, madame Moriwaki, ou même votre mari. M. Ishiyama, lui aussi peut-être, ou sa femme, on ne sait pas. Izumi, ce vieil homme qui est mort, on ne sait pas ce qu'il pensait, mais personne n'a enquêté à ce sujet. On n'a pas fait le maximum pour rechercher cette enfant. C'est pour ça que si ç'avait été moi...

– Si c'était vous, qu'est-ce que vous feriez ?

– Je tirerais au clair les liens entre les gens.

– Et alors, qu'est-ce qu'il en sortirait ? On retrouverait Yuka ? Ce n'est pas son cadavre qui en sortirait ? fit-elle par provocation.

Elle avait l'impression d'avoir percé Utsumi. Il n'y avait pas de malveillance derrière ses bonnes intentions, c'était une sorte d'ambition qui le guidait. Mais malveillance ou ambition, cela n'avait aucune importance pour elle.

– Je suis désolé d'avoir à vous le dire, mais si on retrouvait son cadavre, on pourrait intenter une action.

– Intenter une action, et après ?

– Enlèvement avec meurtre, c'est pas rien comme affaire.

– Et donc si vous pouviez la résoudre, vous deviendriez célèbre.

Le regard fixé devant lui, Utsumi acquiesça. Elle s'avisa soudain qu'ils roulaient sur une autoroute.

– Mais moi, ça m'est égal maintenant...

– Parce que vous avez démissionné, c'est ça ?

– Ouais. Je ne retournerai jamais dans la police, alors ça ne me concerne pas.

– Dans ce cas, quelles sont vos intentions ? lui demanda-t-elle avec irritation. Depuis le début, je vous trouve bizarre. Vous vous dites bénévole, mais à vous voir, je ne comprends plus très bien. Pour quelle raison vous voulez enquêter ?

– Oh..., réagit-il en hochant la tête comme s'il parlait de quelqu'un d'autre. Moi-même, je n'en sais rien...

La conduite d'Utsumi sur l'autoroute était terriblement lente en dépit des propos acides qu'ils échangeaient. Un panneau annonça « Otaru 33 km ». La ville hérissée d'immeubles laissa la place à un paysage monotone de maisons toutes semblables les unes aux autres.

– Des parents ne tuent pas leurs enfants, n'est-ce pas ? fit-il brusquement.

– Vous nous soupçonnez, c'est ça ? lui demanda-t-elle à son tour, en se rappelant qu'elle avait rompu avec Michihiro la veille.

– En général, je veux dire. Moi, je ne comprends pas ce que ce genre de parents peut avoir dans le cœur.

– Je ne me suis jamais posé cette question.

Pourtant, sa décision d'abandonner Risa, n'était-ce pas une sorte d'infanticide ? se dit-elle avec effroi. Inconscient de son trouble, Utsumi poursuivit :

– J'ai été confronté à pas mal d'affaires de ce type dans ma carrière. Des parents qui avaient souscrit une assurance au nom de leur enfant et qui l'ont tué, un autre battu à mort avec une batte de base-ball. Et je ne compte pas le nombre de cas de jeunes parents qui ont tué leur enfant en voulant le punir.

– Tout cela n'a rien à voir avec ce qui m'arrive. Les circonstances ne sont pas toujours les mêmes. Tout à l'heure vous avez dit que vous ne compreniez pas parce que vous n'avez pas d'enfant. C'est exactement ça, vous ne croyez pas ?

– M. Asanuma a des enfants, lui. Pourtant, son enquête non plus ne vous a pas plu. Comment devrait procéder la police, selon vous ?

– Je ne suis pas de la police, alors comment voulez-vous que je le sache !

– Bien, alors que pensez-vous des Ishiyama ?

– Pourquoi vous m'interrogez sur les Ishiyama ?

Elle le regarda de côté. Il tourna ses yeux creusés vers elle.

– Non, je me demandais pourquoi vous étiez venus jusqu'à Hokkaïdô...

Tout en se préparant à répondre à toutes les questions qu'il pourrait lui poser, elle était contrariée, se demandant si ce n'était pas un stratagème. Elle avait fait une croix sur cette histoire. Des souvenirs, rien d'autre, et qui ne réveillaient aucune émotion en elle.

– Les Ishiyama, vous dites ? (Elle poussa un profond soupir.) Maintenant, je les plains vraiment beaucoup, ces gens. Ils ont divorcé et M. Ishiyama a disparu.

– Ah bon ? ! s'écria Utsumi. Pourquoi est-ce qu'on ne sait pas où il est ?

– Il a fait faillite, paraît-il, mais je ne connais pas les détails.

– Il est peut-être poursuivi par ses créanciers ?

– Vous, les inspecteurs de police, vous voyez tout de suite le mal partout.

– Pas du tout, mais les gens qui disparaissent sans laisser de traces, en général c'est pour ce genre de raison.

– Vous ne pouvez pas dire ça. Je ne comprends pas pourquoi vous ne voyez les choses que sous cet angle. Peut-être qu'il est arrivé quelque chose qui dépasse votre imagination, monsieur Utsumi.

Elle pensait à une bouée. Lorsque les gens disparaissent, ça ne signifie pas forcément qu'ils sont poursuivis par quelque chose. Par exemple, quand on vit en croyant être la bouée de quelqu'un et que cela n'est plus vrai. Ou bien quand on perd sa bouée et qu'on sombre en mer.

– C'est sûr que je n'ai pas pensé à ça, murmura-t-il.

Était-il surpris ? En tout cas, la franchise avec laquelle il le reconnaissait étonna Kasumi. Elle ne dit rien. Elle venait d'apercevoir la baie de l'Ishikari sur le côté gauche de l'autoroute. Au même instant, les nuages s'étaient dissipés et le soleil était apparu. La mer était bleue, étale, et étincelait sous les rayons du soleil. L'intérieur de la voiture devint brusquement plus clair. Regardant la mer, Utsumi changea de conversation. Ses cheveux enduits de brillantine réfléchissaient la lumière.

– Madame Moriwaki, vous êtes déjà allée à Otaru ?

– Non.

– C'est une ville toute plate qui se cramponne au flanc d'une colline. Et la plage d'Asari, vous connaissez ?

– Non, bien sûr.

– Ça va sûrement vous surprendre, fit-il en souriant. Ils en ont fait plus ou moins un lieu de baignade, vous allez voir.

La plage devant la maison de ses parents était aussi un lieu de baignade. Pendant à peine une vingtaine de jours, de la fin juillet à la mi-août, elle était pleine d'hommes et de femmes venus salir leurs maillots de bain sur le sable noir. C'était la seule période de l'année pendant laquelle elle aidait ses parents. S'il avait vu cette plage, Utsumi ne se serait certainement pas moqué d'Asari. Elle se revit petite quand elle se promenait sur la plage en maillot de bain. Son visage, son corps devinrent soudain ceux de Yuka. Portant le maillot rouge qu'une camarade du voisinage lui avait donné, elle ramassait une pierre de sable et la brisait, puis une autre qu'elle brisait aussi. Kasumi porta les mains à ses yeux.

– Est-ce que ça va ? lui demanda Utsumi en l'interrogeant du regard.

Son regard n'exprimait pas d'inquiétude, mais plutôt le désir de savoir ce qui se passait en elle. Elle releva la tête et, sans le regarder, capta du coin de l'œil le paysage qui défilait dehors. Elle aperçut un panneau « Sortie Asari » et, quand ils l'eurent dépassé, son cœur se mit à battre violemment. L'enfant que la vieille femme appelée Otsuka avait vu était vraisemblablement un garçon. Son espoir était sur le point de faire naufrage. Pourtant, quelque chose qui refusait de se résigner respirait péniblement en elle et bougeait par moments pour tenter de se dresser. C'était cela, la douleur de celui qui recherche coûte que coûte ce qu'il a perdu.

Utsumi ralentit. La voiture traversa une colline couverte d'herbes drues et se dirigea vers la mer. Elle arriva bientôt à une petite gare. Devant, il y avait une placette d'où partait un chemin côtier si étroit que deux véhicules pouvaient à peine s'y croiser. C'était la « grand-rue » d'Asari. Des véhicules, appartenant sans doute à des baigneurs, étaient garés en file sur le bas-côté et rendaient le chemin encore plus impraticable. Quelques échoppes désertées et des maisons de pêcheurs se succédaient tout du long. Ensuite s'élevaient l'un à côté de l'autre un hôtel de tourisme tape-à-l'œil qui jurait avec les autres bâtiments et une supérette neuve. La mer se trouvait juste derrière la rangée de maisons et, en sentant la présence de cette grande masse d'eau, Kasumi se crispa. C'était sa vie qui lui revenait en mémoire.

– On y est.

Il s'était garé sur la petite place devant la gare. Il paraissait fatigué et se tenait l'estomac. Des perles de sueur brillaient sur son front.

– Vous ne vous sentez pas bien ? lui demanda-t-elle.

Il détourna les yeux d'un air maussade.

– J'ai un peu mal au ventre, mais ça va s'arranger tout de suite.

– Voulez-vous que j'aille vous acheter de l'eau làbas ? fit-elle en tendant la main vers la supérette.

– Non, merci. J'en ai apporté.

Il lui montra le bac à rangement de sa portière. Il y avait une petite bouteille d'eau minérale dedans.

– Mais ce serait mieux qu'elle soit fraîche, non ?

– Tiède, c'est mieux. J'ai été opéré de l'estomac.

– Alors, je vais chercher un endroit pour que vous vous reposiez.

Elle ouvrit la portière et le laissa seul dans la voiture. Le soleil disparut derrière les nuages à cet instant précis et un vent frais se mit à souffler de la mer. Elle leva les yeux vers le ciel devenu gris. Ça n'avait pas l'odeur de la plage, étrangement. Pourtant, cette oppression, signe que la mer était toute proche, elle la ressentait sans aucun doute. Elle se souvenait d'avoir éprouvé cette sensation.

Elle entra dans la supérette et demanda à la jeune femme à la caisse s'il n'y avait pas un salon de thé dans les environs. Celle-ci lui répondit que le seul lieu où l'on pouvait boire et manger était le restaurant de nouilles de sarrasin devant la gare. Faute de mieux, elle retourna à la voiture. Utsumi était étendu sur son siège rabattu en arrière et avait les yeux fermés.

– Monsieur Utsumi. Il paraît qu'il n'y a qu'un restaurant de nouilles. Restez allongé dans la voiture. Je vais aller voir Mme Otsuka.

Il se cacha les yeux avec les mains et lui répondit sans la regarder :

– Je vous rejoins plus tard.

Elle referma doucement la portière. Son coup de fatigue l'inquiétait, mais ce n'était pas tout. « Si jamais Yuka est là », se disait-elle, le cœur battant. Elle appela Otsuka d'une cabine téléphonique devant la gare.

– Bonjour, je m'appelle Kasumi Moriwaki.

Surprise, la vieille femme resta court :

– La personne de la télé ?

– Oui. Je suis à Asari en ce moment et j'aimerais vous poser quelques questions.

– Vous l'avez vu, c'est ça ? Excusez-moi, hein. Je crois bien que je me suis trompée. (Kasumi avait l'impression de la voir s'agiter devant ses yeux.) Je ne pense pas qu'il soit utile que nous nous rencontrions.

– Mais j'ai fait le déplacement...

À contrecœur, Otsuka lui donna le nom de l'hôtel de tourisme à côté de la supérette. Elle en était la propriétaire, dit-elle. Kasumi traversa la petite place. Elle passa devant la voiture d'Utsumi, mais ce dernier ne la vit pas ; il se tenait le ventre en fixant vaguement le ciel. Il était un peu plus détendu. Sans doute sa douleur à l'estomac était-elle en train de se calmer.

– Excusez-moi, fit-elle devant la petite réception de l'hôtel.

Malgré la pancarte annonçant « Hôtel de tourisme », les photographies affichées à côté de la réception, qui représentaient des chambres à la décoration particulièrement soignée, montraient clairement qu'il s'agissait plutôt d'un *love hotel*.

Une voix se fit entendre et une vieille femme de grande taille apparut. Elle était habillée d'une manière voyante, avec un chandail en lamé violet et un pantalon jaune. Son rouge à lèvres vermillon jurait avec le lamé.

– Ah, excusez-moi, hein. Je suis désolée de vous avoir fait vous déplacer. Je suis Otsuka.

Elle posa ses gros coudes sur le comptoir.

– Merci d'avoir téléphoné l'autre jour.

– Non, ce n'est rien. Je pensais que ça pouvait vous rendre service et je ne tenais plus en place, fit-elle avec un sourire charmeur.

– Euh, vous disiez que vous croyiez vous être trompée ?

– L'enfant que j'ai vu, c'est un garçon. Quand on a passé mon message à la télévision, juste après j'ai reçu des appels de gens du voisinage. « L'enfant dont tu parles, c'est un garçon. Il est en première année de collège et il fréquente l'école depuis la rentrée d'avril. » J'ai eu tellement honte. J'étais désolée et puis je n'aurais pas dû m'en mêler ! Je me suis fait gronder par l'inspecteur de police.

– L'inspecteur Asanuma, du commissariat d'Éniwa ?

– Oui, c'est ça. J'ai dit aussi qu'ils habitaient dans une cabane de pêcheur, mais il paraît que c'est faux. C'est sa maison. Et c'est quelqu'un d'ici. Vous voulez voir la photo ?

Elle prit une enveloppe marron sous le comptoir et en sortit une photographie.

– C'est quoi cette photo ?

– La photo de rentrée du collège. La personne en question me l'a apportée hier. Il était en colère et il m'a dit que quand vous ou la police viendriez, il fallait que je vous la montre comme preuve.

– Faites voir, dit Kasumi en conservant son sang-froid, et elle prit la photographie.

Une photo de groupe avec une trentaine de collégiens sous laquelle on avait imprimé « Collège Isohama ». Sans dire un mot, Otsuka pointa du doigt un élève de la première rangée. C'était un garçon aux mâchoires étroites, portant un uniforme un peu trop grand pour lui et que le soleil faisait grimacer.

Il ne lui ressemblait absolument pas. Exaspérée, Kasumi le regardait en silence et finit par dire :

– C'est un garçon, en effet.

– Son nom aussi, il ressemble un petit peu. Il s'appelle Yutaka.

– Vous avez confondu Yutaka avec Yuka ?

Otsuka esquissa un sourire confus.

– J'ai tellement honte. Je ne suis pas d'ici, alors je ne connaissais pas la situation de cette famille.

– D'où venez-vous, madame Otsuka ? lui demanda-t-elle.

Sa voix s'affaiblissait. En vérité, peu lui importait d'où elle venait.

– Je suis de Sapporo. C'est pour ça, le commerce est dur ici et ce n'est pas facile pour moi.

– Ah oui ?

– Mais je suis vraiment désolée. J'étais triste pour vous et j'ai téléphoné parce que je voulais vous aider. Je crois que j'ai commis une grosse bêtise. Vous savez, on m'a appelée d'un peu partout pour avoir des renseignements, et ça n'a pas été facile. Même la police...

– D'un peu partout... Qui vous a appelée ? s'étonna Kasumi.

– Les journalistes et toutes sortes de gens. Je suis vraiment désolée.

Elle s'agitait comme si elle était impatiente que Kasumi s'en aille.

– Je vois. Donc ce n'est pas la peine que je me rende sur place...

– Non, vous allez les déranger, je pense. J'aimerais autant que vous n'y alliez pas.

Kasumi contint sa tristesse et s'inclina poliment.

– Merci. Au revoir.

– Ah, excusez-moi. Prenez ceci, s'il vous plaît.

Elle lui tendit une enveloppe qu'elle avait prise sous le comptoir.

– Qu'est-ce que c'est ?

– Nous avons fait une quête. Ce n'est pas grand-chose.

– Merci beaucoup. Je l'accepte avec plaisir, dit Kasumi en prenant l'enveloppe.

Elle avait refusé obstinément les dons jusque-là, mais à présent elle avait besoin d'argent pour poursuivre ses recherches. Otsuka parut tomber des nues qu'elle ait accepté l'argent sans hésiter. Son attitude devint brutalement glaciale.

– Alors, bon courage, fit-elle, sur le point de se retirer.

– Euh, excusez-moi, l'interpella Kasumi.

La vieille femme se retourna d'un air agacé.

– Oui ?

– Pourquoi est-ce que vous trouviez que cet enfant me ressemble ?

– Eh bien, répondit-elle en l'observant d'un œil d'où toute chaleur avait disparu, maintenant que je vous vois en vrai, c'est vrai que ce n'est pas pareil. Peut-être que tout ça, c'est des visions que j'ai eues.

– Oui, certainement, lui lança Kasumi, puis elle sortit de l'hôtel en la laissant frappée de stupeur.

L'enquête ne suffisait pas, il fallait aussi que les gens s'en mêlent et la tourmentent sans cesse avec leurs visions. Ce genre d'histoire s'était produit plus de cent fois. Elle s'en remémora quelques-unes.

« J'ai vu son sosie près de chez moi. Je suis absolument certain qu'il s'agit de la petite Yuka. »

« Une élève du nom de Yuka vient d'arriver à l'école. C'est l'enfant d'un premier mariage, paraît-il, alors je pense qu'il s'agit de la petite Yuka. »

Kasumi quitta la route pour s'arrêter à l'ombre d'herbes hautes, et prit l'enveloppe qu'elle avait fourrée dans son sac. Elle était soigneusement fermée avec de la colle. Elle la décolla et regarda à l'intérieur. Deux billets de dix mille yens. Otsuka avait aussi certainement fait parvenir une enveloppe avec de l'argent à l'adresse de ce collégien. « C'est pitoyable », pensa-t-elle en souriant. Mais ce sourire se transforma peu à peu en grimace. Qu'allait-elle faire maintenant ? Si elle avait pris la décision de chercher seule Yuka et de ne plus retourner chez elle, c'était parce qu'elle avait l'intention de vérifier l'information d'Otaru. Elle n'avait plus le temps de tourner et retourner cela dans sa tête, elle ne parvenait pas à se défaire de l'impression qu'elle s'enlisait à vue d'œil dans la vase du lac, au point qu'elle se serait presque laissée choir au milieu de la route. Une chance qu'Utsumi ne l'ait pas accompagnée, pensa-t-elle. Elle ne voulait pas qu'on la voie dans cet état.

Elle aperçut la grève qui s'étendait sur la droite devant l'hôtel. On pouvait s'y baigner, semblait-il. Elle marcha en direction de la mer. Le soleil était toujours caché par les nuages. Ils étaient bas et menaçants, peut-être allait-il pleuvoir, un vent froid soufflait du large. Elle s'étonna de l'étroitesse de la plage : quelques mètres à peine entre la route et le rivage. Pas de sable, mais de gros galets ronds qui semblaient avoir été charriés par une rivière. Des algues noires y étaient collées et la mer elle-même était d'encre.

Quelques bungalows en bois, pareils à des modèles réduits, s'alignaient sur cette bande étroite et, à côté, la maison de la plage ressemblait à la boutique d'un marchand de bonbons, avec un rideau au-dessus de la porte portant la mention « Glace ». Des couples et des familles étaient assis dans des chaises pliantes bleues posées à même les galets. À cause du froid sans doute, tous faisaient un peu le dos rond et contemplaient la mer étale. Devant les bungalows, à un endroit utilisé pour faire la cuisine, une femme en maillot de bain rouge coupait des choux en morceaux. Il y avait aussi une salle de douches bâtie à la hâte en abouchant deux blocs-douches à l'occidentale et des toilettes mobiles – le tout entassé pêle-mêle sur une plage de quelques mètres. Une triste plage. Celle devant la maison de son enfance, même si elle était déserte, valait encore mieux.

Kasumi marcha sur les galets et s'approcha du rivage. Il n'y avait aucune vague, et l'eau noirâtre semblait même immobile, comme croupissante. De petits coquillages, noirs comme le reste, s'agglutinaient sans nombre sur les galets. Elle sentit le dégoût monter en elle. Cette mer noire n'avait pas l'odeur d'une chose vivante. Yuka ne pouvait pas être ici.

Elle se plia en deux pour toucher l'eau. C'était froid. En longeant la côte vers le nord, elle arriverait à l'endroit où elle était née. Soudain, son impression d'être à la dérive se ranima, et des larmes coulèrent sur ses joues. Elle entendit alors la voix d'Utsumi :

– Madame Moriwaki.

Elle essuya précipitamment ses larmes et se retourna.

– Alors ?

Il se tenait au bord de la route. Il avait mauvaise mine, mais semblait tout de même aller mieux. Elle le rejoignit en marchant précautionneusement sur les galets.

– Ce n'est pas elle. Il paraît que c'est un garçon en première année de collège. Elle m'a montré une photo et il n'y a pas de doute. Mme Otsuka vient de Sapporo, elle a dit qu'elle avait téléphoné sans rien savoir de ce garçon.

Utsumi, tourné sur le côté, ne disait pas un mot. Il contemplait le large de son regard perçant. À l'évidence, il était déjà au courant.

– Vous le saviez ?

– Jusqu'à un certain point...

– Dans ce cas, excusez-moi pour le dérangement.

Disait-elle cela par acquit de conscience ? Ou pour éprouver sa propre réaction ? Elle leva les yeux vers lui. Les yeux plissés, il parcourait la grève du regard.

– Ça ne fait rien. Mais c'est dommage, hein ?

– Vous allez mieux ?

– Ouais. Ça s'est calmé.

Il semblait ne pas avoir envie d'aborder ce sujet.

– Voulez-vous qu'on aille au restaurant de nouilles avant de repartir ? Il est déjà 3 heures.

Utsumi ayant acquiescé, elle se mit en marche la première. Ils entrèrent dans le restaurant et se dirigèrent vers une table dans un coin mal éclairé. Les deux employées se tordaient de rire devant la télévision et n'avaient rien dit en les apercevant. Kasumi, assise sur un coussin graisseux, était pensive. Que lui aurait dit Ogata maintenant ? Cette question occupait toutes ses pensées. Les paroles de cet homme lui manquaient. Il tenait les rames de son radeau à la dérive. La terre n'était toujours pas en vue. Relevant les yeux du menu, Utsumi lui demanda :

– Qu'est-ce que vous prenez ?

Elle revint à elle. Les observant de loin, une serveuse s'approcha de leur table pour prendre la commande. Kasumi demanda des *soba*[1] chaudes et Utsumi des *udon*.

– Vous êtes déçue, hein ?

En signe d'évidence, elle soupira profondément.

– Mais ça me soulage aussi qu'elle ne soit pas ici.

Elle embrassa la salle du regard. Elle n'avait pas l'impression de se trouver dans un restaurant, mais de s'être introduite dans la salle de séjour en désordre d'une maison particulière. Pour le peu qu'elle en voyait, la cuisine semblait être sens dessus dessous et, dans un coin, on avait déposé un journal à moitié lu et des vêtements froissés. La serveuse qui avait pris leur commande s'était rassise et regardait avec fascination une émission de variétés.

– Pourquoi ?

– Je ne sais pas trop, répondit-elle sèchement.

De fait, elle n'en savait rien.

– Ah, c'est vrai, fit-elle, en sortant l'enveloppe de son sac. Mme Otsuka m'a donné ça.

– C'est de l'argent ?

– Oui. Il y a vingt mille yens. Si vous voulez, je vous les donne.

– Non, c'est pas la peine. Je n'ai pas de soucis d'argent. J'ai reçu une prime de départ et je touche mon assurance, répondit-il sans lever la tête.

– Mais votre traitement médical, ça coûte cher, non ?

– Non, ça ne coûte plus rien, fit-il aussitôt.

La brusquerie de son refus et la détermination qui transparut dans ses yeux semblèrent lourdes de sens à Kasumi et lui donnèrent froid dans le dos.

1. *Soba* : nouilles de sarrasin. *Udon* : nouilles de blé.

– Comment se fait-il que ça ne vous coûte plus rien ?
– J'ai décidé de ne plus retourner à l'hôpital.

Il aspira délicatement une nouille froide et commença à la mastiquer avec la gravité d'un animal sauvage. Elle voulut lui demander pourquoi il ne retournerait plus à l'hôpital, mais renonça à le faire. Il n'était pas nécessaire de s'investir jusqu'à ce point pour cet homme.

Lorsqu'ils sortirent du restaurant, le vent froid venant de la mer était tombé et la température était remontée notablement. Le soleil perçait la couche des nuages. Au moment où elle ouvrit la portière, elle sentit une odeur de vomi.

– Vous avez vomi ?
– Excusez-moi. Ça sent ? J'ai nettoyé pourtant.
– Ça ne me dérange pas.
– J'ai sans arrêt des nausées et des douleurs à l'estomac.

Elle s'inquiéta de le laisser conduire pour le retour.

– J'aimerais bien conduire, mais je n'ai pas mon permis.
– On en a pour moins d'une demi-heure jusqu'à Sapporo, je peux prendre le volant.
– Dans ce cas, vous n'aurez qu'à me laisser à la gare.
– Non, votre hôtel est sur mon chemin, je vous dépose, proposa-t-il sans toutefois avoir la certitude qu'elle accepterait.

Résignée, Kasumi s'assit dans la voiture qui, en un instant, laissa derrière eux le lieu sur lequel, pendant quelques jours, elle avait fondé tous ses espoirs.

11

Elle s'était assoupie dans la voiture. La voix d'Utsumi la réveilla :

– Madame Moriwaki.

Elle sursauta et regarda autour d'elle. Ils étaient arrivés devant son hôtel. Le quartier des grossistes, avec ses immeubles de petite taille, était désert et, malgré la proximité de la gare, il y flottait une solitude de faubourgs. C'était peut-être aussi à cause de la température un peu fraîche pour la saison. Elle contempla le contour incertain du soleil déclinant qui se dessinait à travers les nuages épais.

– Il n'est pas encore 5 heures.

L'épisode d'Otaru lui semblait loin comme un rêve ; c'était tout juste si elle croyait à sa réalité. Même si elle en avait pressenti le résultat, elle le vivait comme une déconvenue venant s'ajouter à toutes les autres. Elle n'était plus que désillusion. Que faire maintenant ? songea-t-elle, éperdue, en contemplant l'entrée discrète de son hôtel.

– Je viendrai demain matin à la même heure, dit Utsumi.

Elle jugea ridicule de lui mentir.

– Pardonnez-moi, monsieur Utsumi. Je... je ne suis plus à cet hôtel.

N'osant pas lui demander d'explication, il esquissa un sourire légèrement méchant. Elle eut la certitude qu'il le savait déjà. Il attendait qu'elle lui en parle. Cette façon de procéder lui déplaisait.

– Vous le saviez, n'est-ce pas ?

– Non, je ne savais pas.

Il lui tourna le dos d'un air fatigué.

– Il n'y a pas d'hôtel bon marché dans les environs ?

– Pourquoi vous n'iriez pas tout de suite au lac Shikotsu ? Puisque vous devez y aller demain...

– C'est vrai...

Le cœur lourd à l'idée de se retrouver seule à l'endroit où Yuka avait disparu, elle voulait rester à Sapporo. Mais elle ne voulait pas le lui dire.

– À cette époque de l'année, je ne trouverai sans doute pas d'hôtel, reprit-elle.

– Alors, est-ce qu'un *capsule hotel* [1] vous conviendrait ? Il y en a un près d'ici.

– Oui, ça irait.

Utsumi parut réfléchir quelques instants, puis il redémarra lentement. Elle prit sur la banquette arrière le sac de nylon dans lequel étaient fourrés les vêtements de Yuka et se prépara à descendre de la voiture. Il s'arrêta au feu rouge quelques mètres plus loin et se tourna vers elle :

– Madame Moriwaki, pourquoi vous avez quitté votre hôtel ? Il n'est pas si cher que ça. C'est quoi, six mille yens la nuit, non ?

– Même ça, c'est trop cher. J'ai l'intention de rechercher Yuka pendant quelque temps sans retourner chez moi.

– Pendant quelque temps, c'est-à-dire ?

– Eh bien, tant que l'argent suivra. Et quand je n'en aurai plus, je travaillerai peut-être ici.

– Pour votre fille, ça ira ?

1. Type d'hôtel bon marché dans lequel les « chambres » sont des compartiments si exigus qu'il est impossible de s'y tenir debout.

– Oui. Je l'ai confiée à mon mari.

Michihiro effondré en larmes. Sa seconde fille qu'elle ne verrait sans doute plus. Kasumi baissa les yeux. Sur l'asphalte noir, les chaussures des piétons traversaient les bandes blanches du passage clouté. Tandis qu'elle suivait leur mouvement, elle se rendit compte qu'Utsumi l'observait. Gênée, elle détourna la tête. Le feu passa au vert. Agacés qu'il ne démarre pas, les conducteurs derrière eux klaxonnèrent. Il leur lança un regard hostile, franchit à vitesse réduite le carrefour et s'arrêta devant un petit immeuble sur le côté gauche. Dans un grand crissement, il tira le frein à main et lui demanda :

– Vous dites que vous allez la rechercher, mais qu'est-ce que vous comptez faire exactement ? Vous avez un but au moins ?

– Non, rien de précis.

Elle réfléchit vaguement au sens qu'avait pour elle ce mot de « rechercher ». C'était aussi un prétexte pour « ne pas rentrer ».

– Quoi qu'il en soit, j'ai décidé de ne pas rentrer à la maison. Je vous demanderais de ne pas le lui dire.

– Ah ? fit-il en hochant la tête sans comprendre, puis il frotta sa mâchoire en pointe de sa main décharnée. Vous vous êtes disputée avec votre mari ? Pour quelles raisons ?

– Ça, c'est bien une réflexion d'inspecteur de police. Si on ne rentre pas chez soi, c'est qu'on s'est disputés. Et une dispute, c'est un bon mobile. C'est commode quand les choses sont aussi simples, hein ?

Cette attaque ne lui fit pas perdre son sang-froid.

– Je ne fais qu'exprimer avant les autres ce que tout le monde pense.

– Alors, si votre femme vous disait qu'elle ne va pas rentrer à la maison, ça ne vous dérangerait pas qu'on applique à la lettre votre raisonnement et qu'on croie que c'est parce que vous vous êtes disputés, ou qu'on se demande pourquoi ? Mais, en fait, il peut très bien y avoir une autre raison...

– Vous savez quelque chose sur moi ? grimaça-t-il.

– Je suis tombée juste ? s'étonna-t-elle. C'est un hasard...

– Ne parlons pas de moi. Dites-moi plutôt, vous vous êtes disputée avec votre mari à cause de moi ?

– C'est arrivé, en effet, mais pas seulement pour cette raison.

– « Dissensions maritales », c'est ça ?

– Pourquoi votre femme est partie de chez vous ?

Il laissa échapper un sourire gêné.

– Madame Moriwaki, puisque vous n'avez nulle part où aller, vous pourriez peut-être venir à la maison ?

Cette invitation était si inattendue qu'elle en resta bouche bée. Les deux mains posées sur le volant, Utsumi regardait droit devant lui.

– Vous voulez dire chez vous ? Que va penser votre femme ?

– Ma femme est infirmière dans une clinique de Takikawa. Mais quoi ? même si elle était avec nous, il n'y aurait pas de problème...

– Mais, pourquoi ?

– Vous y tenez à votre argent, non ? la railla-t-il.

Elle ne put s'empêcher de lui répondre avec franchise :

– C'est vrai, mais je ne comprends même pas ce qui vous pousse à vous intéresser à notre affaire, alors pourquoi j'irais chez vous ?

– Pourquoi pas ! J'ai un cancer de l'estomac. Je vais mourir très bientôt. Je n'ai pas l'intention de vous le prendre, votre fric. Je ne vais pas vous menacer. Moi-même, j'aimerais savoir pourquoi je m'intéresse à votre histoire.

Surprise par cette confession inopinée, elle le regarda dans les yeux. Il lui adressa un regard limpide et perçant.

– Vous êtes si gravement malade ?

– Vous deviez vous en douter, je pense. Ça se voit dans vos yeux.

Elle baissa la tête sans rien dire. Leur journée de travail probablement terminée, une dizaine d'hommes et de femmes sortirent en groupe compact de l'immeuble sur leur gauche. Peut-être allaient-ils boire un verre ensemble ? Ils occupaient la largeur du trottoir et bavardaient en riant bruyamment. Kasumi lui fit brusquement une proposition :

– Alors, que dites-vous de ça ? Si je prenais soin de vous et qu'en échange vous me laissiez loger chez vous gratuitement ?

– Vous voulez faire l'infirmière ? ironisa-t-il. Jusqu'à ce que je meure ? Ce ne sera pas long !

Elle resta interdite un moment, puis lui dit péniblement :

– Pendant ce temps-là, je chercherai Yuka.

– Je la chercherai avec vous.

– Pourquoi ? Dites-moi la raison...

– J'en sais rien.

– Qu'est-ce que vous ne savez pas ! s'écria-t-elle tout à coup en le saisissant rudement par le col de sa veste. Elle était furieuse, elle voulait absolument faire la lumière sur ce point. La peau décharnée du cou d'Utsumi apparut.

– Dites-moi pourquoi, monsieur Utsumi. Expliquez-vous. Si vous allez mourir, pourquoi est-ce que ça vous intéresse ?

Il lui fit lâcher prise sans ménagement. Il y avait mis de la force, et le contact des os de ses doigts noueux sur le dos de ses mains fit mal à Kasumi.

– Je vous ai dit que je n'en savais rien ! Qu'est-ce que ça peut bien faire de toute façon ? !

– Ça peut faire beaucoup. C'est toujours moi qu'on suspecte sans raison et qui suis blessée. Je ne comprends pas pourquoi.

– Moi non plus, je ne comprends pas. Simplement, je me suis dit qu'avant de mourir je pourrais faire quelque chose que je n'ai jamais fait. C'est tout. Je veux juste savoir ce qui vous est arrivé.

– Mais vous m'avez dit que c'était pour passer le temps ?

– Il y a de ça aussi.

– Vous voulez dire que me voir souffrir comme je souffre, ça va vous aider à réussir votre mort ? Que ça va vous faire passer le temps ?

Elle n'avait pu contenir son exaspération. Même si elle se trouvait brutale envers un malade, il fallait absolument qu'elle sache.

– Vous croyez peut-être que ce n'est pas dur pour moi de savoir que je vais bientôt crever ! Est-ce que vous pouvez comprendre ça ?

– Je crois que je comprends, répondit-elle aussitôt d'une petite voix, mais elle n'était pas sûre d'elle.

En outre, entre sa propre souffrance d'avoir perdu son enfant et celle d'Utsumi qui allait mourir, elle était incapable d'évaluer laquelle était la plus grande. Sans doute était-ce épouvantable de savoir que sa vie a une limite. Pourtant, elle sentait qu'elle aurait été capable d'échanger sa condition contre la sienne. Comprenant probablement lui aussi l'inutilité de toute comparaison, Utsumi se sentit soudain à bout de forces et murmura :

– Bah, ça suffit. Allons-y. Je suis fatigué.

Pour aller chez lui, Utsumi prit vers le nord sur environ dix pâtés de maisons à partir de la gare, puis à l'est ; son appartement était situé dans une zone d'habitations nouvelles aux confins de la ville. Il gara sa Carina dans un parking au mois qui avait tout l'air d'un champ. Il était on ne peut plus rudimentaire : aux emplacements réservés, sur des planches de bois fichées dans le sol à intervalles réguliers, le nom du locataire était grossièrement écrit au feutre. « On dirait une stèle funéraire », pensa Kasumi en regardant la planche sur laquelle le nom d'Utsumi était à moitié effacé, et qui semblait sur le point de s'effondrer dans les herbes folles.

– C'est là, dit-il en lui montrant du doigt son appartement aux murs enduits de mortier.

Elle le suivit dans l'escalier extérieur. Son appartement, situé à l'extrémité du couloir au premier étage, était quasiment vide et parfaitement rangé. Il s'en dégageait une froideur qui devait refléter l'état de désolation mentale d'Utsumi. Bien que son locataire fût un grand malade, il n'y avait aucune odeur de médicament, ni trace des soins assidus d'une personne extérieure. Sans doute l'appartement était-il resté à l'image de la vie qu'il menait avant, imagina-t-elle. Il fit coulisser la porte à glissière de la pièce du fond et se retourna vers elle.

– Je vais m'étendre un moment.

Elle attendit son réveil, seule dans la pièce qui devenait peu à peu obscure. Des boîtes de médicaments étaient posées sur la table. En les regardant, elle réfléchissait à ce que pouvait signifier le fait d'être atteint d'une maladie mortelle. La vie prenait-elle fin de la même façon que le soleil se couche ? Au fur et à mesure que la nuit tombait, les coins de la pièce se fondaient dans le noir et, bien qu'on fût au milieu de l'été, le froid s'insinuait lentement au bout de ses pieds. Ce seul fait était effrayant pour quelqu'un qui aspirait à rester éternellement sous le soleil. Le temps passait. On lui avait fait prendre conscience de cela. Depuis qu'elle avait perdu une horloge appelée Yuka, n'était-elle pas lancée à la poursuite d'un temps chimérique ? Elle souhaitait parfois que le temps passe très vite pour rayer de sa mémoire l'existence même de sa fille, mais alors elle s'exaspérait à l'idée que celle-ci l'oublie à son tour aussi facilement. En somme, pour elle qui ignorait si sa fille était morte ou vive, comme pour Utsumi qui savait sa mort imminente, le fait que le temps s'écoule d'une manière égale pour tous était une réalité avec laquelle ils demeuraient irréconciliables. Elle avait froid aux pieds : elle les posa sur sa chaise, les prit dans ses mains et se recroquevilla autant qu'elle le put. Elle se languissait seule dans cette pièce où elle n'avait rien à faire.

Elle était dans la pénombre à présent. Rien ne laissait supposer qu'Utsumi allait se réveiller. Se morfondant, elle alluma la télévision. Le journal télévisé de 18 h 30 venait de commencer. Après un sujet sur une affaire de corruption de parlementaires qui faisait l'actualité, on passa à un reportage sur des joueurs de football. Elle éteignit la télévision peu après, au moment où commençait un dessin animé que Risa ne manquait jamais de regarder. Lorsque la lumière blafarde émise par l'écran carré disparut tout à fait, la pièce fut plongée dans le noir complet. Elle se sentit oppressée, comme si elle suffoquait, et se dépêcha d'allumer les lumières dans tout l'appartement – le vestibule, le néon juste au-dessus d'elle, la cuisine, le cabinet de toilette, les W.-C. Les rectangles des tatamis jaunis par le soleil se découpèrent nettement, l'ombre disparut et tout fut illuminé par le néon blafard. Sans doute son visage lui-même devait paraître aplati sous cette lumière. Elle eut l'impression de renaître. Elle songea à sa résolution de ne pas retourner à Tôkyô si elle ne retrouvait pas Yuka à Otaru. Aujourd'hui n'était-ce pas le jour mémorable où elle prenait effet ? C'était sa première évasion depuis la nuit où elle avait fui son village. Pourtant, il y avait une différence, car aujourd'hui elle n'avait pour ainsi dire aucun espoir. Qu'allait-elle faire maintenant ? Kasumi était figée au milieu de cette pièce qu'elle voyait pour la première fois.

Elle se sentit l'estomac vide et alla jeter un œil dans la cuisine. Sur le mur taché de gouttelettes d'huile étaient collées des notes sur la façon de préparer la bouillie de riz ou les légumes. Des recettes sommaires, rédigées d'une écriture fine et régulière. Une attention de sa femme sans doute. Tout en les regardant, elle se prépara une ration de bouillie et fit cuire du riz ordinaire dans l'autocuiseur.

N'ayant rien pour accompagner le riz, elle s'apprêtait à aller faire quelques courses lorsqu'elle entendit le crissement de la porte à glissière. Utsumi, en tee-shirt et pantalon de pyjama, s'était levé, hébété, dans l'encadrement entre l'obscurité de sa chambre et la pièce illuminée. Une expression d'embarras se dessina sur son visage quand il vit Kasumi. D'embarras, ou presque d'aversion.

– Comment vous sentez-vous ?

– J'ai un peu d'anémie, je crois.

– Vous n'avez pas l'air de très bonne humeur. On dirait que ma présence vous dérange.

– Vous êtes perspicace.

Le visage las, il s'assit en tailleur sur les tatamis.

– Vous avez mal ?

– Non, mais je suis épuisé.

– Je vais acheter de quoi manger avec le riz. Qu'est-ce qui vous plairait ?

– Prenez ce que vous voudrez. Moi, j'ai pas faim.

– Ah oui ? Alors je prendrai quelque chose de facile à digérer.

Même s'il se forçait, il ne parviendrait pas à avaler quoi que ce soit. Kasumi mit ses chaussures dans l'étroit vestibule. Il lui tendit brusquement un billet de dix mille yens.

– Je peux ? fit-elle en levant les yeux vers son visage émacié.

Il acquiesça d'un air agacé.

– Mais oui. Achetez ce qui vous plaira. J'aurai pas le temps de tout dépenser de toute façon. Et puis, si vous pouviez en profiter pour prendre de l'eau minérale et du papier toilette...

– Vous n'aurez pas le temps de tout dépenser, mais vous avez une femme.

– Je croyais avoir embauché une infirmière doublée d'une femme de ménage, mais elle n'a pas été d'accord, on dirait.

« Je vois », pensa Kasumi ; elle prit le billet et le fourra dans la poche arrière de son jean. Quand Utsumi ne serait plus là, elle pourrait toujours vivre en faisant des ménages, songea-t-elle. Étonnée d'avoir envisagé si vite sa mort, elle se rassura alors en se disant que c'était parce qu'il était un inconnu pour elle. Soudain, Ogata lui revint en mémoire. Dès le départ, elle s'était parfaitement entendue avec lui. Il lui manquait.

Elle acheta du poisson et des légumes dans un supermarché voisin et, d'un téléphone public à côté des caisses, elle appela chez Izumi. C'était Mizushima qu'elle voulait joindre, mais elle s'était dit qu'il devait être fourré toutes les nuits chez Tsutaé Izumi. Comme elle s'y attendait, c'est lui qui décrocha.

– Madame, j'attendais votre appel. Vous êtes déjà arrivée ?

Cet empressement inhabituel de sa part fit battre son cœur.

– Oui, je suis arrivée hier. Est-ce que...

– J'étais justement en train de me demander comment vous joindre. J'ai appelé votre mari, mais vous n'étiez pas à l'hôtel dont il m'a donné les coordonnées.

– De quoi s'agit-il ? Il s'est passé quelque chose ?

Elle posa à terre le sac contenant l'eau et la nourriture.

– Non, excusez-moi, fit-il comme s'il craignait de décevoir ses espoirs. Il ne s'agit pas de Yuka. Ce n'est pas très important peut-être, mais j'ai vu M. Ishiyama aujourd'hui.

– M. Ishiyama ?

– Oui. Ça m'a surpris. La dernière fois, ça doit remonter à l'époque où il a revendu la maison. Vous aussi, ça vous rend nostalgique, n'est-ce pas ? Mais il a beaucoup changé, vous savez.

– Comment ça ?

– On dirait un autre homme. Bah, peut-être qu'il se sent une part de responsabilité, je ne sais pas.

Mizushima ne disait rien de précis.

– Mais en quoi a-t-il changé ?

– C'est difficile à dire.

La curiosité de Kasumi envers Ishiyama était soudain attisée. De quelle façon les années l'avaient-elles changé ?

– J'aimerais le rencontrer. Vous savez s'il est déjà reparti ?

– Je crois qu'il doit passer la nuit au bord du lac.

Il était évasif. Est-ce qu'il ne voulait pas le lui dire ? Elle reformula sa question :

– Il était bizarre ?

– Madame, vous ne l'avez pas rencontré récemment ?

– Non.

– Je ne sais pas si je peux le dire..., hésita-t-il un instant. M. Ishiyama a-t-il divorcé ? Je veux dire, il y avait une jeune femme avec lui. Ça m'a vraiment étonné.

Dans un réflexe, Kasumi se retourna. Elle distingua sa silhouette se reflétant dans la vitre du supermarché. Sa figure bouche bée avec le combiné jaune à l'oreille et la nuit en arrière-plan lui parut terriblement vieillie. Les cernes bien visibles sous ses yeux et les commissures affaissées de ses lèvres. Ishiyama était avec une femme. Elle pensait que leur amour était mort, pourtant cette nouvelle l'accablait.

– Allô, madame Moriwaki ?

– Oui, fit-elle en replaçant précipitamment le combiné devant sa bouche.

– Je crois qu'il va passer la nuit près du lac, alors vous pourrez peut-être le rencontrer demain dans la matinée.

– Hmm.

– Il a dit qu'on le poursuivait. Mme Izumi n'apprécie pas beaucoup ce genre de choses. Alors je ne pense pas qu'il reparaisse à la maison...

En dépit du malaise que suscitait en elle cette façon qu'il avait de parler de sa « maison », Kasumi était sous le choc de ce qu'elle venait d'apprendre. Mais le temps avait passé. Elle seule y demeurait insensible et poursuivait son errance. Elle raccrocha le téléphone et se regarda de nouveau dans la vitre. Non, elle aussi avait changé. Son cœur restait le même, mais ses traits, déchirés par une tristesse profonde, portaient les marques du temps. Elle reprit le chemin du retour avec le sentiment d'avoir été lâchée par Ishiyama.

Elle frappa à la porte et entra.

– C'est moi.

Utsumi, allongé au beau milieu de la pièce, se releva en s'excusant. Elle entendit un bruit d'eau. Il se faisait couler un bain. Elle posa le sac en plastique sur le seuil. Il vint le prendre tandis qu'elle se déchaussait. Il avait l'air en meilleure forme que tout à l'heure.

– Laissez. C'est lourd pour vous.

Sans tenir compte de ses paroles, il porta le sac dans la cuisine en silence. Elle le suivit, entra derrière lui dans la cuisine et se mit rapidement à préparer le dîner. Elle s'aperçut qu'il y avait de la soupe miso déjà prête, la réchauffa et en remplit deux bols. Elle mit le couvert sur la petite table et tous deux s'assirent l'un en face de l'autre.

– Il s'est passé quelque chose ?

– Non, rien de spécial. Pourquoi ?

– Une intuition.

– De quoi ? fit innocemment Kasumi, qui n'avait pas envie de bavarder.

– D'inspecteur.

– Il paraît qu'Ishiyama a réapparu aujourd'hui, dit-elle tout en portant du riz à sa bouche.

Le riz était un peu dur, peut-être parce qu'elle n'avait pas mis assez d'eau dans cet autocuiseur qu'elle ne connaissait pas. Pourtant c'était bon de manger du riz juste cuit.

– Madame Moriwaki, à qui avez-vous téléphoné ? lui demanda-t-il d'un air indifférent, mais son regard scrutateur n'échappa pas à Kasumi.

– Chez M. Mizushima. Non, chez Mme Izumi plutôt.

– Vous auriez pu appeler d'ici. Ne vous inquiétez pas pour la facture.

– Excusez-moi. C'est ce que je ferai dorénavant.

Il sourit un peu amèrement, prit une cuillerée de bouillie et la porta à sa bouche avec des airs de pénitent. Il mastiqua lentement et, quand il l'eut avalée, il la regarda droit dans les yeux.

– Vous savez pourquoi Ishiyama est ici ?

– Ça non, je n'en ai aucune idée, répondit-elle.

Elle but une gorgée de la soupe miso au tofu préparée par Utsumi. Elle avait peu de goût. Avait-il suivi la recette de sa femme ?

– Il passe la nuit au bord du lac, reprit-elle, alors je pourrai peut-être le voir demain, d'après Mizushima.

– De quoi il a l'air ?

– Mizushima a dit qu'il avait changé.

Elle omit de préciser qu'il était avec une femme.

– Bien, on va le coincer.

– Pour un interrogatoire ? dit-elle en souriant.

– Mais non. Je voudrais lui demander son opinion.

– Son opinion ? À quel sujet ?

– Sur cette affaire, évidemment, fit-il sans lever la tête, occupé à détacher son poisson.

« Son opinion, pour quoi faire ? » se demanda-t-elle en posant ses baguettes.

Le couchage qu'il sortit du placard devait être celui qu'utilisait sa femme. Il était propre, mais elle découvrit un cheveu noir sur la taie d'oreiller. Elle le prit et le jeta, puis posa sa tête sur l'oreiller. C'était une impression étrange de se retrouver chez quelqu'un dont on ignorait tout la veille encore et d'essayer de dormir dans le lit de sa femme. Elle se revit quatre ans plus tôt, le même jour, allongée dans un lit comme celui-là. Cette nuit-là, Ishiyama et elle avaient une nouvelle fois commis l'irréparable sans se douter le moins du monde de ce qui allait arriver le lendemain matin.

Ishiyama savait-il qu'elle se rendait tous les 11 août à Izumi-Sato ? Si c'était le cas, peut-être était-il réapparu parce qu'il voulait la rencontrer. En tout cas, il fallait vraiment manquer de délicatesse pour venir ici avec une femme. Elle fut prise d'une violente colère contre lui. Le fait qu'une femme l'accompagnait la touchait particulièrement. Tout cela était si loin qu'elle n'aurait jamais cru éprouver de la jalousie, mais elle avait l'impression d'être la seule encore à la dérive et elle se sentait à la fois triste et exaspérée. Elle souleva la couette, se leva et ouvrit doucement la porte à glissière de la chambre d'Utsumi. La lumière était éteinte, mais il regarda dans sa direction. Éclairé par la lumière de la pièce où dormait Kasumi, l'homme qui la fixait avec hostilité était comme un arbre mort, n'avait que la peau sur les os.

– Qu'est-ce qu'il y a ?

– Je peux vous parler quelques instants ?

– Non, j'ai pris mes somnifères et je vais bientôt dormir.

Elle se glissa dans son lit sans rien dire. Il fit la grimace.

– Qu'est-ce que vous voulez ? C'est le souvenir d'Ishiyama qui vous empêche de dormir ?

– Oui.

– C'était donc vrai cette rumeur... vous étiez ensemble ?

Sans répondre, elle posa le bout de son nez sur son épaule décharnée. Aucune odeur ne se dégageait de son tee-shirt, hormis celle très légère de la lessive. Il retira son épaule pour l'écarter de lui. Kasumi ne bougea pas.

Même s'il l'avait repoussée sans ménagement, elle n'avait pas l'intention de partir.

– Arrêtez ça, fit-il en se tournant sur le côté. Je ne peux pas.

– Ce n'est pas ça que j'attends de vous, se moqua-t-elle.

– Vous étiez ensemble avec Ishiyama, répéta Utsumi. C'est pour ça que vous avez emmené vos familles au lac Shikotsu.

– Oui, avoua-t-elle dans un souffle. Mais qui a lancé cette rumeur ?

– Oh, personne ne dit rien. C'est quelque chose qui se sent quand on est sur les lieux. Vous croyez qu'on me l'a glissé à l'oreille, c'est ça ? Personne n'en parle, même dans le procès-verbal. Mais j'imagine qu'Asanuma a songé à aller à Tôkyô pour s'en assurer.

– Il est allé à Tôkyô ?

– Il n'y est pas allé parce que ce n'est pas devenu une affaire criminelle.

– Autrement dit, il y aurait une relation entre Ishiyama et moi et la disparition de Yuka ?

– Bah...

– Et ça, c'est un problème ?

– J'en sais rien. C'est pour cette raison que je veux savoir ce qui vous est arrivé.

– Moi, mon mari m'a dit qu'il n'avait plus besoin de moi et de ne pas revenir.

– C'est normal, non ?

– À sa place, vous auriez dit la même chose ?

– Non, je n'aurais pas dit ça.

– Et pourquoi ?

– Parce que, dès le départ, je n'aurais pas eu besoin de vous.

Il ferma les yeux, visiblement fatigué. Ses cavités oculaires étaient profondément enfoncées et on aurait dit un crâne.

– Il paraît qu'il est à Hokkaïdô avec une femme. Si je suis venue ici, c'est parce qu'il a voulu que je vienne, alors pourquoi c'est ma fille à moi qui a disparu ? On ne peut pas revenir en arrière, je sais bien, mais je n'arrive pas à renoncer. Je ne comprends pas trop pourquoi je n'y parviens pas. Est-ce que c'est à cause de Yuka ? À cause du temps que je passe à la chercher ? À cause du temps que j'aurais dû passer avec lui ? Ou bien parce que j'ai tout perdu ? C'est peut-être la dernière solution, finalement. Pour moi, rien ne s'est terminé. Et vraiment, c'est une injustice infinie, non ? Parfois, vous ne trouvez pas injuste que ce soit vous qui deviez mourir ? Ça vous arrive, non ? Alors c'est pour ça qu'on se ressemble. Vous ne croyez pas ?

Utsumi était silencieux. Elle jeta un œil sur lui et s'aperçut qu'il s'était endormi. Elle contempla son visage, puis souleva la couette pour regarder son corps en entier. Il avait dû être robuste, mais ce qu'il en restait à présent n'était qu'un squelette. Sa poitrine se soulevait et retombait en produisant un ronflement très léger. Sans ce mouvement de respiration, il aurait eu l'air d'un cadavre à la bouche entrouverte. Quelle importance s'il était un cadavre ? Elle posa de nouveau le bout de son nez sur son épaule.

– Il y a une chose que je n'ai même pas dite au professeur Ogata, parce que je pensais que c'était vraiment trop ignoble. Vu les circonstances, je peux parler franchement : je soupçonnais Noriko. Je pensais qu'elle avait deviné depuis longtemps ce qui se passait entre Ishiyama et moi et que peut-être elle avait projeté de faire du mal à Yuka. Parce que, pour se venger de moi, s'en prendre à mes enfants c'était ce qui me ferait souffrir le plus, forcément. Alors elle avait profité d'un court moment le matin pour tuer ma fille et la cacher quelque part et, l'air de rien, elle était retournée se coucher. Voilà ce que j'ai pensé. Et elle aurait très bien pu le faire. Enfin, je veux dire, on ne sait pas ce que les gens sont capables de faire. Cette femme, elle peut bien poser, aussi belle soit-elle, personne ne sait ce qu'elle dissimule dans son cœur. Non, c'est pas vrai ? Vous qui étiez inspecteur, vous devez comprendre ça.

» Ou alors, j'ai pensé, peut-être que Michihiro a appris pour Ishiyama et moi, et que, dans un accès de folie, il a tué ma fille. Pour nous précipiter dans le malheur. Mais, pendant ces quatre années, sa souffrance a été terrible. J'ai compris qu'il était incapable de faire une chose pareille. Non, je crois que ni Noriko ni Michihiro n'aurait fait ça. Parce que tous les deux sont des personnes simples et qui ont les pieds sur terre. Des gens comme eux ne risqueraient jamais leur vie. C'est mon intuition qui me le dit.

Elle hocha la tête comme si elle s'était convaincue elle-même. Utsumi se tourna dans le lit en grognant. Il découvrit son bras et celui-ci, qui n'était plus qu'un os, vint peser lourdement sur le flanc de Kasumi. Mais elle continua à parler sans y prêter attention :

– J'ai utilisé l'expression « tuer ma fille ». Je ne voulais pas le faire, mais je pense qu'en vérité, au fond de mon cœur, je sais qu'elle n'est probablement plus en vie. Alors le fait que je continue à la chercher, c'est sans doute parce que je triche encore avec moi-même. Je voudrais en être libérée très vite, mais je ne le suis pas du tout et c'est peut-être parce que j'utilise cette enfant pour moi. Malgré ça, Ishiyama est parti seul je ne sais où. Il m'a devancée. Et vous aussi, vous m'avez devancée. La mort, ça fait peur, mais moi, j'ai l'impression que je vous envie.

Étendu sur le côté, Utsumi commença à inspirer et expirer longuement. Il devait être profondément endormi.

– Dites, comment c'est ? Ça fait peur ? dit-elle en lui donnant un coup de coude dans les côtes.

Cela fit un bruit sourd, mais il ne bougea pas et respirait toujours aussi paisiblement.

– Si vous dormez comme ça et que vous ne sentez rien, tant mieux, mais si vous faites un mauvais rêve et que vous ne réussissez pas à vous en enfuir, alors il vaut mieux mourir, non ? Vous ne croyez pas ?

Il ne répondait pas.

– Moi, en un mot, c'est vraiment comme si on m'avait abandonnée seule au milieu d'un cauchemar. Michihiro a réussi à s'en sortir. En se tournant vers le réel, son travail et l'éducation de Risa. Sa haine envers moi et Ishiyama l'aide également à s'en sortir. Il doit souffrir, mais sa haine lui permet de s'accrocher à la réalité et de vivre. Peut-être que je me trompe. Et puis, Risa est mignonne, mais elle n'a pas tellement confiance en moi. C'est bizarre, hein, ma propre fille... Certaines choses me le disent. On pense qu'on aime d'autant plus les enfants qui nous restent quand on en a perdu un, mais c'est faux. Peut-être que j'aurais renoncé plus vite si c'était Risa qui avait disparu. Je crois que les enfants ne sont pas tous aussi mignons. C'est abominable, non ? Moi-même, je me fais peur. Depuis qu'elle a l'âge de comprendre les choses, elle m'a toujours vue en train de rechercher Yuka, alors elle sait qu'elle passe au second plan. C'est pour ça sans doute qu'elle s'est attachée à Michihiro uniquement. Même si elle ne me revoit plus jamais, je ne suis pas sûre qu'elle soit si triste que ça. Mon cauchemar à moi, c'est certainement que depuis que Yuka a disparu je ne suis plus moi-même. Pourquoi je ne parviens pas à me retrouver ? Je n'ai plus goût à rien. Si je veux survivre, c'est parce que je pense que je ne peux pas mourir à cause de Yuka. Peut-être que je suis déjà morte. Oui, c'est ça, considérez-moi comme si j'étais morte avant vous.

Elle pinça le bras d'Utsumi. Il cessa de ronfler et poussa un petit gémissement. Elle caressa doucement l'endroit où elle l'avait pincé.

– Pardon. Je vous ai fait mal ? Ce doit être dur de savoir qu'on va mourir. C'est sûrement effrayant et vous devez vous sentir bien seul. Vous n'avez pas mérité ça, personne ne le sait aussi bien que vous. Mais, je vous l'ai déjà dit, vous êtes enviable aussi. Ishiyama est parti en me laissant et, vous aussi, vous allez mourir en me laissant. Je vais peut-être finir ma vie seule au milieu de ce cauchemar. Je ne veux pas de ça, parce que ça ne ressemble pas du tout à Kasumi Hamaguchi. N'est-ce pas comme si je vivais en regardant la mer grise ? Vous ne croyez pas ? Pourquoi je me suis enfuie de chez mes parents, alors ?

Fatiguée de parler, Kasumi soupira profondément dans le dos d'Utsumi. Au même moment, son souffle devint paisible et régulier.

12

Une forme longue et noire apparut sur la route de montagne et leur voiture roula dessus.

– Un serpent, marmonna Utsumi.

Kasumi se retourna et vit l'animal se tortiller en montrant son ventre étonnamment blanc. La voiture rouge qui les suivait fit une embardée pour l'éviter.

– Je n'avais jamais vu de serpent noir...

Elle avait l'impression que c'était de mauvais augure et fit une grimace.

– Ah bon, vous n'en avez jamais vu ?

– Non.

– Il y en a beaucoup pourtant. Vous êtes originaire de Hokkaïdô, non ?

Ayant participé aux recherches, il avait dû se renseigner sur elle auprès d'Asanuma. Le fait qu'Utsumi, simple citoyen à présent, lui fasse remarquer une chose dont elle n'avait parlé que dans le commissariat lui était extrêmement désagréable. Comme elle ne répondait pas, il insista lourdement :

– Je me trompe ?

– Non, mais...

– Pourquoi vous le cachez ? C'est la vérité, non ? fit-il d'un air mécontent, en regardant devant lui.

Leur voiture avait quitté la route nationale pour prendre une préfectorale, puis une route étroite qui allait à Osaki-Onsen. Ils étaient au cœur de la montagne, mais Kasumi, pressentant les eaux du lac Shikotsu toutes proches, était tendue. D'ici, en continuant un peu et en prenant à droite pour gravir la montagne, ils allaient arriver à la zone résidentielle Izumi-Sato.

– Je ne le cache pas spécialement. Si je n'en parle pas, c'est simplement que je n'ai pas tellement envie de m'en souvenir.

– Parce que vous avez fugué ? Ou parce que c'est la province ?

Utsumi ricana. Il était agressif aujourd'hui et cela lui donnait plus de vitalité que d'habitude.

– Ce n'est pas tout, mais disons que c'est pour ça si vous voulez.

– On se sent si coupable que ça d'avoir fait une fugue ?

Elle ne prêta pas attention à ses sarcasmes. Elle aurait beau lui décrire maintenant l'ennui et la grisaille de sa vie dans le village de Kiraï, il ne pourrait pas comprendre. Le seul qui l'avait comprise instantanément, c'était Furuchi, pensa-t-elle en regardant son profil émacié et son œil vif.

Elle s'était réveillée à l'aube dans le lit d'Utsumi. Il avait tiré à lui toute la couverture et dormait profondément. En pyjama, sans rien pour la couvrir, elle s'était recroquevillée à cause du froid de l'aube. Elle avait tenté de récupérer un peu de la couverture, mais Utsumi y avait enroulé son corps décharné comme pour se caparaçonner. Résignée, elle s'était dressée en s'appuyant sur un coude et penchée sur lui. Son profil relâché dans le sommeil et sa bouche entrouverte. Le creux de l'orbite et l'ombre noire sous l'os de la joue étaient autant de signes annonciateurs d'une mort prochaine. Grelottante, elle était sortie du lit en se demandant ce qu'elle avait bien voulu dire à cet homme mourant. Elle était retournée à son couchage mais, même si c'était le milieu de l'été, les draps étaient glacés. Il aurait fallu un peu de temps avant que la chaleur de son corps les réchauffe. Elle s'était levée de nouveau, ayant perdu toute envie de dormir. Le lit d'Utsumi comme son couchage laissé vide lui refusaient leur chaleur. Peut-être en serait-il toujours ainsi dorénavant. Elle avait donc accueilli cette quatrième matinée du 11 août sans avoir fermé l'œil de la nuit.

– Je voudrais bien aller aussi dans votre village. On y va ?

– Pourquoi ?

– Vous n'avez pas envie de voir comment il a changé ?

– Non, pas particulièrement.

– Pourtant, il doit y avoir vos parents là-bas.

– Peut-être.

– Ça vous est égal ? fit-il d'un air étonné. Mais ils sont peut-être morts...

Elle décelait de la curiosité dans ses yeux.

– Dans ce cas-là, je n'y peux plus rien.

– Vous êtes dure, fit-il en hochant la tête d'un air dubitatif. Vous ne vous êtes jamais dit que votre fille se trouvait peut-être chez eux ?

En fait, elle y avait souvent pensé. Dans son imagination, Yuka jouait sur la plage devant l'Auberge de Kiraï. Comme elle l'avait fait elle-même, elle ramassait des pierres de sable que la force d'un enfant suffisait à briser. Un fort vent de mer mouillait ses cheveux et sa peau et faisait voler des grains de sable qui se collaient à son corps.

– J'y ai déjà pensé.

– Alors pourquoi vous n'allez pas vérifier ?

– C'est absolument impossible. Ils n'auraient pas fait une chose pareille.

– Il se peut très bien que vos parents aient emmené votre fille pour vous remplacer. Si c'était le cas, ce ne serait pas une vengeance mais plutôt le désir de recommencer à zéro. Bon, recommencer quoi ? L'éducation de leur fille, leur vie ? Pour certaines choses, on aimerait bien pouvoir tout recommencer, non ? Personnellement, c'est pas mon cas. Même si je renaissais, je voudrais être flic. Vu sous cet angle, peut-être que je n'ai pas à me plaindre de la vie que j'ai eue.

Depuis son réveil, il parlait beaucoup. Elle devinait que, à l'origine de cette soudaine loquacité, il y avait le fait qu'elle était entrée dans son lit et lui avait, l'espace d'un instant, ouvert son cœur. C'était parce qu'Ishiyama était apparu inopinément dans sa vie. La porte sur son passé qu'il avait ouverte, c'était Utsumi, aujourd'hui, qu'elle libérait.

– Dites, monsieur Utsumi, vous ne voulez pas arrêter d'imaginer des choses ridicules ?

Il la regarda avec des yeux brillants :

– Moi, vous savez, madame Moriwaki, quand j'étais en service, je n'ai jamais imaginé quoi que ce soit. Je marchais jusqu'à en avoir les jambes raides pour faire ce que je m'étais fixé. J'avalais vite fait mon déjeuner dans les environs et je ne me souvenais même pas de ce que j'avais mangé. C'est comme ça que je travaillais. Je savais que plus on cédait à son imagination, plus on s'éloignait de la réalité, toujours. L'imagination, c'est l'ennemi de mon boulot. Je ne saurais pas vous dire pourquoi. Mais c'est pour ça que je ne m'en servais pas. Maintenant, je ne sais pas pourquoi non plus, mais ça me plaît vraiment beaucoup d'imaginer des choses.

Kasumi pensa qu'il était obsédé par cette affaire. Elle lui donnait de l'appétit et de l'énergie, et lui insufflait une vitalité incompréhensible. Ce matin, il avait bien mangé, il parlait beaucoup et laissait ses sentiments s'exprimer. Si elle continuait à l'avenir de lui murmurer à l'oreille sa confession et ses doutes, tandis qu'il dormait du sommeil de plomb que lui donnaient les somnifères, l'imagination d'Utsumi allait certainement s'emballer. Elle trouvait un peu effrayant de le voir ainsi, et elle s'effrayait aussi elle-même, car, pour retarder son déclin, elle songeait à continuer de lui donner de la vitalité de cette manière. Dans son cœur, il y avait aussi un serpent noir qui se tortillait de douleur. Sa méchanceté, sa méfiance et sa vérité qu'elle ne pouvait dire à personne, c'était à travers cet homme qu'elle les communiquait au monde extérieur.

Elle tourna brusquement les yeux vers la fenêtre. La voiture rouge qui avait fait une embardée pour éviter le serpent était toujours derrière eux. Si elle les avait suivis jusqu'ici, c'était sans doute parce qu'elle se rendait à Osaki-Onsen. Elle se pencha et regarda par le rétroviseur extérieur de son côté. Une BMW toute rouge. Comme fière de son éclat et de ses chromes, qui pouvaient rivaliser avec la luxuriance de la végétation qui les entourait, elle serrait de près la voiture d'Utsumi qui roulait mollement en observant scrupuleusement la limitation de vitesse. La voiture était occupée par un couple du genre *mizushôbai*[1], portant tous deux des lunettes de soleil clinquantes du même modèle. La femme laissait flotter ses longs cheveux teints en blond par la fenêtre et, par moments, tendait son bras au vent. Au volant, l'homme avait une *punch perma* démodée et bavardait avec la femme. Le visage de Kasumi se crispa à mesure qu'elle l'observait. Pas de doute, c'était Ishiyama. Depuis la veille, elle se l'était représenté avec une apparence assez lamentable, peut-être parce qu'elle savait qu'il avait fait faillite et était poursuivi par les créanciers. Mais le vrai Ishiyama était devenu carrément vulgaire, au point qu'on aurait dit un corps étranger au milieu de cette montagne.

1. Littéralement « le commerce de l'eau », désigne les personnes (serveuses, entraîneuses, prostituées, etc.) qui travaillent dans les établissements de nuit.

– C'est à droite là-bas ? demanda Utsumi en pointant du doigt un panneau blanc indiquant : « Zone résidentielle Izumi-Sato ».

Elle regarda fixement le panneau. Par rapport à l'année précédente, de la rouille était apparue et la corrosion le rongeait. Elle avait de plus en plus une impression de décadence. Il lui semblait même que, dans son élégant chalet à la toiture rouge, la peau blanche de Tsutaé Izumi était tachée de rouille. La Carina tourna à droite et ralentit à cause de la raideur de la côte. La voiture d'Ishiyama continua tout droit. Cette route ne conduisait qu'à Osaki-Onsen ; sans doute allaient-ils passer la nuit là-bas. Au bout de quelques dizaines de mètres, elle se décida finalement à en parler à Utsumi. Elle avait laissé passer ce laps de temps parce qu'elle réfléchissait à la situation.

– Dans la voiture derrière nous, c'était Ishiyama.

– Dans la BM ? Je croyais que c'était un yakuza qui emmenait une fille pour s'amuser à la station thermale.

– Non, c'était lui.

– C'est ce genre d'homme, Ishiyama ?

– Il a changé, mais je suis sûre que c'est lui.

Ils avaient été si intimes qu'elle ne pouvait pas se tromper. Utsumi se retourna comme s'il ne parvenait pas à y croire. L'arrière de la voiture avait déjà disparu derrière les fourrés d'herbes hautes et les arbres étroitement emmêlés. Arrêtée au milieu de la route, la Carina semblait s'y cramponner tellement la côte était raide.

– Excusez-moi, je voudrais que vous retourniez sur la route d'Osaki-Onsen. J'aimerais lui parler un peu.

– Pas de problème.

Elle avait certainement excité sa curiosité, car il passa promptement la marche arrière. La Carina dévala dangereusement la côte en serpentant, puis changea de direction à la bifurcation. Ils roulèrent environ cinq minutes sur la route étroite et sinueuse avant d'apercevoir, dans la vallée, le toit rouge de l'hôtel de la station thermale ainsi que le lac Shikotsu. C'était l'hôtel où, quatre ans plus tôt à la même époque, elle était venue maintes fois en Kabu à la recherche d'informations.

Vue de côté, la toiture plate, dont la forme épousait l'anse du lac, paraissait longue. Kasumi repéra rapidement la BMW rouge garée sur le parking. Elle ne voyait pas la femme, mais un homme ressemblant à Ishiyama était en train de vérifier la fermeture des portières. Elle descendit seule de la voiture.

– Ishiyama.

Il se retourna et enleva ses lunettes de soleil aux branches ornées de motifs dorés. Quand il reconnut Kasumi, son visage devint étrangement grave, puis s'éclaira en une expression où elle sentit de la joie. Elle contempla sa tenue frivole. Il portait un tricot d'été multicolore et un pantalon blanc flottant. On apercevait une grosse chaîne en or autour de son cou et une montre incrustée de brillants rutilait au soleil. Lui si élégant autrefois, elle avait peine à imaginer qu'il puisse s'habiller de la sorte.

– Ça fait si longtemps. Tu vas bien ? lui demanda-t-il en souriant, d'une voix assurée.

Il parlait plus maladroitement avant, pensa Kasumi, qui éprouva de nouveau un léger malaise.

– Oui. Toi aussi, tu as l'air en forme.

– Oui, ça va. Je prends la vie du bon côté.

Il sourit d'un air gêné. On aurait dit un ballon à plat ; rien pour faire rebondir Kasumi.

– Si tu t'amuses, c'est très bien. Qu'est-ce que tu fais ?

Il jeta un rapide coup d'œil vers l'entrée de l'hôtel. C'était là que devait être la femme qui l'accompagnait.

– Ce que je fais ? Je ne fais rien. Tu n'es pas au courant pour mes affaires ? J'ai fait faillite.

– J'en ai vaguement entendu parler, mais pas en détail. Tu ne fais rien, c'est-à-dire que tu as arrêté le graphisme ? Et comment tu fais pour manger ?

– Je suis gigolo, pour appeler les choses par leur nom.

– Gigolo ? Toi, tu fais le gigolo ?

– Y a pas d'autre mot pour ça. Je me fais entretenir par une femme, répondit-il sans fausse honte.

– C'est la femme qui est avec toi ?

– Oui. Elle a déjà vingt-trois ans, mais...

– Comment « déjà » ? C'est jeune, non ?

– Hmm, fit-il en hochant la tête.

C'était donc cette femme qui lui avait offert ces vêtements tape-à-l'œil et cette voiture ? Elle qui l'avait connu à l'époque où il était en pleine activité, une transformation aussi radicale lui coupa le souffle. Pourtant, se rappelait-elle, quand elle avait collé sa bouche contre la sienne dans l'ascenseur, il n'avait rien dit et ne s'y était pas opposé. Il était peut-être d'une nature passive avec les femmes.

– Toi aussi, tu as un peu changé, lui dit-il en la fixant dans les yeux.

– En quoi ?

– Comment dire ? On voit sur ton visage que tu prends sur toi. Ça ne te va pas du tout, je trouve, expliqua-t-il comme s'il parlait de quelqu'un d'autre.

Piquée au vif, Kasumi lui fit une réponse qui s'adressait à elle-même :

– Qu'est-ce que je peux bien y faire ? Après ce qui s'est passé. Je me suis effondrée, moi.

– Oui... Moi aussi. (Il baissa la tête pour regarder ses clés de voiture. Elles étaient rangées ostensiblement dans un porte-clés Vuitton.) On n'y peut rien.

– Je ne pensais pas que je te rencontrerais ici.

– Pourquoi ? lui demanda-t-il avec surprise. Tu es venue ici parce qu'on est le 11 août, non ?

– Oui, c'est vrai.

– Et moi, je suis venu en me disant que je pourrais peut-être te rencontrer.

Il n'avait pas dit qu'il voulait la voir et il ne s'excusait nullement d'être accompagné d'une femme.

– J'ai entendu dire que tu avais disparu de la circulation.

– Oui, c'est vrai. Je dois me faire oublier. S'il te plaît, ne dis à personne que tu m'as vu ici...

Kasumi acquiesça de la tête avec le sentiment de se faire sa complice, mais c'était sans commune mesure avec le crime qu'ils avaient commis tous les deux autrefois. Elle avait l'impression que, même si elle en parlait par inadvertance, cela ne lui ferait probablement ni chaud ni froid qu'Ishiyama soit rattrapé par ses créanciers. Elle avait senti nettement qu'il n'éprouvait plus aucun sentiment pour elle. Elle n'en était pas attristée, c'était donc qu'elle non plus ne l'aimait plus. La passion qui l'avait animée s'était envolée comme feuille au vent. D'où était-elle donc venue ? Quand elle pensait que Yuka avait disparu à cause de cette passion, elle se sentait déchirée au plus profond de son cœur.

– Au fait, je t'ai vue à la télé. Ça a donné quoi, cette histoire d'Otaru ?

– Rien du tout. C'était un garçon.

– Ah oui ? Qu'est-ce qui a bien pu lui arriver, à cette petite ?

Il poussa un soupir et tourna son regard vers le lac Shikotsu, derrière l'hôtel. On entendait le grondement ininterrompu de moteurs de bateaux ou de jet-skis s'approchant ou s'éloignant. Ils les écoutaient. Utsumi, les observant de sa voiture, dut penser que c'était le bon moment et se dirigea vers eux. L'apercevant, Ishiyama prit une cigarette et la porta à sa bouche. Kasumi se souvint que, lorsque Yuka avait disparu, il lui avait dit qu'il arrêtait la pêche et la cigarette. Elle sentit que, pour lui, le problème était réglé. Utsumi le salua d'un rapide signe de tête.

– Bonjour, enchanté, fit Ishiyama.

Il s'inclina légèrement et interrogea Kasumi du regard.

– M. Utsumi. C'est un ancien inspecteur de police, il s'est proposé pour m'aider à rechercher Yuka.

– Ah, très bien, dit Ishiyama, qui ajouta sans exprimer d'émotion particulière : Et alors, qu'en pensez-vous, monsieur Utsumi ?

– Oh, pour le moment, rien...

Utsumi le considérait d'un œil attentif.

– Oui, bien sûr. C'est pas si simple...

Ishiyama se gratta un bras bruni par le soleil. Son corps n'exhalait sans doute plus cette odeur de rivière, pensa Kasumi. Tout en évitant la fumée de sa cigarette, Utsumi lui demanda :

– Monsieur Ishiyama. Je me trouvais au commissariat de Tomakomaï au moment des faits, et j'ai participé aux recherches. Je vous ai même aperçu plusieurs fois, de loin. Vous avez complètement changé de style.

– Ah, ça..., fit-il en riant jaune, c'est cette fille qui aime ce genre-là et qui m'a acheté tout ça.

Utsumi prit une expression ironique ; il avait sans doute compris qu'Ishiyama menait une vie de gigolo. La fille en question accourut vers eux en tapant des talons aiguilles sur le sol et, le souffle court, s'écria :

– Yô-chan, qu'est-ce qui se passe ?

– Rien.

Elle dévisagea Kasumi et Utsumi d'un air méfiant.

– Qu'est-ce qu'ils veulent ?

– Rien, je te dis.

Malgré ses paroles rassurantes, elle se posta devant Kasumi comme pour le protéger. Son visage était joufflu et ordinaire, mais ses yeux et les commissures de ses lèvres exprimaient l'irascibilité des jeunes esprits. Elle les avait sans doute pris pour les créanciers qui poursuivaient son amant. Kasumi lui envia cette ardeur de jeune femme.

– Ça va, je t'assure. Ce sont des gens qui recherchent la petite Yuka. Tiens, c'est sa mère. Et voici Mana. Elle vit avec moi.

À l'instant où il lui présentait Kasumi, les yeux de Mana posèrent sur elle un regard où brillait une lueur de rage violente. Kasumi devina que c'était sa jalousie qui s'exprimait en comprenant qu'elle était la femme qu'il avait aimée autrefois. Elle prit comme une trahison le fait qu'il ait pu parler de leur drame à une fille comme elle. Elle sentit de plus en plus fortement la distance qui la séparait de lui.

– Mana, je voudrais lui parler seul à seul.

– Je vois, fit-elle en acquiesçant docilement. Je vais dans l'eau.

– D'accord, je te rejoins tout de suite.

On entendit Utsumi murmurer entre ses dents : « Comme c'est gentiment dit. » Il faisait la moue, l'air mécontent, les deux mains plongées dans les poches de sa veste et ses épaules osseuses saillantes.

– Monsieur Ishiyama, il paraît qu'on vous recherche.

– Hmm, c'est vrai, répondit-il nonchalamment, comme s'il l'avait oublié.

– S'ils vous retrouvent, ils pourraient bien vous faire passer un mauvais quart d'heure.

– Peut-être, oui.

– Et vous faites le gigolo ? Vous n'avez pas peur d'être facilement repérable ?

Il ne parut pas s'offusquer de cette insolence et répondit calmement :

– Non, pas spécialement. Ce n'était pas mon intention. J'ai travaillé dans un bar quand je n'avais plus d'argent, c'est là que je l'ai connue.

– Où ça ?

– Les Toyokawa m'ont fait travailler dans un de leurs bars. Je ne savais plus où aller, dit-il d'une voix hésitante.

Il craignait sans doute de causer des désagréments aux Toyokawa. Toutefois, Kasumi lui pardonnait difficilement d'être venu à Sapporo pour se faire aider par eux.

– C'est la chaîne Hokkéya ? Une fille comme Mana fréquente des bars aussi minables ? C'est plutôt le genre *host club*[1], non ?

Ishiyama eut un sourire ambigu et ne répondit pas.

– Elle a l'air pas mal friquée. C'est quoi, son boulot ?

– Elle se prostitue, ça se voit, non ?

– Je vois, oui. (Utsumi le fixa d'un œil mi-méprisant mi-curieux.) Ça vous va très bien, la coupe *punch*.

D'un air gêné, Ishiyama passa les mains dans ses cheveux dont les vagues commençaient à frisotter. On aurait dit qu'il lui fallait toucher ses cheveux pour être sûr de leur réalité.

– Pour moi aussi, c'est bizarre. Monsieur Utsumi, je voudrais parler avec elle. Est-ce que vous pourriez nous laisser ?

– Pas de problème. J'ai justement deux mots à dire à ce brave Mizushima.

– Vous connaissez aussi Mizushima ? fit Ishiyama avec surprise.

– Oui. Je connaissais aussi le vieux Izumi. À une époque, c'était un homme d'affaires important. Il était connu dans le coin.

– Ah bon ? À ce propos, je me demande pourquoi il est mort, Izumi. (Il se tourna vers Kasumi comme pour chercher son assentiment.) Tu te souviens qu'il t'avait prise pour ma femme...

– Oui. Ça m'avait fait un choc sur le moment.

Le jour de leur arrivée à la maison, Izumi avait surgi du jardin et l'avait appelée « madame Ishiyama ». Des souvenirs lui revenaient en mémoire. Le cadavre du chien. Qu'est-ce qu'il avait pu devenir ? Mais Utsumi en interrompit le fil :

– C'est quoi, cette histoire ?

Ishiyama la regarda pour savoir s'il pouvait en parler.

1. Boîte à « entraîneurs ».

– Vas-y. Il sait tout de toute façon.

– Ah, vraiment ?

Il eut l'air de croire que les rapports entre Kasumi et Utsumi étaient du même ordre que ceux qu'il entretenait avec Mana.

– Le jour où on est arrivés à la maison, on a bu une bière tous ensemble et, à un moment, Izumi et Mizushima sont venus. Ma femme était à côté de moi, mais il a cru que c'était Kasumi et il l'a appelée « madame Ishiyama ». J'ai paniqué, je croyais qu'il savait quelque chose et qu'il disait ça par malveillance.

– Aah... et pourquoi ?

– Eh bien, avec le recul, je pense qu'il s'est simplement trompé.

– Oui, mais à partir de ce moment-là l'attitude de Noriko a changé du tout au tout.

– Oui, oui, c'est vrai. C'est comme ça qu'elle a compris.

Il évoquait cet événement d'un ton dégagé. C'était une impression étrange d'entendre leur secret raconté, comme ça, devant cet étranger qu'était Utsumi.

– Monsieur Utsumi. C'est du passé, alors ne le prenez pas mal...

Ishiyama marchait sur des œufs. D'un air sérieux, Utsumi s'empressa de le détromper :

– Vous vous méprenez. Je ne connais Mme Moriwaki que depuis hier. Comme je lui ai dit que j'allais mourir très bientôt, elle a été rassurée et elle a jugé qu'elle pouvait me parler.

– Pas parce que j'ai été rassurée, lui rétorqua-t-elle.

Elle lui avait parlé parce qu'elle s'était sentie liée à lui du fait que tous deux vivaient une réalité avec laquelle ils demeuraient irréconciliables. Parce que, aussi, elle avait été ébranlée d'apprendre qu'il était avec une autre femme, malgré ce sentiment qu'ils avaient partagé autrefois. Pleine de cette pensée étrange, elle observa le visage insouciant d'Ishiyama.

– Vous allez mourir ? demanda-t-il en le regardant avec surprise.
– J'ai un cancer, je n'en ai plus pour longtemps.
– Je suis désolé, dit-il en prenant une contenance grave. Le destin, tout de même...
Habitué à ce genre de réaction, Utsumi dit d'un air indifférent :
– Bien, je vais aller chez Mizushima pour l'interroger. Qu'est-ce que vous faites, madame Moriwaki ?
– Vous pouvez venir me prendre dans à peu près une heure ?
– Oui. (Il s'éloigna de quelques pas puis revint.) J'ai oublié de vous demander quelque chose, monsieur Ishiyama.
– Quoi ?
– Je peux vous demander votre opinion sur cette affaire ?
– Mon opinion ? C'est bien l'idée de quelqu'un qui est étranger à tout ça. (Il croisa les bras.) Je vais réfléchir, vous ne voulez pas me le demander une autre fois ?
Utsumi acquiesça et repartit vers sa voiture.
– Il va vraiment mourir ? dit Ishiyama en le regardant s'éloigner. Je ne sais pas, j'ai l'impression de le comprendre...
– C'est un cancer de l'estomac. Il n'y a rien à faire.
– J'ai l'impression de comprendre pourquoi il veut faire cette enquête.
– Pourquoi ?
– Parce qu'on n'a pas de réponse. Par exemple, si on essaie de comprendre l'état d'esprit d'un suicidé, on n'y arrivera jamais. Même s'il a laissé un testament, on ne comprend pas ce qui s'est passé en lui. Mais, pour un policier, c'est comme résoudre une affaire. Je pense que pour quelqu'un qui s'est toujours efforcé de donner des réponses précises, ce doit être un choc

de tomber sur une affaire à laquelle il ne comprend absolument rien.

Ishiyama se dirigea vers l'hôtel et Kasumi lui emboîta le pas. Passé la réception, ils arrivèrent dans un jardin avec pelouse au-delà duquel, devant leurs yeux, s'étendait le lac Shikotsu. C'était l'après-midi, ils baignaient dans le soleil d'été et le calme qui régnait autour d'eux était propice à la sieste. Le lac était tel qu'elle ne l'avait jamais vu. Des nuages blancs enveloppaient le pic Éniwa et, à la surface de l'eau ridée de vaguelettes, on distinguait de nombreux bateaux.

– Tu es séparé de Noriko, alors, dit Kasumi.

Il se retourna. Le mouvement n'avait pas changé : il avait posé ses yeux sur ses lèvres avant de les relever. Autrefois, chaque fois qu'il avait ce regard pour elle, elle pensait qu'il n'y avait rien de plus tendre et son cœur battait dans sa poitrine.

– Oui. Ça fait un an environ. Après ce qui s'est passé, ça n'allait plus avec Noriko. Je crois qu'elle ne m'a jamais pardonné. C'est devenu lourd à supporter et on s'est séparés sans réussir à rien arranger. Tu sais quelque chose sur mes enfants ?

Elle secoua la tête.

– Moi non plus, je ne sais rien. Parfois je me demande ce que je suis en train de faire, mais, d'un autre côté, je suis heureux d'être libéré de tout ça. Je ne soupçonnais pas qu'il y avait ça en moi, alors je me dis que l'homme est imprévisible... Et Moriwaki, il va bien ?

– Il va bien. Enfin, le travail ne marche pas très fort. Moi aussi, je l'ai quitté.

– Pas à cause de Yuka, je suppose. Il a appris pour nous deux ?

– C'est à cause des deux qu'il ne peut pas me pardonner.

– On est pareils, fit-il en soupirant. Ç'a dû être un choc pour lui, hein ? Il m'arrive encore de rêver à l'époque où tu étais en apprentissage à Moriwaki Compo. J'y pense au moment où je me réveille. Ça ne s'invente pas, des vies comme ça...

– C'est vrai...

– Mais personne ne sait ce qui peut se passer.

Il s'assit sur la pelouse et alluma une cigarette. Parmi tous les bruits qui les entouraient, Kasumi ne percevait que celui des vagues venant lécher le rivage et se demandait ce qu'il essayait de lui dire. Cette présence de l'eau. C'était sa peur et c'était son point de départ.

– Utsumi, tu l'aimes ?

Cette question la fit éclater de rire.

– Non, je ne l'aime pas. Peut-être que je me permets de l'utiliser parce que je n'ai pas d'argent. Je n'ai nulle part où aller et j'ai l'impression qu'il me comprend. Il va bientôt mourir, tu sais. Je veux m'occuper de lui.

– Ah oui ? C'est gentil de t'occuper de quelqu'un que tu ne connais pas.

– Je ne le fais pas par gentillesse. Je veux juste savoir ce que regarde un homme qui va mourir. C'est de la cruauté, plutôt.

Elle sentit qu'Ishiyama avait les yeux posés sur elle.

– Qu'est-ce que tu veux savoir ?

– Pour un homme jeune comme lui, la mort est sûrement insupportable. Il a l'air de s'être fait une raison, mais il trouve ça injuste au fond de lui et il a peur. C'est pour ça qu'il m'a appelée quand il a vu l'émission à la télévision. D'abord, il a dit que c'était pour enquêter, mais je ne crois pas que ce soit ça. Ce qu'il voulait, c'était voir en moi la détresse de quelqu'un qui ne peut pas accepter la réalité. Et c'est pour cette raison que moi aussi, je le regarde mourir.

– On dirait que vous faites une compétition...

Il y avait de la compassion dans sa voix.

– Oui, mais le but est proche. C'est triste pour lui, mais il va mourir très bientôt. Moi, je suis pour toujours...

Elle balbutiait. Il termina calmement sa phrase :

– ... à la dérive.

Elle ne pensait pas que ce mot puisse sortir de la bouche d'Ishiyama. Elle prit une pierre blanche dans la pelouse et la jeta dans le lac, quelques dizaines de mètres plus loin. Elle était si petite qu'elle ne fit pas un bruit en tombant dans l'eau.

– C'est ça. Je ne vois pas encore la terre.

Elle l'entendit murmurer d'une voix sourde :

– Malheureusement...

Lui avait débarqué dans un monde nouveau et y avait refait sa vie.

– Tu me plains ?

– Je ne devrais pas ? répondit-il doucement. Et pourquoi pas ? Je suis vraiment désolé pour toi. Je voudrais que tu redeviennes très vite ce que tu étais avant.

– Je ne serai jamais comme avant. Je serai différente.

– Formidable, s'exclama-t-il en riant.

– Toi, tu aimes Mana ?

– Oui, je crois, dit-il en inclinant la tête. Mais ce n'est pas de l'amour. Avec toi, c'était de l'amour. Mana, c'est autre chose. Je ne peux pas éprouver d'amour pour une femme qui a vingt ans de moins que moi. Je n'ai rien à lui prendre. Et, de son côté, elle n'a absolument rien à me prendre. Ça ne veut pas dire que j'ai tout perdu, c'est juste que je n'ai pas besoin de lui donner.

– De mon temps, il y en avait ?

– Oui. Je t'ai pris ton temps, j'ai accaparé presque tout l'amour que tu avais pour ta famille et je t'ai pris ton corps. À la fin, c'était même ta liberté que je voulais t'enlever.

– C'était pareil pour moi.

– Oui, sans doute. Je t'ai aussi proposé beaucoup de choses. Mais le résultat, c'est qu'une de tes filles a disparu.

Elle contempla au loin le lac qui brasillait sous le soleil.

– Où elle a bien pu aller ? Est-ce qu'elle a été engloutie par le lac ?

Auparavant, Ishiyama lui aurait certainement dit de cesser d'imaginer ce genre de choses. Mais il se tut.

– Pourquoi tu es avec cette Mana ? Parce que tu dois fuir ?

– C'est comme pour toi, peut-être. Toi, tu fuis toujours, quel que soit l'endroit où tu es.

Il éteignit sa cigarette dans la pelouse et poursuivit :

– Pour moi, c'est commode d'être avec elle pour fuir. Mais ce n'est pas la seule raison. Je n'ai jamais eu de relation comme ça avant, et ça m'amuse. Tout l'argent dont j'ai besoin, pour vivre, mon argent de poche, c'est elle qui me le donne. Pas de ménage à faire. Juste vivre avec elle sans rien dire. Mon seul travail, c'est de conduire la voiture. La belle vie, quoi ! Elle me laissera probablement tomber quand elle en aura marre de moi, mais je pense que ce ne sera pas plus mal. Quand je t'aimais, je voulais tellement être avec toi que j'étais prêt à laisser sur le carreau tous les gens autour de nous. Aujourd'hui ce n'est pas pareil. Selon ce que Mana voudra, je vais pouvoir me changer en n'importe quoi. Si ça se trouve, en vrai, j'étais peut-être comme de l'eau.

– Comme de l'eau ?

– Oui. Je peux prendre n'importe quelle forme. Parfois eau bouillante, parfois eau glacée.

Troublée, Kasumi regarda l'herbe qui enveloppait les jambes du pantalon blanc d'Ishiyama.

– Tiens, tu pourras dire ça à M. Utsumi ? C'est mon opinion sur l'affaire.

– Bien sûr. Mais tu ne veux pas lui dire toi-même ?

– Non. Je ne suis pas très à l'aise avec lui. Dis-lui pour moi. Voici ce que je pense. C'était comme si je te connaissais, mais je ne te connaissais pas. Pendant deux ans je t'ai aimée et j'ai eu l'impression de tout savoir sur toi. Mais j'ignorais que tu avais abandonné ton village natal et je ne me suis pas du tout rendu compte de ce que tu avais souffert quand tu es arrivée à Tôkyô. Quand je t'ai parlé du lac Shikotsu et que tu as hésité à y venir avec moi, je n'ai pas pu imaginer ta souffrance. Et j'ai eu tort. Autrement dit, si je me sens impardonnable vis-à-vis de toi, c'est uniquement parce que je ne te comprenais pas suffisamment. Ça n'a rien à voir avec l'affaire elle-même.

Au loin, on entendit une voix appeler : « Yô-chan ! » Il se retourna et sourit d'un air gêné :

– Rien à faire, hein...

Kasumi se contorsionna pour regarder dans la direction d'où venait la voix. Mana, toute nue, était penchée sur la grille du *rotenburo* [1] face au lac et agitait la main.

– On voit tout, dis donc.

Il baissa les yeux d'un air confus, tandis que Kasumi plissait les siens pour mieux voir le corps de la jeune femme. Elle avait décidé que, cette nuit encore, quand il aurait pris ses somnifères, elle parlerait à l'oreille d'Utsumi et lui raconterait en détail les nuits qu'elle avait passées avec Ishiyama. Même le fait que, la nuit avant la disparition de Yuka, elle avait été prête à abandonner ses filles pour lui.

1. Bain thermal en plein air.

Sixième partie

La source

13

Le ciel se couvrit brusquement et, devant leurs yeux, le monde changea de physionomie. Le lac, encore agité de vagues scintillantes quelques instants auparavant, devint d'un calme lugubre et, sur ses bords, le feuillage des bouleaux se mit à frémir. On entendit, quelque part à sa surface, des poissons sauter hors de l'eau tandis que des oiseaux gris s'envolaient des buissons.

– Il va pleuvoir, on dirait.

Kasumi renifla l'air comme un petit animal. Un animal sauvage. Cette particularité, il l'aimait tant en elle chaque fois qu'il la voyait. Pris de nostalgie en constatant qu'elle n'avait pas changé sur ce point, Ishiyama la regarda de côté. Elle s'était dégrossie et exhalait plus qu'avant le parfum de la ville. À cause de Yuka, peut-être n'avait-elle plus confiance dans sa capacité à sentir le danger et à prendre la fuite. Peut-être, après s'être effondrée, Kasumi, au lieu de devenir encore plus intransigeante qu'elle n'avait été, avait trouvé dans une forme de raffinement une carapace capable de la protéger. Ce serait regrettable, pensa-t-il, car, alors, elle serait devenue une citadine semblable à Noriko. Il savait les épreuves qu'elle endurait. Il avait partagé avec elle l'expérience de la chute. Il était conscient de la cruauté de ses conclusions, mais il avait perdu depuis longtemps tout intérêt pour elle.

Il jeta un œil en direction du *rotenburo*. Nue contre la grille, Mana avait toujours les yeux braqués vers eux comme pour les surveiller. Elle était sans doute persuadée que personne ne pouvait l'apercevoir, car ils étaient seuls sur la pelouse et la vue était totalement dégagée d'où elle était. Lorsqu'il la voyait ainsi, si naïve et dépourvue de défense, il avait envie de s'occuper d'elle, non pour la protéger mais parce qu'il se demandait jusqu'à quel point ses enfantillages pourraient résister au monde réel.

– J'ai l'impression que je me suis trompée sur toi, dit Kasumi, le dos tourné vers lui.

Physiquement, elle n'avait quasiment pas changé depuis quatre ans. L'endroit qui marquait la fin de la colonne vertébrale et le début des fesses était profondément creusé. Un dos comme une mélodie. Elle portait un jean large et un tee-shirt noir un peu trop serré qui moulait sa poitrine. Il aimait beaucoup les petits bourrelets qui débordaient de son soutien-gorge dans son dos. Il pensait qu'elle était tout entière dans ces chairs dépassant des sous-vêtements qui les bridaient. Il n'aimait ni le trop, ni le trop peu. Kasumi, elle, avait juste ce qu'il faut. Mais quelle importance cela avait-il maintenant ? Parce que chaque femme avait un corps différent, les hommes voyaient la Femme dans chacun de ces corps et l'acceptaient comme telle. Les yeux d'Ishiyama étaient fixés sur son dos. Soudain, elle se tourna vers lui.

– Peut-être que tu n'as pas changé et qu'à l'origine tu as toujours été libre. Pourtant, c'est comme si je t'avais toujours pris pour un autre homme.

– Comment ça ?

– J'ai cru que tu voulais conserver la maîtrise de ce qui t'entourait. Je pensais que tu voulais garder une juste distance avec les autres, avoir un travail valorisant, une femme superbe et des enfants intelligents. Je te sous-estimais ! Je ne t'ai jamais parlé de mon enfance et des raisons pour lesquelles je me suis enfuie de chez mes parents parce que je croyais que tu ne me comprendrais pas. En fait, j'aurais dû t'en parler. Je suis sûre que tu m'aurais comprise et peut-être qu'on ne se serait pas séparés de cette façon.

Malgré les souffrances endurées, elle ne parvenait pas à se souvenir précisément. Elle eut l'impression que beaucoup de temps avait passé.

– Tu m'as demandé d'attendre jusqu'à ce que ça soit réglé et, moi, je t'ai dit que je ne pouvais pas attendre, n'est-ce pas ? J'avais vraiment besoin de toi, mais j'ai dû te dire que le problème auquel j'étais confrontée ne pouvait pas se résoudre comme ça. J'étais fébrile.

– Tu as dit que ça n'avait pas de sens.

Elle réfléchit en se tordant les lèvres.

– Ah, vraiment ?

– Tu as oublié ? Quand je t'ai demandé de m'attendre, tu as refusé en disant : « Pour moi, seul le présent compte. »

– J'ai été bête, fit-elle comme avec regret. Quand même, tu as changé.

Elle regarda d'un œil plein d'ironie sa *punch perma* et son pantalon blanc flottant.

– Tu trouves ? Je suis toujours le même, pourtant. Il n'y a pas de changement.

Il réfléchissait à cette pensée qu'il venait d'avoir : les hommes ne font qu'accepter chaque femme comme elle est. Avait-il changé, lui aussi, à cause de la disparition de Yuka et de leur séparation ? Ou était-ce son vrai visage qui s'était fait jour ?

– Tu te trompes, lui fit-elle remarquer comme si elle avait deviné ses pensées. Tu as révélé ta nature profonde aujourd'hui. Sinon, tu n'aurais pas changé à ce point.

– Mais ce changement, ce n'est qu'une apparence.

– Oui, mais changer d'apparence, ce n'est pas une chose si facile.

Elle sourit légèrement. Tandis qu'un souffle de vent froid décoiffait ses cheveux finement frisottés, il se remémorait en vrac les événements survenus quatre ans plus tôt, et qui avaient été à l'origine de tout.

L'erreur, ç'avait été que Noriko devine sa liaison avec Kasumi avant qu'il lui en parle de lui-même.

À l'évidence, l'intervention d'Izumi avait été l'étincelle. Cette façon d'appeler Kasumi « madame Ishiyama » avait sonné comme une insinuation. Noriko avait flairé qu'il avait une maîtresse et elle était irritée de ne pouvoir mettre un nom sur elle. Sans doute n'avait-elle pas voulu croire que ce puisse être la femme de Moriwaki. Elle méprisait Kasumi. Ces deux mots prononcés par Izumi lui avaient tout révélé. Celui ou celle qui est constamment sur les nerfs pour cette raison a une excellente intuition. La moindre brèche, il l'élargit de force et s'y creuse un passage qui lui permet d'approcher la vérité. C'est ce qu'avait fait Noriko ce jour-là.

Il avait eu plusieurs aventures. Quelques-unes, guère plus, des réceptionnistes ou des rédactrices publicitaires qu'il avait connues à son travail – liaisons qui s'étaient interrompues d'elles-mêmes au bout de quelques années, ou parce qu'elles l'avaient quitté. Noriko avait fermé les yeux jusque-là, mais cette fois elle avait sans doute compris qu'il s'agissait d'autre chose. Oui, Kasumi n'était pas comme les autres.

L'odeur et le contact de sa peau. Ne parvenant pas à lire dans son cœur, il avait été pris au piège. Quand il ne cessait pas de tourner autour d'elle, cherchant à la percer, il la voyait languissante et il avait l'impression qu'un jour elle lui filerait brusquement entre les doigts. Il redoutait tellement ce moment qu'il redoublait d'efforts pour qu'elle s'ouvre à lui. Et même lorsqu'il croyait y parvenir, le cœur de Kasumi restait plein de choses qui lui demeuraient inaccessibles. Était-ce parce qu'il n'avait pas trouvé les mots ?

Jusque-là, il avait tout de suite vu clair dans le cœur des femmes qu'il avait connues, Noriko y compris. Elles craignaient de se retrouver seules, avaient de l'ambition sur le plan professionnel ou n'en avaient aucune particulière, aspirant simplement à une vie agréable. Rien de cela chez Kasumi. Hormis le désir de vivre seule, il n'y avait rien dans son cœur. Pour elle, malgré ses dangers, Tôkyô était une forêt féconde. D'abord, elle sortait la tête de son petit terrier, sentait la direction du vent et vérifiait l'endroit où se tenaient ses prédateurs naturels, puis, si rien ne la menaçait, elle se mettait en action sur-le-champ. Lorsqu'elle sentait un danger, elle prenait la fuite. Ishiyama lui avait proposé un abri sûr et désirait seulement être toujours à ses côtés, prêt à se battre pour la défendre si un ennemi se présentait. Il lui arrivait, aujourd'hui encore, de se demander ce qu'il serait advenu d'eux si Yuka n'avait pas disparu. Peut-être, à la longue, sa présence même serait devenue une cage pour Kasumi.

Au fond de lui, il se demandait si Izumi n'avait pas fait cette erreur pour se venger, ou plutôt par envie de lui jouer un tour. Les faits se recoupaient trop bien pour être une simple coïncidence. En elle-même, la chose était insignifiante, mais les mots d'Izumi avaient scellé leur destin. Une vie pouvait probablement se jouer sur un événement aussi infime. Dans leur cas, le hasard les avait fait jouer de malchance.

Trois jours avant l'arrivée de Kasumi avec sa famille, Ishiyama avait rendu une visite aux Izumi. C'était une triste journée, une chape de nuage obscurcissait le ciel et il commençait à regretter d'avoir invité les Moriwaki. Cette maison isolée dans la montagne n'étant guère pratique, Noriko n'y trouvait qu'inconvénients et était de mauvaise humeur. Il s'en voulait de son idée stupide. Coincés entre Noriko et l'austère Michihiro, Kasumi et lui devraient se tenir sans cesse sur leurs gardes pour se retrouver. Mais il était trop tard pour annuler. Aussi, histoire de se changer les idées, il avait eu envie d'inviter Izumi à faire une partie de pêche.

Le vieux Jimney de Mizushima était garé devant leur maison. Ayant l'intention d'aller le saluer, Ishiyama se dit que cela tombait bien car il n'avait pas tellement envie de descendre jusque chez lui. Il sonna à l'interphone, mais on ne répondit pas. Il jeta un œil dans le jardin, n'y vit personne. Résigné, il repartait vers la route quand il entendit la voix de Tsutaé :

– Monsieur Ishiyama ?

La tête passée par la fenêtre du salon, elle portait un corsage bleu foncé à manches courtes. Il avait déjà bavardé deux ou trois fois avec elle, mais elle lui avait déplu d'emblée. Il trouvait répugnante cette « femme belle pour son âge » et il n'aimait pas ses gestes insistants, ni sa manière affectée de s'exprimer.

– Bonjour, madame, la salua-t-il en faisant un léger signe de tête et avec l'intention de repartir au plus vite.

Tsutaé lui rendit son salut avec une lenteur qui se voulait aristocratique. Par contraste avec le ciel gris, son corsage bleu s'imprégna dans ses pupilles. Il détestait aussi cette couleur.

– Combien de temps restez-vous ici ?

– Une semaine environ.

– Vous avez de jeunes enfants, n'est-ce pas ?

– Oui. J'en ai deux, et deux autres vont arriver.

– Vous avez bien de la chance.

– En fait, je m'ennuie et je me demandais si M. Izumi ne voudrait pas aller à la pêche avec moi.

– Ah, comme c'est dommage. Izumi est parti se promener.

– Dans ce cas, je repasserai.

Elle sourit.

– Je suis désolée. Je lui en toucherai un mot.

Quelque chose d'étrange attira son attention. Le corsage de Tsutaé était mal boutonné. Elle était maquillée soigneusement, coiffée, pourtant ce détail lui parut un signe de mauvais augure et il détourna les yeux. Il fut soudain tenté de jeter un œil par la fenêtre. Il se demandait ce que faisait Mizushima à l'intérieur de la maison. Mais Tsutaé ne bougeait pas de l'embrasure, attendant qu'il reparte avec un sourire crispé sur le visage. Il descendit sur la route. C'est alors qu'il entendit des bruissements dans la forêt et qu'Izumi apparut. D'un air buté, il lança un regard déplaisant à Ishiyama qui, un instant, avait cru à un ours et s'était figé sur place.

– Quoi, c'est vous, monsieur Ishiyama ?

– Excusez-moi. Nous sommes arrivés aujourd'hui et je viens de passer chez vous.

– Ah, je vois, fit-il en se renfrognant. Il y avait quelqu'un ?

Revoyant le corsage mal boutonné de Tsutaé, Ishiyama vacilla. Le vieil homme l'observait sans rien perdre de son hésitation.

– Votre femme était là.

– Oui, fit-il d'un ton cassant.

– Des amis à nous doivent nous rejoindre bientôt. Si vous avez besoin de moi...

– Oui, merci.

Il lui adressa un signe de la main d'un air ennuyé. Ishiyama le salua avec gêne, oubliant de l'inviter à la pêche. Ayant vu que le Jimney était encore garé devant chez lui, Izumi s'enfonça de nouveau dans la forêt. De dos, on aurait dit un ours mal léché.

Voilà ce qui s'était passé. Ishiyama était pourtant persuadé que c'était parce qu'il avait vu ce qu'il n'aurait pas dû voir qu'Izumi le lui avait fait payer. Mais dans quel but ? Une malveillance ou une plaisanterie simplement pour se venger, c'était mince. Ajouté à cela le fait que Noriko avait deviné sa liaison avec Kasumi et, en outre, la disparition de la fille de Kasumi, tout n'était qu'un enchaînement de coïncidences. Cependant, malgré les années écoulées, il avait encore sur le cœur cet événement infime, qui ne méritait même pas d'être rapporté à la police. Une succession de circonstances insignifiantes qui s'enchaînaient d'une manière inexplicable et qui avaient provoqué un drame effroyable. « Personne ne connaît la vérité », pensa-t-il. C'était peut-être cette appréhension qui l'avait fait changer imperceptiblement.

La nuit qui avait suivi la visite d'Izumi, Ishiyama et Kasumi, à leurs risques et périls, avaient fait l'amour dans le canapé du salon. Peu avant l'aube, il était retourné dans la chambre qu'il occupait seul, avait dormi et, stupidement, jusqu'à ce qu'elle vienne le réveiller, n'avait pas envisagé une seule seconde que sa femme ait pu se rendre compte de quelque chose. Entrant brutalement dans la chambre, elle lui dit sans ambages :

– Il paraît que tu es resté seul avec Kasumi hier soir.

Il ouvrit les yeux, stupéfait de son air menaçant.

– Quoi ? Tu m'as fait peur !

– Espèce de salaud, lança-t-elle avant de lui donner un coup de pied dans la tête.

Le coup avait porté à la tempe ; il sursauta de douleur et s'en prit à elle d'une voix sourde pleine de colère :

– Ho ! qu'est-ce que tu fais !

Noriko détestait la violence. Il leur était arrivé de se quereller, mais jamais elle n'avait recours à la violence dans ses gestes ou ses paroles. Aussi, il était ébahi qu'elle l'ait frappé.

– Salaud ! reprit-elle de plus belle en envoyant dinguer son oreiller.

L'oreiller vola jusqu'à la fenêtre sous ses yeux effarés. Puis, continuant à l'injurier, elle se mit à trépigner.

– Ho ! explique-toi ! Qu'est-ce qu'il y a !

– Tu veux des explications ? ricana-t-elle. C'est plutôt à toi de m'en donner, non ?

– Pourquoi tu es en colère ?

– En colère ? Je n'en reviens pas, oui ! Je me disais que ce n'était pas possible. Je ne voulais pas y croire.

– Mais de quoi tu parles !

Il s'assit sur le lit, prit une cigarette sur la table de chevet et l'alluma. Il se sentait nerveux intérieurement, mais il n'était pas non plus loin de penser que tout ça n'avait aucune importance. Maintenant, Noriko comptait moins pour lui que Kasumi, et il craignait surtout que Michihiro ne soit mis au courant, car lui ne se doutait de rien.

– Quand M. Izumi m'a confondue avec Kasumi, c'est là que j'ai compris. Kasumi semblait si mal à l'aise. Normalement, elle aurait dû lui dire qu'il se trompait et en rire. Mais j'ai vu sur son visage qu'elle était désolée pour moi. Son visage, c'était sur son visage ! C'est en le voyant que j'ai compris. J'ai tout compris. Ça fait longtemps que t'es avec elle, hein ? Depuis deux ans, j'étais certaine qu'il y avait une autre femme dans ta vie, mais je n'aurais jamais cru que c'était elle. Alors, je me trompe ? Kasumi est ta maîtresse, avoue. Qu'est-ce que tu lui trouves ? Elle est tellement insignifiante. Ça me blesse que tu sois avec une fille comme elle.

– Tu n'as pas le droit de dire ça.

– Pourquoi ? Toi, tu n'as pas le droit de me faire ce que tu me fais.

– Tu te trompes. Arrête ! la coupa-t-il.

Une ride profonde se creusa entre les sourcils de Noriko. Une ride comme on en voit sur les statues de Bouddha, remarqua-t-il sans rapport avec ce qui se passait, mais, à sa surprise, il recevait la colère de sa femme avec sang-froid.

– Tu fais une terrible erreur. Il n'y a rien, dit-il en secouant la tête. D'ailleurs, je me demande sur quoi tu t'appuies pour dire ça.

– Je ne m'appuie sur rien. Et des preuves, je n'en ai pas. Mais je l'ai senti tout à coup. Je ne peux pas dire pourquoi. Tous les deux, vous êtes ignobles. (Elle se cacha le visage dans les mains.) Ignobles. Vous vous moquez de moi !

– Attends, fit Ishiyama en éteignant sa cigarette. Attends, attends. Tu te trompes. Je t'assure. Si tu croyais ça, pourquoi tu es allée te coucher avant nous hier soir ? Tu aurais dû rester debout et nous surveiller, non ? C'est ton imagination qui parle à ta place.

Convaincu qu'elle n'aurait jamais agi de la sorte en réalité, il se laissait aller à des paroles cruelles. Dans le cas contraire, il aurait été facile de les prendre sur le fait ; Noriko aurait perdu la tête pour de bon et fait un tel scandale que Michihiro et les enfants n'auraient pu ignorer ce qui se passait. L'acharnement et l'énergie de sa femme lui avaient fait perdre les pédales.

– Hier soir j'étais fatiguée et je suis allée me coucher de bonne heure parce que je ne voulais pas y croire. C'est pour ça. Mais ce matin, il n'y avait personne quand je me suis levée.

– Personne ?

– Non, il n'y avait personne tout à l'heure. Même pas les enfants. Je me suis dépêchée de descendre, le salon était resté comme il était hier soir. Ça m'a étonnée.

– Qu'est-ce qui t'a étonnée ? lui demanda-t-il, inquiet à l'idée qu'ils aient laissé une trace derrière eux.

– Rien n'avait été rangé. Comme après une beuverie. C'était dégoûtant. J'ai pensé que vous aviez peut-être bu tous ensemble et que vous vous étiez endormis à cause de l'alcool. Quand j'ai fini de ranger, Moriwaki et les enfants sont revenus de promenade. Ils m'ont dit qu'ils avaient rencontré le fils Toyokawa. Kasumi était déjà dans sa chambre. J'ai demandé à Moriwaki ce que vous aviez fait hier soir. C'est comme ça que j'ai su qu'il était allé se coucher tôt et que vous étiez restés tous les deux, Kasumi et toi. Alors ça m'a paru de nouveau évident. Vous avez profité qu'on était couchés pour faire des choses dans le salon. C'est pour ça que vous n'avez pas eu le temps de ranger. C'est ça, j'en suis sûre.

– N'affirme pas des choses qui ne sont que suppositions, fit-il.

Atterré par la justesse de l'intuition de sa femme, Ishiyama éprouva de nouveau de l'aversion envers elle. Il acceptait son égoïsme, mais il ne supportait pas de la voir ainsi.

– Quoi qu'il en soit, arrête. Cesse de nous faire honte à moi et aux enfants.

– Hé ! je te dis que tu te trompes. C'est moi qui veux que tu arrêtes ça.

– Je vais aller parler à Kasumi.

– Arrête ! C'est la femme de Moriwaki, enfin.

– C'est pour ça que je vais lui parler. Oui, ça, elle va en entendre parler. Je vais lui demander si elle n'a pas honte de faire ce qu'elle fait.

Ce disant, ses yeux s'étaient creusés et elle paraissait terriblement vieillie.

– Si tu es si sûre de toi, vas-y... va lui parler.

– Très bien.

Elle sortit de la chambre en frémissant de rage. Il l'avait provoquée, mais il ne saurait comment réagir si elle faisait un esclandre. Il courut à sa poursuite. En entrant dans le salon, il vit Kasumi assise dans le canapé et croisa son regard. Elle était sans maquillage, en tee-shirt et en jean. Une femme sans fard, pensa-t-il. Une femme étrange, toujours à l'état naturel, qui avait fait de lui son prisonnier. Sa femme l'avait traitée d'« insignifiante », mais, pour lui, la femme qu'il avait devant les yeux valait certainement cent fois Noriko. Sentant cet amour qui jaillissait en lui, il crut avoir un étourdissement. Ce matin-là, Kasumi avait aussi les nerfs à vif. Elle lui renvoya un regard farouche. Comme galvanisée par l'énergie des deux amants, Noriko était plus agressive que d'ordinaire. Il se lança impulsivement dans une querelle avec elle. Peu porté sur les conflits de quelque nature qu'ils soient, Michihiro quitta son siège, ce qui rassura Ishiyama.

Kasumi l'interrogea à plusieurs reprises d'un regard plein d'inquiétude. Dès l'instant où il perçut qu'elle était ébranlée, Ishiyama ne fit ni une ni deux ; son choix était fait. Cherchant à étayer ses soupçons, Noriko les scrutait d'un regard froid et pénétrant. « C'était fatal puisqu'ils étaient venus jusqu'ici », pensa-t-il à cet instant, et sa décision était prise : il allait quitter Noriko pour Kasumi. Il sortit donc dans le jardin et fit un signe à sa maîtresse. Signe qui signifiait : rendez-vous cette nuit à 2 heures dans le débarras.

Dans le débarras, lorsque Kasumi fut dans ses bras, il eut l'impression d'entendre des pas descendre subrepticement l'escalier. Il n'alla pas vérifier si ce bruit était réel ou imaginaire. Même si c'était Noriko et qu'elle avait l'oreille collée à la porte, il voulait lui faire entendre leurs épanchements de bonheur. Il pressa Kasumi contre lui. Kasumi haletant, gémissant à haute voix. « Hé, tu entends ? » dit-il en lui-même à sa femme. Il se sentait d'une humeur particulièrement sadique. Et pas seulement envers Noriko. Il aurait fait la même chose si Michihiro s'était tenu là dans l'obscurité. « Tu écoutes, Noriko ? Tu écoutes, Moriwaki ? Voilà comme je désire Kasumi, et c'est pareil pour elle. » Une énergie folle, qu'on n'imagine pas en soi, se déchaîne lorsqu'on désire quelqu'un. L'envie de mettre au supplice Noriko et Michihiro était la face cachée de l'attachement irrépressible qu'il éprouvait pour Kasumi.

Cependant, Ishiyama n'éprouvait pas de haine envers sa femme. Il l'aimait comme une femme avec laquelle il s'entendait bien depuis l'époque de leurs études. Une camarade. Mais, dans cette maison, il la détestait parce qu'elle était un obstacle entre Kasumi et lui. Sentiments pervers, oui. Assurément, il avait franchi un cap à cet instant. Et ce cap, c'était celui du renoncement à son amour-propre.

À l'aube, quand ils se furent séparés, il alla discrètement jeter un œil dans la chambre des enfants avant de retourner dans la sienne. La fièvre à peine croyable qui l'avait consumé tout à l'heure était retombée et il était inquiet. Mais Noriko dormait paisiblement en poussant de légers ronflements. « C'étaient mes mauvaises pensées qui se tenaient derrière la porte du débarras », pensa-t-il.

Ishiyama ne pouvait oublier la peur qu'il avait éprouvée le lendemain matin en apprenant la disparition de Yuka. Malgré lui, il était persuadé que c'étaient ses mauvaises pensées qui l'avaient enlevée. Il avait conscience de l'absurdité de cette idée. Dès qu'il eut repris ses esprits, il partit sur-le-champ à sa recherche. Yuka avait eu un accident ou avait été victime d'un crime. Un accident ou un crime qu'il était peut-être même encore temps d'éviter. Il parcourut la montagne sans relâche, en s'imaginant qu'il allait la retrouver errant seule sur un chemin devant lui, la rattraper et la prendre dans ses bras. Mais il était trop tard. Quelqu'un d'autre l'avait déjà enlevée.

Yuka était une petite fille adorable. Parce qu'elle n'avait rien de Michihiro et était le portrait craché de sa mère. Parce qu'elle redonnait vie à un passé que Kasumi refusait obstinément d'évoquer. Chaque fois qu'il rendait visite aux Moriwaki, il l'observait en plissant les yeux et se disait que, petite, Kasumi devait avoir les mêmes gestes, la même façon de s'exprimer. Il se disait même quelquefois que Yuka était plus mignonne que Ruriko et Ryûhei, ses propres enfants. Ses cheveux coiffés au carré, tout noirs et brillants ; cette allure de petit garçon, avec son tee-shirt et son jean usés par les lavages, malgré ce petit corps délicat et cette peau blanche presque transparente. Elle lui plaisait d'autant plus qu'il savait qu'elle était la préférée de Kasumi. Yuka aussi l'aimait ; dès qu'il arrivait, elle lui sautait dans les bras et enfouissait son nez contre lui comme un petit chien. « Tu sens bon, tonton. » Un jour, il s'était avisé que c'était un geste que sa mère faisait souvent et il avait eu l'impression étrange de sentir une femme chez cette enfant.

La disparition de Yuka, c'était comme si Kasumi était privée d'une partie d'elle-même. Pourquoi elle, et pas Risa, Ruriko ou Ryûhei ? Si c'était Risa qui avait disparu, sans doute n'aurait-il pas eu un tel choc. À la différence de sa sœur, Risa ressemblait beaucoup à son père. Si c'était elle qui avait disparu, il n'aurait probablement pas eu l'impression que Kasumi avait perdu une partie d'elle-même. Si c'était arrivé à l'un de ses enfants, pensa-t-il, Kasumi et lui ne se seraient peut-être pas séparés. Ruriko et Ryûhei, au bout du compte, appartenaient à Noriko. Un père, lui semblait-il, quoique père, est comme un élément extérieur à cette unité qu'on appelle une famille.

Ayant parcouru sans relâche les sentiers de montagne à sa recherche, Ishiyama finit par ressentir l'inutilité de ses efforts et retourna à la maison. Alertés, Izumi, Mizushima et Wakita, l'agent du poste de police local, étaient déjà arrivés. Kasumi leva des yeux angoissés vers lui. Un vague espoir brillait dans son regard, qui se changea en déception dès qu'elle le vit. Spontanément, il se précipita vers elle et la prit dans ses bras, dévoilant ouvertement, à cet instant, le lien qui les unissait aux yeux de ceux qui les entouraient. Quelques-uns avaient dû les voir. Ishiyama se retourna vers eux. Wakita et Michihiro étaient en pleine conversation, mais Mizushima détourna les yeux pour ne pas croiser son regard tandis qu'Izumi, au contraire, s'approchait et, lui tapant sur l'épaule, lui demanda d'un air soucieux : « Ça va, vous ? » Il était clair que, en les voyant ainsi, ces deux hommes avaient deviné ce qu'il en était. « C'est parce que tu as fait le malin que nous en sommes là », eut-il envie de lui rétorquer. Avec une expression ambiguë, le vieil homme dévisageait tour à tour Ishiyama et Kasumi qui frémissait d'inquiétude.

– Ishiyama, qu'est-ce qu'on peut faire..., l'implora Michihiro. C'est affreux ce qui arrive...

C'était lui le plus bouleversé. Incapable de se calmer, il ne tenait pas en place et tournait en rond dans le salon. Les autres évitaient de le regarder.

– Ça va aller. Je suis sûr qu'on va la retrouver.

– Mais on l'a cherchée partout...

– Allons, ne parle pas comme ça, Moriwaki, tu vas inquiéter Kasumi.

– Oui, mais je ne sais plus quoi faire...

Même si leur amitié remontait à de longues années et qu'il le respectait sur le plan professionnel, Ishiyama ne l'appréciait peut-être pas autant qu'il le croyait. Il observait d'un œil désabusé combien il cédait à la panique. Michihiro, au fond de lui, devait se reprocher d'avoir par négligence laissé Yuka sortir seule de la maison. Et lui en vouloir aussi de les avoir invités ici. Mais il ne l'aurait avoué pour rien au monde. Michihiro était comme ça. Soucieux des apparences, il détestait exprimer ce qu'il avait sur le cœur ; pourtant, il voyait les choses sous un angle un peu biaisé. Et même, c'était pour cette raison qu'il était incapable de franchise. Tout l'opposé de Kasumi.

En outre, quoique amoureux de Kasumi depuis leur première rencontre, Michihiro était devenu dédaigneux avec elle à partir du moment où elle avait été à lui. Un homme qui blessait l'être qui lui était le plus cher. Un homme dont l'existence était un obstacle posé devant lui. Sans doute était-ce sa jalousie qui lui rendait Michihiro inexcusable. Arrivé à cette conclusion, Ishiyama ressentit douloureusement sa part de responsabilité.

– Moriwaki, je suis désolé. C'est parce que je vous ai invités ici que...

– Mais non, ce n'est pas de ta faute, Ishiyama. Je suis sûr qu'elle va revenir. Non, je ne suis pas inquiet, pas tant que ça.

Ses mains tremblaient tandis qu'il s'arrachait cette réponse. « Pourtant, il m'en veut », sentit Ishiyama. Que ferait-il s'il apprenait ce qui se passait entre Kasumi et lui ? Il serait probablement fou de rage s'il savait que ce projet de voyage avait eu pour seul objectif qu'ils puissent se retrouver. Il se dit que leur liaison devait être gardée comme le plus grand des secrets, sous peine de les voir tous s'effondrer. « Ce sont mes mauvaises pensées qui ont enlevé Yuka. » Ce sentiment de culpabilité, il ne pouvait le confier à personne.

En fin d'après-midi, les chiens policiers étant arrivés sur place, la compagnie de sapeurs-pompiers et la police commencèrent leurs recherches. Un hélicoptère survolait la montagne. Les vitres de la maison vibraient et, çà et là, on pouvait entendre des voix appelant Yuka se répondre en écho. Un tumulte emplit la montagne. Dans le vacarme que provoquait l'hélicoptère volant à basse altitude au-dessus de la maison, Ishiyama croisa le regard de Noriko, qui était en train de préparer du thé dans la cuisine. Peut-être avait-elle senti quelque chose dans ses yeux ; elle vint soudain vers lui et, pour que sa voix ne soit pas dominée par le bruit assourdissant, approcha le visage de son oreille :

– Écoute, je ne suis au courant de rien, moi.

Il y avait de l'effroi dans ses yeux.

– Je le sais. Qu'est-ce que tu vas croire ?

Ému, il voulut serrer sa femme dans ses bras, ce qui ne lui était pas arrivé depuis longtemps, mais elle se contorsionna pour éviter son étreinte.

– Alors pourquoi tu me regardes comme ça ?

– Tu te trompes !

– Non, tu me soupçonnes. Tu crois que j'ai caché Yuka pour faire du mal à Kasumi.

– Mais pas du tout !

Se sentant las, il s'assit sur une chaise. Michihiro participait aux recherches dans la montagne et Kasumi était probablement sortie sur la route pour observer les événements d'un œil hébété. Quant aux enfants, on les avait expédiés à l'étage avec leur goûter. Ishiyama restait dans la maison pour assurer la liaison téléphonique, et il était seul avec Noriko. Tout en versant le thé, elle murmura quelque chose. L'hélicoptère s'étant éloigné, il n'eut aucune peine à l'entendre :

– Même si je la détestais de tout mon cœur, je ne m'en prendrais pas à ses enfants.

– Je te dis que je le sais.

– Oui, mais crois-le pour de bon, fit-elle brusquement en tirant la manche de son tee-shirt avec une telle force qu'elle s'étira jusqu'à son coude. Ce n'est pas moi qui ai fait ça.

– D'accord, acquiesça-t-il. Je te crois. Je sais que tu n'es pas capable de faire une chose pareille.

– J'ai ma fierté, tu comprends. Je ne vous déteste pas au point de cacher Yuka.

– Qu'est-ce que tu veux dire ?

– Je vous méprise, tous les deux. Et ça me suffit. Je n'ai pas besoin de faire quelque chose d'aussi affreux..., dit-elle calmement.

– Mais tu ne me pardonnes pas, hein ?

– Non, jamais.

Ishiyama n'y était pas indifférent. Peut-être avait-il pensé que son pardon lui importait davantage que tout le mépris qu'elle pouvait éprouver pour lui. Toutefois, puisqu'il était résolu à la quitter, cela revenait au même. Un voile de tristesse l'enveloppa.

– Alors, qu'est-ce qu'il est arrivé à Yuka, selon toi ? lui demanda-t-il.

– Eh bien, quelqu'un a pu l'enlever.

– Qui ? Aucune voiture n'est entrée dans le lotissement.

– Est-ce que je sais, moi ! s'écria-t-elle avec colère. Comment je le saurais ? J'étais en train de dormir, je n'ai aucune idée de ce qui s'est passé.

– À quelle heure tu t'es réveillée ?

– Il était plus de 8 heures.

– Pourquoi tu ne t'es pas levée plus tôt ? Je croyais que tu me soupçonnais de faire des choses avec Kasumi depuis la veille ?

Elle croisa les bras sans rien dire. Se souvenant du bruit qu'il avait entendu dans l'escalier peu avant l'aube, Ishiyama durcit soudain le ton :

– À quelle heure tu t'es couchée ? Si c'est en même temps que les enfants, c'était avant 10 heures, non ? Alors pourquoi tu t'es levée si tard ? Il paraît que Ruriko et Ryûhei étaient réveillés avant 7 heures et qu'ils faisaient du bruit. Tu aurais dormi plus de dix heures d'affilée ?

– Pourquoi tu me parles comme ça ?

Le visage d'Ishiyama avait pris une expression vide, comme si son orgueil avait volé en mille morceaux.

– Pour rien. Je veux savoir, c'est tout.

– Moi, hier soir, j'ai avalé ça et je suis allée dormir, dit-elle en lui montrant une plaquette de somnifères qu'elle avait prise dans la poche de son tablier. C'est pour ça que je me suis couchée vers 10 heures et que j'ai dormi comme un bébé jusqu'à 8 heures passées ce matin. Je ne savais même pas que les enfants étaient réveillés. J'ai pris deux comprimés alors qu'un seul suffit. J'ai fait ça parce que je déteste me réveiller au milieu de la nuit. À cause de ça, je suis complètement épuisée aujourd'hui.

– Pourquoi tu n'aimes pas te réveiller au milieu de la nuit ? lui demanda-t-il en scrutant son visage blême.

Il voulait voir si elle allait les accuser, Kasumi et lui, mais Noriko détourna la tête.

– Parce que je ne veux rien savoir. Je veux vivre sans rien savoir. Tu comprends, dis ? Tu comprends, toi qui es responsable de mon enfer ?

Il garda le silence, tendit l'oreille au vacarme dehors. Elle poursuivit :

– Quand je me suis réveillée ce matin, les enfants n'étaient pas levés depuis longtemps. J'avais encore sommeil, mais comme il y avait du bruit en bas, je me suis levée. Trois des enfants étaient là, ils regardaient la télé et ils avaient l'air fatigués. Je leur ai demandé où était Yuka, et Ruriko m'a dit qu'elle avait disparu, que son papa et sa maman étaient partis à sa recherche. Ça m'a étonnée, j'ai voulu en savoir davantage et c'est là que j'ai appris que Yuka était ressortie toute seule après leur retour et n'était pas revenue. Ça m'a fait terriblement peur.

– Pourquoi ?

– Eh bien, qu'une fillette disparaisse comme ça au milieu d'une montagne où personne ne va jamais. C'est sinistre et ça fait peur. Dès le départ, je n'ai pas aimé cette montagne.

– Ah bon ? fit-il évasivement, avec un sentiment d'impuissance.

– J'ai préparé le petit déjeuner, j'ai fait manger les enfants et c'est à ce moment-là que Kasumi, toute pâle, est revenue à la maison. Elle faisait peine à voir.

Ishiyama ferma les yeux. Il voulait visualiser Kasumi.

– Je lui ai parlé. Je lui ai dit que ce n'était pas moi. Que même si je la détestais, je n'aurais jamais fait une chose pareille. Et alors, elle a hoché la tête pour me dire qu'elle savait.

« "Une chose pareille", c'est quoi ? » se demanda-t-il rêveusement. Tuer Yuka. Cette réponse se présenta spontanément à son esprit et le bouleversa. Il se tourna de nouveau vers sa femme.

– Je trouve normal que tu ne puisses pas me pardonner. Mais si finalement on ne retrouvait pas Yuka ou si le pire lui arrivait, est-ce que tu pourrais me promettre quelque chose ? Je suis désolé, mais peux-tu me promettre de ne rien dire à personne à propos de Kasumi et moi ? Je ne te demande pas ça pour sauver la face. C'est pour toi que je te le demande.

Noriko soupira profondément.

– Je ne dirai rien. Je n'ai pas de raison d'en parler.

– Si tu en parlais, ça te retomberait sur le dos à la fin. D'abord, tu serais soupçonnée pour rien. Ou alors Michihiro. Je sais que je t'ai fait du mal. Je suis vraiment inexcusable de t'avoir fait ça. Mais on ne sait pas ce que diraient les gens, et puis ce serait la fin de nos familles. C'est pour ça que je te supplie de ne rien dire. Fais comme s'il ne s'était rien passé. Je ferai tout ce que je pourrai pour vous protéger, toi et les enfants. C'est tout ce que je peux faire maintenant.

– Et Kasumi, qu'est-ce qu'elle va devenir ? lui demanda-t-elle en le regardant d'un air incrédule.

– Pour l'instant, il faut qu'elle tienne le coup. Ensuite, je vais devoir la faire attendre.

– Ça veut dire le divorce pour nous, c'est ça ? dit Noriko presque en riant. Mais, pour l'instant, tu restes à côté de moi, c'est ça ? Je vais me mettre à la recherche de Yuka comme si je n'avais rien à voir avec Kasumi. Elle est tellement à plaindre, la pauvre.

Il se taisait. Il était profondément blessé par les paroles de sa femme. La porte d'entrée s'ouvrit et Kasumi entra dans la maison. Elle était blême. Malgré la présence de Noriko, il ne put s'empêcher de courir à elle et de lui prendre les épaules.

– Alors ?

– Rien pour l'instant.

Elle baissa les yeux. Ses bras étaient gelés. Une légère odeur d'essence se dégageait de ses cheveux, sans doute parce que la montagne était pleine de voitures de police.

– Je suis sûr qu'on va la retrouver.

– C'est quelqu'un qui l'a enlevée.

De grosses larmes coulèrent sur ses joues. Ishiyama sentit que Noriko approchait derrière lui, mais il serra Kasumi dans ses bras.

– Ça va aller. Je suis sûr qu'elle va revenir.

L'agent Wakita et Asanuma, l'inspecteur du commissariat d'Éniwa, observaient la scène à distance. Ils devaient avoir déjà commencé leurs investigations. Kasumi était effondrée en larmes, mais Ishiyama, préoccupé par leurs regards, lui retira son épaule. Sans doute Noriko trouva-t-elle cruel ce comportement, car elle la serra à son tour contre elle.

– Ne pleurez pas, Kasumi. Je suis certaine que Yuka est en train de jouer quelque part en ce moment. Ne vous inquiétez pas.

– Mais ça fait cinq heures qu'elle a disparu, dit-elle en cachant son visage contre son épaule. C'est bizarre quand même. C'est quelqu'un qui l'a enlevée.

– Si quelqu'un l'a enlevée, je suis certaine qu'on va l'arrêter.

– Qu'ils fassent vite alors. Qu'ils l'arrêtent vite. Sinon, ma pauvre petite Yuka...

– La pauvre, oui.

Noriko se mit à pleurer avec elle et les deux femmes se serrèrent dans les bras l'une de l'autre. Il était impossible de croire que Noriko jouait la comédie. Se souvenant de l'arrangement qu'ils avaient conclu quelques instants plus tôt, Ishiyama se demandait ce qui avait bien pu leur arriver et était toujours plongé dans la plus grande confusion.

14

Noriko avait dit qu'elle ne lui pardonnerait pas. Était-ce bien vrai ? Après son retour à Tôkyô, cette question l'avait obsédé pendant quelque temps. Noriko avait recommencé à vivre comme si rien ne s'était passé. Lorsqu'il était revenu, une semaine après elle, parce qu'il avait été témoin dans l'enquête, elle s'était contentée de l'interroger, apparemment très anxieuse, sur l'état des recherches. Puis, au fil des jours, ses questions s'étaient faites plus rares, si bien qu'au bout d'un moment il n'avait plus été question des Moriwaki chez les Ishiyama. Sans doute la malheureuse Yuka allait-elle s'effacer rapidement de la mémoire de Ruriko et de Ryûhei. L'automne arrivant, Noriko, vêtue de neuf de pied en cap, retourna à son bureau et Ishiyama s'excusa auprès de son agence pour avoir pris des congés plus longs que prévu.

Parfois, quand il pensait à Kasumi restée seule au lac Shikotsu pour rechercher sa fille, il avait les larmes aux yeux. Un jour, par exemple, alors qu'il était assis dans son bureau à l'agence et regardait sans vraiment les voir les fils électriques qui parcouraient en tous sens le quartier de Ginza, il avait craqué parce que ces fils, par association d'idées, lui avaient fait penser à quelque chose de rompu. Une autre fois, il était passé volontairement devant le *love hotel* minable où ils avaient l'habitude de se retrouver. Il avait levé les yeux vers la fenêtre fermée de l'intérieur de leur petite chambre. Son cœur s'était brusquement serré au souvenir des heures qu'il avait passées là avec Kasumi et il avait compris combien elle lui manquait. Mais il n'y avait rien à faire. La peur de l'effondrement de leurs familles lui avait fait taire ses sentiments.

Il se demandait jusqu'à quel point Michihiro, déjà abattu par le drame, céderait à la panique s'il venait à apprendre ce qui s'était passé entre Kasumi et lui. Il s'était persuadé que pour elle aussi c'était mieux ainsi, mais, en fin de compte, il n'avait fait que fuir ses responsabilités. N'était-ce pas à cause de ses mauvaises pensées que Yuka avait disparu ? Il fut bouleversé en se souvenant qu'il avait eu cette idée effrayante. Pourtant, il s'en sortait indemne. À tel point que, un beau jour, il était arrivé à la conclusion qu'il pouvait peut-être considérer qu'il s'en tirait à bon compte, même si Noriko ne lui pardonnait pas. Cependant il n'avait pas eu le courage de le lui demander.

Au terme des quelques auditions qu'il avait subies au commissariat d'Eniwa, hormis Asanuma qui avait un peu fureté de ce côté-là, personne ne paraissait s'être douté de sa liaison avec Kasumi, et Noriko en était également ressortie sans trop de mal. De fait, en lui demandant de garder le silence, il avait réussi à préserver tout le monde. Néanmoins, ce n'était ni Kasumi ni lui qu'il avait préservés ; il avait simplement mis un voile sur la relation qui les unissait. Ce qui lui avait fait défaut, c'était le moyen de protéger leur relation à l'intérieur de ce voile. Mais ils avaient rompu, et cela n'avait plus d'importance. Lui-même se retrouvait de l'autre côté du voile, ce qui rendait tout encore plus vain et lamentable. Peut-être, en vint-il à penser, aurait-il mieux valu qu'il fasse ce que lui demandait Kasumi et de poursuivre avec elle les recherches, quitte à anéantir irrémédiablement leurs deux familles.

La forte chaleur qui régnait toujours sur Tôkyô en ce début de mois de septembre lui fit se remémorer la première fois qu'il avait vu Kasumi, douze ans plus tôt. L'air conditionné en panne et l'étuve qu'était Moriwaki Compo ce jour-là. Le nombril de Kasumi, luisant de sueur, et son visage enfantin accablé par la chaleur. Cette rencontre miraculeuse, qui aurait pu imaginer qu'elle leur réserverait un dénouement aussi cruel ? Il avait subitement ressenti l'inutilité de continuer à travailler et pris la décision de démissionner tôt ou tard.

Le 11 septembre, Ishiyama téléphona à la maison de Hokkaïdô. Kasumi répondit. Le silence qu'il devinait à l'autre bout du fil lui fit penser à la tristesse de l'automne dans cette région. Dans quel état d'esprit se trouvait-elle, seule si loin ? Sa voix était sourde et douloureuse.

– Ça fait un mois maintenant. Tu as des nouvelles de Yuka ? Il y a des pistes ?

– Aucune, au point que c'en est bizarre. Au début, il y a eu des appels, on signalait des enfants qui lui ressemblaient. Mais plus rien maintenant...

– Et alors, qu'est-ce qu'ils ont donné, ces appels ?

– M. Asanuma est allé vérifier, c'étaient de fausses informations.

– Ah bon ? C'est inquiétant, hein.

– Il y a aussi des plongeurs qui ont exploré le lac Shikotsu. Ça n'a rien donné.

– Dans le lac ? Je ne peux pas croire ça.

– J'ai bon espoir, mais je suis tellement anxieuse que je n'arrive plus à dormir. Dis, tu ne crois pas que c'est quelqu'un qui a enlevé Yuka ?

– C'est vrai qu'elle est mignonne, cette petite.

– Ou alors, peut-être qu'on l'a tuée...

– Allons, il ne faut pas que tu te résignes.

– Au fond, c'est ce que tout le monde pense. Il paraît que la femme d'Izumi a dit qu'elle se demandait où on avait pu l'enterrer et que c'était répugnant. C'est un voisin qui me l'a dit. Et c'est ce que tout le monde pense...

– Pas moi. Même au fond de mon cœur, je ne le pense pas, s'offusqua-t-il.

– Ça, je n'en suis pas si sûre, lui rétorqua-t-elle.

– Écoute, je vais venir et on va la chercher ensemble, fit-il aussitôt.

Elle garda le silence.

– Qu'est-ce qu'il y a ? Je démissionne et je te rejoins.

– Ce n'est plus la peine, répondit-elle d'une voix devenue lointaine. Moi, pendant un mois, j'ai été comme une morte. J'étais tellement triste pour Yuka que je ne pouvais plus dormir. Je me disais qu'elle devait être si malheureuse toute seule. Je me demandais où elle était, ce qu'elle faisait. Et, maintenant encore, je suis si impatiente que je suis prête à courir n'importe où. Mais si je courais, je ne saurais pas où aller. C'est pour ça que j'ai toujours, toujours le cœur qui bat. Il bat, il bat, il bat. Et alors ça fait un nœud dur et lourd dans ma poitrine. Une boule de tristesse, une boule d'angoisse. Ce nœud, je n'arrive pas à le défaire. C'est la première fois de ma vie que je ressens une chose pareille. J'ai l'impression de devenir folle et ça me fait peur. Dis, est-ce que tu peux comprendre ça ?

– Je comprends, oui.

– Non, tu ne peux pas comprendre. Tu ne peux pas comprendre parce que tu n'as pas voulu dormir avec moi en me serrant dans tes bras.

– Il y a Michihiro.

– Il est obligé de travailler pour gagner notre vie. Et toi aussi, tu as une famille. Je n'y peux rien. C'est pour ça que je dois le faire toute seule. Mais...

– Mais ?

– C'est trop dur. Ça ne sert plus à rien.

– Pour moi aussi, c'est dur.

– Je suis anéantie. Ce serait plus facile si j'étais morte, je le sais. Mais je me dis que Yuka va revenir et je n'ai pas le droit de mourir.

– Je vais venir, tout de suite.

– Non... ce n'est plus la peine. Je rentre demain.

Elle raccrocha, laissant Ishiyama en proie à une profonde détresse. Allait-il faire une croix sur Kasumi au bout d'un simple mois ? Ce mois avait été un enfer indescriptible pour elle, mais sans doute ne pouvait-il pas en être autrement puisqu'elle s'était retrouvée seule là-bas. Il avait jeté la femme qu'il aimait dans un enfer. Qu'avaient-ils fait jusque-là, tous les deux ? se demanda-t-il en se retournant vers le passé.

Main dans la main, ils avaient couru après des chimères. L'amour les faisait prisonniers l'un de l'autre et les rendait libres – libres dans un monde fait pour eux seuls. Quand étaient arrivées les frictions et la lutte avec l'autre monde, l'amour seul n'avait pas suffi à les rendre plus forts. Il leur aurait fallu autre chose. Kasumi lui avait tendu la main pour cette raison, pour qu'ils se battent, mais il avait reculé, parce qu'il appartenait encore à cet autre monde et qu'il y était attaché. Ils avaient cherché ce que Noriko et Michihiro étaient incapables de leur donner, mais le résultat, était-ce ce néant, cette mollesse ? Il comprit qu'il avait échoué parce qu'il avait voulu poursuivre un monde plus fort que lui. Il était resté seul au bord du chemin. Pour la première fois de sa vie, il comprit ce que « s'effondrer » voulait dire.

Finalement, un an plus tard, Ishiyama donna sa démission. Quand bien même, ce jour-là, il n'avait fait que mettre à exécution une résolution mûrie de longue date, au fond de lui il avait également la volonté de couper tout lien avec Moriwaki Compo. De surcroît, le vent de la rumeur lui ayant appris que Kasumi était devenue une fervente adepte d'un gourou étrange, il avait perdu ses dernières illusions. S'il ne trouvait rien à redire au fait que, dans une quête désespérée de sa fille, elle tente de trouver la paix de l'âme par tous les moyens, il avait eu l'impression, en revanche, que cela ne lui ressemblait absolument pas. Ou plutôt, comprenant alors qu'elle ne comptait plus sur lui, il avait sans doute ressenti douloureusement son éloignement.

Additionnés, sa prime de départ, l'argent provenant de la vente de la maison de Hokkaïdô et ses économies formaient une somme assez confortable. Toutefois Ishiyama n'avait aucun projet particulier. Pendant plusieurs mois, il resta chez lui sans rien faire. Un jour, le père de Noriko vint lui rendre visite. Il lui parut soucieux, mais il attribua cela au fait que c'était un employé de banque sérieux.

– Vous avez l'intention de devenir graphiste indépendant ?

– Non, balbutia-t-il. J'ai envie de faire quelque chose d'autre.

– À partir d'aujourd'hui ?

Son beau-père semblait étonné. Ishiyama ne dit rien ; il n'avait rien à ajouter à sa réponse. N'importe quoi pourvu que ce soit autre chose. Tous les métiers c'est la même chose, non ? Il se sentait libre. Quand son beau-père fut reparti, Noriko, occupée à ranger les plateaux à repas, l'interrogea sans le regarder :

– Cette histoire de séparation, qu'est-ce que ça devient ?

– La séparation d'avec qui ?

– D'avec moi, bien sûr. (Elle rit en le regardant dans les yeux. Il y avait quelque chose de triomphant dans son expression.) Tu as oublié ? C'est toi qui en avais parlé.

– Ah, ce que je t'ai dit dans la maison à ce moment-là. Que je te quitterais un jour pour aller vivre avec Kasumi.

Il avait baissé la voix pour que les enfants, dans la pièce voisine, ne l'entendent pas.

– Oui. Moi je n'ai pas oublié, tu sais.

Lui non plus n'avait pas oublié. Simplement, comme elle n'en avait jamais reparlé, il avait pensé qu'elle voulait éviter le sujet et il s'était abstenu d'y revenir. En plus, étant donné qu'il ne voyait plus Kasumi, le problème n'avait plus de motivation réelle. Peut-être était-ce précisément la raison pour laquelle Noriko le remettait sur le tapis. Il en voulut à sa femme.

– Ah oui ? Et qu'est-ce que tu veux faire ?

Comme si elle réfléchissait, Noriko se raidit et renversa la tête en arrière. Ses cheveux un peu longs étincelèrent sous la lumière qui les éclairait par-derrière. C'était très beau à voir.

– Je veux qu'on se sépare. Je te l'ai déjà dit, je ne vous pardonnerai jamais. C'est pour ça que j'ai attendu jusqu'à aujourd'hui.

– Tu attendais que j'aie démissionné de l'agence ?

– Non. Si tu veux que je te le dise, peut-être que j'attendais que ta situation devienne instable. Parce que je n'ai aucune envie, figure-toi, de t'apporter mon soutien ou de te donner des conseils. Je ne veux plus rien avoir à construire avec toi.

– Tu me détestes, c'est ça ?

– Je ne te déteste pas, c'est plutôt que je ne comprends pas ce qui a pu te pousser à faire venir ta maîtresse dans notre maison. Ce que je veux dire, c'est que je n'aurais jamais imaginé que le Yôhei qui était dans la même classe que moi puisse agir de cette façon un jour. Je n'ai plus confiance en toi. Et c'est pareil pour Kasumi. Sur le moment je t'ai dit que je la méprisais, n'est-ce pas ? Eh bien, c'est vraiment ça. Je ne parviens pas à me défaire de ces sentiments. Et puis, je vais sans doute te faire du mal, mais pour ne rien te cacher, la petite Yuka, je crois c'est toi qui es responsable de ce qui lui est arrivé.

Finalement, il y avait quelqu'un pour lui jeter la pierre. Mais ce n'était pas tant la perspective du divorce que sa dernière phrase qui l'ébranla.

– Je sais que j'ai commis l'irréparable envers toi et envers Kasumi.

– Envers Yuka aussi, ajouta-t-elle. Si Kasumi souffre, c'est sûrement pour la petite Yuka. Toi, autant dire que tu n'existes plus pour elle.

Kasumi étant sa mère, il était bien naturel qu'elle pense à Yuka. Cela signifiait-il qu'il n'était plus rien à ses yeux ? Leur séparation ne la faisait-elle pas souffrir un peu ? Les paroles de sa femme, même s'il savait la part d'égoïsme qu'elles comportaient, le plongèrent brutalement dans une profonde détresse. Cachant ses larmes, il réussit péniblement à dire :

– Très bien. Séparons-nous. Qu'est-ce que tu veux ?

– Je garde les enfants. Et puis, je peux aussi avoir la maison ?

– D'accord. Cette maison, c'est tout ce que je possède.

– Et ton argent liquide, alors ?

– Tu peux bien me laisser un petit quelque chose, non ?

– D'accord, si tu quittes la maison au plus vite. Je pense qu'il faudra à peu près six mois pour les dispositions. Tu verseras une pension alimentaire ?

– Évidemment. Combien tu veux ?

– Disons, ce n'est pas beaucoup, mais ça ira avec cinquante mille yens par enfant.

Elle éclata de rire. Ils étaient amusants tous les deux, semblait-il, à faire des comptes d'épicier alors que leur conversation aurait dû être autrement plus sérieuse.

– Faisons comme ça. Je te confie les enfants.

Noriko avait été sa petite amie du temps de leurs études et il avait toute confiance en elle ; pourtant, leur séparation s'était décidée en quelques secondes. Maintenant qu'il avait rompu avec Kasumi, il vit dans la concrétisation de leur divorce, pour lequel il avait tant hésité, et qui avait été la source de ses tourments, un châtiment qu'on lui infligeait pour avoir trahi ces deux femmes. En outre, il craignait que la blessure qu'il avait faite à sa femme n'ait atteint profondément sa façon d'envisager la vie. Mais il était trop tard pour revenir en arrière.

Quelques semaines après cette conversation, Takahashi, un ancien camarade d'université, qui avait sans doute appris qu'il avait donné sa démission et était oisif, demanda à voir Ishiyama. C'était un garçon qui, après avoir rêvé de devenir peintre, était devenu illustrateur puis producteur de manifestations artistiques. Malgré cette brillante carrière, il avait subi le contrecoup de la récession et, comme Ishiyama, ne savait plus quoi faire à présent.

Takahashi arriva en retard à leur rendez-vous. À cause de l'alcool peut-être, il avait grossi au point d'être méconnaissable. Il posa délicatement sur le comptoir le Stetson marron dont il paraissait particulièrement fier et contempla le visage d'Ishiyama en souriant :

– Tu as l'air détendu, dis-moi.

« C'est parce que, pour moi, je crois que tout est déjà joué », lui répondit mentalement Ishiyama.

– Pourquoi tu as démissionné de ton boulot ?

– Parce que je veux faire autre chose.

– C'est sûr que pour un graphiste dans ton genre, c'est difficile de vivre de nos jours, se permit de commenter Takahashi. Aujourd'hui, les graphistes et les rédacteurs sont tous des directeurs artistiques. Ils sont obligés de voir les affaires en grand. Pour toi qui as une mentalité d'artisan, ça ne devait pas être facile, hein ?

– Bah..., acquiesça-t-il évasivement en avalant une gorgée de whisky.

– Tu as bien fait de partir. Et alors, tu as l'intention de continuer seul ? Tu veux créer ton agence ?

– Non, dit-il en secouant la tête.

Takahashi pencha son corps obèse au-dessus de son tabouret.

– Dans ce cas, tu ne voudrais pas bosser avec moi ? Il y a longtemps que je m'intéresse à toi.

Il lui proposa de concevoir des articles de loisirs, pour la pêche essentiellement, et d'en assurer le développement commercial. Il s'adressait à lui parce qu'il connaissait son goût pour la pêche. Certain que c'était un marché plein d'avenir, il lui demanda aussi d'investir dans ce projet s'il avait de l'argent de côté. Pour Ishiyama, n'importe quel travail faisait l'affaire, mais, depuis la disparition de Yuka, il n'allait plus du tout à la pêche. C'était le seul point qui le faisait hésiter. Si c'était pour le travail, il n'avait aucune envie de recommencer à pêcher. Ce à quoi Takahashi s'esclaffa :

– Ce n'est pas parce que c'est ton boulot que tu es obligé de t'y remettre.

Leur affaire fit faillite en moins d'un an. Ensuite, avant qu'il ait eu le temps de se rendre compte de ce qui lui arrivait, il se retrouva accablé non seulement de ses propres dettes mais aussi des emprunts causés par les détournements de fonds de Takahashi. Dans son entourage, on devait se gausser de lui, imagina-t-il, le trouver bonne poire et bien optimiste en affaires. Tout en se disant qu'au moins, grâce à son divorce, il n'avait pas porté préjudice à sa famille, il se demanda si, au moment où il avait revu son peu recommandable ami, il n'avait pas espéré en fait que les choses tournent ainsi. Il n'avait pas la moindre intention de rembourser ses dettes.

Une froide journée de décembre, alors qu'il tombait de la neige fondue, des types d'un mauvais genre, envoyés par ses créanciers, étaient finalement venus frapper à la porte de l'appartement qu'il louait à Yokohama. Ishiyama glissa par la fenêtre de la cuisine un sac dans lequel il avait fourré quelques effets personnels, puis il passa à son tour par cette fenêtre et sauta dans la ruelle au pied de l'immeuble. Ses genoux trempèrent dans une flaque d'eau froide. En regardant les auréoles sur son pantalon de coton, Ishiyama, étrangement, pensa à Kasumi. Une fois, à l'époque où elle était encore en apprentissage à Moriwaki Compo, elle avait renversé du thé et lui avait fait une tache similaire. Elle s'était empressée de l'essuyer avec un mouchoir. Pourquoi n'était-il pas tombé amoureux d'elle à ce moment-là ? Il se dit qu'il ignorait encore sa vraie personnalité et, aussitôt, il se sentit rasséréné. « Grâce à ça, j'ai enfin trouvé la liberté. »

Il décida de se cacher quelque temps en ville et de rassembler des fonds pour sa fuite. La nouvelle avait déjà fait le tour de ses connaissances et tous refusèrent de le revoir. « Formidable ! » se réjouit-il, seul dans sa chambre d'hôtel dominant la Sumida. Il était séparé de sa famille, il avait perdu son travail et son crédit, il était coupé de ses amis. Il alla à la fenêtre et jeta son téléphone mobile dans le fleuve. Tout à coup, il décida de faire ses adieux à Noriko et à ses enfants. Il l'appela d'une cabine et elle lui donna rendez-vous sur le quai de la station Takadanobaba. Tandis qu'il les attendait sur le quai bondé ce jour-là à cause des fêtes de fin d'année, elle était arrivée par-derrière en lui murmurant :

– Yôhei.

C'était sa façon de l'appeler à l'époque de leurs études. Il se retourna, ravi, vers elle. Elle était seule devant lui, sans les enfants, avec la nuit qui tombait déjà dans son dos. Il ne l'avait pas revue depuis longtemps, mais Noriko, portant un manteau de marque qu'il n'avait jamais vu, demeurait impassible.

– Excuse-moi de t'avoir dérangée.

– Tu as oublié de prendre ça avec toi. C'était dans les bagages à la maison.

Elle lui tendit d'un geste brusque cinq cent mille yens en liquide et la vieille Rolex de son père.

– Je l'avais oubliée, celle-là. Donne-la à Ryûhei.

– Non, non. Si tu as des soucis, tu pourras la revendre.

Le train de la ligne Yamanoté entra en gare. Il sourit en comprenant qu'elle ne voulait même pas laisser à leur fils un souvenir de son grand-père. Il voyait maintenant ce qu'avait été sa vie de famille. Ce n'était pas la faute de Noriko. C'était à lui encore que revenait la responsabilité des relations qui s'étaient instaurées entre eux. Il n'ignorait pas qu'elle avait vendu la maison de Komaba et se préparait à emménager ailleurs, mais il n'avait même plus l'envie de lui demander où. S'il avait conservé un travail stable même après leur séparation, sans doute aurait-elle été heureuse qu'il assume pleinement ses devoirs de père. Puisqu'il avait échoué, la rupture définitive devenait inévitable. Aussi, c'est le cœur léger qu'il monta dans la rame, même s'il sentait que Noriko était désolée qu'il ne puisse assumer ses responsabilités dans l'éducation de leurs enfants.

– Bien, je ne t'appellerai pas.

– Fais attention à toi.

– Je suis désolé de ce que je t'ai fait.

– La vie nous a réservé des surprises à tous les deux.

Tandis que la porte se refermait sur lui, il vit qu'elle essuyait une larme. Il fit mine de ne rien voir et s'enfonça jusqu'au fond de la rame. Il abandonnait tout, partait pour une ville inconnue y rencontrer des gens inconnus. Il ne savait pas ce qui l'attendait, mais il était en proie à une excitation séduisante, ballotté entre l'espoir et l'angoisse. Il n'aurait jamais imaginé éprouver de tels sentiments à son âge. Au moment où il poussait la porte du couloir de correspondance, il se prit à penser à Kasumi. Elle aimait ces endroits. Peut-être avait-elle ressenti la même chose que lui, lorsqu'elle était arrivée pour la première fois à Tôkyô. Il pensa à elle comme à une camarade regrettée.

Étrangement, c'est au beau milieu de sa vie de fugitif qu'Ishiyama pensa qu'il pourrait peut-être vraiment oublier Kasumi. À partir du moment où il s'était senti proche d'elle, où il avait compris ce qu'elle ressentait, elle avait trouvé refuge au plus profond de son cœur. Il ne souffrait plus quand il songeait à l'être de chair. Chaque fois qu'il abordait une ville nouvelle et inconnue, il sentait sa présence à l'intérieur de lui. Ne sachant comment faire pour organiser sa survie, il avait été anxieux au début, mais, au fur et à mesure qu'il avait regardé autour de lui, plein d'espoir, sa curiosité s'était exacerbée et il avait retrouvé son entrain. C'était ainsi, certainement, que Kasumi avait vécu. Il s'était enfin assimilé à elle. Cela le remplissait de joie.

Ishiyama gagna sa vie tant bien que mal, en exerçant des métiers auxquels il n'était pas habitué, dans des bars de nuit ou comme journalier. Afin qu'on ne puisse pas le localiser, il faisait en sorte de ne pas demeurer trop longtemps dans le même endroit. Il était toujours sur des charbons ardents, craignant d'être poursuivi, et ne trouvait pas le repos. Lorsqu'un homme s'approchait de lui, il se demandait si ce n'était pas un de ses poursuivants et les battements de son cœur s'accéléraient. Il regardait constamment derrière lui et ne s'aventurait pas dans les rues obscures. Kasumi avait certainement été comme lui, les premiers temps après sa fugue, pensa-t-il. Par crainte qu'ils ne l'obligent à revenir à la maison, elle n'avait pas appelé ses parents et avait ainsi rompu tout contact avec eux. C'était parce qu'elle avait ressenti cette solitude et cette angoisse que vivre seule était devenu l'objectif de sa vie. Comment, lui qui l'aimait, ne s'en était-il pas rendu compte ? Au fil de ces pérégrinations, Ishiyama n'eut de cesse de mieux comprendre Kasumi.

Il progressait toujours plus vers le nord dans la région du Tôhoku. C'était l'hiver et il savait parfaitement qu'il était stupide de prendre le chemin de ces terres froides, mais – il n'aurait su dire pourquoi – il suivait la direction qui devait le mener à l'endroit où Yuka avait disparu, cet endroit qui était aussi le pays natal de Kasumi. À Aomori, sa bourse étant vide, il essaya de vivre dans un baraquement d'ouvriers. Il y prit plaisir au début, car l'expérience était nouvelle pour lui, mais ne tarda pas à avoir le cafard. Le travail était vraiment trop pénible. Chance ou malchance, avec la récession, l'embauche sur les chantiers de construction disparut à son tour à l'époque où il était près de se ruiner la santé.

Dans le quartier animé d'Aomori, Ishiyama, n'ayant plus un sou en poche, vendit cent cinquante mille yens la Rolex de son père à un lycéen chaussé de Nike Air. Lorsqu'il l'avait baratiné : « C'est une montre de collection, alors c'est le tiers du prix réel. Vous faites une affaire », sa conscience n'avait pas manqué de lui faire des reproches. Cependant, une autre partie de lui-même s'était réjouie, car il pourrait subsister pendant un moment avec l'argent extorqué au lycéen. Il lui sembla que son cœur s'était asséché. L'idée lui vint soudain d'aller à Sapporo pour rendre visite aux Toyokawa. On était au mois de mai.

Se renseignant dans un établissement de la chaîne Hokkéya, il apprit que celui que les Toyokawa tenaient était un snack nouvellement ouvert appelé « Hockey ». L'établissement avait une telle apparence de luxe pour un snack qu'on pouvait hésiter à y entrer. Dans le couloir, Ishiyama vacilla. Depuis qu'il menait cette vie de fugitif, il n'avait plus aucun contact avec personne parce qu'il craignait qu'on remonte jusqu'à lui. Mais qui pouvait être au courant de ses relations avec les Toyokawa ? Ils étaient son ultime recours. Lorsque, s'étant décidé, il poussa la porte, le sourire de la jeune femme en minijupe de l'entrée se crispa et son visage prit une expression de surprise. Elle devait croire qu'il se trompait d'adresse. Il se sentit intimidé. Par chance, il n'y avait qu'un couple, buvant paisiblement à une table, dans la salle.

– M. et Mme Toyokawa, c'est bien ici ?

La réponse lui vint de derrière le comptoir. C'était Toyokawa. Tout petit, il portait une chemise blanche à col relevé et un tablier noir. Il regarda Ishiyama un moment et finit par appeler sa femme à l'autre bout du comptoir :

– Hé, Kazuko, viens une minute.

De grande taille, l'air d'une maîtresse femme, Kazuko avait le teint hâlé, sans une ombre de maquillage, et portait un costume d'homme digne du théâtre Takarazuka [1]. En le voyant, elle poussa pourtant un cri de surprise aigu, comme s'il avait subi une métamorphose :

– Mais c'est monsieur Ishiyama !

– Oui, c'est moi. Cela fait bien longtemps. Vous m'avez reconnu sans problème. Pourtant, on n'a guère dû se voir plus d'une semaine en tout.

– Bien sûr que je vous reconnais. C'est si terrible ce qui s'est passé. Vraiment, je crois que je n'oublierai jamais. Aujourd'hui encore je me demande ce qui a bien pu arriver. Pour vous aussi, ç'a été terrible, n'est-ce pas ?

– Oui, c'est vrai.

– La petite Yuka, toujours rien, hein ?

– Non, rien, il semble. Vous êtes bien informée.

– C'est parce que j'appelle Mme Izumi de temps en temps.

Toyokawa avait posé devant lui un verre qu'il venait d'essuyer soigneusement. Il le remplit de bière sans interrompre leur conversation. Ishiyama le remercia d'un signe de tête et porta le verre à ses lèvres.

1. Sorte d'opérette japonaise, interprétée uniquement par des femmes.

– Mme Moriwaki, elle ne va pas très fort, je crois. Elle pleurait la dernière fois que je l'ai vue. Toute seule dans cette maison, elle était malheureuse, oui, bien malheureuse...

Toyokawa acquiesça aux propos de sa femme.

– Notre fils aussi, ça lui a mis un coup. C'est vraiment triste.

Ishiyama baissa les yeux ; il se rappelait l'impression de désespoir qui se dégageait de sa conversation téléphonique avec Kasumi.

– Mais vous avez changé, je trouve. Il vous est arrivé quelque chose, monsieur Ishiyama ?

Kazuko était franche et sans détour. Toyokawa, gardant le silence, remplit de nouveau le verre d'Ishiyama.

– J'ai démissionné de mon travail et j'ai quitté la maison.

– « Quitté la maison », vous voulez dire que vous avez divorcé ?

– Oui.

« Vu votre allure, il y a sûrement autre chose », sembla exprimer le visage de Kazuko. Tout en avalant une gorgée d'un liquide transparent, de l'eau-de-vie probablement, Toyokawa se mêla à la conversation :

– En tout cas, monsieur Ishiyama, vous avez plus de classe qu'avant.

– Vous trouvez ?

Il fit la grimace. Même si ses vêtements étaient propres, il ne portait qu'un tee-shirt gris et un treillis. Dans la rue, les passants l'évitaient quand il n'était pas rasé et qu'il portait son sac crasseux.

– C'est vrai, vous êtes même un peu intimidant. Vous êtes plus costaud et il y a quelque chose de menaçant dans vos yeux.

Une cigarette au coin de la bouche, Kazuko éclata de rire. Ces compliments ne flattaient pas Ishiyama. Peut-être qu'un peu du charme de Kasumi avait déteint sur lui, songea-t-il à l'instant où il était tenté de nier qu'il n'était pas le même homme. La sauvagerie et l'énergie de Kasumi. C'était indispensable pour survivre.

– Qu'est-ce que vous faites maintenant ?

Kazuko l'observa d'un œil scrutateur.

– Je vais vous parler franchement. Vous n'auriez pas du travail pour moi ? Je suis prêt à faire tout ce que vous voudrez me donner.

Les Toyokawa se regardèrent. Nulle appréhension ne se peignait sur leur visage, mais ils semblaient agacés, comme si l'image qu'ils conservaient de lui était encore prégnante et qu'ils ne parvenaient pas à la faire coïncider avec celle qu'ils avaient devant eux.

– Pour ça, du travail, on peut toujours vous en trouver. Mais, monsieur Ishiyama, qu'est-ce que vous voulez faire ? Vous n'aviez pas une bonne situation à Tôkyô ?

– Oui, c'est vrai. Vous n'étiez pas graphiste dans la prestigieuse agence Kyôkôsha ?

– J'ai démissionné. Je prendrai n'importe quel travail, vous savez. La plonge, n'importe quoi. Même si c'est pour quelqu'un d'autre, je suis prêt à le faire.

– Pour quelqu'un d'autre... mais les gens qui embauchent veulent savoir à qui ils ont affaire, alors pour vous ce sera difficile, dit Kazuko. On voit que vous venez de la grande ville, monsieur Ishiyama, ce ne sera pas facile de vous trouver quelque chose.

Il baissa les épaules. « Pourquoi vous ? » pensaient-ils, et ils le considéraient avec suspicion. Il avait fait cette expérience de nombreuses fois.

– Vous avez des ennuis ? lui murmura Toyokawa.

– Je suis poursuivi par mes créanciers. Excusez-moi, ce n'est pas raisonnable de vous demander ça.

Il baissa la tête et, le voyant ainsi, Kazuko se mordit les lèvres.

– Non, là n'est pas le problème. Mais si vous ne me dites pas tout, je ne peux pas vous faire confiance. Et je ne peux pas trouver du travail à quelqu'un en qui je n'ai pas confiance.

Pour ce qui était de s'informer de sa situation, Toyokawa semblait s'en être remis entièrement à sa femme. Il avait tiré une chaise sous le comptoir et se mit pour de bon à boire. La jeune femme qui lui avait ouvert la porte était accaparée par les clients et ne leur accordait aucune attention.

– En fait, c'est parce qu'on me fait endosser les dettes d'un ami que je suis poursuivi.

– Vous pourriez rembourser en travaillant, non ?

– Je n'en ai pas envie, répondit-il sans ambiguïté.

Ils perçurent sans doute que quelque chose s'était brisé en lui. Kazuko alluma de nouveau une cigarette.

– On ne sait pas ce qu'il y a dans le cœur d'un homme, n'est-ce pas ?

– Eh bien, je ne sais pas...

Il sourit. Précisément, la vie était en train de lui apprendre qu'un homme avait le choix entre différentes existences, avec ou sans famille, avec ou sans travail.

– C'est vrai, on ne sait pas, dit-elle, et, tout en écrasant sa cigarette, elle se tourna vers son mari pour le consulter :

– Là-bas ? Au Scot ?

– Ce serait bien. Mais M. Ishiyama ne voudra sans doute pas.

– C'est quoi ? demanda ce dernier.

Kazuko eut un sourire un peu gêné :

– Nous avons aussi des *host clubs*. Ça vous dirait de faire *host* ? Vous avez les dispositions, vous savez.

Ishiyama était estomaqué.

– J'ai quarante-quatre ans. Alors je ne vois pas comment...

– Je vois que vous ne connaissez pas le métier. Il ne suffit pas d'être jeune. Nous, nous avons deux clubs. Le New Scot, c'est pour les jeunes éphèbes. Le Scot, par contre, ratisse large, de vingt à soixante ans. Pour ce dernier, c'est mieux qu'il y ait des hommes de générations différentes. Parce que les clientes sont aussi d'âges très divers.

Lui, travailler dans un *host club* ? C'était tellement inattendu qu'il n'en trouvait plus ses mots. Kazuko prit une expression sérieuse.

– Monsieur Ishiyama, vous aviez du succès avec les femmes, non ? Je suppose qu'il y en a beaucoup qui vous ont aidé depuis que vous êtes en cavale.

Il n'acquiesça pas, mais c'était exact. Au cours de son errance, il avait appris que les femmes pouvaient être pleines de bonté envers les hommes qui leur semblaient égarés. Elles avaient probablement un flair unique, et combien de fois s'était-il entendu dire : « Vous devez avoir vos raisons... Venez dormir chez moi... » Les femmes seules, en particulier, étaient gentilles avec lui. Elles lui achetaient des vêtements malgré leur maigre salaire, et certaines lui avaient même donné un peu d'argent au moment où il les avait quittées. Une fois, alors qu'il était employé dans une société de nettoyage, une vieille femme seule de ses collègues l'avait hébergé pendant une semaine. Parmi ces femmes, quelques-unes aussi étaient tombées amoureuses de lui. Au hasard d'une rencontre, ils se parlaient, se plaisaient et, le lendemain, il repartait en la serrant dans ses bras. Il n'avait jamais vécu ce genre d'expérience auparavant. Il avait fait des rencontres d'une richesse dont il n'aurait pas osé rêver du temps où il vivait sans soucis à Tôkyô, mais, une fois qu'il les avait quittées, il y avait aussi des nuits où, dans son lit, il tombait dans la haine de soi et désirait s'abrutir d'alcool. Expériences étranges. Le voyant rester muet, Kazuko esquissa un sourire.

– Alors, j'ai raison, non ? Je comprends ces choses-là, moi. J'ai l'impression que vous avez ce don.

– Vous appelez ça un don ?

– Un don, oui. Ce n'est pas donné à tout le monde.

Toyokawa prit un air entendu. Dans sa façon d'approuver sa femme, il ressemblait davantage à une femme qu'à un homme.

– C'est vrai, dit-il. Il y a quelque chose en vous qui les intrigue. Je suis sûr que vous pourrez vous entendre avec elles plus facilement que vous le pensez.

– Vous croyez vraiment ? fit Ishiyama, qui se mit à réfléchir sérieusement.

– Dis donc, il s'entend déjà avec moi ! plaisanta Kazuko. Bien, je vais vous présenter au gérant. Mais d'abord, il faut au moins que vous vous fassiez une garde-robe.

Elle prit trente billets de dix mille yens dans la caisse et les lui tendit :

– Pour les frais de toilette.

– Tant que ça ?

– Attention, jc nc vous le donne pas, cet argent. C'est un prêt. Mais bon, je ne vous compterai pas les intérêts.

– Oui, bien sûr. Mais quand même, tant que ça ?

– C'est des belles fringues qu'il vous faut !

Il les remercia. Encore incapable de comprendre ce qui lui arrivait, il fourra dans sa poche avec reconnaissance la liasse de billets qui, à l'époque où il avait un travail, n'était pas une très grosse somme pour lui.

15

Le lendemain, Ishiyama se rendit dans un grand magasin pour faire des emplettes. Ne sachant pas exactement ce qu'il devait porter, il choisit un costume Armani aussi voyant que possible, pour lequel il obtint, à force d'insistance, qu'on lui fasse les ourlets en une heure. Le soir, lorsqu'il arriva à l'adresse du Scot que lui avait donnée Kazuko, un homme en chemise blanche, les manches retroussées, était en train de balayer devant l'entrée avant l'ouverture.

– Je m'appelle Ishiyama.

– Ah oui, la patronne m'a mis au courant. Je suis Miyao, le gérant.

Miyao avait été responsable du Hokkéya pendant plusieurs années avant d'être choisi par Kazuko pour prendre la responsabilité du Scot. Son regard était froid et désabusé, et il semblait particulièrement enclin à l'ironie. Alors que, non sans raison, Ishiyama était incrédule quant à sa propre valeur marchande, Miyao, au contraire, parut l'apprécier du premier regard.

– La patronne dit que vous êtes un homme bien. Et c'est vrai.

– Je ne peux pas le croire. Je n'ai aucune confiance en moi.

– Ne vous en faites pas. Elle a un œil très sûr, alors c'est vrai. Ici, des hommes sérieux, il n'y en a pas. Les hommes sérieux choisissent des métiers sérieux. Si vous voulez, regardez ça.

Il lui montra des photographies de *hosts* collées sur le mur. La moitié avait entre vingt et vingt-cinq ans. Cheveux décolorés en blond ou châtain avec des costumes de couleur claire et tape-à-l'œil. Avec leur hâle de lampe à bronzer, ils avaient des têtes d'artistes du show-business. Leurs pseudonymes mêmes – Takuya, Tsuyoshi, etc. – étaient calqués sur ceux des idoles du moment. Par contraste, les hommes plus âgés, entre trente-cinq et soixante ans, portaient d'austères costumes d'hommes d'affaires et mettaient l'accent sur la sobriété. Cependant, à force de vouloir valoriser leur apparence extérieure, ils ne semblaient qu'exhiber d'autant mieux leur insignifiance. Regardant la photographie de l'un d'eux, un cinquantenaire qui avait clairement redessiné ses sourcils au crayon, Miyao murmura d'une voix méchante :

– Ce type-là, par exemple, c'est ce qu'il y a de pire. Mais il gagne bien. C'est un ancien escroc, il paraît. Il a une sale gueule, alors c'est avec la tête qu'il joue. Les blancs-becs n'ont rien dans le crâne, ils sont méprisants parce qu'ils se croient plus forts grâce à leur physique. Ce sont des idiots. Des imbéciles qui ne gagneront jamais que le minimum. Quoi qu'on dise, les gens sérieux ont un travail sérieux.

– Et ce n'est pas un travail sérieux ?

– Non. Un travail qui consiste à évaluer le prix d'une femme, vous trouvez ça sérieux ? Laquelle va leur rapporter le maximum de fric, c'est la seule chose qui les intéresse. Là est tout le jeu. Une femme jeune, belle, pour eux ce sont des critères qui n'ont cours que dans le monde extérieur. Dans le club, c'est : est-ce qu'elle a du fric ? Il n'y a que ça qui compte. Les femmes aussi le savent. Alors elles leur en mettent plein la vue avec leur pognon. C'est comme ça qu'elles se font dorloter par les *hosts*. Et c'est pour ça qu'elles viennent ici.

Il ignorait tout de ce monde. Il n'était pas certain de savoir se mettre en valeur aux yeux d'une femme. Néanmoins, ce travail était la seule voie qui lui était ouverte pour le moment.

– Comment je dois m'y prendre pour leur faire dépenser leur argent ?

– C'est très simple, monsieur Ishiyama. La base des relations humaines. Le mieux, c'est d'attraper leur cœur. Qu'elles se sentent bien avec vous, qu'elles voient sur votre visage qu'elles sont importantes à vos yeux. Si elles sentent que c'est leur argent que vous convoitez, elles vous feront faux bond au dernier moment. Faites en sorte que ce soient elles qui décident spontanément de raquer. Et puis, il ne faut jamais coucher. Si vous couchez, après elles vous regarderont de haut et vous mépriseront.

– Elles méprisent ?

– Les femmes sont avides. Ceux qui ont couché une fois se sont tous fait jeter. Elles passent au suivant. C'est peut-être la différence avec les entraîneuses, d'ailleurs.

– Pourquoi est-ce qu'ils se font jeter ?

Miyao semblait prendre plaisir à bavarder avec lui. Ses yeux n'exprimaient plus aucune froideur et son ton était devenu familier.

– Quand une femme veut un homme, ça ne signifie pas qu'elle veut absolument coucher avec lui. C'est son cœur qu'elle veut. Elle veut qu'il soit tendre avec elle, croire qu'il est heureux de la voir. L'escroc dont je vous ai parlé, il sait très bien tout ça. On lui a offert une Porsche. On lui a offert une Piaget. C'est pas rien, hein !

Ishiyama n'avait pas besoin de ce genre de cadeau. Il se demandait simplement comment survivre. Comme Kasumi, c'était la seule chose à laquelle il pouvait penser.

– Les clientes, c'est quel genre de femmes ?

– Quasiment que du *mizushôbai*. C'est la même chose. Elles sont au service des hommes, alors quand elles sortent du boulot, elles ont envie à leur tour d'avoir un homme à leur service. Celles qui viennent tôt sont presque toutes des prostituées. Elles dépensent sans compter, vous savez, ce sont de bonnes clientes.

Inutile de demander pourquoi elles dépensaient sans compter. Ishiyama pensa que c'étaient ces femmes-là qu'il devait viser.

– Pour les vêtements, c'est très bien ce que vous portez. C'est du Armani, non ? Si vous achetez du Emporio ou des trucs du même genre, elles vont se moquer de vous. Plus elles sont jeunes, plus elles sont comme ça. Aussi, mieux vous serez habillé, plus vous dépenserez d'argent pour ça, et plus vous vous vendrez cher. Les femmes raffolent des types qui aiment les fringues chères et qui le font comprendre, alors elles n'arrêtent plus de leur payer des trucs hors de prix.

Ishiyama se toucha le poignet. Il n'avait plus de montre depuis qu'il avait vendu sa Rolex. Miyao aperçut son geste et éclata de rire.

– Faites-vous offrir une Rolex, une Patek ou ce que vous voudrez. Ça ne dépend que de votre aptitude. Si ça vous plaît, vous verrez que vous allez peut-être vous amuser.

– Vous croyez ?

Il ne réussissait pas encore à dépasser sa répugnance à abuser des femmes.

– Monsieur Ishiyama. Ce boulot, ce n'est pas de l'escroquerie. C'est un jeu. Presque un jeu. Elles aussi elles connaissent les règles. Les hommes stupides ont beau jouer, ils ne gagnent jamais, et les femmes stupides peuvent claquer tout le fric de la terre, elles sont toujours méprisées.

– Monsieur Miyao, vous ne le faites pas, vous ?

– Non, répondit-il avec un sourire amer. Les types qui ont l'air rusé dans mon genre, les femmes changent de trottoir quand elles en voient un. C'est vrai, elles ont un flair hors du commun, ces nanas-là. C'est parce qu'elles ont tout le temps affaire aux hommes. Vous, vous êtes très bien.

– Pourquoi ?

Miyao observait son visage comme s'il tentait de résoudre cette énigme.

– Tout ce que je peux dire, c'est qu'il n'y en a pas d'autre dans votre genre ici. Un homme comme vous donne l'impression d'avoir un autre travail et d'être en ménage avec une femme sérieuse. Les clientes vont toutes se poser des questions. À propos, monsieur Ishiyama, qu'est-ce que vous choisissez comme pseudonyme ?

Il apporta le tableau de présence, sur lequel étaient notées notamment les recettes et les absences.

– Je n'y ai pas réfléchi, je vous laisse choisir à ma place.

– Votre vrai nom ne me semble pas très bon. Que dites-vous de... Ryûhei, par exemple ?

Ishiyama rit jaune. Quoique apparemment au courant de son histoire, Miyao, par un hasard incroyable, venait de lui attribuer le nom de son fils.

À 20 h 30, ses quarante collègues arrivèrent. Ishiyama leur fut présenté au moment de la réunion. Ensuite, le classement par ordre des recettes de la veille fut proclamé. Un jeune et beau garçon se classait premier avec une confortable différence ; l'escroc était en deuxième position. À 21 heures, c'était l'ouverture. Le club se situait au sous-sol. L'escalier en colimaçon, recouvert d'un tapis rouge, avait une rampe autour de laquelle s'enroulait une sorte de lierre doré clinquant. Il ne restait qu'à attendre les clientes. Tous les *hosts* se tenaient en ligne et trépignaient d'impatience. On entendit bientôt les premières, un petit groupe, descendre l'escalier. Tous s'inclinèrent bien bas devant elles. Dès qu'ils relevèrent la tête, Ishiyama sentit que l'atmosphère devenait électrique autour de lui. Les yeux de ses collègues étincelaient à la recherche du pigeon qu'ils allaient plumer. Jusque-là, il avait trouvé étrange que des femmes viennent dilapider leur argent pour s'amuser dans ce genre d'endroit. Pour peu qu'elles soient jeunes, en entrant dans le premier bar des environs, elles ne manqueraient sûrement pas de trouver des hommes pour leur adresser la parole et être à leurs petits soins. Pourtant, quand il sentit l'avidité des *hosts*, qui se comportaient comme des chiens de chasse à l'affût, il eut l'impression de mieux comprendre. Elles voulaient être des proies. Proies, victimes, n'importe quoi, elles voulaient connaître le bonheur de se sentir désirées, d'être dorlotées. Comme le lui avait dit Miyao, c'étaient apparemment des prostituées ; toutes, sans exception, portaient des minijupes vulgaires, étaient maquillées comme des pots de peinture et avaient quelque chose de dissolu dans le regard.

Elles adressèrent des signes de la main aux *hosts* ou les pointèrent du doigt. « Bonsoir », leur répondirent avec une courtoisie toute professionnelle ces derniers, qui commencèrent à s'activer avec agilité. Les tables furent dressées en un clin d'œil et plusieurs garçons entourèrent les clientes qui y prirent place. La salle s'animait. Resté debout, Ishiyama attendait les instructions de Miyao. Des exclamations et de petits cris mignards s'élevèrent en même temps de la table du milieu. On fêtait un anniversaire et on avait décidé de déboucher du Dom Pérignon rosé. Cinq ou six éphèbes s'attroupèrent. Observant la scène du coin de l'œil, Ishiyama pensa : « Ça va la délester de trois cent mille. » Un des garçons, apportant la bouteille, s'écria : « Et voilà le champagne ! » et la fit toucher à tout le monde autour de la table. Sans doute, par ce geste, voulait-il exciter l'émulation des autres filles. Le plus curieux, c'était qu'elles faisaient le même travail qu'eux. À première vue, leur assemblée était gaie et éclatante, mais, en réalité, ils étaient tous à couteaux tirés et cela sonnait creux.

Ishiyama entendit un jeune homme murmurer :

– Le boudin là-bas, je vais lui piquer tout ce qu'elle a.

C'était un garçon de dix-neuf ans qui, comme lui, faisait tout juste ses débuts. Outre qu'il n'avait rien pour lui à part sa jeunesse, c'était une brute et il y avait peu de chance que les filles l'apprécient. Cependant, les autres jeunes *hosts* étaient tous plus ou moins du même acabit. On pouvait croire qu'il fallait être plein d'attentions avec les clientes, mais, en fait, plus les garçons se montraient insolents et sans savoir-vivre, plus elles s'empressaient autour d'eux. Ishiyama en eut bientôt assez. Il était désolé vis-à-vis de Miyao, mais il n'avait prêté aucune attention aux clientes, à ses collègues, ni aux règles du jeu. Cela ne l'intéressait pas. Dans ces conditions, les baraquements d'ouvriers lui convenaient peut-être mieux, commençait-il à se dire, quand une voix l'interpella :

– Ryûhei, on vous demande.

Il se retourna, surpris, et vit une jeune femme, entre vingt et vingt-cinq ans, qui pointait le doigt vers lui. C'était Mana. Elle avait des boucles Chanel aux oreilles et un serre-tête Fendi sur ses cheveux blonds décolorés. Vêtements, sac, chaussures, elle était couverte de produits de marque à un point qui faisait pitié. C'était ça, son « pigeon » ? Il concentra son regard sur sa bouche, qui, quoique fermée, laissait paraître un peu ses dents de devant.

– Je m'appelle Ryûhei. Merci de m'avoir choisi.

Sa capacité à accomplir naturellement tout ce qui constituait le travail d'un *host*, hormis danser, étonna Ishiyama. Lui préparer un cocktail, allumer ses cigarettes, étaler sa serviette sur ses genoux, hocher de la tête avec zèle à chacun de ses propos, la faire rire, être attentif et prévenant... Il ne voyait pas où était le travail là-dedans. Pourtant, si cette fille qui l'avait choisi parce qu'il lui plaisait ne commandait pas une bouteille, le club ne voyait pas d'argent entrer dans sa caisse et lui-même n'améliorait pas ses résultats. Dans le graphisme, il pouvait prévoir jusque dans une certaine mesure la qualité et les effets de son travail. Dans le travail de *host*, comme il s'agissait simplement d'être toujours soi-même, il n'avait absolument aucune idée des résultats qu'il obtiendrait, ni de leurs effets. En outre, dans le fait qu'il n'avait qu'à s'abandonner aux désirs de sa partenaire, il y avait quelque chose qui lui donnait froid dans le dos.

– Dis, c'est ta première fois, hein ?

Ishiyama sentit toute la puérilité de Mana dans sa façon maladroite de s'exprimer. Deux de ses dents étaient trop grandes et saillaient hors de sa bouche. Son visage était joufflu. Malgré sa tête de petite souris lourdaude, sa peau était lisse et souple, son corps élancé et bien fait. Qu'avait-elle besoin de venir dans un endroit pareil ? pensa-t-il. Elle pouvait avoir autant de jeunes hommes qu'elle le souhaitait. Cependant, il y avait quelque chose de sombre, de craintif en elle, et elle semblait manquer d'assurance.

– Oui. C'est mon premier jour.

– Tu faisais quoi avant ? On dirait que t'es pas comme les autres.

Un jeune *host*, censé l'aider pour ses débuts, s'immisça alors dans la conversation :

– Ryûhei, c'est un original, fit-il d'une voix excitée. Paraît qu'il était *designer* avant. Moi, par exemple, j'étais mécano !

L'air de rien, il essayait d'attirer l'attention sur lui. Mana paraissait jouir d'un certain engouement auprès des *hosts*. Jeune et bien faite, elle voulait peut-être s'attacher un garçon comme elle, devaient-ils se dire.

– Toi, je t'ai rien demandé, le blackboula-t-elle.

Il leur montra un sourire bouffon, mais ses yeux étaient menaçants. C'était un garçon robuste et, en le rabrouant de cette manière, Mana risquait d'avoir à subir ses représailles. Ishiyama pensa qu'il devait la protéger des *hosts* de ce genre. Elle était son « pigeon », après tout.

– Et où c'était ? À Sapporo ?

Elle posa une main sur sa cuisse. Ayant perdu l'habitude de s'habiller à cause des travaux de force qui l'avaient longtemps fait vivre, il se sentait un peu engoncé dans son costume bien qu'il n'eût pas changé de taille.

– À Tôkyô.

– Et pourquoi t'es venu faire le *host* à Sapporo ? lui demanda-t-elle d'un air enjôleur, en appuyant ses coudes sur ses cuisses.

Déjà, les « soutiens » autour d'elle la tannaient pour qu'elle leur commande du brandy ou des cocktails hors de prix. Ishiyama eut pitié d'elle. Il ignorait quelle était sa profession, mais il ne comprenait pas pourquoi elle dilapidait ici son argent.

– J'ai pensé que c'était peut-être amusant comme boulot.

– Soutirer leur argent à des femmes, tu trouves ça amusant ?

Elle prit un air boudeur et regarda avec hostilité les garçons qui l'entouraient. Cela jeta un froid. Elle ne connaissait pas les règles du jeu. C'était pitoyable.

– Vous ne trouvez pas ? Ça m'amuse parce que c'est la première fois.

– Ah oui ? fit-elle en le regardant d'un œil méfiant. Je vois pas ce qu'y a d'amusant.

– Si vous n'aimez pas, vous feriez mieux de ne pas venir.

– C'est vrai...

Elle tressaillit et regarda autour d'eux. Sur son visage, c'était comme si elle s'était rendu compte tout à coup qu'elle était au milieu de la jungle sans eau ni nourriture.

– Dis-moi, qu'est-ce que tu penses que je fais ?

– Je ne sais pas.

Les *hosts* pouffèrent de rire. De nouveau, Mana commettait une infraction aux règles. Geindre à propos de choses dont il ne fallait pas parler.

– Moi, tu vois, je fais des spectacles onanistes et je suce des bites toute la journée. Peut-être une soixantaine par jour. Et jusqu'à cent parfois. Mais j'en ai marre. Marre. Parce que tu sais combien c'est pour une pipe ?

– Non, je ne sais pas.

– Ça doit être dans les trois mille yens, non ? J'y suis déjà allé, moi, fit l'ancien mécano en riant.

– C'est pas si cher que ça. Deux mille, c'est deux mille yens que ça rapporte. Et pour les gars qu'en ont une petite comme toi, c'est cinq cents yens.

– La vache !

– Soixante pipes, ça fait cent vingt mille, hein. Quand je viens ici, je me fais tout prendre et j'ai même pas assez. Dis, tu vas tout me faire dépenser.

Ne tenant visiblement pas l'alcool, elle s'appuya sur Ishiyama.

– C'est dommage, dit-il.

– Plutôt que c'est dommage !

Il lui prépara un nouveau brandy à l'eau et tira un peu sur le bas de sa jupe, qui était remontée.

– Dis, t'as quel âge ? lui demanda-t-elle.

– Quarante-quatre.

– Moi, j'ai vingt-trois. On a plus de vingt ans de différence. Tu as quelqu'un, toi ?

– Non, personne, dit-il en secouant la tête.

– Je vais rentrer. Tu me donnes ton numéro de portable ?

C'était si soudain qu'il fut surpris. Il lui tendit la carte du club.

– Appelez-moi à ce numéro, s'il vous plaît.

– D'accord.

Elle s'en alla après avoir payé une addition de cent dix mille yens. Quelle part lui revenait sur cette somme ? Ishiyama pencha la tête d'un air incrédule. Il évaluait le temps qu'il lui faudrait pour rembourser ses trois cent mille yens à Kazuko. Miyao, qui l'observait de loin de temps en temps, lui lança un clin d'œil.

– Bravo. Tu ne vas pas tarder à entrer dans les dix premiers.

– Ah bon ?

Était-ce ce qu'il souhaitait vraiment ? Il n'aurait su le dire. Des filles aussi enfantines que Mana, des femmes molestées, exploitées venaient ici. Elles y trouvaient une satisfaction, en dépit des médisances auxquelles se livraient les *hosts* dès qu'elles avaient le dos tourné, et s'en retournaient avec l'impression superficielle qu'on avait fait le maximum pour elles. Il songea qu'il était incapable de blâmer ces femmes dans leur dos. Aussi, il allait leur donner tout ce qu'il pourrait. Il venait de raccompagner Mana et se trouvait encore dans l'entrée quand le téléphone du club sonna.

– Ryûhei ? Patientez, s'il vous plaît.

Il prit le combiné ; c'était Mana.

– Dis, je veux qu'on se voie quand t'auras fini dans le club.

– Si vous voulez. Mais ça ne ferme pas avant 3 heures...

– Tu vas venir chez moi. OK ? Je compte sur toi. Si tu viens pas, je m'ouvre les veines.

– Je viendrai.

– Je t'attendrai dehors.

Après la fermeture, il fallait une heure pour tout ranger dans le club. Il était 4 h 30 quand il fut enfin libéré. C'était le début de l'été et il commençait à faire jour. Lorsque, sa veste sur le bras, il sortit par la porte de derrière, les phares avant d'une voiture s'allumèrent pour lui faire signe. Mana l'attendait comme promis dans sa BMW rouge.

– Je suis désolé pour le retard.

– Pas de problème. C'est toujours la même chose.

C'était donc loin d'être la première fois qu'elle faisait ça. Elle lui ouvrit la portière et il prit place à côté d'elle. Malgré la fraîcheur de la nuit, le climatiseur était en marche et il faisait froid dans la voiture. Une chanteuse qu'il ne connaissait pas chantait d'une voix sucrée une chanson d'amour perdu.

– C'est tout près d'ici, chez moi.

– Vous voulez vraiment que je vienne ?

– Oui, je veux. Tu vas voir, c'est hypergrand.

Ishiyama n'éprouvait aucune curiosité pour la vie de Mana. Il devinait qu'il n'y aurait rien qui dépasserait ce qu'il pouvait imaginer. Mais la solitude et le dérèglement dc la vic dc cette jeune femme s'étaient transmis à lui comme par imprégnation et il avait été incapable de décliner son invitation.

Son appartement n'était pas aussi « hypergrand » qu'elle l'avait dit, mais il était grand dans le sens où on y sentait une grande solitude. Trois pièces en enfilade, petites et peu pratiques, encombrées de meubles, de vêtements et de babioles dans le plus grand désordre. Peu sûre d'elle, elle se jeta à son cou devant le téléviseur grand écran. Par les rideaux ouverts, on voyait le soleil matinal se lever entre deux immeubles. Il regardait les rayons qui éclairaient le visage de la jeune femme dans ses bras. Un visage blême, triste comme une fleur fanée.

– Dis, tu dors avec moi, hein. J'ai sommeil.

Elle le prit par la main et l'entraîna dans sa chambre. Un lit double occupait tout l'espace de cette pièce minuscule dont le sol était jonché de magazines féminins. Il la coucha et tira les rideaux. Il trouva un cintre sur lequel accrocher son costume – son unique tenue de travail – et retira sa chemise. Les yeux au plafond, Mana gardait le silence. Elle portait la robe Fendi qu'elle avait déjà dans le club, froissée maintenant, mais elle ne lui allait pas de toute façon. Elle vint se coller dans ses bras dès qu'il se fut étendu. Pour éviter qu'elle ne se froisse davantage, il voulut lui retirer sa robe et baissa sa fermeture Éclair, mais elle s'y opposa :

– Je suis pas une femme aussi facile que ça. On m'a pas pour si peu.

– Pardon.

Elle le regarda dans les yeux et répéta :

– On m'a pas pour si peu.

– J'ai compris.

– Comment tu peux comprendre ça, hein ? T'es qu'un *host*.

Ne sachant que dire, il caressa ses cheveux secs et pleins de fourches. Elle poursuivit :

– Je suis désolée, mais j'aime pas le sexe. Je veux juste que tu restes éveillé jusqu'à ce que je m'endorme.

– D'accord.

Il fallut quelque temps pour qu'elle trouve le sommeil. Les premiers signes d'animation du quartier se faisaient entendre par la fenêtre. Mana dans les bras, il écoutait ces bruits en prenant soin de ne pas bouger. Quand il se réveilla, après midi, elle avait sa verge en main. Comprenant à la façon dont elle s'y prenait qu'elle le faisait par obligation, il eut pitié d'elle et la repoussa.

– Arrête. C'est pas la peine...

– Pourquoi ? fit-elle en lui lançant un regard d'enfant puni. J'ai été méchante, non ?

– Tu n'as pas été méchante. Je croyais que tu n'aimais pas le sexe ?

Il se leva et commença à se préparer. Grâce à Kazuko, il avait trouvé un appartement à louer. Mana le regardait faire, la figure cachée derrière ses cheveux ébouriffés :

– C'est pas que j'aime pas le sexe. Allez, prends-moi.

– Tu ne crois pas que tu devrais faire ça avec un garçon de ton âge ?

Ce n'était pas pour suivre le conseil de Miyao qu'il ne couchait pas avec elle. Il ne lui trouvait aucun charme.

– Je ne te plais pas ? lui demanda-t-elle d'une voix blanche.

– C'est pas ça, répondit-il en l'attirant dans ses bras. C'est pas ça du tout.

– Alors, reste ici, toujours.

Il se releva, enfila son tee-shirt et se tourna vers elle.

– Qu'est-ce que tu veux dire ?

– Je veux que tu vives avec moi. C'est pas grave si tu travailles pas. Laisse tomber le club. Je gagne assez d'argent.

– Oui, mais ce travail, tu n'as pas envie de le faire, je me trompe ?

– J'aime pas, c'est vrai, mais j'ai pas envie de travailler dans un bureau. Ça ira comme ça.

Vraiment ? Il était perplexe. Mais elle le suppliait :

– S'il te plaît. Si tu refuses, je m'ouvre les veines.

– Je dois de l'argent. Et si je ne rembourse pas les gens qui m'ont aidé...

Grimaçant d'inquiétude, le visage de Mana passa d'un coup à l'exaltation. « Si c'est de l'argent, pas de problème », disait-il, plein d'énergie.

– Combien c'est ? Je vais te le rembourser, cet argent.

– Trois cent mille.

En vérité, c'étaient deux cents millions qu'il devait, mais qu'aurait-elle dit s'il le lui avait avoué ? Peut-être aurait-elle soutenu qu'elle les rembourserait quand même. Vivre avec l'argent pour unique critère... Ishiyama éprouva un sentiment proche du respect, parce que lui n'en était pas capable. Elle sauta hors du lit, prit son joli sac Fendi et courut jusqu'à lui. Elle ouvrit son porte-monnaie plein à craquer et se mit à compter les billets.

– Tiens, trois cent mille. Tu leur mets ça dans la gueule et tu leur dis de pas te faire chier pour ces clopinettes.

Il rit jaune ; il hésitait à accepter cet argent.

– Qu'est-ce que je ferai en t'attendant ici ?

– Tu pourras aller jouer au pachinko, je sais pas...

– Comme un gigolo, quoi.

Mana s'enferma dans le silence. Peut-être croyait-elle l'avoir blessé dans son honneur. Ishiyama n'était pas à cela près. Faire une chose qu'on n'a jamais faite. Être entretenu par une femme. C'était peut-être amusant, ça aussi. Elle redressa la tête brusquement.

– Tu serais mon protecteur.

S'imaginait-elle qu'il suffisait de changer de formulation pour l'apaiser ? Cette naïveté était si charmante qu'il sourit.

– Ton protecteur ?

– Oui. J'en ai marre qu'on me méprise. Alors tu vas t'habiller comme un yakuza et tu vas vivre avec moi. Comme ça, je vais retrouver ma joie de vivre. Comme t'es maintenant, t'es trop classe pour moi et on va pas ensemble. C'est vrai, tu me donnes le trac...

Un souvenir lui revint soudain en mémoire. Au lycée, il était inscrit dans la section beaux-arts, et un de ses camarades de la section théâtre lui avait demandé son aide pour des décors. Il avait dessiné la toile de fond d'une pièce. Une expérience intéressante. Quand la toile de fond est réussie, l'expression des comédiens change. Si on dessine une forêt sombre et silencieuse, leurs visages deviennent inquiets ; un paysage enneigé, et ils se mettent à frissonner. Il avait été tellement emballé qu'il avait envisagé de devenir décorateur de théâtre. C'était cette expérience dont il se souvenait. Que Mana change grâce à sa présence, cela lui suffisait. Il allait interpréter le rôle qu'elle voulait lui voir endosser. Il décida d'essayer de vivre avec elle.

16

Sa vie ressemblait à la toile de fond d'une pièce de théâtre. C'était ça, faire le gigolo. Il lui suffisait d'être le miroir réfléchissant à Mana l'image du monde qu'elle souhaitait. Cela semblait difficile à première vue, mais c'était plus simple qu'on ne le pensait si on trouvait un peu de charme à cette fille. La conduire et aller la chercher. L'interroger sur ce qu'elle avait envie de manger et l'emmener dîner. Lui demander ce qui lui plaisait, passer la commande et la faire servir. Se montrer gentil et attentif au moindre détail. À certains égards, cela ressemblait au travail de *host*. Et Ishiyama y trouvait son bonheur.

Le club où Mana travaillait était situé aux abords du quartier de Susukino. Garant la BMW devant, Ishiyama venait la prendre le soir à 21 heures. C'était elle qui voulait qu'il l'attende à un endroit bien en vue. Leur journée terminée, elle et ses collègues sortaient par petits groupes. À vingt-trois ans, Mana était déjà une ancienne. Les autres n'avaient pas plus de vingt ans. En dépit d'une couche de maquillage, leurs visages sombres n'exprimaient pas de soulagement pour leur liberté retrouvée ; on y devinait plutôt la mélancolie profonde qui étreignait leur chair.

Un soir, Mana courut vers la voiture, agitant la main avec l'air satisfait d'afficher sa différence :

– Salut. À demain !

En voyant Ishiyama et la voiture étrangère, les yeux des filles brillèrent d'un éclair de jalousie. Simultanément, pour ne pas être en reste, elles lui manifestèrent ouvertement leur mépris, à lui qui faisait le gigolo à son âge. Puis, faisant semblant de ne pas le reconnaître, elles se dispersèrent vers le quartier des plaisirs. Mana avait encore son sourire de triomphe quand il lui demanda gentiment :

– On va dîner ? De quoi tu as envie ?

– De barbecue coréen, murmura-t-elle, inexpressive, son sourire disparu.

– Je croyais que tu n'aimais pas ça, dit-il, surpris par son choix.

Il ne l'avait jamais entendue prononcer les mots « barbecue coréen ». Elle retira ses talons aiguilles, qui devaient bien avoir quinze centimètres de haut, et se retrouva pieds nus dans la voiture. Elle leva une jambe et, tout en examinant ses ongles vernis de lamé vert, lui dit d'une voix sourde :

– Y a le type d'un barbecue coréen qui me prend la tête. Je veux qu'on y aille.

Il ne demanda pas d'explication. Lorsqu'elle disait que quelqu'un lui « prenait la tête », il fallait comprendre qu'il l'avait humiliée. Les gens ordinaires se moquent d'une personne dont l'allure trahit au premier coup d'œil qu'elle est une prostituée, même si par ailleurs elle gagne beaucoup d'argent. C'était toujours pour les mêmes raisons que Mana s'énervait.

– C'est où ?

– Vers le parc Nakajima.

Elle avait dû se promettre de faire payer ce type un jour ou l'autre. Chez lui qui n'avait probablement jamais vécu ce qu'elle avait vécu, il y aurait eu de l'arrogance à lui conseiller ne pas se monter la tête. Il prit sans discuter la direction qu'elle lui avait indiquée. Le restaurant prétentieux qu'il avait imaginé se révéla être un établissement des plus ordinaires. On avait sorti une enseigne rouge et un présentoir avec des spécimens des plats plastifiés et couverts de poussière : nouilles froides, bols de riz avec légumes à la coréenne, assiettes de viande. Mana s'arrêta avec détermination devant la porte automatique. Il la prit par la taille pour entrer dans le restaurant, la porte s'ouvrit devant eux et un homme obèse entre deux âges leur lança un mot de bienvenue de derrière la caisse. En apercevant Mana dans sa robe de soleil noire qui ne la couvrait guère plus qu'un maillot de bain, il sourit d'un air entendu, mais son visage se décomposa quand il aperçut Ishiyama. Visiblement contente d'elle-même, elle lui murmura :

– Tiens, c'est ce type-là. Il doit penser que t'es un yakuza. Et moi, il va croire que je t'appartiens, sûrement. Me voilà devenue une « grande sœur ».

En voyant son reflet dans le miroir, sa *punch perma*, sa chemise Versace bariolée, Ishiyama se sentit tout bizarre. C'était lui et ce n'était pas lui. Il avait l'impression d'être dans un rêve. Lui, la toile de fond de la scène du théâtre, il devait maintenant jouer un rôle dans la pièce. Toutefois, ce n'était vraiment pas un premier rôle. Ce qu'il y avait de plaisant dans ce rôle de repoussoir, c'était d'observer combien Mana, la vedette, allait changer.

– Voici le menu.

L'homme leur tendait craintivement la carte. Il paraissait comprendre que Mana était là pour se venger. Ishiyama prit la carte et la lui passa.

– C'est toi qui choisis, fit-il, puis il se tourna vers l'homme et lui dit d'une voix menaçante : T'en as mis du temps. Y a combien qu'on est assis et qu'on t'attend, d'après toi ? En plus, la carte, faut d'abord la donner à la dame.

– Excusez-moi, reconnut l'homme en s'inclinant.

À côté, la tête dans le menu, Mana se retenait d'éclater de rire.

– Qu'est-ce que tu prends ?

– Une pression, du bœuf *kalbi* et des tripes de porc.

L'homme prit note avec empressement, mais Ishiyama l'interrompit d'un geste de la main.

– C'est moi qui passe la commande.

– Excusez-moi.

Mana continuait de lui lire la carte :

– Ensuite, je veux aussi du filet de bœuf. Après, du *harami*[1]. Et pour finir, peut-être des nouilles froides. Ou alors du riz à la coréenne.

– Prends tout ce que tu aimes.

Quand il s'adressait à elle, sa voix se faisait douce et il plissait les yeux comme s'il contemplait un trésor. Jouer un rôle était devenu une seconde nature, au point que, au fond de lui, il ne savait plus quand il jouait et quand il était sincère. Lorsque l'homme, tout tremblant, eut terminé de récapituler leur commande, Mana n'y tint plus et se mit à crier :

– Connard ! Salaud ! T'as intérêt à changer de comportement !

Mana lui faisait tenir sa bourse. Il devait interpréter le rôle de l'homme généreux, qui dépensait sans compter pour elle. Chaque fois qu'elle voulait s'acheter des vêtements, il l'accompagnait et devait lui donner son opinion. Elle n'allait quasiment que dans les boutiques de grandes marques étrangères. Et elle n'y choisissait que des choses qui déplaisaient à Ishiyama. Dans ces circonstances, son rôle était de corriger ses choix, en évitant toutefois de la vexer, et de veiller à ce que les vendeurs ne se moquent pas d'elle.

– Cette couleur est mieux, non ?

– Tu trouves ? Je ne sais pas...

Elle n'avait, en fait, aucune assurance.

1. Diaphragme de bœuf, spécialité coréenne.

– Oui, c'est vrai. Cette couleur met votre teint en valeur, la flattait la vendeuse.

Mais Ishiyama n'en tenait aucun compte :

– Si tu hésites, prends celui que tu aimais au début. Les deux sont bien de toute façon.

– Alors, celui-ci !

Au bout du compte, elle choisissait celui qu'il n'aimait pas, mais il l'approuvait sans réserve.

– Mana, ça t'allait bien ça aussi, ajoutait-il alors, puis s'adressant grossièrement à la vendeuse : Hé, combien c'est ?

Il sortait le portefeuille Vuitton de la poche arrière de son pantalon et payait avec des billets de banque flambant neufs, laissant croire qu'il s'agissait de son argent, alors qu'en vérité c'était celui que Mana gagnait grâce à ses spectacles onanistes et à ses fellations. C'était cela, le travail d'Ishiyama. Il ne s'y pliait pas de mauvaise grâce. Il y prenait même plaisir. À un moment, il s'était fait la réflexion qu'il faisait peut-être le même travail quand il était graphiste. Il cherchait, concevait et proposait quelque chose que son interlocuteur trouvait beau et appréciait, quelque chose qui lui faisait plaisir à lui aussi. Il le comprenait maintenant qu'il avait rompu les amarres. C'était pareil avec Kasumi.

– Dis, tu l'aimes cette fille ?

Soudain, la voix, la vraie voix de Kasumi à côté de lui. Ishiyama reprit ses esprits. Rien n'avait changé : ils étaient assis sur la pelouse au bord du lac et le ciel était couvert. À peine retrouvé le sentiment du réel, il le perdait en fait de nouveau et tombait dans une autre illusion : Kasumi et lui ne s'étaient pas séparés et vivaient ensemble. Il avait même oublié le visage de Mana.

– Qu'est-ce que tu as ? fit Kasumi en le regardant dans les yeux. Tu l'aimes, cette fille, non ?

Il se remémora enfin le sourire de Mana et son visage enfantin, sa bouche ouverte quand elle dormait.

– Oui, je l'aime bien. Je la trouve mignonne.

– Tant mieux.

– Je t'ai dit que je suis comme de l'eau. Je n'imaginais pas que je pourrais changer à ce point. Je deviens quelqu'un d'autre à toute vitesse. Moi-même, je n'en reviens pas.

– Comme toi, moi aussi il faut que je trouve une source. C'est rageant, dit-elle sans le regarder.

Sentant qu'elle errait encore sans attache, il se rappela que lui-même revenait de loin. Peut-être avait-il trouvé la liberté avant elle.

– Kasumi, quand tu sauras quelque chose à propos de Yuka, tu me le diras ?

– Oui, je t'appellerai. Où est-ce que je peux te joindre ?

Il lui donna le numéro de son téléphone mobile. Elle rangea dans son sac le papier sur lequel il l'avait noté et regarda en direction du *rotenburo*.

– Ça y est, elle est entrée dans le bain. Dommage, elle a un joli corps.

– Elle devait avoir froid.

– Elle est gentille ?

Il hocha la tête ; il se demandait avec appréhension si cette vie allait jamais prendre fin. Kasumi se releva précipitamment.

– Je m'en vais. Je pense qu'Utsumi ne va pas tarder à revenir.

Ils n'auraient sans doute plus l'occasion de se revoir. Tandis qu'elle s'éloignait derrière lui, Ishiyama repensa au corsage bleu de Tsutaé. Le bouton mal reboutonné. Mais qu'importait, après tout ? Il avait trouvé un moyen de survivre et allait continuer ainsi.

Septième partie

Le débarcadère

17

Du bruit, des gens qui accourent au petit trot. On aurait dit que quelqu'un était tombé dans le lac. Craignant pour Kasumi, Utsumi se releva brusquement au milieu du fourré d'herbes où il était étendu. Après être allé la chercher à Osaki-Onsen, il l'avait ramenée au lac pour prendre un déjeuner tardif dans une buvette. Ensuite, elle avait eu envie de se promener dans les environs et l'avait laissé seul. Mais non, Kasumi ne pouvait pas s'être jetée à l'eau. Il se rassit sur les herbes folles. Il entendit alors de jeunes garçons s'esclaffer. L'un d'eux avait dû tomber à l'eau alors qu'ils se chamaillaient sur l'embarcadère des bateaux pour touristes.

Il commença de réfléchir aux raisons pour lesquelles il était convaincu que Kasumi n'attenterait pas à sa vie. La première, c'était Yuka. Une deuxième raison, c'était qu'elle dégageait une vitalité extraordinaire, peut-être parce qu'elle était plus déterminée depuis qu'elle était partie de chez elle. Cette vitalité lui faisait perdre sa sérénité, à lui qui savait sa fin proche. Il songea à Tsutaé et Mizushima, à l'agitation qu'ils provoquaient en lui, comme quelque chose qui grouillait sans cesse, ou qui bouillait à gros bouillons.

Pendant que Kasumi bavardait avec Ishiyama, il était monté jusqu'au lotissement Izumi-Sato et avait longuement contemplé, de l'extérieur, la maison des Ishiyama. Comparée aux autres, qui toutes menaçaient ruine, elle était bien entretenue et aurait pu être mise en vente. Un écriteau signalant la disparition de Yuka était planté devant. Était-ce pour cette raison que Mizushima s'en occupait scrupuleusement ? Mais pourquoi ? Il descendit jusqu'à sa résidence pour le lui demander en personne, mais celle-ci était vide et comme abandonnée. Il se dirigea alors vers la maison des Izumi.

Une profusion de tournesols et de cosmos était en fleurs autour de cette dernière et le gazon du jardin était aussi soigneusement entretenu. Il y avait une Jeep flambant neuve dans le garage, que Mizushima, en maillot de corps et luisant de transpiration, était justement en train de briquer avec zèle. Il avait sans doute regardé d'un œil curieux la Carina d'Utsumi faire son aller et retour. « Le voilà enfin », exprima son visage lorsqu'il se gara devant la maison.

Tout en s'essuyant les mains à un torchon sale, il se tourna lentement vers Utsumi.

– Bonjour. Je peux vous aider ?

Le crâne chauve trempé de sueur, il le toisait avec ses grands yeux de la tête aux pieds.

– Bonjour. Je m'appelle Utsumi et je travaillais avant au commissariat de Tomakomaï. Vous ne vous souvenez sans doute pas de moi.

Les traits de Mizushima se crispèrent lorsqu'il comprit qu'il avait un rapport avec la police et il fourra son torchon dans la poche de son pantalon de travail.

– Excusez-moi. Nous nous sommes déjà rencontrés ?

– Je suis venu en renfort pour l'enquête sur la petite Yuka. Nous nous sommes vus à ce moment-là.

– Ah oui, je vois ! Merci pour tout ce que vous avez fait.

Et il se plia en deux pour le remercier. Cette politesse de façade écœurait Utsumi. Ça ressemblait vraiment trop aux procédés du flic qu'il avait été.

– Récemment, il y a eu un nouvel élément du côté d'Otaru, et je suis là pour faire quelques vérifications.

– Ah bon ? Ah bon ? ne cessait de répéter Mizushima en hochant la tête. Alors maintenant vous êtes au commissariat d'Éniwa ?

– Non, j'ai quitté la police.

Il eut à peine prononcé cette phrase que Mizushima parut redoubler de défiance. « Si t'es pas flic, qu'est-ce que tu viens faire ici ? De quel droit je suis obligé de te répondre ? » Voilà ce qu'il lisait dans ses yeux qui s'étaient brutalement retranchés derrière un mur.

– Et aujourd'hui ?

– Eh bien, c'est M. Moriwaki qui m'envoie. J'enquête sur différentes choses.

– Ah bon ? Mme Moriwaki, je pense qu'elle va bientôt arriver et je me fais un plaisir de la revoir. Mme Izumi aussi a dit qu'elle serait heureuse de la voir.

Ce disant, il se tourna vers la maison. Elle était silencieuse et semblait vide.

– Mme Moriwaki est à Osaki-Onsen en ce moment. Par hasard, elle est tombée sur M. Ishiyama.

– Oui, c'est moi qui lui en ai parlé au téléphone. Quelle surprise ç'a été de revoir M. Ishiyama ! C'est vraiment un drôle de type. En compagnie de cette jeune femme... On dit qu'il ne faut pas se fier aux apparences et c'est bien vrai.

Utsumi ne fit aucun cas de ces bavardages :

– Monsieur Mizushima, vous ne vous occupez plus que de la maison des Ishiyama, on dirait.

– Oui. Je l'entretiens parce que d'abord Mme Moriwaki vient ici tous les ans et aussi au cas où la petite Yuka reviendrait, pour qu'elle ne soit pas découragée en la voyant. On peut y loger tout de suite. Il y a l'eau et l'électricité.

– Ce sont les dernières volontés de M. Izumi ?

– Non, le patron n'avait rien dit de particulier à ce sujet. C'est moi qui ai pris cette initiative. Ça ne représente pas beaucoup de travail, de toute façon.

Il sourit, comme s'il voulait montrer qu'il était un brave homme. Exaspéré par son hypocrisie, Utsumi lui rétorqua :

– Vu comme ça, on dirait que vous dépensez de l'argent pour entretenir un site historique. Les touristes, ils viennent encore ? À moins que vous ne songiez à la vendre comme maison hantée ?

Mizushima blêmit.

– Vous êtes bien impertinent, monsieur. Si Mme Izumi vous entendait, elle serait furieuse.

– Vous croyez ? fit-il en observant avec amusement le regard onctueux de Mizushima se décomposer. Pourtant, on m'a rapporté qu'elle s'était demandé où l'enfant pouvait bien être enterrée...

À ce moment, Tsutaé se montra sur le seuil de la maison.

– Qui est-ce ? Voulez-vous entrer ?

Elle avait coiffé en chignon ses cheveux blonds étincelants et s'était mis un rouge vif sur les lèvres. Un instant, l'apparition de cette vieille femme à la peau blanche et éclatante surgissant de sa maison obscure fit frémir Utsumi. Il avait cru voir un fantôme. Visiblement exaspéré, Mizushima se remit à frotter sa voiture.

C'était la première fois qu'Utsumi entrait dans la maison des Izumi. Tsutaé – en dépit de son âge, fut-il tenté de penser – portait une robe toute bleue lui découvrant les épaules. Il constata avec surprise qu'elle était plus grande qu'il ne le croyait. Elle conservait une belle silhouette, son corps était encore charnu, si bien que, même sans teindre ses cheveux en blond, elle aurait pu passer pour une femme entre quarante-cinq et cinquante ans. Utsumi s'étant présenté, elle lui dit avec affectation :

– Alors comme ça vous connaissiez mon mari ? C'est un plaisir de rencontrer quelqu'un qui l'appréciait.

La pièce où elle l'avait fait entrer n'était que motifs à fleurs – le tapis rose saumon, les rideaux, le canapé, les coussins, la nappe, les serviettes. Tous les tissus croulaient sous les roses, les œillets, les dahlias et des fleurs exotiques dont les noms lui échappaient, chacun présentant une variation de coloris et de motifs. Et puis, un parfum de désodorisant si fort qu'il se demanda s'il n'allait pas en ressortir imprégné. Le jardin était superbe, mais dès qu'on franchissait le seuil de la maison, c'était comme si on allait être intoxiqué par un poison chimique. Ayant en horreur les ambiances trop féminines, Utsumi eut l'impression d'étouffer et se tourna instinctivement vers la fenêtre pour regarder le jardin. Il aperçut un papillon blanc hors de saison.

– Vous avez vu quelque chose ?

Tsutaé apportait un plateau sur lequel deux verres étaient remplis d'un liquide ressemblant à du thé glacé.

– Un papillon blanc, fit-il sèchement.

– Ah oui ? dit-elle, apparemment désarçonnée.

Elle regarda dans le jardin. Le papillon avait disparu.

– Les gens du pays disent que les êtres vivants de Hokkaïdô apparaissent tous hors de saison. Pourtant, l'été, les fleurs fleurissent toutes en même temps, n'est-ce pas ? Elles se moquent bien des saisons. J'ai même vu des cosmos boutonner près des tournesols et, à côté, il y avait des glycines en fleur ! C'est très bien ainsi. C'est tellement beau. Cette vie qui s'anime tout d'un coup, ça vous met le cœur en fête.

Peut-être la joie d'avoir un visiteur, même un homme comme lui, elle était intarissable. Las d'opiner du bonnet à chacun de ses propos, il aspira lentement à la paille son thé glacé et trop sucré.

– Vous êtes en pleine forme, madame Izumi, l'interrompit-il au milieu d'une phrase.

Le temps ne laissait quasiment aucune trace sur ce visage. Lui-même reconnaissait que la vieille femme avait une peau blanche superbe. Tsutaé était encore très séduisante.

– Pourtant j'aurai soixante-huit ans cette année, fit-elle d'un air satisfait d'elle-même.

La compagnie d'Utsumi lui mettait probablement du baume au cœur. Mizushima devait fuir ce salon à la décoration surchargée. Comme Tsutaé, il vous titillait étrangement les nerfs. Que pensait-il de cette pièce, et de Tsutaé, lui qui dans l'armée n'avait eu pendant de longues années que des hommes pour compagnons ? Utsumi regarda autour de lui à la recherche de traces attestant que Mizushima vivait dans cette maison. De l'autre côté du vaste salon, il vit une porte fermée. Une housse à fronces enveloppait la poignée, mais il semblait que, derrière cette simple porte, on voulait préserver un secret. Était-ce leur chambre ? La cuisine, du côté est, avec sa vaisselle ordinaire et ses casseroles au fond brûlé, était un peu sale comparée au salon.

Tsutaé, s'étant assise avec grâce sur une chaise en répartissant habilement les plis de sa robe, lui lança un regard inquiet.

– Avez-vous des nouvelles concernant la petite demoiselle ?

On voyait clairement qu'elle posait cette question par pure politesse.

– À la télévision, récemment, on a eu une nouvelle information.

– Oui, j'ai vu cette émission. Elle était très bien à l'écran. Et son mari était très digne. Ils faisaient vraiment un beau couple, commenta-t-elle, hors sujet.

– La personne disait l'avoir vue à Otaru, mais finalement ce n'était pas elle.

Elle hocha la tête en se donnant une contenance grave.

– Pendant un moment, beaucoup de curieux sont venus ici et c'était agaçant. Mais depuis quelque temps les gens ont complètement oublié cette histoire. Même ceux des environs n'en parlent plus guère. Il y a bien eu des rumeurs, mais comme elles étaient sans fondement... Il y a encore peu, certains tenaient des propos tout à fait irresponsables, qu'on l'avait jetée dans le lac Shikotsu ou bien qu'elle avait été tuée par un ours brun.

Le verre qu'elle tenait à la main lui glissa entre les doigts et faillit tomber par terre. La panique déformant ses traits, elle parut son âge pendant un instant, mais son visage se recomposa aussitôt.

– En parlant de rumeur, j'en ai une à vous confier, fit Utsumi.

Elle ouvrit lentement ses yeux fermés et se tourna vers lui avec bienveillance.

– Ah oui ? C'est quoi ?

– Quelque chose comme : Mme Izumi et M. Mizushima vont se marier...

– Quelle horreur ! s'écria-t-elle en éclatant de rire, puis, le fixant d'un œil d'où la coquetterie n'était pas absente, elle ajouta : Qui peut bien raconter une chose pareille ? Avec une mémère comme moi, comme il serait malheureux, le pauvre Mizushima.

– Vraiment ? Je trouve qu'il aurait plutôt de la chance.

Elle devint rouge de plaisir.

– Allons, qu'est-ce que vous dites...

– Peut-être qu'il veut mettre la main sur cette maison et sur la Jeep, non ? continua-t-il à rebrousse-poil.

– Certainement pas, répondit-elle. Je suis criblée de dettes. Vous n'ignorez pas les raisons pour lesquelles mon mari s'est suicidé, je pense.

Visiblement irritée, elle avait parlé d'une voix basse complètement transformée.

– Non, je ne suis pas au courant. Pour quelles raisons ? s'enquit-il en caressant son ventre pour tromper la douleur qui commençait à se réveiller.

– Ses affaires ont mal tourné. Et il avait beaucoup de dettes. Alors ma fortune personnelle est pour ainsi dire réduite à rien. La Jeep, c'est tout juste si j'ai pu la payer. Mais la voiture de Mizushima était vieille, il fallait en changer. Je vis de mes rentes, vous savez.

Elle avait beau insister lourdement sur l'état misérable de sa situation, son train de vie ne paraissait pas aussi modeste qu'elle le disait. Cette robe indécente pour son âge et les bagues qui brillaient à ses doigts témoignaient d'une aisance certaine. Il ne lâcha pas prise :

– Vous voulez bien me parler des circonstances dans lesquelles votre mari s'est donné la mort ?

– Si vous voulez, mais vous croyez qu'il y a un rapport quelconque avec la petite demoiselle ? demanda-t-elle d'un air soupçonneux.

– Non, je ne pense pas. Disons que le sujet m'intéresse.

– Ça vous intéresse peut-être, mais..., se renfrogna-t-elle.

– Il s'est tué avec un fusil, n'est-ce pas ? C'était sur un terrain de chasse, je crois. Où, déjà ? commença-t-il pour l'amener à parler.

– C'était Shiranuka-chô, à Kushiro. Le choc que ç'a été. J'ai reçu un appel de la police. Il allait tous les ans chasser le daim à Shiranuka-chô. Il connaissait beaucoup de monde, les gens l'invitaient et il y allait toujours. Moi, je trouvais que c'était cruel et je lui demandais d'arrêter, mais il ne m'écoutait pas.

– C'est amusant, la chasse. On ne peut pas arrêter comme ça.

Sentant qu'elle mordait à l'hameçon, il s'appliquait à tirer le fil afin de mieux la ferrer.

– Les hommes, oui peut-être. Quoi qu'il en soit, quand j'ai reçu cet appel, je me suis effondrée. Vous comprenez, apprendre ça si brutalement. « Votre époux est mort. » Et puis, ils disaient qu'ils ne savaient pas si c'était un accident ou un suicide. Mais lorsque j'ai appris qu'il avait mis l'arme dans sa bouche et appuyé sur la détente, et aussi qu'il avait laissé un testament, alors il n'y avait plus de doute possible. J'étais triste en pensant qu'il était parti en m'abandonnant, et j'étais mortifiée aussi. Je ne savais plus quoi faire et j'ai pleuré. Ensuite, j'ai envoyé Mizushima sur place. Il m'a dit que c'était horrible et qu'il valait mieux que je ne voie pas. Donc je n'ai vu que ses cendres. Et aujourd'hui je pense que c'est très bien ainsi. De cette façon, je ne conserve de lui qu'une belle image, vous comprenez. Et puis, comme ça, un jour on se réveille et le chagrin et les regrets ont disparu.

L'émotion l'avait saisie à mesure qu'elle parlait et les larmes lui étaient montées aux yeux. Utsumi continua de l'interroger sans s'en préoccuper :

– Qu'est-ce qu'il avait écrit dans son testament ?

– Il y avait le détail de ses dettes d'affaires et, à la fin, il demandait à Mizushima de s'occuper de moi.

– Vraiment ? s'esclaffa-t-il. Et donc M. Mizushima était le bénéficiaire d'une partie de l'héritage ?

À ces insinuations grossières, Tsutaé répondit par le silence. Il regarda sa gorge blanche. Elle semblait plus douce que celle d'une jeune femme, comme une statue de marbre ronde et lisse que chaque passant prend plaisir à toucher. D'après Asanuma, ce matin-là à l'heure de la disparition, Mizushima partageait le lit de Tsutaé dans cette maison. Cette femme n'avait-elle pas fait un faux témoignage pour le couvrir ? La rumeur selon laquelle Mizushima était pédophile avait frappé et obsédait Utsumi. Cependant, un pédophile pouvait-il entretenir des rapports avec une femme beaucoup plus âgée que lui comme Tsutaé ? Lui-même en aurait été incapable. Par nature, les choses du sexe lui répugnaient et la séduction qui suintait de cette femme comme un poison contagieux lui inspirait une forte répulsion.

– Vous savez, Mizushima est très reconnaissant envers mon mari parce qu'il lui a donné la garantie à vie qu'il serait le gardien de la résidence.

– La société d'exploitation d'Izumi-Sato a fait faillite. Ce qui veut dire que Mizushima est devenu votre gardien à vous, madame.

La plaisanterie fit se crisper le visage de Tsutaé, mais, pour autant, son sourire ne s'effaça pas.

– Le matin où la petite Yuka a disparu, il paraît que vous dormiez dans le même lit.

– C'est faux, répondit-elle posément en secouant la tête. Nous prenions tous les trois notre petit déjeuner en regardant le journal du matin à la télévision. Je m'en souviens très bien. Comme Mizushima ne mange que japonais, j'avais préparé du riz, et une soupe miso aussi. Je n'avais rien à mettre dedans, alors mon mari est allé exprès dans le jardin pour cueillir de la cardamome. Une soupe de cardamome et de *wakame*. Mon mari et moi, nous avions des gaufres, du thé glacé et des œufs. Mes gaufres sont très appréciées, vous savez, on me dit que j'en fais de délicieuses. La prochaine fois que vous viendrez, je vous en ferai si vous voulez.

Ayant l'estomac délicat, Utsumi eut un haut-le-cœur.

– Je reviens sur ce matin-là. Vous n'avez entendu aucun bruit, vous en êtes sûre ?

– Oui. Nous n'avons vu personne et nous n'avons entendu ni voiture ni quoi que ce soit.

– Mais d'ici, vous ne voyez pas la route, n'est-ce pas ? ajouta-t-il.

– Non. Mais, tout de même, ce matin-là mon mari est allé plusieurs fois dans le jardin.

– Et il n'a pas dit qu'il avait vu quelque chose ?

– S’il avait vu quelque chose, il l’aurait dit à la police. Il l’a répété je ne sais pas combien de fois lors des dépositions. Vous croyez qu’il a menti ?

– Pourquoi est-il allé plusieurs fois dans le jardin ?

Le souvenir la fit sourire.

– Le matin, il faisait sa gymnastique et il s’occupait des jardinières. C’était un homme très actif. Il n’était pas du genre à rester tranquillement au même endroit. Vous croyiez le trouver là où il était une minute avant, mais il était déjà parti ailleurs. Rien ne lui échappait.

– Certaines choses pourtant devaient bien lui échapper, non ?

– Comment ça ? grimaça-t-elle sans comprendre.

– Je veux dire, il n’était pas toujours dans le jardin.

Il porta la paille à sa bouche et aspira très lentement son thé glacé. Elle le regarda faire avec curiosité.

– Mais vous savez, monsieur Utsumi, mon mari était comme un chien de garde. Il observait tous les gens qui passaient sur la route. Il s’asseyait sur ce fauteuil et il consacrait tout son temps à la regarder. Par conséquent, je ne pense pas que quelque chose ait pu lui échapper.

– Vous croyez ? Bon, si vous le dites, dit-il d’un air moqueur.

Il pensait : « Les morts ne parlent pas. »

– Vos propos sont insolents, monsieur, se fâcha-t-elle, puis elle changea de sujet : À propos, M. Ishiyama est réapparu. Je n’en revenais pas.

– Pourquoi ?

– Enfin, monsieur. Lui, habillé comme un yakuza ? On a peine à croire que c’est le même homme. Mizushima a même dit qu’il le trouvait louche.

– Pour quelle raison ?

– Ça, je ne sais pas, répondit-elle en lui tournant le dos.

– Écoutez, je ne vais pas y aller par quatre chemins. Vous n’ignorez pas qu’à l’époque où il était dans les forces de défense, Mizushima a été impliqué dans des affaires de pédophilie. Il est de notoriété publique qu'il a ce genre de penchant. M. Izumi l'a sorti de ce mauvais pas pour l'amener ici. S'il l'a fait, est-ce que ce n'est pas parce que Mizushima était à votre goût ? Votre mari était embêté à cause de votre passion pour les hommes. C'est du moins ce que dit la rumeur. (Utsumi sentait l'énergie affluer en lui.) Je vais plus loin : Mizushima se réjouissait intérieurement que trois fillettes soient arrivées dans la résidence. C'est pour ça qu'Izumi et vous-même étiez en alerte et que vous le surveilliez. Ça aussi, c'est une rumeur qui court.

– Vous pensez que Mizushima me plaît et que je suis devenue son esclave, c'est ça ? lui dit-elle sans détour d'une voix forte et amusée.

– C'est ça, oui. On ne sait pas ce dont est capable une femme amoureuse, fit-il d'un air méchant.

– Les gens qui propagent ces rumeurs sont vraiment des irresponsables. Ils racontent n'importe quoi. Il ne suffit pas d'affirmer que j'aime Mizushima. Parce qu'il m'aime moi aussi. Vous refusez de le croire parce que je suis une vieille femme, n'est-ce pas ? Alors attendez, je vais aller le chercher.

Elle se leva prestement de son siège. Elle revint peu après avec Mizushima.

– Écoute, il te soupçonne pour la petite Yuka. Dis-lui clairement ce que tu éprouves pour moi.

– Je n'ai pas besoin d'en parler à un type comme lui, non ? fit-il d'un air découragé.

– Pourquoi pas ? On ne le reverra sans doute jamais. Alors, dis-lui franchement.

– J'aime Tsutaé. Je vais l'épouser, avoua-t-il d'une façon à la fois simple et naïve.

Elle lui adressa un regard plein de coquetterie. Enfoncé dans le canapé fleuri, Utsumi les considérait. Tous les deux avaient à peu près la même taille. Puis, tout en luttant contre la douleur sourde qui lui étreignait l'estomac, il fut saisi d'une pensée étrange. Qu'il aime les petites filles ou les vieilles femmes, Mizushima n'en était pas moins scandaleux. Lui qui allait mourir, il n'avait jamais éprouvé de sentiments comme ceux qui liaient ces deux êtres. Et cela aussi, n'était-ce pas étrange ? Il pensait avec dépit que la force vitale était peut-être moins forte en lui que chez les autres.

– Alors, est-ce que ça ne veut pas dire que M. Izumi est mort parce qu'il était jaloux de vous ? Même s'il avait plus de soixante-dix ans ?

Le visage de Tsutaé s'assombrit.

– Monsieur Utsumi, l'âge n'a rien à voir. Il y a des gens qui meurent jeunes, vous savez.

Utsumi s'allongea dans l'herbe et ferma les yeux. Tout en sentant derrière ses paupières que le soleil d'après-midi faiblissait peu à peu, il écoutait les bruits autour de lui : le tumulte des gens déversés par les autocars de tourisme qui arrivaient sans cesse, les bruits de pas sur les pavés, de portières claquées, les voix criardes des personnes excitées, la musique pop des buvettes et, à peine perceptible au milieu de cette rumeur, le clapotement des vaguelettes sur la berge.

Il se demandait pourquoi Kasumi était effarouchée par ce lac de montagne. Quel océan se dissimulait dans son cœur ? Il voulait entendre sa houle et ses accalmies au moins une fois avant de mourir. Il fit le geste qui lui était déjà devenu une habitude : il palpa la cicatrice de son opération sur son tee-shirt. « Sois gentille, donne-moi du temps. Laisse-moi vivre encore un peu. » Pourtant, comme ces vaguelettes sur la berge, la mort déferlait irrémédiablement sur lui. « Où est-ce que je vais pouvoir mourir ? » se demandait-il.

L'herbe était fraîche et lisse, mais ses pointes piquaient la peau comme des épines. Sentant de petits picotements dans son dos à travers son tee-shirt, il allongea les deux bras par-dessus sa tête et saisit des touffes d'herbe à pleines mains. Quelques tiges dures saillaient entre ses doigts. S'il mourait sur un lit d'herbe, il ressentirait les deux, et la douleur physique et le repos de l'âme. Un bref instant, il eut une vision. Elle était si vive dans son esprit qu'il rouvrit les yeux. Le ciel d'été, d'un bleu si intense en ce début d'après-midi, l'éblouit. Pourtant, dans sa rêverie, c'était un ciel de petit matin, bleu pâle, qu'il avait contemplé. Un ciel d'automne, encore délimité.

Le ciel que l'on fixe juste avant de mourir.

Les épines et la douceur de l'herbe que l'on sent juste avant de mourir.

Le visage que l'on regarde juste avant de mourir.

Pendant cet instant, il avait eu l'impression de voir – comme dans une hallucination visuelle – la souffrance et la terreur qu'avait éprouvées Yuka. De sa vie il n'avait jamais fait pareille expérience. Il se releva, essuya des deux bras la sueur qui perlait sur son front, puis, les yeux dans le vague, contempla la terre noire envahie par les herbes folles. Il y a quatre ans, jour pour jour, peut-être s'était-il passé ceci à Izumi-Sato...

Masanori Izumi se tenait, les bras croisés, devant le fauteuil qui lui était réservé près de la fenêtre.

C'était un fauteuil en cuir de facture grossière, qui ne s'accordait guère avec la jungle de fleurs élaborée par Tsutaé. Par endroits, le cuir était fendillé et marqué de brûlures de cigarette. Chaque fois qu'elle lui enjoignait de le jeter, il faisait valoir qu'il lui plaisait et réussissait à le préserver. Lui-même trouvait ridicule son entêtement à faire de ce fauteuil un poste d'observation. Mais, s'il le jetait, il craignait d'être définitivement asphyxié par Tsutaé. Bien que l'ayant épousée en secondes noces près de vingt années plus tôt et vivant avec elle depuis lors, il y avait encore des moments où elle lui faisait peur.

Elle ressemblait à ces fleurs de couleur vive qui fleurissent au plus sombre de la nuit, ou à ces plantes grimpantes dont les vrilles s'enroulent autour de vous avant que vous ayez le temps de vous en rendre compte. Elle débordait d'une force hors du commun. Cette vitalité sans objet est une charge pour celui que le poids des ans fait décliner. L'excès d'énergie de Tsutaé faisait chanceler le vieillard qu'il était devenu. Bien plus, Tsutaé, par sa verdeur éternelle qui tenait du prodige, était effrayante. Certains matins, il croyait même voir un monstre dans cette femme dont la peau toujours fraîche paraissait se régénérer au cours de la nuit.

Parfois, il s'imaginait être un insecte prisonnier d'une fleur carnivore. Une femme dont la peau sécrétait un liquide sucré et poisseux, à laquelle on s'englue si on la touche, voilà ce qu'était Tsutaé. On tombe dans ses griffes par surprise et elle vous dévore. N'était-ce pas à cause d'elle, qui l'avait fait divorcer de sa première femme, qu'il se retrouvait seul dans la vieillesse, tout lien rompu avec ses enfants ? Avec le recul, il comprenait qu'elle l'avait mené par le bout du nez.

Il se remémora avec amertume les événements de la veille au soir. Mizushima trônait dans son fauteuil à lire l'édition du soir sans lui en avoir demandé l'autorisation. Il avait eu beau se relever précipitamment lorsqu'il avait vu sa contrariété, le dossier avait conservé une empreinte grasse et luisante là où sa tête était appuyée. « Petit insolent ! » Toute honte bue, le cœur d'Izumi s'était rempli de mépris. La colère, il aurait encore su comment la faire passer. Mais le mépris était un sentiment dont on ne pouvait se débonder sur personne, un mal pernicieux qui irrésistiblement virait à la haine. Le seul moyen de s'en libérer, c'est que celui qu'on méprise disparaisse ou de partir soi-même. « Cette fois, c'en est trop », se dit-il en serrant fermement ses poings anguleux.

Devant Izumi, Mizushima continuait à jouer le subordonné dévoué et loyal. Mais, au fond de lui, il devait souhaiter qu'il meure le plus vite possible. Il n'avait aucun scrupule à lui mentir. « Patron, je ferai n'importe quoi pour vous, alors n'hésitez pas à me demander tout ce que vous voudrez. » Lorsqu'il lui tenait ce genre de propos, Izumi devait prendre sur lui pour ne pas l'insulter.

À l'origine, c'était pourtant lui qui lui avait sauvé la mise. Il le revit six ans auparavant, presque tel qu'il était aujourd'hui.

Entrepreneur de la région, Izumi avait été pendant de longues années un des bienfaiteurs de l'Association d'assistance aux forces de défense. Il s'agissait, pour lui, d'aider les anciens militaires à trouver un emploi après leur libération. C'était dans ces circonstances que Mizushima lui avait rendu visite. Ce jour-là, portant l'uniforme, un porte-documents sous le bras, il l'avait salué avec déférence en se dressant bien droit selon l'usage de l'armée.

– Je suis le sergent Shôji Mizushima, du corps d'équipement de la deuxième division aérienne de la base de Chitosé. C'est le colonel Kondô qui m'a recommandé à vous. Merci de me recevoir.

Malgré son apparence robuste, il avait une tête ronde et de grands traits expressifs qui lui donnaient des airs d'acteur de théâtre kabuki, dont l'effet était accentué par une calvitie précoce. Ses yeux étaient grands et doux, et il s'exprimait avec facilité. Quelque chose en lui faisait penser qu'il était vraiment fait pour servir dans l'armée. Ce corps solide rompu aux mouvements appris et maintes fois répétés. Et puis, comme deux signes contradictoires : d'une part, la passivité de celui dont le rôle est d'attendre les ordres et, d'autre part, la violence de celui qui impose sa volonté par la force – une espèce d'air commun à tous les sous-officiers.

Izumi chaussa ses lunettes de presbyte et le regarda.

– Monsieur Mizushima, à quel âge environ envisagez-vous de quitter le service ?

– Eh bien, si je le pouvais, dès maintenant.

– Et pourquoi si vite ?

– Je souhaite m'intégrer dès que possible dans la vie civile. J'ai honte à le dire, mais c'est l'armée qui m'a élevé. Après l'école du soir, je suis entré dans les forces de défense et je n'en suis jamais sorti, alors je ne connais rien d'autre. Je pense que ce n'est pas bien et, si je dois arrêter un jour, autant que ce soit sans tarder.

Les militaires partent tôt à la retraite. Pour les sous-officiers, elle est fixée à cinquante-trois ans, autant dire la force de l'âge pour travailler dans une entreprise privée. La réponse de Mizushima était donc fondée. Toutefois, sachant qu'il avait plus de quarante ans, le fait qu'il était encore célibataire préoccupait Izumi. Même si, en effet, on pouvait dire que son travail ne lui avait guère facilité le contact avec des femmes, dans le cas de la reconversion d'un homme de son âge, les employeurs accordaient plus volontiers leur confiance aux personnes ayant la charge d'une famille. Une autre chose l'arrêtait : le fait qu'il n'avait que le grade de sergent malgré son âge. Comme carrière, ce n'était pas brillant. Était-ce parce que cela ne l'intéressait pas ? Ou bien parce qu'il n'avait aucune aptitude ? Izumi observa l'homme qui se tenait avec déférence devant ses yeux. Il ne lui paraissait ni stupide, ni manquer particulièrement de vivacité. Il prit un crayon et lui demanda :

– Quel était votre travail ?

– Au début, j'étais à Chitosé, puis j'ai passé trois ans à Wakkanaï. Après, pendant douze ans, jusqu'à aujourd'hui, j'ai toujours été dans le corps d'équipement.

– Ah bon, fit Izumi en relevant la tête. Si vous êtes dans l'équipement, on doit pouvoir faire quelque chose de vous.

Les corps d'équipement sont les troupes de génie de l'armée de l'air. Les techniciens étaient faciles à reclasser dans le civil. Pourtant, Mizushima secoua la tête.

– Oui, mais... ça ne me plaisait pas énormément et, ces dix dernières années, j'ai fait du démarchage. C'est un travail qui convient à une personne seule et comme parler est mon point fort...

Izumi prit note. Le démarchage consistait à aller solliciter chez eux des jeunes gens en âge de s'engager. Comme le recrutement avait lieu les samedis et dimanches, les hommes qui avaient une famille ne souhaitaient pas être affectés à ce travail. Cependant, même pour un célibataire, ce n'était pas une sinécure. Peut-être était-il plus dynamique et loquace qu'on pouvait le croire à première vue, se dit-il en l'observant de nouveau. Sentant ses yeux sur lui, Mizushima s'efforçait de ne pas se troubler.

– Vous étiez bon ?

– Eh bien, les loubards à moto, j'arrivais toujours à les faire s'engager. Il y a beaucoup de fous de la vitesse, alors je leur disais : « Vous êtes peut-être doué pour piloter un avion de combat, vous devriez relever le défi. » Je les flattais, bien sûr : « Pilote, c'est la crème ! C'est vraiment classe ! » En définitive, il y a un type sur dix mille qui a l'étoffe pour faire ce métier, mais en tout cas ça en séduisait plus d'un. Et puis il y a aussi beaucoup de gamins complexés. Ceux-là, je leur disais : « Dis, t'as pas envie de devenir un homme ? À l'armée, tu vas te faire un corps d'athlète. » Et ça marche bien plus qu'on croit. Parce qu'il y a aussi pas mal de jeunes qui sont tout maigrichons. Alors, ils se mettent à faire des pompes et, quand ils voient leurs muscles dans le miroir, ils sont sacrément fiers. Ensuite, il y a les types qui veulent mettre de l'argent de côté. Ceux-là, je leur expliquais que l'armée était avantageuse sur ce point. Autrement dit, il faut s'adapter aux circonstances. C'est très intéressant.

Il parlait de son métier avec passion. Izumi hochait la tête en l'écoutant.

– Si je comprends bien, vous avez des dons pour le commerce, lui dit-il quand il eut terminé.

– Non, enfin je veux dire, fit Mizushima en changeant de position pour se mettre au garde-à-vous. J'ai un rêve. Je pense que ce qui me conviendrait, c'est un travail dans une maison isolée dans la montagne. Si vous aviez ce genre de travail à me proposer, j'en serais très heureux.

– Pourquoi ? s'étonna Izumi. Vous êtes encore jeune, vous pourriez faire plein de choses. Vous venez de dire que vous vouliez vous intégrer à la vie civile.

– Oui mais, dans mon cas, être seul, c'est ça la vraie vie. Depuis que je suis en âge de comprendre les choses, je n'ai jamais rien connu que la vie de groupe. Je voudrais savoir ce que c'est que de vivre seul.

Quoique ses arguments n'aient pas été sans laisser Izumi dubitatif, l'idée lui vint qu'il pourrait le recruter comme gardien du lotissement Izumi-Sato que sa propre société exploitait. Il ne trouvait pas de postulant pour ce poste à cause de la rudesse de l'hiver dans cette région. La main-d'œuvre était rare en cette période de prospérité économique, et personne n'était disposé à aller s'enterrer dans un lotissement désert. Venant du génie, Mizushima devait être capable de faire fonctionner des machines dont l'utilisation, par ailleurs, n'avait rien de complexe. Et en tant qu'ancien militaire, on devait pouvoir compter sur lui en cas de nécessité. « Voilà une bonne recrue », se dit-il en riant dans sa barbe. Néanmoins, qu'est-ce qui motivait Mizushima à vivre seul dans la montagne ? Pourquoi quittait-il l'armée si précipitamment ? Les réponses à ces questions, il ne devait les obtenir qu'après l'avoir embauché.

Silencieux devant la chambre de Tsutaé, Izumi écoutait, l'oreille contre la porte, ce qui se passait à l'intérieur.

Il savait que, habitués à se lever tôt, tous deux étaient déjà réveillés. Comme il s'y attendait, il entendit une curieuse conversation. Les voix étaient celles d'une femme âgée et d'un homme mûr.

– ... Tu crois pas ?

– Mais oui. Ton nom ?

– Mon nom c'est Yuka-chan.

– Ah, Yuka-chan...

De dégoût, les poils se hérissèrent sur son corps. Un confrère lui avait révélé le penchant de Mizushima pour les petites filles un an après qu'il l'avait recruté.

On avait commencé à l'accuser de tentative d'agression sexuelle sur les jeunes sœurs des adolescents qu'il allait démarcher à domicile. Qui plus est, cela ne s'était pas produit qu'une ou deux fois. Chaque fois qu'il avait été menacé d'une plainte, l'armée, semblait-il, avait pris les dispositions nécessaires pour régler l'affaire à l'amiable, jusqu'au jour où, ne pouvant plus le couvrir, elle avait décidé de le réformer. Alors il était venu implorer l'aide d'Izumi. C'était la raison pour laquelle il avait choisi de travailler dans la montagne, où il pourrait se faire discret, plutôt qu'en ville, où on aurait pu le reconnaître. Qui sait si, lorsqu'il lui avait rendu visite, il n'était pas déjà au courant qu'Izumi cherchait un gardien pour son lotissement ? Ayant l'impression d'avoir été abusé, il avait voulu le congédier sur-le-champ, mais Tsutaé s'y était opposée catégoriquement :

– Il ne le fera plus. S'il recommençait, plus personne ne serait là pour le protéger et il ne saurait plus où aller. Qu'est-ce qu'il va devenir si tu le renvoies pour ça ? On ne trouvera personne disposé à travailler aussi bien que lui.

– C'est vrai, mais...

Izumi hésita. Tout le monde reconnaissait qu'il était dur à la tâche. Dès l'aube et jusqu'au soir, parcourant la résidence au volant de son Jimney, il faisait les travaux de plomberie comme un professionnel et il était aussi doué pour la charpenterie. Abattre un arbre, travail pourtant dangereux, ne lui faisait pas peur. Et puis, habile de ses mains, il allait jusqu'à aider Tsutaé pour le jardinage ou la cuisine. Lorsque, par commodité, elle avait commencé à l'emmener avec elle pour faire les courses, Mizushima, de fait, n'avait plus été seulement le gardien du lotissement, il était quasiment devenu leur domestique.

– Tu dis qu'il t'a trompé, mais tu n'as qu'à t'en prendre à toi-même. Fais-lui plutôt comprendre que tu es au courant mais que tu ne le renverras pas s'il nous sert bien. Et puis, s'il y a un problème, tu pourras lui faire peur en lui faisant comprendre que tu sais tout. Comme ça, il sera toujours à nos pieds.

Tsutaé eut un rire méprisant. Elle se moquait toujours de sa naïveté. Pourtant, Izumi ne se trouvait pas particulièrement naïf. Il avait simplement sa façon à lui de faire des affaires. Pour lui, il y avait d'abord la bonne foi, et ensuite la confiance. Il fallait beaucoup de temps pour cultiver la confiance. Mizushima avait abusé de sa bonne foi dès le départ, alors il n'y avait guère de chance qu'il lui accorde un jour sa confiance. Qui plus est, pensa-t-il, son manque de discernement avait des conséquences impardonnables.

Izumi se rendit pourtant aux arguments de sa femme. Ou plutôt, considérant qu'il ne trouverait pas d'autre gardien de la valeur de Mizushima, il céda à la commodité immédiate. Et, finalement, il décida de fermer les yeux sur le penchant secret de son employé.

C'était l'année précédente, pendant l'hiver, qu'il s'était rendu compte que Tsutaé et Mizushima entretenaient une relation particulière. L'hiver, les maisons étaient comme refermées sur elles-mêmes. Non que la neige fût tellement abondante, mais, par un froid si rigoureux, il ne serait venu à aucun curieux l'idée de se rendre dans un lotissement qui n'offrait pas d'agréments. Cela n'avait pas empêché Tsutaé de persister à vouloir passer la mauvaise saison dans cette maison qui lui plaisait tant. Izumi était retourné seul et à regret dans leur belle demeure de Chitosé, mais il était rongé d'angoisse de l'avoir laissée seule.

Un jour, inquiet à cause de l'annonce d'une tempête de neige, il était revenu plus tôt que prévu au lotissement. Il n'avait trouvé Tsutaé ni dans le salon ni dans la cuisine. Pensant qu'elle était peut-être tombée, il s'était précipité vers la chambre et, en ouvrant la porte, avait découvert Mizushima et sa femme dans le même lit. Il était tombé des nues. À l'époque, sa femme avait soixante ans. Même si elle paraissait beaucoup moins que son âge, Mizushima était de vingt ans plus jeune qu'elle et il aimait les jeunes femmes, voire les petites filles exclusivement, alors une chose comme celle-là n'aurait pas dû arriver. Mais c'était peut-être précisément à cause de cette conviction que l'improbable s'était produit.

– Ah, c'est toi. Bonjour, fit-elle en souriant à demi, puis se tournant vers Mizushima comme si de rien n'était : Hein, il fait froid aujourd'hui. Quelle température déjà ?

Quoique confus, les yeux baissés, Mizushima répondit :

– Je crois que c'est descendu jusqu'à moins dix.

Devant son mari hébété, Tsutaé enfonça le clou :

– Ne le renvoie pas, s'il te plaît. Ça aussi, il le considère comme son travail. Tu devais t'en douter, non ?

Humilié devant Mizushima par sa femme de soixante ans... Izumi fut submergé d'une honte telle qu'elle en étouffa sa colère. Quand, l'instant d'après, il s'avisa qu'il avait été complètement berné, il était déjà trop tard. Tsutaé avait sans doute exprimé ce que Mizushima pensait réellement au fond de lui.

« Je m'occupe de votre femme comme je m'occupe du lotissement. »

Tous deux n'éprouvaient pas le besoin de manifester leur intimité devant Izumi, mais la rumeur avait cependant filtré peu à peu dans les environs. Pendant l'hiver, en effet, le lotissement était un lieu de villégiature en sommeil. La nouvelle se répandit donc parmi les fournisseurs habituels, les gens des environs et aussi les quelques visiteurs. Étrangement, les maisons remises en vente frappèrent soudain la vue, et on distingua bientôt les premiers signes de délabrement. L'entreprise d'Izumi périclita rapidement. Quand il en fut au point de devoir vendre sa demeure de Chitosé, il se mit à haïr Mizushima, le considérant comme un oiseau de mauvais augure. Pourtant, c'était bien lui qui l'avait embauché, qui avait laissé échapper l'occasion de le chasser, et lui qui était à l'origine de l'envenimement de la situation. Lorsqu'il fut certain de l'issue vers laquelle ils se dirigeaient, l'idée de mourir commença à germer en lui. Il ne s'agissait pourtant pas d'abandonner la partie ; c'était le contraire. Il avait décidé de prendre part au jeu, en tant qu'observateur.

Comme toujours, des bribes de conversations absurdes lui parvenaient de la chambre.

– Yuka-chan...

– Oui, qu'est-ce qu'il y a ?

– Tu veux pas qu'on aille jouer dehors ?

– Oh non, je veux qu'on reste ici...

Izumi devint écarlate et se mit à trembler comme s'il avait un accès de fièvre. Il ne supportait plus d'entendre ça. Il était furieux de l'humiliation qu'ils lui faisaient subir et se sentait sur le point d'exploser. Devoir supporter une chose pareille, à soixante-dix ans ! Il était déshonoré. Il n'y avait rien d'autre. Dans une impulsion, il fut tenté d'aller prendre sa carabine de chasse rangée sous clé dans le vestiaire de sa pièce, de les tuer tous les deux et de se donner la mort ensuite. Il répétait sans cesse cette scène dans sa tête.

Il s'éloigna de la porte et retourna dans sa pièce. Il monta l'escalier quatre à quatre et ouvrit une porte à l'extrémité nord du couloir. La pièce était sombre, plongée dans un silence profond, et dégageait une odeur de renfermé. Une odeur de vieil homme abandonné à lui-même. Ce fut comme un coup de fouet sur sa rage. Il ouvrit vigoureusement le vestiaire et prit sa carabine préférée, la Sako. Il était allé chasser pour la dernière fois en février ; cela faisait près de six mois qu'il n'avait pas senti le poids d'une arme dans ses mains. Il avait tiré des daims à Shiranuka-chô. C'était Mizushima qui l'avait encouragé à pratiquer la chasse au daim, juste après qu'il avait découvert ses relations avec Tsutaé.

– Patron, vous ne chassez pas ?

– J'ai chassé autrefois, mais pas récemment.

Beaucoup de ses amis pratiquaient la chasse comme loisir. Pour sa part, la pêche et parfois le golf avec des relations de travail étaient les seuls passe-temps qu'il s'accordait. La chasse rappelait sans doute de bons souvenirs à Mizushima car il avait été intarissable sur le sujet et il s'était mis à transpirer en parlant, ce qui avait même paru obscène à Izumi.

– C'est vraiment très agréable pour se détendre. Moi, j'ai souvent été de service pour tirer à la carabine les chiens errants et les blaireaux qui pénétraient sur la piste d'atterrissage, et c'était très amusant. Au moment où vous le touchez, vous voyez l'animal qui s'effondre d'un coup. Cet instant-là est vraiment jouissif. Souvent, à la télé, on voit des types avec des têtes d'ahuris devant un animal mort. Mais c'est pas vrai, ça. Si vous manquez votre coup, l'animal est pris de convulsions et tombe bizarrement et ça fait un peu mal au cœur. Mais quand vous touchez juste, c'est comme si votre sang se mettait à bouillir. Vous pensez : « Je l'ai eu ! » et vous sentez votre sang qui coule dans chacune de vos veines. Moi, c'était tellement bon que je ne voulais plus m'arrêter. Je me disais que c'était ça l'instinct de l'homme. Vous devriez essayer, patron. Évidemment, je ne parle pas de tirer des chiens errants. Ni des oiseaux, d'ailleurs. C'est trop malin, ces bêtes-là. Non, puisqu'on est à Hokkaïdô, c'est le daim qu'il faut chasser. Ce serait dommage de ne pas le faire. Parce que, vous savez, les daims et les ours bruns, on a le droit d'en tirer autant qu'on veut. Vous verrez, si vous pratiquez un peu le tir, c'est quelque chose que vous serez pas près d'oublier.

– Mais il faut pas mal de force, non ?

– Ne vous en faites pas pour ça, patron. Vous allez à la pêche et vous faites de la marche dans la montagne, non ?

Izumi s'était mis à la chasse non pour suivre le conseil de Mizushima mais plutôt parce que ses mots : « votre sang se met à bouillir » l'avaient impressionné. Il avait eu le pressentiment que c'était quelque chose de proche de l'excitation sexuelle. Subsistait-il en lui quelque chose de cette excitation primitive ? C'était aussi par désir de s'observer lui-même qu'il s'était laissé tenter.

Non sans peine, il fit les démarches pour obtenir ses permis de chasse et de port d'arme et se prépara à goûter une nouvelle fois le plaisir de la chasse.

– Vous, patron, c'est une Sako qu'il vous faut, lui avait conseillé Mizushima.

Il se procura cette carabine de fabrication finlandaise qui avait la réputation d'être appréciée des connaisseurs, et c'est alors qu'il eut une révélation. Au fond de lui, n'était-ce pas pour se rapprocher de Mizushima qu'il faisait cela ? Pour connaître la véritable nature du plaisir de cet homme qui avait traversé un monde de voluptés dont il ignorait tout, la nature profonde d'un homme qui avait rendu folle Tsutaé. Et, peut-être, s'il en était capable, voulait-il devenir lui aussi Mizushima, ce Mizushima qui manipulait la Tsutaé que lui-même ne parvenait pas à dompter. À l'origine de cette idée de la chasse, il y avait les vrilles de la plante Tsutaé tenant son cœur prisonnier.

Izumi déclina la proposition de Mizushima de l'accompagner et adhéra à un club de chasse. Contre toute attente, lui qui n'avait pas pratiqué depuis longtemps, il y prit beaucoup de plaisir. Les deux premières cartouches de sa carabine à deux coups ratèrent leur cible, bien sûr. Mais il songea que la méthode qui lui convenait était celle qui consistait à prévoir les mouvements du gibier et à attendre patiemment le meilleur moment pour tirer. Mizushima s'était trompé. Faire mouche ne lui procurait pas de plaisir ; ce qu'il aimait, c'était tendre un piège au gibier et attendre.

Lorsqu'il revint, triomphant, il leur parla avec enthousiasme de cette expérience et des prises qu'il avait faites. Tous deux acquiescèrent d'un air satisfait sans rien dire. Mais quand il aperçut le coup d'œil furtif qu'ils échangèrent – l'air de dire : on l'a bien eu –, Izumi pensa que c'était lui qui était tombé dans un piège. Tsutaé et Mizushima étaient toujours complices. Ils cherchaient à l'exclure de leur relation. Comme il les gênait, ils lui avaient fait présent d'un nouveau divertissement.

Izumi avait remis, plein d'amertume, sa carabine dans son vestiaire.

Le matin, Izumi grimpait à pied la route de montagne. Peu lui importait que cela monte ou descende, mais s'il descendait, il arrivait à la résidence de Mizushima. Pour l'éviter, il ne lui restait qu'à monter, toujours monter. À l'époque où toutes les maisons avaient trouvé acquéreurs, beaucoup de gens le saluaient sur son passage. Maintenant, c'était un désert. Devinant que cela aussi, il le devait aux deux autres, il se sentit exaspéré.

Perçant à angle droit les bosquets d'arbres au moment où il était sorti, les rayons de soleil encore faibles s'étaient un peu inclinés. Au fur et à mesure, le brouillard flottant sur la route était absorbé par la forêt. Le ciel qui transparaissait à travers les branches d'arbres était d'un bleu pur, avec comme des balayures de nuages. C'était la matinée la plus automnale de l'été.

Il entendit un léger bruit de pas. Quelqu'un approchait en courant. Étonné, il releva la tête et aperçut une fillette qui descendait la route en regardant derrière elle comme si elle fuyait quelque chose. Cette rencontre, à une heure pareille, était si inattendue qu'il s'immobilisa, saisi d'effroi. De surprise peut-être, la fillette s'arrêta. Ses cheveux au carré étaient en bataille et quelques mèches étaient collées à ses lèvres entrouvertes.

C'était la petite Yuka, qui plaisait tant à Mizushima. Tomber sur la fillette dont il entendait prononcer le nom par Tsutaé et Mizushima, la coïncidence était trop forte. Il la regarda fixement dans les yeux. Elle ressemblait à sa mère qu'il avait à peine entrevue et, pendant un bref instant, son regard parut désorienté. Une ombre se détachait sur son visage enfantin, quelque chose qui lui donnait un charme étrange. « Pas étonnant qu'elle plaise à Mizushima », pensa-t-il.

– Ah, vous m'avez fait peur, dit-elle en passant sa main sur sa poitrine.

Le soulagement d'avoir reconnu Izumi se peignit sur son visage.

– Bonjour. Tu t'appelles Yuka, c'est ça ?

– Bonjour, monsieur, fit-elle en s'inclinant avec une politesse parfaite.

– Où est-ce que tu vas ?

– Je fais une promenade, répondit-elle avec un ton d'adulte.

Elle portait un cardigan noir et un bermuda blanc. Elle avait de petits membres de poupée, fragiles comme de la porcelaine. Comment pouvait-on considérer une enfant aussi mignonne comme un objet sexuel ? se demanda Izumi qui sentait croître son mépris envers Mizushima. Ce mépris, il le ressentit aussi envers Tsutaé, qui en ce moment même devait avoir des tendresses avec son amant en usurpant le nom de Yuka. Il s'efforça d'apaiser l'indignation qui l'assaillait de nouveau, mais n'y parvint pas complètement.

– Où est-ce que tu vas, de si bon matin ? lui demanda-t-il une seconde fois, le visage crispé.

– Je fais une promenade, je vous ai dit, répondit-elle en le regardant d'un air craintif.

Elle semblait avoir peur qu'il la gronde d'être sortie sans demander l'autorisation. Son cou était si menu que son petit crâne semblait à peine tenir dessus. Cette fragilité attendrissait Izumi, mais elle lui faisait aussi horreur car il y voyait un être inférieur. Une impulsion le poussait à supprimer cet être tellement plus faible que lui. Néanmoins, il eut honte d'avoir éprouvé un tel sentiment l'espace d'un instant.

– Tonton n'est pas fâché, tu sais. Tu peux faire ce que tu veux.

– Mais vous venez de faire une tête qui fait peur.

– C'est vrai ? Excuse-moi. Tu veux venir te promener avec tonton ?

– Oui.

Elle hocha la tête docilement et mit sa petite main moite dans la main sèche et épaisse d'Izumi. Le contact le fit sursauter. Elle leva la tête vers lui.

– Je pourrai aller chez vous pour jouer ?

– Non. C'est interdit d'aller là-bas.

Elle le regarda d'un air soupçonneux.

– Pourquoi ?

– C'est sale.

La fillette jeta un coup d'œil rapide derrière elle, comme si son esprit vif avait senti quelque chose.

– Qu'est-ce que tu as ?

– Rien, fit-elle en pinçant les lèvres.

Son attitude lui fit sentir l'épaisseur du mur qui se dressait entre eux. Yuka ne se fiait pas à lui. Il devina une femme adulte en elle et chancela. En comparaison, Tsutaé ressemblait davantage à une fillette, égoïste, n'en faisant qu'à sa tête, prompte à satisfaire ses désirs immédiats. Il comprenait pourquoi Mizushima, même avec vingt ans de moins, restait avec elle. Mais lui, il était incapable d'aimer de cette façon. Il n'était donc pas trop tard, à soixante-dix ans, pour comprendre certaines choses. Il aurait beau vouloir recommencer, c'était irrémédiable. Bien que bouillant de haine, il se sentit envahi par une profonde tristesse.

Il entendit un cri. Il se rendit compte qu'il serrait fortement les doigts de Yuka dans sa main. Il avait peut-être brisé ses petits os fins. Elle serra les dents pour ne pas pleurer et tourna de nouveau la tête en arrière. Elle vérifiait s'il n'y avait personne pour venir à son aide. C'était la même chose tout à l'heure. Elle avait peur de lui. Depuis qu'il s'était mis à monter dans la montagne, il n'était sans doute pas dans son état normal. S'il la laissait retourner à la maison comme ça et qu'elle en parlait à ses parents et aux Ishiyama, qu'allait-on penser de lui ? L'irrémédiable venait de se produire ici aussi. Les yeux d'Izumi et de Yuka se croisèrent. De peur, la fillette les écarquilla et voulut hurler quelque chose. À cet instant, ses mains se serrèrent autour de son cou. S'il continuait à serrer aussi fort, elle allait peut-être mourir. Mais il ne pouvait pas la laisser hurler, il ne pouvait pas la renvoyer à sa mère. Voilà ce que lui dictaient ses pensées au milieu de sa panique. Si Yuka disparaissait, qui serait le premier suspect, sinon Mizushima le pédophile ? Ce calcul tournait dans sa tête à l'exclusion de toute autre pensée. Prévoir le mouvement du gibier, tendre son piège et attendre. Faire mouche ne procure en soi aucun plaisir.

Izumi considéra le cou menu dans l'anneau de ses mains ridées. Petit animal que ses forces avaient quitté brutalement, la fillette était morte en un rien de temps. Il resta interdit. Il jeta un œil autour de lui ; le brouillard s'était dissipé et une fraîche atmosphère matinale l'enveloppait. Quelqu'un l'avait-il vu ? Instinctivement, il parcourut du regard les environs. Il sentit la présence d'un animal dans la forêt sombre. Il se retourna, effrayé. Il lui semblait qu'on lui faisait un signe de la main. Tout en écoutant son cœur taper à n'en plus finir dans sa poitrine, il s'enfonça dans la forêt avec le corps de Yuka dans les bras. L'animal s'enfuit en se jetant de côté. C'était un daim.

Il ne pouvait pas y avoir de daim à cet endroit. « C'est une vision », se dit-il, refusant de croire ce qu'il venait de voir. Un signe divin ou quelque chose de cet ordre, alors ? Aussitôt, la configuration des environs se dessina dans sa tête. Quand ils sont poursuivis, les daims se dirigent toujours vers les lits des torrents. Izumi n'avait jamais chassé dans le parc national des lacs Tôya et Shikotsu, car bien sûr c'était interdit, mais il avait étudié et connaissait sur le bout des doigts sa topographie. Un torrent, il y en avait un tout près. Mais l'été était très sec, il fallait monter un peu dans la montagne pour trouver un endroit avec beaucoup d'eau.

Il remonta le long d'une ravine. En chemin, il s'égratigna le dos de la main en écartant des bambous nains, mais il n'y prêta pas attention. Arrivé enfin à un endroit où l'eau était abondante, il déposa le corps de la fillette sur un lit d'herbe. Il se déchaussa, entra dans l'eau et se mit à la recherche d'un endroit approprié pour dissimuler le cadavre. Au bout d'une trentaine de secondes, l'eau devint si froide qu'il ne put y rester plus longtemps.

Quand il revint, Yuka gémissait, les yeux entrouverts. Elle avait ressuscité ou quoi ? Pris de panique, il serra de nouveau son cou. Tuer deux fois. La vie s'échappa lentement de ses petits yeux, qui devinrent vitreux. « Je suis un monstre, pensa-t-il à cet instant. Un homme cent fois inférieur aux ours bruns ou aux daims. » Puis il lesta le cadavre de lourdes pierres afin qu'il ne remonte pas à la surface.

Il joignit les mains et pria : « *Namu Amida butsu.* » Il pria pour l'âme de cette fillette qu'il avait étranglée malgré lui. Pour la vie de cette fillette ressuscitée, mais qu'il avait étranglée une seconde fois. Néanmoins, la « femme » qui existait dans son corps d'enfant lui faisait encore perdre la tête. Elle ne l'avait pas volé. Qu'elle expie sa faiblesse, qu'elle expie sa fragilité.

Il arrangea sa tenue et retourna précipitamment chez lui. Il ne devait y avoir que quarante ou cinquante minutes qu'il était sorti se promener. Il fit un détour par la cour de derrière, cueillit rapidement quelques brins de cardamome et entra dans la maison par le garage. Dans la cuisine, Tsutaé, en robe d'été légère, était en train de préparer des *hot cakes* tout en bâillant et en s'étirant. Mizushima n'était pas en vue, mais de l'eau coulait à fort débit dans la salle de bains.

– Où est-ce que tu étais parti ? lui demanda-t-elle.

Elle battait toujours la pâte et ses yeux n'avaient pas quitté l'écran de télévision.

– J'étais dans ma pièce. Je me suis rendormi.

– Ah, c'est ça ? Il y a un instant, M. Moriwaki – tu sais les gens qui sont chez les Ishiyama –, M. Moriwaki est venu. Tu ne t'en es pas rendu compte ?

– Non, je dormais, répondit-il en secouant la tête avec contrariété. Qu'est-ce qui se passe ?

– Un de leurs enfants a disparu.

– C'est la petite Yuka ? fit-il, mais Tsutaé ne releva pas l'insinuation.

– Oui, la petite Yuka. La plus mignonne, il paraît. Il a dit qu'elle avait disparu, tu te rends compte ? Mais ce n'est pas possible qu'elle se soit perdue, une enfant ne peut pas aller dans la montagne. C'est les parents qui n'ont pas été assez vigilants.

– Oui, sans doute.

Izumi lui tendit la cardamome qu'il avait à la main. De petites fourmis rousses grouillaient sur ces brins un peu trop grands. Elle sursauta. Pas à cause des fourmis, mais parce qu'elle avait remarqué l'égratignure sur sa main.

– Qu'est-ce que tu t'es fait ?

– Je crois que je me suis coupé en cueillant la cardamome.

– Oh, je suis désolée.

Elle sourit en se donnant une contenance distinguée. « Je suis désolée que tu te sois fait ça pour Mizushima, c'est ça ? » pensa-t-il en fronçant les sourcils. Sortant de la douche où il venait d'effacer les traces de sa nuit avec Tsutaé, Mizushima entra dans le salon avec sa bouille ronde toute luisante.

– Bonjour, patron.

– Je suis allé te cueillir quelque chose pour ta soupe miso. Tu aimes ça, hein, la cardamome ?

– Merci beaucoup.

En apparence, une courte journée d'été comme les autres commençait. Pendant le petit déjeuner, Mizushima lui demanda :

– Patron, qu'est-ce qu'on en fait ?

– De quoi ?

– Du cadavre du chien.

Il parlait du chien de chasse mort qu'ils avaient rapporté l'avant-veille du jardin des Toyokawa. Ils l'avaient mis dans un sac plastique et laissé au dépôt d'ordures. Izumi pensa à la fillette qu'il venait d'étrangler et ne dissimula pas une grimace.

– Pourquoi tu parles de ça pendant qu'on est à table ?

– Pardon.

– Je te laisse t'en occuper. Tu n'auras qu'à l'enterrer quelque part tout à l'heure.

– Très bien.

« Enterrer un chien mort, ça te convient parfaitement », pensa-t-il en lançant un regard mauvais vers Mizushima qui s'éloignait.

Tout à coup, des mains froides se posèrent sur son visage. Utsumi sortit de sa longue rêverie.

– On dirait que vous avez de la fièvre.

Devant ses yeux apparut le visage inquiet de Kasumi, les sourcils froncés.

– C'est pas bon de dormir par terre.

Ayant l'impression qu'il ne réussissait pas à reprendre ses esprits, il cligna des yeux et les détourna lentement pour regarder aux alentours. Le ciel commençait à s'obscurcir ; la nuit allait tomber. Aucun doute, le temps avait passé. Ce qu'il venait de voir, était-ce vraiment un rêve ? Ou bien n'était-ce pas le clapotis du lac qui lui avait fait entrapercevoir la vérité de ce matin-là ? Que signifiait ce rêve inopiné alors que, dans son travail, il avait toujours rejeté l'imagination de toutes ses forces ? Qui lui avait montré cette voie ? L'esprit confus, il leva la tête vers Kasumi qui le fixait avec inquiétude.

– Qu'est-ce que vous avez ? Vous êtes dans les vapes, hein ?

– J'ai fait un rêve.

– Quel genre de rêve ? demanda-t-elle en posant une main sur son front.

Sans un mot, il balaya sa main et essuya la sueur sur son front.

– L'herbe est froide, retournons à la voiture.

Obéissant à sa suggestion, Utsumi se releva. Il avait la tête lourde, se sentait fébrile et avait de petits frissons sur tout le corps. Elle le retint doucement par l'épaule. En sentant cette paume charnue et molle se poser sur son épaule osseuse, il fut surpris par le poids et l'épaisseur qu'avait la main d'une personne en bonne santé.

Toutefois, la température de son corps était supérieure à celle de Kasumi.

– Vous avez de la fièvre, c'est bien ce que je pensais. Que voulez-vous qu'on fasse ?

– Je vais dormir dans la voiture jusqu'à ce que la température baisse.

– Il vaudrait mieux que vous vous allongiez dans un lit, vous ne croyez pas ? dit-elle d'une voix calme. Voulez-vous que je demande dans un hôtel des environs ?

– Non, ça ira.

– Mais...

– Ça ira, je vous dis.

Elle s'éloigna sans tenir compte de sa réponse. Tout en la regardant marcher, si légère dans son jean qui lui moulait les fesses, il se promit, en serrant les lèvres, de ne pas lui dire un mot de ce qu'il avait vu dans son rêve. Il décida aussi de ne pas faire d'enquête sur Masanori Izumi. Un rêve n'est qu'un rêve. L'imagination n'est qu'imagination. Kasumi revint bientôt avec une mine défaite.

– C'est complet partout. Je ne sais pas quoi faire... Si seulement je savais conduire...

– Retournons d'abord à la voiture, on verra après.

Il se releva en frissonnant, mais il eut le vertige et chancela. Elle se précipita pour le soutenir.

– Monsieur Utsumi, vous avez des médicaments contre la fièvre ?

Rassemblant toute son énergie, il se mit en marche sans répondre. Il sentit que les regards curieux des touristes se concentraient sur lui tandis que, soutenu par cette femme, il avançait sur les dalles de pierre. « Ils devinent que je suis un grand malade, pensa-t-il. Si ça se trouve, la mort est déjà peinte sur ma figure. » Dans un réflexe, il examina son visage dans la vitre d'une voiture garée sur le parking. Il n'avait pas changé, c'était toujours le même chien efflanqué qui le dévisageait de ses yeux humides de fièvre.

– Madame Moriwaki, mon visage, vous ne lui trouvez rien de bizarre ?

Elle secoua la tête.

– Non, rien de spécial.

– C'est vrai ? fit-il avec soulagement.

Il savait que Kasumi était consciente de ses appréhensions. Il vacilla au même instant, mais, pour la première fois depuis sa maladie, il eut l'impression d'avoir cédé quelque chose à un autre. « C'est sans doute de montrer ma faiblesse », pensa-t-il, l'esprit plus léger.

18

La lumière jaune filtrant à travers le panneau coulissant dessinait un trapèze allongé sur la couverture. Utsumi ouvrit les yeux dans la pénombre et, sans bouger, leva haut la main droite pour l'exposer à la lumière. Cette main qui saisissait des malfaiteurs par le col, savait prendre des notes à toute vitesse, elle était complètement décharnée maintenant. Ces doigts aux articulations saillantes étaient ceux d'un squelette. Cette paume maigre, comme un bouquet de branches sèches. La chair en tomberait tôt ou tard, ne laissant que des os. « C'est mon vrai visage, pensait-il, le regard fixe. Il se dégage peu à peu de ma chair. Quelle drôle de chose, l'affaiblissement. » Il contempla les veines bleues qui parcouraient le revers de sa main. À l'intérieur, sans aucun doute, des cellules cancéreuses étaient disséminées et circulaient sans relâche. Lorsque sa chair serait complètement détruite, elles aussi disparaîtraient. Chair et cancer brûleraient ensemble dans un crématorium et deviendraient cendres. « Bien fait », songea-t-il. S'il désirait que son corps survive encore un peu, il devenait hargneux à l'idée que c'était pour être diminué à ce point, et il souhaitait alors que son anéantissement soit le plus rapide possible. Cette oscillation entre la vie et la mort devenait de plus en plus forte.

– Monsieur Utsumi, vous êtes réveillé ?

– Oui.

Kasumi fit coulisser le panneau précautionneusement. Éclairée à contre-jour par la lumière du couloir, elle apparut comme une masse sombre aux contours illuminés.

– Comment va votre fièvre ?

– Elle a baissé.

– Tant mieux. Je peux vous parler ? demanda-t-elle en entrant dans la chambre d'un air soulagé. J'allume ?

Elle pressa l'interrupteur. Sous la lumière blafarde du néon, la chambre ressemblait à une pièce différente qu'en plein jour. Huit tatamis, style japonais, sans aucun meuble. Comme il n'y avait pas non plus de rideau, le néon se reflétait nettement sur la vitre noire de la fenêtre. Dehors, le disque de la lune. Utsumi prit la montre qui, devenue trop grande, tournait à son poignet quand il la mettait. 21 heures passées. Près de deux heures s'étaient écoulées depuis qu'il avait pris son médicament et s'était couché.

– Je vous réveille ?

– Non, pas déjà.

Un sourire éclaira le visage en bonne santé de Kasumi. Le cancer étant en train de prendre possession de son corps entier, il aurait volontiers passé le plus clair de son temps à se reposer. Elle s'assit au bord de son futon. Sans doute avait-elle froid, elle avait passé une chemise blanche par-dessus son tee-shirt.

– Ça fait vraiment un drôle d'effet, dit-elle. Revenir ici après quatre ans. Moi qui croyais ne jamais y revenir de ma vie. C'est grâce à vous qu'on peut dormir ici.

Elle promena ses yeux dans la chambre. Il contemplait machinalement son visage sur lequel une ombre d'angoisse apparaissait et disparaissait tour à tour. Voyant avec inquiétude qu'il était incapable de se déplacer, elle avait demandé à Tsutaé la permission de passer une nuit dans l'ancienne maison d'Ishiyama. Utsumi avait attendu, tremblant de fièvre, à l'arrière de la Carina ; Mizushima était arrivé presque aussitôt au volant de sa Jeep et les avait conduits jusqu'au sommet de la montagne. D'un pas chancelant, Utsumi avait monté l'escalier de béton par lequel, disait-on, Yuka était descendue pour ne plus revenir quatre ans plus tôt, puis s'était laissé mener dans une chambre à l'étage, jetant un œil en passant dans le salon où les enquêteurs étaient allés et venus. Les meubles, la vaisselle, les futons, tout était resté tel quel, parce qu'Ishiyama avait mis en vente la maison en l'état.

– C'est dans cette chambre que je dormais. On voit le jardin de la fenêtre. C'est là que les enfants s'amusaient. J'y ai aussi dormi quand je suis restée seule pour rechercher Yuka. D'ailleurs, où sont passés les rideaux ? Avant, il y avait des rideaux en dentelle à cette fenêtre.

– Il y a quatre ans, vous voulez dire ?

– Oui. Cette fenêtre, je l'ai souvent regardée de l'extérieur, mais ça faisait quatre ans que je n'étais pas entrée. C'était vraiment horrible quand je me suis retrouvée toute seule. Dans chaque recoin sombre, je croyais qu'il y avait quelque chose qui me voulait du mal et qui me cachait Yuka. C'est peut-être à cause de cette expérience que je peux endurer n'importe quoi. (Elle braqua son regard vers le ciel.) Pourtant, au bout de quatre ans on ne sait toujours pas où elle est. J'aimerais tellement savoir. Elle est morte peut-être. Cette rumeur qu'on l'a enterrée quelque part dans la montagne, ça veut dire que le coupable est quelqu'un des environs, non ? Mais qui ? Pourquoi ? Je voudrais tellement le savoir, tellement. Pourtant, si je trouvais le cadavre de Yuka, je me demande comment je pourrais survivre. Si je suis restée en vie jusqu'à aujourd'hui, c'est uniquement parce que je la recherchais. C'est parce que je suis convaincue qu'elle est vivante que j'ai réussi à vivre. Mais ça, il n'y a que moi qui le comprenne.

Elle murmurait comme une longue plainte. Utsumi pensa au rêve qu'il avait fait peu avant, mais il n'eut pas envie de lui en parler.

– Cette maison, elle n'est pas tout à fait comme dans mes souvenirs. L'entrée, l'escalier, le salon, la cuisine, le jardin même, tout est un petit peu différent. Je la voyais plus grande, cette maison, mais en fait elle est petite et l'escalier est plus raide que je pensais. J'étais certaine que la balançoire dans le jardin était blanche, alors que j'ai vu tout à l'heure qu'elle est vert pâle. Et puis il y a aussi l'éclairage ici, je viens juste de me rendre compte qu'il avait la forme d'une lampe. C'est si vague, la mémoire humaine, vous ne trouvez pas ? Même Yuka, je vais probablement l'oublier. Cette enfant que je cherche, à quoi ressemble-t-elle ? Ne plus se rappeler le visage de sa petite fille, c'est vraiment étrange.

Elle leva la tête vers l'éclairage et soupira profondément. Depuis sa longue conversation avec Ishiyama, elle paraissait déprimée. Utsumi pensait qu'elle avait dû avoir un choc en le voyant accompagné d'une femme, mais, en l'écoutant parler, il comprit qu'il faisait fausse route. Seule, à la dérive, elle était accablée d'une solitude dont elle ne savait comment s'extraire. Il songea que son état d'esprit en cet instant était proche du sien.

– De quoi avez-vous parlé avec Ishiyama ?

– On n'a pas beaucoup parlé. Il était pensif, plongé dans son monde à lui. Mais je me suis dit qu'on n'avait plus besoin de parler. On n'a plus d'intérêt l'un pour l'autre, on n'a plus rien en commun. Je me demandais quelle fièvre nous avait pris à ce moment-là, c'était bizarre.

– C'est à ce point-là ?

Ses yeux ne s'étaient pas encore habitués à la lumière ; il grimaça.

– Oui, c'est à ce point-là, répéta Kasumi comme pour elle-même.

– J'ai été épaté de l'aisance avec laquelle Ishiyama s'est fait à son rôle de gigolo.

– Pourquoi ?

Elle fixa son regard sur lui comme si sa remarque l'étonnait. Ses yeux étaient d'une limpidité presque effrayante.

– Pourquoi vous pensez ça ? insista-t-elle.

– Même poursuivi par tous les créanciers du monde, est-ce qu'un homme a envie de devenir gigolo ? Personnellement, je ne le pense pas.

L'agacement que l'apparence frivole d'Ishiyama avait suscité en lui d'une manière inexplicable s'était ranimé. Il se disait que lui n'en serait jamais arrivé là, si bas fût-il tombé. Kasumi bougea pour s'asseoir plus à son aise.

– Le fait qu'il est poursuivi n'a rien à voir, je pense. Il est devenu plus libre que moi. C'est une des raisons qui font que je suis déprimée.

– Vous croyez qu'il est libre ? Quand on devient gigolo, on perd plutôt sa liberté, non ? Vivre avec quelqu'un, c'est faire compromis sur compromis. Vous ne pensez pas ? Moi, je resterais seul, c'est sûr.

– C'est peut-être comme ça pour vous, mais lui, il ne considère pas que ce sont des compromis. Il trouve ça amusant, peut-être. Quand on s'amuse, on n'est sans doute pas loin de la liberté. C'est ce qu'il pense aujourd'hui. Moi, je suis seule à continuer de rechercher Yuka.

Elle avait parlé lentement en posant son regard çà et là dans la pièce, comme si elle était consciente d'avoir trouvé les mots appropriés. Soutenant sa tête avec peine, Utsumi essayait de ne pas la quitter des yeux. Sa fièvre avait baissé, mais la tête lui tournait dès qu'il la levait de l'oreiller. Les muscles de son cou aussi étaient faibles.

– Finalement, vous en avez assez de continuer à la chercher, non ?

La question était méchante. Dans les propos de Kasumi, on pouvait lire entre les lignes qu'elle s'estimait heureuse d'avoir encore quelque chose à faire. Aussitôt, elle lui lança un regard désabusé, comme si elle le méprisait. Puis elle se leva et alla ouvrir la fenêtre. Elle était peut-être en colère ; elle ne disait pas un mot. Un air froid, chargé de l'odeur de la montagne, s'engouffra dans la chambre et lui gela les épaules. Étendu, il regarda le ciel nocturne sans un nuage au milieu duquel la lune presque pleine se détachait nettement. Elle se retourna vers lui.

– J'ai un message pour vous de sa part. C'est son opinion sur cette affaire.

– Dites-moi.

– Il ne me comprenait pas. C'est ça, son opinion.

Qu'est-ce que ça voulait dire ? Utsumi sourit d'un air moqueur. Toujours tournée vers lui, Kasumi referma brusquement la fenêtre. Il songea qu'il avait oublié de demander leur opinion à Mizushima et Tsutaé.

« Monsieur Utsumi, l'âge n'a rien à voir. Il y a des gens qui meurent jeunes, vous savez. »

Cette remarque incidente de Tsutaé l'avait laissé désemparé. Il était jeune et il allait mourir. Il vivait sans encore avoir réussi à admettre cet état de fait. Ramené à la réalité, il posa son regard sur les pieds nus de Kasumi qui dépassaient de son jean. Ils étaient blancs et avaient une jolie forme.

– Moi, j'ai compris.

– Quoi ? demanda-t-il sans quitter ses pieds des yeux.

– Ishiyama ne peut plus rien pour moi.

Il leva les yeux vers elle. Elle capta son regard et hocha la tête.

– Vous vous sentez bien quand vous êtes avec moi, hein ?

– Oui.

– C'est parce que je vais mourir, non ?

– Oui, c'est vrai, répondit-elle avec une douceur incomparable.

Elle se laissa littéralement choir au bord du futon et lui demanda comme une enfant :

– Dites, ça fait quoi de savoir qu'on va bientôt mourir ?

Dans le silence retombé aussitôt, il entendait, à peine perceptible, le souffle régulier, retenu, de Kasumi dans l'attente de sa réponse.

– Vous voulez que je parle de ça maintenant ? demanda-t-il en souriant. Eh bien, d'abord, je suis mort de trouille.

– Et puis ? l'encouragea-t-elle cruellement.

– Après, je dirais que je perds toute la confiance que je pouvais avoir envers mon corps. Finalement, tous, on a confiance dans son corps. On se dit, par exemple, qu'on peut se passer de dormir pendant un certain temps. Cette confiance que j'avais en moi, elle disparaît petit à petit.

– Et puis ?

Elle le fixait comme pour lui signifier qu'elle ne le lâcherait pas tant qu'elle n'aurait pas obtenu satisfaction.

– Au bout d'un moment, on ne sait plus de quoi on a peur, ce qu'on n'aime pas, on ne peut plus faire confiance à ses sens. Sans doute parce qu'on n'a aucune idée de ce que c'est, la mort. C'est vrai, ça. Parce qu'on n'a jamais fait l'expérience de la mort. Ensuite, on est très énervé contre les types qui sont en bonne santé et ne savent rien. Parce qu'on n'a pas de temps à perdre.

– Contre moi aussi vous êtes énervé ?

– Oui.

Sans le quitter des yeux, elle ajouta simplement :

– Dites-moi, vous avez la tête sur les épaules...

– Je n'ai jamais perdu pied, même au début. La seule question pour moi, c'est : comment faire face à la mort ?

Il sonda son cœur pour savoir si ce qu'il venait de dire était bien vrai. « Pourtant, tu es toujours si sensible à ce que disent les autres ! » le railla une autre partie de lui-même.

– Je vois. Vous êtes comme moi, alors.

Il évita son regard.

– Eh bien, je ne sais pas comment c'est pour vous... Mais, dans mon cas, je sais que je ne peux pas me réconcilier avec cette réalité de la mort.

– Moi non plus, je n'arrive pas à me réconcilier avec la réalité de la disparition de ma fille. Et ça fait quatre ans que ça dure.

Ses yeux étincelaient, pourtant. Depuis qu'elle était partie de chez elle, Kasumi insufflait de la vitalité à chaque nouvelle journée. Y avait-il vraiment de quoi l'encourager dans ce qu'il venait de dire ? Cependant, elle continuerait à vivre quand lui serait mort. L'irritation gagna Utsumi.

– Vous ne voulez pas en finir avec tout ça ? Vous devriez arrêter.

– Mais comment ? Comment est-ce que je peux faire ?

– Ça, je n'en sais rien. Il faut que vous y réfléchissiez par vous-même.

– Même si j'y réfléchissais, j'en serais incapable.

« Je ne suis pas SOS Amitié », pensa-t-il. Même s'il se sentait mieux, la conversation l'avait fatigué et il ferma les yeux. Il sentit qu'elle se levait.

– Je vais prendre un bain. Vous voulez en prendre un ?

– Non, merci.

Il n'avait pas voulu poursuivre la conversation parce qu'il pensait qu'elle allait épuiser ses forces. Comme il se tournait sur le côté, elle quitta la pièce sans hésitation. Il entendit son pas vif dans l'escalier. Elle allait et venait au rez-de-chaussée. Il était à l'affût du moindre bruit. Elle alla dans la cuisine, déposa quelque chose dans le réfrigérateur et se dirigea vers la salle de bains, au fond de la maison. Il entendit le panneau coulisser.

Il y avait quatre ans, Kasumi et Ishiyama s'étaient retrouvés en cachette de leurs familles à l'intérieur de cette maison si peu vaste qu'il suffisait de tendre l'oreille pour entendre le moindre mouvement. Utsumi était sidéré par leur témérité. Ils avaient été non seulement stupides, mais répugnants. « L'homme est capable de faire des choses incroyables », se dit-il, ébahi et presque admiratif. Il eut l'impression que, chaque fois qu'il était tombé sur une affaire hors du commun, il avait fait taire son étonnement pour se concentrer uniquement sur le crime. Au cœur des affaires demeurées inexpliquées, il devait y avoir des choses fort simples. Même cela, semblait-il, il ne l'avait pas compris quand il était encore en service, et pourtant il était convaincu d'être un excellent inspecteur. Un rire sans force le fit trembler sous sa couette.

Ne parvenant pas à trouver le sommeil, Utsumi décida de se lever. Il se prit le pied dans le futon et trébucha en avant au moment où il allait sortir de la chambre. Lorsqu'il tenta de reprendre son équilibre, il sentit que les tatamis étaient plus raides qu'avant sous ses pieds. Il avait perdu du poids. Mourir quand il avait enfin mis la main sur quelque chose... Mais non, c'était parce qu'il allait mourir qu'il avait compris. Il songea avec répugnance à son corps qui s'affaiblissait et au déclin de ses sens naguère si aiguisés.

Il sortit dans le couloir et alla jeter un œil dans les deux autres chambres. La plus grande avait des lits jumeaux. C'était celle où avaient dormi Noriko, la femme d'Ishiyama, et ses deux enfants. L'autre était de style japonais, à six tatamis et orientée à l'ouest. C'était là qu'Ishiyama devait dormir et, sans aucun doute, la proximité des autres chambres leur avait interdit de s'y retrouver. Mais alors, où s'étaient-ils donné rendez-vous ? se demanda-t-il.

Il descendit l'escalier et, après un détour par les toilettes, alla s'asseoir dans le canapé du salon. Hormis l'eau que Kasumi faisait couler dans la salle de bains, la maison était silencieuse. Il devait y avoir une autre pièce. Il se releva et marcha dans le couloir. Près de l'entrée, il vit la porte de ce qui ressemblait à un débarras ou une remise. Il jeta un œil à l'intérieur. L'odeur de renfermé lui sauta au nez, lui laissant une impression désagréable. Il alluma la lumière et examina la pièce. C'était la pièce à futons vraisemblablement ; il y en avait un grand nombre entassés pêle-mêle avec des coussins autour de la porte. Il les écarta et découvrit un lit sommaire sous la haute lucarne. Il retira la toile de lin qui le recouvrait, la fourra dessous et s'y allongea. Ishiyama et Kasumi s'y étaient-ils couchés l'un sur l'autre ? Oubliant leurs familles qui dormaient juste au-dessus... Ce jour-là, à l'intérieur ou à l'extérieur de cette maison, il s'était passé quelque chose.

Soudain, son rêve lui revint en mémoire. La terreur de Yuka et le crime de Masanori Izumi. Il en revit les détails avec précision et fut bientôt pris de tremblements. Ce n'était pas le meurtre qu'Izumi avait peut-être commis qui l'effrayait. Il avait vu quantité de morts horribles, enquêté maintes fois sur des crimes atroces. Plus que cela, plus que n'importe quoi, ce qui l'effrayait c'était que, dans ce lieu même, quelque chose au tréfonds de lui avait pressenti le crime de cet homme. Il n'avait jamais fait une telle expérience de toute sa vie. Comme si, en lui qui croyait si bien se connaître, quelque chose lui échappait encore... Une chose qui se révélait brusquement parce que sa mort était imminente ? Sans raison, comme ses accès de fièvre, il perdait toute confiance envers lui-même. Par association d'idées, il songea à son squelette qui apparaissait peu à peu au fur et à mesure que son corps se décharnait. Néanmoins, en admettant qu'il fût encore lui-même, il n'était sans doute pas exagéré de dire que sa déchéance avait fait naître en lui des facultés nouvelles. « Comme c'est étrange », pensa-t-il.

La porte s'ouvrit sans qu'on ait frappé. Sortant du bain, Kasumi l'observait par l'ouverture. Elle s'était probablement lavé les cheveux ; son tee-shirt propre était mouillé au niveau des épaules. Ses joues étaient en feu.

– Vous étiez là ?

Utsumi la regarda sans répondre. Elle sourit en recevant son regard.

– C'est petit, hein ? Et puis ça sent le renfermé.

Elle avait à la main un verre d'eau et un sachet de somnifère.

– Monsieur Utsumi, si vous ne prenez pas vos médicaments, vous n'arriverez pas à dormir.

« Est-ce bien l'endroit ? » pensa-t-il, mais elle s'approcha du lit où il était étendu et lui tendit le verre et le somnifère.

– Je vais dormir en haut, dit-il.

Elle le regarda de ses yeux creusés.

– Non, on dort ici ! Je vais vous raconter ce qui s'est passé dans cette pièce.

Il évita son regard et contempla le sol où une fine couche de poussière s'était déposée. « Si ça se trouve, pensa-t-il, ce sont ses lamentations de la nuit dernière qui m'ont fait faire ce rêve ? Et alors... » Il releva la tête. Ce qu'elle allait lui raconter ce soir allait peut-être engendrer un second rêve un jour ou l'autre. Un autre lui-même dont il ignorait tout émergeait et il allait imaginer une réalité dont il n'avait pas idée. Il ne savait pas où se trouvait la vérité, mais il était disposé à croire que tout était vrai. On ne sait pas ce que l'homme est capable de faire. Il prit le verre et le médicament des mains de Kasumi et l'avala en prenant tout son temps. Elle reprit le verre et lui demanda :

– Dans combien de temps vous allez vous endormir ?

– Dans une vingtaine de minutes.

Il mentait. Depuis quelque temps, les effets du somnifère étaient plus lents à venir et il lui fallait plus d'une demi-heure pour trouver le sommeil. Mais il voulait entendre un maximum de ce qu'elle allait dire et, autant que possible, tout enregistrer.

– Alors attendez-moi, je reviens tout de suite.

Il y avait certainement des spores de moisissures en suspension dans l'obscurité. Il concentra son regard pour essayer de les apercevoir à la clarté de la lune qui pénétrait par la lucarne. Si sa vue avait conservé son acuité, il n'y avait pas de raison qu'il ne distingue pas de fines particules, ou même l'invisible. Il se pouvait que l'esprit de Yuka réside ici. « Tu peux apparaître, si tu veux. Je veux tout expérimenter avant de me retrouver dans l'au-delà. » Prêt à tout, même à accueillir un fantôme, Utsumi scruta chaque recoin de la pièce. Il ne voyait ni n'entendait quoi que ce soit. Au bout de quelques instants, il sentit que les muscles autour de ses yeux se relâchaient et il les ferma. « À quoi tu penses, idiot ? Tu as perdu la tête, c'est sûr. » Il se revit dans le commissariat de police ; il secoua la tête pour se souvenir de la sensation de métal froid que lui laissait le contact de ses paumes sur son bureau d'acier et de l'odeur graisseuse que dégageaient ses collègues plus âgés. Mais la porte s'ouvrit avant que le souvenir revive avec précision dans son esprit et Kasumi entra, vêtue de son pyjama. Elle s'étendit à côté de lui. Le petit lit grinça et il se décala un peu pour lui faire de la place.

– Mon pauvre, vous êtes tellement maigre, dit-elle en caressant sa clavicule qui saillait sous son tee-shirt.

De la chaleur – la chaleur de la vie qui brûle – se dégageait du corps de Kasumi. Utsumi eut soudain la chair de poule et se sentit plein d'animosité contre elle.

– Dégagez de là ! s'écria-t-il.

– Quoi ! fit-elle en s'agrippant à son corps efflanqué. Je ne bougerai pas.

L'odeur de shampooing de ses cheveux tout juste lavés les enveloppait. C'était désagréable. Il ôta brutalement sa main de son épaule.

– Chacun dans son lit, d'accord ?

– Non, j'ai peur. J'ai eu peur quand je suis restée toute seule ici. Mais personne n'est venu m'aider.

– Moi non plus, je ne vous aiderai pas.

– Pourquoi ? (Elle se redressa et le fixa de haut.) Pourquoi ? Je vous aide bien, moi.

Sa réaction le bouleversa. Il venait de comprendre le véritable motif, jusque-là resté inconscient, pour lequel il s'était décidé à se lancer à la recherche de la fille de Kasumi quand il l'avait vue à la télévision. C'était son aide qu'il avait voulue, l'aide d'une femme égarée par la perte de son enfant. Brusquement, la chaleur de son épaule contre la sienne lui devint agréable. La douce chaleur de sa peau allait se communiquer à sa chair, puis à ses organes et à ses os. « Ose faire ce que tu n'as jamais fait », s'exhorta Utsumi. Cela signifiait se remettre entièrement dans ses mains. Il ferma les yeux, et Kasumi, l'interprétant peut-être comme un signe, commença son récit :

– Le soir avant que Yuka disparaisse, non pardon, c'était vers le matin. À 2 heures, j'avais rendez-vous avec Ishiyama ici. Avant de partir en vacances, on s'était mis d'accord pour se retrouver en secret tous les deux dans cette pièce dès que l'occasion se présenterait, mais je m'étais dit que je n'en aurais certainement pas le courage une fois sur place. Pourtant, ce jour-là, il s'est passé quelque chose qui nous a poussés.

– Quoi ? demanda Utsumi, les yeux clos.

– Le fait que Noriko avait tout compris.

Surpris, il regarda les yeux de Kasumi qui brillaient dans le noir.

– La femme d'Ishiyama était au courant ?

– Oui. Elle est très fine, et elle nous méprisait. Enfin, je ne sais même pas si elle avait conscience qu'elle nous méprisait. C'est pour ça qu'on n'avait pas d'autre solution que de penser uniquement à nous. Vous allez me dire que c'est incroyable, mais on ne pouvait rien faire d'autre. C'était comme si on était pris dans une tempête, impossible de l'éviter ou de la franchir. On est juste secoué.

– Secoué par quoi ?

– Par soi-même, répondit-elle, puis elle bougea très légèrement.

– Mais quoi en soi ?

– Quoi ? Quelque chose en moi qui ne cesse de me parler à voix basse. Et qui me dit : « Si tu peux faire ça avec Ishiyama, alors autant abandonner tes enfants. »

– Vous avez abandonné vos enfants ?

Il saisit l'épaule de Kasumi, dont la tête reposait sur sa poitrine.

– Oui. Une fois, dans mon cœur, j'ai renoncé à elles. C'est terrible, n'est-ce pas ?

Sa voix était presque imperceptible.

– Non, pas tant que ça, répondit-il précipitamment en secouant la tête.

Mais son cœur s'était mis à battre plus vite. Il avait pensé : « Alors, c'est elle qui a fait ça à Yuka. »

– C'est après, le lendemain matin, qu'elle a disparu. Comme si les dieux m'avaient entendue.

– Ici, qu'est-ce que vous... (Il avala sa salive. Sa voix était enrouée et il avait du mal à s'exprimer.) Qu'est-ce que vous avez fait ? J'aimerais savoir.

Sans marquer d'hésitation, elle glissa sa main sous le tee-shirt d'Utsumi. Ses doigts chauds et fins qui caressaient son corps amaigri, parcouraient sa peau et ses os. Ils comptèrent lentement ses côtes, s'arrêtèrent au niveau du cœur qui palpitait et, s'accordant au rythme des battements, plongèrent dans la concavité profonde en bas du thorax que l'amaigrissement avait creusée. Ayant découvert la cicatrice de l'opération, les doigts, comme pour la consoler, suivirent doucement le repli de chair qui l'entourait. Il saisit sa main.

– Arrêtez.

Elle pressait sa tête contre son épaule aux os saillants et gardait les yeux fermés. Sa main gauche prisonnière, elle se mit à lui caresser la barbe avec la main droite. Un léger chatouillement parcourut sa peau. Utsumi eut envie de crier.

– Pourquoi vous faites ça ?

– Ça vous fait mal ?

– C'est pas ça.

Cette impression qu'on tripotait son corps malade lui était désagréable. Il se tordit, continuant quelque temps de lui opposer une résistance. Entre-temps, son souffle devint plus court et, lorsqu'elle posa de nouveau ses doigts sur sa cicatrice, il se sentit à bout de forces. À peu près au même instant, la langueur l'envahit et il sombra dans le sommeil.

Le ronflement d'un aspirateur le réveilla. En l'entendant, il crut un instant que c'était sa femme qui s'activait autour de lui et, par réflexe, il tendit la main vers son chevet pour attraper son thermomètre et le mettre contre son aisselle. Sa main effleura la tête de lit froide. Il revint à lui peu à peu. Il avait eu de la fièvre et avait dormi dans le débarras. Maintenant qu'elle était retombée, il ne se sentait pas mal, mais il avait un peu froid et tira le futon sur lui. L'air frais était tombé au sol et il faisait frisquet. Il savait que parfois, ces jours-là, son épigastre lui paraissait lourd, comme tiré par la gravitation terrestre, et qu'il avait des douleurs lancinantes. Mais son état de santé n'était pas sa seule préoccupation, il y avait aussi ce que Kasumi lui avait dit et fait la veille quand il avait avalé son somnifère. Il avait rêvé, ou bien était-ce réel ? Ces derniers temps, même faire la part du vrai et du faux lui devenait pénible. Étendu dans le lit, il contempla le rectangle de ciel qu'il apercevait par la lucarne. Contrairement à la veille, c'était couvert. Le soleil était profondément dissimulé derrière des nuages bas. Il s'avisa soudain que le bruit de l'aspirateur avait cessé.

La baie vitrée donnant sur la véranda étant grande ouverte, et le salon plein de l'air froid du dehors. Devant la table, les pieds sur le rebord de la chaise où elle était assise, Kasumi buvait du thé à une petite bouteille de plastique. Elle avait noué ses cheveux en queue de cheval et portait un tee-shirt bleu marine à manches longues. Elle paraissait plus jeune, mais elle avait le teint pâle et un air sombre.

– Bonjour. Comment vous sentez-vous ?

Il lui fit un signe de la tête pour dire que ça allait. Sur la table, il vit une casserole contenant la bouillie de riz que Mizushima leur avait donnée la veille.

– Monsieur Utsumi, vous avez encore des médicaments ?

Il la regarda pour comprendre ce qu'elle voulait dire. Son regard vide était tourné vers le jardin.

– Vous voulez bien qu'on reste un peu ici ?

– Vous croyez qu'on peut ?

– Je vais demander à Mme Izumi. Je ne sais pas où aller...

– Moi, ça m'est égal.

– Ce matin, vous savez, j'ai fait la même chose que Yuka au moment où elle a disparu. Je me suis levée à 7 heures, je suis descendue jusque vers la maison des Toyokawa, puis je suis revenue dans l'entrée comme les enfants avaient fait, j'ai attendu là quelques minutes et j'ai redescendu l'escalier.

– Alors ?

– Quand je me suis retrouvée au pied de l'escalier, je ne savais plus où aller et je suis restée immobile au milieu de la route. Et puis j'ai regardé la maison.

Utsumi visualisa la scène – Kasumi levant les yeux vers les chambres au premier étage. Yuka avait peut-être fait la même chose, par ressentiment envers sa mère qui dormait encore. À moins que, ayant pressenti qu'il s'y était passé quelque chose, elle ne soit allée voir dans le débarras près de l'entrée.

– Et puis ?

– J'ai laissé tomber, dit-elle. J'ai laissé tomber parce que ça ne sert plus à rien d'y réfléchir. Je ne sais pas ce qui s'est passé après. Elle a disparu. Je disais que c'était quelqu'un qui l'avait enlevée, mais peut-être que je me suis trompée ; peut-être que c'est elle qui a voulu disparaître.

– Vous croyez qu'une enfant de cinq ans peut prendre ce genre de décision ?

– Oh..., fit-elle, puis elle retomba dans le silence et lui servit un bol de bouillie de riz.

Utsumi fut tenté de lui raconter le rêve qu'il avait fait la veille. Mais une journée s'était écoulée, les contours de sa mémoire s'estompaient peu à peu et les détails commençaient à lui échapper. Il imagina un débarcadère avançant vers le large. Un pont interrompu, continuellement battu par les vagues. Peut-être allait-il faire d'autres rêves inspirés par Kasumi, et peut-être ces rêves finiraient-ils eux aussi comme un pont interrompu. Finalement, il ne lui raconta pas l'histoire d'Izumi. Il se contenta d'avaler sa bouillie, le tiers de ce que Kasumi avait mangé, en mettant trois fois plus de temps. Quand il eut terminé, il s'étendit par terre afin d'éviter le phénomène de *dumping*. Le parquet lui donna froid au dos, mais il prit sur lui et fixa le plafond. Sans s'inquiéter de lui, Kasumi monta à l'étage après avoir débarrassé la table.

– Excusez-moi, fit une voix d'homme venant du jardin.

C'était Mizushima, vêtu d'une combinaison de travail kaki. Il avait un plateau noir en main ; sans doute apportait-il le déjeuner que Tsutaé leur avait préparé. Pensant à quelque chose de gluant, avec du miel ou du sucre, Utsumi eut un haut-le-cœur.

– Comment allez-vous, monsieur Utsumi ?

– Ça va mieux, merci. Désolé de vous déranger.

Il salua Mizushima d'un bref mouvement de tête. Ce dernier se déchaussa et entra dans la maison.

– Vous n'avez pas froid en laissant grand ouvert comme ça ? On ne dirait pas qu'on est en été aujourd'hui ; je vais fermer.

Cela fait, il posa le plateau sur la table et parut agité, comme s'il était mal à l'aise. Sans doute trouvait-il inquiétant ce spectacle d'Utsumi qui, quoique l'ayant vu, ne bougeait pas et restait allongé par terre.

– Monsieur Mizushima, j'ai oublié de vous demander quelque chose hier.

– Qu'est-ce que c'est ?

– Votre opinion sur cette affaire.

– Mon opinion ?

– Oui. Il faut que vous me donniez votre opinion, dit-il en regardant les chaussettes toutes blanches de son interlocuteur.

Mizushima était médusé.

– Vous me demandez mon opinion, mais que voulez-vous que je vous dise ? C'est une tragédie.

– Une tragédie, vous n'en savez rien. Il se peut qu'elle soit vivante quelque part dans le coin. On n'en sait rien.

– C'est vrai mais..., fit-il, cherchant des signes de la présence de Kasumi. Mme Moriwaki n'est pas là ?

– Non. Ça tombe bien, alors dites-moi ce que vous en pensez.

– Eh bien, pour moi, c'est un peu pénible. Non, c'était très pénible même. Parce qu'il y a eu une sale rumeur qui s'est propagée, comme quoi j'étais pédophile et j'avais été révoqué de l'armée. Je pense que ça a donné beaucoup de soucis à M. Izumi et à sa femme.

Comme si ce mot était vraiment abominable, Mizushima avait prononcé « pédophile » dans un souffle et d'une voix très basse.

– Et cette rumeur est fausse, c'est ça ? Vous n'êtes pas pédophile.

– Bien sûr que non. Vous n'avez qu'à consulter les registres de l'armée et vous verrez, c'est écrit noir sur blanc. Je peux le dire haut et fort. Il y a aussi ces choses invraisemblables qu'on raconte, paraît-il, sur moi et Mme Izumi ; c'est pénible, vous savez. Cette affaire n'a fait que chambouler complètement notre vie. Nous vivons ici. Les gens de Tôkyô ne peuvent pas comprendre combien c'est dur à supporter tous ces racontars, pour nous qui sommes restés ici. Je crois que c'est à cause de ça que le patron s'est suicidé. C'est un énorme mensonge de dire qu'il l'a fait parce qu'il était jaloux de moi et de sa femme. Quand un enfant disparaît, il y a toutes sortes de rumeurs ignobles qui se répandent. Que c'est moi qui aurais fait ça, que c'est le patron ou même, pourquoi pas, que c'est Mme Izumi. Le prix des terrains s'est effondré, personne ne veut plus acheter et il y a même des curieux qui viennent se promener ici. Les gens qui ont dit qu'elle était enterrée dans mon jardin, je suis pas près de leur pardonner. Ce sont des gens qui tiennent un drive-in au bord du lac. Le patron, vous savez, il rêvait de faire de cet endroit une sorte de villégiature pour ses vieux jours. Et voyez le résultat, tout est en train de se délabrer. C'est le désespoir qui l'a poussé, c'est sûr. En tout cas, ce M. Ishiyama, je suis désolé de dire ça, mais à partir du moment où il a acheté sa maison ici, il ne s'est rien passé de bon. Quelqu'un comme ça, moi je dis que c'est un oiseau de malheur. C'est une histoire cruelle. Après le suicide de son mari, Mme Izumi est tombée dans un tel désespoir que j'ai vraiment cru qu'elle allait le suivre. C'est quand j'ai vu dans quel état elle était que j'ai décidé de rester auprès d'elle pour la servir. Je ne peux vivre qu'avec quelqu'un que je respecte.

– Et il n'y avait pas de type que vous respectiez dans l'armée ?

– L'armée, écoutez, c'était mon métier, dit Mizushima en lui lançant un regard en coin plein de mépris pour sa provocation. C'est d'un problème d'ordre privé que je parle.

– M. Izumi, quel genre d'homme était-ce ?

Soudain, il eut mal à l'estomac. Avait-il eu tort de s'allonger sur le sol froid ? Sans changer de position, il expira tout l'air de ses poumons pour tromper sa douleur. S'il se relevait trop vite, la bile risquait de refluer jusqu'à sa bouche.

– Le patron ? Le patron, c'était quelqu'un de pur.

– Comme un enfant, vous voulez dire ? demanda Utsumi, sans se départir de son ironie malgré la sueur épaisse qui l'envahissait.

Mizushima protesta avec sérieux :

– Un enfant, non, je ne dirais pas ça. Il était pur, c'est tout. Vous savez ce qu'il m'a dit après que c'est arrivé ? « C'est foutu, Mizushima. Une chose pareille ici, il faut que j'en assume la responsabilité. »

– Assumer sa responsabilité, ça voulait dire se suicider ?

La douleur l'avait fait grimacer en prononçant cette phrase, mais Mizushima y vit sans doute quelque sarcasme, car il prit un air fâché. « Il est bien irascible pour quelqu'un d'aussi poli », pensa Utsumi.

– Sans aller jusqu'à dire ça...

– Je vous ai choqué ?

– Non, pas du tout. Simplement, assumer sa responsabilité, pour le patron, ça voulait dire qu'il pouvait y avoir des gens pour croire que c'était lui le coupable. Il en parlait souvent. Quand c'est arrivé, le patron, sa femme et moi, on était dans la maison, il n'y a aucun doute là-dessus, soutint-il d'un air mélancolique. Non, il n'y a pas de doute là-dessus. M. Wakita, du poste de police, a justement appelé à ce moment-là, alors il n'y a pas d'erreur possible. C'était vers 8 heures, je crois.

Wakita n'était pas de service le lendemain, et avec le patron ils avaient décidé d'aller à la pêche.

– Je le connais, ce type-là.

Il revit le visage de Wakita. Une figure rougeaude et un air lourdaud, mais malgré cela, menant rondement son travail et habile à diriger les hommes. Après cette affaire, il avait dû être nommé inspecteur et muté quelque part dans un commissariat pour s'occuper d'affaires du même genre. Utsumi s'en souvenait parce que, lorsqu'il avait participé aux recherches, il était venu bavarder avec lui et lui avait confié qu'il voulait devenir inspecteur.

– C'est ce coup de fil qui nous a sauvés tous les trois. S'il n'avait pas appelé, je n'ose même pas imaginer ce qu'on aurait dit de nous. Ça fait peur.

– Et alors, d'après vous, qu'est-il arrivé à la petite Yuka ?

Mizushima croisa les bras ; ses manches le serraient un peu.

– La seule chose envisageable, c'est que quelqu'un l'a enlevée, je pense. Une personne venant de l'extérieur qui sera montée jusqu'ici dans la nuit. Comme le chien de chasse qu'on a trouvé mort chez les Toyokawa. Il s'est caché dans la forêt, aux aguets, et quand il a vu la petite Yuka, il l'a kidnappée. Vous ne croyez pas ? Ce qui s'est passé après, je n'en sais rien. À pied ou n'importe comment, en une demi-heure on peut redescendre de la montagne. Il peut être arrivé n'importe quoi.

– Il n'y a pas de témoin.

Mizushima ricana.

– C'est une enfant, alors elle est facile à cacher. Le chien de chasse, par exemple, il faisait une vingtaine de kilos. C'est à peu près pareil.

– Vous en savez des choses, dit Utsumi d'une voix sombre. La petite Yuka, elle avait à peu près la même corpulence ?

Mizushima, sans répondre, arpenta le salon en regardant la fenêtre et la baie vitrée.

– Ah, je vois que les châssis ici sont fichus. L'hiver prochain, il faudra que je les change quand il va geler.

– Monsieur Mizushima, pourquoi vous ne vous occupez que de cette maison ?

Il avait ouvert la fenêtre et était en train d'inspecter le châssis ; il se retourna.

– Monsieur Utsumi, si je démolissais cette maison, vous imaginez ce qu'on dirait de moi et de Mme Izumi ? « Tiens, Mizushima, il a détruit les preuves. » Ils sont obstinés, vous savez. On est désolés de ce qui s'est passé. Alors on laisse la maison comme elle était et on attend le retour de l'enfant. C'est ce qu'on pense et c'est ce qu'on montre aux gens. Tout ça, c'est ce que le patron disait. Alors je respecte ses volontés. Et puis ces terrains sont la seule chose que Mme Izumi possède.

– Et quand elle mourra ?

Mizushima répondit par un sourire à cette perfidie. Il fit coulisser la porte de la véranda et se rechaussa.

– Eh bien, ce sera à moi. Je vendrai tout et je partirai ailleurs.

Une fois que Mizushima eut quitté le jardin, Utsumi se leva lentement. Sa douleur ne s'était pas encore apaisée ; il caressa son ventre et, alors qu'il s'apprêtait à monter à l'étage pour aller chercher ses médicaments, il s'aperçut que Kasumi était assise sur une marche au milieu de l'escalier. Elle était blême.

– Monsieur Utsumi, retournons à Sapporo. Ça suffit. J'en ai marre de cet endroit.

Puis elle courut à l'étage et disparut.

19

Quand la température était fraîche, il lui semblait que le cordon de son porte-monnaie aussi se raidissait. Pour un vendredi du milieu de l'été, le quartier des bistrots de Susukino manquait d'animation. Les seules personnes à y flâner étaient des touristes frissonnant dans leurs vêtements légers. Tandis qu'il dépassait par la gauche ou la droite les gens qui à chaque instant s'arrêtaient au milieu du pavé pour consulter leur plan, il entendit une voix derrière lui :

– Monsieur Utsumi.

C'était un agent de police qu'il connaissait de vue. Il devait être en train de faire sa ronde.

– Tiens, ça fait longtemps...

L'homme le salua en souriant. Un brave type originaire de Téshikaga, se souvint-il en glissant la main sous sa veste pour se tenir l'estomac. La douleur sourde et persistante comme le doute dont il souffrait depuis plusieurs jours s'était enfin dissipée ce jour-là. Il avait touché son ventre machinalement, de crainte qu'elle ne le reprenne.

– Vous allez bien ?

– Non, je ne vais pas bien.

– Et votre santé ?

– Je n'en ai plus pour longtemps.

Le policier blêmit. On voyait clairement qu'Utsumi était malade.

– Allons, vous dites ça pour plaisanter.

Sa voix manquait d'assurance.

– J'aimerais bien pouvoir plaisanter. J'aimerais bien... Dites-moi, vous connaissez l'endroit qui s'appelle le Hockey ? On m'a dit que c'est une sorte de snack.

– Le Hockey ? Attendez, ça me dit quelque chose...

L'homme jeta un œil aux alentours tandis qu'Utsumi sortait un carnet de sa poche. Le nom du bar des Toyokawa y était inscrit.

– Hokkéya, c'est le nom d'une chaîne de bars. Paraît que le Hockey en fait partie.

– Ah oui, alors c'est l'immeuble en face du « Hokkéya n° 1 ».

– Hokkéya n° 1 ? C'est où, ça ?

– C'est l'immeuble Susukino, je crois, là où il y a eu une fusillade il y a quelques années.

– Ah oui ? Quand un flic demande son chemin à un collègue, c'est vite réglé, hein.

Il avait déjà entendu quelqu'un dire la même chose. Oui, c'était Kumiko, sa femme. Utsumi eut un sourire amer. Est-ce qu'il perdait aussi la boule ?

Il avait ramené Kasumi du lac Shikotsu deux jours plus tôt, dans la soirée. La petite fenêtre de la cuisine était ouverte quand ils arrivèrent chez lui. Sans doute Kumiko était-elle en train de faire la vaisselle ; il entendit le bruit du robinet fermé brusquement et vit sa femme qui passait la tête par la fenêtre. Elle s'en prit à lui dès qu'elle le vit :

– Où t'étais parti ?

Il remit sa clé dans sa poche. Kasumi le suivait à quelques pas. En les entendant discuter, elle se pétrifia et s'arrêta au milieu de l'escalier. La porte d'entrée s'ouvrit de l'intérieur. Utsumi comprit que Kumiko l'examinait rapidement de son œil d'experte. Auparavant, il était angoissé et tentait désespérément d'interpréter ce qu'il voyait dans son regard, mais maintenant cela lui était égal. Il était précisément en train de repousser une attaque que la douleur lui lançait par intermittence.

– J'ai maigri ?

– Non, tu as l'air en forme, répondit-elle, puis, s'étant baissée pour pousser ses chaussures posées sur le ciment, elle releva la tête vers lui : J'étais inquiète que tu ne sois pas là. Je me suis demandé si tu ne t'étais pas... enfui.

– Quand est-ce que tu es arrivée ?

– Hier soir. Comme il n'y avait aucune trace de toi, j'ai paniqué, je pensais que tu étais peut-être parti te suicider quelque part.

– C'est pas mon genre de faire ça.

– C'est vrai, mais vu l'heure qu'il était, j'ai paniqué, tu imagines. J'étais de service tôt le matin, et plutôt que d'aller me coucher je me suis dépêchée de venir ici, alors quand j'ai vu que tu n'étais pas là...

– Excuse-moi. Je ne savais pas que tu allais venir, maugréa-t-il.

Kumiko paraissait très agacée qu'il lui ait causé du souci pour rien. Elle grommela quelque chose. Son polo rose léger n'allait pas avec son visage fatigué. Il lui tourna le dos et fit un signe de la main à Kasumi qui avait l'air d'hésiter. Du regard, elle lui demanda si elle pouvait le suivre et, comme il opinait de la tête, elle monta l'escalier et approcha jusqu'à la porte. Kumiko la regarda avec étonnement et se tourna vers son mari.

– C'est qui ?

– Une invitée, dit-il, puis, la désignant d'un geste : Je te présente Mme Kasumi Moriwaki. La personne dont la fille a disparu.

Interloquée, Kumiko parut se souvenir de l'émission de télévision. Elle poussa une petite exclamation.

– Enchantée de vous rencontrer, fit Kasumi en s'inclinant.

Serrée contre Utsumi dans l'entrée étroite, elle se faisait toute petite, visiblement mal à aise. D'abord déconcertée, Kumiko se reprit aussitôt et lui adressa un sourire aimable.

– Entrez, je vous en prie.

– Excusez-moi.

Comme Kasumi se penchait en avant pour se déchausser, Kumiko en profita pour saisir son mari par la manche et lui murmurer à l'oreille :

– Tu lui as vraiment téléphoné ?

– Oui, dit-il en hochant légèrement la tête.

– Où est-ce que vous êtes allés tous les deux ?

– On est allés faire des recherches.

Eh oui. Kumiko répéta entre ses dents ce qu'il venait de dire comme si elle n'en revenait pas.

– Tu sais pourtant que tu n'es pas en état de faire ça. Si tu ne fais pas attention, ton état va s'aggraver. Et si tu es obligé de garder le lit, tu vas perdre tes forces.

« Lâche-moi ! » eut-il envie de lui rétorquer, mais il se retint et s'étendit de tout son long sur les tatamis. Du lac Shikotsu jusqu'à Sapporo, il y avait à peine une heure de route, mais, à cause des embouteillages en ville, il leur avait fallu plus longtemps et il était épuisé. Son corps réagissait dès que ses nerfs étaient mis à l'épreuve. La douleur lancinante qu'il avait éprouvée pour la première fois dans le salon de la maison d'Izumi-Sato n'avait pas complètement disparu ; de temps en temps, elle le faisait tellement souffrir qu'il n'arrivait même plus à parler. Le visage blême, il appliqua un coussin contre son estomac.

– Tu as mal ? lui demanda Kumiko en le regardant.

– Un peu.

– C'est parce que tu en as trop fait.

– C'est toujours comme ça.

Kasumi ne manquait sans doute rien de leur conversation. Elle se tenait dans l'entrée, plantée là sans oser avancer. Utsumi s'avisa alors qu'elle était assez grande pour une femme. Il s'amusa de cette pensée, car jusqu'à présent il n'avait jamais accordé le moindre intérêt à ce genre de chose. Quoique trempé de sueur, il sourit imperceptiblement et c'est alors qu'il croisa son regard.

– Entrez, je vous en prie.

Sur le même ton professionnel qu'elle aurait pris avec un malade, Kumiko invita Kasumi à s'asseoir sur un coussin. Celle-ci la remercia entre ses dents et s'assit à côté d'Utsumi qui luttait contre la douleur. Comme si elle s'apprêtait à les recevoir en consultation, Kumiko prit place en face d'eux.

– Où êtes-vous allés faire vos recherches ?

– Au lac Shikotsu.

Elle se tourna vers Kasumi.

– Vous avez trouvé quelque chose, madame Moriwaki ?

– Non, rien du tout, répondit-elle en secouant la tête d'un air triste.

– Je suis vraiment navrée que votre fille ait disparu. Je suis de tout cœur avec vous.

– Je vous remercie.

– Pendant l'émission de télé, quelqu'un a appelé, n'est-ce pas ? Qu'est-ce que ça a donné ?

– Ça n'a rien donné. C'était un petit garçon.

Sentant une contradiction entre ses paroles de compassion et l'intérêt un peu convenu qu'il lisait sur le visage de sa femme, Utsumi était songeur. Étant donné l'impossibilité de se mettre à sa place, toute la sympathie qu'on pouvait témoigner à une personne avait pour seul effet de l'irriter. Toutefois, en s'étirant, Kasumi réussit habilement à déporter la curiosité de Kumiko sur un autre objet. Après s'être assurée que le regard d'Utsumi était braqué sur Kasumi, elle l'interpella cette fois comme pour lui faire subir un interrogatoire :

– Et toi, comment tu te sens ? Tu t'alimentes comme il faut ? Tu sais qu'il faut que tu fasses cinq repas.

– Bah...

En fait de repas, c'était tout juste s'il en prenait deux par jour, et encore les rations représentaient à peine le tiers de celles d'une personne ordinaire.

– Tu as maigri par rapport à il y a une semaine. Est-ce que tu t'es pesé ?

– Non.

– Et tu n'as pas de fièvre ?

– J'en ai eu il y a trois jours. Mais elle est retombée aussitôt.

– Tu souffres, non, maintenant ?

– Un petit peu.

– Fais attention, enfin... Vraiment, je te le demande, n'en fais pas trop.

– J'en ai plus pour longtemps, de toute façon.

– Et voilà, c'est reparti, dit Kumiko, visiblement en colère. On se fait du souci pour lui, et monsieur boude. Madame Moriwaki, vous ne voulez pas lui dire, vous aussi ? Il a quitté l'hôpital contre l'avis de tout le monde et il refuse d'aller dans celui où je travaille. Il est malade mais il n'en fait qu'à sa tête.

Il boudait peut-être, mais quoi qu'il fasse, de même que personne ne pouvait se mettre à la place de Kasumi, personne n'était en mesure d'échanger son destin contre le sien. « Toi, pensa-t-il, as-tu jamais fait ce constat évident que tu es seule au monde et que personne ne te ressemble ? Ma douleur à l'estomac, est-ce qu'elle se transmet à toi ? » Refoulant la fureur qui bouillait en lui, Utsumi regardait sans mot dire les petites fissures aux angles des tatamis usés. On entendait les cris des insectes d'automne provenant du parking envahi par les herbes devant l'appartement. Il sentit que Kasumi regardait dans sa direction. Comme il lui jetait un coup d'œil, il eut l'impression qu'elle lui disait : « Vous n'avez plus besoin que des gens se mettent sur votre chemin, n'est-ce pas ? » Mais sur quel chemin au juste ?

Paradoxalement, c'était le chemin de sa vie. Le bout de chemin qu'il lui restait à vivre.

Comme si son silence lui était insupportable, Kumiko se leva. Elle versa l'eau de la bouilloire électrique dans la théière posée sur la table, puis ajouta des feuilles de thé pour trois personnes. Ses mains s'activaient avec agilité. Utsumi la regardait faire, prenant acte de la précision et de la rapidité des gestes de Kumiko, la brillante infirmière qui faisait son lit ici même – sa femme. Pourtant, ce n'était pas ce qu'il recherchait, pensa-t-il. Il ne recherchait pas des gestes, mais une pensée. Pas de l'excitation, mais de l'apaisement. Il eut l'impression d'entendre le murmure de Kasumi dans la nuit et de sentir la chaleur de ses doigts. Le sentiment d'être dans la douceur d'un cocon l'envahit. Comme il serait bon de mourir ainsi, songea-t-il. L'emprise de la douleur se relâcha un peu.

Kumiko regarda l'heure à sa montre.

– Il va bientôt falloir que j'y aille. Je suis de service de nuit. Je reviendrai la semaine prochaine.

– Ce n'est pas la peine de revenir, dit-il.

Elle parut déconcertée.

– Comment ça ?

– Elle est là, alors c'est pas la peine. Elle va s'occuper de moi jusqu'à la fin.

– Je veillerai sur lui, ajouta Kasumi.

– Attendez, attendez, c'est quand même moi l'infirmière.

Sa bouche s'était tordue, et son visage avait pris une expression ironique. Au cours de leur brève vie conjugale, Utsumi avait eu souvent lui aussi cette expression. Durant ces quelques années passées ensemble, ils n'avaient jamais pensé qu'à eux-mêmes et n'avaient cessé de se blesser l'un l'autre. Il pensa qu'il devait lui faire ses adieux.

– Je te remercie pour ce que tu as fait ; mais, pour la fin, je voudrais me débrouiller par moi-même.

– Tu dis ça, mais ce n'est pas aussi simple, pas aussi beau que tu le crois.

– Je crois que je suis au courant.

– À la fin, tu ne pourras peut-être plus bouger. C'est à ce moment-là que je veux que tu puisses compter sur moi. Je suis infirmière.

Qu'aurait-elle dit si elle n'avait pas été infirmière ? Qu'elle était sa femme ?

– D'accord. On verra bien ce qui se passera.

– Tu n'as pas besoin de moi, c'est ça ? Tu veux crever tout seul, comme un chien, c'est ça ? laissa-t-elle échapper.

Sa véhémence le fit sourire.

– Ce n'est pas ce que je dis. Mais si c'est ce qui arrive, ça m'est égal.

– Mais s'il t'arrive quoi que ce soit, je veux être avertie.

Elle avait l'air mécontente à présent, comme une employée qui venait subitement de se voir signifier son congé.

– S'il m'arrive quoi que ce soit, c'est ça ? Mais jusque-là, je veux faire ce qui me plaît.

– Ce qui te plaît, ce qui te plaît, c'est vraiment égoïste. Je suis inquiète, moi, et j'ai le droit de me mêler de ce qui te concerne.

– Il y a une seule chose dont je me réjouisse depuis que je sais que je vais mourir. C'est que j'aurai au moins le temps de faire ce que je veux avant.

Kumiko acquiesça ; peut-être pensait-elle qu'il était vain de discuter.

– Si tu en es là, c'est plus la peine. Tu ne me verras plus. Meurs comme tu l'entends.

– Pardon.

– Non, ça va. Si la douleur arrive au foie, je pense que tu seras soulagé si on te fait un drainage. Tu viendras à mon hôpital, d'accord ? Promets-le-moi.

– D'accord, répondit-il vaguement pour la rassurer.

En vérité, il n'en avait nullement l'intention. Il sentait qu'il s'était beaucoup affaibli ces derniers temps. La mort viendrait peut-être plus vite qu'il n'avait cru. C'était tant mieux, pensait-il. Il souhaitait qu'elle arrive pendant que Kasumi était à ses côtés. Pour le moment, tel était son désir. Quand Kumiko fut parti, Kasumi esquissa un sourire.

– Vous dites la même chose que moi, hein.

– Mais vous n'êtes pas moi.

– C'est vrai, fit-elle avec une mine radieuse.

Utsumi trouva sans difficulté le bâtiment qu'il cherchait. Il s'agissait d'un ancien immeuble d'habitations transformé en immeuble de bars. Il descendit de l'ascenseur au sixième et dernier étage. Les étages étaient en forme de galerie circulaire donnant sur une cour centrale et chaque établissement occupait une pièce unique. En contrebas, la cour servait de dépotoir et était encombrée de sacs poubelles noirs et de tonneaux métalliques. Occupant le coin est de l'étage, le Hockey semblait être l'établissement le plus grand de l'immeuble, et sa porte d'entrée, avec ses sculptures luxueuses, avait un aspect imposant. Dès qu'il entra, le volume sonore du karaoké le frappa comme une onde de choc.

– Bienvenue, lui lança avec affabilité quelqu'un derrière le comptoir. C'était un homme courtaud, avec cette obésité flasque que l'alcool provoque – Toyokawa, sans doute. Il portait une chemise blanche à col droit sous un tablier noir. Hormis les cinq tabourets du comptoir, la petite salle ne comportait que deux box, mais, la décoration intérieure étant récente, une agréable odeur de bois s'en dégageait encore. Trois hommes, style *salaryman*, occupaient les sièges d'un box. Leur tenant compagnie, une jeune femme en minirobe bleue tenait le micro du karaoké et chantait avec eux. À l'extrémité du comptoir, une femme d'une quarantaine d'années, de grande taille – probablement la femme de Toyokawa –, était en train de couper des morceaux de camembert.

– Qu'est-ce que vous buvez ?

– Un thé Oolong.

Utsumi s'assit au bout du comptoir à la place qu'il lui indiquait. Les chansons se succédaient sans interruption. Le volume sonore le fit grimacer.

– Ah ! désolé, lui dit Toyokawa. Est-ce que vous voulez chanter aussi ?

– Non, ça va, répondit Utsumi en agitant la main, puis il ajouta pour engager la conversation : Vous êtes monsieur Toyokawa ?

– Oui, acquiesça-t-il en détaillant rapidement Utsumi des pieds à la tête.

Son visage se teinta au même instant de méfiance et de curiosité. Il avait une trop longue fréquentation des clients pour ne pas sentir tout de suite le flic en Utsumi, même si sa veste noire et son tee-shirt blanc le laissaient indécis, et son attitude avait changé instantanément. Utsumi était habitué à cette réaction.

– Vous êtes déjà venu ici, non ? C'est quoi votre nom ?

Toyokawa fit semblant d'inspecter les bouteilles disposées sur l'étagère derrière lui. Il était clair qu'il ne le considérait pas comme un client ordinaire. Sa femme, penchée sur son camembert, releva la tête et regarda Utsumi. Une forte femme, par rapport à son mari, pressentit-il dans un éclair.

– Non, c'est la première fois. En fait, à la demande de M. Moriwaki, je fais une enquête sur l'affaire de la petite Yuka.

– Vous êtes inspecteur ? lui demanda Toyokawa avec animation.

– J'étais, je viens de démissionner. Je fais ça en bénévole, si vous voulez.

– En bénévole, ah bon ?

Comme si toute la salle voulait écouter leur conversation, le karaoké s'interrompit et le bar redevint silencieux. Dans le box, les clients se remirent à boire leur bière. La fille à la robe bleue en profita pour venir prendre l'assiette de camembert sur le comptoir.

– Ils ont parlé de Yuka à la télévision il n'y a pas très longtemps. Quelqu'un a téléphoné d'Otaru et on était tout émus en regardant ça.

Sa femme s'approcha d'eux. Toyokawa lui ayant murmuré quelque chose à l'oreille, elle considéra Utsumi avec un air étonné. Ses cheveux étaient châtains et elle ne semblait presque pas maquillée, à peine un trait de khôl nettement dessiné. Utsumi observa attentivement ses petits yeux en V, aux contours noirs, dans lesquels il devinait de la pitié pour son état physique anormal. Son regard était plus perçant que celui de son mari. Une femme particulièrement intelligente, lui semblait-il.

– Bonjour, monsieur, le salua-t-elle. Je suis Mme Toyokawa.

Sa voix basse et un peu rauque était exactement comme il l'imaginait.

– Je m'appelle Utsumi, dit-il en baissant légèrement la tête.

– L'histoire d'Otaru, c'était une erreur, n'est-ce pas ?

Elle posa sur le comptoir le verre de thé glacé que son mari lui tendait.

– Oui, c'était une erreur. Justement, je voudrais vous poser quelques questions sur ce qui s'est passé à l'époque...

– À l'époque, vous dites ? Mais on ne sait absolument rien, nous, fit-elle en allumant une cigarette et en regardant son mari pour recueillir son approbation. Ce matin-là, on faisait la grasse matinée. Le mari de Mme Moriwaki est arrivé tout affolé. Il nous a dit que sa fille avait disparu et il nous a demandé si on n'avait rien vu. On est tombés des nues, nous. Et puis on n'a pas eu le temps de se débarbouiller la figure que ç'a été tout un barouf, la police est arrivée et elle a demandé à fouiller notre maison. Notre fils a tout de suite été suspecté et ça l'a abattu, voilà.

Pendant que sa femme parlait, Toyokawa prit un verre sous le comptoir, y versa de l'eau-de-vie jusqu'à ras bord et en vida près d'un tiers en une gorgée. Sentant le regard d'Utsumi sur lui, il se justifia :

– Ça, c'est parce que si je sirote petit à petit, les gens vont le voir. Boire d'un trait, c'est un truc pour faire croire que c'est de l'eau.

– Vous vous en moquez que les gens vous voient, non ?

– Non, non. Il y en a beaucoup qui ne supportent pas que le patron d'un bar boive.

Utsumi opina de la tête évasivement. Il était impatient d'entendre ce que sa femme avait à lui dire.

– Là-bas, vous savez, c'est pas tout près de Sapporo. Ce n'était pas tant pour avoir une résidence secondaire, on a plutôt acheté pour inviter notre personnel ou nos bons clients et s'amuser tous ensemble. Mais on n'arrêtait pas de nous dire que ce serait mieux avec un golf pas trop loin, ou un endroit où on pourrait aller l'hiver, alors on pensait déjà vendre avant ce qui s'est passé. On y allait toujours aux environs de la fête des morts et, cette année-là, on avait prévu d'y rester une semaine à partir du 8 août, je crois. Chaque année ça devenait de plus en plus triste, mais comme les Ishiyama étaient là, ça faisait du monde comme il n'y en avait pas eu depuis longtemps.

– Vous avez rencontré M. Ishiyama ?

– Récemment ? De quand parlez-vous ?

Dissimulant habilement ses soupçons, elle cherchait à savoir où Utsumi voulait en venir.

– Vous lui avez trouvé un travail, je crois ? Je l'ai vu au lac Shikotsu il y a quelques jours. Il était avec une jeune femme.

– Si vous l'avez rencontré, alors... Je l'ai fait entrer dans un *host club*, mais il est tout de suite tombé dans les griffes d'une fille. Au début, je me figurais que c'était un homme de bonne éducation, tout simplement, et j'ignorais qu'il avait un tempérament pareil. J'aurais mieux fait de l'envoyer promener.

Utsumi, qui ne pensait rien de bon d'Ishiyama, fit la moue.

– Le cadavre du chien, suggéra Toyokawa à sa femme.

Visiblement peu bavard, il préférait la laisser parler et se contentait de hocher la tête.

– Ah oui. On a trouvé un chien mort. Dès le départ, ça nous a un peu dégoûtés.

– Il y avait un cadavre de chien ? fit Utsumi, les yeux fixés sur son visage sans maquillage, tout en se disant qu'il avait déjà entendu parler de cette histoire.

– C'était le jour après notre arrivée, si je me souviens bien. Motohiko, notre fils, a commencé à dire que ça sentait mauvais dans le jardin. Le jardin est juste à côté de la montagne, et la montagne, ça ne sent pas mauvais. Alors on est allés voir, et c'était le cadavre d'un chien qui puait. C'était répugnant et ça nous a vraiment dégoûtés.

– Et alors on a demandé à M. Mizushima, ajouta Toyokawa. À deux, avec M. Izumi, ils nous en ont débarrassés, mais on se demandait comment ça se faisait qu'il soit mort à cet endroit. On se demandait pourquoi il n'était pas allé crever chez les Izumi. Au moins il y avait des gens pour l'enlever...

– Oui, c'est vrai. Au début, on s'est dit que c'était peut-être quelqu'un qui l'avait jeté dans notre jardin par malveillance. Parce que c'est loin de la route, quand même. C'était un hasard, en fait, mais ça nous a donné un mauvais pressentiment.

– Hmm, fit Toyokawa en opinant de la tête.

– C'est tout ce que vous avez remarqué de bizarre ?

– À part ça, il n'y a rien eu, hein ? dit-elle en regardant son mari.

– Non, rien, répondit ce dernier en secouant la tête.

Elle poursuivit :

– Cette affaire, ç'a vraiment été le début d'une tragédie, hein. Mme Moriwaki est bien la plus à plaindre, mais Mme Izumi aussi. Le lotissement est devenu un désert. Et M. Izumi qui s'est suicidé... Et aussi M. Ishiyama, il a divorcé, n'est-ce pas ? Tous, à partir de ce moment-là, ils sont partis chacun de leur côté. On ne sait pas qui est le coupable, ni ce qui est arrivé à la petite, mais en tout cas, s'il n'y avait pas eu cette disparition, leur vie aurait été complètement différente.

– Il n'y a que nous, alors, qui nous entendons bien ? badina le mari, mais sa femme n'y prêta pas attention.

Tous étaient partis chacun de leur côté. C'était vrai pour Kasumi et pour Ishiyama. Est-ce que ça ne l'était pas pour lui aussi ?

– Votre fils, je peux le voir quelque part ?

– Motohiko ? fit-elle en bombant la poitrine. Eh bien...

Il avait senti un malaise quand elle avait ignoré la remarque de son mari. Utsumi lança un regard à la dérobée à Toyokawa. « Plus tard », lui fit comprendre celui-ci par un signe. Il y avait donc une raison ? Tandis qu'ils restaient silencieux, le karaoké se remit en marche. C'était le bon moment pour partir. Il les remercia et se leva de son siège. Comme il s'apprêtait à payer sa consommation, Toyokawa lui signifia d'un geste de la main que ce n'était pas nécessaire. « Je ne suis plus flic », eut-il envie de lui dire, mais comme ça l'ennuyait il sortit sans autre formalité. Toyokawa le rattrapa en soufflant comme un bœuf. Sous la lumière des néons du couloir, il paraissait beaucoup plus vieux que derrière son comptoir.

– Monsieur Utsumi, attendez un peu.

Utsumi dépassa l'ascenseur qui venait d'arriver à l'étage. Un flot d'hommes à l'allure de touristes en sortit, les yeux pleins d'espoir. Après s'être assuré d'un coup d'œil professionnel dans quel établissement ils entraient, Toyokawa se tourna vers lui.

– C'est à propos de votre fils ?

– Oui. Généralement, il est ici. Je parle de Motohiko. En fait, on lui a confié un autre bar. Mais ça ne marche pas. Sa mère a vu rouge et elle ne le laisse même plus venir à la maison.

Il lui lança une petite pochette d'allumettes. Le nom de « Grand Blue » y était écrit. Il lut l'adresse ; ce n'était pas très loin. Utsumi appela Toyokawa qui s'était déjà éloigné. Sa nuque était épaisse et un pli de graisse débordait de son col.

– Oui ?

– J'ai oublié de vous demander tout à l'heure. J'aimerais aussi avoir votre opinion. Votre femme a beaucoup parlé, alors je connais la sienne...

– Mon opinion sur cette affaire ?

– C'est ça.

– Vous avez de drôles de questions. (Il défit le nœud de son tablier et le renoua tout en réfléchissant.) Mon opinion ? Mon opinion, elle tient en un mot. Une sale histoire, je dirais. Ça nous arrive d'en parler à la maison, et c'est vraiment une sale histoire, voilà ce qu'on se dit. Ça n'a pas tellement à voir avec le fait qu'on a mis notre maison en vente juste après et que les prix avaient baissé. Non, c'est simplement parce que c'est vraiment une sale histoire. Quand on y pense, elle a dû disparaître juste devant chez nous ou un peu plus bas, mais est-ce que ce n'est pas impossible, ça, justement ? Je veux dire, nous, tout le monde dormait à la maison, on n'a pas entendu de voiture et on n'a rien vu, alors on ne sait pas ce qui s'est passé, mais je suis sûr que cette petite a été tuée et enterrée dans les environs, ça ne fait pas de doute.

Nous, on crevait de trouille qu'un jour on la retrouve dans notre jardin. C'est pour ça qu'à partir de ce jour-là on n'a plus remis les pieds dans le coin. Enfin, moi, il n'y a pas longtemps, j'y suis retourné pour voir.

– Pourquoi vous y êtes allé seul ? lui demanda Utsumi.

– Eh bien, en fait, dit-il à voix basse, je me posais des questions sur l'endroit où on a retrouvé le chien mort. Je me demandais si la petite n'était pas enterrée dessous.

– Vous avez creusé ?

Il cacha sa bouche derrière sa main d'un air gêné.

– Oh non ! J'ai eu tellement peur que je suis reparti.

C'était le genre de bar qu'Utsumi détestait. À l'intérieur, tout avait été conçu pour faire croire qu'on était sous la mer ; les murs et le plancher étaient peints en bleu sombre et, dans la porte, on avait fait un trou rond imitant un hublot. Un grand aquarium était encastré au mur, dans lequel de petits requins et des tortues de mer nageaient au milieu d'une forêt de corail de couleur vive. Et puis on avait installé un long comptoir en marbre grossier, censé évoquer un bloc de pierre au fond de l'océan. « Ça a coûté cher », telle fut la première impression d'Utsumi. Il n'y avait pas un seul client. Accoudé sur le comptoir, un homme jeune contemplait alternativement l'aquarium et un moniteur vidéo avec l'expression d'hébétude d'un Tarô Urashima condamné à rester à jamais au fond de l'océan.

– Monsieur Toyokawa ?

Utsumi s'assit sur un tabouret à côté de lui.

– Oui..., répondit Motohiko Toyokawa en se tournant vers lui d'un air ennuyé.

Grand et mince, il ressemblait à sa mère. Néanmoins, il y avait une indolence dans ses yeux qui ne lui venait d'aucun de ses parents.

– Je m'appelle Utsumi. J'arrive du bar de votre père.

– Pourquoi ?

Il ne cessait de passer la main dans ses cheveux longs et décolorés par le soleil et finit par les attacher avec un élastique. Ils étaient lisses comme s'il venait de les laver et avaient l'air solides.

– Je fais une enquête sur la disparition de la petite Yuka Moriwaki. Je suis un ancien inspecteur de police, mais en l'occurrence c'est du bénévolat, et je n'ai plus aucun rapport avec la police.

– On peut aussi être bénévole pour ce genre de choses ?

– Disons que comme le contrat spécifie qu'il n'y aura pas de rétribution, je pense que bénévolat est le mot qui convient.

Motohiko hocha la tête sans enthousiasme. Sur le comptoir était posé un verre de whisky dont la glace était presque entièrement fondue. Dans un coin, le moniteur diffusait des images sous-marines. Motohiko était distrait, absorbé par l'écran comme s'il était tenté d'aller y trouver refuge.

– Vous voulez bien me parler de ce qui s'est passé à ce moment-là ? lui demanda Utsumi.

Il s'affala sur le comptoir, le menton sur la main.

– D'accord, mais de quoi vous voulez que je parle ? À l'époque, j'étais en troisième année, à l'université. Ç'a été un choc terrible pour moi, au point que je me suis demandé si je pourrais m'en sortir. Ça m'en a fichu un coup, quoi. Après la fac, je suis entré dans une caisse de crédit, j'ai fait différentes choses, mais rien n'a marché. Même ce bar, d'ailleurs, ça n'a pas l'air de vouloir marcher du tout. C'est pour ça que, je n'en ai pas encore parlé à mon père, mais je pense sérieusement partir pour les îles du Sud. Ce que je ferai là-bas, j'en sais rien, mais ce serait bien si je réussissais à vivre en donnant des cours de plongée.

– Dans les îles du Sud ?

Utsumi se souvint que, quelques jours auparavant, il avait lui-même songé à partir dans les îles pour sentir le vent chaud sur sa peau.

– Ouais. Une île qui s'appelle Zamami, dans l'archipel d'Okinawa. J'y suis allé une fois. La mer est superbe là-bas, très transparente. Quand on plonge de nuit, on voit la lune sous l'eau. Elle se balance doucement au-dessus de votre tête. C'est vraiment génial. C'est comme ça que j'aimerais vivre, comme un poisson au milieu de la mer.

– Vous avez dit que ç'avait été un choc terrible pour vous, c'est parce que la police vous a soupçonné ? lui demanda Utsumi, interrompant sa rêverie.

Motohiko dirigea un regard distrait vers lui.

– Y a de ça aussi, sans doute. Mais, moi, c'est plutôt le fait qu'elle a disparu d'un coup ce matin-là qui m'a semblé bizarre, bizarre à un point que vous n'imaginez pas. Je l'avais rencontrée devant chez moi le matin d'avant. Elle était mignonne. Alors qu'elle se volatilise littéralement, vous ne trouvez pas ça bizarre ? La seule chose possible, c'est qu'elle est passée dans une autre dimension, vous ne croyez pas ? Moi, à partir de ce moment-là, je me suis dit que le monde ne pouvait pas se réduire à quelque chose de rationnel, ou plutôt qu'il ne fallait pas le réduire à quelque chose de rationnel. Si vous me demandez si je crois à l'existence des esprits, je vous répondrai que oui. À cause de ce qui est arrivé à la petite Yuka.

– Autrement dit, cette affaire, vous ne croyez pas que c'est un crime, c'est ça ?

Utsumi fixa son regard sur les poissons jaunes qui nageaient tranquillement de l'autre côté de la paroi de l'aquarium.

– Essayez de chercher une solution rationnelle, vous n'en trouverez jamais. Les gens du voisinage, moi et ma famille compris, ne sont pas les coupables, n'est-ce pas ? Or on dit que personne n'est entré de l'extérieur. Et on n'a retrouvé aucune trace. Vous ne trouvez pas ça bizarre ? Dans ces conditions, je ne vois pas qui ça peut être à part un être surnaturel.

– Vous croyez que ça peut aussi guérir une maladie incurable, un être surnaturel ?

– Bien sûr, répondit Motohiko le plus sérieusement du monde.

Ses yeux étaient tournés vers Utsumi à côté de lui, mais il ne le regardait absolument pas. Il semblait ne pas s'intéresser aux êtres vivants.

– Je reviens sur l'affaire. Vous n'avez rien vu de particulier ?

– Non, je n'ai rien vu du tout.

Pour la première fois, il avait jeté un œil sur lui et, pendant un instant, il avait eu un mouvement de recul. Peut-être parce qu'il avait vu l'ombre de la mort planer sur Utsumi.

– Si votre chambre se trouvait au bout du couloir à l'étage, vous deviez avoir une vue non seulement sur la route mais aussi sur le parking. J'aimerais que vous me le disiez si vous avez vu quelque chose.

– Je n'ai rien vu. Je vous le dirais sinon. La seule chose que j'ai vue, moi, c'est ce cadavre de chien.

Encore le cadavre du chien ? Sentant la fatigue l'envahir, Utsumi fit rouler sa tête sur ses épaules. Motohiko posa les coudes sur le comptoir, puis son menton dans le cercle de ses bras et demeura la tête penchée en avant, comme absorbé dans ses pensées. Utsumi arrêta ses yeux sur ses bras maigres sortant de son tee-shirt aux couleurs passées. Il avait des cicatrices aux poignets. Sa tête s'enfouissait de plus en plus, tel un bernard-l'hermite rentrant dans sa coquille.

– C'est quoi, ces cicatrices ? Vous avez voulu vous suicider ?

– Quoi, ça ? fit-il et il lui montra ses poignets innocemment. Ouais, c'est ça.

– Pourquoi ?

– Suicidaire par dégoût du monde, voilà ce que je suis. Je ne sais pas pourquoi, depuis cette histoire, tout me dégoûte. Maman est devenue de plus en plus chiante et papa est un pauvre type. Ça me fait peur, c'est comme si les esprits nous punissaient. Alors, je me suis dit que ça ne valait pas la peine de vivre. Je me suis taillé les veines dans ma chambre, mais par hasard maman ne se sentait pas bien ce jour-là, elle est rentrée plus tôt et ça a fait toute une histoire. Depuis, papa et maman sont sens dessus dessous. Même si je coule cette boîte, ils ne diront rien.

– Après la disparition, il s'est passé quelque chose chez vous ?

Motohiko fixa les yeux sur l'écran. Une raie manta nageait majestueusement.

– Pas grand-chose, mais tout le monde a changé. C'est les esprits qui nous ont punis.

– Changé de quelle manière ?

– Maman n'a plus que le fric à la bouche. La cupidité, c'est sa punition. Pour n'importe quoi, le fric, le fric, le fric, c'est tout ce qu'elle sait dire maintenant. Même ce qu'elle dit là, qu'elle avait l'intention de vendre la maison, c'est complètement faux. C'est à cause de ce qui est arrivé à la petite Yuka qu'elle a décidé de se débarrasser de la maison au plus vite. Elle a fait tout un plat parce que les prix allaient chuter. Elle n'a plus rien d'autre dans la tête. Ce qu'elle craint, c'est de perdre de l'argent, c'est tout. Alors qu'il s'est produit cette chose si triste, si étrange. Elle ne pense plus qu'à sa pomme. C'est dégueulasse. Quant à papa, après la disparition, il s'est trouvé une maîtresse. En plus, c'est une espèce de bonne femme pas drôle qui travaille à la mairie. C'est comique, non ? Lui, c'est sûrement la luxure, sa punition. Pourtant, cette bonne femme, elle vaut bien mieux que maman. Ce qui serait bien, c'est qu'il divorce pour se mettre avec elle, mais du coup c'est ma mère qui s'obstine à refuser de divorcer.

Rien que pour l'emmerder. S'il la quittait, il n'aurait plus rien pour bouffer, alors il ne peut pas divorcer.

– Et vous, qu'est-ce qui a changé ?

– Moi, j'ai quitté la fille avec qui j'étais. Son nom, c'était Yuka, figurez-vous. Drôle de coïncidence. Après la disparition, je me suis dit qu'il allait peut-être m'arriver quelque chose de mauvais si je continuais de sortir avec une fille qui s'appelle Yuka. Alors, je lui ai dit que je ne l'aimais plus et je l'ai quittée. Vous croyez que c'est quel genre de punition, la punition de l'imbécile ?

– Ça doit être ça, oui, répondit Utsumi.

À force de l'écouter, il finissait par trouver ridicule le fait d'acquiescer à chacun de ses propos.

– Si je reste comme ça, peut-être bien que je vais devenir comme papa. Je pourrais prendre mon indépendance, mais je n'arriverais pas à bouffer, et de toute façon je n'en aurais pas le courage. C'est chiant.

Utsumi regarda autour de lui. Même si la décoration intérieure avait coûté cher, le ménage n'était pas très bien fait et la poussière s'accumulait dans les coins. Rien qui puisse attirer le client.

– Vous êtes pas mal comme ça, non ?

L'ironie d'Utsumi l'accabla.

– Je vous dis que j'ai voulu me suicider parce que la vie n'en vaut pas le coup.

– Ce n'est pas en se tailladant les poignets qu'on meurt, le railla Utsumi.

Sans doute Motohiko n'entendit-il pas sa remarque, car ses yeux ne quittaient pas l'écran.

– Votre père m'a dit que votre mère ne vous laissait plus rentrer à la maison.

– Ouais. (Il vida son whisky à l'eau dont le dernier glaçon était fondu.) Elle est en colère parce que je me suis planté ici aussi.

– Mais elle ne peut pas vous virer, dit Utsumi avec insolence.

Motohiko le regarda d'un œil vague.

– Bah ouais. Mais elle a de plus en plus la fièvre du commerce et elle commande, croyez-moi. C'est la reine !

Utsumi regarda une petite tortue de mer qui nageait parmi les coraux. Elle avait un tas de blessures sur la tête et sur la carapace. Il se demanda si elle se les était faites au moment de sa capture.

– Tous les deux, ce ne sont que des bourgeois. J'en ai ras le bol.

– Des bourgeois, et alors ? De quoi vous vous plaignez ?

– J'en ai marre.

Utsumi ricana. « Qu'est-ce qu'il raconte, ce branleur ? » pensait-il avec amusement.

– La disparition de la petite Yuka, c'est aussi une punition des esprits ? Vos esprits, dites-moi, ils sont cruels.

– Pourtant, j'y crois, aux esprits, fit-il en repoussant son verre vide. Tenez, quand je suis sous l'eau, toutes ces choses que je vois et qui sont vivantes, c'est vraiment étonnant. Cette vie qui grouille partout à étouffer, comme s'il n'y avait rien qui ne soit pas vivant. Quand je vois ça, je me dis que c'est forcément les dieux qui ont fait tout ça et je suis drôlement ému. Tout est si incroyable, je me dis que la vie c'est formidable. En plus, ces êtres vivants, ils ne font absolument pas de mal. C'est pour ça que je veux y aller. Je voudrais vivre dans la mer. Quelles que soient les relations qu'on a avec, ils ne vous trahissent pas et ils ne vous font pas de mal.

– Si vous étiez un poisson, vous ne plaqueriez pas une fille à cause de son nom, hein ? ironisa Utsumi.

Motohiko fit la grimace.

– Je sais que j'ai été stupide. C'est bien pour ça que j'ai tenté de me suicider.

– Reparlez-m'en quand vous serez mort pour de bon, d'accord ?

– Quand je serai mort, je ne pourrai plus vous en parler, fit Motohiko en se tordant les lèvres.

– En effet. Dites, dans votre monde si plein de vie, qu'est-ce que doit faire un type qui va mourir ?

– Qu'est-ce que vous voulez que ça me fasse ? répondit-il comme pour lui-même, sans le regarder. C'est à ce type d'y réfléchir.

– C'est vrai, ça.

Relevant la tête, Utsumi vit que, derrière la vitre de l'aquarium, la tortue couverte de blessures les regardait avec une tête idiote.

Le vent avait tourné. Soudain, le bruit des tambours et de la danse des morts, diffusé par des haut-parleurs, parvint à leurs oreilles. Kasumi reposa l'édition du soir qu'elle était en train de lire.

– Il y a une kermesse. On va y faire un tour ?

Épuisé par sa visite aux bars des Toyokawa, Utsumi était étendu sur les tatamis, sous une couverture dont Kasumi l'avait recouvert.

– C'est loin, objecta-t-il.

Elle ne l'entendit pas.

– J'ai envie d'y aller. Chez moi, il y avait une kermesse l'été dans la cour de l'école. Après on faisait un feu d'artifice, c'était vraiment très amusant.

– Bon, on y va alors, dit-il en se relevant à contrecœur.

– Ça va aller ? Tu peux te lever ?

Malgré ces marques d'attention, ses yeux brillaient comme ceux d'un enfant. Ils sortirent de l'appartement. Il faisait nuit et la température avait encore baissé. Dans la rue, bien qu'on fût au cœur de l'été, les gens qu'ils croisaient portaient des blousons ou des manches longues.

Il n'avait pas de fièvre, mais, de temps en temps, une douleur sourde s'insinuait dans son estomac comme si un serpent y avait creusé son repaire. C'était parce qu'il avait cru qu'elle s'était apaisée ce matin qu'il s'était décidé à aller voir les Toyokawa. Dès qu'il était fatigué, le serpent se mettait à bouger. Qui plus est, la douleur augmentait en fréquence et en intensité. Tout en marchant, Utsumi appuyait sur son épigastre chaque fois qu'il sentait la douleur venir. Il fallait bloquer le serpent avant qu'il ne commence à bouger. C'était en train de devenir une obsession chez lui. Cette douleur lancinante était insupportable. Kasumi marchait tranquillement derrière lui sans savoir quel était son état. Bientôt, la chanson d'une danse pour enfants qui résonnait à tue-tête dans leurs oreilles s'arrêta net.

– C'est fini, tu crois ?

D'un air inquiet, elle se mit à courir à petits pas. Il regarda l'heure à sa montre. Il était 21 heures passées.

– Oui, c'est l'heure de la fin.

– C'est dommage.

La kermesse était en vue. Une tour de cinq mètres environ s'élevait, tendue de rideaux rouges et blancs. Des lampions blancs étaient suspendus, portant des noms de commerces écrits en rose. On avait commencé à ranger. Le long du chemin, de jeunes forains jetaient sur le bas-côté la glace dont ils n'avaient plus besoin, versaient des poissons rouges dans de grands sacs en plastique. À côté des tables où des hommes âgés, membres de l'association du quartier, buvaient du saké, des collégiens, garçons et filles, inspectaient chaque recoin sombre avec des yeux pleins d'espoir.

– C'est bien fini, dit Kasumi d'une voix déçue.

– Vous en avez des comme ça à Tôkyô ?

– Il y en a partout, des kermesses de ce genre. (Elle regarda autour d'elle et tendit un doigt vers le groupe de collégiens.) Nous, après, on allait sur la plage et on s'amusait à tirer un feu d'artifice. Comme ces gamins, on avait du mal à partir. C'est vrai, on était tout excitées. On sentait que c'était la seule fois où on avait la permission de s'amuser la nuit. Et on attendait d'être invitées par les garçons.

Elle se mordit les lèvres à plusieurs reprises comme si elle voulait ajouter autre chose. Faisant mine de contempler les lampions qu'on faisait tomber tristement sur le sol, Utsumi attendait qu'elle parle, mais elle ne le fit pas. Tous deux reprirent le chemin par lequel ils étaient arrivés. Au loin, les lumières du quartier animé teintaient de rouge le ciel nocturne dont les nuages ne laissaient percer aucune étoile. Kasumi avançait les mains dans les poches de son jean, les épaules relevées. Elle se retourna.

– Dis, il y a une chose à laquelle je viens de penser.

– C'est quoi ?

Il expira profondément pour exercer une pression sur le serpent qui se mettait encore à faire des siennes. La douleur persista. D'un coup, son front se couvrit de sueur. Pourtant, il n'en laissa rien paraître et attendit qu'elle parle.

– J'ai pensé que j'aimerais bien retourner dans mon village. Tu veux bien venir avec moi ?

– Oui, bien sûr. Seulement, le plus tôt sera le mieux.

Elle sembla enfin se rendre compte de son état ; elle blêmit.

– Tu ne te sens pas bien ?

– Si, c'est pas grand-chose. Mais il faudrait qu'on y aille avant que je ne puisse plus me déplacer.

Il regardait avec indifférence l'ombre qui obscurcissait le visage de Kasumi.

Cette nuit-là, quand elle se glissa dans le lit d'Utsumi, Kasumi sentait le savon et le dentifrice qu'il avait l'habitude d'utiliser. Il ne la repoussait plus et lui laissait reposer sa tête sur son bras. Comme ses muscles avaient fondu, le poids appuyait sur l'os et il avait tout de suite mal. Kasumi le sentit et se dégagea de son bras.

– C'est bizarre, non ? Depuis que j'ai pris la décision d'y retourner, plein de souvenirs me sont revenus. C'est comme une digue qui aurait cédé. Ça m'a étonnée toutes ces choses que j'avais oubliées.

– Des choses d'autrefois, quand tu étais enfant ? demanda-t-il, se rappelant l'insistance avec laquelle elle avait voulu aller à la fête.

– Aussi, oui. Mais ce qui est bizarre, c'est que je me suis souvenue de choses à propos de M. Izumi.

Ce disant, elle caressait délicatement la cicatrice d'Utsumi.

– Quoi ?

– L'année où il s'est suicidé, quand je suis allée à Izumi-Sato, il a dit de drôles de choses. Des choses qui auraient dû me marquer pourtant.

Se souvenant de son rêve à propos d'Izumi, Utsumi fut pris d'une vive curiosité de savoir si cela correspondrait avec ce qu'elle allait lui raconter. Il se tourna instinctivement vers elle. Dans l'obscurité, il distingua simplement sa joue pâle et potelée.

– Il m'a dit : « Madame Moriwaki, est-ce que vous avez déjà vu un démon ? Les démons, vous savez, ça a forme humaine. » C'était chez lui, il était assis sur son siège en cuir près de la fenêtre. Sa femme nous préparait des thés glacés dans la cuisine. Mizushima n'était pas là. Je me suis mise à trembler en pensant qu'il parlait sûrement de lui ou de sa femme. Mais peut-être que je me trompe parce qu'il parlait sans faire attention à eux. Ensuite, je me suis dit que c'était peut-être moi et ça m'a tracassée. Parce que j'étais persuadée qu'Izumi savait pour moi et Ishiyama. Pourtant, ça n'avait pas l'air d'être ce qu'il voulait dire. C'était comme s'il s'était brusquement souvenu de quelque chose.

– Qu'est-ce que ça peut être ?

Les doigts de Kasumi glissèrent dans le dos d'Utsumi et descendirent le long de la colonne vertébrale tout en s'arrêtant sur chacune des vertèbres qui saillaient. Ne pouvant supporter davantage le chatouillement, il se secoua.

– Mais, à l'époque, on disait qu'il avait des soucis dans ses affaires. Il paraît qu'il était harcelé par des créanciers sans scrupule. Je me suis dit que c'était de ça qu'il parlait, et c'est pour ça que j'ai oublié.

– Tu crois qu'Izumi aurait vu quelque chose ?

– Oui, peut-être.

– Pourquoi n'as-tu pas vérifié ?

– M. Izumi ne disait que ce qui était nécessaire, alors je n'ai pas pu lui demander.

Utsumi sentit le contact de sa poitrine opulente dans son dos affreusement décharné. La vie. Il constata que cela ne lui répugnait plus comme auparavant. Au contraire, maintenant, au seuil de la mort, cela le consolait. Alors qu'elle caressait son buste, il la saisit fermement par les bras.

– Dépêchons-nous d'aller dans ton village.

Huitième partie

Contre le courant

20

Comme si quelque chose voulait entraver leur projet, Utsumi eut un accès de fièvre le lendemain du jour où ils avaient décidé de se rendre au village de Kasumi. Tandis qu'il luttait farouchement contre la fatigue qui ne le quittait plus et la douleur lancinante qui l'assaillait par moments, ses médicaments mêmes commencèrent à le trahir. Les effets des antipyrétiques et des analgésiques semblaient s'atténuer peu à peu. Les derniers moments d'un homme ne lui réservaient donc que souffrances ? Ce n'était pas possible, pensait Kasumi qui l'entourait de soins assidus. Elle allait acheter de la glace, la mettait dans de petits sacs en plastique qu'elle enveloppait d'une serviette et appliquait sur son front et sous ses bras pour le rafraîchir autant que possible. Quand la douleur le faisait gémir, elle posait ses mains chaudes sur son ventre. La chaleur l'apaisait un peu et il plaquait ses mains maigres sur les siennes pour qu'elle ne les retire pas.

– Il y a une chose que je voudrais que tu me promettes.

Il la regardait avec des yeux fiévreux.

– Quoi ?

– Je ne veux pas qu'on me maintienne en vie.

– Même si tu as mal ?

Il hocha la tête à plusieurs reprises, puis posa une main sur le visage de Kasumi, qui était agenouillée près de son lit.

– Je supporterai.
– Pourquoi ?
– Parce que je veux mourir naturellement.
– D'accord, dit-elle.

Elle ignorait ce que pouvait signifier « mourir naturellement », mais du moins savait-elle qu'elle le trouverait peut-être mort et froid en se réveillant un matin à ses côtés. Elle croyait aussi que ce qui était « naturel » pour Utsumi, c'était qu'elle demeure toujours auprès de lui. Chaque nuit, il voulait dormir avec elle et l'écouter parler. Il ne prenait plus de somnifères. Il disait que c'était parce qu'il voulait faire des rêves. Ayant épuisé le sujet de la disparition de Yuka, elle lui avait raconté sa vie à Tôkyô, son mariage avec Michihiro et jusqu'aux détails de son amour avec Ishiyama. Finalement, elle commença à lui parler de son enfance.

– Je crois que je n'étais pas une enfant très gentille. Je ne voulais faire que ce qui me plaisait. Ou plutôt, je n'aimais pas que ce qui me plaisait plaise aussi aux autres. Je me demande si je ne passais pas pour une enfant égoïste. Par exemple, voilà ce qui est arrivé une fois. J'étais en primaire et on était allés faire une excursion dans la montagne. En plus de l'instituteur responsable de la classe, il y avait un enseignant stagiaire avec nous. Si je me souviens bien, c'était un garçon originaire d'Asahikawa et qui étudiait dans une université de Sapporo. Comme il était encore étudiant, il était habillé et il faisait les choses avec classe, si bien que tout le monde raffolait de lui. Moi aussi, je l'aimais beaucoup. Parfois, il sortait un couteau suisse tout rouge. Pour cueillir des raisins de montagne, pour creuser la terre et nous montrer des bestioles. Ça faisait l'admiration de tout le monde, ça aussi. Après le déjeuner, la pluie s'est mise à tomber brusquement. Alors, avec son fameux couteau suisse, le stagiaire a dit qu'il allait couper de grandes feuilles de pétasites qui poussaient dans les environs, pour qu'on s'en serve de parapluie. Chacun arborait fièrement la feuille qu'il lui avait coupée personnellement. À moi, il m'a donné la feuille la plus grande, mais j'ai utilisé le parapluie pliant que j'avais apporté. Il était bleu, d'un beau bleu.

– Pourquoi tu as fait ça ?

– Parce que je les trouvais moches, les feuilles de pétasites. L'enseignant a eu l'air gêné et, à partir de ce moment-là, il m'a regardée comme une gamine dont il n'y avait rien à tirer. Il a sans doute pensé que je manquais d'humour, que je ne réagissais pas comme un enfant. En fait, je pensais simplement que mon parapluie bleu était mieux.

– Ce type, il frimait avec son couteau de soldat.

– Oui, il était un peu comme toi.

Utsumi effleura craintivement la belle poitrine de Kasumi de ses doigts osseux. C'était la première fois qu'il osait faire un tel geste. Elle l'y encouragea et la lui fit empoigner à pleines mains. Ses doigts étaient noueux, mais ne manquaient pas de force. La douleur arracha un cri à Kasumi. La mort étant toute proche, lui-même ne supportait peut-être plus de souffrir. Il soutenait qu'il supporterait la douleur physique, mais il était encore incapable d'endurer la souffrance psychique. Kasumi gardant le silence, il finit par relâcher l'étreinte de ses doigts.

– Dors.

– Je veux rester éveillé.

– Pourquoi ? Tu sais bien que ça te soulage de dormir.

– Je n'ai pas assez de temps pour t'écouter parler.

– Mais si, on a tout le temps.

S'il avait été dans son état habituel, il lui aurait répondu : « Tu crois ? » avec un regard ironique, mais ce soir-là il ferma les yeux docilement. Bientôt, elle comprit à sa respiration qu'il s'était endormi. Peu après, le téléphone sonna. Elle sauta hors du lit et courut dans le salon où se trouvait le téléphone. Elle avait peur que la sonnerie ne le réveille. Cela lui rappelait le temps où Yuka et Risa étaient bébés et que le téléphone se mettait perfidement à retentir au moment où elle avait enfin réussi à les faire dormir. Elle décrocha le combiné en se demandant qui pouvait bien appeler. Le téléphone sonnait rarement chez Utsumi. Et quand il sonnait, c'était soit Kumiko pour prendre de ses nouvelles, soit sa sœur, qui habitait à Kushiro, ou bien sa mère, qui vivait avec cette dernière. N'ayant ni ami proche ni collègue pour le soutenir, Utsumi lui semblait brave, et elle l'appréciait pour cela.

– Allô, vous êtes chez M. Utsumi.

Elle sentit de l'étonnement à l'autre bout de la ligne.

– C'est moi.

Michihiro. Cette voix qu'elle n'avait pas entendue depuis longtemps la laissa muette.

– C'est toi, Kasumi, non ?

– Oui, c'est moi. Il y avait longtemps...

– Tu vas bien ? J'étais inquiet, je me demandais où tu étais, ce que tu faisais.

Près d'un mois s'était déjà écoulé depuis qu'elle l'avait quitté.

– Je suis à Sapporo. M. Utsumi m'héberge en ce moment.

– Ah bon ? Et Yuka, tu as des nouvelles ? M. Utsumi ne m'en donne aucune, alors je me demandais s'il ne s'était pas passé quelque chose.

– Pas de traces. Pourtant on fait tout ce qu'on peut pour la retrouver.

– Tu ne veux pas revenir ? demanda timidement Michihiro.

Mais elle éluda la question.

– Risa, comment elle va ? Elle va bien à l'école ?

– Oui, elle va très bien. Cet été, il y a beaucoup de verrues d'eau, et elle en a attrapé à la piscine.

Il lui donna le nom de la clinique où Risa était allée se faire ausculter. C'était le service de dermatologie où elle avait l'habitude d'emmener ses filles. Cela lui rappela sa vie à Tôkyô.

– Ils sont bien là-bas. La pauvre...

– Les Ishiyama ont divorcé, commença Michihiro en balbutiant, et lui aussi a disparu de la circulation. Je me retrouve dans la même situation et ça me rend triste. Tu ne veux pas que, tous les deux, on y réfléchisse et qu'on recommence à zéro ?

– Merci. Je vais y penser.

– Alors, ça veut dire que si j'appelle chez M. Utsumi, je pourrai te joindre, hein ? Mais qu'est-ce que tu fais chez lui ?

Ignorant tout d'Utsumi et de sa maladie, il avait de nouveau l'air suspicieux. Elle considéra que personne ne pouvait comprendre la relation qui les liait l'un à l'autre et évita de lui donner des explications :

– Plein de choses. Bien, embrasse Risa pour moi.

Elle sentait qu'il avait encore envie de parler, pourtant elle raccrocha. Le lien qu'elle avait cru rompu existait encore. La voix de Michihiro, presque oubliée, la plongeait dans la confusion. Ce n'était pas la nostalgie du foyer, au contraire. Cette invitation à tout reprendre de zéro arrivait pile au moment où elle se disait que, puisqu'elle avait réussi tant bien que mal à partir, elle devait maintenant trouver un point de chute. Elle débrancha la prise du téléphone. Comme ça, au moins, plus personne ne pourrait appeler. Elle retourna dans la chambre d'Utsumi à pas feutrés et vit, dans l'obscurité, que ses yeux étaient ouverts.

– C'était qui ?

– Moriwaki.

Il contempla ses doigts maigres sans rien dire. Tout à l'heure, ils avaient saisi ses seins. Kasumi perçut que ses yeux débordaient de vitalité.

– J'ai dormi un peu et je me sens beaucoup mieux.

– Ah, tant mieux.

– Si je n'ai pas de fièvre demain, on partira.

Il avait parlé d'une voix rapide, comme s'il craignait que Moriwaki ne se lance à leur poursuite.

– Tu ne crois pas qu'il vaudrait mieux que tu te reposes un peu plus longtemps ?

– Non, on n'a pas le temps.

De la voiture, Kasumi regardait dehors. Comme par miracle, après une semaine de fièvre, Utsumi s'était réveillé en forme ce matin-là. Ce voyage serait sans doute le dernier qu'ils feraient ensemble. Et peut-être le savait-il aussi, car sur son visage flottait un étrange mélange de tension et de sérénité.

Ses forces déclinaient à grande vitesse et il dépérissait, pensait-elle tout en contemplant les plaines et les forêts qui défilaient devant ses yeux. Les fourrés d'herbes de l'été, drus et luxuriants, jaunissaient et les feuilles des arbres se décoloraient. Les cosmos roses en fleur commençaient imperceptiblement à baisser la tête. Les plaines ne tarderaient pas à être envahies par les *susuki*, les montagnes à se couvrir d'arbres nus et noirs, et tout serait bientôt enseveli sous la neige. Kasumi connaissait bien ce paysage. Elle baissa sa vitre et aspira l'air frais à pleins poumons. Une odeur lui rappelant son enfance pénétra jusqu'au fond de sa gorge et faillit la faire suffoquer. C'était l'odeur de la mer mugissante et du vent traversant la plaine.

Cela faisait un mois qu'elle se trouvait à Hokkaïdô. Sa vie à Tôkyô sans trêve ni repos et le fait qu'elle avait un mari et une fille en bas âge lui paraissaient lointains maintenant, comme des données d'une vie antérieure. Il s'en fallait même de peu qu'elle oublie qu'elle était partie en voyage pour rechercher son autre fille disparue. Ici, Utsumi était la seule présence qui témoignait du fait indéniable que le temps s'écoulait. Elle le regarda au volant de sa voiture. Par rapport à la première fois où elle l'avait rencontré, son profil s'était aiguisé. Son regard perçant d'animal sauvage n'avait pas changé, mais il était plus limpide et plus fort qu'avant. Il semblait regarder ce qui était en face de lui, mais ses yeux, en fait, étaient souvent happés par autre chose au loin. Seul, avec le petit enfant qui grandit, l'homme qui approche de la mort, par son déclin, est capable d'exprimer fidèlement l'écoulement du temps – présence visible qui exprime le temps invisible. S'avisant que son regard était posé sur lui, Utsumi le reçut passivement sans le lui retourner. Ou plutôt, le regard de Kasumi était comme des rayons X traversant son corps de part en part. C'était triste.

– Qu'est-ce qu'il y a ? fit-il en lui jetant un bref coup d'œil.

Elle secoua la tête. Rien. Sa voix seule ne faiblissait donc pas ? Secrètement, elle la comparait à la voix sourde et un peu nasillarde qu'elle conservait en mémoire la première fois qu'elle l'avait entendue. Il devait savoir qu'elle était attentive aux changements qui s'opéraient en lui. Leurs pensées s'échangeaient en cet instant et elles étaient devenues denses et fortes. Seulement, d'un côté, il y avait le signe diffus qu'Utsumi allait partir seul pour un voyage lointain. Il lui restait peut-être encore quelques mois à vivre. Non, plutôt quelques jours. On ne peut pas arrêter la course du temps. Sur des charbons ardents, Kasumi se demandait quel était le sens de sa rencontre avec lui.

– Combien de temps il va nous falloir encore ? demanda-t-il à un feu rouge.

Ils étaient déjà arrivés aux environs de l'estuaire de l'Ishikari. Sous un grand pont, ils voyaient une masse d'eau brunâtre si importante qu'ils n'auraient su dire si elle s'écoulait ou était stagnante. Kasumi se remémora l'indicateur des horaires d'autocar. La voyant plongée dans ses pensées, Utsumi répondit lui-même à sa question :

– Environ deux heures, je pense.
– Ç'aurait peut-être été mieux Sapporo ?
– Quoi ?
– Plutôt que Tôkyô.

Si sa fugue l'avait conduite à Sapporo, Yuka n'aurait pas disparu. Si, à l'époque, elle avait téléphoné à Furuchi, elle n'aurait pas eu à subir pareil destin. Mais tout était un enchaînement de circonstances. Sentant la présence oppressante de cette eau qu'elle détestait, elle s'enfouit dans le siège poussiéreux de la Carina. Aussitôt, pourtant, son attention redevint flottante. Peut-être, si elle avait élevé Yuka dans ce petit village au bord de la mer... Elle ne parvenait pas à se débarrasser de cette pensée. Elle ferma les yeux afin de mieux réprimer l'espoir et l'angoisse qui se mêlaient en elle.

Ce prénom, Kasumi, c'est moi qui l'ai choisi.

Quand ma fille est née, j'ai décidé dans mon cœur de lui donner ce prénom, Kasumi, écrit soit en syllabaire *katakana*, soit avec le caractère chinois. Parce que j'aimais ce mot. Lorsqu'il me vient à la bouche, je vois les nuages moelleux des premiers jours du printemps, et j'ai l'impression que la sérénité s'épanouit dans mon âme. Pourtant, la brume [1], je ne l'ai jamais vue. Sur cette terre, la neige n'est pas encore fondue au printemps, il fait froid et nombreux sont les jours incertains où le soleil ne fait qu'une brève apparition à travers la couche épaisse et déprimante des nuages. Ensuite, l'été arrive très vite. Moi, j'aspirais à admirer un jour autant que je le voudrais « la brume s'étendant en longue traîne ».

J'ai grandi au milieu de la montagne, dans le coron d'une mine de charbon à environ cinquante kilomètres de ce village. Ma mère étant morte très tôt, c'est ma sœur aînée, habitant Rumoï aujourd'hui, qui m'a élevée. Mon

1. « Brume » est le sens du prénom Kasumi.

père était mineur et n'arrêtait pas de dire que je ferais bien d'aller vivre près de la mer, parce que l'air y est meilleur. Obligé non seulement de rester dans la montagne mais de pénétrer en elle, peut-être détestait-il son travail. Ces mots de mon père sont probablement restés gravés quelque part dans mon cœur. L'homme que j'ai épousé appartenait à une famille de pêcheurs habitant un petit village sur la côte. Juste après notre mariage, il a renoncé à la pêche pour ouvrir un petit restaurant près de la plage. C'est l'Auberge de Kiraï.

Kasumi était une enfant sage. Comme elle était notre fille unique, je voulais lui donner une bonne éducation, mais quand on tient un restaurant, on est accaparé et souvent on n'a pas une minute à soi. Dans ces moments-là, si elle disparaissait de ma vue, mon cœur se mettait à palpiter d'inquiétude. Je me disais : et si une vague l'avait emportée ? Et si une voiture l'avait renversée sur la nationale, ou si un conducteur, sur un coup de tête, l'avait emmenée avec lui ? Pourtant, Kasumi restait toujours près de la maison, à jouer gentiment toute seule. Elle s'amusait à ramasser des pierres de sable sur la plage, qu'elle alignait joliment pour dessiner une maison, ou bien faisait la course avec les chiens errants ou des dessins dans le sable humide avec un bout de bois apporté par les flots.

– Kasumi, qu'est-ce que tu fais ?

Quand je l'appelais ainsi sur la plage, elle accourait gaiement jusqu'à moi. Les chiens la suivaient collés à ses jambes, mais jusqu'à un certain point, car ils n'approchaient jamais de moi. Les chiens n'aimaient qu'elle. Et peut-être que Kasumi aussi se méfiait de moi et n'accordait sa confiance qu'à eux. Elle n'était encore qu'une enfant, mais, par certains côtés, elle avait un caractère difficile. Peut-être, me dira-t-on, que je ne savais pas comment m'y prendre avec elle, mais ce n'était pas cela. Simplement, Kasumi observait les choses avec acuité et ne faisait aucune concession envers celles qu'elle n'aimait pas. Ce n'était pas non plus de la prudence ; au contraire, elle faisait preuve d'une grande audace dans ses décisions. Si elle était d'accord avec ce qu'on lui disait, elle pouvait être très obéissante. Cependant, mon mari la trouvait bornée pour une enfant, et il n'aimait pas cet aspect de sa personnalité.

Nous avions parfois des travailleurs saisonniers au restaurant. La plupart étaient des bûcherons ou des ouvriers du bâtiment, beaucoup plus rarement des ouvriers de l'industrie de la pêche et qui venaient des environs de Téshio ou de Haboro. Ils voyaient le restaurant en passant sur la route nationale qui longe la côte et s'y arrêtaient, semblait-il, pour bavarder et trouver un peu de chaleur humaine. Je savais que ces gens-là appréciaient beaucoup les petits enfants. J'ignore si c'était l'éloignement de leur famille ou l'angoisse du vagabond qui les portait à s'attacher à des enfants avec lesquels ils n'avaient aucun lien, mais tous fondaient littéralement devant eux. Aussi, la petite Kasumi avait la vedette quand elle se trouvait dans la salle. Ils la prenaient sur leurs genoux en s'exclamant : « Comme elle est mignonne ! », lui frottaient les joues en disant : « Tu as les joues douces. » Mon mari s'en réjouissait, disant qu'elle nous attirait des clients, mais moi, intérieurement, je ne trouvais pas ça bien. Je voyais bien que, parmi ces hommes, il n'y avait pas que des braves types qui la cajolaient comme si elle avait été leur propre fille. Certains, quand ils la serraient dans leurs bras, ne la traitaient que comme un petit animal. Chaque fois j'en faisais la remarque à mon mari, mais il se dérobait, me répondant qu'il ne pouvait pas faire de récriminations à des clients.

Un jour, ce que je redoutais est arrivé. Un homme d'une quarantaine d'années, qui travaillait sur le chantier d'un barrage, a emmené Kasumi avec lui. Elle avait cinq ans à l'époque. C'était la fin juin, et comme les jours de beau temps se succédaient, nous étions de bonne humeur. Arrivé au restaurant vers midi, l'homme s'était mis à boire beaucoup et n'était reparti qu'à la nuit après avoir réglé son addition. Je m'étais aperçue de l'absence de Kasumi peu après son départ. Elle était censée jouer dehors, mais la nuit était tombée et elle ne rentrait pas à la maison. Par malchance, je n'étais pas en bonne santé. On m'avait diagnostiqué un syndrome de Ménière et, depuis le matin, j'avais des vertiges au point que c'était tout juste si je pouvais tenir debout. Je me débrouillais encore avec les commandes, mais mon état ne me permettait pas de garder un œil sur ma fille. Contraint de surveiller la température du saké à ma place, mon mari était sur les nerfs. Je lui avais demandé plusieurs fois d'aller voir ce qu'elle faisait, mais il n'avait même pas daigné me répondre. Je n'ai jamais vu quelqu'un d'aussi égoïste, d'aussi puéril que lui. Toute ma vie j'ai regretté de l'avoir épousé, et encore aujourd'hui je ne lui pardonne pas l'attitude qu'il a eue ce jour-là. Je sais que si Kasumi m'a méprisée quand elle a été grande, c'est parce que je ne l'ai pas quitté.

Deux jours plus tard, Kasumi a été retrouvée saine et sauve. Elle avait été signalée à la police par le patron d'un hôtel d'Asahikawa qui avait deviné qu'elle n'était pas la fille de cet homme. Avec mon mari, on a fermé le restaurant pour aller la chercher au commissariat et on l'a trouvée assise sur une chaise, la tête penchée sur des bonbons que quelqu'un lui avait donnés. L'homme lui avait fait mettre une robe d'un rose criard, comme en porte Pékochan, la poupée des marchands de bonbons, et lui avait noué un ruban du même genre autour de la tête. Il l'avait déguisée en poupée et on nous a dit qu'il l'emmenait partout en disant qu'elle était sa fille. J'ai crié : « Kasumi ! » et je me suis précipitée vers elle pour la serrer dans mes bras. Elle a sursauté en me voyant.

– Pardonne-moi. Tu as eu peur ?

– Non, m'a-t-elle répondu en secouant la tête d'un air têtu.

– Tu n'as pas eu peur ? a alors demandé mon mari comme s'il n'en revenait pas.

Elle a secoué la tête. Pourtant, au moment où j'ai arraché le ruban de ses cheveux, elle a failli s'évanouir comme si sa tension s'était relâchée tout à coup.

J'ai jeté le ruban par terre et je l'ai piétiné en criant : « Qu'est-ce que c'est que cette horreur ! » Elle me regardait faire d'un air absent. Ensuite, je lui ai mis les vêtements que j'avais apportés et c'est là qu'elle a retrouvé son calme. Les larmes lui sont montées aux yeux.

– Pourquoi tu as suivi ce monsieur ?

Elle a eu l'air surprise par ma question et s'est mise à sangloter. Une enfant de cinq ans ne pouvait pas être responsable, alors je me suis dépêchée d'ajouter :

– C'est fini, excuse-moi. C'est parce que maman est très prise par son travail, hein ? J'aurais dû faire plus attention à toi, hein ?

Mais Kasumi m'a répondu carrément :

– Non. C'est le monsieur qui m'a demandé si j'avais pas envie de monter dans le bus.

– Le bus, et alors ? est intervenu mon mari. Le bus, tu le prends tout le temps.

– Oui, mais le monsieur, il a dit qu'à un autre endroit qu'ici il y avait mon vrai papa et ma vraie maman.

Elle nous avait regardés avec gravité pour prononcer ces mots.

– Pourquoi ? C'est nous ton papa et ta maman, non ?

Je lui ai secoué les épaules plusieurs fois, mais ses yeux étaient fixés dans le vide. Même en la forçant à me regarder, elle semblait ne pas me voir, comme si une taie couvrait ses pupilles. Un policier nous a dit de ne pas nous inquiéter, que ce n'était pas qu'elle n'était pas contente, mais que les jeunes enfants se laissent suggestionner facilement. Pourtant c'était un choc pour moi, et pour mon mari aussi, je crois. Ensuite, pendant quelque temps, j'ai trouvé qu'il était un peu dur avec elle.

L'enlèvement de Kasumi, même s'il n'avait duré que deux jours, a fait pas mal de bruit au village. Il semble qu'il y avait beaucoup d'exagération dans ces rumeurs. Elles n'arrivèrent pas jusqu'à mes oreilles, peut-être parce qu'elles étaient trop horribles. Je ne saurais pas dire si mon mari a défendu l'honneur de sa fille. Mon mari avait ses amis, et une étrangère comme moi n'était pas admise dans leur cercle. Cependant, je ne me suis pas fait trop de soucis. Après tout, elle n'avait que cinq ans quand c'est arrivé. Je me disais avec optimisme qu'elle surmonterait cela en grandissant. J'étais sans doute naïve de ne pas imaginer à quel point c'était un sujet de choix pour les commères.

Pour cette raison peut-être, Kasumi devint une enfant un peu différente. On aurait dit que le vent qui soufflait autour d'elle allait en sens inverse de celui des autres. Quand ils grelottaient, elle avait le feu aux joues ; quand ils riaient, elle leur tournait le dos avec l'air de se demander ce qui pouvait bien les amuser. J'avais l'impression que Kasumi choisissait exprès d'aller à contre-courant parce qu'elle trouvait amusant d'être tenue à l'écart. Dans son dos, des gens la pointaient du doigt à cause de sa manière de s'habiller. Kasumi n'aimait pas se faire remarquer. Simplement, elle prenait soin de ne pas s'habiller ni se coiffer comme les autres. Elle était ravie qu'on lui dise qu'elle était différente. On lui reprochait aussi de ne pas saluer les gens qu'elle connaissait quand elle les croisait. J'avais confiance en elle, mais le fait est que je ne comprenais pas très bien pourquoi elle voulait se tenir à l'écart de tout le monde.

Je n'ai pas de mots pour dire le choc que j'ai eu quand elle est partie brutalement de la maison sans nous prévenir. C'était si violent que j'ai dormi pendant plusieurs jours. Les gens du village m'ont rebattu les oreilles comme quoi la petite Kasumi était une drôle de fille et qu'on pouvait se douter depuis le début qu'elle ferait une fugue. Il y avait des signes, c'est certain. Dès qu'elle a eu fini le lycée, elle a voulu partir à Sapporo ou à Tôkyô et elle ne voulait plus entendre parler des gens du village. Ce qui m'a le plus choquée, c'est qu'elle ne m'ait pas fait confiance et se soit enfuie sans me dire où elle allait. Le fait, aussi, qu'elle ait effacé toute trace d'elle. Son journal intime, ses photos, ses cahiers, elle s'était débarrassée de tout avant de partir. Elle ne nous a même pas laissé de mot. Elle s'est volatilisée sous notre nez, si bien qu'on aurait pu se regarder l'un l'autre en se demandant si on avait vraiment eu une fille répondant au nom de Kasumi.

Que détestait-elle donc tant ? Le fait que sa mère vivait avec un homme égoïste ? Que mon mari ne la comprenait absolument pas ? La vie au village ? Les relations avec les gens du coin ? Ou tout cela à la fois ? Méritions-nous pour autant qu'elle nous traite de cette manière ? Je suis tombée malade et mon mari, de dépit, n'a plus arrêté de boire. Nous avons été meurtris. Vouloir se venger de sa fille est une chose terrible ; pourtant, à ce moment-là, mon mari, s'il avait su où elle était, serait peut-être allé la trouver pour se venger. Ces mots qu'elle avait prononcés à cinq ans quand l'homme l'avait enlevée, combien de fois ils sont venus hanter nos conversations.

« Oui, mais le monsieur, il a dit qu'à un autre endroit qu'ici il y avait mon vrai papa et ma vraie maman. »

Elle n'avait tout de même pas cru pendant toutes ces années ce que lui avait dit cet homme...

Cependant, cette vie lamentable, à cause de l'événement qui est survenu bien plus tard, j'ai pensé que j'avais eu raison de l'endurer et d'attendre. Il y a dix ans, en effet, une chose étonnante s'est produite. Un certain Michihiro Moriwaki de Tôkyô nous a envoyé une lettre :

« Madame, Monsieur,

Je vous prie de m'excuser pour ce courrier inopiné.

Je m'appelle Michihiro Moriwaki, compositeur-maquettiste dans le quartier de Kanda, à Tôkyô. Je suis né dans la préfecture de Nagano et j'ai aujourd'hui trente-huit ans. Il y a six ans, j'ai embauché dans mon entreprise une jeune femme appelée Kasumi Hamaguchi. Kasumi étant une employée sérieuse, je lui accorde toute ma confiance. Je viens de lui demander sa main, et elle a accepté de m'épouser.

Depuis longtemps je trouvais étrange qu'elle ne parle jamais de ses parents, mais comme je l'avais entendue dire qu'elle était originaire de l'arrondissement de Rumoï, à Hokkaïdô, je me suis permis de faire une enquête. C'est pour cette raison que je vous écris aujourd'hui.

Comme je vais contracter les liens du mariage avec votre fille, j'ai pensé que je me devais de vous en informer et de vous demander votre consentement. Voulez-vous bien consentir à notre union ?

Kasumi ignore tout de mon initiative, et je vous demanderais de bien vouloir garder le secret pour vous. Cependant, j'ai l'intention, si vous êtes d'accord, de vous donner régulièrement des nouvelles, alors ne vous inquiétez pas. »

Mon mari et moi nous n'en revenions pas. Jamais nous n'aurions imaginé recevoir de cette façon et d'une personne que nous ne connaissions pas des nouvelles de notre fille dont nous n'avions plus signe de vie depuis dix ans. J'ai écrit aussitôt à Michihiro une lettre dans laquelle je lui disais qu'il n'était pas question pour nous de consentir ou de dire non à leur mariage, puisque notre fille nous avait abandonnés et que, par conséquent, après tant d'années, nous n'avions plus ce genre de droit sur elle. C'est alors qu'une seconde lettre est arrivée :

« Madame, Monsieur,

J'ai bien reçu votre consentement à mon union avec Kasumi. La cérémonie de mariage est fixée au mois d'octobre. Comme je vais devenir votre gendre, je vous suis obligé pour le restant de mes jours. Concernant la fugue de votre fille, je pense qu'il faut mettre cela sur le compte de la légèreté de l'adolescence et je suppose que, par la suite, elle a considéré qu'il était trop tard pour revenir en arrière. Veuillez lui pardonner, s'il vous plaît. Je vous promets de faire son bonheur. »

J'étais surprise que Kasumi, si intrépide, ait choisi pour époux un homme aussi circonspect et conciliant. Les mots de son faire-part étaient si banals que mon mari, lui aussi, tomba des nues. Cependant, ces liens ainsi renoués avec ma fille que je m'étais résignée à croire morte, même si c'était à son insu, me remplissaient de joie. Quelques mois plus tard, Michihiro nous envoya des photographies du mariage. En revoyant Kasumi après dix années, je n'ai pu m'empêcher d'éclater en sanglots. Elle était devenue très belle et elle semblait apaisée. Quelle vie avait-elle menée, seule à Tôkyô ? Sans soutien de personne, cela avait dû être vraiment dur. C'est aussi pour cela que les parents sont là. Mon mari est parti seul sur la plage un long moment. Je pense qu'il a pleuré.

Maintenant que dix ans s'étaient écoulés, qu'elle était adulte et mariée, je ne comprenais pas pourquoi elle ne nous appelait pas et je ne pouvais contenir la colère qui m'envahissait. Puisqu'elle était mariée, elle allait nous donner tôt ou tard des petits-enfants. Pourtant, elle ne nous donnait aucune nouvelle. Le résultat, c'était que les parents de Michihiro allaient mettre le grappin sur ses enfants. C'était ce qui me préoccupait lorsque des photos nous annonçant la naissance de notre petite-fille sont arrivées. Cette nouvelle que nous envoyait Michihiro nous a transportés de joie. Nous nous sommes mis à guetter son courrier. Michihiro est un homme scrupuleux et il nous a envoyé beaucoup de photos. Pour ma part, l'aînée de mes petites-filles, celle qui s'appelle Yuka, me plaisait particulièrement. Elle était le portrait de Kasumi au même âge et c'était comme si je revivais cette époque. Je me suis aperçue que mon mari pensait comme moi et, chaque fois que nous regardions les photos de Yuka, les larmes nous montaient aux yeux. Le temps jouait pour nous. Maintenant qu'il était lié à la vie, le destin se répétait en notre faveur. Ma fille perdue revivait ; j'avais cette impression et j'étais heureuse. Nous sommes devenus fous de Yuka, ce qui nous a permis d'oublier l'adulte qu'était devenue Kasumi. C'est pourquoi je ne peux pas cacher que, chaque fois que Michihiro nous envoyait des photos de nos petites-filles et de leur mère, mon exaspération envers ma fille ne cessait de croître en constatant qu'elle vivait avec insouciance, ignorant tout du secret que nous partagions avec son mari.

Un jour, six ans après leur mariage, Michihiro en personne nous a téléphoné. J'ai été surprise de l'entendre de vive voix, car jusque-là nous n'avions reçu que des lettres de lui.

– Je suis Michihiro Moriwaki.

– Ah, merci pour tout ce que vous faites pour nous, ai-je répondu, intimidée. Je suis la mère de Kasumi.

– Enchanté, madame.

C'était la première fois que je l'entendais, mais j'ai constaté qu'il parlait d'une voix basse et sombre.

– Il est arrivé quelque chose aux enfants ? lui ai-je demandé avec inquiétude.

– Non, ce n'est pas les enfants. Je ne peux en parler à personne, alors j'ai fait votre numéro sans réfléchir.

– Que se passe-t-il ? C'est Kasumi ?

– Oui, a-t-il balbutié. En fait, je m'en suis aperçu tout récemment, Kasumi me trompe. Et ça fait deux ans que ça dure. Elle m'a trahi.

– Vous êtes sûr de ne pas faire erreur ?

– Oui, j'ai vérifié.

C'était Michihiro, et sachant avec quelle efficacité il nous avait retrouvés, je n'ai pas douté du bien-fondé de ce qu'il avançait. Je suis d'abord restée sans voix, puis je me suis confondue en excuses pour ma fille. Mon mari, qui était en train de tenir compagnie à des clients, s'est retourné vers moi d'un air suspicieux. Il y avait certes quelque chose de bizarre à présenter ses excuses pour l'inconduite d'une enfant qui s'était enfuie de chez nous et ne nous donnait pas de nouvelles, mais Michihiro était quelqu'un qui comptait beaucoup pour nous, il était le lien qui nous reliait à Kasumi et à nos petites-filles.

– Et alors, je suis très ennuyé. Je veux dire, ce n'est pas seulement une liaison, j'ai l'impression que c'est sérieux.

– Euh, l'homme, qui est-ce ?

– L'homme, c'est mon meilleur client. Il s'appelle Ishiyama et, bien sûr, il a aussi une femme et des enfants. Le détective dit que ça a l'air aussi assez sérieux pour lui.

– Mais alors, s'ils sont aussi insolents que ça, il faut que vous demandiez le divorce.

– Non, si je fais ça, je risque de perdre les enfants.

J'ai retrouvé brusquement mes esprits. C'était ça : Kasumi allait nous prendre nos petites-filles, une fois de plus. Notre fille égoïste et dévergondée. J'ai été prise d'une haine violente contre elle. Mon mari a dû deviner qu'il se passait quelque chose d'anormal ; il m'a pris le combiné des mains.

– Allô, monsieur Michihiro. Vous voulez bien me raconter en détail ?

Les deux hommes ont parlé à voix basse un bon moment. Michihiro nous a appelés régulièrement par la suite. En juillet, mon mari m'a dit :

– On va récupérer la fille aînée à la maison. Ne sois pas surprise.

– Comment ça ?

– On va l'enlever, si tu veux...

J'ai blêmi. Quand même, prendre sa fille à notre propre fille, on ne pouvait pas faire ça. Pourtant mon mari était sérieux. J'ai protesté, mais il m'a coupé la parole avec une tête qui m'a fait peur.

– Pourquoi pas ? Elle nous a bien laissés tomber sans nous demander notre avis. Elle croit que nous n'existons plus pour elle, mais les liens du sang sont plus forts qu'elle le croit. Si Michihiro n'était pas là, nous ne saurions même pas que nous avons des petits-enfants. C'est pas cruel, ça ? Et il faut encore qu'elle se salisse en prenant un amant et humilie Michihiro. Elle est impardonnable. En plus, comme Michihiro le dit, elle nous vole nos petits-enfants. Qu'est-ce que tu veux faire ? Il n'y a que ça à faire, faut lui prendre.

Pendant les vacances d'été, Michihiro et Kasumi ont été invités dans la maison de campagne de cet homme appelé Ishiyama. À l'évidence, les deux amants avaient l'intention de se retrouver en secret. Il n'était pas question de les laisser faire une chose aussi stupide et, en outre, ce n'était pas bon pour les enfants. C'était pour ça que Michihiro avait lancé cette idée. Par chance, la maison se trouvait au lac Shikotsu, pas très loin d'ici. Il voulait cacher Yuka, maquiller sa disparition en enlèvement et nous la confier pour que nous lui donnions une bonne éducation. Il disait que, de cette façon, le choc que recevrait Kasumi la ferait sans doute revenir au bercail, et ça lui permettrait de faire payer à Ishiyama le prix de leur adultère.

Un enlèvement n'est pas une chose de tout repos. Je me demandais si nous n'avions pas perdu la tête et je n'arrivais pas à approuver ce projet. Cependant, mon mari et Michihiro avaient peaufiné leur plan. Comme prévu, ils sont partis le 10 août. Quoique bouleversée par cette histoire, j'ai fait tant bien que mal les préparatifs pour accueillir notre petite-fille. Un nouveau pupitre, une nouvelle literie, des vêtements d'enfant. En plus, Yuka était le sosie de Kasumi. Je me sentais capable de recommencer à élever une enfant. Même si j'étais opposée à la méthode, en vérité j'étais impatiente d'entrer en possession de ma petite-fille et bien décidée à ne pas réitérer l'échec qu'avait été Kasumi. Nous approchions la soixantaine, mon mari et moi, et ce droit dont nous avions été privés une fois – être des parents –, nous étions heureux de pouvoir le retrouver.

Le 10 août, mon mari a passé la nuit seul au bord du lac Shikotsu et, tôt le lendemain matin, il est monté à pied dans la montagne au sommet de laquelle était située la maison d'Ishiyama. Selon leur plan, il devait attendre devant la maison l'instant où Yuka en sortirait seule, puis il l'emmènerait avec lui pour la ramener au village. Michihiro nous avait garanti que même si, par hasard, quelqu'un le surprenait et qu'il était interpellé, il était son grand-père et cela ne serait donc pas considéré comme un crime. Néanmoins, mon mari était inquiet. Il craignait que Yuka ne refuse de suivre un vieil homme qu'elle n'avait jamais vu et qu'il faille l'emmener de force. Mais Michihiro lui a dit qu'il la préviendrait que son grand-père viendrait la voir en cachette et qu'il ne fallait le dire à personne. Et, en effet, il paraît qu'elle a été toute contente quand elle l'a vu, qu'elle l'a pris par la main et qu'elle a descendu la montagne en sautillant. Mon mari avait stationné sa voiture à l'entrée de la résidence ; il l'a fait monter dedans et l'a ramenée au village. Depuis, Yuka vit dans cette maison avec nous.

Cette année, elle a eu neuf ans. Son père vient lui rendre visite en secret plusieurs fois par an, mais elle croit que c'est nous ses parents. Un jour, pourtant, elle m'a demandé :

– Elle est où la maman de Yuka ?

– Allons, tu sais bien que c'est moi ta maman, lui ai-je répondu en pointant mon doigt sur ma poitrine, mais elle a eu l'air gênée et a tourné la tête pour regarder par la fenêtre.

De la chambre de Kasumi, qui est aujourd'hui celle de Yuka, on voit la mer. Je me demande parfois si elle non plus ne va pas dire un jour ce que Kasumi a déclaré à la police quand elle avait cinq ans. « Oui, mais le monsieur, il a dit qu'à un autre endroit qu'ici il y avait mon vrai papa et ma vraie maman. » C'est mon seul souci.

Je crois que cette fois-ci notre éducation a porté ses fruits. Yuka ne va pas, comme Kasumi le faisait, jouer seule sur la plage, et elle déteste les chiens. Elle ne scrute pas le visage des grandes personnes et, à l'école, elle ne se fait pas remarquer, c'est une élève comme une autre. Mon mari aussi a changé. Il est devenu un gentil grand-père et un mari indulgent. Cette vie nouvelle nous offre une seconde chance.

Michihiro nous a téléphoné. Il paraît que Kasumi est partie pour aller vérifier l'appel d'Otaru.

– Vous dites qu'elle est partie, Michihiro, mais vous ne croyez pas qu'elle va revenir ?

– Eh bien, on s'est un peu disputés, en fait.

– À quel sujet ?

– Je lui ai dit que j'étais au courant pour Ishiyama, ça m'a échappé.

– À quoi ça sert de lui dire ça maintenant ?

– Vous savez, parfois, même moi je suis fatigué de jouer les braves types.

Je l'ai entendu rire à l'autre bout du fil, mais je sentais de la tristesse dans sa voix. Il avait beau le prendre sur ce ton, il aimait Kasumi. Et elle, maintenant, où peut-elle bien être ? Parfois, j'ai brusquement l'envie de l'appeler pour lui révéler que sa fille est là, avec nous, à sa place. Elle est tellement à plaindre. Pourtant, c'est une chose que je ne lui dirai probablement pas jusqu'à ma mort. Je ne pourrais pas accepter que Kasumi me prenne Yuka. Parce que je ne peux pas accepter qu'elle nous vole notre vie une seconde fois. Je ne lui rendrai jamais Yuka.

Un cri réveilla Kasumi. Elle comprit que c'était elle qui avait crié en voyant le regard interrogateur d'Utsumi. La voiture roulait sur la nationale. Des deux côtés, il y avait des champs envahis par les *susuki*. À gauche, le vide au-delà de la ligne d'horizon indiquait que la mer s'étendait là. « Ah... », soupira-t-elle et, au même instant, les larmes lui montèrent aux yeux. Encore sous le choc de son rêve, elle sentait son cœur palpiter violemment.

Elle avait complètement oublié qu'elle avait été enlevée par un travailleur saisonnier à l'âge de cinq ans. Elle ignorait si c'était réellement arrivé, mais ce rêve, avec tous ses détails, lui apparaissait si vrai qu'elle en subissait le contrecoup.

– Vous avez fait un rêve, c'est ça ? lui demanda Utsumi.

– Oui. Enfin, plutôt qu'un rêve, c'était comme une hallucination. J'étais devenue ma mère et j'étais en train de réfléchir à plein de choses. Ça faisait une vraie histoire. Mes parents et Moriwaki se mettaient de mèche pour enlever Yuka.

– Pourquoi ils faisaient ça ?

– Moriwaki était au courant de ma liaison avec Ishiyama, et ça l'avait rendu furieux.

Utsumi conserva le silence un moment, puis :

– C'est une chose à laquelle j'ai pensé, moi aussi, dit-il.

– Il m'est arrivé parfois d'imaginer que Yuka était à Kiraï, mais je n'avais pas pensé que Moriwaki pouvait être complice. Ça m'a fait un choc, même si c'était un rêve.

– Moi aussi, je l'ai vue en rêve au lac Shikotsu.

– Racontez-moi.

– Dans mon rêve, M. Izumi tuait Yuka.

– C'est pas vrai !

– J'ai oublié les détails, mais c'était effrayant.

– Un rêve, c'est un rêve.

– Le vôtre, pareil.

– On a déliré, vous ne croyez pas ?

Il ne répondit pas à sa question. Kasumi avait peur. Qu'est-ce qui les attendait, là où ils allaient ? Elle eut l'impression que l'avenir allait lui apparaître à la sortie du virage suivant, et elle se couvrit le visage des mains.

21

Un supermarché se dressait devant leurs yeux. En cet après-midi de septembre, les rayons du soleil tapaient de front le bâtiment, l'illuminant comme un véritable décor de cinéma. Ou plutôt, comme si, en plein jour, on avait allumé tous les néons possibles et imaginables et que leur lumière jaillissait même de l'intérieur. Avec le sable brun derrière et la mer au loin, la blancheur du bâtiment n'en ressortait qu'avec plus de contraste, offrant un panorama qu'on pouvait dire superbe. Simplement, cela ne paraissait pas réel. Kasumi demeura un moment les yeux fixés avec effarement sur ce magasin qui s'élevait à la place de la maison de son enfance. Tout autour, pourtant, le paysage de bord de mer était tel qu'autrefois. En se retournant, on voyait la route nationale avec sa circulation ininterrompue et, de l'autre côté, la colline chauve en pente douce, avec le collège accroché à son flanc et le cimetière d'animaux domestiques au sommet. Tout était à sa place, sauf sa maison. Le rêve qu'elle avait fait dans la voiture se volatilisa subitement. Une nouvelle fois, un mélange de soulagement et de déception l'envahit. Le soulagement était dû à la certitude que son rêve n'était pas la réalité. Quant à la déception, elle était provoquée par la certitude soudaine que Yuka n'était pas ici. Utsumi lui tapota sur l'épaule de ses doigts noueux.

– Attendez-moi, je vais aller me renseigner.

Elle s'appuya contre le garde-fou blanc et un peu sale de la route nationale. Le rebord qui s'enfonçait dans la chair de ses cuisses lui faisait mal, et elle fouilla sa mémoire pour savoir si ce garde-fou était déjà là autrefois. Elle distingua à travers la vitre Utsumi en train d'interroger un jeune employé à l'accueil. En apercevant ce dernier, vêtu d'une blouse d'uniforme, qui secouait généreusement la tête, elle comprit qu'il ne savait rien. Que s'était-il passé ici ? Son père et sa mère étaient sans doute partis, mais depuis quand ? Elle confronta à nouveau les souvenirs enfouis au fond de son cœur avec le panorama qu'elle contemplait pour la première fois depuis vingt ans. Même si, dans la grand-rue du village, les maisons n'avaient pas changé de place et si l'atmosphère générale était la même, chaque bâtiment, chaque maison avait été rénové. Pourtant, ces changements étaient à peine perceptibles par rapport aux souvenirs qu'elle en conservait. C'était la preuve que le temps – vingt années – avait passé. Commençant à douter de sa mémoire, elle se demanda si elle avait vraiment vécu ici.

Elle passa par le côté du supermarché et se dirigea vers la plage sur laquelle elle jouait enfant. Elle avança d'une dizaine de mètres sur le sable fin et doux qui la faisait trébucher. Elle atteignit la haie de roseaux tressés servant de brise-vent. Elle vit qu'au-delà le vent de la plage soufflait plus fort et faisait voleter le sable. Elle se recroquevilla et ramassa une pierre grise enfouie dans le sable. Elle voulut la pulvériser mais n'y parvint pas. Il n'y avait pas de chiens, mais, à la place, quelques chats assis sur des parpaings délabrés à l'abri de la haie. Cela ressemblait au paysage qu'elle avait en elle, et pourtant c'était différent. Elle leva la tête résolument pour contempler la mer qu'elle n'avait pas réussi jusque-là à regarder en face. Elle s'étendait, étale, cette eau dont la masse et l'aspect oppressants lui semblaient pleins d'une force jaillissante. Dans les vagues qui déferlaient sur la grève sans répit comme autant de coups de griffes hostiles, elle reconnut avec certitude qu'elle était bien dans le village de son enfance.

Deux fillettes, des écolières visiblement, arrivèrent. « Et si c'était... », se dit Kasumi en braquant son regard sur elles, mais elle eut beau les scruter, aucune des deux n'était Yuka. Elle s'approcha d'elles et leur demanda :

– Vous ne connaissez pas une petite fille qui s'appelle Yuka Moriwaki ?

– Non.

– Alors, est-ce que vous connaissiez le restaurant qu'il y avait ici avant, l'Auberge de Kiraï ?

– Non.

– Et vous n'avez pas entendu parler de M. et Mme Hamaguchi ?

– Non.

Les deux fillettes lui avaient répondu craintivement, surprises par cette femme qui les interrogeait brusquement, puis, prétextant de faire la course jusqu'au rivage, elles prirent la fuite.

– Kasumi, fit Utsumi, arrivé près d'elle sans faire un bruit.

Il haletait, comme si le vent qui le fouettait de face l'empêchait de respirer, ou peut-être parce qu'il n'était pas habitué à marcher sur le sable. Sa veste flottait au vent et, en voyant sous son tee-shirt les contours de son corps décharné, Kasumi eut une impression douloureuse.

– Ce n'est pas trop dur pour toi de marcher autant ?

– Oh ça..., dit-il, mais il s'interrompit, à bout de souffle. Ne t'en fais pas pour ça.

Elle garda le silence. Elle croyait savoir à l'avance ce qu'il allait lui dire.

– Ils ne sont au courant de rien. Ils m'ont dit qu'ils n'avaient jamais entendu parler de gens s'appelant

Hamaguchi. Le patron de ce supermarché vient d'Asahikawa.

– C'est bien ce que je pensais. Mon père ne pouvait pas avoir autant d'argent.

– Je me demande quand ils ont déménagé. Kasumi, tu ne connais personne à qui on pourrait demander ?

– Si, j'en connais, mais... (Elle se demandait si elle avait vraiment envie de le savoir. Son esprit s'y opposait fortement. Était-il encore temps, aujourd'hui, de chercher à revoir ses parents ?) Je crois que je n'ai pas tellement envie de savoir.

– Pourquoi ! s'énerva Utsumi en donnant un coup de pied dans le sable. On a fait le déplacement, non ?

– Il y avait une fille avec qui je m'entendais bien. Je ne sais pas si elle habite toujours au même endroit, mais on peut aller voir.

– Comment elle s'appelle ?

– Sachiko Abé.

Sachiko était l'amie de Kasumi qui, s'amusant de son projet de faire une fugue, l'avait encouragée et aidée à organiser son départ. C'était elle qui avait transporté en catimini les affaires que Kasumi voulait emporter et les avait cachées dans un fourré derrière l'arrêt d'autocar. Elle lui avait dit : « Moi aussi je vais partir, parce que je vais me retrouver toute seule quand tu ne seras plus là. » Pourtant, même si elle fumait des cigarettes, même si elle buvait de l'alcool, quitter ses parents avec l'intention de ne jamais revenir n'était pas le genre d'aventure dont cette fille était capable. Elle était sans doute restée dans la région, avait pensé Kasumi, et il s'avéra, en effet, que Sachiko habitait toujours sa maison natale et menait une vie honnête avec son mari employé dans une société de construction.

– C'est qui ?

Sachiko la regarda d'un air méfiant. Elle était devenue une ménagère de quarante ans on ne peut plus ordinaire. Kasumi, déconcertée, resta immobile dans le vestibule sombre. Utsumi lui avait dit qu'il l'attendait dans la voiture et ne l'avait pas accompagnée.

– C'est moi, Kasumi Hamaguchi.

Sachiko répéta le nom dans sa bouche, puis, lâchant un cri de stupeur, s'empressa d'allumer la lumière. Dans la région, les fenêtres et la porte d'entrée étaient munies de doubles vitrages pour les protéger des tempêtes de neige et du vent fort qui soufflait de la mer, si bien que, même en plein jour, les vestibules étaient plongés dans l'obscurité. Sachiko laissa exploser sa joie quand elle la reconnut.

– Mais oui, c'est toi ! Ça fait si longtemps !

– Merci de m'avoir aidée à m'enfuir de chez moi. Je n'ai pas pu te remercier...

– Je t'en prie. Tes bagages, j'avais peur qu'ils disparaissent, alors j'allais voir tous les jours. Et puis, un jour, toi et tes bagages vous avez disparu. Je me suis dit que tu avais réussi et ça m'a rassurée. Je me souviens très bien de tout ça.

Malgré les années qui avaient passé, elles se regardaient d'un air complice et en souriaient intérieurement. Quand elle l'eut fait entrer dans le salon où étaient éparpillés des magazines et des sachets de bonbons, de ses mains gercées Sachiko prit celles de Kasumi.

– Tu n'as pas du tout changé.

Le poêle à pétrole fonctionnait déjà et on entendait le bruit de la bouilloire. Une légère odeur d'alcool flottait dans la pièce.

– Toi non plus, Sachiko, tu n'as pas changé.

– Allons. J'ai pris un coup de vieux, moi.

Elle courut dans la cuisine en réajustant les plis en désordre de sa permanente et revint avec une bouteille de saké.

– Dis, je la fais chauffer ? Tu bois, non ?

– Pas pour moi, merci, fit Kasumi en secouant la main. On m'attend.

– Dans ce cas, je vais boire toute seule.

Elle se versa du saké dans une tasse qui, apparemment, contenait encore du thé et l'avala cul sec. Elle reprit :

– Je n'ai pas besoin de m'inventer des raisons pour m'envoyer une rasade. Il fait jour, c'est tout. Qu'est-ce que tu veux d'autre ?

– Et le soir ?

– Le soir aussi, je bois. Ça, je picole. Quels plaisirs on a à vivre dans un endroit pareil ? Regarde un peu à quoi ça ressemble la mer en hiver. Ça donne envie de crever, ouais.

Se demandant si elle n'était pas alcoolique, Kasumi regarda la peau rugueuse de son ancienne amie. Avec ses airs de délinquante et ses jupes trop longues qui semblaient traîner par terre, elle ne la lâchait jamais d'une semelle. Certains disaient qu'elle était un peu faible d'esprit, mais, à l'époque, Kasumi pensait qu'elle était la seule à la comprendre vraiment.

– Dis, qu'est-ce qu'ils deviennent, mes parents ?

Sachiko termina de se verser sa seconde tasse de saké froid et releva lentement la tête vers elle.

– Tu n'es pas au courant ?

– Non.

– Depuis tout ce temps, tu ne sais rien ?

Comme Kasumi hochait la tête, elle prit un air triste.

– Juste après ton départ, il y a eu un incendie et ils sont morts. Tu es revenue ici sans savoir ?

– Oui..., répondit-elle en acquiesçant avec gravité.

– Ouah, quelle classe..., s'exclama Sachiko d'un air vexé. C'est ça que j'aimais chez toi.

Elle s'apprêta à porter la tasse à sa bouche, mais Kasumi, voulant l'interroger avant qu'elle soit ivre, retint son bras.

– Attends un peu. C'est arrivé quand ?

– Tu es partie juste après avoir obtenu ton diplôme du lycée, n'est-ce pas ? Je m'en souviens très bien parce que c'est aussi à ce moment-là que j'ai été embauchée par les Pêcheries Hokuhô. Ça a dû se passer à l'automne de cette année-là. Ta baraque a brûlé entièrement. On a dit, je crois, que c'était à cause d'une cigarette mal éteinte. J'ai pensé que c'était une chance que tu n'aies pas été là. Tu serais morte avec eux sinon.

– Comment ça ?

– Bah, ça s'est passé à 3 heures du matin. À cette heure-là, personne ne vient te secourir.

– Oui, mais si je n'étais pas partie, je serais allée étudier à Sapporo.

– Ah bon ? Alors, tu t'en serais tirée de toute façon. T'as toujours été une veinarde, Kasumi.

Elle éclata de rire comme si elle parlait de quelqu'un d'autre. Ses parents étaient donc morts depuis déjà vingt ans. Elle avait voulu couper tout lien avec eux, mais ce lien s'était rompu pour de bon à un endroit qu'elle n'avait pas soupçonné. À Tôkyô, une fois acclimatée, elle avait craint qu'ils ne trouvent son adresse et que son père ne la remmène à la maison, et elle n'avait cessé de regarder derrière elle dans la rue. Même quand la conversation tombait sur Hokkaïdô, elle prenait soin de ne rien laisser entendre de ses origines, car elle se disait que, si les gens l'apprenaient, ils avertiraient peut-être ses parents. Tous ces efforts, elle les avait faits pour rien. Et même le fait d'y penser avait été inutile. Craignant que ses nerfs craquent, elle fit un effort désespéré pour conserver son calme.

– J'ai vécu jusqu'à aujourd'hui sans rien savoir...

– C'est donc que t'avais vraiment disparu sans laisser de traces.

– Oui...

– T'es trop classe. Moi aussi, je voulais faire la même chose, dit Sachiko en s'accoudant sur la table sale.

– Tu pourrais encore le faire aujourd'hui.

– C'est vrai, dit-elle en regardant tristement la bouteille. Mais je suis une arsouille, je bois comme un trou, alors qu'est-ce que tu veux faire ? Je suis pas fichue d'aller où que ce soit.

– Tu ne sais pas s'il y a une petite fille appelée Yuka Moriwaki dans les environs ?

– Comment veux-tu que je sache ce genre de truc ? répondit-elle en secouant la tête. Pourquoi tu me demandes ça ?

– C'est ma fille.

Elle resta stupéfaite.

– Comment ça se fait ? Qu'est-ce qui lui est arrivé, à ta fille ?

– Rien...

Elle la remercia et sortit précipitamment de la maison obscure. Dehors, tout aux alentours était baigné de lumière. Le soleil illuminait, ce jour-là, jusqu'au bitume raboteux de la nationale et jusqu'à la mer, pourtant d'un noir morne en hiver. Même si l'arrivée de la mauvaise saison était imminente, c'était un agréable début d'après-midi d'automne. Utsumi était appuyé contre la voiture, apparemment épuisé. On aurait dit un légume fané ; il était clair qu'il n'allait pas bien.

– Tu aurais dû rester assis dans la voiture, lui dit-elle, soucieuse de ménager sa santé.

– J'ai mal là, alors je suis mieux debout, répondit-il en tapant sur ses hanches décharnées.

– J'ai eu tort de te faire conduire.

– Dis-moi plutôt ce que tu as appris.

On voyait le supermarché du bord de la route. Même de loin, le bâtiment blanc se détachait nettement du paysage qui l'entourait.

– Ils sont morts tous les deux, dit-elle en évitant de croiser ses yeux.

– De quoi ils sont morts ? demanda-t-il aussitôt sans manifester aucune surprise.

– Dans un incendie, il paraît.

– Tu veux qu'on aille consulter les archives au commissariat ?

– Ça servirait à quoi ? répondit-elle en captant son regard. Après tant d'années...

– Pourquoi ? C'est arrivé quand ?

– Il y a vingt ans. Juste à l'automne de l'année où je suis partie de la maison.

Il pencha la tête d'un air perplexe. À mesure qu'elle lui avait rapporté ces nouvelles, tout était apparu désespérément vain à Kasumi. Avec la mort de ses parents, elle avait l'impression d'avoir perdu le dernier moyen de retrouver la trace de Yuka. Alors pourquoi et dans quel but avait-elle fait ce rêve ? Qui lui avait fait faire un rêve pareil ? Elle essaya de s'en remémorer les détails, mais le fait même de réfléchir lui était pénible. C'est alors qu'elle s'exclama :

– Quelle conne !

Utsumi resta impassible. Lui était calme, mais Kasumi avait envie de tout envoyer au diable. Sa fille disparue, ses recherches et puis cet homme déjà à moitié mort. Tout. Elle s'approcha de lui d'un pas décidé et scruta son visage – l'ombre de ses orbites enfoncées, ses joues creuses. Puisqu'il allait crever, il n'avait qu'à crever seul. On pouvait bien faire tous les rêves qu'on voulait. Tous les deux, ils avaient fait semblant de chercher Yuka et n'avaient pensé qu'à eux-mêmes.

– Moi, j'en ai marre. J'ai fait une croix sur ma fille et j'ai décidé d'arrêter les recherches.

Il l'écoutait sans rien dire. Puis il leva la tête vers le ciel, le soleil l'éblouit et le fit clignoter des yeux. Le regard d'Utsumi quand il passait à travers l'objet visé et flottait dans le vide. Quand elle reconnut ce regard, Kasumi se mit à longer la route nationale à grands pas. Elle avait pris la direction de Sapporo. Il s'aperçut aussitôt qu'elle avait oublié dans la voiture le sac de nylon qu'elle avait apporté de Tôkyô, mais il pensa que cela n'avait plus aucune importance. À l'intérieur, il y avait les vêtements neufs qu'elle avait achetés pour Yuka. Il monta dans sa voiture et se rapprocha lentement d'elle.

– Kasumi...

Elle tourna la tête sans s'arrêter de marcher. Il passa son visage émacié par la vitre.

– À propos de ce que tu m'as dit tout à l'heure, je trouve ça un peu bizarre, je vais vérifier.

– Qu'est-ce qu'il y a de bizarre ?

– C'est une intuition que j'ai, répondit-il, puis il sourit légèrement. En tout cas, je vais me renseigner auprès de quelqu'un. Le village n'est pas bien grand.

Ayant trouvé une cabine téléphonique, il arrêta sa voiture devant. Elle acheta un jus de fruits dans le supermarché et alla sur la plage. Elle chassa un chat qui occupait un parpaing, s'y assit et contempla la mer en buvant. Utsumi la rejoignit. Le soleil déclinait déjà.

– J'ai trouvé ta mère.

– Où ça ? dit-elle en se retournant avec surprise.

Le soleil dans les yeux, il fit une grimace.

– Il paraît qu'elle tient un snack.

L'Auberge de Kiraï était le seul bar-restaurant du village, alors un snack ? Kasumi était sceptique.

– Et mon père ?

– Eh bien..., fit-il en haussant les épaules.

La fatigue des efforts qu'il avait fournis toute la journée était gravée sur sa figure.

Le snack où devait être sa mère s'appelait Kohama. Ils prirent le chemin de l'unique rue animée du village. C'était une petite rue où plusieurs bistrots étaient rassemblés, mais ils n'existaient pas à l'époque où Kasumi habitait le village. Kohama était situé à une extrémité. C'était une petite maison peinte en blanc, avec une grande enseigne qui attirait l'attention. Comme il était encore tôt, elle frappa avec hésitation contre la porte en planche.

– Oui, je vous en prie ! répondit une voix de bonne humeur.

C'était la voix de sa mère. Elle ne se souvenait pas de l'avoir jamais entendue aussi gaie. Était-ce vraiment elle ? Son cœur se mit à palpiter. Elle poussa la porte avec détermination. C'était minuscule, un comptoir avec six places en tout et pour tout. Il y avait déjà des clients. Un homme dans les premières années de la vieillesse et un autre d'une quarantaine d'années en tenue de travail se tenaient à une extrémité du comptoir et buvaient de la bière. Sa mère était derrière le comptoir, s'affairant tout en tenant compagnie aux deux buveurs. Avec des gestes toujours aussi précis et rapides, et son air sérieux, elle faisait revenir à la sauce de soja dans un wok quelque chose qui embaumait le gingembre. Elle portait une chemise à motifs de fleurs éclatants et un tablier rose. Elle leva la tête et regarda Kasumi. Avec ses cheveux blancs et sa façon de regarder derrière ses lunettes, elle ressemblait à une vieille femme ; pourtant, elle parut étonnamment jeune à Kasumi par rapport au temps où, dans la cuisine de l'auberge, elle avait toujours un air grincheux.

– Bonjour, dit-elle en souriant.

Elle ne la reconnaissait pas. Ne s'étant pas préparée à cette éventualité, Kasumi ne sut que dire et resta immobile. Sa mère parut un instant déconcertée, la regarda de nouveau, ainsi qu'Utsumi, et les invita à s'asseoir sur les sièges au milieu du comptoir :

– Installez-vous ici, je vous en prie.

– Maman...

Sa mère ouvrit la bouche de stupeur. Un cri lui échappa, mais aucun mot ne sortit. Les deux autres clients se regardèrent en se demandant ce qui se passait. Utsumi, adossé contre la porte, demeurait dans la pénombre sans bouger.

– Tu es Kasumi ?

– Oui.

Elle poussa un nouveau cri, le même que quelques secondes plus tôt. Cette fois, un peu d'embarras s'y mêlait.

– Quelle surprise... Ça fait combien d'années ?

– Excuse-moi. Ça fait vingt ans.

– Qu'est-ce qui se passe ? demanda l'homme au bout du comptoir.

Il était assis en tailleur sur son tabouret. L'inquiétude qui paraissait sur sa figure était en contradiction avec sa tenue négligée.

– Non, c'est que... c'est ma fille. Ça m'a fait un choc.

– Ah oui, tu m'avais bien dit que tu avais une fille.

– Eh oui. Elle s'appelle Kasumi et elle a disparu après le lycée.

Tous les deux bavardaient sans se préoccuper d'elle. Ne sachant que faire, elle se tourna vers Utsumi. Il était si amaigri que sa silhouette se fondait dans l'obscurité du coin où il se tenait et elle ne distinguait pas son visage. L'homme en tenue de travail, n'y tenant plus, se leva.

– Ne restez pas ici. Allez donc parler à l'étage.

– Pardon, fit sa mère en coupant le gaz.

Elle se dirigea vers l'escalier au fond de la salle et l'invita à la suivre d'un signe de la main. Kasumi la suivit dans l'escalier. En regardant ses jambes devant elle, elle trouva étrange d'être partie avec l'intention de ne jamais revoir sa mère. Ses mollets avaient exactement la même forme que les siens. Quelqu'un devait loger à l'étage, car il y avait un couchage posé dans un coin.

– Ça fait si longtemps, hein. Je ne pensais pas te revoir avant de mourir.

Elle s'était dit que sa mère pleurerait peut-être, mais elle était tout juste déconcertée.

– Pardonne-moi. Moi non plus, je ne pensais pas revenir un jour.

– C'est bien ce que je pensais, dit-elle en la regardant d'un air sévère. Alors, il n'est pas question de tomber dans les bras l'une de l'autre, pas vrai ?

– Non, en effet.

Kasumi s'était vaguement imaginé qu'elle serait accueillie à bras ouverts. Mais sa mère ne lui avait pas pardonné. Persuadée pendant toutes ces années qu'elle était en fuite, elle découvrait que sa mère avait depuis longtemps épuisé son amour pour elle. Cette méprise l'amusa et elle laissa échapper un petit rire. Elle ressentait à cet instant combien l'abandon de ses parents et la vie qu'elle avait menée seule jusque-là n'avaient été que peine perdue. Sa mère baissa les yeux et commença à retirer des peluches sur son pantalon gris poché aux genoux. En la regardant faire, Kasumi songea à un vieil animal. Sa mère releva la tête.

– Pourquoi es-tu revenue ?

– Tu n'es pas contente ?

– Bien sûr que je suis contente. Mais pourquoi, si brusquement...

Son attitude n'était pas exempte d'un certain agacement. Kasumi se résigna à lui parler de Yuka.

– Ma fille a disparu près du lac Shikotsu. Ça fait quatre ans que je la cherche. Alors, je me suis dit qu'elle était peut-être ici...

Sa mère cacha sa bouche derrière sa main. Elle avait exactement les mêmes mains qu'elle. Ses yeux ridés étaient pleins de larmes. Peut-être s'était-elle retenue d'éclater en sanglots.

– Pourquoi veux-tu qu'elle soit ici ? Pourquoi veux-tu qu'elle soit dans un village d'où toi-même tu as disparu ?

Kasumi s'avisa alors qu'elle était en colère.

– Oui, c'est vrai. Il n'y a rien ici. Il n'y a rien à faire ici.

– Et crois-moi, ce n'est pas facile de passer sa vie dans un endroit où il n'y a rien à faire. Enfin, c'est sans doute difficile à comprendre pour quelqu'un qui s'est enfui.

– J'ai eu tort ?

– Non, tu n'as pas eu tort. C'est ta vie, après tout. Moi, tu dois comprendre que j'ai refusé de souffrir à cause de toi. Je ne me suis pas laissé abattre et j'ai refait ma vie. Toi aussi, tu dois être courageuse.

Une détermination qu'elle ne lui avait jamais vue jusque-là apparaissait sur son visage épaissi avec l'âge. Kasumi détourna les yeux. Les tatamis étaient neufs.

– Et papa ?

– Il est mort il y a trois ans. D'une hémorragie cérébrale. Après, j'ai tenu bon, et puis je me suis remariée il y a deux ans.

– Ah oui, tu t'es remariée ?

– Oui, c'est l'homme qui est en bas.

Elle avait prononcé cette dernière phrase d'une voix calme et pleine d'assurance. Il devait s'agir de l'homme qui se tenait au bout du comptoir.

– Où est-ce que vous vous êtes connus ?

– Il travaillait sur un chantier et il est venu au restaurant. Il a cinq ans de moins que moi. Son nom, c'est Yukihiro Komura. En mélangeant avec Hamaguchi, ça donne Kohama, le nom du restaurant. On a des dettes sur le dos et on n'est pas riches, mais je suis heureuse.

– Parce que tu n'es pas toute seule ?

– Oui, c'est ça, dit-elle en penchant la tête comme pour réfléchir. Je suis heureuse comme ça.

– Même si tu ne savais pas où j'étais ?

– Oui.

Sa mère baissa les yeux sur ses mains couvertes de taches. Une bague brillait à l'un de ses doigts. Kasumi ne l'avait jamais vue porter d'alliance.

– Tu n'as jamais essayé de me chercher ?

– Jamais. À quoi ça aurait servi de te ramener à la maison ?

– Mais moi, je suis épuisée de chercher ma fille. Qu'est-ce que je dois faire ? Dis, maman, qu'est-ce que je peux faire ?

– Il faut que tu la cherches avec ton mari, je ne vois rien d'autre à faire.

– Mais toi, tu ne m'as pas cherchée ! s'exclama Kasumi.

– Une fille de dix-huit ans et une enfant de cinq, ce n'est pas la même chose.

Même si elle comprenait, Kasumi ne parvenait pas à se faire à l'idée que ce qu'elle était en train de vivre était très éloigné de ce que sa mère avait vécu. C'était peut-être la même chose pour elle. Pourtant, sa mère avait beau se tenir devant ses yeux, elle n'était déjà plus sa « mère » parce qu'elle avait tourné la page en se remariant.

– Il faut que je redescende, fit-elle en prenant un tablier posé à côté d'elle. Il n'y a personne pour tenir le restaurant.

– D'accord.

Se sentant soudain épuisée, Kasumi s'étendit sur le dos à même les tatamis.

– Tu peux utiliser le lit, si tu veux. L'homme qui est venu avec toi, ce n'est pas ton mari, n'est-ce pas ?

– Comment est-ce que tu le sais ? dit-elle en la regardant sans bouger la tête.

– C'est qu'il est tout gêné, et puis vous n'avez vraiment pas l'air d'un couple.

– Tu as raison. Ce n'est pas mon mari.

– Il est un peu sombre, non, cet homme ?

– Il est malade.

Kasumi observa l'ombre qui passait sur le visage de sa mère. « On la dérange », pensa-t-elle. Mais le sommeil l'envahissait et elle ne pouvait plus tenir les yeux ouverts.

– Tu es incorrigible. Tu vas attraper un rhume.

Elle déplia rapidement la literie. Une odeur de maquillage s'en dégageait. Une femme de ménage y avait peut-être dormi. Mais elle ferma les yeux sans s'en préoccuper davantage. Peu importait Utsumi.

La pièce était plongée dans le noir. Des rires lui parvenaient sans cesse du rez-de-chaussée. Parmi ces rires, celui de sa mère était particulièrement fort. Elle sentit tout à coup une présence. Utsumi était adossé au mur sous la fenêtre et la regardait.

– Utsumi.

– Tu es réveillée ?

– Oui. Combien de temps j'ai dormi ?

– Un peu plus d'une heure, je pense.

– Ne reste pas si loin, viens là.

Elle souleva la couette pour l'inviter à l'y rejoindre. Lentement, il vint s'étendre à côté d'elle.

– La voiture t'a fatigué ?

– Non.

Il était clair qu'il mentait.

– Tu n'as pas de fièvre ? lui demanda-t-elle en posant la main sur son front.

Il n'avait pas de fièvre ; au contraire, sa température était plus basse que la normale, ce qui inquiéta Kasumi.

– Je suis en forme aujourd'hui.

Jusqu'à quand cela durerait-il ? Ces derniers jours, certains signes attestaient que la mort s'approchait de lui. Son regard fixé au loin. Des deux mains, elle lui boucha la vue pour l'empêcher de regarder. Surpris, il tenta d'ôter ses mains, mais elle protesta en secouant la tête :

– Non, tu ne dois pas regarder.

– Pourquoi ?

– Parce que..., fit-elle, puis elle colla ses lèvres contre les siennes.

Quand elle les retira, il poussa un soupir et murmura :

– J'imaginais pas qu'une vie comme ça m'attendait.

– Quelle vie ?

– Je parle pas de ma maladie. Je veux dire, toi.

Un peu plus, il lui aurait fait ses adieux. Elle se sentit triste. Elle ne l'aimait pas, mais elle avait de l'amour pour lui en cet instant. C'était parce qu'il allait mourir. S'il n'avait pas été affecté d'une maladie mortelle, leur rencontre ne se serait pas faite de cette façon et elle ne serait pas partie en voyage avec lui. Elle n'aurait pas continué, nuit après nuit, à lui murmurer dans son sommeil l'histoire de sa vie perdue.

– Utsumi, tu as quel âge ?

– Trente-quatre.

– Pourquoi est-ce que tu vas mourir si jeune ? Il y a tellement de choses que je veux te dire.

– Quoi ?

– Des choses que tu ignores.

– Ça m'est égal de les ignorer, tes trucs.

– Comment tu peux dire ça alors que tu ne sais pas ce que c'est ! lui rétorqua-t-elle, stupéfaite de la puérilité de sa réaction.

Elle l'obligea à se déshabiller sans ménagement. Ses vêtements étaient trop grands pour lui. Elle se dénuda à son tour, le fit s'allonger sur le dos et se coucha sur lui. Ses lèvres parcoururent la longue cicatrice qu'il avait sur le ventre. Silencieux, il contemplait le ciel nocturne par la fenêtre. Quand elle commença à lécher son sexe engourdi, il posa délicatement ses mains sur sa tête, mais son regard ne bougea pas. Il allait partir pour ne plus revenir, mais il ne fallait pas qu'il s'en aille tout de suite. Elle allongea le bras pour lui fermer les yeux. Mais il attrapa sa main.

– Non, dit-il doucement. Je ne peux plus le faire.

– Pourquoi tu dis ça ?

– Parce que je ne peux plus.

Il roula sur lui-même pour échapper à l'emprise de sa langue. Elle se redressa brusquement sur le matelas. Elle recouvrit le corps d'Utsumi avec la couette. Le sentiment de son impuissance l'envahit. Elle ne pouvait rien faire. Et puis elle se sentait toute bizarre d'avoir tenté d'abuser de sa faiblesse. Elle voulait, de toute façon, partir ailleurs. Son but avait été de revenir dans son village et, maintenant qu'elle y était, elle avait compris qu'il n'y avait rien là non plus. C'était peut-être parce qu'elle se retrouvait brutalement sans objectif qu'elle avait agi ainsi. Elle eut l'impression d'être vide.

– Comment c'était avec ta mère ? lui demanda-t-il.

Sans répondre, elle tendit l'oreille aux bruits du rez-de-chaussée. Au milieu des éclats de rire des clients, elle entendait le crépitement de quelque chose qui cuisait dans une poêle. L'animation leur parvenait jusqu'à l'étage.

Comme elle ne lui répondait toujours pas, il poursuivit :

– Elle te ressemble.

La main de Kasumi plongea sous la couette et chercha à se saisir du sexe d'Utsumi. Tout en haletant, il parvint à l'esquiver.

– De quoi vous avez parlé ?

– Ça t'intéresse ?

– Bien sûr que ça m'intéresse.

– Ma mère était en colère contre moi. Au lieu de me dire qu'elle était heureuse de me revoir après si longtemps, c'est tout juste si elle ne m'a pas demandé ce que je venais faire ici.

– Ça t'a fait un choc ?

– Ce n'était pas comme j'avais imaginé. C'est tout, répondit-elle, puis elle hocha la tête d'un air incrédule et ajouta : En somme, c'est juste que je ne me fais pas à cette idée. Quand je m'y serai faite, ça ira tout de suite mieux.

Il prit sa main. Elle le laissa faire et s'étendit à côté de lui. Il posa la main sur son épigastre. Puis il plaça sa propre main par-dessus.

– J'ai décidé d'arrêter les recherches, commença-t-elle comme à son habitude. Parce que la chercher, ça ne fait que me rendre folle d'inquiétude. C'est parce que je ne sais pas si Yuka est vivante ou morte que je m'obstine. Ma mère m'a dit tout à l'heure : « Tu dois comprendre que j'ai refusé de souffrir à cause de toi. Je ne me suis pas laissé abattre et j'ai refait ma vie. » C'est pour ça que j'ai décidé d'arrêter. Je ne vais pas oublier Yuka, mais je ne la rechercherai plus. J'ai décidé de vivre maintenant, avec l'idée que je pourrai peut-être la revoir un jour. Quand Sachiko m'a menti à propos de mes parents, j'ai été prise de remords terribles, en pensant à tout ce temps vécu en pure perte. J'ai aussi compris que j'étais insensible, et ça m'a fait perdre mes illusions envers moi-même. Je croyais que c'était moi qui avais vécu avec mon abandon. J'ai compris que ma vie avait été une illusion, ça m'a fait peur, et puis je m'en suis voulu de mon optimisme à vouloir croire que je vivais vraiment. Mais c'est peut-être la même chose. J'ai cherché Yuka avec la conviction qu'elle ne pouvait être qu'en vie, mais si elle est morte, alors ma vie a été une illusion. Si je m'étais résignée à l'idée qu'elle soit morte, alors ma vie aurait aussi été une illusion si elle est vivante. Mais comme je ne sais pas où est la vérité, il ne me reste que ma vraie vie à vivre, et elle n'est ni l'une ni l'autre. Je me trompe ?

– Non, acquiesça-t-il.

– Le rêve que j'ai fait en venant ici, c'était un rêve effrayant. Pourtant, même s'il était effrayant, j'ai pensé que ce serait tellement merveilleux que ce soit la réalité. Parce que, comme ça, j'aurais pu mettre un terme à ce voyage sans fin. Parce que j'aurais pu enfin retrouver Yuka. Qu'est-ce qui est mieux, je n'en sais rien. Je continue mon voyage. Mais le but de ce voyage, ce n'est pas de chercher Yuka. N'est-ce pas ?

– Alors, c'est quoi le but ?

– Il n’y a pas de but.

Utsumi sentit un peu de force contre ses doigts qui maintenaient la main de Kasumi sur son ventre.

– Simplement, vivre jusqu’au bout.

Il changea de position et l’attira dans ses bras. Elle se serra contre lui pour l’envelopper, pensant : « J’aimerais tant lui donner un peu de ma santé. »

– C’est chaud, murmura-t-il.

Elle se dit qu’elle allait le tenir contre elle jusqu’à ce qu’il s’endorme.

22

À partir du lendemain, Utsumi resta alité. Sa mère les ayant autorisés à demeurer dans la pièce au-dessus du snack, Kasumi prit la décision de veiller sur lui tout en aidant au restaurant le soir. Sa mère vivait chichement avec son mari dans une maison d'une seule pièce à l'arrière de Kohama.

– On peut rester ici jusqu'à ce qu'il aille mieux ?

– Oui, bien sûr. L'étage, il n'y a que la femme de ménage qui l'utilise quand elle vient. Vous pouvez rester aussi longtemps que vous voulez.

Sa mère avait dû se rendre compte, pourtant, qu'Utsumi était proche de la fin, mais elle n'en avait pas parlé. Le mari de sa mère lui confia :

– Ma petite Kasumi, vous avez bien fait de venir, votre maman va beaucoup mieux.

– Elle n'allait pas bien ?

– Si, elle allait bien. Mais maintenant elle est en grande forme !

Komura éclata de rire. Elle savait qu'il avait cinquante-neuf ans, mais, de longues années de travail au grand air lui ayant tanné la figure, ce petit homme rabougri paraissait plus vieux que son âge. Il avait deux plaisirs : boire du saké et être tendre avec sa mère. Il la suivait, la protégeait comme un chien fidèle.

Kasumi se consacrait entièrement aux soins d'Utsumi. Elle utilisait la cuisine du restaurant pour préparer leurs repas. Elle voulait qu'il mange de tout tant qu'il était encore capable d'avaler quelque chose. S'il lui disait qu'il se sentait faible, elle lui frottait le dos aussi longtemps qu'il le fallait. Lorsqu'il avait un accès de fièvre, elle lui appliquait de la glace pour faire baisser sa température avant que ses forces se consument. Un soir, comme le stock de glace du restaurant était épuisé, elle courut s'en procurer jusqu'au supermarché qui se dressait à la place de son ancienne maison. L'état d'Utsumi se détériorait de jour en jour. Mais, même si son estomac le faisait se tordre de douleur, il voulait toujours dormir avec elle. Chaque nuit, elle se couchait en le tenant dans ses bras. Elle le dorlotait parce qu'elle savait sa fin imminente. Parce que c'était le travail auquel elle devait faire face maintenant qu'elle avait renoncé à rechercher sa fille.

– Tu t'occupes bien de lui, lui dit sa mère avec admiration. Bien que ce ne soit pas ton mari...

– Si c'était son mari, elle ne serait pas à ses petits soins, plaisanta Komura.

Tous les deux éclatèrent de rire. À la différence de son père qui régentait tout dans la famille, Komura s'en remettait entièrement à sa mère pour ce qui concernait le snack. Il faisait des apparitions dans le restaurant lorsqu'il se morfondait de rester seul à ne rien faire. La salle étant minuscule, sa mère ne se privait pas de lui dire qu'il gênait s'il s'attardait un peu trop longtemps, et pourtant il lui suffisait de s'asseoir au bout du comptoir pour être de bonne humeur. Tous les deux s'entendaient à merveille et partaient faire une promenade dans l'Alto de Komura dès qu'ils avaient un moment de libre. Au retour, malgré leurs modestes moyens, ils s'arrêtaient dans un drive-in au bord de la route, achetaient des boules de pain farcies ou des bâtons de pâte de haricot rouge sucrée et leur apportaient en cadeau. Sa mère bavardait gaiement avec les clients à qui elle servait en temps voulu les petits plats qu'elle préparait avec agilité. À sa surprise, grâce à la renommée de sa mère, le snack ne désemplissait pas. Aurait-elle pu imaginer qu'elle avait une nature aussi gaie ? À l'auberge, elle ne l'avait jamais vue qu'affairée dans sa cuisine et de mauvaise humeur. « J'étais une gamine, je ne savais rien à rien quand je suis partie de la maison », pensa Kasumi. Une nuit froide du début du mois d'octobre, Sachiko fit son entrée dans le restaurant. Sous son manteau épais, le survêtement qu'elle portait avait tout l'air d'un pyjama. Lorsqu'elle reconnut Kasumi derrière le comptoir, elle s'écria :

– Tiens, Kasumi !

– Bonsoir.

Sachiko adressa un sourire à sa mère qui était en train de verser de la bière à un client.

– Patronne, comme d'habitude, s'il vous plaît.

Apparemment, elle appréciait le *chûhai*[1]. Sa mère demanda à Kasumi de lui servir son verre. Celle-ci le posa devant Sachiko sans rien dire.

– Tu m'excuses, hein ? dit-elle. Je n'avais vraiment pas l'intention de te mentir, mais j'ai pensé : merde ! c'est pas vrai qu'elle revienne au bercail maintenant.

– Je ne suis pas revenue au bercail.

Faisant semblant de rien, sa mère parlait courses de chevaux avec un habitué.

– Tu disais que tu étais juste de passage, mais tu es encore là, non ? répliqua Sachiko, contrariée, en tordant la bouche.

– C'est parce que je ne sais pas encore jusqu'à quand je reste.

1. Eau-de-vie avec du soda.

Sachiko vida son verre avec délectation et en commanda aussitôt un deuxième. Kasumi lui offrit un bol de *nimono*[1] qu'elle avait préparés elle-même.

– C'est toi qu'as fait ça ?

– Oui.

– Tu t'es vite habituée, dis donc...

C'était vrai. Kasumi sourit. Après avoir observé sa réaction du coin l'œil, Sachiko la relança :

– Mon verre, ça vient ?

D'un regard, sa mère lui faisait comprendre de la laisser dire. Elle semblait avoir l'alcool mauvais.

– Moi, tu sais, j'ai eu l'impression que tu me laissais tomber. Je t'en ai toujours voulu. (Elle alluma une Seven Star prise dans la poche arrière de son pantalon.) Je parle de quand tu es partie. Ouais, le printemps de l'année où on a quitté le lycée. Je t'avais porté tes affaires, mais c'était parce que je voulais voir si t'étais vraiment capable de le faire. Et tu l'as fait, tu as vraiment disparu et ton père est venu à la maison pour m'engueuler. Ouais, je t'assure.

Tout en parlant, elle regardait vers la mère de Kasumi pour avoir son assentiment.

– Écoute, Sachiko, j'ai complètement oublié cette histoire.

– Comment ça se fait ? Votre fille, elle est partie à Tôkyô et elle a pris de grands airs parce que, elle, elle était libre, mais moi, pendant ce temps-là, elle m'a laissée tomber et je me suis fait engueuler par son père. Il m'a dit que c'était de ma faute ou je ne sais pas quoi. C'était n'importe quoi. Il m'a vraiment fait chier...

– J'ai eu tort de faire ça, s'excusa Kasumi.

Mais elle ne voulait rien entendre.

1. Mets (légumes, poisson, volaille...) cuits à la sauce de soja et servant d'amuse-gueule.

– Toi, puisque que tu es mère maintenant, tu dois comprendre, non ? Dans quel état on était tous en t'attendant. Ta mère, tiens, elle est formidable. Malgré la rancœur, accepter de t'héberger comme elle le fait... Et alors, tu t'es encore enfuie de quelque part, c'est ça ?

Komura, qui les écoutait en silence, s'immisça alors dans leur conversation :

– Sachiko, ce qu'est bien chez elle, c'est que c'est l'alcool qui la fuit.

– Oui, parfaitement, se récria-t-elle. Je suis très bien. La preuve, c'est que je bois tous les soirs.

– Le soir ? À midi, tu es déjà rouge comme une pivoine. C'est ton mari qui doit être embêté avec toi.

– Holà, tu m'emmerdes.

Sachiko et Komura étaient sur le point de se quereller. Sa mère, bien avisée, lui demanda :

– Kasumi, va au supermarché et achète-nous des poireaux.

Elle enfila le manteau de sa mère accroché à l'entrée et sortit. Il y avait un porte-monnaie jaune dans l'une des poches. Elle l'ouvrit à la lumière des bistrots voisins pour en vérifier le contenu et y trouva trois billets de mille yens. En regardant ces malheureux billets, elle se sentit le cœur gros. Dans cette région, la vie n'était que privations. Cette pensée lui pesa comme un fardeau et elle voulut la balayer de son esprit. Elle se mit à marcher à grandes enjambées vers le supermarché brillant de tous ses feux. Il fallait qu'elle se vide la tête. Elle se dépêcha d'acheter les poireaux et se dirigea vers la plage derrière. Elle foula le sable, fit face à la mer nocturne. Elle était calme. Pourtant, un mugissement sinistre s'élevait de ses profondeurs. Elle eut un mouvement de recul et se tourna vers la plaine qui s'étendait derrière elle. Pas un souffle de vent. Elle avait envie de revivre ce moment de terreur lorsque, la nuit où elle s'était enfuie, elle avait senti sur ses joues la menace de la mer et du vent. Ainsi, restant là, elle crut qu'elle allait faire corps avec ce lieu.

Quand, les poireaux sous le bras, elle poussa la porte du restaurant, Sachiko, ivre, cherchait noise à un autre homme. Sa mère, d'un signe des yeux, lui demanda de monter au premier. Kasumi posa son sac et grimpa rapidement l'escalier.

– Déjà ?

Utsumi venait juste de prendre son thermomètre. La lampe de chevet était allumée et la télévision éteinte.

– Oui, Sachiko est là.

– Ah, c'est une habituée ? dit-il en se renfrognant.

– Ta fièvre, ça va ?

Avant qu'il ait le temps de répondre, elle s'empara du thermomètre et vérifia par elle-même. Il avait un peu plus de trente-huit. Peut-être s'était-il habitué à la fièvre ; en tout cas, il était relativement calme. Il la regardait d'un œil paisible. À l'époque où elle avait fait sa connaissance, il avait un air maussade, avec un regard de bête sauvage qui guette quelque chose avec impatience. Un regard farouche et vil. C'était différent maintenant. Affaibli, pensait-elle, il acceptait enfin la réalité. Mais accepter la réalité, c'était faiblir. Elle brûlait d'impatience de le ramener en arrière.

– Il s'est passé quelque chose ?

– Hmm, répondit-elle en faisant non de la tête.

Elle se glissa sous sa couette. Le lit était tiède. Avant, leurs corps dégageaient plus de chaleur lorsqu'ils dormaient ensemble, pensa-t-elle avec angoisse. « C'est froid », fit-il quand ses doigts le touchèrent. Elle s'excusa, c'était parce qu'elle venait de dehors, mais elle ne lui dit pas qu'elle avait remarqué que ses membres étaient plus froids depuis quelque temps. Elle se déshabilla, jeta ses vêtements et posa sa tête sur sa poitrine.

– Prends-moi.

Lentement, avec des gestes sans force, Utsumi l'entoura de ses bras.

– Pas comme ça. Si tu es un homme, prends-moi.

– Je ne peux pas.

– Allez, prends-moi. Je veux faire l'amour avec toi. Si tu dois mourir, qu'est-ce que ça peut faire ? Je veux faire l'amour avec toi avant que tu meures.

– C'est pas possible.

– Mais si ! Ne pas faire l'amour, c'est ça la mort.

Il effleura ses seins de ses doigts décharnés. Elle prit sa main dans la sienne et la guida sur son corps. Une impulsion impétueuse s'empara d'eux irrésistiblement. Utsumi se mit à haleter. Quoique inquiète pour son cœur, une autre partie d'elle-même l'encourageait à aller plus loin pour le faire souffrir.

– Lèche-les, dit-elle en présentant ses seins devant sa bouche.

Il lui suça les mamelons. Sa bouche était brûlante, peut-être parce qu'il avait de la fièvre. Comme il ne salivait presque pas, elle sentit une légère brûlure.

– Ça va ? lui murmura-t-elle.

Elle serrait son crâne dans ses mains. Il écarta ses lèvres et lui répondit lentement :

– Oui, ça va.

Pourtant ses mouvements étaient ralentis et son cœur battait violemment. Malgré le déchirement qu'elle ressentait, la vie jaillissait en elle avec force et elle souffrait de ne pouvoir la canaliser. Sous le coup de l'excitation, elle attrapa les doigts d'Utsumi et les fit pénétrer en elle. Elle jouit presque instantanément lorsqu'il les fit bouger, et pressa son front transpirant contre sa poitrine.

– Pardon, s'excusa-t-elle en haletant.

– Tu as joui ? dit-il en souriant.

– Oui. Je suis vraiment désolée. Te forcer à ça alors que tu souffres.

Elle se redressa à demi et essuya le buste d'Utsumi avec une serviette. Puis elle lui fit prendre ses médicaments et se coucha tout en lui frottant le dos. Sa peine n'avait pas encore disparu.

– Je voudrais aller voir la colline où il y a le cimetière d'animaux.

Utsumi exprima ce désir quelques jours après. Il devait s'être souvenu du récit de son enfance qu'elle lui avait fait à un moment ou à un autre. Il faisait froid ce jour-là, le ciel était couvert et il neigeait à légers flocons. Le vent soufflait fort au sommet de la colline. Kasumi voulut remettre l'excursion à une autre fois.

– On ira un jour où il fera moins froid. Pourquoi tu veux y aller ?

– Parce que je pense qu'après je ne pourrai plus.

Il lui tint tête et ne céda pas. Résignée, elle demanda à Komura de les conduire dans son Alto jusqu'à la colline. Utsumi ayant laissé ses affaires à Sapporo, il n'avait rien de chaud à se mettre. Komura était de petite taille, mais, amaigri comme il l'était, Utsumi pouvait porter ses vêtements. Il lui emprunta un pantalon et un pull-over et, ainsi vêtu, il monta dans la petite voiture qui les conduisit à la colline, pourtant proche même à pied. Utsumi les fit arrêter devant la cour du collège.

– Ici, ça ira. Je voudrais sortir.

Il descendit de la voiture sans tenir compte de l'interdiction de Kasumi. Ce grand corps maigre paraissait si frêle qu'elle craignait qu'il ne se fasse renverser par les rafales de vent. Il resta ainsi plus de dix minutes les yeux fixés en direction de la mer. La nationale s'étendait en contrebas ; de l'autre côté, on voyait le supermarché blanc et la mer grise derrière.

– Tu n'as pas froid ?

Mais elle avait beau l'interroger, il ne répondait pas. Les attendant dans la voiture, Komura laissait échapper des bâillements d'ennui.

– Qu'est-ce que tu regardes ?

– Je regarde l'endroit où Kasumi a vécu.

Ses yeux demeurèrent longuement fixés sur le supermarché et sur la mer, comme s'il voulait les imprimer sur ses pupilles, puis il se retourna et leva la tête vers le cimetière. Une fine traînée de fumée blanche s'élevait d'une cheminée entre les montagnes dénudées. Le vent la déportait sur le côté et son odeur flottait aux alentours.

– Qu'est-ce que tu penses de cet endroit ? lui lança-t-elle.

– C'est sans intérêt.

– Je te l'avais dit.

– Quand je serai mort, va-t'en vite d'ici.

Était-ce pour s'en assurer qu'il avait voulu venir ici ? Kasumi scruta ses yeux, mais ils étaient braqués sur quelque chose au-delà d'elle. Son regard était de plus en plus lointain. Il allait mourir bientôt. Ayant le pressentiment clair qu'il ne lui restait que quelques jours, Kasumi avala sa salive. La cour du collège lui suffisait, ils repartirent sans monter jusqu'au cimetière d'animaux domestiques. Le soir, sans doute en raison de sa longue exposition au vent glacial, Utsumi eut un accès de fièvre.

– C'est à cause du froid.

Elle lui mit sous chaque bras un sac plastique rempli de glace. Elle ne le faisait que par acquit de conscience. Posant une main sur ses genoux, il lui demanda :

– Je veux rencontrer Ishiyama. Est-ce que tu peux le joindre ?

– Ishiyama ? Pourquoi ?

– Je veux le voir.

Il aurait dû le détester, pourtant. Elle prit son agenda au fond de son sac et composa son numéro sur son téléphone mobile. Ishiyama répondit aussitôt.

– Allô ?

Il ne disait pas son nom, sans doute parce qu'il était sur ses gardes.

– C'est Kasumi.

– Oh, Kasumi ? Je me demandais où tu étais et j'étais inquiet.

– Je vais bien. Je suis chez ma mère en ce moment.

– Pourquoi ?

– M. Utsumi n'est pas bien.

– Ah..., souffla-t-il.

C'était presque un soupir. Un bref instant il resta silencieux, puis lui demanda enfin :

– Et Yuka, des nouvelles ?

– J'avais bon espoir de trouver quelque chose ici, mais il n'y a rien. En fait, M. Utsumi souhaite te rencontrer, est-ce que ça t'embêterait de venir ?

– Le plus tôt sera le mieux, c'est ça ?

– Oui, aussi vite que possible.

Il lui dit qu'il viendrait le lendemain. Elle raccrocha après lui avoir donné l'adresse. Ayant entendu sa réponse, Utsumi s'endormit l'esprit en paix.

Le lendemain dans l'après-midi, alors qu'elle était en train de balayer devant le restaurant, Kasumi entendit la voix d'Ishiyama.

– Kasumi.

Il portait une veste en cuir jaune ocre, de marque Hermès probablement. Ses cheveux permanentés étaient plus clairs, jaunâtres eux aussi. Sortant à ce moment précis de la maison, Komura fut effaré en voyant cet homme à l'allure extravagante. Kasumi s'amusa à penser que, pour le prix de cette veste, Komura aurait pu acheter au moins cinquante blousons.

– Jolie couleur.

Elle caressa le cuir jaune. Il était souple et doux au toucher. Sous sa veste, Ishiyama portait un pull-over à col roulé en cachemire et il avait mis une écharpe blanche. S'imaginant probablement qu'un yakuza avait débarqué de Sapporo, Komura était retourné dans la maison sans demander son reste.

– C'est Mana qui vient de me l'offrir.

Il tendit le doigt vers l'arrière. Mana était assise dans la BMW rouge garée au bord de la nationale et regardait vers eux d'un air inquiet.

– Ici, c'est l'endroit où tu as vécu ?

Il regardait avec curiosité la rue minable où s'alignaient tous les bistrots du village.

– Aujourd'hui l'endroit où se trouvait ma maison est devenu un supermarché.

– Là-bas ? fit-il en souriant. On vient juste d'y passer. Mana a acheté un café glacé.

– Oui, c'est ça, celui qui est sur la plage.

Elle se souvint qu'elle n'avait jamais parlé à Ishiyama de son village natal. Alors qu'elle en avait parlé tant et tant à Utsumi qu'elle ne connaissait pas depuis deux mois... Avec Ishiyama, elle n'avait recherché que les liens du corps. Il prit une cigarette sans entrer tout de suite dans le restaurant. Elle lui avait peut-être transmis ses pensées.

– Depuis qu'on s'est revus au lac Shikotsu, j'ai beaucoup réfléchi.

– C'est vrai ? Moi aussi.

– Qu'est-ce que tu comptes faire pour Yuka ?

– Je vais arrêter les recherches.

– Hmm, acquiesça-t-il en allumant sa cigarette avec un briquet Cartier en or. Quand on ne sait pas, on ne sait pas. Il faut partir de ce constat, c'est la seule chose à faire. J'ai mis longtemps à comprendre ça.

– J'étais la dernière à en être encore prisonnière, c'est pour ça.

– Tu es sa mère, c'est normal.

– Mais je vais peut-être redevenir libre cette fois.

– Tant mieux. Je suis content pour toi.

Il lui caressa la joue. Ces gestes tendres dont lui seul avait le secret. Elle ferma les yeux un instant et se plongea dans les souvenirs qu'ils faisaient renaître en elle. Mais Ishiyama se retourna brusquement. Sans doute la jalousie de Mana qui le préoccupait.

– Elle est possessive ?

– Ce n'est pas plus mal qu'elle soit un peu jalouse. Elle me harcèle ces derniers temps. Elle voudrait qu'on parte en vacances à l'étranger, mais moi je n'ai pas de passeport et je ne peux pas l'accompagner.

Cet air sérieux avec lequel il racontait une chose insignifiante... Elle le regarda en proie à des souvenirs éblouissants.

Elle poussa la porte du restaurant l'esprit rasséréné. Lorsqu'ils arrivèrent à l'étage, Utsumi était réveillé et regardait par la fenêtre. Le soleil s'obscurcissait de plus en plus tôt. La solitude lui pesait quand le jour déclinait et il ne laissait plus Kasumi s'éloigner. Cette heure était toute proche. Elle lui dit d'une voix douce :

– Ishiyama est là.

Il leva la tête et le salua, mais il ne put pas soutenir longtemps cette position. Il la laissa retomber sans force sur l'oreiller.

– Merci d'être venu.

D'un air indifférent Ishiyama déposa à son chevet une enveloppe contenant une somme d'argent.

– Je me suis demandé pourquoi vous vouliez me voir. Vous voulez que je vous donne mon opinion sur la disparition ?

– Non, c'est pas ça, répondit Utsumi en souriant. Kasumi me l'a déjà dite.

– Alors, comment allez-vous ?

– Bah, c'est foutu, dit-il sans émotion. Je suis heureux de vous voir aujourd'hui. C'est pour bientôt.

– Qu'est-ce qui est pour bientôt ?

– Je vois de moins en moins clair. Je me disais que ce serait bien si vous pouviez venir tout de suite pour m'insuffler votre énergie.

– Vous trouvez que j'ai de l'énergie ?

– Oui, répondit-il en fermant les yeux. Vous sentez la ville.

Comme des signes d'épuisement s'étaient manifestés très vite, Kasumi et Ishiyama le laissèrent et sortirent dans la rue.

– Merci d'être venu aujourd'hui.

– Non, je t'en prie. Ce type, il est foutu, dit-il à mi-voix en levant les yeux vers le premier étage.

– Oui, on dirait qu'il le sait lui aussi.

– Qu'est-ce que tu vas faire après ? Appelle-moi si tu viens à Sapporo, lui dit-il avec gravité.

Déjà ce qu'elle allait faire après la mort d'Utsumi... Elle acquiesça, malgré la cruauté qu'elle éprouvait à évoquer ce sujet :

– Je le ferai, mais pourquoi ?

– C'est juste que je veux avoir des nouvelles de toi.

– D'accord.

Il lui serra la main et se dirigea vers la BMW garée le long de la nationale. Apparemment lasse de l'attendre, Mana descendit de voiture. Sans doute faisait-elle la tête, car le claquement de la portière résonna jusqu'au restaurant. Ishiyama la prit par la taille pour l'amadouer, rouvrit la portière et la fit entrer délicatement dans la voiture. À cet instant, quelque chose revint à la mémoire de Kasumi. C'était Furuuchi. Furuuchi arrivé de Sapporo dans sa voiture rouge de marque étrangère. Le liquide était devenu gelée. L'homme qui avait donné consistance à sa volonté. Ishiyama, c'était Furuuchi. Cette idée l'exalta. Si elle allait à Sapporo, elle pourrait essayer de retrouver Furuuchi. Pour la première fois depuis longtemps elle voyait le temps s'étendre sans limites, devant elle et sur les côtés. Et cela, en d'autres termes, c'était du désir.

Quand elle remonta à l'étage, Utsumi, ayant entendu ses pas, lui dit :

– Allume la lumière.

La lumière était déjà allumée, mais elle répondit oui. Elle s'était souvenue qu'il avait dit qu'il ne voyait plus. C'était pour bientôt. Elle y était préparée, mais n'en était pas moins triste. Les yeux fixés au plafond, il murmura :

– Il est bien, ce Ishiyama.

– Pourquoi tu dis ça ? Je croyais que tu le méprisais parce que c'est un gigolo.

– Il a de la classe. Un peu clinquant, quoi... Il portait une veste de cuir jaune, n'est-ce pas ? Avec une écharpe blanche. C'est des trucs de petite frappe, ça. Et puis c'est bien, cette odeur de la ville.

Il se répétait. Kasumi lui prit la main. Elle était étonnamment froide.

– Oui, c'est bien... Moi aussi, je voudrais aller me pavaner dans la rue du côté de Susukino. On me dirait : Tiens, voilà l'inspecteur Utsumi de la première division...

Il la regarda et esquissa un sourire. Ses yeux étaient vils et perçants, ils faisaient revivre l'Utsumi d'avant. Cette nuit-là, il tomba dans le coma.

Neuvième partie

Évacuation

23

L'esprit d'Utsumi battait la campagne. Une campagne envahie par les *susuki* dorés, les chardons épineux et jonchée de petits cailloux secs. Là, Utsumi était un renard ou un animal du même genre. Il traversait des marais asséchés, courait sur la tourbe, se frayait un chemin à travers les conifères en foulant rudement le sol détrempé. À l'instant où il leva les yeux vers le ciel, il se transforma en oiseau et s'envola. Quand il vit que son bec était noir et courbé, il sut qu'il était un corbeau. Il fondit sur la forêt. La forêt s'appelait « ville ». Il la survolait, des arbres géants, les buildings, lui servaient de nid. Il descendait au-dessus des boulevards, menaçait les pigeons posés sur les fils électriques, à la recherche de nourriture. Conscience de voler, d'aller librement là où il voulait. La vitesse et le vertige l'oppressaient et l'effrayaient. Ce serait plus facile s'il s'abandonnait, pensa-t-il, mais au même instant sa conscience, cette conscience vigoureuse qui constituait l'homme qu'il était, se boursoufla. « Moi, je suis inspecteur, et rien d'autre. » Elle revenait de ses errements ; l'inspecteur de police tentait de reprendre le dessus en lui. L'angoisse et la souffrance qui en résultaient le firent gémir. Il ne savait à quel pan de sa conscience il devait s'abandonner. Telle était la lutte se livrant en lui alors qu'il était inconscient.

– Mon pauvre, tu as mal ?

La voix de Kasumi était lointaine. Sa souffrance n'était pas physique, voulut-il lui dire, mais aucun son ne sortit de sa bouche. Depuis longtemps il ne sentait plus la douleur physique. Ce qui le tourmentait, c'était ce pan de sa conscience qui s'en allait au loin selon ses caprices, puis revenait à toute allure et se mesurait à sa conscience première. Il avait beau vouloir la laisser errer à sa guise, une partie de lui-même, la conscience qui avait fait de lui ce qu'il était, y faisait obstacle.

Soudain il aperçut une chose étrange. Une lumière suspecte. Guidée par elle, une petite fille avançait. Cheveux au carré et bermuda blanc. Ce ne pouvait être que Yuka, la fille de Kasumi. Il cria : « Yuka ! » La fillette se retourna. Elle ressemblait à sa mère d'une manière étonnante. Cette expression de trouble qui flottait souvent sur son visage... N'était-ce pas Kasumi elle-même ?

– Tu as dit « Yuka » ?

Au loin, de nouveau la voix de Kasumi. À cet instant, il sentit que le pan errant de sa conscience essayait de l'entraîner à une distance infinie. « Attends ! Je ne veux pas y aller. » Pris de panique, il agrippa quelque chose pour ne pas se laisser emporter. C'était peut-être la main de Kasumi, pensa-t-il, car il avait l'impression de bien connaître cette douceur. Il s'y accrocha avec la force du désespoir. Mais l'autre pan de sa conscience était déjà en branle. Une fois qu'on a mis un pied sur les montagnes russes, la vitesse augmente forcément à la fin. C'était quoi, cette fois ? Il allait où ? Tandis qu'on tentait de l'enlever, Utsumi avait puisé une dernière fois dans son courage et braqué les yeux droit devant lui.

Il se tenait, seul, dans le parc à deux-roues du lycée.

C'était le début du printemps, le ciel était légèrement couvert et, à cette heure de la soirée, l'endroit était sombre et désert. Il avait posé négligemment son cartable défoncé sur le sol de béton, mais son casque intégral, en revanche, il le tenait précautionneusement sous son bras gauche. Une dizaine de motos 400 cm^3 étaient alignées devant lui. À l'extrémité, sa SR était atrocement dépouillée de ses accessoires, presque entièrement désossée – rétroviseurs, selle, carters, tableau des compteurs. Comme on n'était pas allé jusqu'à arracher les branchements électriques, il s'agissait clairement d'une mauvaise plaisanterie. Après avoir regardé sa moto un long moment, Utsumi détourna les yeux, fou de rage.

De retour dans le parc à deux-roues, il posa délicatement son casque sur une cage à bicyclettes derrière lui. Il sortit des clés d'une poche de son pantalon et s'approcha de la CB 400 F qu'il avait repérée. D'un geste rapide, il ouvrit le bouchon du réservoir. Il prit un sachet de sucre en poudre dans son autre poche. Il en déchira le papier et en versa le contenu dans le réservoir. Lorsque le sachet fut vide, il jeta un œil autour de lui et replaça le bouchon. Il tourna la clé, reprit, l'air de rien, son casque sous son bras gauche et s'éloigna. L'opération lui avait pris environ cinq minutes.

Quand il fut revenu dans la salle de cours, il jeta les clés de la moto dans la poche d'une veste d'uniforme graisseuse suspendue au dossier d'une chaise. Dans la cour, ses camarades jouaient au football en poussant des cris vulgaires. Un autre groupe s'était rassemblé discrètement derrière le gymnase et était probablement en train de fumer des cigarettes.

À l'entrée, des élèves ayant chaussé des tennis pour aller jouer dehors entraient en faisant de la poussière. L'un d'eux lui adressa la parole :

– Utsumi, il paraît qu'on t'a volé des pièces sur ta SR...

– Ouais...

– Alors t'es à pied. (Il rit en regardant son casque.) Dis, t'en as plus besoin de ton casque. Tu veux pas me le prêter ?

– Salut, dit Utsumi en s'éloignant sans faire aucun cas de lui.

Le lendemain, cet élève ne vint pas au lycée. Un camarade d'Utsumi lui dit à voix basse :

– Paraît que son moteur a pris feu et qu'il s'est ramassé. Il se serait cassé la jambe et ça va prendre deux mois pour guérir complètement.

– Quel con ! Il pouvait pas débrayer...

Intérieurement, une sorte de jubilation le faisait sauter de joie et trépigner.

– Il y avait une fille derrière, alors il a dû paniquer. Elle aussi, elle est blessée.

Ce garçon était un voleur, alors qu'il se casse la jambe ou même qu'il meure, Utsumi s'en moquait. Puisqu'il avait subi un préjudice direct, il fallait bien qu'il y ait une sanction. Simplement, il n'avait pas prévu qu'il y aurait une fille sur la moto. Il n'était pas tout à fait indifférent aux blessures de cette fille, mais cela lui sortit de l'esprit assez vite – pour la raison que les pièces de sa moto ne restèrent pas longtemps volées.

Quelques jours plus tard, lorsqu'il apprit qu'elle ne portait pas de casque et qu'on lui avait fait plusieurs dizaines de points de suture sur le visage, il fut ébranlé et se demanda s'il n'était pas quasiment un criminel, un être capable d'accomplir avec indifférence un acte pareil. Pour le lycéen qu'il était, cette découverte était effrayante. S'il n'avait pas versé du sucre dans le réservoir ou, tout simplement, s'il avait prêté son casque, la vie de cette fille n'aurait pas été bouleversée. Mais Utsumi aimait punir. Davantage encore, plutôt que « punir », « se venger » était le mot qui convenait ; on pouvait même dire que, fondamentalement, il avait un goût prononcé pour la compétition agressive. Il aimait se mesurer aux autres et remporter la victoire. Avec ce caractère, pensa-t-il, il ferait bien de se mettre du côté de ceux qui arrêtent les autres. C'était simple. Au-dessus de lui, la justice punirait et vengerait à sa place. En utilisant ses dispositions dans ce but, non seulement il serait efficace mais il pourrait certainement devenir un excellent policier. Quand il déclara son intention d'entrer à l'école de la police, son père, qui était inspecteur, eut une réaction équivoque :

– Quel genre de policier tu veux devenir ?

Il ne sut que répondre. Il savait au moins qu'il ne voulait pas finir simple flic comme son père. Dans sa tête se dressait une hiérarchie inébranlable : ce qu'il devait faire, c'était monter le plus haut possible. Plus il gravirait les échelons, mieux il incarnerait la punition même. En d'autres termes, il s'agissait d'acquérir du pouvoir pour assouvir sa soif de punir. La spécificité de la police concordait magnifiquement avec ses aspirations. Pour Utsumi, la question n'était pas de savoir quel genre de policier il voulait devenir, mais quel grade il obtiendrait.

– Je veux être inspecteur dans la première division d'enquêtes de la préfecture de police de Hokkaïdô. Quand je serai le chef de la division, j'aurai réussi.

– Pourquoi ça ?

– Parce que j'en ai envie.

– Et pourquoi t'en as envie ?

– Parce que ça assure, tiens.

– Ce n'est pas un métier pour les frimeurs.

Son père le regarda avec inquiétude. Peut-être avait-il pénétré la véritable nature de son fils. Utsumi considérait son père comme un raté, il le méprisait et était bien décidé à ne pas devenir comme lui.

Pourtant, dès l'instant où il entra à l'école de police, ses aînés le trouvèrent arrogant et le tinrent à l'œil, si bien qu'il fut sanctionné sans motif. Utsumi apprit que, dans la police, les gens qui étaient profondément en accord avec le système avaient le don de dénicher ceux qui leur ressemblaient. Lui, parce qu'il était brillant, on essayait de le briser. Il en prit son parti et n'en demeura pas moins excellent. Il s'en tira en reconstituant une hiérarchie au sein de sa promotion. Il se hissa au sommet de celle-ci par son intelligence, sa force et sa volonté, et il fit marcher au doigt et à l'œil ses camarades plus timorés. Pendant la seconde moitié des quinze mois que durait la scolarité, Utsumi régna en caïd sur l'école. Les faibles lui servirent de factotum. Les cigarettes, les boissons ou les magazines de bandes dessinées, il n'avait jamais eu à en acheter. Quant à ceux qui lui tenaient tête ou qui avaient des dispositions, il les avait tous éliminés. Plus rarement, il avait fait grand cas de certains contre lesquels il pensait ne pas faire le poids, car, s'était-il dit, ils pourraient lui être utiles une fois qu'il serait entré dans la police. Il lui paraissait évident que, même dans le système, les meilleurs éléments réussiraient plus vite que lui.

Son attitude ayant été la même envers ses camarades de promotion, ses aînés et les novices, il passa pour un excellent élève auprès de ses professeurs. En apparence, il endurait toutes les humiliations. Ses initiatives, que ce soit pour la coupe de cheveux en brosse, ou pour le survêtement qu'il mettait pour les marches qu'on appelait « excursions », faisaient école ; il devint ainsi un leader et engrangea les bonnes notes. Bientôt, même ses professeurs n'eurent plus rien à lui reprocher. « J'en ai fait qu'une bouchée », pensa-t-il.

Une fois nommé agent, Utsumi appliqua à la lettre les enseignements de l'école de police. Il considérait que c'était le seul moyen pour lui de survivre au sein du système. Ambitionnant d'entrer à la première division de la préfecture de police comme inspecteur, il n'avait aucune intention de s'écarter du chemin, même si celui-ci devait être long. Il avait un objectif, lointain peut-être, mais au moins était-il sûr de l'avoir en vue. Utsumi s'était sans doute débarrassé de certains de ses rivaux, mais ce n'était rien en comparaison de ceux qui avaient renoncé ou échoué.

Il n'éprouvait pas d'aversion envers le crime. C'était parce que le crime existait sur cette terre qu'il pourrait parvenir au sommet. Survivre au sein du système de la police était la seule chose qui donnait sens à sa vie. Un fait le frappa aussi : s'il survivait, la récompense en serait d'autant plus grande. Découvrir un crime, c'était apprendre comment commettre ce crime. Si on comprenait les méthodes d'un escroc, on pouvait étudier dans le même temps comment éviter de se faire prendre en employant les mêmes méthodes. Le commerce clandestin avec la Russie, la destination d'armes blanches saisies pour infraction à la loi sur les armes, le trafic de voitures d'occasion – il y avait toutes sortes de moyens de gagner de l'argent en douce. Et si on avait du pouvoir, c'était encore plus lucratif. Des proxénètes, par exemple, il y en avait à la pelle. Une fois de plus, il se remémorait l'époque où, lycéen, il avait découvert qu'il était quasiment un criminel.

« Et pourtant », se dit-il en regardant autour de lui. Une forêt dense l'entourait. Depuis qu'il était arrivé ici, il n'était pas loin de penser qu'il se trouvait dans une impasse. Au fond de lui, il brûlait d'impatience. On avait beau lui soutenir que, pour réussir, aucune expérience ne devait être négligée, il faisait clairement fausse route en restant dans ce poste de police. Il n'aurait jamais aucune affaire sur laquelle enquêter dans cet endroit. Il jeta un regard haineux sur le téléphone qui ne sonnait jamais. S'il n'était pas en ville, il ne pouvait pas agir. Dans un endroit où la foule ne fourmillait pas, ne se bousculait pas, nul désir ne pouvait naître, alors comment des crimes auraient-ils pu survenir ? Il avait réussi à se hisser là où il en était parce que le crime avait été son pain quotidien, mais ici ses résultats stagnaient inexorablement. Cela faisait deux ans qu'il végétait dans ce trou. Il voulait se faire muter sans tarder dans le commissariat d'une grande ville. Mais les appels de ses supérieurs se faisaient de plus en plus rares. Si ça se trouvait, il allait peut-être croupir ici, oublié de tous, jusqu'à la fin de ses jours. Fou d'angoisse, il planta son crayon dans le sous-main de son bureau. Le crayon craqua en se brisant et un nouveau petit trou noir apparut dans le sous-main gris. Il en était déjà piqueté d'un nombre incalculable. « Qu'il se passe quelque chose, merde ! » C'est alors que, comme si son vœu s'exauçait, le téléphone sonna.

Utsumi était devenu Wakita. Il avait le combiné téléphonique en main, dans le petit poste de police situé à proximité du lac Shikotsu.

– Oui, ici la police ! s'écria-t-il.

– Allô, c'est Izumi.

Quoi, ce vieux machin ? Wakita était déçu. Le combiné à l'oreille, il regarda son reflet dans la vitre de la fenêtre de l'autre côté de laquelle la nuit commençait à tomber : son visage grassouillet, ses joues rougeaudes, ses yeux acérés.

– Oui, Wakita à l'appareil.

Que lui voulait Izumi ? se demandait-il. Il avait vu un ours ? Apparemment, Izumi n'en informait guère les acquéreurs de ses maisons, mais depuis quelque temps des ours bruns descendaient de la montagne jusque dans les environs. « Vieux filou », pensa-t-il en visualisant le visage du vieil homme.

– Dis, tu ne veux pas aller à la pêche ?

Encore la pêche. Izumi l'invitait toutes les semaines, et il refusait une fois sur deux. Comme il avait décliné l'invitation la semaine précédente, il ne pouvait pas y couper cette fois-ci. Même si on le disait sur le déclin, Izumi était l'homme le plus puissant de Chitosé. En temps voulu, il pourrait peut-être lui demander son appui. Il avait tout à gagner à entretenir de bonnes relations avec lui.

– Si, d'accord, répondit-il avec affabilité.

– Ton prochain repos, c'est quand ?

– Dans trois jours, je crois.

– Bon, tu veux bien passer d'abord à la maison ? On partira ensemble.

– D'accord.

Il était sur le point de raccrocher lorsqu'il se souvint qu'il voulait justement lui demander quelque chose.

– Ah oui, Izumi ! Est-ce que tu vas voir les Toyokawa cette année ?

– Oui, ils sont déjà arrivés, répondit-il paisiblement. À propos, je ne t'ai pas dit ? La maison tout en haut, je l'ai vendue à quelqu'un de Tôkyô.

– Ah bon ? C'est bien, ça.

Wakita était étonné. Les Toyokawa venaient de Sapporo où ils avaient fait fortune avec des établissements de nuit, mais il trouvait surprenant que des gens se déplacent de la capitale pour acheter une maison de campagne à Hokkaïdô.

– Ouais. Il s'appelle Ishiyama. Et il paraît que c'est un fanatique de pêche.

– Je vois.

– Il sera là la prochaine fois, alors il viendra avec nous.

– Oui, avec plaisir.

– Je crois qu'ils doivent arriver aujourd'hui ou ces jours-ci. Ça va faire un peu d'animation.

Izumi avait l'air content. Wakita s'en réjouissait également. Il était seul dans le poste de police. Sa femme et ses enfants, ayant pris en horreur cet environnement difficile, étaient allés vivre à Chitosé. Les jours où il n'était pas de service, un agent du commissariat d'Éniwa venait prendre la relève. Qu'ils connaissent ou non son ambition, ses collègues se moquaient de lui. « Wakita, t'es pas bien là-bas ? » lui disaient-ils, ce à quoi il avait envie de leur rétorquer, sans toutefois aller jusqu'à le faire : « Si c'est si bien que ça, vous n'avez qu'à y rester tous les jours ! » Les voitures de police ne venaient patrouiller au bord du lac qu'à la saison touristique. Pendant cette période de l'année, ça allait encore. Il y avait constamment des histoires entre touristes, sans compter les vols ou les voitures forcées. Cependant, la circonscription était vaste, et comme c'étaient des montagnes il n'y avait presque pas d'habitants. Durant le long hiver, même patrouiller était pénible. Le lotissement Izumi-Sato, un camping déserté et la station thermale d'Osaki-Onsen. Bref, ce poste de police, c'était un ermitage. Dans les mêmes circonstances, s'il avait dépendu du commissariat d'Iwamisawa, il aurait déjà été nommé inspecteur, mais le problème c'était qu'au commissariat d'Eniwa où il avait été muté il n'y avait pas de poste libre. Aussi, pour sa prochaine mutation, il n'était pas inconcevable qu'on le nomme dans un poste de police tout aussi isolé et qu'il finisse donc complètement oublié. Wakita brûlait d'impatience.

C'était l'heure de la patrouille. Il mit son casque, enfourcha le vélomoteur garé à côté du poste et fit démarrer le moteur. Il avait aussi une bicyclette à disposition, mais elle ne lui servait à rien sur ces routes de montagne. La route qui passait devant le poste était une nationale cernée par la forêt, sans croisement ni bifurcation, déserte. Wakita sortit du poste et roula sur la route toute droite à 85 km/h, vitesse maximale que son vélomoteur pouvait atteindre. Le vent d'été soufflait à ses oreilles. Conduire cet engin lui faisait savourer le goût du danger, car la roue avant vibrait et il risquait de culbuter à tout moment. Une voiture arriva en face. Il freina précipitamment. Pas le temps d'apercevoir les occupants. Le vélomoteur redescendit brutalement sous la limitation de vitesse. Cependant, son excitation ne diminuait pas.

Outre qu'Izumi avait vendu une maison, c'était la fête des morts et les touristes étaient arrivés en nombre. Une affaire allait peut-être enfin se déclarer dans sa circonscription, pensait-il plein d'espoir.

Il se rendit à Osaki-Onsen et, de l'extérieur, adressa un salut au gérant de l'hôtel thermal qui était à la réception. Le gérant détestait que des policiers en uniforme mettent les pieds dans son établissement. Le sachant, Wakita pénétra exprès dans l'hôtel par l'entrée principale. Le gérant prit une expression dure.

– Bonjour, monsieur Wakita.

– Quelque chose à signaler ?

– Non, rien de particulier. Les annulations s'accumulent cette année, fit-il d'un air sombre.

Avant sa nomination, il y avait eu dans cette circonscription une grosse prise dont on avait fait des gorges chaudes pendant longtemps. Une femme qui avait tué un couple avait séjourné dans l'hôtel avant de prendre la fuite vers le lac. Wakita avait éprouvé des regrets lorsqu'il avait entendu cette histoire. Les chances qu'une nouvelle affaire dans laquelle il pourrait se distinguer se produise de nouveau paraissaient faibles. Il jeta un rapide coup d'œil dans le hall ; des couples avec enfants se détendaient, le visage ramolli par les eaux de source.

– Bien, s'il y a quelque chose...

Wakita le salua et renfourcha son petit vélomoteur. Maintenant il fallait qu'il aille au lotissement. Lorsqu'il arriva au niveau de l'écriteau « Zone résidentielle Izumi-Sato », un Pajero arrivait en sens inverse et tourna à droite en direction du lotissement. Il ne connaissait pas les gens montés dans le véhicule. Il eut le temps de se rendre compte que c'était une famille aisée et distinguée. Ils n'avaient rien à voir avec ces parvenus vulgaires de Toyokawa, ni avec l'allure de notables de province des Izumi. Un beau couple rangé et leurs jolis enfants. Tous habillés avec élégance. Sans aucun doute, c'était ce

Ishiyama qui avait acheté la maison au sommet de la montagne. Wakita se lança à leur suite comme attiré par un aimant. Mais son vélomoteur n'était pas très puissant ; le Pajero le distança en moins de deux.

Il passa chez Mizushima, le gardien, pour le saluer, mais il était absent. Wakita rit intérieurement. Tout le monde dans la région savait que Mizushima et Tsutaé, la femme d'Izumi, étaient amants. Ou il était en train de faire sa ronde dans le lotissement, ou il était fourré chez elle, c'était au choix. On racontait qu'à la mauvaise saison, comme il avait du temps libre, il vivait quasiment à demeure chez les Izumi. Quelle tête pouvait bien faire ce vieux chêne d'Izumi devant ces deux-là ? Wakita se dit qu'il lui rendrait visite un jour pendant l'hiver, histoire de voir de quoi il avait l'air. Il eut l'impression de s'être trouvé une distraction pour l'hiver et se sentit rasséréné. Cette distraction, cependant, était bien éloignée de l'objectif qu'il s'était fixé. Il en ressentit toute la futilité. Puis il se rendit compte que d'en être ainsi réduit à n'avoir que des plaisirs de cet ordre suscitait en lui une rancune diffuse. Il ne savait pas envers quoi ; pourtant, il était haineux. Comme il se dirigeait vers la maison des Izumi, il tomba sur Mizushima descendant dans son Jimney.

– Ho, où tu vas ? lui demanda ce dernier en passant la tête par la vitre.

Wakita et lui étaient en assez bons termes pour se parler sans fioritures.

– Je travaille ! dit-il en souriant, et il avança son vélomoteur jusqu'à la portière du Jimney : Le patron, il est là ?

– Oui, il est là, répondit nonchalamment Mizushima.

Il savait que Mizushima, sans le tenir en haute estime, avait pour Izumi une sorte de respect. Savait-il seulement qu'Izumi avait demandé au prédécesseur de son prédécesseur à consulter son casier judiciaire ?

Le policier en question avait pu constater qu'il était blanc comme neige, mais une rumeur secrète selon laquelle Mizushima était pédophile l'avait apparemment alerté. Pour Wakita, cette rumeur était douteuse. Pour preuve, il suffisait de considérer que Mizushima était follement épris de Tsutaé, femme qui avait vingt ans de plus que lui. Cependant, il était clair qu'il y avait une réserve de criminels en puissance dans sa juridiction. Cette idée le faisait plus ou moins frissonner de bonheur.

– Tu retournes à ton bureau ? lui demanda Wakita en contemplant ses bras puissants.

L'été, Mizushima avait tendance à s'exhiber.

– Non, une course pour Mme Izumi, répondit-il évasivement. Faut que j'aille à Chitosé.

– T'as pas le temps de rigoler, toi non plus.

– Si...

« C'est vrai que tu fais ça pour le plaisir », pensa-t-il en regardant le Jimney s'éloigner. Il monta jusque chez les Izumi. Izumi était devant la maison, l'air absent, les yeux fixés sur la route.

– Patron, lui lança Wakita de la route.

Il tressaillit et le regarda. Puis il secoua la main comme pour lui signifier qu'il ne voulait pas parler de ce qui le préoccupait.

– Y a rien, y a rien.

– Vraiment ? Bon, merci...

Il le salua et gravit la montagne. Malgré son âge, Izumi était instable par certains côtés. C'était probablement à cause de Tsutaé. Elle était étrangement séduisante pour une femme de son âge, alors son mari n'avait pas fini de se faire du souci. Elle devait le battre froid et être aux petits soins avec Mizushima, c'était certain. Comment réagirait-il si Tsutaé lui faisait des avances ? Maintes fois Wakita s'était imaginé cette scène. Sa réponse était chaque fois différente. À un moment, il acceptait avec joie, à un autre il la repoussait avec horreur. Le plus instable, c'était peut-être lui, Wakita.

Il prit directement le chemin de la maison des Toyokawa. Il semblait n'y avoir personne. Il monta jusqu'au sommet, à l'endroit qui servait à la fois de parking et pour faire demi-tour, mais voyant que leur Jeep ne s'y trouvait pas il en conclut qu'ils devaient être sortis en famille. Il se dit qu'il pourrait en profiter pour aller se présenter aux Ishiyama et s'approcha de leur maison. Il entendit des cris dans le jardin.

– Est-ce qu'il y a de quoi se mettre en colère comme ça ?

C'était la voix d'un homme qui se maîtrisait. Ishiyama, sans doute.

– Mais il n'y a même pas de magasin, comment veux-tu que je fasse à manger ?

– Eh bien, on s'en passera.

– Comment ça « on s'en passera » ? Est-ce qu'il y a des livreurs de pizzas ici ? Comment je vais faire avec les enfants ? Toi, ça te convient peut-être ces conditions, mais pour une femme ce n'est pas possible. Vraiment tu ne penses qu'à toi.

Une scène de ménage avait commencé dans le jardin. Wakita écoutait, caché par les arbres.

– Excuse-moi. Fais-moi une liste, je vais aller faire des courses.

– Tu crois que c'est facile de faire une liste ? Avec les Moriwaki qui vont arriver, tu imagines tout ce qu'il faut acheter ? Venir dans la maison qu'on vient tout juste d'acheter, je me demande ce qu'ils ont dans la tête, ceux-là.

– Ne dis pas de mal d'eux.

– Pardon, fit-elle aussitôt.

Malgré ses excuses, elle était furieuse de cette visite. La dispute ne semblait pas près de s'achever. Wakita décida de remettre les présentations à un autre jour et tourna les talons. En haut des marches de pierre, il aperçut un enfant tourné vers le côté. C'était une petite fille aux cheveux longs, avec un joli visage qui ressemblait à celui de son père. Il songea aussitôt à Mizushima. Ce serait bien, pensa-t-il, qu'il s'occupe de cette gamine, que son hystérique de mère fasse du ramdam et que l'affaire soit révélée au grand jour. Alors son tour d'entrer en scène arriverait. Mais il en fallait davantage que quelques attouchements pour déclencher une procédure, alors à quoi bon ? Arrivé à ce stade de ses réflexions, Wakita revint brusquement à la réalité. Puisque aucun crime n'était commis, il fallait en créer un de toutes pièces. « Tu as perdu la raison », se dit-il en secouant la tête, puis il commença à redescendre la montagne sur son vélomoteur.

Il s'arrêta en chemin pour voir les quelques maisons laissées à l'abandon. Comme personne ne s'en approchait plus, elles étaient complètement délabrées. Sous une notamment, la partie sous le plancher pourrissait et de l'eau stagnait. Mizushima n'était probablement pas zélé au point de s'en occuper. Mais comme il y avait danger si quelqu'un s'aventurait à l'intérieur, il faudrait qu'il demande à Izumi de les démolir. Tandis qu'il inspectait une de ces ruines, une planche pourrie céda sous ses pas. Il se fit des éraflures aux jambes et trempa ses chaussettes dans une flaque. « Boulot de merde ! » pensa-t-il, furieux.

Deux jours plus tard, le téléphone du poste de police sonna. « Ah, peut-être une affaire ? » se dit-il en décrochant vivement le combiné, mais il entendit la voix de Mme Toyokawa :

– Monsieur Wakita, Kazuko Toyokawa à l'appareil. S'il vous plaît, vous ne pourriez pas faire quelque chose ?

– Que se passe-t-il ?

– Il y a un cadavre de chien dans notre jardin. Ça sent mauvais.

– Comment, un cadavre de chien ?
– Oui ! (Elle était en colère.) C'est une puanteur insupportable.
– Vous ne vous en étiez pas aperçue avant ?
– Mais non, il faut se dépêcher de le jeter !
– Mais, je...
– Quoi, la police ne peut pas faire ça pour nous ?
– Si, elle peut le faire, mais...
– Dans ces conditions, laissez tomber, je vais appeler M. Izumi.

Son indécision l'avait apparemment agacée. Elle lui raccrocha au nez. Wakita sentit brusquement bouillir en lui une colère proche de la fureur. Le cadavre d'un homme, d'accord, mais pourquoi un policier aurait-il dû s'occuper d'un chien ! C'était bon pour Mizushima. Sa fureur, loin de s'apaiser avec le temps, ne cessait de croître et s'enflait de toutes les colères qu'il avait dû ravaler jusque-là. Il sortit dehors et s'en prit à ce qui lui tombait sous les yeux, allant jusqu'à renverser sa bicyclette. Mais il pouvait s'échauffer la bile autant qu'il le souhaitait, il n'y avait pas un chat ici. Il n'avait aucun exutoire pour évacuer la frustration accumulée en lui. C'était aussi pour cette raison qu'il détestait végéter à la campagne. Qu'adviendrait-il s'il ne parvenait pas à partir et qu'on l'obligeait à passer toute sa carrière dans des postes comme celui-là ? À cette idée, Wakita ressentait une sorte de terreur.

Soudain, il se remémora les pensées qu'il avait eues dans le lotissement. Il pourrait fabriquer un crime de toutes pièces et, tant qu'il y était, un crime énorme, digne du service chargé des enquêtes. Il prendrait la tête des opérations et, s'il réussissait à se faire remarquer, il trouverait peut-être l'occasion de se faire réintégrer. Wakita se raisonna aussitôt, se disant que déjà deux jours plus tôt cette idée lui avait paru extravagante, mais il ne la laissa pas moins tracer son chemin dans sa tête. Il se représenta mentalement la configuration de ces lieux qu'il connaissait bien et s'absorba dans l'élaboration d'un plan minutieux.

Les préparatifs allèrent bon train.

Ayant entendu dire que les enfants allaient parfois se promener sans leurs parents tôt le matin, il pensa que sa seule chance était à ce moment-là. Il avait décidé d'enlever une des deux sœurs de la famille arrivée après les Ishiyama. La fille aînée de ces derniers avait sept ans et était un peu trop grande ; en cas d'échec, elle pouvait parler et alors c'en était fait de lui. Quant au petit garçon, son intention étant de faire porter le chapeau à Mizushima, c'était exclu. Les deux sœurs, en revanche, avaient l'âge qui convenait et, en plus, comme elles étaient très mignonnes, l'hypothèse de l'enlèvement devenait plausible. Le problème, c'était le timing.

La veille au soir, Wakita monta discrètement jusqu'au sommet du lotissement en tirant sa bicyclette. Il mit une quarantaine de minutes à partir de la route en contrebas, mais il avait craint de faire du bruit avec sa bicyclette, aussi savait-il dès le départ que cela n'entrait pas en ligne de compte. Il la dissimula dans un fourré qu'il avait repéré à l'avance et passa la nuit à attendre à côté, un blouson par-dessus son uniforme. L'uniforme, il l'avait gardé avec l'arrière-pensée que, au cas où il arriverait quelque chose, il pourrait peut-être lui être utile pour se disculper. Il savait qu'il jouait gros. La nuit, la température chutait au sommet de la montagne même au milieu de l'été. Le froid et l'attente de l'aube l'exaltèrent ; il était comme à l'affût. En même temps, il était angoissé, incertain que la peine qu'il se donnait trouve sa récompense. Toute la nuit, il eut l'impression que quelqu'un ne dormait pas dans la maison des Ishiyama et il se demanda ce qu'il s'y passait.

Il s'était probablement assoupi un moment. Des voix d'enfants résonnaient et la porte d'entrée était ouverte. Il faisait grand jour, l'air frais de la montagne allait se réchauffer peu à peu sous les rayons du soleil ascendant. Il se crispa et attendit une occasion. Les enfants apparurent, mais un homme, le père des deux fillettes apparemment, les accompagnait. Découragé, Wakita posa un genou sur la terre humide. Allait-il être obligé de recommencer le lendemain matin ?

L'homme et les quatre enfants descendirent jusqu'en bas, puis revinrent presque aussitôt. Ils entrèrent de nouveau dans la maison. Résigné, Wakita guettait le moment propice pour s'en aller, quand, à sa surprise, la fillette sur laquelle il avait jeté son dévolu ressortit seule. Elle descendit l'escalier de béton et, sans la moindre hésitation, commença à marcher sur la route. Il se précipita sur ses talons. La fillette se retourna effrayée, puis, voyant l'uniforme de policier, baissa les épaules comme si elle était rassurée. Avant qu'elle ait eu le temps de protester, Wakita lui sauta dessus et lui ferma la bouche pour qu'elle ne crie pas. Ensuite, il ne put que la tuer.

Il prit sa bicyclette, enferma l'enfant morte dans un carton qu'il avait fixé sur le porte-bagages et descendit la montagne à toute vitesse. L'aller lui avait pris quarante minutes, mais il lui fallut moins de cinq minutes pour redescendre. Il freina tout du long. La pente était raide, le guidon vibrait et, chaque fois, le carton vacillait à l'arrière. Il la dévalait sans penser à rien d'autre, essuyant sans cesse la sueur froide qui coulait sur son front. Il se calma enfin lorsqu'il arriva à la route en contrebas sans avoir rencontré personne et s'arrêta même quelques instants pour reprendre son souffle. Puis il retourna au poste de police et, en nage, mit le cadavre dans trois sacs poubelles superposés et monta le cacher dans le grenier. Wakita regarda sa montre ; il était 7 h 30. Il se réjouit un peu à l'idée qu'à présent ses parents devaient être en train de la chercher partout. En attendant leur appel, il repassa maintes fois dans sa tête ce qu'il avait fait pour être sûr de n'avoir rien négligé. Si personne ne l'avait vu, c'était parfait. Et s'il avait laissé une preuve quelconque, il pourrait l'effacer en catimini quand on l'aurait appelé sur place. Wakita était sûr de lui comme jamais.

Une fillette, seule, avait disparu dans la montagne. On allait probablement organiser une battue et emmener un peu partout des chiens policiers. Il ne fallait pas qu'on retrouve le cadavre tout de suite. Il y avait de fortes chances qu'on le soupçonne si une preuve matérielle était découverte par hasard. Cependant, que le cadavre demeure introuvable ne faisait pas non plus son affaire. Parce que alors il n'y aurait pas de crime. Trouver le juste milieu, là était la difficulté. S'il n'y avait pas « enlèvement avec assassinat », cela n'avait aucun sens. Wakita remit à plus tard ses réflexions sur le moyen de se débarrasser du corps et chercha comment éviter que les chiens viennent renifler dans le poste de police.

Alors qu'il regardait un calendrier, il se rappela qu'il était en congé le lendemain et qu'il avait rendez-vous avec Izumi pour aller à la pêche. Il valait peut-être mieux qu'il annule dès maintenant. En plus, il voulait avoir des nouvelles du lotissement. Il téléphona et fut surpris d'entendre Mizushima lui répondre.

– C'est Wakita, bonjour.

– Ah, bonjour. Tu veux parler au patron ?

Mizushima parlait d'une voix insouciante. À l'autre bout du fil, il entendait par bribes le générique d'un feuilleton de la NHK.

– Oui. Qu'est-ce que tu fais là ?

– On m'a invité à prendre le petit déjeuner.

« Sale menteur, t'as dormi là, oui », pensa-t-il méchamment, mais il comprit qu'il y avait un problème car cela donnait un alibi à Mizushima. Il s'irrita, il n'avait pas prévu cette éventualité. Il avait machiné son coup de sorte que tout l'accuse. Si, comme il le souhaitait, les soupçons se portaient sur Mizushima, cela ne gênait pas Wakita de faire une fausse déposition. Mais si le coupable idéal avait un alibi, il ne lui restait plus qu'à mettre ça sur le compte d'un maraudeur.

– Le patron, il a une visite en ce moment.

– Ah, bon. Dis-lui seulement que c'est à propos de la partie de pêche de demain.

– D'accord.

Cette visite n'avait-elle pas un rapport avec la fillette ? pensa Wakita, mais il raccrocha avant de se laisser aller à des paroles inconsidérées et de creuser sa propre tombe.

L'appel lui arriva une heure plus tard. Il venait d'Izumi en personne. Wakita répondit qu'il partait sur-le-champ, enfourcha son vélomoteur et se mit en mouvement. En arrivant, il constata que l'affaire avait pris une dimension plus importante qu'il ne l'avait imaginé. Le père de l'enfant répétait hystériquement à qui voulait l'entendre qu'il n'y avait pas dans la montagne de chemin qu'une fillette pouvait emprunter et qu'aucun véhicule extérieur n'avait été remarqué. Toutefois, Wakita eut mal au cœur en voyant la mère pleurer.

– Les renforts vont arriver tout de suite, madame, rassurez-vous, lui dit-il.

À cet instant, il avait oublié que c'était lui l'auteur du crime. Ensuite, son scénario se révéla exact à un point effrayant. Il circonscrit avec adresse les lieux où les faits s'étaient produits et gagna la confiance non seulement des troupes de renfort du commissariat d'Éniwa, mais également de celles venues de Chitosé et de Tomakomaï. Cependant, à un moment, lorsqu'il parla avec Izumi, son sang se glaça.

– C'est la première fois que tu viens ce matin ? lui dit tout à trac ce dernier en l'abordant.

– Oui...

Wakita prit peur. Si ça se trouvait, le vieil homme l'avait vu passer à bicyclette à l'aube. En passant devant sa maison, il avait pourtant cru avoir pris toutes les précautions pour ne pas se faire remarquer.

– Ah bon...

Izumi n'en dit pas plus et déplia le plan du lotissement. En priorité, dit-il, il fallait aller voir dans les maisons laissées à l'abandon. Wakita poussa un soupir de soulagement. Il était persuadé qu'il pouvait se tirer d'affaire en usant de quelques subterfuges.

À l'occasion d'une conversation avec un inspecteur du commissariat de Tomakomaï, un certain Utsumi, il fut pris de panique. Il se demandait si ce type n'allait pas le démasquer. Étrangement, il pensa aussi que peu lui importait d'être alpagué si c'était par un homme comme lui. Ce type, avec ses airs de voyou, se démenait bien et, en dépit de ses manières grossières, il était intraitable. Certains de ses collègues ne se cachaient pas pour dire qu'il était rusé et vicieux, mais, pour Wakita, il représentait le policier idéal. Utsumi avait un peu participé à l'organisation de la battue mais était reparti sans tarder. « C'est comme ça que je veux devenir. Non, c'est ce que je vais devenir. » Fort de sa détermination, Wakita se dépensa sans compter. L'activité qu'il déploya jour et nuit lui permit d'attirer l'attention de ses supérieurs et des cadres des autres commissariats d'une manière suffisante pour qu'il en tire satisfaction.

Le troisième jour, les chiens policiers étaient de retour. Et le jour suivant, il était prévu que la compagnie de sapeurs-pompiers locale poursuivrait la battue dans la montagne. La présence du cadavre dans le grenier commençait à le préoccuper. Comment s'en débarrasser ? Il voulait qu'on le découvre au bon moment et au bon endroit. Mais il ne pouvait pas le transporter car il risquait d'être surpris à tout instant. Contraint d'agir, il prétexta qu'il devait aller se changer, emprunta une voiture, sortit secrètement le corps du grenier et alla l'enterrer dans la forêt au pied du pic Éniwa.

Après le départ des enquêteurs et des médias, Wakita continua de faire semblant de la chercher. Il distribua des avis de recherche, alla çà et là à vélomoteur pour recueillir des témoignages. Il rencontrait de temps à autre la mère de l'enfant montée sur son Kabu. Il se montrait toujours plein d'égards envers elle :

– Ne vous laissez pas abattre et persévérez, madame. Je continue les recherches.

– Merci.

Cela suffisait à ce qu'elle s'effondre en larmes. C'était une belle femme, mais les soucis l'avaient amaigrie. Wakita la plaignait. Il souhaitait que le corps soit retrouvé très vite, afin qu'une action légale puisse être intentée. Toutefois, il ne pouvait pas faire la découverte lui-même. L'enquête, peut-être parce qu'un inspecteur du même commissariat nommé Asanuma en avait pris la direction, traînait en longueur. Étant le coupable, il pouvait remercier sa bonne étoile, mais, en tant que policier, il était frustré qu'on fasse peu de cas de lui en ne daignant pas lui confier cette enquête. Utsumi lui ressemblait ; les choses auraient été différentes avec lui.

L'affaire commençait à s'enliser sérieusement quand une bonne nouvelle lui parvint. C'était un ordre de nomination. Son travail lors de cette affaire ayant retenu l'attention de ses supérieurs, on l'envoyait au commissariat de Bibaï. Wakita devenait inspecteur, son rêve était exaucé. Le jour de son départ du lac Shikotsu, il se tourna vers le pic Eniwa au pied duquel il avait enterré la fillette. Et puis il se remémora le crissement des freins et les vibrations du guidon de sa bicyclette lorsque au petit matin il dévalait la pente comme un dératé.

– Non, c'est pas possible ! cria Utsumi.

Il retrouvait ses esprits. Un rêve abominable. C'était ça, les rêves qu'on fait au seuil de l'agonie ? Des larmes coulaient sur son visage. Son cœur ne battait plus qu'avec difficulté, mais sa conscience était plus lucide que jamais.

– Qu'est-ce qui se passe ? demanda Kasumi, penchée sur lui comme pour le recouvrir. Qu'est-ce qui n'est pas possible ?

À cause du cri qu'il avait poussé, le cœur d'Utsumi était sur le point de s'arrêter. Il haletait et ses larmes continuaient de couler. Il était submergé de tristesse. Kasumi semblait lui avoir pris la main, mais il ne sentait pas le contact de cette main et il ne distinguait même pas son visage. Il devinait qu'elle était là sans qu'aucun de ses sens ne puisse le lui confirmer. « Pardon », voulut-il dire. Mais aucun son ne sortit de sa bouche. C'était comme si c'était lui qui avait tué Yuka. C'était son vrai visage, il venait de le comprendre. Il hocha la tête plusieurs fois, et rendit son dernier souffle.

À cette profonde et longue respiration, Kasumi vit clairement que la vie quittait son corps. Ses pupilles limpides, dégageant une force singulière, s'éteignirent et devinrent toutes noires, et ses mains qui serraient désespérément le vide comme pour lui transmettre quelque chose se relâchèrent. La mort. Les pensées d'Utsumi étaient rompues net et se fondaient maintenant dans l'air de la pièce. Machinalement, elle leva la tête vers le plafond noir de suie. Elle s'était dit que son âme flottait peut-être au-dessus de son corps. Cependant, comment Utsumi, avant de devenir esprit, pouvait-il lui dire quoi que ce soit ? En admettant qu'il ait voulu lui parler, sa mort avait réduit à néant son message. « C'est fini », pensa-t-elle. Elle était dans une disposition étrange, comme si elle avait perdu une chose à laquelle elle n'avait jamais songé, comme si elle en avait enfin terminé et qu'elle était libérée. Elle se retourna vers sa mère, qui se tenait en retrait derrière elle.

– Il est mort.

Sa voix lui parut terriblement animée, à l'opposé de son état d'esprit.

– Oui..., dit sa mère en acquiesçant doucement.

– Il est mort, je te dis. Qu'est-ce que je peux faire ?

Cette fois, elle avait gémi. C'était sa première expérience de la mort et elle était totalement désorientée.

– Il n'y a rien à faire. Il avait une maladie incurable. Il est bien mieux comme ça.

Sa mère s'approcha, à genoux, et contempla longuement le visage d'Utsumi comme si elle ne l'avait jamais vu auparavant. Puis elle leva une main aux doigts noueux et, d'un geste habile, lui ferma les paupières. Kasumi se sentit soudain épuisée, recula dans un coin de la pièce et s'adossa au mur de contre-plaqué. Elle renversa la tête en arrière, qui heurta le mur en produisant un petit bruit absurde. Elle concentra son regard sur Utsumi ; il n'était plus qu'un squelette. Il semblait endormi, exactement comme lorsque les somnifères lui faisaient perdre conscience, la bouche entrouverte, les yeux fermés.

– De loin, on dirait qu'il est vivant, dit-elle, encore bouleversée.

Sa mère intervint d'une voix agressive :

– Kasumi, il faut appeler un médecin.

– Pour quoi faire ?

– On a besoin d'un certificat de décès. Sinon, on n'aura pas de permis d'inhumer.

– Ah bon ?

Kasumi se leva avec peine et regarda sa montre. Le 28 octobre à 21 h 20. Elle essaya de mémoriser la date et l'heure de la mort d'Utsumi.

– Laisse tomber le médecin. Je vais demander à Komura de s'en occuper. Appelle plutôt sa femme.

– D'accord.

Depuis le matin, l'état d'Utsumi étant inquiétant, sa mère avait fermé le snack et était restée avec sa fille à son chevet. Le brave Komura tournait en rond, incapable de rester en place, montant de temps en temps à l'échelle pour voir ce qu'il en était, ou piquant un somme à même le comptoir. S'arrêtant au bord du futon, Kasumi baissa les yeux au-dessus d'Utsumi. Des larmes qu'il avait versées à l'instant de son agonie mouillaient encore ses joues. Elle s'agenouilla et lécha du bout de la langue une larme au coin d'un de ses yeux. Ça n'avait aucun goût.

– Pourquoi est-ce qu'il pleurait ?

– Bah, tu sais, dit sa mère, je crois que tout le monde pleure quand la mort arrive.

Elle mit les bras flasques d'Utsumi autour d'elle et essaya tant bien que mal de le relever.

– Papa aussi, c'était comme ça ? demanda Kasumi, le regard encore posé sur lui.

– Je ne sais plus, répondit sèchement sa mère en levant les yeux vers elle. Je t'ai dit de te dépêcher de prévenir sa femme. Tu n'as quand même pas l'intention de faire les obsèques ici ?

Kasumi croisa le regard de sa mère. Elle y vit du soulagement à la perspective qu'elle allait enfin partir. Même si elle avait songé à chasser sa fille réapparue après vingt ans d'absence, elle n'avait pas osé le lui dire parce que son compagnon était gravement malade. Sa mère avait hâte de retrouver sa vie tranquille avec Komura. C'était un peu tard, pensa Kasumi tout en ressentant le poids des jours qu'elle les avait laissés passer ici.

– J'ai compris. Je vais téléphoner.

– Moi, je reste à côté de lui.

Kasumi inclina poliment la tête pour la remercier et descendit l'escalier. Komura était assis à l'extrémité du comptoir, le menton sur la main et les yeux fixés d'un air ennuyé sur une télévision portative. Il sauta de son tabouret lorsqu'elle lui désigna l'étage.

– Comment va M. Utsumi ?

– Il vient de..., fit-elle simplement et elle baissa la tête.

Il se précipita à l'étage. Elle composa le numéro de la clinique de Kumiko sur le téléphone rose et vieillot du snack. Le numéro était celui de la salle des infirmières et elle eut Kumiko au bout de quelques minutes. Sa voix était nasillarde, comme si elle était enrhumée.

– M. Utsumi vient de mourir.

– Ah oui ? Merci de vous être occupée de lui.

Elle avait pensé que Kumiko la battrait froid, mais, à sa surprise, elle se montra courtoise et lui dit qu'elle viendrait le lendemain récupérer le corps.

– Où ferez-vous l'enterrement ?

– À Sapporo. Je porte encore son nom et je suis donc sa veuve. En plus, je pense que ce serait triste pour lui d'être enterré dans un lieu où il n'a aucune attache.

– Dans ce cas, je compte sur vous.

Elle lui donna l'adresse et coupa la communication. Leur conversation s'était achevée si vite. Kumiko ne lui avait même pas demandé dans quel état il était à la fin. Sans doute parce qu'elle voyait quantité de cas semblables dans sa clinique. Ou peut-être parce qu'Utsumi l'avait rabrouée. « Ni l'un ni l'autre », pensa Kasumi, la mort d'Utsumi était une mort annoncée et elle s'y attendait. Cela expliquait aussi la terreur d'Utsumi à l'approche de sa mort : autour de lui, les gens observaient du coin de l'œil sa transformation et y lisaient son destin. C'était comme s'ils le condamnaient à mourir. Comme il avait dû en concevoir du dépit... Cette réalité avec laquelle il ne voulait pas se réconcilier, les personnes qui savaient sa maladie y participaient aussi. Elle seule, parce qu'elle avait perdu un enfant, était différente. Les larmes affluèrent soudain à ses yeux. Elle reposa le combiné, poussa la porte d'entrée et sortit. Il faisait un froid pénétrant. La rue était sombre, seulement éclairée par les enseignes des autres bars et restaurants, et il n'y avait pas un chat. De l'autre côté, dans un terrain vague, le vent bruissait dans les herbes desséchées. Le ciel était plein d'étoiles et – grondement des vagues ou coups de tonnerre – des bruits retentissaient distinctement.

« Non, c'est pas possible ! » avait crié Utsumi. Qu'avait-il voulu dire par là ? Mourir dans ce village ? Ou mourir, tout simplement ? Elle aurait beau y réfléchir, il était parti dans un autre monde et elle n'avait aucun moyen de le savoir. Yuka aussi était morte, pensa-t-elle tout à coup. Elle avait refusé de l'envisager, mais, comme un vent pénètre sous les vêtements, cette pensée s'était insinuée naturellement dans son esprit en cette nuit où Utsumi disparaissait. Quels avaient été les derniers instants de Yuka ? Cela non plus, il lui était impossible de le savoir. Yuka et Utsumi avaient disparu. Ishiyama était parti lui aussi. Plus rien ni personne ne pouvait la consoler. Un vent glacial souffla de la mer et parcourut la rue en grondant. Le froid lui fit grincer les dents. Elle serra ses bras contre elle. Ses larmes séchèrent tandis qu'elle frissonnait. Cependant, ses nerfs avaient la fraîcheur tranchante de l'air nocturne et s'agitaient comme les feuilles des arbres. Comment allait-elle pouvoir vivre dorénavant ?

« Quand je serai mort, va-t'en vite d'ici. » Elle eut l'impression d'entendre le murmure d'Utsumi sur la colline. S'enfuir. Une seconde fois, quitter ce village. C'était bien plus facile aujourd'hui qu'à l'époque de ses dix-huit ans. Mais elle n'éprouvait plus cette impatience à trouver la liberté à Tôkyô. Il n'y avait plus personne pour l'en empêcher ou lui donner des conseils. Cette fois, elle devait fuir sans objectif. Elle se dit qu'elle était bien seule. Il lui revint en mémoire qu'elle avait déjà eu cette pensée. C'était pendant les jours où elle était restée seule au lac Shikotsu pour rechercher Yuka. À ce moment-là, il aurait suffi à son réconfort que Yuka soit retrouvée. Ce n'était plus le cas aujourd'hui. Elle ne pouvait plus compter que sur elle-même, impuissante, frissonnant dans le froid. Elle demeura un long moment les bras serrés contre son corps. Soudain, elle entendit une fenêtre s'ouvrir. Elle se retourna et vit que c'était celle de la pièce où Utsumi était mort. Sans doute sa mère qui aérait. La lumière jaune de la lampe à incandescence mordit sur les ténèbres. Se demandant si l'enveloppe vide du mort n'allait pas s'échapper, Kasumi contempla longuement l'embrasure de la fenêtre. Si l'âme d'Utsumi venait à elle, elle ouvrirait grand les bras pour l'accueillir. Mais c'est la main de Komura qui apparut, et la fenêtre fut refermée dans un claquement. « Adieu », marmonna Kasumi. Utsumi s'était éteint sans pouvoir s'alléger de ce qu'il avait voulu lui dire. Un jour, elle aussi s'éteindrait.

« À Sapporo », pensa-t-elle. Comme Ishiyama, si elle parvenait à vivre en se laissant porter par les événements, un jour elle aussi rencontrerait peut-être sur son chemin quelque chose qui comblerait son cœur. Elle allait survivre.

Dixième partie

Pierres de sable

24

À trois ans, elle croyait qu'à cinq ans on est adulte. Aujourd'hui qu'elle a cet âge, les élèves de l'école primaire lui semblent terriblement grands. Elle pense que le monde est fait d'adultes et d'enfants. Sauf maman qui est maman, et papa qui est papa. Risa, c'est Risa. Ces personnes-là c'est sa famille, alors elle ne fait pas de distinction entre adulte et enfant. Depuis peu, pourtant, elle se dit parfois que sa maman n'est plus une maman mais une femme adulte.

Yuka est dans l'avion pour Sapporo. Et elle regarde le profil de sa mère assise en face à un siège de décalage par rapport à elle. Maman est beaucoup plus belle que les autres femmes.

De toutes les mamans qui viennent à la maternelle, la plus jeune et la plus belle c'est celle de Makoto, mais elle aime mieux le visage de sa maman. En plus, sa maman est forte et décidée, et elle préfère ce caractère-là. Pourtant... Yuka baisse la tête. Pourtant, elle ne peut s'empêcher de penser qu'une personne différente habite dans le cœur de sa mère. Risa est blottie sur ses genoux, mais Yuka sait qu'elle a l'esprit ailleurs, qu'elle pense à autre chose, si bien qu'elle n'est même plus jalouse de sa sœur comme avant. Peut-être que maman ne les aime plus, comme c'est déjà arrivé autrefois.

Ce matin, papa lui a dit un secret dans le monorail. Il le lui a dit parce qu'elle n'a pas arrêté de le tanner pour qu'il parle.

– C'est un secret, d'accord. Hokkaïdô, là où on va, eh bien c'est l'endroit où maman est née.

– Alors, mon papi et ma mamie ils sont là-bas ?

– Oui, sans doute...

Papa a poussé un petit soupir et jeté un coup d'œil vers maman. Maman ne s'est apparemment rendu compte de rien, elle regarde dehors avec Risa dans les bras. La mer, brillant d'une lumière éblouissante, occupe tout l'espace de la grande vitre, si bien qu'elle a l'impression que le monorail est en suspens dans l'air. Yuka a peur que sa mère ne tombe dans l'eau.

– Papi et mamie, ils sont comment ?

– Je ne sais pas, je ne les ai jamais vus. Peut-être qu'ils sont morts...

Le père a l'air un peu embêté. Yuka a sursauté en l'entendant dire qu'ils sont peut-être morts.

– Comment ça se fait que tu sais pas ?

– Maman non plus, elle ne sait pas.

– Pourquoi elle sait pas ?

– Eh bien, je crois qu'elle ne les aime pas beaucoup.

Sous le choc, Yuka s'est enfermée dans le silence.

Est-ce qu'il y a des enfants que sa mère n'aime pas ? Ne pas savoir si sa mère ou son père sont morts ou vivants, c'est possible une chose pareille ? Ce serait la même chose si elle-même n'aimait plus sa maman et ne voulait plus la voir ? Maman est toujours gentille avec elle, mais en vrai c'est peut-être quelqu'un de méchant. Elle s'est fait une joie de ce voyage quand on lui en a parlé, mais maintenant elle ne veut plus le faire. Si ça se trouve, quand ils seront à Hokkaïdô, papi et mamie vont venir et peut-être qu'ils vont se venger de maman. Cette pensée la fait frémir.

Quand ils sont arrivés à Hokkaïdô, tonton Ishiyama les attendait à l'aéroport. Elle aime tonton Ishiyama. Il est bien plus beau que papa et puis il est gentil et il sent bon. Lui aussi, elle pense qu'il l'aime plus que sa sœur Risa. C'est elle qu'il prend par la main et qu'il attire dans ses bras en premier. Ce n'est pas parce qu'elle est plus grande que Risa. Non, c'est juste parce que tonton Ishiyama l'aime, elle. Elle a toujours pensé qu'elle était à part pour lui.

Sa mère regarde Ishiyama et sourit. Yuka s'aperçoit que le regard de sa mère est plus animé et plus brillant que d'habitude.

Depuis quelque temps, maman la regarde parfois sans la voir. Pourtant, elle sent bien que, quand elle croise les yeux de tonton Ishiyama, ce qu'elle veut lui transmettre a l'intensité d'un courant électrique. Elle ne sait pas trop si ça la rend triste ou heureuse. Parce qu'elle les adore tous les deux. Plus que n'importe qui au monde, peut-être.

Puisque tonton Ishiyama est là, elle va peut-être s'amuser à Hokkaïdô. Mais alors il ne faut pas qu'elle pense que papi et mamie vont venir se venger...

Yuka s'est endormie dans la voiture cahotante.

Pendant qu'elle somnole, elle entend des bribes de conversation des adultes, et elle se sent bien comme s'ils lui chantaient une berceuse. La voix de tonton Ishiyama est particulièrement agréable. Elle est sourde mais douce, et elle résonne dans son ventre. Comme elle est appuyée contre la poitrine de maman, elle s'est aperçue que son cœur bat plus vite lorsqu'elle parle avec tonton Ishiyama. Peut-être que maman est amoureuse de lui.

Papa est en train de parler. Papa, c'est sa famille et elle l'aime, mais il y a plein de choses en lui qu'elle déteste. À la maison, il est toujours mécontent et en colère. Quand il est là, Risa et elle sont mal à l'aise et, elle ne sait pas pourquoi, elles ont le cœur gros. Ce n'est pas gentil pour papa, mais c'est pour ça qu'elle a parfois envie que ce soit tonton Ishiyama leur papa.

Ici, elle a rencontré plein de gens. Elle aime bien tatie Noriko. Elle est gentille et belle, et puis elle a du goût pour s'habiller. Quand elle sera grande, elle achètera plein de beaux vêtements comme ça à maman. Elle aime bien aussi Ruriko et Ryûhei. M. Izumi, il fait peur, mais elle ne le déteste pas. Par contre, Mizushima, elle le déteste. Il ne sent pas bon, il veut prendre la main tout de suite et puis quand il la prend, elle devient toute moite. Ruriko aussi a dit qu'il est dégoûtant. Le fils des Toyokawa, lui, il est tout mou et il les fait rire. C'est un adulte, mais on dirait un enfant. Elle n'a pas encore vu papi et mamie. Tant mieux.

Pour dire la vérité, tonton Ishiyama, elle ne l'aime plus beaucoup. Parce que ce matin il s'est disputé avec tatie Noriko. Même quand il la regardait, il ne souriait plus comme avant, il était en colère et ils n'arrêtaient pas de se crier dessus avec tatie. Elle ne veut pas d'un tonton comme ça. Est-ce que maman aime quand même tonton Ishiyama ?

Yuka se réveille dans le noir.

C'est peut-être un bruit qui l'a réveillée. Elle rampe jusqu'au futon à côté du sien où sa mère dort, mais il est vide. Et c'est froid à l'intérieur. Elle regarde autour d'elle, inquiète de savoir où elle est, mais ne la voit nulle part dans la chambre. Elle entend un bruit de voix presque imperceptible au rez-de-chaussée.

C'est qui ? Ce n'est tout de même pas papi et mamie qui viennent pour se venger ? Peut-être qu'ils font du mal à maman en bas. Si c'est ça, il faut qu'elle aille la protéger.

Yuka se lève avec résolution. La lumière est allumée dans le couloir, alors elle n'a pas peur. Mais, en bas de l'escalier, c'est tout noir.

Où elle a bien pu partir, maman ?

Elle rassemble tout son courage et descend l'escalier marche après marche. Le salon est plongé dans les ténèbres et on dirait une autre pièce qu'en plein jour. Quelque chose est peut-être caché dans un coin. Saisie de peur, elle veut rebrousser chemin, mais elle entend un cri juste à ce moment-là.

C'est maman.

Yuka se fige sur place et tend l'oreille. Elle a l'impression que le bruit vient du côté de l'entrée. Il lui semble que la porte d'entrée toute noire va s'ouvrir et elle a peur. Les ténèbres dehors l'effraient encore plus. Mais des voix se font de nouveau entendre. Ayant fait quelques pas, elle sursaute et s'immobilise. De l'autre côté de la porte, elle a entendu des gémissements et des râles.

C'est maman et tonton Ishiyama.

En un éclair, Yuka comprend. Tous les deux, ils sont en train de faire quelque chose que personne ne doit voir. Elle comprend aussi pourquoi. Ce que maman pense à cet instant s'est transmis à elle à travers la porte.

Et ce qu'elle a pensé à cet instant, c'est ceci : pour tonton Ishiyama, elle peut nous abandonner, nous ses enfants.

Yuka recule lentement. Puis elle monte l'escalier et retourne dans la chambre. Elle se met sous sa couette et, les yeux ouverts, tremble pendant un moment. Elle n'a pas froid. Elle tremble parce que la tristesse de se retrouver seule un instant lui est insupportable. Son père dort à l'autre bout de la pièce et, juste à côté d'elle, Risa a un sommeil agité. Pourtant, elle pense qu'elle est seule. Elle n'a que cinq ans, mais elle a l'impression qu'elle a dépassé l'école primaire et est devenue adulte.

Lorsqu'elle se réveille le matin, maman est bien là, endormie dans son futon. Elle la réveille et retrouve alors sa gentille maman. Ouf.

Contente qu'elle lui ait caressé les joues, Yuka pense qu'elle a rêvé les événements de la veille. « On va se promener », serine Risa. Toutes les deux descendent avec leur père. Main dans la main avec Ruriko et Ryûhei, ils partent en promenade, mais Risa a envie de faire pipi, alors ils reviennent à la maison. Papa court aux toilettes avec elle. Ruriko l'appelle de dehors : « Yuka-chaan ! » Mais quelque chose la préoccupe. La pièce. En cachette de son père qui est occupé à baisser la culotte de Risa, elle ouvre la porte de la pièce à côté de l'entrée. C'est sombre. Il y a un tas de futons et, de l'autre côté, un lit.

Ça sent l'odeur de maman. Mais pas son odeur habituelle. Elle a un haut-le-cœur et se précipite hors de la maison. Elle dévale seule les marches de pierre et arrive sur la route. Elle trébuche sur les cailloux. Elle se souvient d'une phrase que maman lui a dite un jour : « Tu sais, où j'étais, il y avait des pierres qui se brisaient toutes seules. C'était du sable durci. »

Yuka ramasse un caillou et essaie de le briser. Il est trop dur pour se briser. Menteuse ! Elle jette le caillou au loin. Il tombe sur la route et roule dans la pente en rebondissant comme pour l'inviter à le suivre. Avant de se mettre à courir, Yuka lève la tête vers la maison.

Maman est en train de dormir dans une chambre à l'étage. Mais elle, elle est toute seule.

Yuka a l'impression d'avoir enfin compris pourquoi sa mère déteste ses propres parents. Elle entend un bruit derrière elle, elle se retourne et voit un homme qui la regarde en souriant.

« Il va me tuer. »

Elle tend son cou menu comme pour lui dire : « Tue-moi vite. »

RÉALISATION : IGS-CP À L'ISLE-D'ESPAGNAC
IMPRESSION : CPI BRODARD ET TAUPIN À LA FLÈCHE
DÉPÔT LÉGAL : OCTOBRE 2013. N° 113802 (3001480)
IMPRIMÉ EN FRANCE

LE SUSPENSE CONTINUE AVEC POINTS THRILLER

Out

Natsuo Kirino

Dans une usine de Tôkyô, quatre femmes travaillent de nuit. Leurs maris sont tous infidèles ou violents, et détestés. Lorsque Yayoi finit par étrangler son conjoint, c'est une véritable descente aux enfers qui commencent pour elle et ses complices. Leur route croise celle de Mitsuyoshi, un ancien homme de main hanté par le supplice qu'il a fait subir à… une femme. S'engage très vite une terrifiante lutte à mort.

« Retournements, vigueur du récit et conclusion, voilà qui ravirait Hannibal Lecter. »

Muze

LE SUSPENSE CONTINUE
AVEC POINTS THRILLER

Écorces de sang

Tana French

Trois enfants ne ressortent pas des bois où ils ont passé l'après-midi. La police retrouve un seul garçon. Il ne se rappelle rien : les deux autres ne réapparaîtront jamais. Vingt ans plus tard, Rob, l'unique rescapé, est devenu inspecteur de police. Quand une fillette est tuée dans ces mêmes bois, il est chargé de l'enquête et doit affronter les secrets d'un passé qui le hante.

« Happé par un meurtre sordide et une plume implacable, même le plus blasé des amateurs de thriller adorera ces bois ténébreux. »

The New York Times

LE SUSPENSE CONTINUE
AVEC POINTS THRILLER

Poussière d'os

Simon Beckett

Deux pieds et une main : c'est tout ce qu'il reste d'un cadavre calciné sur une petite île des Hébrides. David Hunter, anthropologue et médecin légiste, est envoyé sur les lieux. Assisté d'un inspecteur à la retraite, bourru et roublard, il enquête auprès des îliens, prêts à tout pour garder leurs secrets. Battue par la tempête, l'île est coupée du monde, et le meurtrier rôde toujours.

« Excellent. Une atmosphère et une histoire palpitantes. Et les informations sur la médecine légale sont aussi instructives que celles de Patricia Cornwell. »

Literary Review

LE SUSPENSE CONTINUE
AVEC POINTS THRILLER

Origine

Diana Abu-Jaber

Enfant trouvée dans de mystérieuses circonstances, Lena ignore tout de ses origines. Elle n'a gardé aucun souvenir de son enfance, si ce n'est un don étrange, une sensibilité quasi animale… Lena, qui travaille pour la police scientifique de Syracuse, New York, refuse d'exercer ce don sur le terrain. Une série de décès de bébés va l'y contraindre : elle seule peut pressentir l'existence d'un assassin d'enfants.

« Aucun doute : les lecteurs qui aiment les thrillers différents, à la fois littéraires et intelligents, vont adorer Origine. *»*

Booklist

LE SUSPENSE CONTINUE
AVEC POINTS THRILLER

Un sur deux

Steve Mosby

Vaut-il mieux mourir ou condamner l'autre à la mort ? Avant d'en tuer un sur deux, un serial killer torture les couples qu'il séquestre : à eux de décider. Jodie vient de tromper Scott et se sent coupable ; de son côté, il recense cinq cents raisons de l'aimer. Ils sont enlevés. L'inspecteur Mercer n'a que quelques heures pour les retrouver avant qu'ils ne craquent. Et vous, que feriez-vous ?

« Excellent ! Thomas Harris et Harlan Coben ont désormais un sérieux concurrent ! »

Le Figaro